이미테이션

이미테이션

초판 1쇄 인쇄 2011년 02월 01일
초판 1쇄 발행 2011년 02월 08일

지은이 | 김영복
펴낸이 | 손형국
펴낸곳 | (주)에세이퍼블리싱
출판등록 | 2004. 12. 1(제315-2008-022호)
주소 | 157-857 서울특별시 강서구 방화3동 316-3번지 한국계량계측협동조합 102호
홈페이지 | www.book.co.kr
전화번호 | (02)3159-9638~40
팩스 | (02)3159-9637

ISBN 978-89-6023-534-2 03810

이미테이션

김영복 장편소설

ESSAY

글에 들어가기에 앞서

 글에 사실성을 더하기 위하여 특정 경찰관서의 명칭이 여러 번 등장함으로써 자칫 해당 관서의 명예를 아주 조금이라도 실추케 하는 것이 아닌가 우려를 하게 됩니다.

 허나 이제 오래 전 일이기는 하나 제 자신이 자긍심과 사명감에 불타던 경찰관이었고, 제 집사람이 현재도 경찰관으로 재직 중에 있으며 심지어는 제 아버지도 경찰관으로서 순직을 하신 바 있습니다.

 때문에 저는 그 누구보다도 '경찰'이란 조직을 사랑하고 아끼고 있다는 말씀을 감히 드립니다.

 열악한 환경의 음지에서 묵묵히 최선을 다하고 있는 경찰관분들의 노고에 진심으로 감사드리는바, 어디까지나 모두 픽션이란 점을 헤아리시고 아무쪼록 넉넉한 마음으로 봐주시길 앙망합니다.

차례

글에 들어가기에 앞서 | 5

1996년 3월

i

    사내는 편의점에서 담배를 사 가지고 나와 포장을 뜯은 후 한 개비를 빼어 입에 물고 라이터로 불을 붙이고선 힘껏 빨아 들였다가 목을 젖혀 하늘을 향해 연기를 내뿜었다. 음산한 잿빛 하늘은 간간이 눈을 뿌리고 있었다. 사내가 입은 트렌치코트가 딱 어울릴 법한 그런 날씨였다. 사내의 눈길이 가게 앞에 놓인 탁자 의자에 앉아 컵 라면을 안주 삼아 소주를 마시고 있던 또 다른 사내에게 머물렀다. 그가 아까부터 줄곧 눈여겨보고 있던 사내였다.

    두툼한 오리털 파카를 입고 있고 뜨거운 국물을 마시고 있음에도 추운지 사내는 덜덜 떨고 있었다. 피우던 담배를 손가락으로 튕기고선 구둣발로 비벼 끈 트렌치코트가 오리털 파카 앞의 의자에 앉았다. 제법 깔끔해 보이는 입성과는 달리 오리털 사내의 몸에선 비릿한 냄새가 나고 있었다.

    "이렇게 추운데 아침부터 깡소주를 들면 되겠어요?"

    뜬금없는 참견이 못마땅했던지 오리털의 미간이 찌푸려졌다.

    "갑시다."

    "예?"

"나도 밤새 마셨더니 속이 영 말이 아닌데 어디 가서 해장이나 같이 하자고요."

사내의 눈빛이 경계심을 드러냈다.

"가자니까? 해장한답시고 아침부터 혼자 마시면 미친놈이랄까 봐 그러니 같이 갑시다. 내가 살 테니까."

망설이는 사내의 손목을 움켜쥐고 트렌치코트가 먼저 일어나자 마지못한 표정으로 오리털도 따라 일어났다.

서부역 뒤편 만리동 고개 초입에 있는 해장국집은 제법 유명한 곳인지 이른 아침부터 사람들로 북적대고 있었다. 한 귀퉁이, 드럼통으로 만든 탁자를 차지하고 백 사장과 사내는 해장국과 함께 소주를 마셨다.

"거 나도 왕년에 좀 해 봤습니다만 요새 같은 날씨엔 완전 죽을 맛일 텐데 추워서 어떻게 견딥니까?"

"뭐, 그럭저럭. 그런데 선생님도 노숙 생활을 해 보셨다고요?"

"아, 노숙? 나야 뭐 잠깐이지요. 그놈의 부도 때문에. 그나저나 댁은 어쩌다 이렇게 길바닥 신세를 지게 되었수?"

"어쩌다 보니 그렇게 됐지요, 뭘. 다 그런 거 아닙니까?"

"그래도 내가 보기엔 서울역 신세 질 사람 같지 않아 보여 내가 말 건 거요."

"저도 뭐 얼마 전까진 쪽방이긴 하지만 내 방도 있고 그랬는데 일자리가 나지 않아서 그만……."

"무슨 일 했었는데요?"

"그냥 노가다지요, 뭘. 그래도 비계 기술이 있어 이 정도 바닥까진 안 올 줄 알았는데."

"자, 술이나 한잔합시다. 그래, 가족은 없고?"

"없긴 왜 없어요? 그래도 해남에 가면 멀쩡한 내 집에 내 마누라, 내

이미테이션

새끼도 있는데, 밭도 좀 있고. 에이, 씨팔!"

가족 생각이 났는지 술기운으로 불콰해져 잠시 들떴던 사내의 얼굴이 다시 어두워졌다. "해남? 전라도 해남이요?"

"예, 토말이라고, 여기 사람들이 땅끝 마을이라고 환장하는 곳 바로 옆이잖아요."

"어? 난 순천인데……."

"순천이요? 아, 순천이야 해남에서 지척이지, 뭘. 그럼 한 고향 양반이네."

"알고 보니 고향 분이었구만. 어째 좀 땡기더라니까. 반갑소, 잉?"

"거, 잉 소리 오랜만에 들어 보요, 잉."

자신들의 말투가 스스로 재미있었는지 두 사내가 파안대소를 했다.

"그럼 일이 없으면 내려가시지. 왜?"

"가 봤자 땅이라고는 각시 혼자 부쳐도 힘이 남아돌 정도밖에 없는데 가면 뭐 합니까? 챙피하기만 해불지."

사내는 이제 대놓고 고향 말씨를 쓰고 있었다.

"그래도 그렇지, 아직 겨울이 제법 더 남았는데……."

"방이라도 하나 있으면 어떻게 기운을 차려 일거리를 찾아보겠는데 이건 찬 바닥에서 자고 나면 도저히 운신을 못 하겠으니. 에이, 씨팔, 그러니 맨날 소주나 마시면서 견디는 거 아니겠어요, 뭘."

"그 비계기술인가 하는 거 말고 다른 거 할 줄 아는 건 없어요?"

"현장 일이야 웬만한 건 다 할 줄 알지라, 뭐."

"운전은?"

"요새 운전 못 하는 사람 있당가요? 나가 한때는 덤프도 몰고 레미콘도 해 보았당게. 왜? 같은 라도 사람이라고 일자리라도 줄랍니까?"

"그럼 덤프나 레미콘 같은 거 몰 수 있는 면허도 있는 겁니까?"

10

"이, 그랍요. 내 면허가 이래 봬도 1종 대형 아니요? 대형."

"그럼 지금도 덤프 같은 것도 몰 수 있겠네요?"

"당연하지, 1종인데. 그러니 아무 거라도 좋으니 일자리 좀 주소."

"일자리? 아, 일자리? 그나저나 지금 나이가?"

"나요? 내가 이렇게 늙어 보여도 아직 오십도 못 됐거든요? 아홉수요. 아직 젊으니까 뭐든 시켜 보슈. 열심히 해볼라니까."

"주민등록은 살아 있습니까? 신용불량 같은 건?"

"아따, 선생님. 뭘 그리 물어봐싸요? 나가 나쁜 놈같이 보인갑소, 잉?"

"그게 아니고 일자리 말씀하시니까."

"아, 주민등록이야 멀쩡히 살아 있지라. 왜, 지금 민증이라도 보여줘불까? 그리고 하루 벌어 하루 살던 놈이 신용불량은 뭔 신용불량? 인생이 불량인 거지. 그런데 선생님은 뭐하는 분이시랑가? 뭐 이런 거 사줘서 고맙기는 하지만 이것저것 자꾸 캐물으니 영 껄쩍지근해부네."

"아, 저요? 저도 사업이랍시고 자그마한 걸 벌려 놓고 매일 쩔쩔 매는 놈이지요. 뭐 별 거 있겠어요?"

"그럼 사장님이네, 사장님이여. 근데 사장님, 나가 순천에 나가면 친척도 많고 친구도 제법 있구만 그려. 그래, 학교는 순천에서 다니셨당가?"

"사장은 무슨, 저는 송가입니다. 송승현. 그런데 저는 서울로 일찍 와서……."

"하여튼 나 일 좀 주소. 뭔 일이던 열심히 해불 테니까."

"아, 일자리요? 방법 좀 생각해 봅시다. 아저씨가 하실만한 일이 있을는지 모르지만."

이미테이션

2

"아따, 사장님, 내 이 은혜는 죽어도 안 잊어불라요."

"은혜는 무슨, 내 돈으로 산 것도 아닌데. 그리고 내 일하려고 산 거고."

"그래도 사장님이 선뜻 계약금을 빌려줘서 이 차를 사게 된 거 아니요? 나 같았으면 감히 꿈도 못 꿀 일이지."

김 씨는 지금 자신이 덤프트럭을 운전하고 있다는 게 도저히 믿기지 않는다는 듯 달리는 도중인데도 괜히 창문도 올렸다 내렸다 해보고 앞에 다른 차라도 얼씬거릴 양치면 요란하게 경적을 울려 식겁하게 만들곤 사내를 돌아보며 의기양양한 미소를 보내기도 했다. 어제만 해도 잘 곳을 걱정하며 서울역 부근을 헤매다 먼저 온 노숙자로부터 옆구리를 질리기 일쑤였던 자기가 이렇게 단 하루 만에 덤프트럭의 주인이 되다니!

"그런데 지금 우리가 어디로 가는 거요?"

"말씀드렸잖아요. 일을 하시게 될 현장이 화천 쪽이라고요. 그러니 일단 그쪽으로 가야 안 되겠어요?"

"여그 서울에 있다가 현장이 열리면 가면 되는 거 아닌가?"

"아, 가서 숙소도 알아보고 현장소장한테 인사도 하고 그래야 안 하겠소?"

"걱정이 돼서 그라지요. 캐피탈인가 뭔가 차 할부금이 솔찮더구만 그래. 하루라도 빨리 일을 해야 할 텐데. 그래야 사장님한테 돈도 갚고 말이요, 잉."

"제 돈이야 차차 벌어서 갚아 주시면 되고요, 이번 주 안에 철거공사부터 들어간다고 하니까 금방 일하게 되실 텐데요, 뭘."

"그럼 왈가닥부터 하는 거구만요, 잉?"

"왈가닥이 뭔데요?"

"철거한 건물덩어리들을 실어 나르는 걸 왈가닥이라고 안 하요?"

"아, 그런가요? 철거 끝나고 토목 들어가면 내 가게 시멘트도 옮겨야 할 것이고, 하여튼 아저씨도 열심히 해서 빨리 해남에도 한번 댕겨 오고 해야 안 하겠소?"

고향 이야기가 나오자 핸들을 쥔 김 씨의 손에 더욱 힘이 들어가는 듯했다.

"하여튼 참말로 고맙소."

"고맙다는 말씀은 이제 귀에 못이 박힐 정도가 되었으니 그만 하시고, 화천 가는 길 알지요?"

"어려울 게 뭐 있소? 이 길을 쭉 따라 가다가 춘천에서 넘어가면 되지."

"그럼 저는 이 뒤에서 눈 좀 붙일라니까 화천 읍내에 도착하면 좀 깨워주소. 가다가 모르는 길이 나오면 깨우시고."

"예, 편히 주무쇼, 나 걱정은 말고."

그렇게 가는 내내 그는 앞좌석 뒤에 트럭 운전자들이 쉴 수 있게끔 만들어 놓은 곳에 머물렀다. 하지만 조금이라도 헷갈릴 것만 같은 길들이 나오면 세세하게 갈 길을 지시한 것으로 보면 그는 잠을 자는 것 같지도 않았다.

송 사장의 지시에 의해 차가 멈춘 곳은 화천의 사방거리라는 곳에서 양구로 통하는 한적한 국도 위였다. 길 옆 언덕 아래로는 화천댐 파로호의 시퍼런 물결이 출렁거리고 있었다.

송 사장은 갓길이 넓어 차를 주차하여도 통행에 지장이 없는 곳에 트럭을 세워 놓게 한 후 김 씨를 데리고 제법 한참을 걸어 근처의 한

이미테이션

농가를 찾았다. 농가는 마을에서 한참이나 멀리 떨어져 경사진 배추밭을 머리에 이고 달랑 혼자 서 있었다.

"안녕하세요? 저 왔습니다."

"어머, 정말 오셨네. 어서 와요."

50대 후반의 중늙은이 아낙네가 그들을 맞아 주었다.

알고 보니 그곳은 송 사장이 미리 잡아 놓은 김 씨의 숙소였다.

그날 저녁, 사내는 김 씨만 그곳에 남겨 두고 현장 상황을 알아보아야 하겠다며 어디론가 떠나 버렸다. 내일이나 모레쯤 공사가 시작될 때 데리러 올 테니 심심하더라도 차나 잘 보살피면서 기다리고 있으라는 당부를 남겨놓고.

김 씨는 읍내에도 번듯한 여관이 있을 것이고 무엇보다 이 촌구석에다 적어도 아파트를 짓는 공사라면 공사장에 인부들 숙소도 분명 만들어 놓을 텐데 굳이 이런 외진 곳에 방을 잡아준 게 이해가 되지 않았다.

물론 송 사장이 어차피 자신도 자재 납품 차 공사장을 드나들어야 하다 보니 주변에서 지내야 하는 날이 많을 텐데 자기는 여관 잠도, 식당 밥도 영 싫어서 그렇게 한 것이라는 설명이 있기는 하였으나 역시 개운치 않기는 마찬가지였다.

그러나 김 씨는 더 이상 깊게 생각하지 않기로 했다. 며칠 전까지만 해도 새파란 공익들이나 일찍부터 그곳에 터를 잡은 같은 노숙자들의 발길에 채어가며 서울역 지하도에서 벌벌 떨어야 했던 신세가 아니었던가?

지금은 비록 중고에다 할부라고는 하나 분명 내 이름으로 등록이 된 커다란 트럭이 있고, 보일러 아닌 장작으로 군불을 땔 때 허리가 뜨거울 정도의 방에 두툼한 솜이불을 덮고서 누워 있다는 게 전혀 실감이 나지 않았다.

뜨거운 방에서 독상을 받아 아주 오랜만에 먹어 본 얼큰한 붕어찜에다 마신 소주 두 병은 그의 몸 전체를 그리고 마음까지도 온통 노골노골하게 만들었다. 세상 참 살만하다는 생각에 그의 입에서는 웃음이 절로 벙긋거렸다. 길 위에 세워 둔 트럭이 걱정이 돼 뒤척이다가 그는 곧 골아 떨어졌다. 자면서도 그의 입에서는 미소가 떠나지 않았다. 고향 나들이라도 하는 듯했다.

3

송 사장이 다시 나타난 것은 이틀이 지나서였다.

그동안 김 씨는 하루 종일 도로로 나가 신기한 듯 주차되어 있는 자신의 차를 어루만졌다가 괜히 엔진실도 열어 보았다가 하며 무료하게 그러나 아주 행복하게 지냈다. 송 사장은 이제 내일부터 현장으로 가면 된다고 했다.

김 씨는 송 사장과 겸상을 하고 내일부터 시작될 자신의 새로운 인생을 잡어 매운탕에다 소주로 자축을 했다. 낮술답게 술이 입에 짝짝 달라붙었다. 그는 송 사장이 건성으로 자신의 잔을 받기만 할 뿐 단한 방울도 마시지 않고 있다는 건 전혀 몰랐다.

"아저씨, 기분 좋지요?"

"물론이지요. 기분이 안 좋을 수 있당가? 아무튼 사장님 고맙소, 잉?"

"또 그러신다. 아, 내가 필요해서 하는 일인데 고맙긴 뭘 고맙다 그래요? 앞으로 일이나 열심히 하십시다."

"열심히 하구말구. 어디 한번 두고 보소. 나가 그래도 만만치 않게 쓸모 있는 놈이란 걸 알게 될 테니까 말이요."

"그래야지요. 차는 이상 없지요?"

"아, 나가 하루 종일 쓸고 닦고 해부렀당께. 아마 파리가 와도 낙상을 할 거요."

"가 봅시다."

"예?"

곧 땅거미가 깔릴 시간이었다.

"차에 한번 가 보자고요. 그러고 보니 고사도 안 지냈잖아요?"

'앗, 맞는다. 차를 산 게 너무 좋아 여태 고사도 지내지 않았다'

김 씨는 그렇게 멍청한 자기 자신에게 화가 났고 갑자기 초조해지기 시작했다. 어서 가서 절이라도 한 번 하고 하다못해 바퀴에다 소주라도 한 잔 뿌려야 될 터였다. 허겁지겁 소주병을 들고 나서는 김 씨를 백 사장이 제지를 했다.

"아따, 그거 소주 아니요?"

"맞지라, 소주."

송 사장은 이미 양주병을 들고 있었다. 송 사장이 지켜보는 가운데 김 씨는 경건한 의식을 치렀다. 마음이 여간 홀가분한 게 아니었다.

"시동 한번 걸어 봅시다. 엔진 소리 좀 들어 보게."

김 씨가 시동을 걸자 송 사장은 옆에 좌석에 따라 올랐다.

"이야, 조용한 데서 들어서 그런지 소리 정말 괜찮네요."

김 씨는 마냥 자랑스러웠다.

"자, 음복하세요, 쭈욱."

김 씨는 송 사장이 내민 양주병을 거꾸로 들고 한 모금을 털어 넣었다. 양주를 마셔본 게 언제던가 싶었다. 역시 양주였다.

호수를 안고 있는 봉우리 사이로 기운이 쇠한 해가 겨우 머리를 걸고 있었다. 낮이 짧은 이곳이라면 곧 밤이 될 터였다.

김 씨가 그렇게 한껏 들뜬 몸과 마음으로 검은 빛이 돌기 시작하는 호수를 차장 너머로 바라보고 있을 때 송 사장이 잠바 안주머니에서 작은 물건을 꺼내더니 그것을 김 씨의 목에다 댔다. 그러자 그곳에서 파란 불꽃이 튀었다.

4

운전석에 앉은 송 사장은 미동도 하지 않은 채 차창 너머로 멀리 한 곳을 뚫어지게 쏘아보고 있었다. 그는 목이 타는지 가끔 혀를 내밀어 거품이 말라붙은 듯 하얀 테가 듬성듬성 묻어있는 입술을 핥곤 했다.

옆 자리에선 김 씨가 앉은 채 코를 골고 있었다. 송 사장이 마치 잊어버렸다는 듯 허겁지겁 시트에 등을 기대고 있는 김 씨를 힘주어 밀어 허리를 굽게 만들고선 바지 뒷주머니에 들어있는 그의 지갑을 꺼내 보았다. 그러더니 그 안에 주민등록증과 운전 면허증이 들어 있는 것을 보고서야 안심이 된다는 표정으로 지갑을 다시 주머니에 넣어 주고선 친절하게도 아주 힘겹게 단추까지 채워 주었다. 김 씨의 입에서 으음 하는 신음소리가 배어 나왔다. 송 사장은 그의 목으로 또 다시 전기 충격기를 가져갔다.

송 사장의 하염없는 듯 느껴지는 지루한 기다림이 다시 시작되었다. 이제 날은 완전 밤이 되어 있었다.

얼마나 지났을까. 저 멀리 호수 쪽에서 갑자기 불빛이 생겨났다. 누군가가 차량의 전조등을 켠 듯한 불빛이었다. 이윽고 두 개의 불빛은 긴 서치라이트가 되어 언덕을 훑으며 올랐다.

송 사장은 김 씨에게 다시 전기충격을 안겨준 뒤 시동을 걸었다.

산모퉁이를 돌 때마다 없어졌다 다시 나타났다를 반복하면서 차는 시나브로 송 사장과 김 씨가 있는 방향으로 다가오고 있었다. 잠시

이미테이션

후, 또 산모퉁이에 가려졌는지 다시 차량의 불빛이 없어진 순간, 송 사장이 가속 페달을 밟았다 떼었다를 몇 번 반복하자 트럭은 굉음을 내며 곧 튕겨갈 듯 그 자리에서 요동을 쳤다.

멀리 다시 불빛이 나타났다. 송 사장은 기어를 넣고 힘주어 가속 페달을 밟았다. 트럭이 비명을 지르며 앞으로 튀어 나갔다. 송 사장은 기어 변속을 하여 속도를 올렸다. 트럭은 무섭게 질주를 했다. 그러고선 마주 오는 두 개의 불빛으로 그대로 돌진을 했다. 마지막 순간 송 사장은 이를 악물면서 두 눈을 질끈 감았다. 김 씨는 여전히 코를 골고 있었다. 굉음과 함께 승용차는 튕겨 나갔다.

송 사장은 얼마나 시간이 지났는지 알 수 없었다. 그는 어쩜 자기가 기절을 했었는지도 모른다는 생각을 했다. 그의 눈에 앉은 자세에서 그대로 차 바닥으로 고개를 숙인 채 반쯤 처박혀 있는 김 씨가 들어 왔다. 송 사장이 그의 목 뒤 옷깃을 잡고 머리를 들어 올렸다. 그는 이마와 볼에서 피를 흘리고 있었으나 숨소리는 여전히 평온했다. 그의 상태를 확인한 송 사장은 그를 다시 밀어 버리고선 차에서 내렸다.

자신의 턱에서도 피가 흐르고 있었으나 그는 모르는 듯했다. 서원 자동차에서 만들어 파는 것 중 최고급인 승용차가 처참한 몰골로 그를 맞이하여 주었다. 차는 엔진룸이 거의 다 망가져 있었음에도 한쪽 전조등은 살아남아 무심히 송 사장을 비추고 있었다.

기름 냄새, 매캐한 연기 사이를 뚫는 애꾸눈 전조등빛은 왠지 그로테스크해 보였다. 깨진 유리창 안으로 에어백이 터져 있는 운전석이, 그리고 누군가가 그곳에 얼굴을 묻고 있는 게 보였다. 송 사장은 핸드폰의 불을 켜고 뒷좌석을 살펴보았다. 한 사내가 옆으로 길게 누워 있었다. 그의 얼굴은 피범벅이 되어 있었다.

 _김영복 장편소설

송 사장이 다시 트럭에 올라탔다. 트럭 역시 앞부분이 심하게 망가져 있었으나 엔진은 아직도 힘차게 돌고 있었다. 트럭이 도로 난간을 힘차게 들이받자 난간이 떨어져 나갔다. 트럭의 앞바퀴가 경계석을 넘어 떨어져 나간 난간이 있던 부분에 위태롭게 멈췄다. 완만한 경사의 언덕 아래로는 검은 빛 파로호가 입을 벌리고 있었다.

송 사장이 다시 가속페달을 지그시 밟았다. 차가 언덕 아래로 미끄러져 내려가기 시작하는 순간, 그는 문을 열고 재빨리 뛰어 내렸다. 가속이 붙은 트럭은 곧 호수에다 얼굴을 처박았다. 그러고선 서서히 물속으로 사라졌다.

차가운 물이 자신의 몸에 닿는 순간에도 차주 김 씨는 여전히 꿈속에 있었다. 급한 걸음으로 현장을 벗어나던 송 사장의 눈에 멀리서 다가오는 차의 불빛이 보였다. 그는 서둘러 길 가 풀숲으로 몸을 감췄다. 그를 지나친 승용차가 사고 현장에 멈추는 것을 본 송 사장의 걸음걸이가 더욱 빨라졌다. 잠시 후, 그는 도로 옆 잡초 밭 위에 세워져 있는 오토바이를 몰고 사라졌다.

5

"대장님, 112 신고인데요, 통이랍니다."

신고 출동을 받은 시간은 지구대 직원들이 한참 저녁 식사를 하던 중이었다. 모처럼의 일근 근무라 이 식사만 마치고 간단하고 의례적인 석회만 주재하고 나면 퇴근을 하여 오랜만에 읍내에 가서 사우나라도 할 생각이었던 전 경위의 미간이 찌푸려졌다.

"뭐, 통? 어디래?"

"신고자가 정확한 위치를 잘 모르겠다고 하더래요. 하여튼 오음리에

이미테이션　　　　　　　　　　　　　　　　　　　19

서 읍내로 나오는 길 호수 주변 도로 위랍니다."

"그럼 우리 관할 맞잖아."

"예, 그런 거 같습니다."

"그래? 그럼 나가 봐야지. 지금 순찰차 누구지?"

늙수그레한 경사와 거의 그의 자식뻘로나 보일 법한 젊은 경장이 나섰다.

"이 사람들아, 입이라도 헹구고 가야지. 운전 조심 해. 바쁘다고 가다가 사고 나면 그게 더 큰일이니까."

"예, 다녀오겠습니다."

둘이 문을 열고 나와 순찰차에 올라탄 후 시동을 거는 순간 견인차가 요란한 소리와 함께 경광등을 번쩍이며 지구대 앞을 지나갔다.

"하여튼 저 새끼들 어떻게 그렇게 냄새를 잘 맡는지, 참!"

김 경장이 말을 받았다.

"저 새끼들 저거 우리 무전 감청하는 것 아닙니까? 내 저 새끼들 반드시 한 번 수사할 겁니다."

"야, 야, 냅둬라. 다 저놈들도 그래야 먹고 살지. 그래 봤자 뭐 우리한테 피해주는 것도 없잖아."

"아니, 왜 피해를 안 줍니까? 늘 저놈들보다 늦게 출동하는 것이 되어 버려 우리만 욕먹고 있지 않습니까? 저번엔 청문감사관실에 가서 감찰한테 경위서까지 냈잖아요."

"쟤들 없어도 경위서 내긴 마찬가지지 뭐. 그 새끼들이야 책상머리에 앉아 있으니 현장 돌아가는 형편 알겠니? 하여튼 이상하게 개대가리만 되면 사람이 바뀐다니까."

"개대가리가 뭡니까?"

"몰라? 감찰이 개대가리지 뭘. 하긴 요새 사람들은 잘 모르기도 하겠네."

경관 둘이 한담을 나누면서 느긋한 마음으로 현장을 찾아 가고 있는 순찰차의 무전기에서 다급한 목소리가 흘러나왔다.

"마 아홉, 질 때 사삼?" **(9호 순찰차, 현재 위치)**

"여기 마 아홉, 현 질 때 통 사삼으로 열셋 중." **(9호 순찰차 지금 현장으로 출동 중)**

"통은 대통으로 확인되었음. 마 아홉은 사삼으로 수만리 열셋 하여 응급 환인 있으면 긴급 구호 조치하되 사삼 일육 및 일칠 철저히 바람, 수잠후 마 하나, 정 스물아홉 마팔, 119 사삼 착도 예중." **(대형교통사고로 확인되었음. 순찰차 9호는 현장으로 빨리 가서 응급 환자 있으면 구호 조치하되 현장 통제 및 보전 철저히 할 것. 잠시 후 순찰 1호차, 교통사고조사계 차량, 119 구급대 현장 도착 예정임)**

"야, 좆 됐다. 빨리 가자."

순찰차의 경광등이 켜지고 요란한 사이렌 소리가 울리기 시작했다.

대형 사고라고 하기엔 현장은 비교적 단출해 보였다. 두 경관의 눈에 견인차가 검은색 승용차를 매달려고 고리를 내리고 분주히 움직이는 게 들어왔다.

순찰차에서 내린 경사가 그들을 향해 소리를 질렀다.

"이 양반들이 죽으려고 환장했나? 야, 누가 현장 건드리라고 했어, 엉?"

"부장님 오셨어요?"

"야, 부장님이고 나발이고 간에 우리도 오기 전에 현장에 손대면 어떻게 해?"

"헤헤, 요새 하도 경쟁이 심해서 먼저 걸어 놓지 않으면 안 되거든요."

아닌 게 아니라 몇 대의 견인차와 앰뷸런스가 요란한 소리를 내며 현장에 도착하고 있었다.

이미테이션

"차 내려 놔. 그리고 당신들 차 저 뒤로 빼 놓고. 어이 박 경장, 저 견인차들 가까이 못 붙이게 해."

사고차량으로 가까이 가자 차 안에 사람이 있는 것이 경사의 눈에 들어왔다.

"제가 벌써 다 확인해 봤어요. 죽었어요, 둘 다."

"뭐?"

"두 사람 타고 있는데 둘 다 죽었다고요."

"야, 이 양반아, 안에 사람이 들어 있는데 차를 달리고 한 거야? 아무리 돈독이 올라도 그렇지, 이 사람들 정말 큰일 낼 사람들이구만."

"어차피 즉사인데요 뭐."

견인차 기사 말대로 경사의 눈에도 운전석에 한 명, 그리고 뒷좌석에 한 명 등 두 명 모두 이미 사망한 것으로 보였다.

그때서야 경사는 들고 있던 플래시로 주위를 천천히 둘러보았다. 플래시 불빛 안으로 부서진 난간이 들어왔다. 사고 차량이 서 있는 현장에서 한 삼십 미터 정도 떨어진 거리였다.

그때 요란한 소리를 내며 119 차량이 현장으로 들어왔다.

"안녕하세요, 부장님. 수고 많습니다. 어떻게 된 겁니까?"

"예, 오셨어요? 지금 차 안에 사람 둘이 있기는 한데 둘 다 사망한 것으로 보입니다."

"그래요? 하여튼 저희가 좀 보겠습니다."

둘이 그런 대화를 나눌 때 이미 사고 차량으로 걸어갔던 여자 구급대원이 그들을 향해 고개를 저었다. 사망했다는 소리였다.

경찰서 교통계 직원들이 탄 순찰차와 교통사고조사계 차량 역시 곧 현장에 도착했다.

경사가 교통사고조사계 차량에서 내린 사내에게 건성으로 거수경례

_김영복 장편소설

를 붙였다. 그는 사복을 입고 있었다.

"오셨어요? 형님, 오늘 비번 아니었나요?"

"야, 명색이 계장인데 비번이 어디 있냐? 그런데 어떻게 된 거야?"

"저도 방금 왔거든요. 차 내에 사망자 두 명이 있고 제가 보기엔 저기, 저기 난간 보이시죠? 저 난간을 들이받고 이리로 튕겨져 나온 것 같습니다."

"그게 다야?"

"예, 그런 것 같습니다."

"그럼 뭐 대통도 아니잖아?"

"글쎄 말입니다."

"대통이건 말건 사망사고 났다고 서장 새끼 또 지랄께나 하겠네."

"뭐 우리가 사고를 냈나요? 지랄을 하게."

"야, 언제 우리가 사고를 내서 그 지랄을 하냐? 하긴 서장도 청에 들어가서 깨지니까 그럴 만도 하지."

"경찰서장 깬다고 사망사고 안 나면 전국에 사망사고 한 건도 없겠네, 병신 새끼들!"

"신고자는?"

"아, 저기 저 차입니다."

"인적사항 같은 것 다 받아 놨지?"

"예, 우리 직원이 다 해 놓았을 겁니다."

"그래, 웬만하면 좀 남아 있으라고 하라고, 혹시 모르니까."

오 계장은 직원과 함께 구급대원들이 사체를 내리는 모습을 잠시 지켜보다가 차량 파편이 흩어져 있는 도로 면을 플래시 불로 비쳐가며 경사가 말한 부서진 난간으로 향했다.

잠시 후 오 계장의 다급한 목소리가 터져 나왔다.

아미테이션

"어이, 119 빨리 좀 오쇼. 빨리 좀 오시라니까. 야, 강 형사, 차 이리로 가져 와서 여기 좀 비추고, 빨리."

사체가 놓인 침상을 밀고 있던 남자 구급대원 두 명이 침상을 그대로 둔 채 구급차 오 계장이 있는 난간 쪽으로 달려 왔다. 동시에 사고 조사계 형사가 차를 가지고 와 전조등으로 난간을 비췄다.

"저 안으로 차가 들어 간 거 같아요. 그렇지요? 야, 강 형사 차 라이트로 저기, 저기 물 쪽으로 좀 비춰 봐."

"각도가 안 맞는데요."

구급대원 한 명이 달려가 구급차량을 몰고 오는 사이 다른 구급대원은 이미 언덕 아래로 내려가고 있었다. 구급차에서 쏟아지는 강렬한 불빛이 그를 쫓았다. 불빛에 드러난 검은 빛 수면 위로 여러 개의 색을 띤 기름 무늬가 퍼지고 있었다. 언덕을 내려간 구급대원이 물로 걸어 들어 가더니만 가슴 높이로 물이 차오르자 크게 심호흡을 한 후 물속으로 사라졌다. 잠시 후 수면 위로 그의 얼굴이 나타나고 그는 다시 뭍으로 올라섰다. 오 계장도, 지구대 경관들도, 견인차 기사들까지도 모두 언덕 아래로 내려갔다. 물속으로 들어갔던 구급대원이 머리에서, 옷에서 물을 뚝뚝 흘리며 그들을 향해 말했다. 그는 추위에 덜덜 떨고 있었다.

"있어요, 있어."

"뭐가?"

"차 말이에요, 트럭이에요. 운전사도 있고. 그런데 이미 사망한 것 같아요. 하여튼 다시 들어 가 봐야 하니까 빨리 슈트 좀 갖다 주세요. 어휴, 추워."

"죽은 거 맞아요?"

오 계장이 물었다.

"예, 만져 보니 그렇게 보이더라고요 그래도 혹 모르니 일단 빨리 데리고 나와야 할 텐데 물이 너무 차서 도저히 못 견디겠더라고요, 슈트 입고 다시 들어가 봐야지요."

"다른 사람은 없던가요? 한 명뿐이에요?"

"글쎄 그것도 들어가서 확인해 봐야 알 것 같아요."

여자 구급대원이 잠수복과 오리발을 들고 바쁜 걸음으로 언덕 아래로 내려 왔다.

"공기통은요?"

"아냐, 수심이 얼마 안 돼서 공기는 없어도 될 것 같아. 오리발도 그렇고. 하여튼 다시 들어가 볼게."

입고 있던 옷을 훌훌 벗어던진 구급대원이 힘겹게 잠수복을 입었다. 그리고 물속으로 사라졌다. 잠시 후 그의 머리가 다시 수면으로 솟았다.

"어떻게 됐어요?"

아무 대답 없이 뭍으로 나온 구급대원이 고개를 저었다. 불빛 사이로 드러난 그의 입술은 새까맣게 변해 있었고 추위 때문인지 말을 더듬거렸다.

"틀렸어요. 물속에 들어간 지 너무 오래된 모양이에요. 그냥 차채로 끌어 올려야지, 사람만 먼저 데리고 나와 봤자예요."

"그럼 완전히 사망한 건가요?"

오 계장이 다짐을 받듯이 그에게 물었다.

그는 고개만 끄덕였다.

"다른 사람은?"

"시야가 전혀 확보가 안 되니 알 수 있나요? 일단 차 안에는 한 명뿐이에요. 어휴 추위."

여자대원이 그에게 담요를 둘러 주었다.

이미테이션

6

오 계장이 이렇게 많은 사람들의 시선을 받으며 사고 현장 조사를 해보기는 난생 처음이었다. 현장 주변 노란색 경찰 저지선 뒤로는 수없이 많은 사람들이 모여 조사를 지켜보고 있었다. 한쪽에선 서장이 경찰청 차장, 강원지방경찰청장과 한눈에 봐도 방귀께나 뀔 법 싶은 많은 사람들을 앞에 두고 지시봉을 들고선 오 계장이 날밤을 새워 만든 전지 차트를 놓고 브리핑을 하고 있었다. 그중에는 심지어 관할 사단장까지 있었다. 헌병대장, 보안대장도 눈에 띄었다. 기자들은 '사진 한 장'만을 외쳐 가면서 전경들이 막아 선 저지선을 뚫고자 몸싸움을 벌였다.

하지만 막상 현장에는 차 한 대도 없이 그저 승용차와 트럭에서 떨어져 나간 부품들, 새어나온 기름, 그리고 아스팔트 위로 무심히 남아 있는 어지러운 바퀴 자국들뿐이었다.

관할 사고조사계장이라고는 하나 오 계장은 사실 뒷전이었다.

국립과학수사연구소, 교통공학연구소, 교통안전공단, 경찰청 사고조사계, 지방청 사고조사계원들이 활보를 하고 오 계장은 그저 바퀴 자를 들고 건성으로 그들을 따라다니며 뭔가 열심히 하고 있다는 걸 보여주려 애쓸 뿐이었다. 하지만 그가 현장에서 실제로 한 일이라곤 그들에게 차가운 생수를 가져다준 일뿐이었다.

오 계장은 이 악몽이 빨리 지나가기를 빌고 또 빌었다.

사고가 만든 엄청난 파장과 동원된 사람들의 면면에 비해 사고는 비교적 간단했다. 고위직 등 참관자들을 일절 배제하고 직접 현장조사를 벌인 실무자들 간의 현장에서의 간이 회의에서도 결론은 비교적 쉽게 도출되었다. 대부분의 의견이 일치했던 것이다.

중앙선을 넘은 트럭이 승용차의 앞의 한쪽 면과 정면충돌했다는 것이 요체였다. 하지만 그들은 뭔가 찜찜함을 감출 수 없었다. 분명 정면 충돌을 한 것은 맞는데 왜 그랬을까, 라는 의문에는 쉽게 의견을 합칠 수 없었던 것이다.

그들이 제일 이상하게 생각한 건 두 차량 모두 스키드마크가 전혀 없었다는 것이다. 두 대의 차량 운전자 중 누구 한 명이라도 사고의 위험을 느끼는 순간 브레이크를 밟았을 것이고 또한 사고를 회피하여 위하여 반대편으로 핸들을 꺾었을 것이다. 그렇다면 당연히 그러한 형태의 스키드마크가 나타났어야 했다.

특히 승용차의 운전자는 윗사람을 모시는 운전으로 뼈가 굵은 자이니 순간적인 판단과 대처능력도 아주 뛰어날 터이고 낚시터에서 출발한 지 겨우 10여 분 지났으니 졸았을 턱도 없다. 그런 그가 브레이크 한번 못 밟았다? 그건 사고 직전까지 아무런 이상 없이 정상적으로 주행을 하다가 전혀 예상치 못한 사고를 당했다는 것이다.

그렇다면 트럭은? 물론 트럭 운전자 역시 브레이크를 못 밟은 것으로 보아 사고를 전혀 예측치 못했다는 것이고 그렇다면 음주운전이나 졸음운전을 하다가 갑자기 중앙선을 넘었다고 할 수도 있다.

하지만, 사고 현장 일대는 굽이굽이 커브진 도로가 겹겹이 놓여있는 곳이다. 트럭이 오는 방면으로 사고 현장에서 불과 100여m 후방에도 각도가 아주 예리한 곡각지점이 있다. 술에 취하거나 졸면서 운전을 하였다면 그곳에서 정상적인 주행로를 이탈했어야 차라리 이치에 맞는다. 그런데 그런 큰 각도의 곡각지점을 잘 통과한 운전자가 불과 몇 초도 채 걸리지 않을 100여m 남짓한 직선로를 주행하면서 중앙선을 넘어갈 만큼 졸음이 갑자기 쏟아질 리도 없지 않은가?

결국 교통사고 조사관들은 '트럭이 중앙선을 넘어 마주 오는 승용차를 충돌한 후 조금 더 진행하다가 우측의 가드레일을 충돌하여 파손

시키고 언덕 아래로 굴러 물에 빠졌다.'는 건조한 결론 이외의 다른 의견을 내지 않기로 했다.

그러나 그들 모두는 어쩜 이건 '의도적인 충돌일 수도 있다.'는, 아니 그럴 가능성이 아주 농후하다는 생각을 내심 다 갖고 있었다. 단지 누구 하나도 감히 그 말을 꺼내지 않았을 뿐이었다.

그들은 알고 있었다. 자신들의 생각대로 이게 의도적인 충돌이라면 이건 단순 교통사고가 아닌 계획적인 살인사건이 되는 것이고, 만일 그렇다면 피해자의 사회적인 비중과 위치로 보아 나라 전체가 벌집을 쑤셔 놓은 양 엄청난 파문 속으로 빠져 들 것이란 걸!

그건 자신들이 감당할 몫이 아니었다. 그건 다른 사람들의 짐이어야 했다.

하지만 교통사고 조사관들은 사실 내색하지 못하는 그런 복잡하고 다소 정치적인 판단을 속마음으로 간직하면서 찜찜해 할 필요조차 없었다. 오지랖 넓은 짓에 불과했다. 그들의 생각은 전혀 중요하지 않았다.

중요한 건, 진실의 향방에 앞서 우리나라 재계 서열 3위의 창업주의 외아들이자 실질적인 최고 경영자가 사고의 당사자라는 것이었다. 경찰은 교통사고 조사반들이 고심과 갈등에 빠져 있을 때 이미 모든 가능성을 염두에 두고 검찰과 합동으로 특별수사팀을 구성한 터였다.

금융감독원, 국가정보원도 비밀 조사팀을 가동시켰으며 물론 서원그룹 차원에서도 전문가들을 동원해 자기 나름의 정밀조사에 착수를 한 터였다.

합동수사팀에서는 우선 운전자 김 씨의 과실로 인한 단순교통사고 여부를 판단하고자 했다. 가장 무난한 결론이고, 그렇다면 자신들도 빨리 짐을 벗을 수 있을 터였다. 하지만 교통사고조사팀의 초동 조사 내용처럼 사고 지점이 깊은 구배의 곡각지점을 갓 벗어난 직선도로인

점이 영 마음에 걸렸다. 음주운전은 분명했으니 사고가 났다면 운전이 어렵고 집중력이 필요한 커브에서 났어야 이치에 맞았다. 물론 그렇다고 가능성을 배제할 수는 없었다. 배제하고 싶지도 않았다.

다음은 고의적인 충돌이었다. 만약 김 씨가 고의로 강 사장의 승용차를 충돌해 버렸다면 분명 그 이유가 있을 것이다. 추정할 수 있는 이유는 세 가지뿐이었다. 개인적인 원한에 의한 복수, 공익에 반하는 강 사장을 벌하기 위한 징벌 그리고 청부살인, 수사팀은 세 가지 모두 가능성을 열고 수사를 진행했다.

먼저 개인적인 원한이라면 김 씨와 강 사장 또는 사고 당시 강 사장 차를 운전하고 있던 그의 수행비서 박 과장과 연결 끈이 있어야 했다. 하지만 전남 해남에서 농사를 짓다가 몇 년 전 상경하여 공사판을 떠돌던 김 씨와 강 사장이나 박 과장을 잇는 고리는 도저히 발견할 수 없었다.

서원의 건설 부문은 강 사장 관할이 아니었다. 게다가 그는 몇 년간 서원전자 미주본부 사장직을 맡아 미국에서 생활하다가 귀국한 지 채 2년도 안 된 상태였고 너무나도 계층이 다른 김 씨와 직간접으로도 엮일 구석이 전혀 없는 사람이었다.

박 과장 또한 줄곧 서원의 기획실에서만 근무하던 평범한 월급쟁이로서 누구에게 원한을 살만한 일을 벌일 사람도 아니었다. 결국 수사팀은 원한에 의한 복수극은 아닐 가능성이 높다는 결론에 이르렀다.

그럼 강 사장이 과연 김 씨의 공분을 자아내게 했을까? 물론 재벌이야 늘 적이 많았다. 환경 문제, 노동자 처우 문제, 중소기업에 대한 착취, 문어발식 확장과 고질적인 분식회계 등등 이른바 깨어있다고 자처하는 사람들로부터 늘 타파해야 하는 적으로 간주되어 왔다. 그러나 아무리 보아도 김 씨는 아니었다. 김 씨는 오늘 하루 살아가야 할 것을 걱정해야 하는 막노동꾼에 불과했고, 특정 노조나 시민단체에 가입되어 누구의 사주를 받을 수 있는 그런 사람도 못 되었다.

강 사장 또한 아직은 서원그룹의 오너가 아니었다. 그는 아직은 황태자일 뿐이었다. 그룹은 여전히 그의 아버지 손에 있었고 그는 서원의 수많은 계열사 중 전자 부문만을 담당하는 사장으로서 경영수업을 받으면서 한편으로는 능력을 검증받고 있는 단계에 불과했다.

마지막 가능성은 가장 민감한 청부 살인 여부였다. 김 씨의 의도적인 충돌이었다고 가정한다면 어쩜 청부살인일 가능성이 가장 높다는 걸 수사팀은 알고 있었다. 김 씨의 자금 출처가 불분명한 트럭 구입, 이해할 수 없는 행로, 우연이라 보기 어려운 사고 현장의 모습과 절묘한 타이밍 등 여러 정황으로 볼 때 이건 분명 '청부살인이 틀림없다'라는 생각을 누구나 가질 수 있었다. 그렇다면 과연 누가? 결론은 간단했다. 강 사장의 죽음으로 이득을 보는 자들이 누구일까? 청부를 했다면 분명 그들이 했을 것이라는 건 당연한 일이었다.

하지만 문제는 사고 당사자인 김 씨가 사망한 상태에서 이런저런 정황이나 가능성만 가지고 공개적인 수사를 진행할 수는 없다는 것이었다. 결국 금융감독원, 국가정보원까지 나서서 서원그룹에 대해, 강 사장 주변 인물에 심지어는 가족에 대해서도 광범위한 내사를 벌였다. 그들의 금융거래, 통화내역까지 샅샅이 훑어보았다.

하지만 그 누구에게서도 아무런 용의점을, 그 어디에서도 수상한 돈 흐름을 발견할 수 없었다. 그래도 수사팀들은 믿었다. 분명 김 씨를 사주하고, 김 씨에게 강 사장이 강원도 화천의 외진 호숫가에서 달랑 수행비서 하나 데리고 며칠 간 머무르며 낚시를 한다는 것, 그리고 바로 그 길로 사고 시간에 맞춰 돌아온다는 걸 알려 준 사람이 있을 것이라는 것, 그리고 그러한 고급 정보를 쥔 사람은 몇 명 안 된다는 걸 쉽게 추정했기에 밝힐 수 있으리라 자신했다.

그러나 역시 김 씨가 죽어 없다는 게 문제였다. 의심이 간다고 아무나 지목하여 심문을 할 수도 없었다. 아니 혐의점을 가지고 있다는 것 자체를 들켜서도 안 됐다. 엄청난 역풍은 쉽게 짐작할 수 있었다.

수사팀은 자신들의 칼끝이 들어가지 않는 단단한 벽에 절망해야 했다. 그것만이 아니었다. 누군가 김 씨에게 사주를 했다면 김 씨는 그로부터 그에 상응하는 이익을 취했어야 옳았다. 그러나 그는 죽었다. 게다가 여러 정황상 트럭을 일부러 물속으로 처박았다는 것이 진실에 가까웠다. 그렇다면 자살이라는 소리인데 그건 납득이 가지 않는 소리였다. 그렇다고 해남에 있는 그의 가족에게 어떠한 이익이 돌아갔다는 정황도 전혀 발견할 수 없었다. 그러니까 그는 강 사장의 죽음으로 인해 아무런 이득도 취하지 못한 것이었다.

물론 다른 가능성도 있었다. 강 사장을 살해케 한 후 김 씨를 살해한다는 시나리오였다. 그렇다면 도대체 어떻게? 김 씨의 부검에서 나온 건 그가 상당량의 술을 먹었다는 것과 그러나 분명한 익사라는 것뿐이다. 그의 얼굴에서 발견된 상처도 승용차와의 충돌 때 입은 상처라는 소견이었고, 직접 사망의 원인이 될 정도의 중상도 아니었다.

현장에 제삼자가 있었다는 추정도 하기 어려웠다. 제삼자가 어떻게 김 씨를 조종해서 사고를 유발시키고 다른 이유도 아닌 익사를, 그것도 차 안에서 할 수 있게 만들 수 있다는 말인가? 물론 차 안에 같이 타고 있었을 개연성이 없는 건 아니었다. 하지만 김 씨의 행로를 추적하여 분석해 본 각 지의 CCTV 속에서도 트럭 안에는 김 씨 혼자 타고 있었다.

결국 수사관들뿐만 아니라 거의 모든 사람들이 납득키 어려운 점이 한 두 가지가 아님에도 불구하고 두 달이 넘게 진행된 모든 수사는 허망한 결론을 내리고 막을 내리고야 말았다.

이미테이션

'김 씨의 음주운전, 과실에 의한 중앙선침범으로 인한 교통사고로 추정된다.'가 그들이 내놓은 수사 결과였다. 두 달 전 초동조사를 담당했던 교통사고 조사요원들이 내놓은 의견을 한 치도 벗어나지 못한 내용이었다.

그리하여 강 사장의 사망은 외부적으로는 불행한 교통사고로, 사람들 가슴 속에는 실체를 밝힐 수 없는 의문사로 남게 되었고 또 늘 그렇듯 서서히 잊혀갔다.

송 사장이 이겼다. 그리고 다른 누구인가가!

그로부터 정확히 1년 뒤 큰 회장이라 불리던 서원그룹의 창업주 강 회장이 노환으로 세상을 떠났다. 그가 가지고 있던 서원의 각 계열사 지분은 남아 있는 유일한 자식이 된 그의 외동딸이자 서원백화점의 경영자인 강진희에게 모두 상속이 되었다. 그녀는 이미 서원그룹의 상당지분을 가지고 있던 터였다. 거기에 더해진 아버지의 지분은 거액의 상속세를 내고도 그녀를 서원그룹의 실질적인 주인이 되고도 남을 수 있게 만들었다.

한때는 제법 날리던 인기가수였으나 이제는 거의 무명의 신인급 대우에도 감지덕지하면서 서울 교외의 카바레를 전전하던 백용호가 마포 영빈로에 번듯한 사무실을 가진 연예기획사 백가엔터의 사장이 된 건 그로부터 석 달 전의 일이었다.

2005년 10월, A star is born

i

"자, 방청객 여러분, 그리고 뜨거운 관심으로 오늘 이 무대를 주목하고 계신 전국의 시청자 여러분. 남연수 양에 이어 드디어 오늘의 마지막 도전자인 윤빈 군의 노래까지 모두 들어 봤습니다. 그럼 일단 윤빈 군의 무대에 대해 심사위원 여러분의 심사평부터 들어보도록 하겠습니다. 이번에는 반대 방향으로 해서 신성훈 위원님부터 먼저 들어 볼까요?"

"예, 다른 분들과 마찬가지로 윤빈 군 역시 왜 오늘 이 자리에까지 올랐는지를 여실히 보여준 무대였다고 봅니다. 뭐 우리 윤빈 군의 가창력이나 무대 매너는 지금 왕성히 활동하고 있는 가수 분들에 비해 전혀 뒤처지지 않는다는 것, 이미 전 국민이 다 알고 계신 바이고 오늘 역시 그 실력을 아낌없이 보여주었다고 생각하고요. 단지 아직은 우리들의 귀에 익숙지 않는 자작곡이 갖는 한계 때문이라 보긴 합니다만, 예선 때부터 줄곧 윤빈 군을 지켜봐 온 우리로서는 마지막 무대인 오늘, 즉 가장 많은 호응을 불러와야 할 자리에서 평소보다 관객들과의 교감이 좀 떨어지지 않았나 하는 점이 아쉽다면 아쉽네요. 아무튼 윤빈 군은 오늘 설령 우승을 차지하지 못한다고 하더라도 앞으로 분명히 좋은 가수로서 우리들의 곁에 있을 것이라는 것은 확실하다는 말씀 드립니다. 수고하셨습니다."

"군이 아쉬움을 말하자면 낯선 자작곡을 가지고 나와 관객들의 호응이 기대에 다소 못 미친 점이라는 말씀을 해 주셨습니다. 그럼 다음엔 이무익 위원님."

"예, 저는 역시 윤빈 군은 뮤지션이다, 이 말씀부터 드립니다. 자작곡이라는 위험한 선택을 했음에도 불구하고 일단 곡 자체가 아마추어가 만든 곡이라고는 믿기 어려울 정도로 음악성과 대중성을 가졌다고 보고요. 특히 가창력을 논하기에 앞서 기타 연주가 아주 좋았다는 말씀도 드리지 않을 수가 없습니다. 물론 노래에 열중하다 보니 갈수록 좀 약해진 면이 없지 않긴 하지만 오늘 윤빈 군의 연주는 처음의 인트로 부분부터 노래 중간 부분까지는 나름 기타리스트라 자부하고 있는 저를 부끄럽게 만들 정도로 아주 훌륭했고요. 어쨌든 저는 오늘 윤빈 군이 최고의 무대를 보여 주었다고 생각합니다. 뭐 군이 아쉬운 점을 꼽으라고 한다면, 노래의 장르에 맞춰 발성이나 호흡법도 조금씩 달라져야 하고, 또 그 부분에 대해 그간 몇 번의 지적이 있었음에도 오늘 역시 전혀 달라지지 않았다는 점입니다. 이게 윤빈 군의 한계인지, 혹은 고집이나 소신인지는 모릅니다만, 저로서는 대중가수가 되겠다고 이 무대에 도전한 사람에게는 아무래도 단점이 될 수밖에 없다고 보이네요. 뭐 긍정적으로 보면 개성이 뚜렷한 것이라고도 할 수도 있으니 이에 대한 판단은 국민 여러분들이 현명히 해주실 것이라고 믿고요. 아무튼 윤빈 군, 수고 많았습니다. 좋은 노래도 잘 들었습니다. 이상입니다."

"예, 이 무익 심사위원님께서는 장르를 불문하고 늘 똑같은 창법만 고집하는 게 좀 아쉬웠다는 말씀을 해 주셨습니다. 다음은 하수민 위원님, 한 말씀 해 주시죠."

"예, 오늘 노래, 의상, 무대 매너 모두, 모두 너무 좋았어요. 사실 제가 지방 예선에서 윤빈 씨를 처음 볼 때만 해도 저 외모라면 조금만 더 신경을 쓰면 그 노래 실력이 더욱 돋보일 텐데, 하는 생각을 했었는데 이게 지난 주 무대까지도 별로 변하지 않는 것 같아 아주 아쉬웠거든요. 그런데 오늘 보니까 여태까지는 어떤 반전을 위해 일부러 그래왔던 것이 아니었나 하는 생각이 다 들었어요. 하여튼 오늘 입고 나오신 옷이며 액세서리며 헤어스타일까지, 모두 노래와 무대에 아주 잘 어울렸던 것 같습니다. 아마 전화나 문자 투표를 하시는 분들 중 젊은 여성분들이 가장 많다는 통계가 사실이라면 윤빈 씨가 오늘은 가장 유리하지 않을까 싶네요. 저는 여기까지입니다."

"예, 역시 유행을 선도하는 '탑 드레서'다운 평을 해 주셨습니다. 그러고 보니 나쁜 것은 하나도 말씀 안 하셨네요. 그렇게 알아듣겠고요. 마지막으로 백용호 위원님."

"예, 기획사 입장으로 봐서 역시 윤빈 군은 참 탐이 나는 가수라는 생각이 들었고요. 아, 이 말씀은 다른 도전자들은 그렇지 않다는 말은 아니라는 말씀도 드립니다. 어쨌든 제 생각에 앞으로 윤빈 군은 단순히 가수뿐 만으로서가 아니라 작곡이면 작곡, 연주면 연주, 예능이면 예능 또는 배우로서의 가능성까지, 하여튼 아주 좋은 엔터테이너가 될 수 있는 자질과 매력을 갖추지 않았나 싶고요. 오늘 노래 역시 이런 자리에 자작곡을 들고 나온다는 건 어떻게 보면 무모한 도박일 수도 있는데 저는 그런 도전정신이 더 매력적으로 보입니다. 물론 노래가 쉬운 것에 비해 고음 부분이 좀 많았는데 그 부분도 모두 가성으로만 커버하지 않고 일부라도 본인의 진성으로 해결했으면 어땠을까 하는 아쉬움은 좀 남습니다. 아, 그리고 아까 이무익 선배님이 말씀하신 하신 것처럼 노래가 금방 귀에 익숙해지고 따라 부르기 쉬울 정도로 대중성이 있어 이것에도 가산점을 주고 싶었다는 말씀도 드립니다. 윤빈 군, 수고 많으셨습니다."

"예, 백용호 위원님께서는 고음 부분의 가성 사용에 대한 아쉬움을 말씀해 주셨습니다. 자, 이것으로 윤빈 군의 무대에 대한 심사위원 네 분의 심사평을 모두 들어 봤습니다. 오늘의 도전자 네 분 모두 워낙 뛰어난 실력을 가진 분들이라 우열을 가리기 참 힘들었을 텐데 미리 알려드린 바와 같이 오늘은 다행히 심사위원 여러분들은 심사평만 말씀하시고 점수는 매기지 않기 때문에 그런 걱정은 안 하셔도 될 것 같습니다. 자, 여러분, 이제 전 국민을 대상으로 한 저희 K-TV의 스타 발굴 프로젝트 '어스타이즈본(A star is born) 2005'의 주인공이 가려지는 역사적인 순간만 남아있습니다. 오늘 생방송이 시작하는 순간부터 이뤄진 문자나 전화투표 시간도 바로 지금부터 딱 5분 후면 끝이 나고 누가 과연 백육십만 분의 일이 되는가, 바로 그 결과가 나옵니다. 시청자 여러분께서는 주저하지 마시고 자신이 가장 좋아하는 분이나 가장 잘 했다고 생각하는 분에게 지금 자막으로 나가고 있는 각 도전자의 고유번호로 전화나 문자 투표를 통하여 적극 참여해 주시기 바랍니다. 거듭 말씀드리지만 여러 분들에게 투표를 하는 것은 괜찮습니다만 한 분에게 중복투표를 하는 것은 허용이 되지 않습니다. 자, 바로 지금, 여러분들의 손으로 직접, 여러분의 스타를 뽑아 주시기 바랍니다. 저는 그럼 잠시 후에 투표 결과를 가지고 여러분들을 다시 찾아뵙기로 하고 지금부터 마지막 도전자 네 분의 합동무대를 갖도록 하겠습니다. 여러분, 뜨거운 박수로 그들을 맞이해 주시기 바랍니다. 감사합니다."

2

손을 흔들며 무대 위로 달려 나온 세 명의 남자와 한 명의 여자가 너무도 앙증맞아, 귀여우면서도 조금은 어색하고 또 우습기까지 한 율

동에 맞춰 최근 가장 유명세를 타고 있는 아이돌 그룹의 노래를 부르기 시작했다.

거대한 잠실실내체육관을 가득 메운 관객들은 저마다 응원하는 이를 격려하거나 그가 대망의 우승을 차지할 것을 기원하는 문구가 담긴 플래카드를 좌우로, 상하로 흔들거나 박수와 함께 큰소리로 노래를 따라 부르고, 이제 비로소 짐을 벗게 된 4명의 심사위원들도 홀가분한 표정으로 박수를 치며 그들에게 따뜻한 성원을 보냈다.

마침내 노래가 끝나고 관중들에게 인사를 한 도전자들이 무대 뒤편에 마련된 각자의 의자에 앉자 사회자가 다시 무대로 나왔다.

"자, 여러분, 우리 마지막 도전자 네 분의 멋진 무대 잘 보셨습니까?"

"예-."

"지금 제 손에 든 이 봉투 안에 4개월간의 대장정 끝에 바로 여러분들에 의해 선택을 받은 저희 K-TV의 전 국민 대상 스타 발굴 프로젝트 '어스타이즈본2005'의 최종 우승자 단 한 분의 이름이 들어 있습니다. 과연 제 뒤에 앉아 계신 4명의 도전자 중 누가 상금 1억 원, 유명 연예기획사 입사 및 음반 발매 등의 영예를 차지하는 우승자가 될까요? 여러분, 궁금하시지요?"

"예-."

"여러분들은 어느 분이 우승하실 것이라 믿습니까?"

관중 모두 자신이 응원하는 도전자의 이름을 외쳤다. 사회자가 드디어 노란색 봉투를 열고 그 안에서 종이 한 장을 꺼냈다. 그는 그 종이를 들어 아무 말 없이 제법 한참을 바라보았다.

관중들에게서 야유와 탄식, 웃음이 터져 나왔다. 관중들은 이제 그런 사회자의 눙침에 익숙해져 있는 터였다. 그는 그런 반응을 즐기기나 하는 듯 관중들을 보고 생글거렸다.

이미테이션

"자, '어스타이즈본2005' 최종 우승자는, 우승자는, 으음, 60초 후에 발표해 드리겠습니다."

관중석에서도, 광고가 나오고 있는 TV를 보는 사람들에게서도 모두 또 한 번의 탄식과 야유, 웃음이 터져 나왔다. 광고가 끝난 후 다시 나타난 무대 위 사회자 옆에는 말쑥하게 하얀색 양복을 말쑥하게 차려입은 남자 한 명이 서 있었다.

"여러분, 지금 제 곁에 서 계신 분이 누구신지는 다 아실 겁니다. 맞습니다. 우리나라 최고의 개그맨이자 가수이기도 한, 바로 명정남 씨입니다. 그런데 여러분, 제가 왜 최종우승자를 발표하는 자리에 우리 명정남 씨를 모셨는지는 모르시지요?"

"예-."

"아마 여러분들께서는 그 이유를 알면 깜짝 놀랄 겁니다. 그럼 왜 나오셨는지 본인에게 직접 들어 볼까요?"

"예-."

"자, 명정남 씨, 바쁘실 텐데도 오늘 '어스타이즈본2005'의 최종 우승자를 발표하는 무대를 찾아주신 이유가 있다고 하셨는데 그 이유를 직접 설명해 주시지요."

"예, 안녕하셨습니까? 여러분, 명정남입니다. 이렇게 큰 무대에서는 참으로 오랜만에 여러분들을 뵙는 것 같습니다."

"왜 오셨냐고 여쭸습니다."

"예, 제가 오늘 이 자리를 찾은 건 여러분들에게 오늘의 최종 우승자를 발표하는 영광을 주시겠다고 해서입니다."

"맞습니다. 오늘 최종 우승자는 바로 여기 계신 명정남 씨께서 발표하실 겁니다. 여러분, 놀라지 마십시오. 바로 여기 계신 명정남 씨께서는 우리나라 최초로 방송국에서 실시하는 전 국민 대상 스타 발굴 프로그램의 우승자이십니다. 직접 말씀해 주시지요."

"예, 지금부터 정확히 21년 전에 NBC 방송국에서 실시를 한 '스타탄생'이란 프로그램에서 제가 우승을 했습니다. 그때는 물론 케이블 TV도 없던 시절이었지요. 아마 여러분들께서는 잘 믿지 못하시겠지만 저도 그때 몇십만 대 일의 경쟁에서 우승했었습니다. 제가 그때는 노래를 곧잘 했었거든요. 뭐 그때는 지금과 같이 시청자들이 직접 심사에 참여하는 제도도 없던 데다 또 저 같은 별 볼일 없는 놈이 우승자가 되어서 그런지 그 프로그램은 단 한 번으로 끝나고 말았습니다만, 그래도 '어스타이즈본'이 바로 '스타탄생'이란 뜻이니 감회가 또 새롭네요. 오늘의 우승자는 지금 제 앞에 계신 심사위원님들이 아닌 바로 시청자 여러분들이 심사하고, 또 여러분들의 손으로 직접 뽑는 것이니만치 여러분들의 따뜻한 관심과 격려 속에서 정말 스타로 우뚝 설 것이라 예상해보고 또 분명 그렇게 될 것이라 믿습니다. 그런데 사회자 양반, 지금 여기 계신 분들이나 TV를 보고 계신 분들은 이런 허접한 이야기에는 전혀 관심이 없으실 것 같은데요? 빨리 발표나 합시다. 욕하시는 소리가 막 들리는 것 같거든요."

"하하, 그럴까요? 어쨌든 '스타탄생'과 '어스타이즈본'이 결국은 같은 뜻이라는 사실이 아주 신기한 우연의 일치인 것 같기도 하고요. 다른 분도 아닌 21년 전에 그런 영광을 차지한 분께서 직접 발표를 해주시는 것에 대해 감사드립니다. 자, 여기 있습니다. 큰 소리로 발표해 주시기 바랍니다."

"예, 전 국민 대상 스타 발굴 프로젝트 어스타이즈본2005의 최종 우승자는, 으음, 우승자는 남연수 양입니다."

2006년 12월, 윤빈

1

'이게 다 뭐지? 여기는 어디지? 내가 왜 여기에 누워 있지? 머리는 왜 이렇게 아픈데?'

그래도 머리 위 링거 병에서 링거액이 똑똑 떨어지고 있고 그게 자신의 손에 꽂혀 있는 바늘로 연결되어 있다는 걸 보는 순간 자신이 병실에 누워 있다는 걸 곧 알아챌 수는 있었다. 깨질 듯 아픈 이마에 손을 댄 순간 머리에 붕대가 둘둘 감겨있다는 것도 알았다.

'다쳤구나. 왜 다쳤지? 내가 무슨 사고를 당했었던가?'

아무리 기억을 더듬어 보아도 도통 생각이 나질 않는다.

"여기요."

소리를 치자 간호사가 들어온다. 함께 들어온 이는 매니저다. 반색을 하며 호들갑을 떠는 간호사를 외면하고 그를 부른다.

"형, 어떻게 된 거야?"

"뭐가?"

"어떻게 된 거냐고? 내가 여기 왜 있냐고?"

"……."

"형!"

_김영복 장편소설

"아, 왜?"

매니저는 덜컥 성질을 부린다.

'이게 뭐지? 저 형이 나한테 왜 그러지? 무슨 일이 있었던 거지?'

"혀-엉!"

"너 정말 몰라서 묻는 거야, 아님 모른 체하는 거야?"

"뭘 말이야, 뭔데?"

"어젯밤에 네가 한 짓을 정말 몰라? 정말?"

'어젯밤에 한 짓이라니? 내가 뭘 했지?'

애써 기억을 꿰맞추어 본다.

'그래, 맞아, 연지랑 술을 마셨지. 연지랑 술, 그리고 싸웠어. 앗! 그럼 술을 마시고 뭐가 잘못된 건가? 뭐였지?'

하지만 정말 기억이 없다. 마구 일어나는 불안감에 외면하고 있는 매니저의 얼굴만 바라다본다. 그때 한 사내가 병실 안으로 들어온다.

"어이, 윤빈이, 이제 정신 차렸나 보네."

'누구지?'

"어이, 간호사 아가씨, 아니 선생님, 이 친구 퇴원해도 되지요?"

"글쎄요, 이마에 봉합 수술한 것 빼곤 다른 부상은 없으니 퇴원해도 될 것 같기는 한데, 하여튼 담당 선생님이 결정을 하겠지요."

"결정은 무슨? 새파랗게 젊은 애가 이마 몇 바늘 꿰맨 것 같고, 어이, 윤빈이, 옷 입고 가자고."

팔짱을 끼고 묵묵히 듣고 있던 매니저가 나섰다.

"저어, 일단 여기서 조사하면 안 될까요? 좀 도와주시죠? 나중에 꼭 인사드리겠습니다."

"인사? 아, 인사? 인사 좋지. 여보쇼, 매니저 양반, 지금 그런 소리가 나와요?"

이미테이션

"죄송합니다. 좀 도와주십시오."

"쓸데없는 소리 말고 나나 좀 도와주쇼. 지금 저 밖에 있는 기자들 안 보여요? 지금 세상이 발칵 뒤집어졌는데 그런 한가한 소리가 나오느냐고요?"

"죄송합니다."

"기자들이고 뭐고 간에 쟤가 어느 정도 다쳤는지 세상이 다 아는 판에 병원에서 조사한다고 그러면 아마 난리 날 거요. 내가 당신들 입장 생각해서 수갑은 안 채울 테니까 얌전히 갑시다. 변호사나 빨리 선임해놓고."

"변호사도 병원으로 곧 올 겁니다."

"내 분명히 말해두는데 변호사랍시고 와서 시건방 떨면 쟤 그냥 규정대로 수갑 채워 갈 거니까 알아서들 하쇼. 아마 기자들이 참 좋아할 겁니다. 그리고 연행되는데 변호사랑 같이 가면 더 욕먹지 않겠어요? 나 같으면 나중에 경찰서로 오라고 하겠네."

"네. 그럼 그렇게 하겠습니다."

"그럼 빨리 쟤 옷이나 갈아입히쇼."

"형! 뭐냐고? 무슨 일이냐니까? 내가 무슨 사고 친 거야?"

"어, 이 친구 봐라. 어이 윤빈이, 지금 자네가 무슨 짓을 했는지 모른다는 거야?"

"제가 무슨 짓을 했는데요?"

"매니저 양반, 벌써 쟤 교육 시킨 거야? 기억 안 난다고 하라고? 응?"

"아닙니다, 교육은요. 형사님 아시다시피 여태 잠들어 있었는데요 뭐."

"아니 그럼 저놈이 머리가 좋은 거야, 아님 정말 기억을 못하는 거야?"

"정말 모르는 것 같습니다."

"어이, 스타 양반. 젊은 놈이 술을 얼마나 쳐드셨으면 그게 기억이 안 난다는 거야? 그게 말이 된다고 생각해?"

"……."

"그래? 그럼 옷 갈아입는 동안 내가 정식으로 체포 절차를 밟을 테니 두 사람 다 잘들 들으쇼. 특히 너 윤빈인가 뭔가 하는 인간, 잘 들어. 당신을 특정범죄가중처벌에 관한 법률위반 교통 사망사고 야기 후 도주. 그러니까 이건 뺑소니쳤다는 소리이고, 거기다가 도로 교통법상 음주운전 혐의로 체포합니다. 당신은 변호사를 선임할 수 있고 묵비권을 행사할 수 있으며 지금부터 하는 말은 유죄의 증거로 사용될 수 있음을 고지합니다. 자, 됐지?"

'교통사망사고 야기 후 뺑소니라니? 그럼 내가 사고를 내 사람을 죽여 놓고 뺑소니를 쳤단 말인가? 내가?'

횡단보도, 사람, 그리고 충격……, 어렴풋이 뭔가 떠오르는 것도 같더니 정신이 다시 아득해져 갔다.

2

"어떻게 될 것 같아?"

"암만해도 불구속은 힘들 것 같습니다. 오늘 영장 친다고 하더라고요."

"김 변호사는 뭐래?"

"여론이 워낙 안 좋아서 구속은 각오해야 할 것 같다고 합니다."

"그럼 일단 구속이 되는 것으로 치고 재판은 잘될 수 있을 것 같다고 하던가?"

"그게 말입니다. 김 변호사 말로는 워낙 죄질이 안 좋은데다 이름값까지 더해져 실형을 살게 될 확률이 높다고 하더라고요. 그래도 피해자 측과 합의라도 하면 집행유예 정도는 조금 가망성은 있어 보인다고

이미테이션   43

하면서."

"실형? 그럼 감방에서 한참을 썩다가 나와야 된다는 소리 아니야?"

"혹 집행유예를 받더라도 일단 재판까지 두세 달은 들어가 있어야 하는데 그 자식은 전에 음주운전으로 걸린 적도 있어서 솔직히 집행유예도 만만치 않다고 하더라고요. 만일 그렇게 되면 최소 한 3년 정도는 있어야 될 것 같다고 하면서."

"음주운전? 언제?"

"'어스타이즈본' 나오기 전이랍니다. 이번에 김 변호사 때문에 알았잖아요."

"개새끼, 가지가지 하네. 그런데 3년을 살아야 한다고 했니? 아니지 일 년이 아니라 집행유예를 받는다고 쳐도 이제 그 자식은 끝난 것 아니야?"

"예, 제 생각에도 그렇습니다. 걘 이 일이 잘 해결되어도 아마 아무 짝에도 못 쓰게 될 것 같습니다. 어디 밤무대나 내보내면 모를까?"

"야, 지금 그걸 말이라고 하니? 밤무대라니? 우리 회사에서 업소 밤무대에나 써먹으려고 애를 데리고 있다는 게 말이나 돼? 지금 나 약 올리는 거야?"

"죄송합니다, 형님."

"그럼 합의 보려고 애쓸 필요도 없겠네."

"예?"

"어차피 빼내 봤자 써먹지도 못할 건데 괜한 돈 들일 필요 없겠다고."

"……."

"그 자식 식구들은 뭐라고 하던가?"

"식구라고 누구 있나요. 나이 먹은 엄마뿐인데, 병까지 앓고 있고. 그냥 저희만 믿고 있는 눈치였습니다."

_김영복 장편소설

"뻔뻔스럽긴, 그 새끼 때문에 여태까지 꼬나 박은 돈이 얼만데."

"……."

"야, 황 이사, 너 말이야, 김 변호사한테 미리 소송 준비해 놓으라고 해. 알았지?"

"무슨 말씀인지?"

"말귀 참 못 알아듣네. 그 새끼랑 계약서 썼을 것 아니야. 본인의 잘못으로 회사에 손해를 끼쳤을 시 그것을 배상하겠다고 말이야. 그러니까 만일 그 새끼가 합의금이니 어쩌니 하면서 뻔뻔스럽게 나오면 아예 소송 걸어서 그 자식에게 줬던 돈 다 회수하라고. 알았지?"

"그럼 여론이 난리도 아닐 텐데요."

"그러니까 일단 준비만 해 놓으라는 거잖아. 그리고 난리도 아니면? 그럼 또 그냥 앉아서 망하자고? 그 새끼 광고 찍은 회사들한테서 줄줄이 소송이 들어 올 판에 그깟 여론 때문에 그냥 죽자는 거야? 너 알지? 내가 그 새끼 때문에 영화판에 꼴은 거. 솔직히 내가 그 새끼라면 이가 갈리거든. 하여튼 앞으로 그 새끼한테 쓸데없는 돈 한 푼도 나가지 않게 단단히 해 놔. 단 한 푼도 말이야. 그리고 이 순간부터 김 변호사도 걔 일에 손 떼고 광고 회사들 일이나 잘 처리하라고 해. 내 말 알았지?"

"예."

"홍보팀이랑 상의해서 사과 성명도 내고 말이야. 에이 개새끼."

"예, 알겠습니다."

"매니저는?"

"알아서 조치하겠습니다."

"그 새끼도 다시는 이 바닥에 발도 못 붙이게 하라고. 병신 새끼, 애 하나 관리 못 해 이 지경을 만들어 놔?"

"……."

"너는 새끼야, 더 나쁜 놈이야. 알지? 관리이사라는 새끼가 말이야."

"죄송합니다, 형님."

3

"피고 측 변호인은 안 나왔습니까?"

"예, 아직 출석을 안 했습니다."

"변호인은 선임되어 있나요?"

"예, 피고 회사 소속 변호사로 선임계가 제출되어 있습니다."

"그런데 출석을 안 했단 말이에요? 뭐 사전에 연락이라도 있었나?"

"없었습니다."

"그래요? 알았어요. 그럼 어차피 선고 공판이니 변호인 없이 그냥 재판을 진행토록 합시다."

"예, 알겠습니다."

"피고."

계속 출입문 쪽을 바라보며 김 변호사만 찾던 윤빈은 자신을 찾는 판사의 목소리에 화들짝 놀랐다.

"예."

"피고 윤빈은 그간 공판기일에 다투었던 본인의 소추내용을 인정합니까?"

"예, 인정합니다."

"그럼 지금부터 선고를 하겠습니다. 주문, 본 법정은 피고 윤빈에게 징역 3년 6월을 선고한다. 사유, 피고 윤빈은 도로교통법 44조 1항 음주운전금지 위반과 특정범죄 가중처벌 등에 관한 법률 제5조 3호 도

주차량 운전자의 가중처벌 및 교통사고처리특례법상 교통사망사고 야기 후 도주 혐의에 대하여 자백 및 제 증거자료로 모두 범증 충분하여 인정되며, 현재까지 피해자와 민형사상 합의가 이루어지지 않은 점, 과거에 도로 교통법상 음주운전금지 위반 전력이 있는 재범인 점을 감안 위와 같은 형을 선고한다. 피고는 본 양형에 이의가 있을 시 7일 이내에 항소할 수 있다. 이상."

재판은 그렇게 10분, 채 10분도 걸리지 않았다. 재판이 끝날 때까지 역시 김 변호사도 매니저도 모습을 드러내지 않았다. 수갑을 차고 포승에 묶인 채 살벌하게도 철망으로 덮인 버스에 오를 때 그를 맞이해 준 것은 버스에서 내릴 때와 같이 기자들의 사정없는 플래시 세례뿐이었다. '지금 심경이 어떠냐?'는 소리들을 뒤로 한 채 버스에 오른 윤빈은 지그시 이빨을 악물었다.

'3년 6월, 합의도 이루어지지 않은 점.'

아미테이션

47

2008년 8월, 김철민

1

배는 늘 눈치도 염치도 없다. 막 지나쳐 온 찐빵집 솥에서 김을 피우던 녀석들 생각을 애써 떨치자니 머리가 다 지끈거린다. '박찬호'는 영 심드렁하다.

"혼자세요?"

"그런데요."

"혼자 들어가시려면 룸을 써야 하는데."

"그립시다."

"저어, 룸엔 맥주 못 들어가거든요."

"양주 마실게요. 됐죠?"

"누구 불러 드릴까요?"

"여기 처음인데."

그때야 얼굴이 퍼지며 아양을 떤다.

"아, 그러세요? 그럼 제가 모시겠습니다."

놈의 무전 연락을 받고 달려온 놈 역시 '박찬호'다. 녀석을 따라 계단을 내려가니 익숙한 리듬 소리가 들려오고 몸은 벌레가 기어가는 듯 스멀스멀해지더니만 출입문을 여는 순간 온몸으로 쏟아지는 음악에 갑자기 소름이 돋는다.

분명 방향제라도 뿌렸으리라. 달콤한 오렌지 향에 묻어있는 먼지 냄새, 조금은 퀴퀴한 지하실 특유의 공기, 귀를 찢을 듯 퍼붓는 굉음, 이 편안함이라니. 아! 얼마나 그리워하고 또 그리워했던 것들인가? 입으로, 코로, 귀로 마구 들이마신다. 빈속이라 그런지 양주 맛이 아주 쓰다.

"저어, 부킹하실 거죠? 아님 우리 집 아이 불러 드릴까요?"

"그건 됐고요, 오늘 여기서 모창대회 한다면서요?"

"아, 그거요? 거기 나가시려고? 제가 신청해 드릴까요?"

"그러면 고맙고."

"근데, 저어, 참가비가 있는데……."

만 원짜리 지폐를 하나 녀석에게 건넨다.

아름다웠지만 이젠 힘겨울 뿐인 기억 위
추억을 덧칠하는 건 너무 잔인해
가을 물든 저 호수도 바래 버린 저 벤치도
왠지 너무 익숙해
손대면 마냥 흔적 묻어날 것 같아
떠나갔건만 떠나보내지 못해
다시 시작하는 나는
그래 미안해 정말 미안해

싱그러운 너의 미소로 눈을 맞출 때
가슴속 이 먹먹함은 너무 잔인해
일렁이는 저 물결도 쓸쓸한 저 잎새도
내겐 너무 익숙해

아미테이션

바라보면 그냥 눈물 될 것 같아
떠나갔건만 떠나보내지 못해
처음 시작하는 네게
너무 미안해 정말 미안해

3년 전, 윤빈이라는 무명의 가수가 '어스타이즈본'이라는 스타 발굴 프로그램에서 최종 결승에 올랐을 때 부른 '미안해'라는 곡이었다. 반주가 노래방 기계에서 흘러나와 그런지 수없이 부른 노래인데도 영 어색하다. 그래도 다행히 눈물을 보이지 않고 끝낼 수는 있었다. 비록 지방의 일개 나이트클럽이기는 하지만 그래도 관객이 있는 무대 위에 서라면 분명 울게 될 것이라고 생각했고, 또 울어서는 안 된다고 수없이 다짐을 해야 했던 것과는 달리 이외로 무덤덤하다. 그저 배가 고플 뿐이다. 아까 그 찐빵 생각이 간절해졌다.

2

"이름이 뭐라고 했지? 하는 일은?"
"예, 김철민입니다. 군대 갔다 와서 요샌 자리 좀 알아보는 중입니다."
"김철민, 김철민, 그나저나 무슨 자리? 전공한 거라도 있나?"
"그건 아니고요, 그냥 이것저것."
"그래 나이는?"
"스물일곱이요."
"스물일곱이라, 그런데 자네가 왜 2등을 했는지 아나?"
"글쎄요."
"그게 말이야, 노래는 뭐 '그럭저럭'인데 외모가 윤빈이랑 아주 비슷한 느낌이 나는 거야. 뜯어보면 또 아닌데 이상하게 전체 분위기가 똑같단 말이야. 키가 좀 차이나 나던가? 하여튼 이런 이야기 많이 들었지?"

"예, 뭐."

"짜식, 학교 들어갔다더니 나오기는 했는지."

"누구 말입니까?"

"윤빈이 말이야. 한참 잘나갈 때 조심 좀 하지. 그나저나 자네 말이야, 어디 나가는 데 있나? 우리 집 같은 데 말이야."

"전에는 몇 군데서 아르바이트로 노래 좀 했었는데 요샌 없습니다."

"그래? 어디서?"

"예, 신촌이랑 미사리 쪽에서 좀 했었습니다."

"레퍼토리는?"

"예, 알앤비나 팝송 같은 거 몇 곡은 할 줄 압니다."

"우리 집에선 그딴 거는 안통하고 빠른 곡 있잖아? 댄스곡 말이야. 그런 건 안 해 봤나?"

"업소에선 안 해 봤지만 몇 곡은 할 줄 압니다."

"학교는? 아, 그리고 군대는?"

"시골에서 고등학교 대충 마쳤고 군대는 다녀왔습니다."

"음, 그래? 일찍 갔다 왔네, 어디서 생활했는데?"

"예, 이기자 부대라고, 아마 모르실겁니다. 강원도 사창리에 있는."

"사창리? 그럼 빡세기로 유명한 27사단이잖아? 난 그 옆에 7사단 사방거리에 있었거든. 와! 괜히 또 생각나네. 에이, 씨발 놈들."

"전방이라 고생하셨겠네요?"

"고생은 무슨? 나팔만 불다 나왔는데. 하긴 맞느라고 고생 좀 했지. 그 씨발 놈들이 얼마나 때리던지. 개새끼들 내가 지금 생각해도 이빨이 다 갈려요. 난 재수 없어 지금도 화천 쪽 보고는 오줌도 안 눈다니

아미테이션

까. 아, 그건 그렇고 어때? 우리 집에서 일해 볼 생각 있나?"

"예? 무슨 일이요?"

"무슨 일은 뭘 무슨 일, 당연히 노래지. 요새 초저녁 시간에 나오던 애가 딴 데로 옮겨서 말이야. 하여간에 이 바닥 새끼들은 조금만 키워 놓으면 딴 생각들을 한다니까. 어때 생각 있어?"

생각이라니? 곧 공사판이라도 나가 봐야 할 판인데.

"저야 그렇게 해 주시면 고맙지요."

"집은 수원에 있긴 있고?"

"예, 화성 쪽입니다."

"그래? 그럼 한번 해 보라고. 아마추어니까 페이가 많지는 않을 거야. 괜찮겠어?"

"예, 시켜만 주신다면 열심히 하겠습니다."

"그래, 그럼 우리 연예부장 만나서 오디션으로 몇 곡 더 해 보고 괜찮다고 하면 시간이랑 정하라고. 알았지?"

"예, 감사합니다."

"아, 그리고 말이야. 윤빈이 사진 같은 것 보고 좀 따라해 봐. 내가 그래서 자네를 써볼까 하는 거니까, 그 안경도 좀 벗고. 알았지?"

"예."

8시부터 20분간, 철민이 맡은 시간이었다. 하지만 명색이 나이트클럽인데 그 이른 시간에 손님이 들 리 만무했다. 그러니 장사 준비를 위해 분주히 돌아다니는 웨이터 보조들만 보면서 노래를 하는 날이 대부분이었고, 손님이 있는 날이라고 해 보았자 겨우 한두 테이블이 고작이었다. 하지만 철민은 전혀 괘의치 않고 늘 최선을 다했다. 노래를 한다는 사실 자체가 너무 좋았고 손님이 적다고 해서 돈을 못 받는 것도 아니었으니까. 물론 몇 푼 되지도 않지만 말이다.

_김영복 장편소설

3

"영업부장, 요새 초저녁 손님이 부쩍 는 것 같은데, 내 말 맞지?"

"예, 맞습니다. 다 저 철민이란 놈 때문입니다."

"그래?"

"예, 저놈 완전 윤빈이랑 똑 같다니까요, 노래도 제법 하고."

"그럼 저놈 보러들 온다는 거네."

"예, 그나저나 매상이 올라 좋기는 한데 골치도 좀 아픕니다."

"골치가 아프다니?"

"아, 글쎄 저놈 본답시고 미성년자 아이들이 자꾸 들어오지 뭡니까?"

"아니, 왜?"

"원래 윤빈이란 놈도 순 대가리에 피도 안 마른 것들이 그 난리였잖습니까? 그놈이랑 비슷하니까 그런 거지요, 뭘."

"그래봤자 이미테이션 아닌가? 참 골빈 것들도 많네, 참."

"글쎄 말입니다."

"뭐 어땠던 간에 우리야 손님이 많이 오면 된 거고. 그나저나 그럼 자네가 잘 챙겨야겠네. 알지? 괜히 어린애들 들여보냈다가 걸리기라도 하면 어떻게 된다는 거."

"예, 잘 챙기겠습니다."

"말로만 챙긴다고 하지 말고 진짜로 잘해 봐. 웨이터들이야 매상 올리는 판에 그딴 거 신경 쓰겠어?"

"예, 제가 알아서 잘하겠습니다."

"근데 저놈은 내가 안경 좀 벗으라고 했는데 아직도 쓰고 있네. 안경 없으면 진짜 윤빈이 같을 텐데……."

"예, 저도 몇 번 이야기 했는데 눈이 나빠서 할 수 없다고 하면서 고

이미테이션   53

집을 피우더라고요. 그리고 말입니다. 저놈 쌍꺼풀 있지 않습니까? 윤빈인가 하는 놈은 없고요. 그러니까 그냥 안경 쓰게 놔두는 것도 괜찮을 것 같습니다."

"그래? 하긴 지금 모습도 그럭저럭 괜찮기는 해, 그렇지?"

"예."

"쟤 여기 나온 지 얼마나 됐지?"

"예, 이제 석 달째입니다."

"그래? 그럼 손님 들어오는 것 봐서 시간대도 메인으로 좀 바꿔주고 페이도 좀 올려주라고. 괜히 또 딴 데로 새면 안 되니까."

"예, 벌써 좀 올려주었습니다."

"으음, 잘했구만."

"봐, 내 말이 맞지? 완전 윤빈이라니까."

"와, 정말이네. 진짜보다 더 진짜 같다야."

"난 처음에 봤을 때 까무러치는 줄 알았다니까."

"까무러치긴, 겨우 가짜 보고서?"

"야, 지금 네 눈으로 보고 있으면서도 그런 소리가 나오니? 봐, 완전 윤빈 아니야?"

"아무리 그래 봤자 가짜는 어디까지나 가짜인 거지. 자세히 보니까 코도 더 높은 거 같고 눈에 쌍꺼풀도 있는 것 같은데? 어쨌든 난 도리어 속상하거든?"

"왜?"

"윤빈 오빠 생각나서 말이야, 지금 우리 오빠는 어디서 뭘 하고 있는지도 모르는 판인데 쟤는 오빠 흉내 내면서 잘나가고 있잖아."

"잘 나가긴? 겨우 나이트에서 노래하는 게 뭘 잘나가?"

　　　　　　　_김영복 장편소설

"저 손님들 아우성치는 거 봐. 이미테이션 주제에 저 정도면 잘나가는 거지, 뭘."

"하긴, 아마 이 시간에 이렇게 꽉 차는 곳도 없을 거다. 다 재 보러 온 것일 테고. 그럼 잘나가는 거 맞긴 맞네."

"우리가 움직여야 하는 거 아냐?"

"뭘?"

"윤빈이 오빠 팔아먹고 사는 걸 그냥 보고 있는 게 맞느냐 이거지."

"난 반대로 생각이 들거든. 저런 애라도 있어야 사람들에게 오빠가 안 잊힐 거 아니야? 그래야 오빠가 돌아왔을 때 금방 적응이 될 거고."

"그럴 수도 있겠네. 그래도 회의 한 번 소집할까?"

"놔둬. 이깟 변두리에 있는 짝퉁 때문에 회의를 하네, 어쩌네 하면 회원들이 웃겠다, 애. 오빠가 없으니까 가뜩이나 말들도 안 듣는 판인데."

윤빈 그리고 철민

1

"어? 이 새끼 어영부영하는 것 좀 봐라. 꿇어, 개새끼야."

사방에서 쏟아지는 발길질을 맞으며 윤빈은 털썩 무릎을 꿇긴 했으나 도대체 어디에다 눈을 두어야 할지 몰랐다.

"야, 이 도둑놈의 새끼야, 방장님을 보고 앉아야지. 이거 완전 고문관이네."

단단하고 다부진 체격을 지닌 방장이란 자는 매서운 눈매와는 달리 이외로 온화한 미소를 지으며 그를 그윽하게 바라보고 있었다.

"그래, 네 소개 좀 해 봐라. 넌 뭐하다 온 놈이냐?"

"예, 윤빈이라 합니다. 뺑소니 사망사고를 내고 들어 왔습니다."

"어째 눈에 좀 익는다 싶었는데 네가 그 가수 윤빈이구나. TV에서 보던 대로 곱상하게 생겼네. 그래 형기는?"

"예, 삼 년 육 개월 받았습니다."

"이상한데? 뺑소니라도 그 정도까지는 안 때리는데, 너 뭐 있냐?"

"아닙니다. 아직 합의를 못 봤습니다."

"야, 그게 말이 되냐? 너 인기가수였잖아? 도대체 얼마나 달라기에 아직 합의를 못 봤다는 거야?"

"······."

방장의 옆에 앉아있던 자가 윤빈의 가슴을 발로 찼다.

"이 새끼가, 야, 방장님이 물어보시는데 대답을 안 해?"

"야, 부방장, 그만 해라."

윤빈은 겨우 몸을 추슬러 다시 무릎을 꿇었다.

"그렇다 치고, 그래, 미결일수는?"

"예, 오십 일 정도 됩니다."

"으음, 그럼 잘못하다가는 삼 년 넘게 여기서 살아야 하겠네."

"예."

"이제 우리 방도 형편이 좀 피겠구만, 완전 범털이 들어 왔으니."

"그러게 말입니다, 형님. 이제 형님께서는 적적하신 것도 다 푸실 수 있겠습니다. 히히."

"어이, 부방장, 쓸데없는 소리 그만하고 오늘 통닭이나 시키라고, 내가 쏠 테니."

"에이, 형님, 형님이 쏘시긴요? 신삥 범털이 들어왔는데 그놈이 시켜야지요."

"너 요새 부쩍 내 말을 치는 것 알아? 죽을래?"

"예, 죄송합니다. 곧 시키겠습니다."

"곧 어떻게 시켜? 이따가 점방 끝나야 시키지. 이 새끼 이거 정신 못 차리네."

하지만 그들이 윤빈이 영치금 하나 없는, 범털 아닌 개털이라는 것을 아는 데는 그리 오랜 시간이 필요하지 않았다. 사회에서 그렇게 잘 나가던 가수가 완전 개털이라니! 도저히 영문을 몰랐으나 기대가 실망으로 바뀐 순간 그들에게 이는 것은 알 수 없는 미움뿐이었다.

가시밭길은 그렇게 시작되었다.

이미테이션

2

"우와! 정말 놀라운데. 이건 거의 판박이 수준이네. 어떻게 이렇게 닮을 수가 있지? 잘하면 윤빈이 엄마가 와도 속겠는걸."

"감사합니다."

"감사하기는, 그게 어디 감사할 일인가? 아참, 자네 나 알지?

명정남, 지금은 비록 젊은 개그맨들에 밀려 인기가 조금 쇠락하기는 했다고 하나 개그계의 대부, MC계의 황제로 이름을 날렸고, 지금도 공중파와 케이블을 넘나들며 몇 개의 예능 프로그램을 진행하고 있는 그를 모를 리 없었다.

"예."

"그래, 나 명정남이야, 오늘 이 근처에 행사가 있어서 왔다가 윤빈이랑 똑 닮은 놈이 있다 하기에 한번 와 봤더니 거짓말이 아니었네."

"예, 감사합니다."

"너 언제부터 이런 데서 일했니?"

"예, 몇 달 되었습니다."

"그래? 그런데 왜 내가 몰랐지?"

"당연하시지요. 여기야 시골인데요, 뭘."

"인마, 수원이 시골은 무슨 시골이야? 뭐 그렇다 치고 그래도 내가 다른 사람도 아니고 윤빈이 일이라면 웬만한 건 다 꿰고 있는데 정말 까맣게 몰랐네."

'윤빈의 일은 웬만한 건 다 알고 있다?'

"윤빈이를 잘 아시나 봐요?"

"걔가 원래, 뭐라더라? 그래, 어스타이즈본인가 하는 프로 출신이잖아. 나도 알고 보면 거기 출신이거든."

"그게 옛날부터 있었나 보지요?"

"그건 아니고, 뭐 나중에 설명해 줄게, 기회가 있으면."

"……."

"너 오늘 일 끝난 거냐?"

"아닙니다. 두 군데 더 남았습니다."

"그래? 자식, 잘나가네."

"잘 나가긴요, 다 업소들인데요 뭐."

"인마, 처음에는 다 그렇게 시작하는 거지. 안 그래? 나도 인마, 처음
에는 시골 카바레에서 엄청 설움 당하다가 겨우 서울 와서 '스타탄생'
인가 뭔가 하는 프로그램에 나갔다가 우승을 하는 바람에 좀 풀렸던
거잖아."

"예."

"그래, 너 소속사 있냐?"

"없습니다. 제 주제에 무슨?"

"왜? 네 주제가 어때서?"

"겨우 남의 흉내나 내고 사는 걸요."

"야, 남 흉내 내서 먹고 사는 사람이 어디 너 하나냐? 알잖아? 너훈아
니 조영필이니 하는 애들, 남들이 보면 스타들 흉내나 내면서 산다고
걔들을 띄엄띄엄 보는 멍청한 놈들도 많은데 몰라서 그렇지, 걔들이 얼
마나 실속 있는지 알아? 아마 걔들 행사비 받는 게 웬만한 일류들 수입
보다 훨씬 많을 거야, 뭐 어차피 대놓고 남 흉내 낸다고 한 마당이니 자
존심이니 뭐니 따질 것 없잖아. 그러니 행사가 아주 줄을 서 있다고."

철민은 딱히 할 말이 없었다.

"예."

"그래, 지금 올라 가봐야 하니까 나중에 이야기하기로 하고, 너 핸드

폰 있지?"

"예."

"그럼 여기다 네 번호 찍어, 내가 서울 가서 연락 한번 할게."

정남이 내민 핸드폰에 철민이 자신의 번호를 입력시켰다.

"아, 그리고 너도 내 번호 올려놔라. 무슨 일 있으면 언제든 연락하고."

철민은 자신의 핸드폰에 정남이 불러주는 대로 번호를 입력시켰다. 하지만 그의 전화에는 이미 정남의 번호가 들어 있었다. 철민이 그것을 몰라서 또 입력을 시킨 게 아니었다.

"감사합니다. 연락 올리겠습니다."

"그래, 부담 갖지 말고 연락 해, 내가 소주 사줄 테니까."

"예, 감사합니다."

3

"빨아."

금방 토할 것만 같은 역겨움보다도 죽음에 대한 공포가 먼저였다. 자신의 목을 지그시 찌르고 있는 송곳. 하지만 윤빈은 악착같이 도리질을 쳤다.

"어? 이 새끼 봐라, 죽고 싶다 이거지?"

목을 찌르고 들어오는 송곳, 고통은 없었으나 이제 공포가 극에 달해 윤빈의 입에서는 저절로 신음이 배어 나왔다. 결국 그 더러운 것을 입에 넣었다. 물컹거리는 이물감에 다시 욕지기가 치밀었다.

"잘 빨아, 이 새끼야, 만약 물기라도 하면 그 순간 이 송곳이 어떻게 되는지 알지?"

모든 것을 체념하니 차라리 마음이 편해져 왔다.

의외의 말이 날아든 건 바로 그 순간이었다. 아주 낮고 음산한 목소리였다.

"야, 물어, 콱 물어 버려. 그깟 꼬챙이로 목이 찔려도 너 안 죽거든? 그러니 물어 버리라고. 싹둑 물어서 씹어 먹어버리란 말이야. 너 죽기 전에 그 더러운 새끼가 먼저 고자될 거니까 걱정 말고 물어버려"

느닷없이 날아온 말에 방장이 흠칫 놀라는 틈을 이용 윤빈은 자신의 입 속에 들어있던 것을 얼른 뱉어 버리고 소매로 입을 쓱쓱 닦아냈다. 방장의 성기는 이미 풀이 죽어 있었다.

"누구야? 어떤 씨발 놈이 남의 작업에 껴든 거야? 어떤 개 씨발 놈인지 이 송곳 맛을 보고 싶은 모양인데 빨리 안 나올래?"

송곳을 움켜쥔 채 방안을 둘러보는 방장의 눈에서 파란 불이 일었다.

"어이, 방장, 나요. 그 잘난 애들 장난감 같은 꼬챙이 맛보고 싶은 놈이 나올시다."

구석에서 이불을 들추고 나온 이는 그 배짱 좋은 말투와는 달리 이외로 몸이 작았다. 바로 오늘 입감한 자였다. 기실 윤빈의 그 더러운 짓이 끝나면 곧 신입신고식을 해야 할 자가 겁 없이 나선 것이다.

"이 씨발 놈이 감히 방장을 개 좆으로 봤나? 너 이 새끼, 이거 오늘 들어 온 새끼가 맞아 죽으려고 아주 작정을 했구나. 참 세상 오래 살고 볼일이라고 하더니만 내 학교생활 십 년에 별 개 좆같은 상황을 다 맛보네, 어? 너 눈 안 깔래?"

사내가 방장의 그런 거친 말에 전혀 아랑곳하지 않고 양반다리 자세로 그 자리에 앉는 것을 본 부방장이 슬며시 일어나 어이없다는 표정을 지으며 사내에게 다가갔다.

"이런 개 호로 새끼를 봤나?"

"나 종수요, 이종수."

체구만큼이나 목소리도 작았다.

사내를 걷어차려고 하던 부방장과 송곳을 쥐고 있던 방장의 시선이 서로에게 문득 마주쳤다. 짧은 순간, 둘 다 처음 듣는 이름이라는 듯 고개를 갸웃거렸으나 왠지 범접하지 못할 기운이 느껴졌는지 방장에게 질서유지권을 부여받아 이럴 때 응징에 나서야 할 부방장은 그 사내에게 공격 대신 말을 붙이고 있었다.

"뭐라고? 이종수? 너 뭐하다 온 놈이야?"

사내는 가냘프게 떨리는 부방장의 목소리에서 이미 그가 겁을 먹고 있음을 간파라도 한 듯했다.

"이거 재수가 없을라니까 순 잡범 아그들만 있는 델 들어오니 오늘 별 망신 다 당하네. 에이, 촌놈의 양아치 새끼들."

멈칫거리고 있는 부방장 대신 방장이 한 발 나섰다. 그러나 딱 한 발 뿐이었다.

"뭐라고? 이 새끼가 정말 옆구리에 칼침이 한 방 들어가야 정신을 차리려나?"

사내는 그런 방장을 전혀 개의치 않는 듯 표정 하나 변하지 않았다.

"야, 방상, 이 생양아치 새끼야, 너 교통사고 내서 들어왔지? 아니면 도둑질 했거나, 기껏 택시나 몰았을 운짱 새끼가 사람 쳐 죽여 놓고 들어와선 이것도 학교랍시고 설쳐대는 꼴 보니 참! 언제 이 동네 물이 이렇게 흐려졌지? 내가 너무 오랜만에 들어왔나? 야, 이 운짱인지 도둑놈인지 하여튼 양아치 새끼야, 잘 들어. 나 답십리 이종수라고. 알아듣겠어? 관둬라, 너 같은 새끼가 알 리 없지."

사내의 입에서 나온 말을 들은 부장장의 얼굴이 흙빛으로 변하더니만 손에 쥐고 있던 작은 잭나이프를 떨어뜨리고 털썩 무릎을 꿇었다.

"야, 부방장, 뭐하는 거야, 쪽팔리게?"

"형님, 그 송곳 놓고 이리 와 인사드리십시오."

"뭐라고?"

"형님, 이리 오시라니까요. 여기 이 형님이 얼마 전 강남의 룸빵에서 신사동 장 사장을 봐 버린 그 형님입니다. 형님도 얼마 전에 신문이랑 텔레비에서 보셨잖아요."

판단이 잘 안 되는지 멀뚱하게 서 있는 방장의 태도가 영 답답했던 지 부방장은 몸을 일으켜 세워 방장의 팔을 잡고 함께 사내 앞으로 다가왔다.

"그 송곳 빨리 놓으시라니까요."

방장의 손에서 송곳이 떨어지면서 그대로 바닥에 꽂혀 바르르 떨었다.

"자, 형님 인사드리세요."

두 사내가 무릎을 꿇었다.

"형님, 인사 올립니다. 저는 여기서 부방장을 맡고 있는 정인성이라고 합니다. 죄명은 폭력인데 사시미 들었다고 폭특법(폭력행위 등 처벌에 관한 법률 위반)이고요. 아 새끼가 눈 감은 것도 아닌데 꽈(전과)가 있다고 누범이 되어 두 바퀴 받았습니다. 이분은 방장입니다. 형님 빨리 인사드리라니까요?"

"인사는 됐고, 그나저나 어이 부방장, 자넨 꽈도 있는 폭이라면서 왜 잡범들 방에 들어 온 건가?"

"예, 형님, 그게 요새 운짱들이 하도 많이 들어와 방 몇 개는 잡이고 뭐고 다 섞여 버렸습니다. 뭐 경제랑 사상 쪽만 옛날처럼 따로 준다나 봐요. 여기도 처음엔 순 도둑놈들이랑 건달들만 있었거든요."

"건달? 자네 같은 건달?"

사내의 입에 드디어 처음으로 미소가 띠어졌다. 그의 미소를 본 부

이미테이션

방장이 계면쩍은 듯 머리를 긁적거렸다.

"건달은요, 저야 형님 같은 분들에 비하면 아까 말씀하신 대로 그냥 동네 양아치지요."

"어이, 방장, 방장은 뭐로 들어오셨나?"

부방장과의 대화가 갑자기 자기를 향하자 그때까지 모호한 표정으로 무릎을 꿇고 있던 방장이 다급히 머리를 조아렸다.

"죄송합니다. 누구신지도 몰라 뵙고."

"누구시긴 무슨 누구시긴이야? 나, 아무 것도 아닌 그냥 이종수야. 내가 무슨 저기 있는 윤빈이 같은 스타도 아닌데 혹 이름까지는 모를까, 얼굴이야 몰라보는 게 당연하지. 안 그래?"

"예, 죄송합니다."

"쓰잘 데 없는 죄송은 그만 하면 됐고, 그래, 죄명이 뭐라고 하셨더라?"

"예, 형님, 늦게나마 인사 올립니다. 백윤하라고 합니다. 형님이 잘 보셨습니다. 저 운짱 맞습니다. 택시 했었는데 기사식당에서 괜히 필을 받아 낮술 먹고 횡단보도에서 할머니 둘을 갈아버리는 바람에 들어왔습니다. 죄명은 교특법(교통사고처리특례 등에 관한 법률)이고 아직 합의를 못 봐서 두 바퀴 반 받았습니다. 그 씨발 놈의 할머니, 아, 죄송합니다. 어쨌든 마누라가 합의를 보겠답시고 빤쓰라도 팔겠다며 왔다 갔다 하고 있으니 2심에서는 좀 감형되든지 아님 재수가 좋아 그쪽에서 탄원서라도 써주면 집행유예로 나가게 될지도 모르겠습니다. 2심은 한 달 후입니다."

"아, 그래? 얼마 안 있으면 헤어질 친구네 그려. 그나저나 요샌 운짱이 방장을 다 하나? 학교생활 참 연해졌네."

"아, 예, 그건 그래도 제가 이 방에서 제일 고참이고 영치금도 그나마 좀 빵빵한 관계로. 아무튼 죄송합니다. 오늘부터 방장님으로 모시겠습니다."

"아냐, 난 거 방장이고 뭐고 다 필요 없으니 그건 자네들이 알아서 하고 나는 그냥 내버려두기만 하면 돼. 알았지?"

"그래도."

"아무튼 지금부터 내겐 쓸데없이 관심 보이지 말라고. 이건 내가 부탁하는 거니까 말이야. 어렵지 않잖아? 안 그래?"

"예, 알겠습니다. 하여튼 저희가 알아서 모시겠습니다."

"그건 됐고, 부탁하는 김에 내 한 가지만 더 할게. 오늘부터 내가 다른 방으로 전방이 될 때까지, 즉 내가 이곳에 있을 때까지는 아까 같은 일 더 벌어지지 않았으면 좋겠어. 이해되지? 그리고 거 연장 같지도 않은 장난감들은 다 버리라고. 내 다른 건 몰라도 이 방에서 연장이 나오거나 더러운 일을 벌이거나 아님 괜히 옆에 사람 쪼는 일은 없었으면 하는 거야. 그리고 오늘부터 먹는 것은 내가 알아서 할 테니 그건 걱정말구. 알았지?"

"예, 알겠습니다."

방장이 갑자기 소리를 버럭 질렀다.

"뭐해? 이 씨발 놈들아. 니들도 빨리 무릎 꿇고 방장님한테 인사 올리지 않고?"

방 안에 있던 사내 여덟이 동시에 무릎을 꿇고 고개를 숙였다. 물론 그 안에 윤빈도 있었다.

"어허, 이 양반들, 이럴 필요 없다니까. 이제 보니 영감도 계시구만 그래. 나 나이도 별로 많이 안 먹었다고. 그러니 이딴 조폭영화 찍는 것 같은 짓들일랑 그만들 하시고 자기 볼일들이나 보셔. 난 지금부터 잘라니까."

4

정남이 전화를 걸어 온 건 그로부터 정확히 일주일이 지나서였다.

"아, 철민이, 나야."

"예, 선생님, 안녕하셨습니까? 그간 안부 전화 한번 안 드려 죄송합니다."

"야, 하나마나 한 이야기는 됐고, 너 말이야, 내일 나한테 올 수 있어?"

"무슨 일 있습니까?"

"자식 참 말 많네. 올 수 있어 없어?"

"예, 찾아뵙겠습니다."

"그래, 언제쯤 올래?"

"저녁때는 일을 해야 하니까, 되도록 일찍 가도록 하겠습니다."

"그래, 너 퇴계로 대한극장 알지?"

"예."

"그럼 점심때쯤 그 앞으로 와서 이 번호로 전화해. 알았지?"

"예."

"그래, 내일 보자."

다음 날, 점심때쯤 오라고 했음에도 마음이 급했던 철민이 대한극장 앞에 당도한 것은 오전 10시가 갓 넘어서였다.

철민은 망설이다가 그냥 정남에게 전화를 걸었다.

"자식, 인마, 점심 때 전화하라고 했잖아?"

"어떻게 하다가 보니 좀 일찍 오게 됐습니다. 여기서 기다릴까요?"

"인마, 길바닥에서 어떻게 기다려? 너 그냥 우리 사무실로 와라."

정남이 가르쳐 준 그의 사무실은 바로 극장 맞은 편 건물에 있었다.

그는 혼자가 아니었다.

"어, 그래 왔구나. 이리 와 앉아. 너 이 친구 알지? 인사 드려라."

물론 철민은 그를 알았다. 세간에서 명정남의 '꼬붕'이라고도 하고 명라인의 2인자라고도 하는 개그맨 이형석을 모를 리 없었다. 명라인은 명정남과 늘 함께 붙어 다니는 몇 명의 개그맨과 가수를 두고 방송계에서 보통 부르는 말이었다. 그들은 실제 명정남이 운영하는 연예 기획사인 '명 기획' 소속이기도 했다. 그들은 거의 함께 방송에 출연을 했다. 물론 모두 명정남이 자신을 섭외하는 PD들에게 함께 출연을 하겠다며 압력을 넣어 그런 것이다. 뭐 PD들 입장에서도 군이 피할 일이 아니었다. 그들 모두 아주 훌륭히 제 몫을 해준다는 걸 잘 알고 있으니까.

"안녕하십니까? 선배님, 김철민입니다. 인사드립니다."

"어? 형님, 이 자식 이거 정말 윤빈이랑 비슷한데요?"

"인마, 내가 뭐랬어? 똑같다고 했잖아?"

"우와, 정말 신기하네. 우리 형님이 어디서 이런 물건을 주워 오셨대?"

"새끼, 설레발하고는……."

"야, 너 다시 일어서 봐."

엉거주춤 소파에 엉덩이를 붙이고 있던 철민이 벌떡 일어났다.

형석은 그런 그를 위아래로 천천히 훑어보았다.

"됐어, 앉아."

철민이 다시 앉았다.

"형님, 애가 윤빈이보다 조금 작은 것 같지 않아요?"

"응, 조금 작은 것 같긴 해."

"철민이라 그랬던가? 그래, 철민이, 너, 그 안경 좀 벗어 봐."

철민이 안경을 벗었다.

"그런데 형님, 윤빈이가 눈에 쌍꺼풀이 있었던가요?"

"없었잖아, 그놈 때문에 동양적인 눈이니 어쩌니 하면서 쌍꺼풀 없

아미테이션   67

는 눈이 뜬 거 아냐?"

"아, 맞아, 그랬지. 근데 얘는 쌍꺼풀이 있네요. 걔보다 코도 좀 높은 것 같기도 하고."

"야, 아무리 닮았다고 완전 똑같을 수가 있냐? 그래도 인마, 풍기는 맛이 죽이지 않아?"

"예, 그건 그런데요."

"야, 형석아, 내가 쟤를 데리고 요번에 한번 간을 좀 보려고 하는데 네 생각은 어떠니?"

"어떻게요?"

"내가 이번 크리스마스 때 KBS에서 하는 이미테이션 경연대회 진행을 하잖아. 거기 한번 데리고 나가볼까 하거든?"

"거긴 방송국 아이들이 다 섭외해 놓았지 않나요?"

"그렇기야 하지. 그런데 내가 쟤를 끼워 넣어 보려고."

"PD가 말을 듣겠어요?"

"안 들으면? 너 그 PD 알잖아? 지 PD 말이야, 지가 누구 때문에 지금 거기까지 가 있는데? 내 말 안 들어주면 지는 사람도 아니지, 뭐. 그건 됐고, 야, 밥이나 먹으러 나가자. 철민이 너 배고프지?"

"아닙니다."

"아니긴 뭐가 아냐? 너 대구탕 좋아하냐?"

"예."

"가자, 대구탕에다 소주 한잔하자고."

"형님, 낮술에 취하면 장모도 몰라본다고 하던데요?"

"인마, 우리 장모 죽은 지가 언제인데? 너나 조심해, 인마."

대구탕 집에 들어서자 사람들이 그들을 알아보고 수군대기도 하고 또 어떤 이는 잃었던 부모나 만난 듯 요란하게 반색을 하기도 했다.

정남과 형석은 그런 분위기에 이미 익숙한지 일일이 악수를 하기도 하고 고개 숙여 인사를 하기도 하고 또 어떤 이랑은 포옹을 하기도 했다.

스타의 사는 모습이었다.

"너 술 잘 먹냐?"

"좋아는 합니다만 이따 스케줄이 있어서."

"아, 그렇지. 그럼 딱 한 잔만 해라."

"예."

정남이 주는 잔을 철민이 받았다.

"야, 사람들이 보니까 조용하게 건배 한 번 하자."

형석이 자그맣게 '위하여'를 외치고 셋은 잔을 부딪친 후 소주를 털어 넣었다. 철민은 그들의 잔에 공손히 술을 채웠다.

"그래, 너 업소 몇 군데나 뛴다고 했더라?"

"예, 세 군데입니다."

"제법 바쁘겠네."

"아닙니다."

"돈은 좀 되고?"

"그냥 생활할 만합니다."

"혼자 사냐?"

"예."

"애인은?"

"없습니다."

"그래, 그럼 돈 좀 되겠네. 아무튼 열심히 해 봐. 그리고 혼자라고 아무 여자나 막 건드리지 말고."

"예."

아미테이션   69

"너 내가 무슨 소리 하는 줄 알고 대답한 거야?"

"……."

"너한테 그런 꿈이 있을지는 아직 모르지만 말이야, 혹 너 이 바닥에서 뭔가 한번 돼 보고자 한다면 말이야, 여자관계 정말 조심해야 된다는 소리야. 무명 때 일 때문에 발목 잡힌 애들 많거든."

"알겠습니다."

"남자는 말이야, 특히 이 바닥은 그저 세 가지만 조심하면 돼. 입 조심, 손 조심, 뿌리 조심. 무슨 말인지 알지?"

"예."

"너 아까 우리 이야기 들었지?"

"무슨?"

"인마, 이미테이션 경연대회 말이야."

"아! 예."

"어때, 나가 볼 생각 있어?"

"저야 그런데 나가면 정말 영광이지요."

"그래, 시작은 다 그렇게 하는 거야. 그리고 곧 죽어도 공중파라고, 공중파. 정말 한번 해 볼래?"

"예, 시켜만 주시면 열심히 하겠습니다."

"업소 스케줄이랑 맞을까?"

"예, 그건 제가 알아서 하겠습니다."

"그래, 그래야지. 일에는 경중이 있는 거니까 어떤 게 중요한 건지 빨리 판단해야 돼. 그렇다고 신용 잃으면 안 되고 말이야."

"예, 명심하겠습니다."

"어떤 새끼들은 욕심이 동해 금방 안면 바꾸거나 잔재주 부리곤 하는데 그런 놈들은 절대 클 수 없는 게 이 바닥이야. 알겠어?"

_김영복 장편소설

"예."

"방송 나가네 뭐하네 하면서 업소랑 출연 약속 해놓은 거 무시하고 안 지키면 절대 안 된다고."

"예, 명심하겠습니다."

"따라해 봐, 신용!"

"신용!"

"형님, 벌써 취하셨어요? 대낮부터 뭔 신용을 찾습니까? 누가 꼰대 아니랄까 봐."

"인마, 신용이 최고라고 지금 내가 얘 교육시키고 있잖아?"

"에이, 형님이나 신용 좀 지키세요."

"뭐, 인마."

"에이, 저한테 10만 원 빌려 간 게 벌써 언제예요? 완전 입 닦으려고 하시네."

"너 죽을래? 그리고 인마, 내가 그때 술 샀잖아. 그보다 훨씬 비싼 걸로."

"그건 회사 돈이잖아요?"

"그 돈이나 내 돈이나."

"저도 회사 이사거든요?"

두 사람의 악의 없는 실랑이가 뜬금없이 정남에게 사인해 달라는 중년 여자 덕에 멈췄다. 정남은 들고 있던 술잔을 내려놓고 웃으면서 그녀가 내민 노트 위에 사인을 해 주었다.

"철민이, 너 아예 내일부터 우리 사무실로 출퇴근해."

"예?"

"녹화 날까지 매일 아침 우리 회사로 와서 여기 형석이한테 교육 좀 받으라고. 저녁 때 수원 가서 업소 소화하고."

아ı미테ı이션

"예, 알겠습니다."

"할 수 있겠어? 피곤할 텐데."

"할 수 있습니다."

"그래, 열심히 해 봐."

"예."

"그냥 열심히 해서는 안 되고, 정말 잘해야 돼. 알지?"

"예."

5

방장의 대 굴욕사건이 있었던 이후 윤빈의 교도소 생활은 비교적 아니 아주 평탄했다.

그날, 건달 물을 좀 먹었다고 큰소리치며 같은 수감자들을 못 잡아먹어 안달이던 부방장이 나지막이 '답십리 이종수'라고 하는 말 한 마디를 듣고 왜 그리 납작 엎드려야 했는지 윤빈은 뒤늦게 알게 되었다.

거물이었던 것이다.

어디서 그렇게 주워들었는지 부방장은 틈만 나면 마치 자신이 그런 일이라도 벌인 양 그의 전설을 신나게 떠벌리곤 했다. 물론 무협지에나 나올 법한 황당무계한 이야기가 대부분이기는 했지만 어쨌든 전라도 화순에서 같은 고등학교를 다니던 유도부원 셋이서 학교를 때려치우고 무작정 서울로 올라와 청량리 588번지 사창가에서 삐끼로 시작하여 겨우 십여 년 만에 청량리와 종로는 물론 서울의 강북 지역 전체를 다스리는 조직폭력배의 두목들로 성장하면서 겪어야 했던 이야기는 그 하나하나가 전설이 될 수밖에 없는 상상 이상의 잔인함과 피 냄새가 배어 있었다.

부방장은 그가 칼침을 놓은 다른 조직의 두목 급만 해도 넉넉히 백 명은 될 거라고, 하지만 워낙 은밀하게 일을 잘 처리하고 증거를 남겨 놓지 않아 실제로 밝혀진 것은 몇 건 되지도 않는다고 설레발을 쳤다. 그리고 이번에 들어오게 된 것은, 강남 신사동파와의 오랜 강남 주도권 다툼 전쟁을 끝내기 위해 그가 직접 상대방 두목인 장 사장의 양발 뒤꿈치를 생선회 칼로 그어 병신을 만들어 버렸는데 대담하게도 부하 한 명도 없이 그가 경영하는 호텔 룸살롱에 혼자 쳐들어가 일을 치른 후 곧바로 경찰에게 잡혔기 때문이라고 했다.

현장에서 경찰에게 체포된 건 그곳에서 장 사장의 부하들에게 죽임을 당하지 않기 위해 미리 112로 신고해 놓고 들어갔기 때문이라며 이건 보통 건달은 생각도 못하는 정말 배짱이 좋고 머리가 뛰어난 사람만 벌일 수 있는 일 아니겠느냐고 입에서 침을 튀겨댔다.

그의 죄명은 중상해죄, 형기는 3년이었다. 윤빈은 부장장의 이야기를 통해 그가 대충 어떤 인물인지 알게 된 후부터는 왠지 그가 이상하게도 커 보이고 가까이 하기 어려웠지만 기실 그의 체구는 생각만큼 크진 않았다. 과장을 좀 하자면 자신보다도 거의 목 하나는 작아 보였으니 기껏 165cm 정도나 될 듯했다. 단지 어깨로부터 거의 양 귀 밑으로 붙어버린 듯 두터운 목 근육이 좀 위압적이라고 해야 할까?

그는 첫날 방장과 부장장 앞에서 한 이야기와는 달리 감방 안에서 일어나는 소소한 일들에 대해선 일절 관여치 않고 잔인한 조직폭력배라는 이미지와는 전혀 어울리지 않게 그저 말없이 늘 책을 잡고 있었다.

덕분에 방장과 부방장은 다시 권력을 행사할 수 있었는데 역시 눈치가 보였던지 예전과 같은 더러운 짓거리들은 하지 않았다. 물론 몰래 가지고 있던 흉기들도 다 없애 버리고 기껏해야 말을 잘 안 듣는 수감자들의 옆구리를 차는 정도가 그들의 힘 전부였다.

아미테이션

그와 윤빈이 처음으로 대화를 나눈 것은 그렇게 며칠이 지난 어느 날 밤, 모든 수감자들이 그가 자신의 영치금으로 낸 통닭을 맛있게 먹고 있을 때였다. 막상 자신은 먹지도 않고 있던 그는 자신의 옆에서 걸신들린 듯 닭다리를 뜯던 윤빈에게 말을 건네 왔다.

"맛있냐?"

흠칫 놀란 윤빈이 황급히 대답을 했다.

"예, 맛있습니다. 잘 먹겠습니다."

"그래. 그런데 네가 아주 유명한 가수라며?"

"예, 가수였었습니다."

"그래, 나도 자네 이름은 많이 들어 봤던 것 같군. 그나저나 교통사고를 내고 들어 왔다구?"

"예, 음주에 뺑소니 사망사고입니다."

"형기가 어떻게 된다고 했지?"

"예, 3년 6개월입니다. 이제 미결까지 두 달 했습니다."

"음주, 뺑소니라도 교통사고는 변호사만 붙으면 웬만하면 그렇게 안 받질 않나?"

"아직 합의를 못 봤습니다."

"합의를 못 보다니? 유명한 가수가 합의를 못 보다니 소속사가 없었나? 아니, 그럴 리도 없지. 소속사가 없다는 게 말이 되나? 어떻게 된 거야?"

"그게……."

"나자빠졌구만, 새끼들이."

"예?"

"니 소속사 놈들이 너를 두고 배 째라고 나자빠졌다고. 그렇지?"

"……."

_김영복 장편소설

"어쩌다 그렇게 밉보인 거냐?"

"밉보이게 한 게 별로 없는 것 같은데."

"그래? 맞아, 네가 이제 아무 쓸 짝 없다는 걸 안거야. 안 그래? 음주, 사망사고에 뺑소니까지면 이제 연예계 생활은 물 건너 간 건데 너 같으면 괜한 돈 들이겠냐고?"

"……."

"인마, 서운해 할 것 없어, 세상 원래 그런 거잖아?"

"예, 서운해 하지 않습니다. 제가 잘못한 걸요."

"그래, 그렇게 생각하는 게 징역살이하는 데 마음 편하지, 괜히 이빨만 갈았다가는 정말 이빨 병신 되어 나가기 십상이지. 가족은?"

"어머니 한 분 계신데 형편이 안 됩니다."

"야, 너 잘나갔었다면서 하다못해 다 떨어진 애인도 하나 없냐? 합의금 정도 만들어 줄 사람이 한 명도 없어?"

'애인? 김연지, 김연지…….'

연지는 아직 면회 한번 없었다. 윤빈은 지그시 이빨을 깨물었다. 이빨 병신이 되어도 좋다는 생각으로 아주 꼭…….

6

"자, 그럼 금상에 이어 이제 대상을 발표하겠습니다. 말씀드린 대로 오늘 대상을 받는 분께는 상금 500만 원에다 부상으로 바로 저기 보이는 횡성한우 종합선물세트를 드리는 것은 물론, 원 가수, 그러니까 여러분들이 모방하고 있는 스타 분들의 무대에 직접 함께 설 수 있는 기회가 주어집니다. 생각만 해도 설레지 않습니까? 자신들의 우상과 함께 무대에 오르다니 말입니다. 대상, 대상은……."

정남이 약이나 올리듯 잔뜩 뜸을 들이자 관객석에서는 '우-'하는 야유와 함께 키득대는 웃음이 함께 터져 나왔다. 짜증도 났지만 엄청 중요한 대회라도 되는 양 설레발을 떠는 정남이 영 귀엽기도 한 것이다.

"헤헤, 발표할까요? 자, 정말 합니다. 2008년 KBS 크리스마스 특집 이미테이션 가수 경연대회 대상, 대상은 가수 윤빈의 무대를 완벽하게 재현한 참가번호 6번 김-철-민!"

철민은 예능국장이란 사람으로부터 봉투와 함께 무거운 소고기 세트를 받아든 후 두 손으로 번쩍 치켜 올렸다. 눈물은 왜 나는 것일까? 그런 그를 바라보며 사람들은 예능감이 있다며 파안대소들을 했다. 기껏해야 가수들 흉내 내는 것에 불과한 장난 같은 예능 프로그램에서 상을 받았다고 눈물을 흘리다니. 연기력도 대단하고 하여튼 참 재미있는 녀석이었다.

"자, 그러면 지금 감격의 눈물을 흘리고 있는 김철민 군의 소감을 한번 들어 볼까요? 그래, 대상을 받은 소감 한마디 해 주시죠."

"감사합니다. 저를 뽑아주신 심사위원 여러분, 시청자 여러분, 그리고 방송사 관계자 여러분 모두모두 감사드립니다. 우와! KBS 만세입니다. 좋은 방송국입니다."

"아, 예, 김철민 군은 유머 감각도 아주 풍부한 것 같습니다. 그럼 심사위원장이신 작곡가 성춘광 님께 심사평을 한번 들어 보도록 하지요. 성 위원장님, 왜 여기 김철민 군을 대상으로 선정하셨는지요?"

"아, 예, 여러분, 오늘은 어디까지나 이미테이션 대회니만치 가창력보다는 원래 가수와 얼마나 흡사한지 여부에 심사의 주안점을 두었습니다. 물론 그렇다고 노래를 안 본 건 아닙니다만, 어쨌든 간에 이 점에서 김철민 군은 여러분 모두 지금 보고 계시는 바와 같이 그 용모나

_김영복 장편소설

제스처가 가수 윤빈과 놀랄 만큼 똑같지 않습니까? 사실 제가 사석에서도 윤빈 군과 자리를 함께 할 기회가 많았습니다만 같아도 너무나 똑같아 보는 내내 믿겨지지 않을 정도였습니다. 좀 세세히 말씀드린다면, 윤빈 군은 쌍꺼풀 없는 약간 동양적인 눈이 특히 매력이라고 알려져 있었습니다만 만일 김철민 군도 지금처럼 쌍꺼풀진 눈만 아니고 거기에다 코만 조금만 낮다면 정말 윤빈이라고 해도 모두 속아 넘어갈 것 같습니다. 물론 제가 보기엔 윤빈보다 키가 좀 작은 것 같기는 합니다만, 김철민 씨, 키가 어떻게 되지요?"

"예, 백칠십칠 센치입니다."

"그것 봐요, 사실 윤빈이 프로필 상에는 백팔십삼 센치라 적혀 있고 또 그렇게 말하고 다니긴 했습니다만 그건 어디까지나 프로필용, 방송용이고 실제로는 백팔십인가 그렇거든요. 그러고 보면 키가 삼 센치 정도 차이가 난다는 거 아니겠어요? 하여튼 전 아직도 신기할 따름이고요. 아쉬운 게 있다면 노래는 음정이 불안하거나 호흡이 딸린다거나 하여튼 윤빈에는 훨씬 못 미친다는 겁니다만 뭐 그거야 어디까지나 이미테이션이니까. 하여튼 길게 말씀드렸습니다만 그게 제가, 그리고 여기 계신 다른 심사위원들 모두 김철민 군을 대상으로 선정한 이유입니다."

"아, 그렇군요. 하긴 저도 성 위원장님과 같은 생각을 하고 있었습니다. 어쩜 쌍둥이가 아닐까 싶은 느낌말입니다."

"뭐 이런 좋은 날 이 자리에서 말씀드려도 될까 모르겠습니다만 저는 윤빈 군이 불의의 사고를 낸 이후 지금 이 순간까지 모습을 드러내지 않는다는 게 개인적으로 참 안타깝습니다. 사실 윤빈이 좋은 가수였다는 거, 우리 모두 인정하지 않습니까? 그저 어디에 있건 간에 하루 빨리 몸과 마음을 추슬러서 꼭 무대가 아니더라도 어디서건 어떤 일이든 간에 열심히 하셨으면 하는 마음입니다."

이미테이션

"아, 맞습니다. 그러고 보니 오늘 김철민 군은 대상을 탔음에도 불구하고 윤빈 씨랑 함께 무대에 설 수 있는 기회는 못 가질 듯싶군요. 좀 안타깝습니다만 어서 빨리 그런 자리가 왔으면 한다는 저희의 마음을 전하면서 오늘 방송은 여기서 마치는 것으로 하는 것으로 하겠습니다. 감사합니다."

현관을 나서 차로 걸어가는 철민에게 사방에서 아우성과 함께 달걀 세례가 퍼부어졌다.

"우리 오빠 팔아먹지 마."

어느새 익숙해져 버린 일이었다.

7

공중파의 힘은 역시 대단했다. 그저 설날이나 추석 또는 연말 무렵이면 으레 끼워 넣는 진부한, 그래 식상한 예능프로그램이었음에도 이미테이션 가수 선발대회에 대상을 차지한 이후 철민이 그야말로 눈코 뜰 새 없이 바빠진 것이다.

물론 한때를 풍미했다가 불의의 사고를 내고 교도소에 들어간 이후 출감을 했음에도 종적도 없이 사라져버린 윤빈이란 대스타에 대한 대중의 관심이 그를 모방하고 나선 자신에게 쏟아지는 것이란 걸 철민도 모르지 않았다.

철민은 결코 기회를 놓치지 않았다. 자신에 대한 대중의 뜨거운 관심, 그에 반해 커져만 가는 윤빈의 팬들의 반감, 그저 불우한 어린 시절을 보냈다는 막연한 추측 외에 거의 알려져 있지 않은 자신의 삶 등이 서로 상승작용을 일으키고 있는 시점이니 방송사로서는 자신이 좋은 먹이가 되고 있는 시점이란 걸 잘 알고 있었고 그 기회를 나름 잘

_김영복 장편소설

활용하고 있었다.

물론 철민은, 바로 이럴 때가 방송계 내의 광범위한 인맥과 로비력까지 더해져 자신을 스타로 만들어 줄만한 기획사를 만나야 할 때라는 걸 알고 있었다. 하지만 그는 기다렸다. 언젠가 자기 스스로에게 수없이 다짐을 했던 일을 결코 잊지 않고 있었다. 자신에게 필요한 기획사는 능력만 있는 곳이 아닌 따뜻한 곳이어야 했다.

그러나 아직은 바쁠 게 없다는 것 또한 모르지 않았다. 물론 시간은 결국 자신의 편이 되어 줄 것이라는 것도 알고 있었다. 분명 그렇게 만들 터였다.

다행히 소속된 회사의 힘이 없이도 그는 벌써 이런저런 방송의 단골 출연자가 되어 있었다. 게다가 이름까지 낯선 수많은 케이블 방송사들이 연예가의 소소한 가십을 거의 유일한 생계 수단으로 활용하고 있던 차여서 적어도 그 세계에서 그는 조금씩 스타가 되어 가고 있었다. 아니 이미 스타가 되어 버렸는지도 모른다. 공중파 방송국의 아침 방송에서 그를 불러 준 것이었다. 남편과 자식을 직장, 학교에 보내놓고 TV 앞에 앉아 넋을 놓는 여자들에게 하나마나한 이야기를 그럴듯하게 포장해서 들려주고, 보여주는 대담 프로였다.

"하하. 김철민 씨, 긴장하신 모양이네요. 조명도 좀 덥죠? 땀 좀 닦으세요. 그리고 그저 마음 편히 대답하시면 됩니다. 우리 작가가 미리 건네준 질문지 다 보셨죠?"

꼭 정수리로 쏟아지는 조명 탓만은 아니었다.

철민은 여자 MC가 친절하게 건네주는 손수건으로 이마의 땀을 닦은 후 앞에 놓여 있는 테이블 위의 생수병을 들어 목을 축였다.

"더 드세요. 하지만 녹화 들어가면 가급적 물은 드시지 말고요. 아시겠죠?"

아미테이션

"예, 감사합니다."

"자, 그럼 갑니다."

철민의 목에서 침을 삼키는 소리가 흘러 나왔다. 미스코리아 출신으로 알려진 여자 MC는 그런 철민이 마냥 귀엽다는 양 미소와 함께 그윽한 표정으로 그를 바라보았다.

긴장했던 것과는 달리 녹화는 비교적 순탄하였다.

"그래요, 그렇군요. 그럼 그날 이야기는 이쯤에서 접고 이제 철민 씨에 대해 좀 더 자세히 알아볼까요? 아시다시피 여기 김철민 씨는 사실 어떤 사람인지 별반 알려진 게 없는 편입니다. 철민 씨, 그렇게 된 건 일종의 신비주의 컨셉입니까?"

"아, 아닙니다. 제 위치에서 감히 신비주의 운운하는 것은 좀 부끄럽고요. 제가 워낙 무명인데다 또 이렇다하게 내세울 것도 없는 생활을 해오다 보니 그렇게 된 것 같습니다."

"하하, 여러분, 젊고 잘생긴 분이 이렇게 겸손까지 하니 아마 그리 인기가 많은 모양입니다. 안 그렇습니까? 여러분."

대본을 말아 쥔 채 자신들을 지휘하며 분위기를 돋우던 FD의 지시에 따라 동원된 방청객들은 일제히 '예'하는 소리와 함께 박수를 쳤다.

"그럼 하나하나씩 그 궁금증을 풀어 보도록 하겠습니다. 먼저 철민 씨께서 자신에 대해 간단히 이야기해 주시죠, 나는 대충 어떤 사람이라고 말입니다."

"예, 저는 김철민, 본명이고요, 나이는 우리나라 나이로 스물일곱이고, 서울에서 태어났습니다. 자라기는 충북 진천이란 곳에서 자랐고요. 그 외에 뭐 특별히 말씀드릴 것은 없습니다."

"그래요, 서울출생이시군요. 가족관계는 어떻게 되던가요?"

"그게 좀……."

갑자기 굳어지는 철민의 표정을 잠시 지켜보다가 여자 MC가 나섰다. 잠시라고는 하나 방송으로서는 거의 사고에 가까운 긴 시간의 침묵이 있은 후였다. 물론 효과를 극대화시키기 위한 의도적인 설정이었다.

"예, 그렇습니다. 시청자 여러분! 저도 사실 사전 인터뷰할 때 알았는데 여기 김철민 씨께서는 충청도의 한 보육원에서 생활을 하셨다고 합니다. 본인 기억으로는 아주 어렸을 때 어머니와 어디 놀이공원에 갔던 기억이 난다고 합니다만 아마 그곳에서 부모님을 잃은 게 아닌가 싶습니다. 혹시 저희가 가슴 아픈 과거를 들춘 거라면 참 미안하네요. 철민 씨, 미안해요."

"아닙니다. 다 옛날일인데요, 뭘."

"그래요. 그럼 말 나온 김에 많은 시청자분들이 궁금해 할지 모르니 조금만 더 이어가 볼까요? 보육원에서 자랐으면 어느 정도 나이가 들면 그곳을 떠나야 하는 것으로 알고 있는데 그때부터는 어떻게 생활을 해왔는지 또 궁금해지네요."

"원래 고등학교 졸업 때까지는 있을 수 있는데 저는 좀 일찍 나왔습니다. 그후엔 여기저기 그러니까 피자집, 주유소 그런 데서 아르바이트 같은 걸 하면서 그럭저럭 지냈고요. 나중엔 신촌의 호프집에서 노래 아르바이트도 좀 했습니다."

"그럼 학교는?"

"한 일 년 가까이 못 나갔습니다만 나중에 찾아 가니 고맙게도 졸업장은 주셨습니다."

"그렇군요. 그래도 철민 씨 말씀하시는 것 보면 아주 교육을 잘 받은 젊은이같이 보이거든요."

"감사합니다."

"군대도 다녀오셨다고요? 보통 철민 씨 같은 경우 군대를 안 가지

아미테이션

않나요?"

"예, 제가 저를 키워주신 분들한테 입적이 돼 있었고요, 뭐 어쨌든 빨리 갔다 오는 게 낫다고 판단하여 자원입대 했었습니다."

"그래요. 음, 좀 전에 아르바이트로 노래도 했다고 했는데 그럼 그렇게 노래를 하기 시작한 건가요?"

"예, 순 엉터리이기는 합니다만, 사실 홀 서빙이 제 일이었는데 손님이 없는 시간에 장난삼아 노래를 불러 보았더니 사장이 한번 해 보라고 해서 시작하게 된 겁니다."

"주로 어떤 노래를 불렀지요? 신촌이면 대학가인데 그곳의 호프집이라면 손님도 주로 대학생이었을 텐데?"

"예, 흘러간 팝송도 부르고 어떨 땐 최신가요도 하고, 뭐 거의 닥치는 대로 했습니다."

"어때요? 그때도 인기가 좋았지요? 아마 여학생들한테 인기가 무척 좋았을 거예요? 그렇지요?"

"뭐 그냥저냥."

"하하, 역시 겸손하시다니까. 아참, 이런 질문이 불쾌하실지 어떨지 모르겠습니다만 그때 가수 윤빈이 활동을 할 때였던가요?"

"예, 그분이야 완전 스타였었지요."

"그럼 그때도 철민 씨 보고서 그 윤빈이랑 많이 닮았다는 소리들을 했겠네요?"

"뭐 그런 분들도 많이 계셨지만……."

"어떤 분들은 철민 씨를 보고서 윤빈 씨를 닮기 위해 성형수술을 한 게 틀림없다고도 합니다. 그런 말씀도 들어 봤지요?"

"예, 많이 들었습니다."

"그게 사실인가요?"

"괜찮으시다면 그 이야기는 하고 싶지 않습니다."

"그럼 성형수술을 했다고 시인하시는 거나 다름없는데요?"

"뭐 그래도 할 수 없습니다."

"하하, 그건 그 정도로 넘어가고, 그럼 솔직히 윤빈 씨와 많이 닮았다는 소리 들을 때 기분은 어떠한가요?"

"뭐 별 생각 없었습니다. 그분은 그분이고 또 저는 저니까요."

"아, 그렇군요. 우리 같으면 기분이 좋을 것 같은데. 난 누가 나보고 김연지 닮았다고 하면 말도 안 된다는 걸 알면서도 기분이 그럴싸해지더라고요. 아니지, 아니지, 이러다가 또 안티 만 명 정도는 새로 만들겠네. 김연지 팬 분들, 농담인 것 아시지요?"

"물론 제가 감히 쳐다보지도 못할 만큼의 대스타였으니 솔직히 기분이 좋기도 했지요. 나이도 어릴 때고."

"요샌 어때요? 솔직히 윤빈 씨를 모방하고 나섰던 것이었는데?"

"예, 닮아서 좋다, 나쁘다를 떠나 어쨌든 그분이랑 닮았다는 사실 하나 때문에 제가 감히 상상도 못했던 이런 자리에까지 앉아 있으니 고맙지요. 무엇보다도 죄송하기도 하고요."

"죄송하다는 뜻은?"

"그분한테 허락을 받은 것도 아니고, 하여튼 이래저래 죄송한 게 사실입니다."

"그럼 이 자리를 빌려 그분한테 한 말씀 드려보시겠어요?"

"여기서 지금이요?"

"왜 영상편지라는 거 있잖아요? 뭐 지금이야 연예가를 벗어나 계십니다만 그래도 혹 어디선가 보고 계실지도 모르니 좋은 기회라고 생각하고 한 말씀 해 보세요. 저기 중앙에 카메라 보시면서요."

아미테이션   83

연지

i

"이 멍청한 년이 아직도 정신을 못 차리네, 야, 김연지, 네가 면회라도 갔다가 혹시 기자들이 알기라도 하면? 왜 아주 기자회견을 하고 다 까발리지? 내가요, 윤빈의 애인이거든요, 그리고요, 그날 저랑 같이 술을 마시고선 저랑 같이 타고 가다가 그런 사고가 난 거거든요, 하면서 말이야."

"그래도 이렇게 추운 날에 벌써 석 달이 다 넘어가는데. 그때 사장님이 금방 나오게 될 거라고 하셨잖아요?"

"야, 말이 그렇다는 거지, 무슨 수로 나오니? 왜, 네가 합의라도 대신 봐줄라고?"

"봐줄 수 있으면 봐 줘야지요. 지금 사람이 그 안에서 그렇게 고생을 하는데 그깟 돈이 문제예요?"

"뭐? 그깟 돈? 연지, 너 정말 많이 컸다, 응? 야, 이년아, 돈이 문제지 그럼 뭐가 문제야?"

"대체 합의를 보려면 얼마나 있어야 하는데요?"

"아, 그러세요? 우리의 스타 김연지 양께서 윤빈의 합의금을 대 주겠다고요? 거 참 고맙네, 1억, 1억이라고. 어때? 1억 있어?"

"그 정도면 사장님도 있을 거 아녜요? 그동안 윤빈이가 번 돈도 있을 텐데."

"뭐 윤빈이가 번 돈? 이 씨발 년이 오늘 내 속을 뒤집어 놓으려고 아예 작정을 했구만. 야 이년아, 그 새끼 그 정도 키우면서 들어간 돈이 얼마나 되는지 알아? 응? 아냐고? 그리고 떴다고는 하지만 이제 겨우 CF 몇 개 찍은 거 빼놓고 돈 되는 일 한 게 뭐 있어? 어디 방송사에서 니들한테 돈 주디? 응? 돈 줘? 이년아, 너도 다 생돈 들여가며 방송 타는 거야, 알기나 해? 그리고 말이야, 걔 영화 때문에 내가 돈이 얼마나 깨졌는지 너네들도 다 알잖아. 그러니까 가만히 있는 사람 자꾸 속 뒤집지 말라고, 응?"

"그래도요, 윤빈이 너무 안 됐잖아요. 제가 어떻게 가만히 있어요? 사장님도 다 아시면서?"

"그러기에 내가 수천 번 이야기했잖아. 남자 생각 말고 일이나 열심히 하라고, 안 그랬어? 그렇게 내 속을 썩이더니만, 봐, 왜? 이제 알겠어? 쓸데없는 짓 했다는 거 이제 알겠냐고? 멍청한 것들, 조금만 더 참으라고 그렇게 이야기를 했는데 눈깔들이 맞아 가지고."

연지의 입에서 기어이 울음이 터졌다. 그런 그녀를 바라보던 사장의 목소리가 한결 낮아졌다.

"야, 연지야, 솔직히 합의금은 1억도 안 돼. 그리고 설령 1억이 든다고 해도 내가 아무리 개털이 되었다고 한들 설마 그깟 1억도 없겠냐? 여기저기서 끌어 모으면 되겠지, 뭘. 그런데 네가 생각해 봐. 그 새끼 때문에 영화에다 꼬나 박은 거 다 날리고, CF 찍었던 회사들한테 위약금으로 회사 돈 또 다 나가고 한 마당에 또 빚 얻어서 그 새끼 데리고 나오면? 그래 어떻게 할 건데? 그 새끼가 가수 생활 하겠어? 하겠냐고. 이제 그 새끼는 아무 쓸 데가 없어요. 혹 포르노라도 찍으면 모를

이미테이션

까 누가 그 새끼를 받아주겠냐고. 방송에서? 무대에서? 그 새끼한테 미안한 일이긴 하지만 이제 그놈은 연예계에서 완전 퇴출이야, 퇴출. 그런데 그런 놈을 또 빚까지 얻어서 빼 오라고? 그럼 난? 나는 누가 책임져주는데? 응?"

"제가 더 열심히 할게요, 업소도 더 뛰고……."

"어이 김연지 씨, 이거 순진하게 왜 이러시나? 업소를 더 뛴다고? 대한민국 업소에선 모두 김연지 나올 날만 기다리고 있는 모양이지? 그리고 너 아무 업소나 막 나가고 그러면 방송에서 써줄 것 같아? 어디 카바레나 나가는 삼류 무대 가수를 예능에서 쓰겠냐고. 하여튼 난 모르니 계약 기간 끝나면 업소를 나가든 몸을 팔든 아니면 아예 탈옥을 시키든 알아서 하라고, 난 상관 안 할 테니. 하지만 계약 끝날 때까지는 그냥 국으로 가만히 있으라고, 내 말이나 잘 듣고, 알았어?"

"……."

"야, 김연지, 너도 생각해 봐, 너도 이제 이 바닥 물이 어떻게 흘러가는지 정도는 다 알잖아. 안 그래? 윤빈이 일은 그냥 잊고 이제 네 앞가림이나 잘하라고. 어때? 같이 죽을 수는 없잖아?"

"그래도 양심상……."

"양심? 아, 양심. 거 좋지. 양심 같은 소리 하지 말구 너도 정신 차려, 정신. 너 이번 주 순위 어떻게 된지 알기나 해?"

"예, 3위……."

"그래, 근 석 달 밀어서 겨우 1위 한 주 했는데 맥 빠지게 그냥 3위로 미끄러져 버리면? 다음 주에는 순위에도 없어요, 없어. 그걸 몰라서 지금 탱자탱자 하는 거야?"

"저도 열심히 하고 있잖아요."

"열심히? 네가? 그렇게 열심히 하는 년이 지난번 '동네방네' 그거 녹

화에 나가서 오만상 다 찌푸리고 앉아 있다 오냐? 봐, 너 거의 다 잘렸
지? 다큐 찍는 것도 아닌데 심각한 얼굴로 있으면? 그냥 통으로 편집
안 된 것만도 다행으로 알아. 내가 그날 그 PD 새끼한테 얼마나 망신
을 당했는지 알아? 하여튼 다시는 같이 예능 못 하겠다고 생지랄 하
는 걸 겨우 달래 놓았으니 이번 주 녹화 때는 리액션 좀 제대로 치라
고, 오바 좀 팡팡 하면서. 알았지? 춤도 좀 섹시한 걸로 미리 안무 좀
짜 놓고. 아, 알았어? 몰랐어?"

"알았어요."

"야, 그만 울어. 나도 네 마음 모르는 건 아니라고. 나도 솔직히 나
쁜 놈이 아니라는 거 네가 알잖아. 나도 가수 출신이잖아. 내가 오죽
하면 이렇게 하겠냐고, 오죽하면."

겨우 멈추는가 싶었던 연지의 울음소리가 더욱 커졌다.

"야, 그만 울라니까. 울면 누가 너 살려 주냐? 이 아싸리 판에서? 일
단은 살아야 되잖아. 응? 여기선 살아남은 놈이 강한 놈이고 스타인
거야, 알잖아."

"……"

"알았으면 빨리 옷 갈아입어, 나가봐야 하니까."

"어딜요?"

"어디긴 뭘 어디여, 네가 알아서 뭐하게?"

"그래도 어디 가서 누굴 만나는지는 알아야지요. 저번에 그 PD랑
예능국장인가 하는 인간들 같으면 저 정말 안 나갈 거예요."

"안 나가면?"

"가수가 무슨 술집 여자도 아니고."

"야, 술집 돌아다니면서 돈 벌면서 네가 술집 여자지, 아니야? 까고
앉아 있네."

이미테이션

"사장님."

"왜?"

"전 이제 그런 자리는 정말……."

"그래, 참 열녀 났구나. 야, 누군 그깟 새끼들 밑 닦아주는 게 좋아서 가는지 알아? 지금 누구 때문에 이러는지 몰라? 정말 지친다, 지쳐. 그냥 조용히 갑시다. 김연지 씨. 예? 어디 드라마 하나라도 꿰차려면 가야지 별 수 있습니까?"

"……."

"너 자꾸 그러니까 내가 미리 말해줄게, 잘 들어. 오늘 만나는 사람은 별 좆도 아닌 PD니 하는 그런 나부랭이들하고는 급이 다른 양반이야. 알았어? 오늘 잘만하면 너도 스타 되는 거 아무것도 아니게 만들 만큼 힘 있는 사람이라고. 내가 이 양반이랑 어떻게 약속을 잡았는지 네가 알면 너 가느니 안 가느니 하는 풀 뜯어 먹는 소리 정말 못할 거라고. 알았어?"

"도대체 누군데 그러는 거예요?"

"가보면 안다니까."

2

국장이란 자의 거친 수염이 자신의 볼을 찌를 때마다 연지는 욕지기가 치밀었다. 그의 입에서는 폭탄으로 마신 맥주와 양주, 안주로 먹은 나막스와 수삼이 뒤섞인 역한 냄새가 났다. 물을 빼지 않은 채 뜨거운 햇볕 아래 방치되어 있던 생선에게서 나는 듯한 냄새였다.

국장은 입을 맞추려 할 때마다 번번이 도리질을 치며 피하는 연지가 짜증이 났는지 그녀를 확 밀더니 앞의 술잔을 들어 벌컥벌컥 마신 후 소리 나게 잔을 내려놓고선 백 사장을 무섭게 째려봤다. 그렇게 백 사장과 눈을 맞춘 채 삿대질을 하듯 오른손 검지를 펴더니 고개와 함께 좌우로 흔들었다. 이젠 백 사장이 연지를 더 무섭게 째려봤다.

'그래, 참자, 이 까짓 게 뭔 대수라고. 주연이라잖아, 주연.'

절대, 절대로 쉽게 오지 않을 기회, 결코 놓쳐서는 되지 않을 기회가 그녀 앞에 놓여 있었다. 두 눈을 질끈 감은 연지는 온더록스 잔에 담긴 호박색 술을 목에다 단숨에 털어 넣었다. 독배라도 좋았다.

연지는 지금 자신에게 무슨 일이 벌어지고 있는지 도통 알 수 없었다. 처음에는 그저 가위에 눌린 것이라 생각했을 뿐이었다. 깨질 듯이 아픈 머리에 그녀를 마구 짓누르고 있는 중압감, 악몽에서 빨리 깨어나기 위해 그녀가 두 팔로 자신을 누르고 있는 물체를 힘껏 떼미는 순간, 훅 하고 퍼져 나오는 역겨운 냄새, 그것이 방금 전에 피하면서도 억지로 맡아야만 했던 국장의 입 냄새라는 걸 깨달은 연지가 두 눈을 번쩍 떴다. 그때야 비로소 지금 어떤 사태가 벌어지고 있는지 깨달은 것이다. 국장은 이미 자신의 아랫도리 속으로 들어와 있었다.

연지의 입에서 비명이 터져 나왔다.

"으악, 이게 뭐하는 짓이에요? 엄마, 엄마, 살려주세요. 여기 아무도 없어요?"

그러나 비명이라 했지만 웬일인지 목소리가 터져 나오지 않아 입속에서만 맴돌고 있다는 걸 연지는 알 수 있었다.

"가만히 있어. 다 끝났어, 다 끝나간다고."

왜 이리 힘이 없어졌는지 연지의 필사적이고도 절망적인 몸부림에도 국장은 꿈쩍도 하지 않았다. 연지는 다시 아득한 나락으로 빠져 들었다. 그녀의 꿈으로 윤빈이 걸어오고 있었다. 연지는 방긋 미소를 지었다.

이미테이션

"그것 봐, 너도 좋잖아?"

절정에 오른 국장의 입에서 신음이 배어 나왔다.

<h1 style="text-align:center">3</h1>

"어떻게 그럴 수가 있어요? 어떻게 나한테 그럴 수가 있냐고요?"

"내가 뭘? 내가 너한테 뭘, 어떻게 했는데?"

연지의 눈에서 파란 불이 일고 있었다.

"어떻게 사장님이 나한테 그런 짓을 했느냐고요?"

"그래, 소리쳐, 더 소리쳐 봐. 저 밖에 있는 사람들 다 듣게 소리 질러 보라니까. 왜, 별 볼 일 없는 삼류 가수 주제에 갑자기 드라마 주연이 되려니까 너무 행복해서 눈에 보이는 게 없다 이거지?"

"내가 언제 그깟 드라마 하겠다고 했어요? 내가 언제 드라마 하겠다고 사장님께 부탁했냐고요."

"뭐? 그깟 드라마? 아, 그러니까 지금 내가 시키지도 않은 짓을 해서 화가 나셨다 이거네. 그럼 김 국장한테 못 하겠다고 연락할까? 그래, 연락해줄게, 할 생각 없으시다고 말이야."

"그날 내 술에다 뭐 탔지요? 약 같은 거요."

"탔으면? 탔으면 어떻게 할 건데?"

연지의 입에서 기어이 울음이 터져 나왔다.

"어떻게, 어떻게 그런 짓을……."

"우냐? 지금 울어? 씨발 년, 좆 까고 앉아있네. 김연지, 네가 무슨 아다라시라도 되냐? 보지 털도 몇 개 없는 년이, 참, 아주 영화를 찍어요."

"고소할 거예요."

"고소? 아아, 고소? 고소 좋지. 하세요. 많이, 많이 하세요."

'드라마 주연, 드라마 주연.'

책상 아래로는 파란 핏줄이 보이는 그녀의 손이 핸드백 손잡이 줄을 무섭게 움켜쥐고 있었다.

"고소고 나발이고 간에 김연지 씨 좋을 대로 얼마든지 하시고요, 나는 그딴 거 신경 안 쓰니까 그 드라마 할 건지 말 건지만 말씀해 주세요. 네? 지금 우리 열녀 김연지 씨 말고도 줄 서있는 년이 많거든요. 김 국장 똥구멍이라도 빨아 줄 년들 말이에요."

'공중파 방송국의 주말 드라마 여주인공, 여주인공.'

그녀의 눈에서 안광이 사라졌다. 고개를 숙인 채 말 없이 입술을 깨물며 울음 뒤끝의 딸꾹질을 하고 있는 그녀를 바라보는 백 사장의 목소리가 한결 낮아졌다.

"야, 김연지, 잘 들어. 너, 김 국장, 김 국장 하니까 그냥 흔해빠진 국장인 줄 알아? 드라마 제작사 사장이라고, 사장. 케이블이지만 방송국도 하나 가지고 있고, 거기다가 NBC 국장 출신이란 말이야. 그래도 모르겠어?"

"……"

"야, 그냥 한강에 배 한 번 지나간 거야. 응? 너 그 자리가 어떤 자리인지 잘 알잖아. 남들은 몇 년을 공 들여도 못 가는 자리라고. 현실을 봐, 현실을. 하여튼 아무 말 말고 연습이나 많이 하라고, 괜히 발연기니 어쩌니 하는 소리 나왔다가는 그냥 중도하차니까 말이야, 알지?"

"대본은 나왔대요?"

백 사장의 얼굴에서 비로소 미소가 번져 나왔다.

"그래, 진작 그래야지. 아, 참 대본은 곧 보내준다고 했어. 그런데 너 정말 연습 많이 해야 한다. 이번 작가가 쪽 대본으로 유명한 박희영이라잖아, 그년은 녹화 날 그날 치 대본을 보내 준다고 하더라고. 그러

이미테이션

니 순발력 없으면 죽어요, 죽어. 그러니까 당장 오늘부터 민호 그 새끼가 하는 학원으로 가서 연기 지도 좀 받으라고, 알았지?"

"예."

"그래? 그럼 나가 봐, 그 눈에 마스카라 번진 것 좀 지우고."

돌아서는 연지의 등을 백 사장의 말이 다시 찔렀다. 평소와는 다른 아주 음산하고 낮은 말투였다.

"그나저나 너 김연지, 다음에도 오늘같이 또 난리 죽였다간 내 가만히 안 있을 거야, 알았지?"

연지가 돌아섰다.

"사장님도 나한테 또 다시 그런 짓 했다가는 내 절대, 절대로 가만히 있지 않을 거예요."

"어이구, 그러세요? 어이구, 무서워."

다음 날 연지는 누가 보건 말건 상관없다는 생각, 윤빈을 한 번만 보았으면 여한이 없겠다는 생각으로 그에게 면회를 갔다. 하지만 연지는 윤빈을 만날 수 없었다. 그가 면회를 거부한 것이었다. 연지는 그런 윤빈을 이해할 수 있을 것도 같았다. 그녀는 잊어야 할 때에는 잊어야 한다는 걸 잘 알고 있었다. 연기 연습을 정말 열심히 해야겠디는 생각이 들었다.

철민

1

"어이, 누가 커피 좀 뽑아 와라, 야 어떻게 커피 한잔 갖다 주는 놈이 없냐?"

정남의 말이 끝나기 무섭게 제일 먼저 나선 이는 철민이었다.

"이 씨발 놈들이 빠져 가지고. 야, 다, 동작 그만, 동작 그만 안 할래?"

"야, 형석아. 그만 해 인마, 여기 형우 선배님도 계시잖아?"

"아닙니다. 형님, 죄송하지만 잠시만 모른 체해 주십시오, 아참, 선배님, 잠시만 건방 떨겠습니다."

형석이 구석에 앉아 거울을 보며 눈썹을 그리고 있던 사내에게 깊게 허리를 숙여 절을 하였으나 사내는 거들떠도 보지 않았다.

"야, 이 씨발 년놈들아, 이 바닥이 언제부터 이렇게 막 가게 됐어, 엉? 보자보자 하니까 좆같아서 못 봐 주겠네. 원로 대선배님은 구석 자리에서 혼자 분장하시고, 니들은 코디인지 뭐하는 건지도 모르는 아이들 우 하고 몰고 들어와선 누가 있건 없건 껌이나 찍찍 씹어가면서 떠들고, 야, 이 좆 만한 것들아, 여기 명 선배님이 꼭 커피 한 잔을 달라고 말씀을 하셔야 겨우 움직이냐? 니들 눈엔 아무것도 안 보이지. 그렇지? 그러니까 우리들이 딴따라 소리 듣는 거 아냐? 엉?"

아미테이션

방 안에 있던 사람들이 전부 일어나 고개를 숙이고 눈치를 보는데 덩치가 커다란 사내가 나섰다.

"죄송합니다."

"당신, 누구야?"

"얘들 매니저입니다. 교육시키겠습니다."

"당신 매니저 생활 얼마나 했어?"

"예, 5년 됐습니다."

"그래, 그 회사에선 애들 이 따위로 가르치나, 백 사장이 이렇게 가르쳐?"

"죄송합니다. 제 잘못입니다."

"애들 교육 잘 시키라고, 엉? 인기가 좀 있다고 하늘 높은 줄 모르다가 한 방에 훅 가는 거 몰라?"

"예, 죄송합니다. 야, 니들 뭐 해? 빨리 사과드리지 않고."

"죄송합니다."

그중 가장 나이가 어려 보이는 여자 아이 여섯 명이 누구에게라고 할 것도 없이 명정남이 앉아있는 쪽을 향해 일제히 소리를 치며 고개를 숙였다.

그러자 쭈뼛거리며 눈치만 살피던 다른 이들도 모두들 '죄송합니다.'를 외쳐 댔다.

"그래, 그래, 내가 미안하네, 이해들 하시고, 오늘 녹화 잘해 보자고."

"연초인데 소리 질러서 나도 미안한데 말이야, 내가 대선배님도 계시고 그런데 분위기가 영 아닌 것 같아 욱 하는 마음에 그런 거니까 이해들 하고. 알았지?"

"예."

"하여튼 일단 녹화 들어가면 서로 서로 리액션도 잘 쳐주고 하자고,

혼자만 살려고 하지 말고."

"예."

형석이 다시 한 번 분위기를 잡는 동안 정남은 철민이 가지고 온 커피를 마시고 있었다. 마시던 커피 잔을 손에 들고선 옆 의자에 앉아 있는 철민을 한참 동안 바라보던 그의 입에서 느닷없는 말이 튀어 나왔다.

"너 윤빈이지. 그렇지? 맞잖아, 윤빈이."

"헤헤, 선생님, 윤빈이가 되도록 노력하겠습니다."

"이 자식이 웃기는? 너 인마, 진짜 윤빈이가 윤빈이 흉내 내고 다니는 거지? 그렇지?"

철민은 어이없는 표정을 지으며 머리를 긁적였다.

"윤빈이가 윤빈이 흉내를 낸다? 야, 이거 문법적으로 말이 되냐? 내가 지금 무슨 말을 하고 있는 거지?"

"예, 선생님, 말이 아니 말씀이 되는 것 같습니다."

"야, 정말 말이 된다, 그렇지? 내가 내 흉내를 낸다? 우와, 이거 아이템 죽이는데, 이거 완전 대박감이네, 캬아, 난 역시 머리가 좋다니까."

혼자 감탄하고 혼자 좋아하고, 전 국민에게 익숙한 캐릭터인 그런 그의 모습에 철민은 그저 미소를 지을 뿐이었다.

"이 자식이 또 웃네. 너 지금 나 놀리냐? 야, 인마, 보면 볼수록 더 헷갈려서 그런 거야. 내가 보기엔 너 틀림없이 윤빈이 맞거든. 또 어떻게 보면 아닌 것도 같고. 에이, 씨발, 나도 모르겠다. 어쨌든 죽이는 아이디어 하나는 네 덕분에 찾았고, 그나저나 너 요새 잘하고 있더라. 이런 프로엘 다 나오고."

"예, 감사합니다. 모두 선생님 덕분입니다."

"자식, 순 말로만? 너 인마, 지난 연말 때 일은 벌써 다 잊었지?"

이미테이션   95

"아닙니다, 제가 그 은혜를 잊을 리 있습니까?"

"그런데 인마, 전화 한 통 안 해?"

옆에 있던 형석이 끼어들었다.

"형님, 얘 저한테 가끔 전화 하거든요? 그리고 형님은 국내에도 안 계셨잖아요?"

"그랬나?"

"어떻게 외국엘 한 달씩이나 갔다 오면서 선물 하나 안 사 옵니까?"

"또 그 소리, 인마, 내가 놀러 갔냐? 얘 때문에 간 거 알면서 그런 소리가 나오니?"

"그럼 형님이 거기서 무슨 일이라도 했다는 거예요?"

"시끄러, 인마, 녹화 준비나 잘 해."

"염려 마십쇼. 형님, 형님이나 애먼 소리 해가지고 찬물 끼얹고 그러지 마세요. 형님 그럴 때마다 내가 다 식은땀이 나거든요."

"새끼, 젖먹이 데려다가 조금 키워놨더니 아주 지랄을 해요. 그나저나 철민이, 너 이따 나랑 소주 한잔할래? 시간 되니?"

"예, 감사합니다."

"그래 일단 녹화 끝나고 이야기하자."

그날 철민은, 녹화에서 출연자들, 특히 정남과 형석이 별로 웃기지도 않는 말을 할 때에도 두 손으로 박수를 치며 열심히 파안대소를 했다. 그런 철민을 보며 사회자는 몇 번이나 너무 오버를 하지 말라고 주의를 줬으나 철민은 건성으로만 대답하고 거의 개의치 않았다.

자신을 그윽한 눈으로 바라보는 명정남 앞이라면 더한 일도 할 터였다.

2

"어때? 이 집 삼겹살 괜찮지?"

"예, 고기가 참 좋은데요."

"그래, 많이 먹어라."

"예, 잘 먹겠습니다."

"자, 내 술도 한 잔 받고."

철민은 벌떡 일어 나 잔뜩 허리를 굽힌 채 두 손으로 소주잔을 받들고 그의 앞에 내밀었다.

"야, 인마, 방송 끝났어. 무슨 조폭영화 찍냐? 오버 하지 말고 앉아."

"아닙니다."

"짜식."

철민은 그가 따라준 소주를 고개를 돌린 후 단숨에 비우고선 상 위에 있던 냅킨으로 잔을 안팎으로 정성들여 닦은 후 정남에게 공손히 내밀었다.

"제가 한 잔 올리겠습니다."

"인마, 안주부터 먹어. 그리고 앉으라니까, 누가 보면 챙피하잖아."

정남은 말은 그렇게 하면서도 아주 흐뭇한 표정으로 철민이 따라준 소주를 달게 마셨다. 철민이 자리에 앉았다.

"형님, 좋으시겠습니다. 오늘 완전 왕 되십니다."

"그래? 야, 형석아, 너도 이놈 한 잔 따라 줘라."

철민이 다시 황급히 자리에서 일어났다.

"어? 이 놈 봐라, 야, 인마, 내가 언제 너 술 준다고 했어? 이놈 웃기는 놈이네."

"아닙니다. 선배님, 제가 한 잔 올리려고."

이미테이션

"그래? 자식, 순발력 있네, 그럼 따라 봐."

역시 공손히 술을 따랐다.

"그래, 누가 보면 좀 그러니까 이제 너도 좀 앉고, 자 내가 한 잔 줄 게, 같이 마시자."

그렇게 권커니 잣거니 하면서 술자리가 한창 무르익어 갈 때였다.

"야, 형석아."

"예, 형님."

"어때? 얘 말이야, 이놈 이거 좀 싸가지가 있어 보이지 않니?"

"예, 그런 것 같습니다. 아니 형님이 그런 거라면 그런 거지요, 뭘."

"아냐, 농담이 아니고 내가 보기에 얘가 똘망똘망하니 예의도 좀 아 는 것 같고, 하여튼 귀엽지 않냐?"

"예, 사실 맞습니다. 아까 녹화할 때도 있잖아요, 전 솔직히 형님께 서 지난번에 스키장에서 넘어진 말씀하실 때 반응들이 없어 손발이 완전 오그라지는 줄 알았지 뭡니까? 그래도 그렇게 분위기 싸할 때 이 놈이 리액션 치고 나오니까 그때서야 다 빵 터지기 시작했지 않습니 까? 그 타이밍 놓쳤으면 큰일 날 뻔했다니까요."

"조지나 큰일은? 야, 내가 그런 망신 한두 번 당해 봤니? 기껏 예능 에 나와 가지고선 재미 난 이야기를 해도 안 터트리는 놈들이 방송할 줄 모르는 병신이지. 안 그래?"

"에이, 형님, 솔직히 그 이야기는 좀 아니었지 않습니까? 저도 억지로 웃었는데요 뭐."

"억지로 웃어, 형석이 너 그새 많이 컸구나?"

"제가 원래 185cm 아닙니까?"

"죽을래?"

"헤헤, 죄송합니다."

98

"인마, 넌 이 바닥 밥을 10년 넘게 먹어 왔으면서도 왜 그렇게 순진하냐? 아까 그 놈들이 내 이야기가 안 웃겨서 가만히 있었는지 알아?"

"그게 무슨 말씀입니까?"

"인마, 그들은 다 나를, 아니 우리들을 견제하는 거야, 엿 먹이려 그러는 거라고. 그걸 몰라? 그리고 니가 걔들한테 난리 한 번 쳤잖아, 그러니 복수하는 거지 뭐."

"백 사장 그 개새끼, 뻔히 알면서 애들을 그 따위로 교육시키니, 어쩌면 그 새끼가 시켰을지도 몰라요, 우리들 만나면 대충 생 까라고 말이에요."

"야, 설마 그놈이 그랬기야 했겠냐? 어쨌든 간에 이 바닥이 그래서 무서운 거라고. 여긴 전부 적이라고 생각하면 돼."

"예, 알겠습니다. 충성."

"철민이 너 소속사 정했니?"

"아닙니다."

"그래? 형석아, 애 아예 우리 회사 소속으로 만드는 건 어때? 이제 이 정도면 검증은 된 거 아냐?"

"우와, 우리 형님 꿈 야무지신 거 봐. 아니 그게 우리 마음이에요? 얘가 오케이를 해야 되는 거지요."

"그러네. 어이, 철민이, 너 우리랑 일해 볼 생각 없냐?"

"예, 받아만 주시면 정말 열심히 하겠습니다."

"아니, 그렇게 빨리 대답할 필요는 없고, 이건 인마, 너한테 아주 중요한 문제잖아."

"아닙니다. 전부터 불러만 주시길 기다리고 있었습니다."

"그래? 그럼 우리랑 정식으로 계약할래?"

"예, 감사합니다."

이미테이션

"인마, 무조건 감사하다고 할 게 아니라 잘 생각해 보라니까, 괜히 나중에 노예계약이니 어쩌니 개 풀 뜯어먹는 소리 하지 말고."

"무슨 말씀을, 저는 무조건 선생님이 하라는 대로 하겠습니다."

"너, 벌써 눈치 챘는지는 모르지만 말이야. 우린 돈 많이 못 줘, 알지? 그냥 한 식구처럼 같이 벌어 같이 먹고 산다는 생각 아니고 떼돈 벌려고 생각하면 다른 데 알아보고, 알았어?"

"예."

"너 오늘도 수원으로 내려가야 하냐?"

"아닙니다. 저번에 선생님 말씀 듣고 업소 일은 다 접었습니다."

"그래? 그럼 완전히 올라 온 거야?"

"예."

"잠은 어디서 자고?"

"고시원."

"인마, 아무리 그래도 명색이 연예인인데 고시원이 뭐야? 인마, 연예인은 당장 굶어 죽어도 보이는 게 아주 중요한 거야, 폼이 있어야 한다고."

"……."

"형석아, 애, 누구 같이 지낼만한 애 없니?"

"없을 것 같은데요? 알잖아요, 형님도."

"그렇지, 그럼 애 당장 방 하나 얻어줘라."

"돈은요?"

"그 새끼 돈 이야기 무지 하네. 명색이 회사 살림한다는 새끼가 능력이라고는 아주 개 코만도 없어요. 인마, 니 마누라 빤쓰라도 팔아 오든지."

"형수님 것이 더 비쌀 것 같은데요?"

"미국에 있잖아."

"그러니까 미제라서 더 비쌀 것 같다고요."

"너 오늘 죽을래?"

"아니요. 저 아직 자식도 없거든요?"

"이왕이면 회사에서 가까운 데로 알아봐. 그런데 이 동네는 좀 비싸지?"

"제가 알아서 할게요."

"그래, 그럼 그렇게 하고, 형석이 너는 내일 애 계약서 준비 해. 철민이는 주민등록등본 떼어 오고."

"예."

"제 계약서는요?"

"뭔 소리야?"

"저도 계약서 제대로 한번 씁시다. 착취 좀 그만 하시고."

"너 그러다 정말 죽는다."

"마누라가 도대체 계약서를 어떻게 썼기에 집에 돈 한 푼 안 가지고 오느냐고 하더라고요. 조사를 해 보겠다나 어떻다나."

"야, 니 마누라 의사잖아. 근데 뭔 돈타령이냐?"

"요새 의사는 의사도 아니라니까요, 웬만한 월급쟁이보다도 못한데요, 뭘."

"알았어, 내가 돈 많이 벌면 많이 줄 테니까 기다리라고 해. 그리고 형석이 너 말이야."

정남의 말투가 갑자기 가라앉았다.

"내일부터 애 '깜놀'에 나갈 수 있게 준비 좀 해 봐."

"뭐라고요?"

"애, 깜놀에 출연시켜 보자고."

아미테이션   101

"형님, 이제 겨우 자리 잡아가는 프로인데, 너무 이른 거 아니에요?"

"야, 이르긴 뭐가 일러? 이제 애도 인지도도 있잖아? 그리고 너 아까 녹화 때도 봤지? 순발력 있는 거 말이야, 그러니까 한번 추진해 보자고."

"형님, 그래도 우리가 그 프로를 어떻게 맡은 건데 그래요? 그렇지 않아도 시청률 안 나온다고 지랄들인데 괜히 애 출연시켰다가 잘못되기라도 하면 우리가 다 뒤집어 쓸 텐데, 그냥 지금 컨셉으로 가다가 한 십 프로라도 나오고 난 뒤에 그때 차차 만들어 가시죠."

"야, 인마, 너는 왜 그렇게 부정적이냐? 그러니까 발전이 없지."

"제가 발전이 없는 건 소속사 잘못 만나 그런 거 아닌가요?"

"인마, 농담 말고."

"하지만 그 깐깐한 CP가 허락하겠어요?"

"김 CP는 내가 알아서 할게. 녹화해 놓고 정 아니다 싶으면 자르면 될 거 아냐?"

"그럼 분량은 어떻게 채우고요?"

"그야, 예비를 만들어 놓으면 되지."

"그래도 좀 불안한데요."

"아냐. 내가 전부터 생각해 봤는데 너도 알다시피 얘가 이놈 저놈 모창도 잘하고 또 예능감도 있잖아? 또 세숫대야도 저만하면 당연 백 점이고. 사실 내가 컨셉도 다 잡아 놨어. 아마 죽일걸?"

"어떻게요?"

"그건 나중에 사무실에 모여서 다시 따져 보기로 하고, 어쨌든 너도 아이디어 좀 내 봐."

"그래도 전 형님께서 이렇게 파격적으로 나가시는 게 좀 이해가 안 되는데요. 저한테는 몇 년을 그렇게 쌀쌀맞게 하시고선 말이죠. 새삼 섭섭하고 서럽네요, 계약서도 제대로 없는 연예인은 아마 저 하나뿐일

_김영복 장편소설

걸요?"

"또 계약서 타령이네. 그럼 우리도 정식으로 쓸까?"

"예민하시긴, 뭐 그렇다는 거죠. 하여튼 형님, 애 면전에서 이런 말은 좀 그렇지만 솔직히 너무 과대평가하는 건 아닌가요?"

"아니야, 필이 와. 이거 정말이라니까."

"암만해도 애만 예뻐해 주셔서 눈이 좀 멀어 가시는 것 같거든요?"

"놀고 있네, 야, 인마, 넌 도대체 예뻐해 줄만한 구석이 하나도 없잖아? 잘하는 것도 없고, 안 그래?"

"맞습니다."

"맞습니다. 소리는 잘하네."

"맞습니다."

3

"어때? 정말 죽이지?"

"예, 형님, 이거 완전 대박입니다, 대박."

"그래, 흥분은 나중에 하고, 자, 자, 준비해. 그리고 정섭이 너, 아까 말한 대로 애 순서가 될 때까진 이 방에 아무도 들여보내지 말고. 알았지?"

"예. 알겠습니다."

"그래, 나가 보자고."

조명등에 불이 들어오는 '타악, 타악' 하는 소리와 함께 무대 위로 현란한 조명이 쏟아지는 순간, 녹화 시작을 알리는 밴드의 시그널 음악 연주가 터져 나왔다.

"안녕하십니까? 분명 안녕하실 거예요. 그렇죠? 여러분."

아미테이션

"예-."

객석에서 긴 대답과 함께 박수가 터져 나왔다. 정남은 자신에게 쏟아지는 조명 탓에 전혀 보이지 않았으나 마치 한 사람 한 사람과 눈이라도 맞추고 있는 양 그들을 향해 능수능란하게 멘트를 이어갔다.

"자, 늘 우리 TBC를 사랑해 주시는 전국의 시청자 여러분, 그리고 궂은 날씨에도 불구하고 직접 이 자리까지 찾아와 주신 방청객 여러분, 아, 방송이 되는 날에도 오늘같이 비가 오고 날씨가 궂을지는 잘 모르겠습니다만, 그건 저와는 아무 상관없이 여기 방송국 분들이 책임지시면 되고, 아무튼 모든 분들 감사합니다. 저는 물론 우리나라 최고의 MC 명정남이고요, 그런데 이 말을 꼭 내 입으로 이렇게 해야 되나? 뭐 아무튼 간에 이제 시작해 볼까요?"

"예-."

별로 웃기는 이야기가 아님에도 이미 잘 훈련된 방청객들은 처음보다 더욱 크고 긴 박수와 함성으로 그에게 호응을 해 주었다.

"자아, 이제 정말 갑니다. 그럼 지금부터 깜짝 놀랄만한 이야기, 우리가 살고 있는 이 땅에 이런 일이 과연 있을 수 있을까, 하는 신기하고도 괴기하고, 뜨겁고, 놀라지 않으려야 않을 수 없는 일들만을 매주 소개하는 대단한 프로그램, 깜놀, 즉 깜짝 놀랄만한 이야기를 시작 하겠습니다."

"와-."

"예, 감사합니다. 먼저 오늘 저를 도와 저와 함께 진행을 맡아 줄 우리나라 최고의 개그맨, 학구파 코미디언 이형석 군을 소개하겠습니다."

체크무늬의 양복을 단정히 입고 나온 형석이 정남의 옆에 서서 만면에 웃음을 지으며 객석을 향해 고개를 숙여 인사를 했다.

"학구파라고 해서 대단할 줄 알았는데 옷 입은 걸 보니 아마 촌에서만 공부를 한 모양입니다. 뭐 어쨌든 대단한 건 맞는 것 같고요. 자, 저기 폼 잡고 서 있는 분들은 오늘 반주와 효과음을 담당해 주실 TBC 깜놀 밴드입니다. 박수 한번 보내 주시죠."

짧은 연주가 끝나자 소풍가는 아이가 물병을 차듯 색소폰을 사선으로 걸고 있는 지휘자가 객석을 향해 고개를 숙였다.

"자, 그럼 깜놀 밴드, 좋은 연주 부탁드리고요. 이제부터 본격적인 순서로 들어가겠습니다. 여러분, 발가락으로 기타를 친다면 믿으시겠습니까? 믿을 수 있겠어요? 과연 그런 분이 있을까요? 예, 있습니다. 손으로 치라고 만들어 놓은 기타를 굳이 발로, 발가락으로 치는 별난 분이 오늘 첫 번째 출연자입니다. 자 먼저 깜짝 놀랄만한 그분의 연주를 들어보고 말씀 나누도록 하겠습니다. 소개합니다. 오늘의 첫 번째 출연자, 발가락으로 클래식 기타를 연주하는 사나이, 손일호 씨입니다."

형석이 무대 뒤로 들어가 기타를 들고선 두 팔이 없는 사내를 이끌고 나왔다.

4

"여러분, 잘 보셨죠? 오늘 소개해 드린 두 분에서 우리는 불굴의 의지, 진한 감동, 그리고 아름다운 슬픔, 또 재미, 이 모든 것을 볼 수 있었습니다.

한 분 한 분의 모습이 진짜 깜짝 놀라지 않을 수 없는 무대였던 것 같습니다. 나와 주신 모든 분들께 다시 한 번 감사드리고요, 자, 그럼 이제 오늘의 마지막 무대를 소개하겠습니다. 여러분, 다시 한 번 놀랄 만한 준비가 되셨습니까?"

"예-."

"맞습니다. 저도 아까 대기실에서 우연히 미리 보게 되었는데 너무 놀라 얼어붙는 줄 알았습니다. 여러분, 기대되십니까?"

"예-."

"이분은 따로 소개 멘트를 하지 않겠습니다. 그저 함께 깜짝 놀라면 충분합니다. 자, 우리 다 함께 외쳐 보도록 하겠습니다. 먼저 제가 할까요? 나와 주세요."

"나-와-주-세-요."

순간 무대의 모든 조명이 꺼졌다. 잠시 후 다시 조명이 켜졌을 때 사람들은 보았다. 몇 개의 풋라이트를 받으면서 무대 위에 서있는 윤빈을……

2년, 만2년만이었다.

교통사고를 낸 후 교도소에 수감 된 이후 종적을 감췄던 윤빈이 바로 그들의 눈앞에 옛 모습 그대로 서 있었던 것이다. 비명과 탄성, 웅성거림이 객석에서 동시에 터져 나왔다.

아름다웠지만 이젠 힘겨울 뿐인 기억 위
추억을 덧칠하는 건 니무 잔인해
가을 물든 저 호수도 바래 버린 저 벤치도
왠지 너무 익숙해
손대면 마냥 흔적 묻어날 것 같아
떠나갔건만 떠나보내지 못해
다시 시작하는 나는
그래 미안해 정말 미안해

디지털 시대가 되면서 LP판은 아예 자취를 감춰 버리고 테이프고

CD고 간에 단 오만장만 팔려도 히트라고 하고, 십만 장을 넘으면 대박이 터졌다고 흥분하던 시절, 대부분의 작곡가와 가수들이 그저 음원 판매에만 목을 매고 컴퓨터로 단순한 노래만 만들어 내던 바로 그때에 CD만 오십만 장이 넘게 나갔다는 윤빈의 노래, 전설이 되어버린 노래 '미안해'였다. 오십만 장이라면 10년 만의 기록이라고도 했다. 그가 무대에 등장했을 때의 흥분으로 한껏 시끄러웠던 객석은 그의 노래에 귀 기울이며 이제 쥐 죽은 듯 조용해 있었다.

> 싱그러운 너의 미소로 눈을 맞출 때
> 가슴속 이 먹먹함은 너무 잔인해
> 일렁이는 저 물결도 쓸쓸한 저 잎새도
> 내겐 너무 익숙해
> 바라보면 그냥 눈물 될 것 같아
> 떠나갔건만 떠나보내지 못해
> 처음 시작하는 네게
> 너무 미안해 정말 미안해

이윽고 그의 노래가 끝나자 관중들의 박수, 환호, 탄식으로 객석은 다시 마구 들끓었다.

"여러분, 어때요? 깜놀답지요? 정말 깜짝 놀라셨죠?"

"예-."

"자, 그럼 말씀 좀 나누어 보도록 할까요?"

가수는 아직도 무대 중앙에 서 있었다. 정남과 형석이 그에게 다가섰다.

"윤빈 씨, 정말 오랜만입니다."

이미테이션

"……."

"어, 아무 말씀이 없으시네요, 정말 윤빈 씨 맞습니까?"

"오늘은 아무 말 하지 않겠습니다."

"조명 탓인지 바로 앞에서 보고 계셨던 분들도 그렇고 솔직히 저도 그렇습니다만, 정말 많은 분들이 그토록 애타게 기다리던 윤빈 씨가 맞는지만 말씀해 주시지요?"

"죄송합니다. 감사합니다."

그는 그렇게 총총히 무대를 떠나 버렸다.

5

"형님, 터졌습니다, 완전 터졌어요."

"짜식, 내가 무조건 터진다고 했잖아?"

"형님, 삼십이랍니다. 삼십, 십 프로도 못 넘겨서 걱정하던 게 바로 지난주인데 삼십이 다 뭡니까? 텔레비전 튼 사람들은 거의 다 봤다는 이야기 아닙니까?"

"촌스럽게 왜 그래. 술이나 마시자고. 자 건배, 철민이 오늘 정말 수고 했어."

"아닙니다. 선생님께서 다 만들어 준 일인데요, 수고는 뭘."

"무슨 소리야? 오늘 아주 죽였다고. 아참, 너 앞으로 나한테 선생님, 선생님 이러지 말고 그냥 형님이라고 해라. 형석이한테도 그렇게 부르고, 알았지?"

"제가 어떻게 감히?"

"야, 쓸데없는 폼 잡지 말고 그냥 시키는 대로 하라고, 과공은 비례라는 말 몰라? 어때? 나 유식하지? 와, 나는 왜 이렇게 아는 게 많은 거지?"

"에이, 형님, 그거 한자로는 못 쓰시잖아요?"

"넌 쓸 줄 아냐?"

"당근이죠."

"인마, 글로 쓸 줄 아는 게 중요한 게 아니고 딱 요렇게 제대로 써먹을 때 써먹는 게 최고야. 안 그래? 이 촌놈아."

"에이, 형님, 그런데 생각해 보니까 또 화가 날라고 하네. 오늘 무대에서 저한테 '촌놈'이 뭡니까? 촌놈이? 그래도 코디가 다 협찬해 온 옷인데. 이제 그 브랜드에선 절대 협찬 못 하겠다고 벌써 전화가 왔다고 하더라고요. 겨우 받아낸 건데."

"내가 너한테 촌에서 온 모양이라고 했지, 언제 촌놈이라고 했냐?"

"그게 그거지요, 뭘."

"야, 호박에다 줄 친다고 수박 되냐? 그냥 하던 대로 해."

"제가 원래 수박이거든요?"

"그래, 너 잘 났다. 잘 나서 좋겠어. 그나저나 지금 기분 좀 업 되어 있는데 자꾸 초 칠래? 술이나 마시라고."

"예 형님, 오늘 정말 기분 좋습니다."

"철민아."

"예, 선생님."

"또 선생님이라고 한다."

"예, 죄송합니다. 형님."

"야, 오늘 노래도 완전 죽이더라, 사람들이 윤빈이 노래 틀어놓고 립싱크 하는 줄 알았다 하잖아, 너 원래 노래까지 잘 했던가?"

"연습 좀 했습니다."

"그래, 잘 했어, 바로 그런 자세야."

아미테이션

"예, 열심히 하겠습니다."

"당연히 열심히 해야지. 그런데 정말 신기하더라. 야, 어떻게 가발 쓰고, 화장 좀 하고, 키높이 구두 신었다고 정말 그렇게 윤빈이랑 똑같을 수가 있냐? 나도 너라는 걸 알면서도 계속 헷갈렸다니까."

"분장팀 덕분이지요, 뭘."

"아냐, 이건 네 복이라고. 아니 어쩜 우리 복일 수도 있고, 하여튼 이 기회를 잘 살려 보자고."

"형님, 선글라스는 제 아이디어인 거 아시죠?"

"그래, 그 선글라스 때문에 더 완전 똑같아진 거지. 어쨌든 형석이 오랜만에 밥값 한 거 맞어."

"이참에 철민이 눈에서 아예 쌍꺼풀을 펴 버릴까요? 코도 좀 낮추고 말입니다."

"아냐, 너무 똑 같으면 캐릭터가 굳어져 버려 다른 일 못하니까 지금 이 좋을 거야."

"그렇기도 하겠네요."

"그나저나 사람들 눈치는 어떤 것 같아?"

"대부분 헷갈려 하는 것 같습니다. 진짜라고 믿는 사람들도 무지 많은 것 같고 또 어떤 사람들은 분명 철민이가 분장을 하고 나온 것이라고 짐작을 하는 것 같고. 하여튼 내일 아침 스포츠 신문이고 뭐고 분명 난리 날 겁니다."

"그래, 그래야지. 형석이 넌 우리가 이야기 했듯이 철민이 애 함부로 노출되지 않게 잘 데리고 있어. 당분간이니까 말이야, 알았지?"

"예, 염려마세요. 그 집은 아무도 모릅니다."

_김영복 장편소설

6

그런 식으로 윤빈(?)이 느닷없이 방송에 나타난 다음 날, 연예계의 시시콜콜한 가십조차 선정적이고도 현란한 제목을 달아 대대적으로 보도하던 스포츠 신문들은 물론 중요 일간지에 까지도 온통 윤빈의 기사로 도배가 되었다.

신문뿐만이 아니었다. 각종 케이블 방송, 게다가 3개 중요 공중파 방송의 연예 프로그램은 물론 저녁시간대 정규 뉴스까지 그날 모습을 보인 사람이 진짜로 3년 전 종적을 감춘 가수 윤빈이었는지를 두고 일어난 파문에 대해 다뤘을 정도였다. 물론 모두 정남의 예상 그대로였으나 사실 예상을 훨씬 넘는 반향이어서 정남조차도 내심으론 당황할 정도였다. 대한민국에 기자가 이렇게 많았을까 싶을 정도로 많은 이들이 취재를 위해 명 기획을 찾았다. 정남은 극도로 말을 아끼다가 자신이 미리 점찍어 두었던 일간지와 비로소 인터뷰다운 인터뷰를 했다.

"그러니까 그날 나온 이가 가수 윤빈이 맞는 겁니까?"

"그건 확인해 드릴 수 없습니다."

"확인해 줄 수 없다는 말은 윤빈이 맞는다는 말로 해석해도 되는 겁니까? 그런 뉘앙스로 들리는데."

"죄송합니다만 확인해 드릴 수 없다는 말씀만 드립니다. 선수끼리인데 그 정도로 그냥 넘어 갑시다."

"알겠습니다. 일각에선 최근까지도 윤빈의 흉내를 내고 다니던 짝퉁 가수 김철민이라고도 하던데 맞습니까?"

"아, 김철민이요? 솔직히 그 친구에 대해서는 저희는 잘 모릅니다. 단지 제가 아는 것은 그 친구는 윤빈보다 키도 작고 생김새도 조금은 다르다는 것뿐입니다."

이미테이션

"그가 김철민이냐는 물음에는 아직 답을 안 해주셨습니다."

"그것 역시 확인해 줄 수 없다는 말씀밖에 못 드립니다."

"그를 잘 모른다고 하셨는데 세간에는 그가 여기 명 기획 소속이라고 알려져 있습니다. 또한 최근에 명 선생님과 함께 술을 마시는 모습이 일반 시민들에게도 몇 번 포착이 되었다고도 합니다. 그런데 잘 모른다고 하시니 좀 모호한 기분이 드는군요."

"물론 같이 술을 마신 적은 있습니다. 같은 프로그램에 출연을 한 후 한잔했던 것이지요. 하지만 김 기자가 아시다시피 우리 같은 사람이야 그런 자리가 어디 한두 번 있습니까? 함께 술을 마셨다고 해서 그 사람에 대해 다 알 수 있는 것은 아니지요."

"그럼 김철민 군은 명 기획 소속이 분명 아니라는 말씀입니까?"

"우리는 회사라는 이름은 달고 있습니다만 솔직히 소속 연예인이라고 말씀드릴만한 사람도 별로 없습니다. 그저 뜻이 맞는 사람들 몇이서 서로 돕자는 의미로 자주 만나는 것이고. 알잖아요? 요새 우리 같은 흘러간 사람들은 설 곳이 별로 없다는 거, 그래서 서로 돕고 챙겨주자는 것, 딱 그 정도입니다. 다 살아남자고 하는 짓이지요."

"그렇게 말씀하시니 질문을 좀 바꾸겠습니다. 김철민이는 명 라인 맞습니까?"

"명 라인이라니요? 물론 저도 그런 소리를 몇 번 들었습니다만 그건 어디까지나 저와 친한 연예인들을 두고 하는 말이지, 제가 무슨 라인 이러면서 사람들을 거느리거나 거두거나 할 능력이나 됩니까? 잘 아시면서 왜 이럽니까?"

"명 선생님이야말로 너무 노회하신 것 같은데요?"

"물론 김철민 군이랑 앞으로 함께 일할 기회도 있을 수 있겠지요. 뭐 그건 그때 일이고."

112

_김영복 장편소설

"명 선생님도 잘 알고 계시다시피 윤빈은 제법 큰 사고를 낸 후 연예계를 떠나야 했습니다. 그런 윤빈이 불과 3년도 채 안 되었는데 갑자기 공중파 방송에 나타난 것을 두고 지금 여러 말들이 많습니다. 거기에 대해선 어떻게 생각하는지요? 아, 이 질문은 그날 나온 친구가 진짜 윤빈이라고 했을 때 해당하는 겁니다만."

"글쎄요? 워낙 민감한 문제라 조심스럽습니다만 제 개인적으로는, 이건 어디까지나 제 개인적인 생각이라는 걸 분명히 하고 싶고요, 하여튼 제 생각으로는 사람은 누구나 실수는 할 수 있는 것이고, 거기에 대한 죗값을 치루고 충분한 시간 자숙과 반성을 해 왔다면 다시 한번 기회를 주는 것도 나쁘지는 않다고 봅니다. 물론 연예인이야 공인이 틀림없으니 좀 더 신중해야 하긴 하겠지만 그렇다고 연예인이라고 해서 더 특별한 잣대를 들이밀면서 불이익을 주어서도 안 된다고 생각합니다."

"그럼 선생님은 윤빈의 복귀가 괜찮다 이렇게 보신다는 거지요?"

"제가 괜찮다, 안 된다 할 문제가 아니고 어디까지나 국민들의 정서가 중요하다고 봐야 되겠지요. 그냥 제 생각이 그렇다는 겁니다."

"그럼 윤빈, 아, 윤빈으로 추정되는, 이거 복잡하네요. 하여튼 그 친구를 선생님이 직접 섭외하신 것은 맞습니까? 담당 PD의 말에 의하면 선생님께서 데려 왔다고 하던데요."

"김 기자, 자꾸 선생님, 선생님 하니까 영 거북하네요. 완전 늙은이가 된 기분이고. 그냥 선배 정도로 갑시다. 이거 참 쑥스러워서."

"예, 명 선배님, 질문은 기억하시지요?"

"맞습니다. 제가 섭외를 해서 PD에게 추천한 것입니다."

"그를 어떻게 알게 되셨는지요?"

"제가 원래 좀 마당발 아닙니까? 여차저차해서 알게 된 겁니다."

이미테이션   113

"그럼 앞으로도 또 등장을 시킬 계획을 갖고 계신 겁니까?"

"글쎄요, 제가 등장시키고 말고 할 문제가 아니라 뭐 그 친구가 결정하겠지요."

"솔직히 직접 만나 이야기를 들어 보고 싶은데요."

"아, 당연 그러겠지요. 솔직히, 이거 '솔직히'라는 말을 자꾸 하면 거짓말이라고 하던데, 하여튼 솔직히 저도 연락처를 모릅니다. 그 친구가 연락을 해 오겠다고 했으니 기다려 봐야죠."

"연락처도 모르신다면서 섭외를 하셨다는 등 좀 이해가 안 가는 부분이 많습니다."

"이 세상이 원래 이해 못하게 돌아가는 부분이 많지 않습니까? 그러니 재미있는 세상이지요. 이제 그만 합시다."

"다 끝나갑니다. 항간에는 선배님께서 진짜 윤빈이를 불쑥 내 보내고 나서 반응도 살필 겸 즉 대중들이 어떻게 받아들일지 간도 보면서 또한 이슈를 만들어 그 친구를 뜨게 만들기 위한 전략이라고도 하는데 어떻게 생각하십니까?"

"뭐 그런 시각이 있을 수도 있다고 봅니다. 하지만 분명한 건, 저는 그렇게 머리가 좋은 사람이 아니라는 것입니다. 게다가 대중들이 그렇게 만만하지 않다는 걸 모르지도 않습니다."

"자, 그럼 다시 한 번 정리를 해 보겠습니다. 선배님께서는 그날 나온 친구가 윤빈이라고는 확인해 줄 수 없다고 하셨습니다. 그럼 그의 정체, 즉 그가 진짜 윤빈인지 아닌지는 알고 계시다는 소리 맞습니까?"

"예, 맞습니다."

"알지만 말 못하겠다 이거네요."

"대답 드린 대로입니다."

"그가 김철민이냐는 질문에도 답을 안 하셨습니다. 맞습니까?"

"맞습니다."

"다시 한 번 대답해 주시지요."

"솔직히, 또 '솔직히'네, 그가 김철민인지 윤빈인지에 대해서 저는 알고는 있습니다. 언젠가 말씀드릴 기회가 있겠습니다만 지금으로서는 확인해 드릴 수 없다 이거지요. 이 인터뷰를 보시는 분들께서는 별것도 아닌 걸 두고 뭔 비밀이 그렇게 많아? 하면서 불쾌해 하실 것이라고 생각은 합니다만 그건 그럴만한 사정이 있어서 그렇다는 걸로 이해를 해주셨으면 합니다."

7

정남이 기대했던 대로 또는 의도했던 대로 파문은 더욱 커져만 갔다. 인터넷상에는 과거 윤빈이 노래하는 동영상과 깜놀에서의 장면을 서로 비교해 가면서 동일인이 맞는다, 아니다 하며 뜨거운 논란이 이어져 갔다. 심지어 방송에서는 유명 성형외과 전문의를 데려와 윤빈, 철민 그리고 깜놀에 나타난 사람을 비교해가며 같은 사람인지 아닌지에 대해 분석을 하거나 음성 분석 전문가인 교수를 초빙하여 서로의 성문을 분석하는 일도 있을 정도였다. 결과는 매번 달랐고 그럴수록 점입가경으로 논란이 커져만 갔다.

어느새 있지도 않은 윤빈은, 그리고 이미테이션 가수에 불과한 철민은 거의 전 국민의 뜨거운 관심을 받는 스타가 되어 있었다.

"형님, 대박은 대박인데 좀 찜찜하네요. 안 그러세요?"

"뭐가?"

"세상은 지금 난리도 아닌데 솔직히 우리에게 돌아오는 건 하나도 없잖아요?"

이미테이션

"왜 없어?"

"있긴 뭐가 있습니까? 제가 보기엔 쥐뿔도 나아진 게 없는데."

"인마, 나, 그리고 덩달아 너까지, 그리고 진호, 충민이 모두 출연 섭외가 부쩍 늘었잖아? 그 일이 아니었으면 우리가 이렇게 잘 팔렸겠냐?"

"에이, 형님, 겨우 그 정도를 바라고 이 일을 꾸미신 게 아니잖습니까?"

"넌 어느 정도를 꿈꿨는데?"

"솔직히 저도 우리 회사에 지분 있지 않습니까? 그러니 회사 차원에서 완전히 떠야지요."

"두고 봐, 분명히 그놈이 우리 먹여 살리게 될 테니까."

"그럼 다른 계획을 가지고 계신 겁니까?"

"글쎄, 이것저것 생각은 하고 있는데……."

"전 솔직히 겁도 조금 나거든요?"

"왜? 누가 너 잡아먹을까 봐?"

"그게 아니라요, 혹 잘못하다가는 사기꾼이 될 것 같아서요."

"사기? 우리가 무슨 사기를 쳤는데? 철민이가 자기 입으로 자기가 윤빈이라고 한 마디라도 했냐? 우리가 걔가 윤빈이라고 했어? 뭘 사기 쳤다는 거야?"

"그래도……."

"넌 쓸데없는 걱정 말고 네 일이나 잘 해. 한 물 갔다는 소리 들으면서 후배들 앞에서 망신만 당하지 말고 아이디어도 좀 신선한 걸로 짜보고. 맨날 넘어지고 자빠지고 하는 오십 년대식 슬랩스틱으로 버틸래?"

"에이, 형님, 복고 모르세요? 복고, 요새 복고가 대세잖아요?"

"대세 같은 소리 하고 앉아있네. 야, 인마, 머리를 좀 써 머리를, 좀 참신한 거 없어?"

"노력은 하고 있다니까요?"

"아, 그리고 너, 진짜 윤빈이 어디 있는지 좀 찾아 봐. 소문내지 말고 은밀하게 말이야. 암만해도 걔를 찾아야 제대로 될 거 같아."

"지금 기자고 뭐고 간에 온통 그 아이를 찾고 있는데 도대체 알 수가 없다고 하잖아요, 그런데 제가 어떻게 찾습니까?"

"그러니까 노력해 보라고. 너 경찰 쪽에 아는 아이들 좀 있잖아? 용돈 좀 쥐어주고."

"예, 그렇지 않아도 이놈 저놈에게 말은 꺼내 놓았습니다만……."

"진짜 윤빈이만 찾아서 우리가 확보하면 정말 대박인 거 알지? 너도 생각해 봐. 완전 잊혔던 윤빈이가 지금 어느 정도인지. 솔직히 우리 국민들 좀 멍청하거든. 윤빈이 그놈이 나타나 복귀를 하느니 재기를 하느니 하고, 용을 써봤자 누가 거들떠나 보겠냐고. 욕이나 안 처먹으면 다행이지. 그런데 지금 어때? 그놈 활동할 때보다 더 관심이 더 뜨겁다고. 웃기지? 웃기잖아? 거기다가 두 놈을 동시에 무대에 올린다? 이거 생각만 해도 굉장하지 않냐?"

"역시 형님입니다. 딸랑딸랑."

"징그럽게 굴지 말고 너도 신경 좀 써. 언제까지 그 좆도 아닌 피디 놈들한테 딸랑거릴래?"

"예, 열심히 하겠습니다."

"철민이는 요새 어떻게 지내지? 잘 데리고 있지?"

"일단 집에만 있으라고 하니까 갑갑해 죽으려고 한답니다."

"조금만 더 참으라고 잘 달래라고 해. 나도 전화할게."

"예, 너무 걱정 마세요."

8

"안녕하십니까? 저 백용호입니다. 백용호."

"아이고, 백 사장님 웬일이신가? 저한테 전화를 다 주시고."

"잘 아시면서 또 그러신다."

"알긴 내가 뭘 알아요? 웬일이슈?"

"소주나 한잔하시지요."

"소주, 좋지요. 그런데 이게 다 무슨 일입니까? 천하의 백 사장이 나랑 소주를 먹겠다고 전화를 하니 말이에요."

"언제 뵐까요?"

소주를 마시자고 했지만 백 사장이 만나자고 한 곳은 논현동의 한 룸살롱이었다.

"요새 잘 나가시던데요?"

"내가요?"

"프로그램도 여러 개 하시던데요?"

"아, 그거요? 그게 뭐 돈이 되나? 그저 얼굴 잊힐까 하는 거지."

"얼마면 내 주시겠습니까?"

"그게 무슨 말이에요?"

"아시잖아요, 윤빈이. 윤빈이를 제가 데리고 가겠습니다."

"술 먹자고 해서 좋아라고 왔더니만 다짜고짜 윤빈이를 내놓으라니?"

"명 선배, 아시다시피 윤빈이는 우리 회사 아이입니다."

"글쎄, 당신 회사 아이건 아니건 간에 왜 나한테 걔를 내놓으라고 하냐니까?"

"지난번 방송 저도 봤습니다. 그리고 저희들은 걔가 윤빈이라는 걸 압니다."

"걔가 윤빈이였던가?"

"일억 드리겠습니다."

"일억? 와, 일억, 고맙지만 나는 윤빈이를 안 데리고 있거든. 이럴 줄 알았으면 지금이라도 빨리 찾아보아야겠네, 현상금이 1억이니 말이야."

"선배."

"어이, 백 사장, 나 정말 모른다니까?"

"선배, 윤빈이는 우리랑 아직 계약이 안 끝났거든요. 그러니까 선배가 데리고 있으면 아무 짝에도 쓸모가 없거든요?"

"글쎄 계약이 어떻게 됐는지는 나는 모르겠고, 하여튼 난 그 아이랑 아무 상관없으니 괜히 오랜만에 마시는 비싼 술맛은 망치지 말자고."

"못 주시겠다?"

"이 친구 또 말이 짧아지네."

"하여튼 명 선배, 제가 어떤 놈인지 잘 아실 테니까 긴 말은 안 하겠습니다. 윤빈이를 데리고 있어 봤자, 라는 걸."

"나도 긴 말은 안 할게, 나 윤빈이 안 데리고 있거든? 그러니까 딴데 가서 알아보셔."

연지, 윤빈 그리고 강 회장

i

　연지는 백 사장에게 스카우트되어 그의 사무실을 처음 찾던 날 그 곳에서 윤빈을 '제대로는' 처음 보았다.

　그녀가 무슨 수를 써서든 확실히 밀어주기는 하나 좀체 버티기는 힘 들다는 소리를 하며 만류하는 것들을 뿌리치고 백 사장의 제의를 받 아들인 이유에는 3년 동안이나 스타가 되고 싶다는 강렬한 욕망을 채 워주지 못했던 지난 소속사에 대한 실망도 들어 있었지만 그녀의 내심 에는 윤빈이 그곳 소속이라는 것이 더 큰 몫을 차지했다.

　그간 그녀는 자신이 가지고 있던 윤빈에 대한 막연한 감정이 결코 같은 영역에서 하루아침에 스타로 등극하여 성공을 이어나가고 있는 동업자에 대한 또는 또래의 잘생기고 재능이 있는 남자에 대한 동경 만은 아닐 것이라는 짐작을 늘 가지고 있었다. 채 몇 번도 되지는 않 지만 무대 뒤에서 아주 잠깐이나마 마주 칠 기회가 있었을 때의 설렘 과 하지만 그것으로 그뿐 의례적인 인사로 마치 아무 일도 없었다는 등 건조하게 스쳐 보내야 했을 때의 아쉬움과 허전함을 결코 동경이 라고는 할 수는 없었다. 그가 출연하는 TV를 볼 때의 그녀는 같은 연 예인이 아니었다. TV속에서 그는 오직 그녀만을 향해 미소를 보내 주

_김영복 장편소설

었으며 그녀만을 위해 혼신을 다해 노래를 불러 주었다.

　백 사장 뒤편의 벽에는 소속 연예인들의 대형 브로마이드가 붙어 있었다. 바로 그곳에서 윤빈은 고른 치열을 드러낸 채 그녀를 내려다보며 웃고 있었다. 연지가 자신의 선택이 옳았다는 확신을 갖게 된 순간이었다.

　그녀는 아주 기꺼이 백 사장이 내민 계약서에 사인을 했다.

　잠시 후, 브로마이드 속의 윤빈이 예의 그 보기 좋은 웃음을 지으며 그녀를 향해 걸어 나왔다.

　"어, 누가 계셨네. 사장님, 이따가 올까요?"

　"아냐, 그렇지 않아도 잘 왔어, 여기 알지? 김연지, 이제 우리 식구가 되었으니 인사해."

　브로마이드에서는 여전히 윤빈이 웃고 있었다.

　"반갑습니다. 윤빈입니다. 앞으로 잘 부탁드립니다."

　그가 내민 손을 잡으며 그의 쌍꺼풀 없는 눈을 바라보는 순간 연지는 자신의 짐작이 틀리지 않다는 걸 느꼈다. 그의 온기를 느끼면서 그녀는 자신이 이미 사랑에 빠져버렸다는 걸 알았다.

　"예, 김연지입니다. 저도 잘 부탁드립니다."

　"얘들이 또 왜 꼴값들을 떨지? 야, 니들 무슨 국회의원 선거 하냐? 한 식구라니까 놀기는. 야, 편하게들 해. 윤빈이, 너 몇 살이지? 그래, 너 스물넷이지, 연지는 스물둘이고. 그럼 그냥 오늘부터 오빠, 동생 해, 알았지? '잘 부탁드립니다.' 같은 소리들 하고 있네."

　"저야 동생이 생기면 좋지요."

　"동생 하라는 말 잘 새겨들어, 쓸데없는 생각 말고. 윤빈이, 너 내가 무슨 말 하는지 알지?"

백가엔터에서 사내 연애는 금기였다. 아니 연애는 무조건 금지였다.

방금 전 사인을 한 그녀의 계약서와 윤빈의 계약서에도 회사의 허락을 받지 아니한 이성교제가 적발되었을 시 계약 파기 등 회사에서 가하는 모든 조치를 이의 없이 수용하겠다는 조항이 들어 있는 터였다. 그들은 오직 백 사장이 그리고 회사가 허락하는 일만을 할 수 있고, 시키는 일은 반드시 해야만 하는 돈 버는 기계에 지나지 않았다.

생각은 백 사장만이 하고, 감정은 백 사장만이 느끼고, 그들은 그저 하라는 대로만 하면 족한, 그 이상의 것을 넘보면 가차 없는 제재가 가해지는 아바타였을 뿐이었다.

물론 윤빈과 연지 스스로 선택한 길이었다.

지금 이 순간에도 지하 연습실에서는 백 사장의 아바타가 되기 위한 선택을 하려고, 오직 그의 낙점을 받으려고 수십 명의 아이들이 곯은 배를 움켜쥔 채 잠도 잊고서 마룻바닥을 구르고 있었다. 대스타의 실제 모습은 무대를 위해 성장을 했을 때보다도 더 환했다.

어쨌든, 그들의 가슴앓이는 그렇게 시작이 되었다.

2

바람과는 달리 한 회사 소속이라고 하나 서로가 다른 스케줄을 소화해 나가는 마당이어서 그의 얼굴을 보기는 결코 쉽지 않았다. 어쩜 각종 공연장이나 방송국을 쫓아다니는 그의 팬들보다도 그를 보기가 어려웠다.

연지는 윤빈의 전화번호를 알고 있음에도 전화를 걸지 않았다. 그의 전화는 모두 매니저가 먼저 받는다는 걸 알고 있음이었다. 그에게도 전화 한 통 없었다. 물론 그녀의 전화 또한 늘 붙어 다니는 매니저가

122

받았다.

연지와 윤빈이 그나마 제대로 이야기를 나누고 서로의 마음을 그나마 조금이라도 보일 수 있던 기회는 연지의 계약이 있던 날로부터 근 3개월이나 지나서였다. 윤빈이 '미안해' 이후 근 여섯 달 만에 다시 차트 1위에 오른 날 회사의 회식이 있었고, 그 자리에 연지도 뒤늦게 부름을 받아 참석을 한 자리였다. 연지는 애오라지 윤빈을 보고 싶다는 일념으로 자신의 스케줄을 서둘러 소화하고 모임이 있는 장소로 향했다.

백 사장은 이미 거나하게 취해 잔뜩 기고만장해 있었다.

"어, 연지네. 너 왜 이리 늦게 왔어?"

"예, 화보 촬영이 있어서."

"화보? 아, 그렇지. 너 잘 찍고 온 거지?"

"예."

"너 요새 뭐든 대충 한다며? 설마 아직 뜨지도 못한 주제에 벌써부터 시건방 떨고 다니는 건 아니지?"

"시건방이라니요? 저 열심히 하거든요."

"그래, 밥값하려면 당연 열심히 해야지. 너, 네 차에다 매니저에다 코디에다 미용실이며 뭐며 하여튼 너한테 지금 얼마나 들어가고 있는 줄 알지? 잘 해, 알았어? 민폐 안 끼치려면 잘하라고. 지금 내 허리가 부러지게 생겼으니까 말이야. 알았어? 씨발 년."

백 사장의 입에서 느닷없이 욕설이 튀어 나왔다. 욕설이라고는 하나 사실 새삼스런 일도 아니었다. 씨발 년 정도라면 그건 백 사장에게는 욕도 아니었다. 별 악의를 담은 것도 아니었다.

물론 연지도 아는 사실이었다. 게다가 그는 이미 취해 있었다. 그렇다면 못 들은 척 그냥 심상히 넘겨야 했다.

하지만 윤빈이 함께 있는 자리에서는 아니었다. 절대 아니었다.

이미테이션

"사장님."

그새 자리에 앉았던 연지가 발딱 일어났다.

"왜? 왜 그러는데?"

"사장님, 너무 하시네요. 사람 오자말자 욕부터 하시고."

"욕? 무슨 욕? 아, 씨발 년? 내가 왜 너한테 욕을 못 해? 왜 아니꼬
워? 더러워? 놀고 있네. 뭐 사람? 야, 네가 사람이야? 네가 사람이냐고?
넌 이 년아 사람이 아니라 연예인이라고 연예인. 사람 같은 소리하고
앉아 있네. 뭐? 사람? 씨발 년."

뛰쳐나가려는 연지의 손목을 옆에 앉아 있던 진희가 꼭 움켜잡았
다. 그러고선 작은 도리질에 참으라는 눈빛과 함께 힘을 주어 그녀를
주저앉혔다.

진희 역시 가수였다. 백 사장 표현대로라면 제 밥값 못하는 별 볼
일 없는 가수, 애물단지 그녀의 손에 이끌려 자리에 앉은 연지는 누가
마셨던 건지도 모르는 잔을 집어 들어 눈물과 함께 단숨에 목 안으로
털어 넣었다. 호박색 액체는 달콤하고 강렬했다.

"지금 너 우냐? 울어? 가지가지 하고 있네. 너희들 잘 들어. 여긴 정
글이야, 정글. 더럽고 서럽다고 울고 앉아만 있다간 그냥 죽는 거야.
그것도 혼자 죽는 게 아니라 나까지 그리고 다른 식구들도 다 죽이는
거라고. 나 봐, 니들은 잘 모르겠지만 솔직히 나도 한때는 잘 나갔었
다고. 그런데 요새 내가 뭐하고 다니는 줄 알아? 옛날엔 날 제대로 처
다보지도 못한 새끼들한테 굽실거리며 밥 사고, 술 먹이고 하면서 아
양 떨고 다닌다고. 나? 난 자존심 그런 거 버린 지 오래야. 그런 거 개
새끼들이나 처먹으라고 던져 버린 지 오래라고. 근데 욕 한 번 했다고
쳐 우냐? 울어? 아직 배때기에 기름이 있어 그렇지 인기고 나발이고
다 떨어져 봐. 울음이 나오나. 에이, 좆같은 것들."

다들 가만히 있으라는 눈짓을 하며 황 이사가 나섰다.

"자, 자, 사장님, 오늘 우리 윤빈이가 1위를 한 날이잖아요. 이제 그만 하시고 다 함께 기분 좋게 한 잔 하시지요. 자, 모두 자기 앞의 잔에 술을 따르라고. 진희야, 연지 앞에 잔 비어잖아. 그래, 그렇지. 자잔이 찼으면 모두들 들자고, 내가 건배 제의 한번 할 테니."

"야, 황 이사 너도 잘 해, 인마."

"예, 예, 알겠습니다. 형님, 아니 사장님. 사장님, 잘 할게요. 됐죠? 그럼 건배 들어갑니다. 자, 오늘 또다시 가요 톱텐 정상을 차지한 우리 백가엔터의 자랑인 이 시대 최고의 가수 윤빈이, 그리고 윤빈이를 정상으로 올려주신 우리의 백 사장님, 그리고 우리 백가엔터 모든 식구들의 대박을 위하여."

"위하여."

내키지 않았으나 연지도 앞의 사람과 잔을 부딪친 후 또 단숨에 입에 털어 넣었다. 그러고 보니 연지와 잔을 부딪친 이는 바로 윤빈이었다. 윤빈은 황급히 잔을 비우는 연지의 모습을 지그시 바라보고 있었고 연지 또한 그의 시선을 피하지 않았다. 그의 눈길을 피하지 않으려 아니 마주치러 온 자리였다.

윤빈이 병을 들어 연지의 잔을 채웠다.

"잘하고 있지요?"

"축하드려요, 오빠."

"오빠? 오빠 소리 참 듣기 좋은데요?"

"그럼 또 불러 드릴까요? 오빠."

황 이사가 다시 나섰다.

"이거, 이거 술만 마시면 몸만 버리지 무슨 재미가 있나? 자고로 풍악이 있어야 될 거 아냐? 연지야, 너부터 한번 해 봐. 나가서 분위기

이미테이션　　　　　　　　　　　　　　125

좀 살려 보라고."

기대했던 윤빈과의 대화가 이제 시작된 참이었다. 게다가 지금의 윤빈 앞에서는 왠지 내키지 않았다. 그에게 노래를 해 준다면 절대 이런 곳, 이런 분위기에서는 아니었다.

"전 됐어요, 이사님."

"되긴 뭐가 돼? 나와."

"이따가 할게요, 이사님."

"이따가는 없어, 지금 나오라니까."

"지금 막 왔으니 숨 좀 돌리고 할게요."

황 이사의 안색이 조금씩 바뀌는 것을 본 진희가 나섰다.

"이사님, 제가 먼저 할게요."

"야, 진희, 넌 괜히 나대지 말고 들어 가. 막내부터 해야지. 연지 너 안 나올래?"

황 이사의 언성이 높아질수록 나가서는 안 되겠다는, 절대 안 나가겠다는 마음이 들었다. 연지는 마치 황 이사의 말은 들리지도 않는다는 듯 허리를 펴고 꼿꼿한 자세로 앉아 미동도 없이 윤빈의 얼굴만 뚫어지게 바라보았다. 윤빈도 그 눈길을 피하지 않았다. 그의 눈은 연지의 눈처럼 그녀에게 많은 말을 하고 있었다.

한때 백 사장이 운영하던 나이트클럽에서 기도 생활을 하다가 몇 번인가 말썽을 부리는 손님들이나, 찾아와 집적대는 동네 조무래기 양아치 아이들을 잘 처리한 것이 그의 눈에 들어 그때부터 그의 경호원 겸 운전기사로 지내다가 진희가 데뷔를 하여 나름 잘나갈 때 그녀의 로드매니저로 시작해 소속 연예인들의 통솔을 책임지고 있는 관리이사 자리까지 오른 황 이사는 오늘의 연지 모습이 도저히 이해가 되지 않았다. 사장의 별 악의 없는 욕설 한 마디에 발끈하여 덤벼들던 것도, 노래를 안 하겠다고 버텨대며 분위기를 흐리고 있는 것도 다 그의 기준으로는 있을 수 없는 일이었다. 게다가 오늘은 좋은 날이지 않나? 황 이사는 자신이 무시를 당한다고 생각했다. 점점 부아가 치밀었다.

"이런 씨발 년. 보자보자 하니까. 야, 너 빨리 안 나와?"

윤빈이 일어났다.

"이사님."

"뭐, 뭔데?"

"그래도 그렇지 뭔 욕까지……."

"뭐라고? 이 씨발 놈이 오늘 1위인가 뭔가를 하니까 눈깔에 뵈는 게 없나. 야, 이 새끼야, 너 지금 어딜 나서, 응? 죽을래?"

"적당히 하십시오, 저도 오늘 술 한 잔 했습니다. 좀 기분 좋게 마시면 안 됩니까? 우리 회사는 꼭 이래야 분위기가 사는 겁니까?"

"그래, 이 새끼야, 이래야 분위기 산다, 왜? 이 새끼 이거 정말 많이 컸네."

이때 백 사장이 버럭 고함을 쳤다.

"야, 니들 조용히 안 할래?"

"죄송합니다, 사장님. 그런데 우리 회사 분위기가 어쩌다 이렇게 됐나 모르겠네요. 별 좆 만 한 것들이."

순간, 백 사장의 술잔이 날아 황 이사의 뒤편에 있던 노래방 기계 모니터에 맞아 깨져버렸다.

"조용히 하라고, 이 새끼야. 전부 네가 병신 같아서 그러는 건데 뭐 잘났다고 나불대고 있어. 조용히 하라면 조용히 하지."

"죄송합니다, 형님."

"됐어. 자리에 앉아 술 마셔."

"예."

아이테이션

황 이사가 자기 자리로 가며 윤빈을 무섭게 노려봤다.

"야, 윤빈이."

"예, 사장님."

"너도 한번만 더 오버했다간 죽는다. 알았어?"

"예, 죄송합니다."

"너 이 새끼 오늘 1위했다고 눈에 뵈는 게 없는 모양인데, 야, 솔직히 네가 노래 잘하고 인기가 있어 1위 했는지 알아? 깝치지 말고 그냥 찌그러져서 술이나 마시라고, 알았어?"

"예, 죄송합니다."

"씨발 것들이 세상 어떻게 돌아가는지도 모르고."

진희가 다시 나섰다.

"그래, 오늘 좋은 자리인데 신나게 달려 보자고."

자기 잔에 스스로 술을 따른 후 단숨에 들이켜고선 그 잔을 연지에게 내밀어 술을 채워준 윤빈이 일어나 노래방 기계 앞에 섰다.

"제가 노래 한 곡 하겠습니다."

"네가? 그것도 좋지."

"제 노래 부르겠습니다. 그런데 그 게 노래방 책에 나와 있나 모르겠네요."

"뭐, '내일은 비'? 그래, 1위한 기념으로 한번 해 봐라. 노래방에서 들으면 또 어떤 맛이 날지 모르니까."

"오빠, 이삼사둘하나 번이에요."

울고 있던 연지였다.

"어? 그걸 어떻게 알지?"

"제가 벌써 다 찾아 봤거든요."

"와, 이거 신기한데. 신곡인데 벌써 노래방에까지 나와 있을 줄 몰

_김영복 장편소설

랐네."

어제처럼 오늘 하루도 우린 너무 버거워
내일이 있을 것 같지도 않은 우리
지금 서 있는 이곳이 너무 팍팍할 뿐이야
그래도 내일이 있긴 있나 봐
내일엔 비가 내린다고 하잖아
내일 그 비에 온몸 흠뻑 적시면
그때 우린 비로소 어제를 흘려보내고
지난날의 아픔도 소중했다 말할까
이슬비에 젖은 머리카락 쓸어 올리며
어제가 된 오늘도 아름다웠다 말할까

노래를 하는 윤빈의 눈길은 오롯이 연지에게만 머물렀다. 연지도 눈물로 받았다.
"어머, 얘들 좀 봐. 아주 영화를 찍고 있네."
또 진희였다. 백 사장의 눈 꼬리가 치켜 올라갔다.

3

다음 날 연지는 백 사장의 부름을 받았다. 골프채를 휘두르며 스윙 연습을 하던 백 사장의 말투는 그답지 않게 이외로 따뜻했다.
"그래, 오늘 스케줄은 없고?"
"예, 이따 녹음실만 가면 돼요."
"맞아, 너 요새 녹음 들어갔지. 그래 잘 되고 있고?"

이미테이션   129

"예, 그럭저럭."

"또 그런다. 그럭저럭 해서는 안 된다니까."

"예, 열심히 하고 있어요."

"노래는 어떤 것 같아?"

"몇 개는 제 음색이랑 안 맞는 것 같기는 하지만 그럭저럭 좋던데요."

"또 그럭저럭, 너 그 새끼 곡 하나에 얼마인지 알지? 트렌드는 무섭게 읽는 놈이니까 부르라는 대로 잘 따라 하라고. 알았지?"

"예."

"그래, 보컬 트레이닝도 잘 받고 있는 거지?"

"예."

"그래, 나도 요새 너 노래가 많이 늘었다고는 들었어. 하여튼 이젠 비주얼로만 버틸 수 있는 세상이 아니니까 뭐든 열심히 하라고."

"예."

"어제 너 울었지? 나 때문에."

"……."

"야, 그렇게 마음이 약해서 너 어떻게 이 바닥에서 살래?"

"……."

"그래, 그건 내가 미안하게 됐고, 하여튼 나한테 악의가 있어 그런 거는 아니라는 건 알지?"

"예."

"그나저나 너 말이야, 시키지 않은 짓 하면 어떻게 되는지 알지?"

"예?"

"알아들을 테니까 길게는 말 안 할게, 너 윤빈이 그냥 내버려 둬, 알았지?"

"그게 무슨 말씀이세요?"

130   _김영복 장편소설

"야, 나도 다 해본 짓이야, 척하면 척이지, 내가 모를 줄 알았어? 니들 요새 서로 필이 꽂혀 있다는 거 다 알거든? 그냥 좋은 말로 할 때 관 둬. 알았지?"

"저희가 뭘 어쨌다고?"

"야, 김연지, 말 길게 해봤자 내 입에서 좋은 소리 안 나간다는 거 몰라? 철없는 짓거리 관두라고."

"……."

"야, 김연지, 너 내가 나 좋으라고 이런 소리 하는 줄 알아? 너도 이왕 이 바닥에 발을 들였으면 한 번은 떠야 할 거 아냐, 안 그래? 너 데뷔한 지 얼마나 됐어? 3년이잖아, 3년. 그런데 네 이름이나 얼굴 제대로 아는 사람이 얼마나 있냐? 맨날 삼류 소리 들으면서 업소에서 남의 노래나 하면서 살 거야? 넌 자존심도 없냐? 이를 바싹 악물어도 될까 말까 한 판국에 연애질이나 하면 되겠어? 이건 경고가 아니고 충고야, 충고. 무슨 말인지 알아?"

백 사장은 끝까지 언성을 높이지 않았다.

"나중에, 나중에 뜨고 나면 네가 하고 싶은 거 얼마든지 할 수 있잖아? 내가 너 책임지고 뜨게 만들어 준다고 했잖아. 연애질은 그때 가서 하라고. 정 남자 생각이 나면 내가 네 방으로 예쁜 놈으로 골라 보내 줄게. 됐지?"

"사장님."

"야, 사장님이고 나발이고 간에 이건 선배로서 하는 말이니 흘리지 말고 잘 새겨들어. 기회는 두 번은 없다는 걸 말이야. 너도 설마 내 짝 나고 싶어 하는 것은 아니잖아?"

제법 이름 있는 트롯가수였던 백 사장은 이미 유부녀였던 같은 소속사 가수와 염문을 뿌리다가 덜컥 간통죄로 구속된 후 짧은 기간 형을 살고 나왔으나 그것으로 그만 가수의 길을 접고야 말았다.

"그리고 네가 정말로 윤빈이를 좋아한다면 걔 입장도 생각해 봐야 되지 않겠어? 가 봐, 내 말 명심하고."

'윤빈의 입장', 연지는 둘의 사랑이 순탄치는 않으리란 걸 짐작은 했었다. 그녀의 짐작은 또 옳았다.

4

윤빈 또한 백 사장으로부터 같은 경고를 당했다. 그날 이후 그렇지 않아도 종일 붙어 다니는 정 실장의 감시도 더욱 심해졌다. 하지만 그의 경고나 정실장의 철저한 감시가 없었다 하더라도 윤빈은 연지를 생각할 겨를이 없었다.

'어제는 비'가 1위를 한 번 하고선 그대로 주저앉아 버린 것이었다. 백 사장의 로비 능력이 최대한 동원되어 윤빈이 공중파건 케이블이건 예능프로그램에 닥치는 대로 출연을 하여 홍보를 해도 소용이 없었다.

대세가 아이돌로 넘어 갔다는 걸 인정해야 할 시점이었고 백 사장과 윤빈은 대안을 모색해야 할 때라는 걸 인정해야 했다. 윤빈은 신곡을 들고 나와야 한다고 생각했으나 백 사장의 생각은 전혀 달랐다.

"어, 왔냐? 그래 앉아 있어. 차 한 잔 줄까?"

"아닙니다."

백 사장은 벽 한쪽에 걸린 스크린으로 하얀 공을 날리고 있던 참이었다.

스크린 위에서 파란 잔디와 연못이 백 사장에게 달려 왔다.

"에이, 씨발, 또 해저드네."

백 사장이 내동댕이치듯 거칠게 골프채를 놓고선 왼손에 끼고 있던 장갑을 벗으며 자리에 앉았다. 그의 입에서 신음이 배어 나왔다.

"어디 아프세요? 사장님."

"으응, 별 거 아냐, 요새 하도 안 맞아서 연습 볼 좀 많이 쳤더니 갈비를 좀 상했나 봐"

"괜찮으시겠어요?"

"괜찮지. 원래 갈비뼈가 한두 번 금이 가야 볼 좀 맞는다고 하잖아? 참, 윤빈이 너 골프 안 하지?"

골프라니! 언감생심이었다.

"그래, 너도 차차 골프도 좀 하고 그래야지. 요새 이 운동 안 하면 완전 병신 취급 받잖아. 알지?"

"예."

"너 오늘 저녁 스케줄 없지?"

"예, 없습니다."

"그나저나 인마, 너 옷 입은 게 왜 그러냐? 꼭 동네 똘마니들같이."

"예, 어차피 스케줄도 비고 해서 편하게 입고 있다가 그냥 왔습니다."

"그래도 인마, 늘 조심하라고. 내 말 알지?"

"예, 숙소에선 하다못해 슈퍼 한 번 가는 것도 다 정 실장이 가는걸요, 뭐."

"그럼 너 이따가 저녁 7시까지 내 방으로 좀 와. 코디하는 애한테 옷 좀 신경 쓰라고 하고 미용실도 다녀오고 말이야. 하여튼 내가 정 실장한테 다 지시해 놓았으니까 걔가 하라는 대로 하고선 시간 늦지 말고 오라고. 알았지?"

"무슨 일이 있습니까?"

"아, 그건 내가 가면서 말해줄 테니 지금부터 서둘러 준비하라고. 잘해야 돼, 잘. 알았지?"

이미테이션

"예."

오후 7시, 백 사장은 그를 기다리고 있었다.

"왔어? 그래 시간 알맞게 잘 맞췄네. 그럼 때깔 좀 볼까? 어디 한번 빙 돌아 봐."

윤빈은 그가 시키는 대로 그 자리에서 한 바퀴 돌았다. 그의 몸은 정갈한 감색 슈트 정장이 감고 있었다.

"야, 머리에 무스라도 좀 바르지 그랬어?"

"고대질 했습니다."

"그래? 자식, 이렇게 보니까 아주 괜찮네. 너, 회 좋아하냐?"

"네?"

"회랑 초밥 좋아하냐고."

"예, 전 아무 거나 잘 먹습니다."

"그래, 그럼 나가 볼까?"

백 사장의 벤츠 S클래식 뒷좌석은 조용하고 안락했다.

"윤빈이 너 지금 무슨 차 타고 다니지?"

"예, 밴."

"아니, 너 스케줄 할 때 타는 것 말고 네 차 말이야."

'뻔히 알면서 왜 묻지?'

"제 차요? 아직 없습니다."

"야 인마, 요새 차 한 대 없는 놈이 어디 있냐? 이거 완전 촌놈이네."

'나는 왜 개나 소나 다 타고 다니는 똥 차 한 대 없는 촌놈이지?'

"그래, 너도 빨리 떠서 이런 차, 아니야, 넌 아직 젊으니까 스포츠카 같은 걸 타야지. 현준인가 그놈이 타는 게 뭐더라? 그래, 포르쉐, 포르쉐 좋겠네. 포르쉐 정도는 가지고 다녀야지. 안 그래?"

"예."

_김영복 장편소설

"'내일은 비' 이번 주엔 몇 위 했지? 순위에는 있나?"

"빠진 것 같습니다."

"씨팔, 노래는 좋았는데, 뭐가 문제였지?"

"죄송합니다."

"아냐, 네가 죄송할 건 없고, 뭐 그 노래 운이 그 정도밖에 안 되는 모양이지, 뭘."

"요새 후속곡 알아보고 있습니다. 이번엔 아무래도 작곡가를 좀 바꾸는 게 어떨까 싶습니다만."

"그래, 하여튼 그건 내가 알아서 할 거고, 윤빈이 너 지금 어디 가는지 모르지?"

"예."

"너 오늘 말이야, 아주 중요한 사람 만나는 거니까 잘해야 돼. 알았지?"

"누구……?"

"그건 만나면 알게 될 거고 하여튼 무조건 잘하라고."

"어떻게 하면 되는데요?"

"야, 인마, 너도 벌써 이 바닥 돌아가는 게 어떻다는 건 잘 알잖아? 순진한 척하지 말고 눈치껏 잘하라고. 알았어?"

"……."

"순진한 척하지 말랬다고 해서 너무 까진 것처럼 보이지도 말고."

"예."

"넌 그저 마시라면 마시고, 먹으라면 먹기만 하면 되니까 너무 부담 갖지 않아도 돼. 말은 시킬 때만 하고."

'도대체 누굴 만나는 것이지?'

"윤빈이 너, 기회는 아무 때나 오는 게 아니라는 거 알지?"

이미테이션

"예."

"그럼 그 기회가 너한테 왔다면?"

"잡아야 합니다."

"맞아, 잡아야지. 오늘 잘 잡으라고. 괜히 초지지 말고."

'기회라면?' 윤빈은 어떤 일이 기다리고 있을지 도대체 상상이 안 갔다. 하지만 그때 가서 생각하면 될 터였다. 순발력이 자신의 특기라는 걸 윤빈은 알고 있었다. 복잡하게 미리 생각할 필요가 없었다.

5

백 사장과 윤빈이 기모노를 닮은 제복을 입은 종업원의 안내를 받아 들어간 곳은 일본식 다다미가 깔린 단아한 방이었다.

마치 일본의 온천 주변에 있는 이름난 료칸(旅館)의 방 하나를 옮겨 온 듯한 꾸밈새였다.

역시 일본 현악기인 듯 줄을 켜 나오는 소리로 된 음악이 낮게 깔려 있는 방에서는 상큼한 레몬 향이 나고 있었다. 진하지도 덜하지도 않은 딱 알맞은 농도였다.

방은 비어 있었다. 백 사장과 윤빈은 나란히 놓인 방석같이 다리가 없는 의자에 양반다리로 앉아 등받이에 몸을 기댔다. 맞은편에는 아직 주인이 없는 같은 의자 한 개가 놓여 있었다.

"차입니다."

여종업원이 한 손으로 흘러내리는 다른 쪽 소매를 고운 자태로 부여잡은 채 둘의 앞에 각각 놓인 파란 빛을 띤 작은 사발에 맵시 있게 차를 따랐다. 차는 뜨거웠다. 백 사장이 물었다.

"연락 온 거 없었나?"

"예, 회장님께서 조금 늦는다면서 먼저들 들고 계시라고 하셨습니다."

"그래? 그렇다고 오실 때까지 음식 내올 필요는 없고, 알지?"

"예."

"아가씨가 오늘 우리 서빙 담당인가?"

"예, 곽은미입니다."

"그래, 미스 곽, 오늘 수고 좀 해 줘요. 이건 이따 집에 갈 때 교통비로 쓰고."

백 사장이 상의에서 지갑을 꺼내 5만 원권 한 장을 그녀에게 건넸다.

"감사합니다. 사장님."

"아, 그리고 미스 곽, 가서 실장 좀 오시라고 해."

"예."

잠시 후, 넥타이를 맨 셔츠 위에 대나무가 그려진 검은 색 유카타를 입고 머리에는 하얀 색 조리사 모자를 쓴 사내가 조심스레 방 안으로 들어왔다.

"부르셨습니까? 손님, 한정훈 실장입니다."

"그래요, 한 실장, 오늘 우리가 완전 브이아이피를 모시니까 한 실장이 잘 알아서 좀 해주세요."

이번에는 10만 원권 수표였다.

"예, 감사합니다. 강 회장님이야 저희 집 단골이신데요, 뭘. 제가 그분 식성을 잘 아니까 알아서 모시겠습니다."

"그래, 강 회장님께서 오실 것이라는 걸 알고 있구만. 하긴 그렇겠지. 그분이 예약을 했으니까. 하여튼 잘 부탁해요."

"예, 손님."

조리실장이 나가자마자 백 사장은 앞에 놓여 있는 뜨거운 차를 그대로 들이켰다. 배짱 좋고 능글거리기로 이름난 백 사장답지 않은 초

이미테이션

조한 기색이 역력했다.

"윤빈이 너 오늘 정말 잘해야 돼."

"강 회장님이 누구신데요?"

"그건 조금 있으면 알 게 될 거고. 하여튼 잘 해. 무조건 말이야."

'도대체 뭘, 어떻게 잘하라는 거지?'

평소와는 현격히 다른 백 사장의 모습을 보자니 아닌 게 아니라 윤빈도 은근히 긴장이 되었다. 윤빈도 차를 들이켰다.

얼마 후, 미스 곽의 안내를 받으며 들어 온 이는 예상 외로 여자였다.

백 사장과 윤빈이 동시에 일어났다. 분홍빛 투피스 정장을 입은 여인의 얼굴은 화장이 진해 보이지도 않았는데 좀체 나이를 가늠키 어려웠다. 사십으로도 보이고 육십으로도 보였다. 미인도 아니었다.

그녀의 목에는 장식 없는 하얀 금속 줄 가운데에 손톱만한 보석이 달려 있는 목걸이가 걸려 있었다. 윤빈은 여인에게 고개 숙여 인사를 하면서 그 보석이 반짝 빛을 발하는 것을 보았다. 윤빈은 그것이 다이아몬드라는 걸 알았다.

"아, 미안해요. 내가 좀 늦었죠? 자, 자, 앉읍시다."

여인이 맞은 편 자리에 앉자 백 사장과 윤빈도 따라 앉았다.

"내가 먼저들 드시라고 말씀드렸는데 아직 아무 것도 안 드시고 계셨네."

"아닙니다. 당연히 회장님을 기다려야지요."

"이제 보니까 백 사장님 정말 사업가시네. 어쨌든 미안하고 고맙고. 아가씨, 우리 이제 뭐 좀 주지."

두 손으로 읍을 한 채 다소곳이 서 있는 미스 곽에게 여인이 말했다. 그녀가 공손히 인사를 한 후 방을 나섰다.

"백 사장님한테 야단 안 맞으려고 급히 달려 왔더니 목이 칼칼하네.

_김영복 장편소설

어디 차라도 한 모금 할까?"

백 사장이 황급히 찻주전자를 들어 그녀의 잔에 공손히 차를 따랐다. 차를 마시던 그녀의 눈길이 아주 잠깐 윤빈에게 머물렀다.

"뭐 해? 인사드리지 않고."

윤빈이 벌떡 일어났다.

"어머, 키가 아주 크네. 앉아요, 앉아. 인사는 무슨. 이렇게 얼굴 보는 게 인사지."

"인사 올리겠습니다. 윤빈이라고 합니다."

그녀를 향해 정중히 고개를 숙인 윤빈이 자리에 앉았다.

"그래요, 윤빈 씨, 티브이보다 실제로 보니까 더 잘 생겼네. 윤빈 씨, 혹시 나 알아요?"

"오늘 처음 뵙는 거라. 죄송합니다."

"죄송하기는? 날 아는 게 더 이상하지. 그런데 이 양반이 아무 말도 안 해 줬나 보지?"

"예, 회장님, 회장님께서 직접 말씀하시는 게 맞을 것 같아서."

"백 사장님, 요즘 어디 아파요?"

"예?"

"아니 백 사장님답지 않게 너무 예의를 차리니까 괜히 으스스 하잖아요. 안 그래요? 윤빈 씨."

"예."

"어머 '예'라고 대답하는 것 좀 봐, 이 친구 정말 재미있다. 귀엽고."

"회장님께서 많이 귀여워해 주십시오."

"백 사장님, 지금 나 당신한테 느꼈던 매력 다 없어지려고 하거든요. 그러니까 너무 딱딱하게 좀 굴지 말아요. 오늘 모처럼 기분 좋게 한잔 하려고 온 건데. 안 그래요? 윤빈 씨?"

아미테이션

"예."

"또 '예'란다. 호호!"

강 회장은 뭐가 그리 흡족하고 기분이 좋은지 연신 호호 댔다.

잠시 후, 애피타이저인 듯 앙증맞은 종지에 든 음식과 작은 청주병이 놓인 쟁반을 든 미스 곽과 함께 한 실장이 방으로 들어왔다.

"회장님, 오늘도 제가 모실 겁니다. 잘 부탁드립니다."

"아, 한 실장, 그래요. 나야말로 오늘 잘 부탁할게요."

강 회장이 옆에 놓인 핸드백을 열었다.

"아닙니다. 회장님, 여기 계신 사장님께서 벌써……."

"그래? 야, 백 사장님 역시 눈치 빠르네. 매너 좋고."

"아닙니다. 회장님."

"그럼 우선 목 좀 축일까? 한 잔 하지요."

"예."

윤빈이 두 사람에게 공손히 술을 따르자 강 회장이 윤빈의 잔을 채웠다.

적당히 따뜻한 술이 목을 타고 넘어갔다.

"윤빈 씨, 그 노래 정말 좋더라. 뭐였지? 아, '내일은 비', 맞죠? '내일은 비'"

"예, 맞습니다. 감사합니다."

"나 여기 올 때 차 안에서 그거 들으면서 왔잖아."

"예, 감사합니다."

"윤빈 씨, 내가 누군지 모른다고 했지요?"

"예, 죄송합니다."

"그럼 어색하지만 내 입으로 말해야겠네. 나 강진희예요, 강진희. 앞으로 잘 부탁할게요."

_김영복 장편소설

"인마, 너 여기 강 회장님이 뭐 하는 분인 줄 알아?"

"잘 모르겠습니다."

"짜식, 넌 인마, 신문도 안 보고 사니? 회장님, 얘가 이렇게 촌놈이라니까요."

"백 사장님, 또 사람 가지고 노신다. 아니 절 아는 게 더 이상한 거지. 안 그래요? 더군다나 요새 젊은 친구인데."

"인마, 지금 네 앞에 계신 분이 우리나라에서 제일 큰 백화점 회장님이시라고, 회장님. 어휴 이 촌놈."

'우리나라에서 제일 큰 백화점 회장? 우리나라에서 제일 큰 백화점이 어디지?'

윤빈의 머리에 몇 개의 백화점이 떠올랐으나 어느 것이 제일 큰지는 알 수 없었다. 단지 백 사장이 저렇게 쩔쩔매는 것을 보면 다른 것은 몰라도 돈은 엄청나게 많은 여자인 것만은 틀림없을 것이란 생각뿐이었다. 돈이 많으면 그만큼 힘도 클 터였다. 바로 윤빈에게 필요한 것들이었다.

하지만 백 사장의 호들갑에도 윤빈은 전혀 놀라지 않았다. 주눅이 들지도 않았다. 주눅이 든 건 강 회장이었다. 강 회장은 윤빈의 고르고 하얀 이를 드러낸 미소를 보면서 자신이 점차 작아진다는 생각을 했다.

그녀는 자기의 철 심장 안에서 지금 있을 수 없는 일이 아주 분명히 벌어지고 있다는 걸 인정했다. 그걸 인정을 하니 마음이 편해지면서 목소리가 자꾸 높아져만 갔다.

별모레면 나이 오십에 이게 웬 주책이냐는 생각에 들뜬 가슴을 가라앉혀 보고자 애꿎은 청주만 계속 들이켰으나 그럴수록 자꾸 자신도 의도치 않은 엉뚱한 소리만 해대고 있는 자신을 발견해야 했다.

아미테이션

강 회장은 포기했다. 졌다. 그녀는 이제 갓 스물 소녀가 되어 한 남자에게 아양을 부리며 꼬리를 치고 있었다. 강 회장은 언제였던가 싶은, 다시 여자가 되어 있는 자기 자신이 대견하고 기뻤다.

윤빈은 이제 자신에게 진짜 기회가 찾아 왔다는 걸 알았다. 비록 전혀 예상치 못한 모습으로 찾아오기는 하였으나 윤빈은 자신이 이 기회를 놓쳐서는 안 된다는 걸, 아울러 절대 놓치지도 않을 것이라는 것 또한 알았다.

백 사장은 숨이 막히는 듯했다. 이 자리에 오면서 자신이 가졌던 계산과 기대는 이 정도까지는 절대 아니었다. 자신은 그저 강 회장이 윤빈에게 CF라도 하나 주게 되면 대성공이라는, 딱 그 정도의 기대만 하고 왔을 뿐이었다. 백 사장은 자신의 예상과는 전혀 다르게 묘하게 진행돼가고 있는 분위기를 보면서 자신도 순진할 때가 있구나 하고 생각을 했다. 백 사장은 이제 그깟 CF 한두 편이 아니라 엄청난 먹이가 눈앞에 있다는 걸 눈치 챘다. 하지만 탐욕의 화신 백 사장은 지금 자신이 왠지 쓸쓸해하고 있다고 생각했다. 왠지,

아울러, 그는 산전수전에 공중전, 지하전까지 다 해보았을 성 싶은 천하의 강 회장을 때로는 순진무구한 모습으로 때로는 노회한 제비와도 같이 능수능란하게 다루는 윤빈의 모습이 왠지 낯설다는 느낌을 지울 수 없었다.

백 사장은 어쩜 윤빈이란 놈이 자신의 안목과 판단을 훨씬 뛰어넘는 아주 무서운 아이일지도 모른다는 생각이 들었다. 하지만 미리 걱정을 할 필요는 없었다. 일단 지금은 돌아가는 꼴을 보면서 자신에게 떨어질 고물만 계산해 보면 되었다. 쓸쓸함이 커질수록 고물을 계산해봐야 한다는 생각 역시 커졌다.

강 회장의 볼에 띤 홍조가 그는 서글펐다.

6

두 남자의 머리가 각자 다른 상상과 계산으로 분주한 가운데 한 여자만 티 없이 즐거웠던 식사 자리가 드디어 파했다.

"어? 이거 디저트 아니야? 그럼 이거 먹고 그만 가라는 소리잖아? 어째 좀 아쉬운데. 백 사장님, 안 그래요?"

"예, 회장님, 어디 조용한 데 가서 한잔 더 하시지요."

"그럴까? 어때? 윤빈 씨, 생각 있어? 뭐 스타니까 바쁘다면야 할 수 없고."

"아닙니다. 저도 한잔 더 했으면 좋겠습니다."

서로 다르면서도 비슷한 생각을 하고 있는 두 명의 남자와 한 명의 여인이 밖으로 나왔다. 백 사장의 벤츠가 그들 앞에 멈췄다.

"회장님, 저도 같이 갔으면 좋겠는데 사무실에 급한 일이 있어 먼저 실례 좀 해야 될 것 같습니다."

"이 양반이 자기가 같이 한잔 더 하자고 해 놓고서 그런 매너가 어디 있어요?"

"죄송합니다. 회장님께서는 윤빈이 녀석이랑 한잔 더 하시지요."

"정말 일이 있어 그런 거예요, 아님 눈치 빠른 척하려고 하는 거예요?"

"저도 바쁘지만 않으면 회장님 꼭 모시고 싶어 하는 것 아시잖아요?"

"그래, 그럼 내가 저 친구 데려갑니다. 정말 괜찮은 거죠?"

"괜찮고말고요. 저나 저 친구나 회장님과 함께 한다면 무조건 영광이지요, 뭐."

"윤빈 씨, 나랑 둘만 가도 괜찮겠어?"

"예, 회장님께서 괜찮다고 하시면 제가 모시겠습니다."

"모시긴 뭘 모셔. 그냥 친구같이 가볍게 술이나 한잔 하면 될 거 가

아마테이션   143

지고."

"윤빈이 너 회장님한테 실수하면 안 된다. 알지? 잘 모셔."

"백 사장님, 꼬리가 기네. 아니 엉덩이가 무거우신 건가?"

"예, 그럼 먼저 가보겠습니다."

"그래요, 내가 연락할게요."

"예, 오늘 감사했습니다, 회장님."

잠시 후, 윤빈과 강 회장은 강 회장의 차 뒷좌석에 나란히 앉아 있었다.

방금 전까지만 해도 연신 파안대소를 하며 지저귀던 스무 살의 강진희는 웬만한 정치인들도 말을 함부로 하지 않는다는 재계의 여걸 강 회장으로 이미 돌아와 있었다. 그녀가 차 안에서 한 말은 "작은 사무실로 가요." 단 한 마디뿐이었다.

그녀의 벤츠 마이바흐가 잠수교를 지나고 있었다. 창밖으로는 2층인 반포대교에서 화려한 조명을 받으며 커튼이 되어 떨어지는 물줄기가 보였다.

눈길은 앞으로 박은 채 강 회장이 윤빈의 손을 살며시 쥐었다. 윤빈은 바라보고 있던 창 밖에서 고개도 돌리지 않은 채 그녀에게 손을 내맡겼다. 차가 멈춘 곳은 시청 앞의 대형호텔 앞에서였다.

"난 오늘 작은 사무실에서 지낼 테니까 김 차장은 먼저 가요. 자, 내리지."

그녀의 차가 시야에서 멀어졌다.

"나 먼저 올라가서 준비 좀 하고 있을 테니까 윤빈 씨는 조금 있다가 들어와서 로비에 좀 앉아 있어. 괜찮지?"

"예, 알겠습니다."

"그래, 오래 걸리지 않을 거야."

꽤 늦은 시간인데도 로비는 사람들로 북적거렸다. 자신을 알아보는 시선은 강 회장만 꺼림칙한 것은 아니었다. 윤빈은 로비 구석에 있는 의자에 사람들을 등지고 앉았다.

기다리는 시간은 강 회장의 말과는 달리 제법 길었다. 드디어 영국 왕실의 근위병을 연상케 하는 제복을 입은 사내가 윤빈에게 다가왔다.

"사무실로 올라오시랍니다."

분명 그럴 리가 없을 텐데도 왠지 그가 '사무실'이라는 단어에 힘을 주어 말하고 있다는 느낌이 들었다.

"따라오시지요. 제가 안내해 드리겠습니다."

제복의 사내가 S라 쓰인 버튼을 눌렀다. 그들이 탄 엘리베이터에는 P, L, S 단 3개의 버튼이 붙어있을 뿐이었다. 엘리베이터가 멈추고 문이 열렸다.

제복의 사내는 내리지도 않은 채 두 손으로 열린 엘리베이터 문을 잡고선 윤빈에게 가볍게 고개를 숙였다. 그곳에선 마치 케이크를 머리에 인 듯 우스꽝스러운 모자를 쓴 벨 보이가 그를 기다리고 있었다.

그는 윤빈에게 깊숙이 허리를 숙여 인사를 한 후 아무 말 없이 앞장을 섰다. 그는 멈춰 선 방문에다 주먹 쥔 손에서 가운데 손가락 관절만 튀어 나오게 만든 후 세 번 노크를 했다. 그러고선 대답을 기다리지 않고 문을 잡아 당겨 열고 그 문을 잡은 채 윤빈이 들어가기를 기다렸다. 윤빈의 등 뒤에서 가벼운 소리를 내며 문이 닫혔다. 윤빈의 앞에는 생각보다 크지도 화려하지도 않은 사무실 같은 공간이 놓여 있었다.

강 회장은 그 안에 놓인 호마니카 색 있는 책상 앞에 단정히 앉아 있었다. 마치 아랫사람에게 결재를 해주려는 사장과도 같은 모습이었다. 그러고 보니 옷도 아까 일식집에 입고 왔던 분홍색 옷 그대로였다.

"왔어? 이리 와 봐."

이미테이션

그녀가 시키는 대로 윤빈은 그녀의 책상 앞에 섰다. 둘의 모습은 입사를 위해 면접을 치르고 있는 사장과 구직자 같기도 하고 야단을 맞고 있는 신입사원과 상사 같기도 했다. 강 회장은 아무 말 없이 자신의 앞에 서있는 윤빈의 얼굴을 묵묵히 바라보고만 있었다.

윤빈은 그녀와 시선을 마주치지 않은 채 그녀 뒤의 벽에 걸려 있는 뜻 모를 그림만 바라보고 있었다.

강 회장이 먼저 입을 열었다. 윤빈은 이번에도 자신이 이겼다는 걸 알았다.

"이리로 와."

문을 열고 들어간 방은 지나온 방보다는 훨씬 어두워 창밖으로 시청 귀퉁이와 덕수궁의 야경이 손에 잡힐 듯 내려다 보였다. 창가에는 작은 테이블이 놓여 있었고 그 위에는 두 개의 촛불이 미동도 않은 채 은은히 주위를 밝히고 있었다. 윤빈은 그녀가 권하는 대로 자리에 앉았다.

"좀 어둡지? 내가 원래 밝은 걸 싫어하거든. 그래서 난 이 방에 오면 이렇게 촛불 켜고 지내. 괜찮겠어? 불 좀 올릴까?"

"아닙니다. 좋은데요, 뭘."

"술, 뭐로 할래?"

"아무거나."

"'아무거나'는 없고, 말해 봐. 뭐 먹고 싶니?"

"솔직히 말씀드려도 됩니까?"

"그럼, 내 앞인데 당연히 솔직해야지."

"소주가 먹고 싶습니다."

사실 소주 생각은 전혀 없었다. 그냥 강 회장이 묻자 순간적으로 나온 말일 뿐이다. 강 회장은 윤빈의 치기 어린 답변에 전혀 흔들리지 않았다.

"소주? 그런데 소주가 있나 모르겠네."

강 회장이 방 한쪽에 있던 냉장고를 열었다. 냉장고의 형광 불빛에 드러난 그녀의 얼굴은 일식집에서보다 훨씬 나이 들어 보이는 것 같았다.

"소주는 없고 이거 와인인가 본데 어때? 와인 괜찮겠어? 그런데 안주는 마땅한 게 없네. 뭐 좀 시킬까?"

"아닙니다. 와인인데 안주는 뭘요."

강 회장이 한 손에는 포도주 병, 다른 손에는 두 개의 와인 잔 허리를 한 손가락으로 말아 쥐고선 테이블로 와 그 위에 올려놓고 맞은편 의자에 앉았다.

"경치 좋지?"

"예, 좋은데요."

"난 여기서 내려다보는 덕수궁의 밤이 참 좋더라. 자, 잔 받아."

그녀로부터 술을 받은 후 그녀의 잔은 윤빈이 채웠다.

"그럼 건배할까?"

윤빈이 자신의 잔을 들어 그녀가 들고 있던 잔에 부딪혔다. 크리스털이 부딪치는 맑은 소리가 났다.

"그런데 뭘 위해 건배하지?"

"우리의 만남을 위해."

"우리의 만남? 호호, 윤빈이 순진한지 알았는데 완전 구렁이네. 그리고 '우리의 만남' 이러면 좀 촌스럽고 낭만이 없잖아. 안 그래? 다른 거 한번 생각해 봐."

"그럼 회장님이 하시지요."

"내가?"

"예, 회장님이요."

"그냥 건배."

아미테이션

"그냥 건배."

윤빈은 잔 위로 퍼지는 와인의 향을 코로 한번 맡은 후 조심스레 한 모금을 입속으로 들여 넣고서는 입천장부터 혀 밑까지 액체를 한 바퀴 굴렸다. 그러고선 삼켰다. 와인은 뭔가 복잡했다. 시고 떫고 향기롭고 부드러웠다. 먼저 잔을 내려놓은 강 회장이 윤빈의 그런 모습을 보더니 물었다.

"어때? 술 괜찮지?"

"솔직히 아직 와인 맛을 잘 모르긴 합니다만 좋은데요."

"그래, 한 잔 더 해."

"예."

윤빈이 또 술을 받았다.

"회장님도 한 잔 더 하시지요."

"난 천천히 마실게."

둘 사이에 잠시 정적이 흘렀다.

"윤빈이 너 자고 가라."

"예?"

"여기서 자고 가라고, 나랑."

자고 가지 말라고 해도 어떻게든 이 방에서 밤을 보낼 생각이었다.

"예."

7

"어제 윤빈이 안 들어 온 거 맞지?"

"예, 맞습니다."

"짜식, 제법이란 말이야."

"제법이라니요?"

"응, 그건 자네가 알 필요 없고 오늘부터 황 이사 너 말이야, 윤빈이를 잘 감시해야겠어"

"예, 알겠습니다. 그런데 무슨 일 있는 겁니까?"

"그놈 말이야, 보통 놈이 아닌 것 같아. 우리가 여태 너무 허술하게 띄엄띄엄 본 것 같다고."

"어제 청담동에서 무슨 일이 있었냐니까요?"

"뭐? 너 어제 우리가 청담동에 간 거 어떻게 알아?"

"그거야, 정 실장이."

"그 새끼, 그거 내가 그렇게 보안을 유지하라고 했더니만. 그 새끼 안 되겠구만."

"형님, 저도 명색이 이곳의 이사입니다. 그래도 뭐가 어떻게 돌아가고 있는 줄 알아야 형님을 제대로 모시지 않겠습니까? 형님이랑 인연이 벌써 몇 년인데 아직도 속을 안 보여주시니 솔직히 영 거시기합니다."

"야, 인마, 내가 언제 너 뒤통수 깐 적 있었어? 나도 다 생각이 있어 그러는 것이니 쓸데없는 생각 말아, 괜히 이것저것 궁금해 할 필요도 없고."

"그런데 형님 정말 대단하십니다. 어떻게 강 회장 같은 거물을 다 알고 지내셨습니까?"

"뭐? 강 회장? 정 실장 그 씨발 놈이 그 이야기까지 했어?"

"죄송합니다. 제가 좀 조졌습니다."

"그 개새끼 지금 어디 있어? 응? 그 새끼가 아주 죽으려고 단단히 작정을 했네."

"형님, 저 솔직히 형님만 바라보고 살아온 거, 형님이 다 아시잖습니까? 물론 앞으로도 그럴 거고요. 전 형님이 죽으라고 하면 진짜 죽지는 못하겠지만 흉내라도 낼 것이고, 혹시라도 어떤 새끼를 죽이라고 하면 아무 계산 없이 무조건 봐 버릴 겁니다. 그런데 형님은 절 못 믿으십니까?"

황 이사의 아부와 진심어린 말투에 백 사장의 안색이 조금 누그러졌다. 하기는 언젠가 단단히 한 역할을 해야 할지도 모르는 황 이사에게 모든 걸 숨길 수만도 없는 노릇이었다.

"야, 인마, 내가 한 때는 잘 나갔었잖아?"

"에이, 그래 봤자 나중에 학교 다녀오셨잖아요?"

"이 새끼가 또 분위기 깬다. 말 끊지 말고 들어 봐, 새끼야. 하지 말까? 그리고 그것도 죄냐? 죄야?"

"죄송합니다."

"강 회장 그 여자가 한때는 내 왕 팬이었다고. 알아? 씨팔, 그때 판단 잘 했어야 하는 건데?"

"에이, 형님, 설마 지금 저보고 그걸 믿으라는 건 아니지요?"

"왜? 왜 못 믿는데? 내 말이 거짓말 같아?"

"그래도 좀 신기한데요."

"지금 생각하면 나도 신기하긴 헤. 사실 내가 그룹사운드 출신이잖아. 알지?"

"예."

"내가 그때 홍대 앞에서 보컬로 날릴 때 강 회장이 거의 매일 찾아왔었다니까."

"재벌 딸이요?"

"야, 내가 처음엔 그 여자가 재벌 딸인지 거지 딸인지 알았냐? 알았으면 가만히 있었겠어? 하긴 돈이 좀 많은 모양이구나, 정도는 생각했지."

"어떻게요?"

_김영복 장편소설

"우릴 툭하면 고기 집에 데리고 가곤 했거든. 씨팔, 그땐 배고플 때라 먹는 데만 정신이 팔려서, 예쁜 년들만 눈에 들어오고 말이야. 에이, 병신"

"그래서 어떻게 됐는데요?"

"갑자기 안 보이기에 물어 봤더니만 미국으로 공부하러 갔다고 하더라고."

"정말 몰랐던 거예요?"

"뭘?"

"재벌 딸이라는 거요."

"솔직히 좀 지나고 대충은 알긴 알았지."

"에이, 그때 잡으셨어야지요."

"못 생겼었다니까."

"겁먹었구나?"

"뭐라고?"

"형님이랑 너무 차이가 나니까 지레 겁을 먹었다 이거지. 맞지요?"

"까고 앉았네. 야, 내가 겁먹는 거 봤어?"

"그래서 어떻게 되었어요?"

"뭘 어떻게 돼? 그걸로 끝이지."

"그런데 어떻게 아직도 연락을 하고 지내느냐 말이에요."

"내가 왜 그 몇 년 뒤에 좀 떴잖아. 그때 공연장에 한 번 나타났더라고. 경호원들을 잔뜩 끌고서."

"그럼 그때라도 어떻게 해 보았어야지요."

"야, 인마, 어떻게 하긴 뭘 어떻게 해. 감시가 얼마나 심했는데."

"그러니까 형님이 겁먹은 게 맞다니까. 형님이 마음이 없어서가 아니라 괜히 자존심 상하는 일 당할까 봐 아예 대시를 안 한 거라고."

아미테이션

"야, 아니라고 몇 번이나 말해야 하니? 이 자식 이거 오늘 왜 이렇게 간죽대지?"

"형님, 그 여자한테 강 회장님 이러면서 존댓말 쓰지요?"

"그럼 이 나이에 반말 쓰냐?"

"그게 다 형님답지 않다 이거에요. 머 관둡시다."

"뭘 관둬? 이 새끼야."

"아, 알았어요, 알았어. 그런데 어떻게 계속 만나시게 된 거예요?"

"내가 학교에 있을 때 말이야. 아 씨발 그 놈의 합의인가 뭔가를 봐야 빨리 나올 수 있는데 어디 돈이 있어야지. 학교생활은 죽겠고, 간통으로 들어 왔다고 호구 취급하는데다 영치금도 없으니까 완전 개털인거지. 너도 알지? 개털이 되면 어떤 대접 받는지?"

"형님, 제가 별이 몇 개인데 그걸 모르겠습니까? 헤헤, 옛날 생각나네요. 그나저나 형님 소속사가 있었을 거 아녜요. 잘 나갔으니 모아 둔 돈도 있었을 테고."

"야, 소속사? 그 씨발 새끼들 말이야. 내가 딱 들어가니까 그때부터 입 싹 닦더라고. 모아 둔 돈도 한 푼 없는데 말이야."

"얼마나 펑펑 쓰고 나녔으면 그 정도였어요?"

"뭐? 펑펑 써? 내가? 야, 나 겨우 용돈 몇 푼 받은 것 빼면 정말 아무 것도 없었어. 재주는 내가 넘고 돈은 다 그 개새끼들이 챙긴 거지. 뭐 계약조건이 그렇다나 어쨌다나. 씨팔, 내가 지금도 그 생각하면 이가 갈려요, 이가 갈려. 그래도 그 새끼 완전 망해 가지고서 지금 어디서 뭐하는지도 모르니까 내가 가만히 있지, 만약에 아직도 이 바닥 물을 먹고 있었다면 당장 봐 버릴 텐데 말이야. 개새끼."

"그 여자 어떻게 계속 만나냐고 물었더니 갑자기 웬 학교 이야기? 뭐 그나저나, 그래서요? 그럼 형 다 살고 나온 거예요?"

"인마, 지금 그 이야기하고 있잖아."

"그 여자랑 합의랑 관계가 있다 그거네요?"

"그래, 인마, 나 합의 보고 나왔다."

"돈도 없다면서 어떻게?"

"뭘 어떻게야. 미친 척하고 여기저기에다 편지를 썼지. 살려 달라고 말이야. 그 여자한테도 썼고. 야, 그런데 그 편지가 정말 그 여자한테 들어간 거 있지? 난 그저 밑져야 본전이라는 심정으로 그냥 회사에다 보낸 건데 말이야. 죽으라는 법은 없다고 하더니 사람이 살려고 하니까 다 길이 있더라니까."

"그래서 강 회장이 돈을 빌려 준 거예요? 형님을 믿고서?"

"빌려주긴 뭘 빌려 줘? 그냥 줬지."

"정말요?"

맞았다. 그때 강 회장의 합의금 지불로 상대방의 남편이 고소를 취하하여 공소취소 처분을 받아 풀려난 후 강 회장을 찾아간 백 사장이 고맙다며 열심히 일해서 최대한 빨리 갚도록 하겠다고 하자 그녀는 그건 그냥 자신이 준 돈이니 신경 쓰지 말라고 했다. 물론 얼마 후, 그 돈만큼의 대가는 치렀다. 하지만 그 일은 황 이사에겐 말해선 안 되는 일이었다. 히든카드로 남겨 놓고 언젠가 써먹으면 될 터였다. 언젠가, 그 도도한 강 회장에게…….

"그후로는요?"

"뭐?"

"에이, 형님 출소하신 이후에도 계속 강 회장이랑 인연이 있었느냐고요?"

"인마, 그러니까 같이 술을 마시지."

"야, 우리 형님 역시, 역시입니다. 대단하십니다."

아미테이션

백 사장은 자신이 대단해서가 아니라는 걸 잘 알고 있었다. 인생은 오는 것이 있으면 가는 것이 있기 마련이었다.

"그럼 혹시 어제 그 강 회장이란 여자랑 윤빈이랑?"

"이 새끼 오지랖도 참 넓네. 인마, 쓸데없는 상상 말고 넌 애들이나 잘 챙기라니까"

8

윤빈이 시청 앞 호텔의 스위트룸의 안락한 침대 위에서 눈을 떴을 때 강 회장은 그의 곁에 없었다. 그의 눈에 촛불이 놓여 있던 작은 탁자 위에 호텔 엠블럼이 인쇄되어 있는 메모지 한 장과 핸드폰 한 개가 놓여 있는 게 들어왔다.

'나 운동 가. 이 전화 가지고 다녀. 문자만 봐.'

메모지에는 그렇게 쓰여 있었다. 윤빈은 본능적으로 그 전화기를 백 사장이나 정 실장에게 들켜서는 안 된다는 걸 알았다. 그는 전화기를 진동 모드로 설정하여 숙소 자기 방에 걸려있는 겨울 외투 안주머니에 넣어 두었다. 그리고 매일 밤 혹 문자가 와 있는지 여부를 한 번씩 확인했다.

그러나 기대 또는 예상과는 달리 강 회장으로부터의 문자는 없었다. 백 사장 또한 윤빈의 예상과는 달리 이외로 한참 동안 윤빈에게 강 회장과의 일에 대해 아무런 말도 하지 않았다. 정 실장을 통해 그날 자신이 외박을 한 사실이나 정황으로 보아 그 외박이 강 회장과 이루어진 것이라는 걸 뻔히 알고 있을 텐데도 아무런 내색이 없는 것이 윤빈에겐 오히려 불안했다. 강 회장에게도 여전히 아무런 연락이 없었다.

그날부터 근 한 달이 지난 어느 날, 백 사장이 윤빈을 불렀다. 그의 목소리는 잔뜩 들떠 있었다.

"짜식, 됐어, 인마!"

"예? 뭐가요?"

"CF말이야. 너 이번에 CF 찍게 됐다고."

"와, 그래요? 어떤 거예요?"

"너 놀라지 마라. 어떤 거냐 하면, 음, 안 놀랄 거지? 차야, 자동차."

"예?"

"이번에 나오는 서원의 차 CF를 찍게 되었다고. 미라클 말이야. 너 그게 뭘 말하는 지 알아?"

"……."

"인마, 솔직히 너 정도 레벨이면 기껏해야 화보나 찍는 게 '딱' 이고, 혹시 TV CF가 들어온다고 해도 맨 별 볼 일도 없는 고만고만한 회사들이거나 아니면 공중파엔 나오지도 못하는 돈놀이하는 곳이 고작일 거 아니야? 그런데 이번에 들어온 건 차라고 차. 어휴, 이 촌놈의 자식이 뭘 알아야 말을 하지."

CF라고 다 똑같은 CF가 아니었다. 승용차 광고라면 아파트나 맥주 등과 같이 최고 중의 최고의 스타들만이 찍을 수 있는 것이라는 걸 윤빈이 모를 리 없었다. 게다가 기존의 제품도 아니고 서원에서 전 세계를 겨냥하여 개발한 신형 모델 '미라클'의 CF를 아직 신인이라 해도 과언이 아닌 자신이 찍는다니. 강 회장의 얼굴이 떠올랐다.

"뭐 아직 완전 결정이 된 것은 아니고 몇 사람이랑 같이 서원에서 오디션을 받긴 해야 하지만 그거야 그냥 형식적인 거라 보면 되고. 하여튼 어때? 나한테 고맙다고 안 하냐?"

"감사합니다, 사장님."

"네 파트너가 누군지 말해 줄까?"

아미테이션   155

"파트너는 또 뭐예요?"

"인마, 너랑 같이 나올 여자 말이야. 뭔 소리인지 몰라?"

"누군데요?"

"정혜리야, 정혜리. 알아? 그러니까 너는 잘 묻어만 가도 완전 뜰 수 있는 거란 말이지. 새끼, 은근히 여자 복이 있단 말이야."

정혜리, 출연하는 영화마다 그야말로 대박이 터져 현재 최고의 주가를 올리고 있는 정혜리, 바로 그 여자랑 일개 무명 가수나 다름없는 자신이 연인 역할을 하는 CF라면 백 사장의 말대로 그녀에게 잘 묻어만 가도 자신도 덩달아 뜰 수 있을 것이라는 것 정도는 윤빈도 쉽게 짐작이 갔다.

"잘해라 너. 그거 잘못되면 무조건 너 때문에 망쳤다는 소리 나오는 거야. 알아? 네가 다 뒤집어 매장되는 거라고."

"……."

"너 무명의 설움이 뭔지 알아? 인기 없는 놈이 인기 좀 있는 것들이랑 같이 나올 때 말이야. 그게 잘되면 전부 인기 있는 년이나 놈이 잘해서 성공한 거라고 말하고, 혹 잘못되면 뒤집어쓰기는 전부 인기 없는 인간이 뒤집어쓴다고. 그러니까 죽기 살기로 덤벼들어야지, 어영부영 했다간 한 방에 훅 간다고. 알아들었어?"

"예."

"정혜리 그년은 말이야 드라마도 아니고 기껏해야 몇 커트 되지도 않는 CF 하나 찍을 때도 상대방이 맘에 드네, 안 드네, 하고 지랄을 떠는 년이거든. 걔가 너 뺀찌 놓으면 그걸로 종 치니까 그년 비위도 잘 맞추고. 알아?"

"예."

"먹어 버리던지."

"예?"

"너한테 꼼짝 못하게 집어 먹을 재주가 있으면 먹던지 알아서 하라고."

"……."

"야, 내가 이런 말 했다고 괜히 오버하지 말고. 하여튼 말이야. 너도 이제 좀 펴야지. 나도 그렇고. 너 잘해야 되는 거 알지?"

"예."

"기회가 왔을 때 어떻게 한다고?"

"예, 잡습니다."

"그래, 당연히 꼭 잡아야지."

"……."

"너 강 회장님한테 연락 있냐?"

윤빈은 왠지 부끄러웠다.

"없습니다."

"하긴 너야 핸드폰도 정 실장이 가지고 있으니까 좀 그렇겠네."

"……."

"괜찮지?"

"예, 뭐가요?"

"그래, 불편해도 조금만 더 참아. 제대로 자리 잡으면 내가 다 알아서 너 풀어줄 테니까."

"불편한 거 없습니다."

"새끼, 마음에 없는 소리 하기는. 그래, 나가 봐. 준비 잘 하고."

"예."

9

미라클의 모델이 되면서 그는 '어 스타 이즈 본(A star is born)'이라는 전 국민을 대상으로 케이블방송의 한 오디션 프로그램에서 2등을 차지하고 연예계에 데뷔한 이후, 그 당시 결승전에서 부른 노래로 엄청난 히트곡을 냄으로써 반짝 스타덤에 올랐던 신인 가수에서 명실상부한 스타로 등극을 하였다.

'어스타이즈본'이 진행될 때는 온 국민의 폭발적인 관심을 모았고, 최종 결승전에 오른 4명 모두 한참 동안 뜨거운 기대와 주목을 받기는 했지만 그것도 그때뿐, 프로 세계로 와서는 윤빈을 제외하고는 3명 모두 존재감이 전혀 없는 그렇고 그런 가수로 사람들에게서 점차 잊혀가고 있었다.

그나마 제대로 히트곡을 낸 건 윤빈이 유일했다. 무려 오십만 장이 넘는 음반이 팔렸었으니까. 하지만 윤빈 역시 그때뿐이었다. 아이돌 그룹이 가요계의 대세가 되어버린 추세 속에서 그 이후 상당기간 고전을 하다가 겨우 얼마 전에야 다시 한 번 정상을 차지할 수 있었으니까! 하지만 그건 다른 기획사와는 천지 차이로 다른 백 사장 특유의 밀어붙이기식 로비의 결과였다. 때문에 가요 순위 차트에서 단 한 주만 1위를 한 후 그냥 곤두박질친 것이었다.

그렇게 한 주 정도 반짝거리는 가수는 사방에 널려 있었다. 물론 윤빈이야 아직은 파란 풍선을 들고 열광하는 여자 아이들에게 둘러 싸여 있기는 하지만 그건 어디까지나 팬클럽 그들만의 세상인 것이지, 평범한 대중들에게 있어 요즈음의 윤빈이라면 그렇게 크게 어필을 하는 일류 가수라 말하긴 어려운 때였다.

그랬던 사람들은, 미라클 CF를 통하여, 무대 위에서의 모습에서는

158   _김영복 장편소설

발견하기 어려웠던 윤빈의 야성적 매력에 새삼 열광을 했다. 그 안에서 그는 최고의 스타인 정혜리와 연인이 되어 생머리가 바람에 날리는 그녀를 옆에 태운 채 날씬한 세단을 거칠게 몰면서 마음껏 사내 냄새를 풍기고 있었다.

미라클 CF는 서원의 치밀한 기획 하에 각각 세련된 스토리가 담겨 있는 몇 개의 다른 콘셉트로 만들어졌고, 그걸 모두 이어서 보면 마치 한 편의 영화를 보는 듯한 느낌이 들도록 만들어졌다. 그 안에는 서원에서 들인 큰돈만큼이나 오페라 하우스, 하버브리지, 에어즈락 등 호주 대륙을 대표하는 풍광들이 아름답게 녹아 있었고, 윤빈은 사막에서, 해변에서, 복잡한 도심에서 미라클만큼이나 또 빛을 발했다.

결국 그 CF는 서원의 명운을 걸고 출시된 자동차 '미라클'이 주인공이었고, 목적대로 그 주인공을 널리 알리는 데 아주 성공했지만 한편으론 대중들에게 마치 윤빈을 선전하기 위하여 정혜리라는 대형 스타와 신형 자동차가 동원된 듯한 느낌을 자연스레 갖도록 해주었으니 그 윤빈이 대중의 스타로 발돋움하게 된 일 또한 자연스러울 터였다.

백 사장의 바람이나 예감은 곧 현실이 되었다. 이제 '어스타이즈본'은 그냥 프로그램의 제명이 아니었다. 현실에서도 '어스타이즈본'이 이루어진 것이다. 말 그대로 '미라클'이었다.

10

본업인 노래보다 단 한 편의 CF로 졸지에 스타의 반열에 오른 윤빈은 그야말로 스타답게 바빠졌다. 말 그대로 눈코 뜰 새가 없어진 것이다.

충무로의 대형 영화제작사로부터 거액의 출연료 제시와 함께 윤빈이 시나리오를 받은 날 드디어 백 사장은 그를 풀어주었다. 매니저인

아미테이션   159

정 실장의 감시를 받으며 함께 생활하던 그에게 혼자 살 수 있도록 따로 아파트를 얻어 준 것이었다.

매니저, 운저기사와 경호를 겸한 로드매니저, 코디네이터로 이루어진 윤빈을 전담하는 팀이 만들어졌고 그 팀을 위해 고가의 외제 밴이 투입되었다. 백 사장은 윤빈이 개인적인 용도로 사용할 수 있도록 비록 중고이기는 하지만 그의 호언대로 페라리도 안겨 주었다. 머지않아 계약을 경신할 시점이었다. 윤빈은 이제 그에겐 비위를 맞춰주어야 할, 절대 놓쳐서는 안 되는 스타였다.

그러나 윤빈의 이러한 급작스런 성공은 연지에게 좌절을 안겨 주었다. 제대로 시작도 못 해본 그가 자신이 닿을 수 없는 곳으로 한 발짝 한 발짝 멀어져 가고 있다는 생각에 그녀는 모든 것이 손에 잡히지 않았다. 게다가 그녀가 애써 내놓은 신곡도 반응이 영 시원치 않았다. 그녀는 점점 자신이 진희처럼 계약 만료 기간만 헤아리고 있는 백 사장의 애물단지가 되어 간다는 것을 모르지 않았다.

연지가 믿는 것은 몇 달 전 노래방에서 보여준 윤빈의 눈빛뿐이었다. 그녀는 더 이상 미루고 있다가는 그 믿음을 확인해 볼 기회조차 없어질 것이라는 걸 아주 잘 알고 있었다. 지금이 때였다. 자신을 볼 때마다 늘 부끄러워하며 시선을 피하던 윤빈의 로드매니저를 통해 그의 핸드폰 번호를 알아내는 건 별로 어렵지 않았다. 그녀는 단지 항우만큼이나 덩치만 컸지 마냥 순진해 보이기만 하는 그 로드매니저에게 미안했을 따름이다.

순순히 윤빈의 번호를 알려주면서도 내심 곤혹스러워 하는 듯 뵈는 그의 눈빛이 무엇을 말하는지 그녀는 알고 있었다. 윤빈을 보는 자신의 눈빛에도 담겨있을 바로 그것이었다.

"오빠, 저예요. 연지."

_김영복 장편소설

"어, 연지. 와, 정말 오래간만이다. 잘 지내지? 연락 못 해 미안해."

냉담한 반응을 보였을 때 자신이 가져야만 하는 절망감에 미리 겁을 먹고 있던 연지의 걱정과는 달리 윤빈은 반색을 했다. 연지는 자신의 믿음이 틀리지 않았다는 걸 알았다. 왠지 눈물이 났다.

"……."

"연지야, 왜? 무슨 일 있어?"

"아니에요, 오빠."

'언제부터 윤빈이 자신에게 반말을 했었지? 그날 노래방에서 그러기로 했었던가?'

상관없는 일이었다. 그냥 좋아하면 될 터였다.

"그런데 왜 그래?"

"아니에요, 그냥 오빠 잘 계시나 하고 전화해 본 거예요."

"그래, 내가 정말 미안해. 어쩌다보니 그렇게 됐네. 나 이해하지?"

"그럼요, 오빠. 얼마나 바쁘신지 잘 알아요."

"그래, 좀 바빴어. 지금도 바쁘고."

'지금도 바쁘다'라는 말이 바늘이 되어 그녀의 심장을 찔렀다.

"오빠 목소리 들었으니 됐어요. 그만 끊을게요."

"너 내 말 오해했구나. 요새 바쁘다는 소리인데 말이야. 연지야, 너 오늘 시간 있으면 나랑 술 한잔할래? 시간 돼?"

시간이 되냐니? 내가 왜 전화를 했기에 시간이 되냐니? 윤빈을 위한 시간, 윤빈과의 시간이라면 언제든 되는 나, 연지에게…….

"오빠, 저 괜찮아요. 나중에 보지요, 뭘."

"왜? 시간 없어? 웬만하면 한잔하자."

자신이 나에겐 그냥 '웬만할 때' 같이 한잔하는 그런 사람이 절대 아니라는 걸 알기는 알까?

이미테이션

"오빠 요새 영화 때문에 운동 중 아니에요? 그런데 술 마셔도 되나?"

"괜찮아, 조금은."

"조금 마시려고 만나기는 싫은데."

"그래? 그럼 많이 마시지, 뭐. 됐어?"

"그런데 오빠, 저랑 같이 있는 모습 사람들이 보면 안 될 텐데……."

"괜찮아. 모자랑 안경 쓰고 마스크까지 하면 아무도 못 알아보는데 뭘."

"그렇게 차리고서 어딜 들어가요?"

"내가 좋은 데 봐둔 곳 있거든, 너 지금 어디니?"

"숙소 앞이에요."

"그럼 논현동이잖아. 가깝네, 뭘. 그럼 30분 후에 압구정동에서 볼까? 내가 현대백화점 주차장 앞에 가 있을게."

윤빈은 자신이 말한 그대로 야구 모자를 눌러쓰고 검은색 뿔테 안경을 끼고선 자전거를 타고 나타났다. 마스크만 하지 않았을 뿐이다. 자전거 한쪽 핸들에는 제법 커다란 비닐봉투가 매달려 있었다. 그러고 보면 연지와 같은 차림새였다.

"야, 정말 오랜만에 얼굴 본다. 그렇지? 그런데 우리 꼭 간첩들 만나는 것 같지 않냐?"

웃음 속에 드러나는 윤빈의 가지런한 이를 보면서 연지는 자신이 이 사람을 정말로 사랑하고 있다는 것을 느낄 수 있었다.

"설마 간첩들이 이렇게 티 나게 만날라고."

"그런가? 뭐 그렇다고 치고. 가자."

윤빈이 자전거에서 내려섰다.

"같이 탈 수 있으면 좋았을 걸. 그냥 끌고 가야 되겠네."

"어디로?"

"한강, 거기 잔디밭 말이야. 술 마시기 딱 좋더라고."

"거긴 언제 가 보았는데?"

"지난번에 유람선에서 포스터 촬영이 있었거든. 그때 보니까 잔디밭 위에 사람들이 앉아 술도 먹고 하는 게 정말 멋있어 보이더라고."

포스터 소리에 연지의 마음에 또 구름이 꼈다. 포스터라면 곧 촬영에 들어갈 영화를 말하는 것이리라. 아마도 그 영화가 완성이 되면 윤빈은 자신과 그만큼 더 멀어질 것이다.

"아참, 오빠 영화 시작하지?"

"응, 그래 지금 걱정이 태산이야."

"왜?"

"내가 연기를 한 번도 해본 적이 없잖아. 아무래도 괜히 욕심낸 것 같아. 몸도 잘 안 만들어지고."

"아냐, 오빠는 잘 할 거야. 다 그렇게 시작하는 건데, 뭘."

"넌 요새 어때? 난 너 요즘 하는 노래 참 좋던데. '붉은 연가' 말이야."

"잘 안 돼."

"그래? 뭐 그럴 거야. 요샌 아이돌 그룹이 완전 대세니까. 나도 녹음하던 거 접어 놨잖아."

"……."

"백 사장 그 새끼 요즘도 그 지랄이지?"

"그렇지 뭐."

"원래가 양아치니까 그러려니 해. 그래도 그 인간이 생각보다는 나쁜 놈이 아니라고 하더라고. 그리고 일단 실력은 있긴 있잖아."

요즘 들어 부쩍 더 심해진 백 사장의 욕설이나 냉대가 서러웠던 연지는 그런 백 사장을 욕하는 것 같으면서도 한편으론 옹호를 하는듯한 윤빈의 말이 왠지 서운하게 들렸다. 어차피 세상은 내 마음 같지만

이미테이션

은 않은 법인 것이다.

"오빠는 요새 잘 나가서 정말 좋겠어."

연지의 마음과 입에서 나온 말의 톤에는 상당한 틈이 벌어져 있었다. 윤빈은 그녀의 말속에 담긴 작은 가시를 본 듯했다.

"너까지 잘될 때 정말 좋아할게."

윤빈이 두 손으로 양쪽 핸들을 잡고 끌고 가던 자전거에서 한쪽 팔을 떼어내 연지의 어깨를 둘렀다.

"정말야."

연지는 느닷없이 튀어나온 자신의 옹졸함이 정말 부끄러웠다. 그의 팔에서 따뜻한 체온이 전해졌다. 어두운 토끼 굴을 벗어나자 군데군데 서 있는 가로등 빛 아래로 어둠 깔린 한강변 공원의 고즈넉한 풍경이 한눈에 들어왔다. 그들은 강변의 잔디밭에 자리를 잡았다.

"어때? 내 말 맞지? 좋잖아?"

"좋긴 좋네. 그런데 바람이 좀 쌀쌀한 것 같지 않아?"

"너 춥구나."

윤빈이 자신이 입고 있던 점퍼를 벗어 그녀의 어깨를 덮어 주었다.

"오빠도 추울 텐데? 괜히 오버하는 거 아냐?"

"아냐, 괜찮아. 정 추우면 저기라도 들어가면 되지, 뭘."

윤빈이 물 위에 떠있는 선상 레스토랑을 가리켰다. 한강의 어둠을 배경으로 둔 탓에 유독 환해 보이는 실내로 검은색 정장을 차려입은 웨이터들이 팔에 하얀 수건을 걸고선 쟁반을 들고 왔다 갔다 하는 모습이 보였다. 왠지 현실 같지 않고 무대 위에 서서 자기 몫의 연기를 하는 듯해 보이는 생경한 느낌이 드는 풍경이었다.

"아예 지금 들어갈까?"

"들어가긴 어딜 들어간다고 그래. 뻔히 못 들어갈 거면서."

164

"못 들어가긴 왜 못 들어가? 그냥 들어가면 되지."

"퍽이나 되기도 하겠다. 왜 내일 신문에 대문짝만하게 나고 싶어?"

"나면 나는 거지."

"그럼 다 끝인데?"

"끝은 뭐가 끝이야. 이까짓 거 가지고."

"마음에 없는 소리 마셔. 나도 여자라고 지금 내 앞에서 큰 소리 치는 거야?"

"너야 여자 맞지."

"맞긴 뭘 맞아? 오빠 눈에는 절대로 여자로 안 보일 걸?"

"무슨 소리야? 내가 널 여자로 보고 있다는 거 정말 보여줄까?"

"뭘 어떻게 보여줄 건데?"

말이 채 끝나기도 전에 윤빈이 연지를 당겨 안았다. 둘의 키스는 오랫동안 이어졌다. 잠시 후, 아쉬운 마음으로 포옹을 푼 두 사람 모두 조금은 쑥스럽고 그보다 훨씬 더 많이 행복한 마음으로 윤빈이 가져온 캔 맥주를 나눠 마실 때 부모를 따라 놀러 나왔는지 한 아이가 강쪽을 향해 폭죽을 발사했다. 두 사람은 그 노란 불빛과 아이의 티 없는 웃음소리가 모두 자신들을 축복해주는 것이라 믿었다.

"연지야, 우리 오늘 같이 있자."

연지는 망설이지 않았다. 서슴없는 대답이 부끄럽지도 않았다.

"응."

"그럼 가자."

"어디로?"

"우리 집."

"거기 매니저 있잖아?"

"아니야. 요새 나 혼자 있잖아. 정 실장은 내일 11시나 돼야 나 데리

이미테이션   165

러 올 거야."

"괜찮겠어? 혹시 스토커나 뭐 그런 사람들 없을까?"

"내가 뭐 그리 대단한 스타라고 스토커야. 아직 그런 거 없어."

"그래도."

"괜찮다니까."

"백 사장이 우리 이러는 거 알면 아마 거품 물 걸?"

"물거나 말거나."

11

"오빠, 나 좀 씻을게."

"씻긴 뭘, 이리 와."

두 사람의 키스가 또다시 시작했다. 한강변 잔디밭 위에선 둘 사이
에 처음 이뤄진 것인데다 혹 남들이 볼지도 모른다는 생각에 조심스
럽기만 했던 것이 이제는 훨씬 격렬하고 뜨거운 딥키스가 이루어지고
있었다.

"이리 와."

윤빈이 연지를 방으로 이끌었다. 연지가 몸을 뺐다.

"아냐, 오빠, 나 좀 씻고."

"그럴래?"

"오빠, 불 좀……."

"어, 그래."

윤빈이 스위치를 누르자 거실 천정에 있던 차가운 형광등 빛이 사라
지고 구석에 서 있는 스탠드에서 은은한 주황빛이 퍼져 나왔다. 거실
은 한층 따뜻하고 아늑하게 느껴졌다. 연지의 하얀 엉덩이가 욕실 안

166

으로 사라지는 것을 보면서 윤빈은 이 아늑함이 어딘가 익숙하다는 느낌을 가졌다.

연지는 한 남자를 위해 자신의 몸을 씻고 있다는 것이 영 어색했다. 연지에겐 익숙한 일이 아니었다. 그래도 마음은 아주 기꺼웠다. 대형 타월로 몸을 가린 채 욕실 문을 열고 다시 거실로 나온 연지의 눈에 소파에 앉아 담배를 피우는 윤빈의 실루엣이 어슴푸레 들어왔다. 순간 그녀는 뭔가 잘못돼 가고 있다는 직감이 들었다.

"오빠, 왜? 오빠는 안 씻어?"

"연지야, 우리 오늘은 암만해도 안 될 것 같아. 미안하다."

연지의 직감은 적중했다. 연지는 오늘이 아니라면 어쩜 영원히 아닌 게 될지도 모른다는 예감이 들었다.

"왜? 오빠, 무슨 일 있어?"

"응, 나 지금 좀 나가봐야 될 것 같아."

연지는 더는 묻지 않았다. 그녀는 묵묵히 버려진 껍질처럼 바닥에 함부로 놓인 자신의 옷을 주워 챙겨 입었다.

"불 켤까?"

"아냐, 미안해."

"오빤 왜 자꾸 나한테 미안하다고 해. 난 그 소리 싫더라."

"그래, 미안해."

"또. 하여튼 나 먼저 나갈게."

"그럴래?"

연지는 저절로 불이 켜진 현관에서 자신의 운동화를 찾아 신으면서 혹시 지금 자신의 모습이 너무 허둥대는 것으로나 보이는 건 아닐까 몹시 신경이 쓰였다. 끝까지 초라해지고 싶지 않았다. 그래서인지 운동화는 발에 잘 들어가지 않았다. 그녀는 한쪽은 뒤축이 꺾이게끔 대충

이미테이션

끌고 그대로 현관을 나왔다. 엘리베이터를 기다리는 시간이 하염없이 길다는 생각이 들었다.

'왜? 도대체 왜?'

비로소 눈물이 쏟아졌다.

같은 시간, 윤빈도 연지와 같은 생각을 하고 있었다.

'왜? 하필 왜 오늘인데?'

옷을 벗는 연지를 위해 거실의 스탠드 등을 켰을 때 이렇게 아늑하면서도 차분한 느낌이 어디선가 들었었던 생각을 하던 윤빈의 뇌리에 강 회장의 호텔 방이 스쳐 지나갔다. 그러고 보니 어제, 오늘은 그녀로부터 메시지가 와 있는지 한 번도 확인을 해보지 않았다는 생각이 들었다. 그는 잠깐 망설였다. 어차피 그동안 단 한 통의 메시지도 없었으니 분명 오늘도 빈 화면만이 그를 맞이해 줄 것이다. 하지만 그는 결국 일어났다.

그는 강 회장의 메시지라면 연지와의 초야보다 중요한 것이라는 걸 결코 잊지 않았다. 화면은 비어있지 않았다. 화면에선 '연락해, 오늘 저녁, 이 번호로.'라는 검은색 글자가 자신을 쏘아보고 있었다. 메시지가 보내진 시간으로 봐서 그 '오늘'은 바로 오늘을 말하는 것이었다. 욕실에선 연지가 자신을 위해 그리고 우리 둘을 위해 몸을 씻고 있었다.

윤빈은 그녀와의 밤이 가져다 줄 의미, 오늘의 의미를 잘 알고 있었다. 그건 절대 하룻밤의 배설이 되지 않을 터였고 오늘은 영원히 기억될 터였다. 더 귀하고 중요한 것을 움켜잡기 위해 미루고 있었지만 늘 꿈꾸고 기다려 왔던 밤이 바로 지금 눈앞에서 기다리고 있었다. 그러나 윤빈은 역시 윤빈이었다. '기회는 잡았을 때 비로소 기회'인 거다. 그는 강 회장을 선택했다. 연지와는 오늘 당장은 아쉬움을 가지고 미루면서도 내일의 희망을 가질 수 있으나 강 회장은 절대 미루어서는 안 될 존재였다.

　시간은 이미 아홉 시를 넘어가고 있었다. 이제 윤빈의 머리에는 비참한 마음을 가지고 엘리베이터에 올랐을 연지는 없었다. 그저 너무 늦은 것은 아닐까 하는 초조함뿐이었다.

　전화는 강 회장이 직접 받았다.

　"늦었구나."

　"예, 죄송합니다. 일이 좀 있어서."

　"그래. 요새 너 바쁜 거 안다. 지금은 괜찮니?"

　"예, 괜찮습니다."

　"술 한 잔 할래?"

　"예. 어디신데요?"

　"넌 어디인데? 나는 지금 너네 집에서 멀지 않은 곳에 있어."

　"예. 저 지금 집에 있습니다."

　"그럼 지금 나올 수 있는 거지?"

　"예."

　"알았어. 한 오 분 정도 있다가 큰길로 나와."

　윤빈이 아파트를 나와 큰길로 접어서자 비상등을 켠 채 도로변에 세워져 있는 승용차가 눈에 띄었다. 차는 마이바흐가 아닌 흔하디흔한 국산 중형이었다. 기사도 따로 없었다. 초췌한 중년의 아줌마가 운전대를 잡고 있을 뿐이었다. 강 회장이었다.

　윤빈은 앞자리에 올랐다. 차가 앞으로 나가기 시작했다.

　"안녕하셨어요?"

　"그래. 잘 있었지?"

　"예, 덕분에."

　"윤빈이, 너 지금 스물넷이라고 했던가?"

이미테이션　　　　　　　　　　　　　　　　　　169

"예."

"스물넷이면 스물넷답게 살아, '덕분에' 이런 말 같은 거 쓰지 말고."

윤빈은 강 회장이 자신에겐 버거운 노회한 여자라는 사실을 잠시 잊었던 자신이 싫었다. '멍청한 놈.'

"예."

"요새 무척 바쁘지?"

"예, 조금."

"그래. 바쁜 게 좋은 거야."

"예."

"집은 살만하니?"

"예, 좋습니다."

"너 엄마 혼자 계시다고 했던가?"

"예."

"다른 식구는?"

"없습니다."

"아버지는?"

"제가 어릴 때 돌아가셨어요."

"그래, 미안해. 어쩌다가?"

"교통사고로."

"고생 많았겠구나."

"아닙니다."

차는 청와대 앞을 지나 자하문을 넘어가고 있었다.

"엄마는 어디 사서?"

"예. 홍제동에요."

"아, 맞아, 홍제동. 내가 들은 거 같구나."

강 회장에게 엄마 이야기를 한 적이 없는데 들은 거 같다니? 하지만 윤빈은 순간적으로 드는 의문을 또 순간적으로 지웠다. 의문 따위는 가질 필요 없었다. 지금에 충실하면 되는 것이고 충실하기 위해 긴장을 늦추지 않으면서 최선을 다하면 될 터였다.

차는 평창동의 작은 호텔 앞에 멈췄다.

"너 먼저 올라 가 있어. 데스크에 가서 501호 예약손님이라고 하고 키 받아 가지고서. 나는 주차해놓고 올라갈게."

"예."

윤빈이 혼자 차에서 내렸다. 그리고 호텔 안으로 사라졌다. 잠시 후 강 회장 역시 총총걸음으로 같은 곳으로 들어갔다.

12

연지는 택시 안에 앉아 윤빈과 여자가 호텔 회전문 안으로 들어가는 모습을 지켜보고 있었다. 역시 자기의 짐작이 옳았다. 연지는 자신이 샤워를 마치고 나왔을 때 소파에 앉아 담배를 피우는 윤빈의 곁에 핸드폰이 놓여 있는 것을 보았다.

그녀는 그의 아파트를 나와 택시를 잡아타고서는 윤빈이 나올 것을 기다렸다. 예상대로 윤빈은 오래지 않아 나왔다. 그가 탄 차를 쫓아가면서 연지는 내내 위에서 신물이 넘어오는 것 같은 느낌으로 속이 불편했다. 그녀는 어쩌면 자기가 눈으로 확인하게 될지도 모르는 현실이 무서웠다. 모른 척, 못 본 척하며 그냥 그래도 편안한 숙소로 돌아가 혼자서 맥주라도 한잔하고 깊은 잠에 빠졌으면 하는 생각이 간절했다. 어디 신호라도 걸려 자신이 탄 택시가 앞의 승용차를 놓치는 일이 생겼으면 싶었다.

하지만 그녀의 입에서 나온 말은 달랐다.

"아저씨, 저 차 놓치시면 안 돼요. 절대로."

그녀는 알고 있었다. 겁이 난다고 눈을 감는다고 해서 그 무서운 현실이 없어지는 것은 절대 아니라는 걸!

그녀는 차를 돌렸다. 이미 마음은 담담해지고 있었다.

"아니 여기까지 쫓아와서 그냥 가실라고요?"

"예, 아저씨, 역삼동 좀 부탁해요."

나이가 제법 들어 보이는 기사는 흥미진진한 추격전이 허망하게 막을 내린 게 못내 아쉬운 눈치였다. 그가 룸미러로 뒷자리에 앉아있는 연지를 흘낏 쳐다보며 낚싯밥을 던졌다. 하루 종일 이런 저런 승객에 시달려 가며 지루한 노동을 하던 차, 참담한 실연을 했을 게 뻔해 보이는 젊은 여자와의 대화라면 오늘 하루의 피로를 싹 풀어줄 만큼 재미가 있을 터였다.

하지만 연지는 아무런 대답을 하지 않았다. 눈을 감고 쿠션에 머리를 기댔을 뿐이다. 그녀가 자신의 미끼에 아무런 흥미를 보이지 않자 기사도 묵묵히 운전에 충실했다.

연지는 회사 내에 돌고 있는 소문을 떠올렸다. 모든 사람들을 놀라게 했던 윤빈의 서원자동차 CF는 그 회사 회장이 윤빈의 스폰서이기 때문에 따낼 수 있었다는 소문. 소문은 그것뿐이 아니었다. 이번에 윤빈이 찍게 되는 영화도 그 회사에서 오로지 윤빈을 띄우기 위해 제작비의 거의 전부를 댄다는 조건으로 윤빈을 주연으로 추천했기 때문이라고 했다.

연지는 그 말을 믿고 싶지 않았다. 듣기로는 서원자동차의 회장이라는 여자는 나이가 거의 오십이 다 되었다고 했는데 그런 여자가 윤빈의 스폰서라니 생각만 해도 더러웠다. 하지만 그녀에게 어쩜 그럴 수도 있겠구나 하는 생각이 없었던 것은 전혀 아니었다.

윤빈의 발탁은 같은 연예인의 입장에서 봐도 그만큼 파격적이었던 것이다. 그녀가 생각하기에도 윤빈은 아직 그럴만한 '급'이 못 되었다. 광고라면 공중파 TV에 나오는 대기업의 CF보다는 그저 백화점이나 전자제품의 카탈로그 사진 정도가 아직은 그에게 어울렸다.

대기업은 모험을 좋아하지 않는다는 걸 그녀는 잘 알고 있었다. 그래서 신데렐라가 된다는 것은 이 바닥에선 아직은 동화였다.

그런 그가 하루아침에 최고 대우를 받으면서 다른 것도 아닌 서원의 신형 자동차 CF의 단독 모델이 되었고, 그 여운이 채 가시기도 전에 근 100억 원이 투입된다는 한국형 블록버스터 영화의 주인공으로 낙점이 되다니. 하다못해 TV시트콤 정도도 출연해 본 경험이 없는 그가? 어느 누군가가 그를 띄어주기 위해 뒤에서 힘을 쓰고 있다는 것은 누구라도 짐작할 수 있는 터였다. 보통 힘을 가진 자가 할 수 있는 일이 아니었다.

따라서 서원의 회장이라면 그 정도 힘은 있을 것이고 그렇다면 '강 회장과의 역겨운 이야기도 사실일 수도 있겠구나.' 라는 생각을 하지 않을 수 없었다. 단지 믿고 싶지 않을 뿐이었던 것이다.

그리고 오늘 그녀는 자신의 눈으로 직접 보았다. 그 차를 운전하던 여자가 강 회장인지는 모른다. 하지만 여자와의 정사를 코앞에 둔 남자가 그걸 포기하고, 그 여자에게 상처를 준다는 것도 알면서 허겁지겁 달려 나가 다른 여자를 만나 함께 호텔에 든다면 그 다른 여자는 분명 그 남자를 마음대로 움직일 수 있을 정도의 사람이고, 소문과 오늘 눈 앞에서 벌어진 그런 풍경을 조합해보면 그 여자가 바로 소문 속의 강 회장이라는 여자가 맞을 수도 있다는 생각을 하지 않을 수 없었다.

연지는 새삼 세상은 절대 내 마음 같지 않다는 걸 또 깨달았다. 자신이 윤빈을 과연 얼마나 알고 있는지에 대해서도 자문을 해 보았다. 연지는 입술을 깨물었다. 울지 않았다. 그저 머리가 깨질 듯이 아파올

이미테이션

뿐이었다.

13

윤빈이 다시 전화를 걸어 온 것은 한강변에서의 만남이 있던 날로부터 근 열흘 정도 지나서였다. 연지는 핸드폰에 뜬 번호가 윤빈이라는 걸 알고서는 한참을 망설였다. 받아서는 안 될 것만 같았다. 하지만 전화벨은 좀처럼 지치지 않았다.

"응, 오빠, 나야."

"연지야, 잘 있었어? 그날은 미안했어."

"뭐가?"

"응, 너 그냥 보내서 말이야. 정말 미안해."

"그럴 수도 있지 뭐. 난 그날 일 벌써 다 잊었거든."

"그래도."

"왜 전화했는데?"

"나 내일부터 촬영 들어가잖아. 그래서……."

"아아, 영화? 벌써?"

"응, 그래서 내일 일본 가는데 아마 제법 오래 있을 것 같아."

"좋겠다, 오빠."

"뭐가?"

"난 아직 외국에 한 번도 못 가봤거든."

"재미는? 일하러 가는 건데."

"그래도."

"얼마나 있어야 하는데?"

"한두 달 가까이 있어야 하나 봐."

"와, 오래 있네. 무슨 영화이기에 남의 나라에서 그렇게 오래 있어?"

"응, 원작이 원래 일본 거잖아? 만화. 그래서 그런가 봐."

"그렇구나."

"연지야."

"왜?"

"연지야."

"왜 그러냐니까?"

"너 말이야, 일본 한 번 안 올래?"

"내가? 내가 왜?"

"한 번 와. 보고 싶어."

"내가 거길 어떻게 가? 어딘지도 모르는데."

"영화 찍는 데가 유명한 온천이 있는 곳이라 하더라고. 내가 가서 자세히 전화할게."

"나 외국에 한 번도 안 나가 봤다니까. 여권도 없고, 비행기 어떻게 타는 줄도 몰라. 내가 어떻게 간다고 그래?"

"그래? 그렇겠지."

낙담을 하는 윤빈의 목소리를 듣자니 연지는 마음이 다급해졌다. 이미 그의 전화를 받을 때 떠올랐던 평창동에서의 장면 같은 것은 뇌리에서 사라진 지 오래였다.

"오빠가 와. 그러면 되잖아?"

"내가? 나 촬영가는 거라니까."

"두 달 걸린다며?"

"응."

"두 달 동안 하루도 안 쉬겠어? 오빠가 핑곗거리 만들어서 와."

"그런 생각은 전혀 못 해봤는데, 그럴까, 그럼?"

이미테이션

"응."

"그래, 하여튼 가서 전화할게."

"응, 잘 갔다 와."

"연지야."

"또 왜?"

"너 내가 널 어떻게 생각하는 줄 알지?"

평창동 호텔로 들어가는 두 사람의 뒷모습이 다시 떠올랐다.

"……."

"연지야."

"날 어떻게 생각하는데?"

"다른 사람은 다 날 욕하고 그래도 넌 날 믿어야 돼. 내 말 무슨 말 인지 알지?"

"사람들이 오빠를 왜 욕해?"

"하여튼 무슨 말을 듣더라도 연지는 날 믿어줬으면 좋겠어."

"내가 왜 그래야 되는데?"

"연지야."

"……."

"그래, 가서 전화 할게."

그런 통화를 하고 난 연지는 마음이 혼란스러웠다. 윤빈은 언젠가 연지의 귀에도 자신의 밝지 못한 이야기가 전해질 것이라는 걸 알고 있다는 소리였다. 그의 말 속에는 '행동은 어떻게 하든 간에 그건 살 아남기 위하여, 성공을 위하여, 마음에 없는 짓을 하는 것이니까 너는 그런 날 이해해 주었으면 좋겠다.'라는 메시지가 담겨 있었다.

연지는 자신에게 그런 기회가 온다면 과연 어떻게 처신을 할 것인가 를 생각해 보았다. 쉽사리 답할 수 없었다. 연지는 이제 2류 취급에 지쳤다. 넌덜머리가 났다. 사다리는 늘 쉽게 부러지곤 했다. 그녀도 엘리베이터를 타고 싶었다. 윤빈의 속마음이 지금 자신이 그려보는 그대로라면 용서를 해주어야만 할 것 같았다.

14

다시 열흘 뒤 윤빈이 또 전화를 걸어 왔다. 연지는 이번에는 자신의 반색을 감추지 않았다.

"응, 오빠, 어디야. 일본?"

"아냐, 나 아까 서울에 왔어."

"정말? 어디인데?"

"여기 병원이야."

"왜? 어디 아파?"

"응, 엄마가 좀."

촬영을 하던 주인공이 귀국을 할 정도라면 좀 아픈 게 아닐 터였다.

"오빠 엄마가?"

연지는 참 바보 같은 질문을 했다는 걸 알았다. 그럼 누구 엄마겠는가. 단지 그에게서 처음 들은 엄마라는 단어가 생경했을 뿐이다. 연지는 자신이 윤빈이 대해 아는 것이 별로 없다는 걸 또 한 번 실감했다.

"어디야, 오빠?"

"여기? 여기 신촌 세브란스 병원이야."

"많이 편찮으신가 보지?"

"응, 좀 그래."

"내가 지금 갈까?"

이미 자정이 다 된 시간이었다.

"올 수 있겠어?"

"그럼, 금방 갈게."

"그래, 그럼 와. 내가 응급실 앞으로 나가 있을게."

"나 지금 숙소거든. 택시 타도 제법 걸릴 거야."

"알아. 기다릴게."

윤빈은 응급실 앞 화단 턱에 걸터앉아 담배를 피우고 있었다.

"왔어?"

"응, 오빠."

"앉을래?"

"엄마는?"

"응, 저 안에 계셔."

"어디가 안 좋으신데?"

"내가 말 안 했지? 우리 엄마 간암 걸리셨다고."

엄마 이야기만 처음이 아니었다.

"그러셨구나. 많이 안 좋으신가 보지?"

"응, 복수가 너무 차서 오셨대."

"언제?"

"오늘 아침에."

"그래도 오빠한테 빨리 연락이 갔네."

"응, 내가 무슨 일 있으면 전화하라고 했더니 정말 전화를 하셨네. 돌아가시기 전까지는 절대 나한테 전화 안 할 것 같았는데."

"돌아가신 분이 어떻게 전화를 한다고 그래. 엄마가 직접 하신 거야?"

"응."

"옆에 아무도 안 계신 모양이지?"

"우리 엄마 혼자 사시잖아. 벌써 오래 됐어."

"병원엔 누구랑 오시고?"

"엄마가 직접 119를 불렀대. 난 우리 엄마가 그렇게 무서워하는 줄 몰랐어. 다 참을 것 같더니만 자기가 119도 다 부르고 말이야."

"사람 다 똑같지 뭐. 혼자 계신데 얼마나 무서웠겠어?"

그때 안에서 나온 간호사가 그들을 보고 외쳤다.

"저기 박순임 환자분 보호자 안 계세요?"

윤빈이 일어났다.

"전데요."

"지금 병실로 올라 가셔야 하거든요."

연지는 윤빈을 따라 응급실 안으로 들어섰다.

"입원하셔야 하나 봐?"

"응. 벌써 했어야 하는데 병실이 안 나서 계속 응급실에 계셨어."

"그럼 오빠도 없으면 간호는 누가 하고?"

"간병인 구해준다고 했어."

"누가?"

"병원에서."

코에 흉측한 관을 꽂고 있는 윤빈의 엄마는 깊은 잠에 빠져 있었다. 어쩜 의식이 없는 것으로 보이기도 했다. 윤빈과 간호사가 그런 그녀를 시트째 들어 병상 위로 옮겼다. 병실엔 이미 그녀의 간병인이 기다리고 있었다. 그녀는 말이 많았다.

"어머, 정말 윤빈이 맞네. 그렇지요?"

"예, 저희 엄마 좀 잘 부탁드립니다."

"잘 부탁하고 말고 할 것도 없어요. 우리야 늘 하는 일인데요 뭘. 그런데 정말 잘 생겼네."

"예, 감사합니다."

이미테이션

윤빈 옆에 서있는 연지를 보는 그녀의 눈이 반짝거렸다.

"어머, 이 아가씨는 누구래? 동생?"

"예."

"그럼 환자분 딸이네."

"그건 아니고."

"아, 그 동생? 예쁘게 생겼다, 정말."

연지가 그녀를 보고 고개를 까닥였다. 늦은 시간임에도 잠에서 깬 환자와 보호자들 모두 그들을 호기심 어린 눈으로 쳐다보고 있는 게 윤빈과 연지 모두는 영 민망스러웠다. 병실은 6인실이었다.

윤빈이 변명을 하듯 연지에게 말했다.

"병실이 없다고 그래서."

간병인은 역시 말이 많았다.

"아니에요, 아니야. 사람 많은 병실이 오히려 좋아. 심심하지도 않고."

"아, 네."

"특실이고 1인실이고 괜히 돈만 많이 들어가지 먹는 것도 똑같고 다 똑같아. 괜히 심심해서 없던 병도 생길 판이라고. 6인실이 훨 나으니까 아무 걱정 말아요."

"예, 감사합니다. 아주머니 저희는 좀 나가봐도 되지요?"

"아, 그럼, 어서들 나가봐요. 두 양반이 나가야 여기 병실 사람들도 좀 주무시지. 안 그래요? 유명한 양반 왔다고 다들 말똥말똥 쳐다보고 있잖아요."

윤빈이 그때야 병실에 있는 다른 사람들을 향해 고개를 숙여 인사를 했다. 둘은 밖으로 나왔다.

"어디 갈까?"

"글쎄."

"시간이 한참 됐네. 그래도 신촌이니까 술집 문들은 열었겠지?"

"오빠 지금 나랑 술집 갔다가 어떻게 되는 줄 몰라서 그러는 거야? 술집은커녕 둘이 걸어만 가도 다 알아볼 텐데."

"그래도 술 한잔했으면 좋겠는데."

연대 앞 굴다리에 다다랐다. 굴다리 밖으로는 시간에 아랑곳하지 않고 깨어있는 도심이 펼쳐 있었다.

"오빠, 여기 잠깐만 있어 봐."

"왜?"

"글쎄 금방 올 테니까 잠깐만 있으라고."

금방이라고 했지만 제법 한참을 기다려서야 그녀가 나타났다.

"오빠, 이거."

연지가 그에게 내민 것은 털모자와 목도리였다.

"이거 쓰고 목도리로 목 위를 칭칭 감아 봐, 그럼 아무도 못 알아볼 거야."

그러고 보니 연지는 이미 그러고 있었다.

"와 우리 완전 커플룩이다. 그렇지 오빠."

연지가 윤빈의 팔짱을 꼈다.

"오빠, 우리 그냥 술 사가지고 방에 들어가서 마시자. 술집에 들어가면 이 목도리 풀어야 되잖아."

"그럴까?"

"오늘은 우리 소주 어때?"

"소주? 좋지."

그들은 편의점에서 소주 2병과 오징어포를 사가지고 근처 모텔로 들어갔다.

"오빠랑 이렇게 앉아 술 마시니까 그때 한강 생각난다. 그렇지?"

이미테이션

"응."

"그날 좋았어."

"뭐가?"

"오빠랑 키스."

"나도 좋았어."

"정말?"

"당연하지."

"오빠 정말이라면 나한테 뭐 할 말 없어?"

"무슨 말?"

"무슨 말이든."

"그럼 무슨 말을 해볼까?"

"오빠 일본 가기 전 나한테 전화했던 날 있지. 기억 나?"

"그럼."

"오빠가 무슨 말 했는지도?"

"그렇다니까."

"난 말이야, 그날 오빠가 나한테 하는 말 들으면서 오빠가 나한테 정말 하고 싶은 말이 따로 있다는 느낌이 들었어. 어때, 내 말 맞지?"

"……."

"오빠, 내가 전에 왜, 우리 한강 갔던 날 말이야. 그날 오빠랑 어떤 여자랑 차타고 가는 거 본 거 알아?"

연지는 차마 그들을 따라 평창동까지 갔었다는 말은 하지 못했다.

"봤구나."

"응."

"미안해."

"회사 안에 지금 오빠 소문이 파다하다는 건 알지?"

"소문? 내버려 둬. 마음대로들 지껄이게."

"그게 아니잖아, 오빠. 내가 무슨 말 하는 줄 알잖아."

"술이나 마시자."

"그러지 뭐."

"연지야, 오늘 와줘서 정말 고맙다. 솔직히 너 보니까 살 거 같았어."

"왜, 그 전엔 죽을 것 같았고?"

"빈 말이 아니야. 정말 고마워."

"술 마시자며?"

"그 소문 다 맞아."

"뭐?"

"그 소문 다 사실이라고."

"오빠."

"그래, 나 스폰 잡았어. 그 덕택에 CF도 찍고 영화도 하고 그런 거야."

"……."

"변명 안 할게. 나 그리고 싶었어, 내가 그리고 싶었던 거야."

"……."

"너한테는 정말 미안해. 넌 날 욕해도 좋고. 하여튼 네 마음 가는 대로 해. 나는 다 좋으니까."

"……."

"나 솔직히 원래 그런 놈이야. 아빠 일찍 돌아가시고 난 후 엄마랑 단 둘이 살면서 그렇게 살지 않으면 안 된다는 걸 알았거든. 씨팔."

"오빠, 몇 잔 마시지도 않고 지금 주사 부리는 거야? 이건 아닌 것 같은데?"

"연지, 너 저번에 백 사장 그 새끼한테 욕먹은 날 있잖아? 너는 그때 분했겠지만 난 괜찮았어. 저런 거 이기려면 저런 새끼보다 내가 더 성

이미테이션

공하면 되는 거라는 생각밖에 안 들더라고. 그런 게 싫으면 떠나면 되는 것이고, 그래도 이게 성공하는 길이라고 믿는다면 좆도 아닌 새끼 똥구멍이라도 빠는 거고. 뭐 그런 거 아니겠어? 개새끼."

"오빠."

연지는 왠지 눈물이 날 것만 같았다.

"내가 복수해줄게. 내가 다 복수해줄 게 연지야. 기다려, 조금만 더 기다려 줘."

"……"

"그동안 너는 무조건 나만 믿어. 뭐 그러고 싶지 않다면야 할 수 없지만."

"……"

"왜 말이 없니? 너도 말 좀 해 봐. 왜? 내가 더러워서?"

"오빠."

그녀의 언성이 높아졌다.

"오빠, 정말 말할까? 말해? 그래, 말할게. 요즘 내가 어떤지 모르지? 모를 거야. 오빠는 잘 나가니까. 나는 말이야 솔직히 오빠보다 더한 일도 할 수 있어. 알아? 오빠가 원래 어떤 사람인지는 모르지만 너도 오빠보다 더하면 더했지, 만만치 않거든."

"연지, 너?"

"왜? 오빠는 그래도 되고 내가 그러는 건 싫어? 난 오빠든 누구든 다 뭐라고 하든 어떤 수를 써서라도 꼭 성공하고 말거야. 꼭 말이야."

"연지야."

"왜 자꾸 불러. 이게 나라니까, 왜? 싫어?"

"술 마시자."

"싫구나? 그렇지 뭐. 그래 술이나 마시지 뭐."

_김영복 장편소설

둘은 잠자코 소주를 마셨다.

"오빠, 술이 벌써 떨어졌네. 내가 나가서 사올게."

"됐어. 그냥 자자."

"왜? 또 씻고 나오면 내쫓으려고?"

"연지야."

"내가 왜 이런 소리 하는 지 알아? 난 오빠가 강 회장인가 하는 여자를 만나건, 만나서 무슨 일을 하건 간에 상관 안 한다는 소리야. 난 그게 오빠의 진심이 아니란 걸 알거든. 오빠가 성공하기 위해 어쩔 수 없이 그런 것이라는 걸 안다고. 솔직히 오빠의 속마음은 모르지만 하여튼 그렇게 믿고 싶고 또 그렇게 믿을 거야. 됐어?"

연지의 입에서 드디어 강 회장이란 단어가 튀어 나왔다.

"연지, 너."

"왜? 내가 모를 것 같았어? 왜 그런 표정 짓는 건데?"

"……."

"내가 이야기 했잖아. 난 상관 안 하겠다고. 그러니 오빠 그런 가식적인 표정 짓지 마. 싫다. 정말."

"이만 자자."

"그래. 잠이나 자지 뭐."

윤빈은 다음 날 아침 일찍 다시 일본으로 떠났다.

15

윤빈과 그렇게 함께 밤을 보낸 다음 날 백 사장이 연지를 불렀다. 연지는 그의 표정에서 그가 모든 것을 알아챘다는 걸 직감했다. 중요한 순간이었다. 연지는 버텨내리라 다짐을 했다.

"연지, 너 어저께 밤에 어디에 있었어?"

"그건 왜요?"

"야, 아침부터 욕 나오게 만들지 말고 말해 봐. 어디에 있었느냐고?"

"아시잖아요?"

"뭘 안다는 거야?"

"다 아시면서 그러지 말고 그냥 말씀하세요."

"야, 너 내가 경고했었지? 사람 말이 말 같지 않다 그거지?"

"죄송해요."

"야, 이게 지금 죄송하다고 하면 그냥 끝나는 문제야?"

"그럼 저보고 어떻게 하라고요?"

"너 지금 내 복창 터트리려고 일부러 그러지? 응?"

"제가 뭘요?"

"이게 어디 눈 똥그랗게 뜨고 말대답이야, 너 죽을래?"

"죄송하다고 했잖아요?"

"야, 김연지, 너 정말 어떻게 된 애가 그렇게 철이 없냐? 응? 너 지금 윤빈이랑 그러고 다니다 누구 눈에라도 띄면 어떻게 되는지 알아 몰라?"

"우리가 뭘 그러고 다녔다고 그래요?"

"야, 어젯밤에 내가 그 모텔로 가서 너네들 끄집어내려고 했었어. 알아?"

"끄집어내지 그러셨어요."

"이 씨발 년이! 하여튼 너 오늘부터 윤빈이 근처에도 가지 마. 알았어? 너 핸드폰 내 놔."

"핸드폰은 왜요?"

"이 씨발 년이 진짜 죽고 싶나? 야 몰라서 묻는 거야?"

186   _김영복 장편소설

'마음대로 하라지. 개새끼.'

연지는 주머니에서 핸드폰을 꺼내 백 사장에게 내밀었다.

"너 오늘부터 차 대리랑 붙어 있어. 알았어? 화장실에도 같이 다니고. 하여튼 밤에 숙소에서 나오기만 해봐라."

"마음대로 하세요."

"뭐라고?"

"저야 사장님이 시키는 대로 하는 인간이니까 사장님 마음대로 하시라고요."

"야, 이 씨발 년아, 네가 왜 나쁜 년인지 알아?"

"제가 어떻게 알아요?"

"그래, 자꾸 눈깔 치켜뜨지? 야, 네가 윤빈이를 지금 데리고 노는 게 나쁜 년이 아니면?"

"제가 데리고 놀다니요?"

"그럼 진짜로 좋아한다면 꼭 그런 식으로 걔 앞길을 막는 게 맞냐? 그게 좋아하는 거야?"

"⋯⋯."

"내가 전에도 말했잖아. 윤빈이를 정말 좋아한다면 걔가 완전히 자리 잡을 때까지 기다리라고. 그런데 지금 꼭 끄집어내려야 속이 시원한 거야. 네 주둥아리로 말해 봐. 응? 꼭 지금 그래야겠냐고?"

"⋯⋯."

"가 봐. 더 이상 얼굴 보기 싫으니까. 하여튼 알아서 한다. 알지?"

연지는 백 사장의 말이 맞는다고 생각했다. 만약에 윤빈이 지금 스캔들이라도 터진다면 그는 그대로 추락할 터였다. 더군다나 상대가 정상급의 스타도 아니고 자신과 같이 보잘것없는 이류 가수라면? 그건 안 될 말이었다.

이미테이션

그녀는 자신이 연빈의 앞날을 가로막는 장애물이 되어서는 안 된다고 생각했다. 윤빈이 자신의 장애물이 되어서도 안 될 터였다. 연지는 하룻밤만으로도 충분했다고 생각키로 했다. 그리고 기다리면 될 터였다.

16

영화는 흥행에 실패했다. 그냥 실패 정도가 아니고 대참사였다. 제작비만 해도 관객이 최소 400만 명 정도 들어야 겨우 본전이 될까 말까 한다는 100억 원을 쏟아 부은 영화를 겨우 70만 명을 넘기고 내려야 했으니 이건 참사 중에 참사였다.

개봉 일주일 만에 사라진 영화는 이제 '전국 동시 개봉 영화'라는 제명을 달고 동네 비디오 가게에서 뒷줄에 놓인 비디오테이프로 전락한 신세가 되어 있었다.

사실 처음 제작발표회를 할 때부터 많은 이들이 연화의 흥행성에 대해 회의를 표시했던 영화였다. 비록 공전의 히트를 기록한 일본 만화를 원작으로 했다고 하였으나 각색한 스토리가 너무도 어설퍼 보인다고 했다. 무엇보다도 '닌자'를 주인공으로 한 소재는 우리나라에서 먹히지 않을 것이라고 예상했다.

'스타마케팅'만으로는 역부족일 것이라 했고, 그 스타라는 게 연기력과 티켓파워는 전혀 검증이 안 되었고 CF 한 편으로 신드롬을 일으킨 '윤빈'이라면 더더욱 안 될 말이라고도 했다. 한류스타도 아니고 일본이나 동남아엔 전혀 알려져 있진 않은 터라 수출 전망도 어둡다고 했다.

한때 천만 관객 동원이라는 신화를 만들어 냈고 거의 전설이 되어있는 감독은 탄탄한 연출력으로 이 모든 우려를 불식시키겠다고 호언했다. 뭣에 홀렸는지 제작사도 이러한 경고를 무시하고 밀어붙였다.

_김영복 장편소설

윤빈도 정말 혼신의 열정을 다하였다. 몸을 만드느라 몇 달 동안의 혹독한 웨이트 트레이닝도 잘 참아냈고 발 연기 논란을 피하고자 연기 수업도 꾸준히 받았다.

하지만 모두 그뿐이었다. 그는 여전히 화면에서 따로 놀고 있었다. 동시녹음으로 이루어진 그의 대사는 거의 국어 책을 읽는 수준으로 들린다고 했다. 미국에서 만들어 왔다는 화려한 CG 기술은 녹아들지 못하고 겉돌기만 해 오히려 집중력을 떨어트릴 뿐이었다. 원작의 인지도도, 거장의 연출력도 심혈을 기울인 편집도 전혀 도움이 되지 않았다.

한 마디로 영화는 전체적으로 엉망이었다. 사람들은 윤빈의 식스팩과 직접 부른 OST만 눈에, 귀에 겨우 들어오는 형편없는 쓰레기라는 말을 서슴지 않았다.

이 재앙이 제일 먼저 덮친 곳은 엉뚱하게도 다름 아닌 백가엔터였다. 백 사장은 영화 제작비의 근 30%에 달하는 30억 원을 그곳에 투자한 터였다. 그것도 자신도 참여케 해 달라며 제작사에다 간청을 하다시피 해서 여러 경로를 통해 만들어 밀어 넣은 것이었다. 거기에는 고율의 이자를 내야 하는 제2 금융권의 대출도 포함되어 있었다. 백가엔터가 비록 우리나라 굴지의 기획사라고는 하나 대출이 포함된 30억 원이라면 자칫 파산을 불러 올 수도 있는 거액이었다. 30억에서 그가 건진 것은 겨우 1억 원 남짓 되는 푼돈뿐이었다.

욕심이 화를 부르는 법, 상장회사를 꿈꾸던 백 사장은 이제 친하게 지내던 사람들에게 빚 독촉을 받아야 하는 신세로 전락했다. 그렇다고 회사의 규모를 줄일 수도 없었다. 돈벌이 수단이라고는 오로지 데리고 있는 연예인들뿐인데 그들의 차를 팔수도 없고 스텝들을 줄일 수도 없는 노릇이었다. 자신의 차도 사옥도 팔수도 없었다. 아마 그런 식으로 자신이 위기임을 드러낸다면 빚쟁이들은 그야말로 벌떼들같이

이미테이션

덤벼들 것이라는 걸 모르지 않았다.

이자는 하루가 다르게 불어 갔고 압박은 점점 더 심해져 갔다. 백사장은 이제 자신이 살아남기 위해서는 단 한 가지 방법밖에 없다는데 동의했다. 결국 아끼고 아껴왔던 칼을 빼들 시간이 온 것이다.

17

파편은 물론 윤빈에게도 튀었다. '희대의 발 연기'라는 신조어를 만들어 낸, 영화를 말아먹은 주인공이었으니 아주 당연한 결과였다. 제일 큰 타격은 그가 단 한 푼의 출연료도 받지 못했다는 것이다.

이것 역시 백 사장의 욕심이 빚은 일이었다. 애초에 제작사는 그에게 최고 스타에 준하는 개런티를 주겠다고 제의했다. 윤빈의 위상을 생각해 보면 그것만 해도 파격적인 액수였다. 하지만 백 사장은 이에 동의치 않았다. 러닝개런티로 해 달라고 요구한 것이다. 흥행 결과가 나온 후 정산을 하면 될 이 방식에 대해 제작사가 마다할 이유도 없었다. 영화가 잘되면 많이 주면 될 터이고 아니면 또 그만인 것이다.

결국 제작사와 백 사장은 관객이 100만 명 이상 들면 관객 1인당 200원씩 계산하여 주기로 하되 500만 명이 넘으면 3억 원, 1,000만 명이 넘어 가면 5억 원의 보너스를 추가하기로 하고 계약서에 도장을 찍었다. 물론 100만 명을 넘지 못한다면 단 한 푼도 못 받는 것이나 그런 황당한 일이 발생할 것이라는 생각은 제작사도 백 사장도 전혀 하지 않았다. 한국영화의 르네상스 시대니 뭐니 하면서 흥행이 좀 된다는 영화는 3,4백 만 명을 훌쩍 넘겨 버리는 때였다.

백 사장은 최소 500만 명은 들 것이라고 믿었다. 원작이나 감독, 제작비 규모, 그리고 윤빈이라는 스타의 힘이 합쳐져 시너지 효과를 낸

_김영복 장편소설

다면 요즘 추세로 봐서는 500만 명 정도는 아무 것도 아닐 것이라 굳게 믿었다. 만약 500만 명이 든다고 가정한다면 윤빈이 받게 되는 개런티는 기본 10억 원에다 보너스까지 합치면 13억 원이 되는 것이다. 그들이 처음 제시한 10억 원보다도 3억 원을 더 받는 것이니 누가 미쳤다고 그런 식으로 계약을 한단 말인가?

백 사장이 러닝개런티 방식을 요구했을 때 제작사 측에선 정 그렇다면 일단 기본 얼마에다 관객 수 당 얼마 이런 식으로 할 것을 제시했다. 만일 그랬다면 단 몇 억 원이라도 건졌을 것이다. 하지만 백 사장의 욕심이 이 모든 걸 날린 것이다.

윤빈에게는 다른 수입도 이제 없었다. 영화를 준비하고 찍는 7개월 동안 다른 일은 전혀 하지 않은 것이다. 이제 백 사장으로부터는 차의 기름값조차 지원되지 않았다. 몇 푼 쓰지도 않았었지만 그 작은 용돈마저도 점점 궁해져 갔다. 다른 스케줄도 전혀 잡히지 않았다.

그나마 모두 윤빈이 직접 부른 영화 OST가 영화와는 달리 호평을 받아 음원 수입이 제법 들어 왔지만 늘 그래왔듯 그건 일단 백 사장의 주머니로 들어갔고 절대 나오지 않았다. 어디서건 소녀들의 함성에 싸여 있는 윤빈은 요란한 소리만 내는 수레에 불과했다.

불행은 늘 혼자 오는 법이 아닌 것, 역시 엎친 데 덮쳤다. 엄마의 암이 다른 장기로 이미 상당히 전이가 되어 수술을 시도했다가 다시 덮었다는 소식이었다. 의사는 퇴원을 권했다. 병원에서 더 이상 해줄 게 없으니 집에 가서 죽게끔 하라는 잔인한 권유였다. 하지만 집에 간들 엄마를 돌보아 줄 사람이 있는 것도 아니었다. 그간의 입원비도 만만치 않았지만 윤빈은 엄마를 그냥 병원에 더 있도록 하여야 했다. 윤빈도 뭔가 새로운 돌파구를 찾아야 할 때였다.

2006년 12월, 백 사장, 강 회장

1

　백 사장은 지난 10년 간 아끼고 또 아껴가며 가장 결정적인 순간에 써먹을 요량으로 간직해 왔던 히든카드를 드디어 내밀 때가 온 게 아닐까 싶었다. 물론 지금보다 더한 상황에서 마지막 한 방으로 써야만 할 그 카드를 아직 자신의 미래에 대한 구체적인 설계조차 완성하지 못한 상태에서 써야 한다는 것은 못내 억울하기도 하고 아쉽기도 했다.

　그러나 사방에서 가해오는 자금 압박을 더 이상은 견디기 어려웠다. 백 사장은 자신이 강남의 룸살롱 새끼 마담과 똑같은 처지라고 생각했다. 데리고 있는 접대부 아이들의 수준이나 숫자, 그리고 손님을 유치하고, 요리할 수 있는 개인의 능력이 전 재산인데 한번 신용을 잃거나 아이들이 떠나가면 그날로 끝인 것이다. 다음이나 미래 같은 것은 없거나 너무나 멀었다. 무심하고 무정한 세월과 사람은 절대 기다려주지 않는 법이란 걸 백 사장은 경험으로 이미 다 체득한 터였다.

　결국 백 사장은 드디어 패를 내밀기로 결심했다. 분명 힘겨운 싸움이 될 터, 백 사장은 상대의 어떠한 반응에도 자신에게 유리하게 상황을 끌어가기 위하여 수많은 시나리오를 그려보고 또 그려 보았다. 백 사장은 비록 힘겨울 수는 있으나 결국 승리의 몫은 자신의 차지가 될 것이라 믿어 의심치 않았다. 그만큼 자신이 쥐고 있는 패에 자신이 있었던 것이다. 크게 걸어야 크게 먹는 법, 그는 이번 승부에 올인의 위험도 마다하지 않을 생각이었다.

그러나 세상은 역시 만만치 않았다. 백 사장이 패를 쥐고 대결을 벌여야 하는 딜러는 강 회장이었다. 백 사장은 자신의 패만 들여다보고 있었지 상대가 자신보다 더 센 패를 쥐고 있을지도 모른다는 생각은 전혀 하지 않았다. 그렇게 따지고 보면 백 사장은 처음부터 지고 들어간 것이나 다름없었다. 게다가 승부는 시작부터 백 사장의 자신감과 다르게 삐걱거렸다. 일개 연예기획사의 사장이 서원그룹의 회장을 만나는 것 자체가 힘들었던 것이다.

백 사장은 여태까지 자신과 그녀 사이에 놓인 신분의 격차라는 걸 간과했었다. 비록 아주 옛날 일이기는 하지만 한때는 자신을 쫓아다니는 팬이었고 그 이후에도 인연이 이어져 때론 같이 밥도 먹고 술도 마시고 했지만 그럴 때마다 늘 그녀로부터 먼저 연락이 왔었기 때문에 그녀가 절대로 갑남을녀가 아님을 잊고 지내왔던 것이다.

그래서 이 문제에 대해선 아예 생각조차 해보지 않았었다. 하지만 전화를 받는 비서실 아가씨는 늘 '예, 회장님께 메모 전하겠습니다.'하는 친절하지만 기계적인 답변뿐이었다. 상하는 자존심을 애써 참으면서 '지난번에 전화 드린 것, 말씀을 드렸느냐.'는 거듭된 확인과 물음에도 늘 대답은 '예, 보고드렸습니다.'였다. 백 사장은 멍청한 비서가 자신이 누구인지도, 이게 얼마나 중요한 사안인지도 모르고 자기 선에서 차단하기 때문에 그럴지도 모른다는 생각을 하기도 했다.

하지만 결국엔, 회장에게 온 전화를 일개 비서가 자기 임의대로 처리할 리 없으니 결론은 강 회장이 의식적으로 백 사장을 무시하고 있다고밖에 받아들일 수밖에 없었다. 백 사장은 처음엔 화가 났으나 차

아미테이션   193

츰 초조해져 갔다. 결국 그녀로부터 연락이 왔을 때는 백 사장은 진이 빠지고 전의는 이미 상당 부분 상실되어 버린 뒤였다.

강 회장은 그를 사무실로 불렀다. 백 사장은 그것 또한 그녀가 자신의 기를 죽이려고 일부러 그러는 것이라 생각했다. 그러나 한편으론 자신이 어떤 이유로 만나자고 하는지도 모르면서 굳이 상대의 기를 죽일 필요가 없으리라는 생각도 들었다. 백 사장이 아는 강 회장은 그렇게 허세를 부리거나 옹졸하지 않은 속이 트인 여자였다.

어쨌든 담판을 짓기에 좀 더 편할 것 같은 장소에 대한 아쉬움을 접고 백 사장은 강 회장의 사무실을 찾았다. 백 사장 역시 체면을 중시하고 과시욕이라면 남 못지않았으니 자신의 사무실 또한 규모나 화려함이 빠지지 않는다고 믿어 왔으나 강 회장 사무실에 들어선 순간 백 사장은 자신이 아무리 인정하기 싫어해도 그녀가 자신과는 차원이 다른 존재라는 걸 인정치 않을 수 없었다.

꾸미지 않은 듯 꾸민 'zen' 스타일의 그녀 방은 '격조'라는 낱말을 이럴 때 쓰는구나, 하는 생각이 절로 들게끔 했다. 담백함이 주는 위엄에 백 사장은 새삼 자신이 움츠러들고 있다는 걸 자각하여야만 했다. 그는 알았다. 바로 이런 게 그녀와 자신의 원초적인 격차이고, 그녀 앞에서는 어쩔 수 없이 주눅 들어야 하는 바로 이게 결국 자신의 한계라는 걸!

"어머, 우리 백 사장님이 웬일이세요? 나를 다 찾아 주시고."

말은 그렇게 했으나 그녀는 차분했다. 아니 어쩜 냉정했다. 그리고 차가웠다.

"안녕하셨어요? 회장님, 오랜만에 뵙습니다."

"그리고 보니 우리가 얼굴 보는 게 정말 오랜만이네요."

"예, 회장님, 건강하시죠?"

194

"나야 아직 골골댈 나이가 아니잖아요? 명색이 처녀 아닌가요? 그러는 백 사장님은?"

"저야 늘 그렇지요, 뭘."

"요새 골프 열심히 한다면서요?"

아닌 게 아니라 근래 백 사장의 골프장 나들이가 부쩍 잦아진 편이었다. '없을수록 더 있는 척해야 하는 법, 한번 무시당하기 시작하면 끝'이라는 백 사장의 허세 때문이었다.

"열심이라기보다는 그저 짬짬이 하는 편입니다."

"마라톤도 시작하셨다고요?"

'아니, 이 여자가 그런 세세한 것을 어떻게 다 알지?'

"마라톤이라기보다는 그냥 한강변을 시간이 나면 조금씩 달리곤 합니다. 체중도 좀 걱정이 되고 그래서요."

"하여튼 우리 백 사장님은 딱 럭비공이라니까."

"예?"

"어디로 튈지 모르는 럭비공 말이에요. 아니 천하의 백 사장께서 그렇게 힘들기만 하고 재미도 없는 마라톤을 할지 누가 알았겠어요?"

"아, 예."

이런 한가한 이야기나 나누자고 그렇게 독한 결의를 안고 온 게 분명 아니었다. 백 사장은 자신이 강 회장의 노회함에 말려 들어가고 있다고 생각했다.

'그래, 탐색전이고 뭐고 다 필요 없이 막 바로 본론으로 가자.'

하지만 이번에도 그의 의표는 여지없이 강 회장의 선제공격에 의해 찔렸다.

"그나저나 바쁜 우리 백 사장님께서 그냥 놀러 온 것은 아닐 테고, 그럼 왜 오셨을까?"

아미테이션

그녀의 입은 아주 부드럽게 웃고 있으나 눈은 절대 그렇지 않았다. 백 사장을 쏘아보는 그녀의 눈에선 차가운 안광이 흐르고 있었다.

"그럼 들어 볼까요? 왜 오셨는지를?"

'그래, 힘들 땐 정공법이라고 했지.'

"강 회장님과 결산을 볼 게 있어서 왔습니다."

그녀의 입가에서 미소가 사라졌다.

"내가 지금 잘못 들었나요? 지금 결산이라고 하신 거예요?"

"예, 맞습니다. 결산."

"나 원래 말 돌려하는 거 질색인 줄 알지요?"

"예, 잘 압니다. 지금부터 말씀드리겠습니다."

강 회장이 인터폰을 눌렀다.

"예, 회장님."

"응, 지금부터 전화 연결하지 마."

"알겠습니다. 회장님."

"자 그럼 들어 볼까?"

백 사장은 마음과는 달리 좀처럼 운을 뗄 수가 없었다.

"뭔데 그리 뜸을 들이시나?"

"회장님, 10년 전 일 때문에 왔습니다."

"10년 전 일이라니?"

"10년 전 강 사장님, 그러니까 오빠 분이신 강 사장님 일 말입니다."

백 사장은 강 회장의 눈빛이 흔들린다고 생각했다. 자신의 예상대로였다.

"그 일이 뭐 어때서?"

"저 솔직히 이런 날이 오지 않기를 바랐습니다. 이건 정말입니다."

"이런 날이 어떤 날인데요?"

_김영복 장편소설

"제가 제 입으로 돌아가신 강 사장님을 들먹여야 하는 바로 오늘 같은 날 아닙니까?"

"그러니까 백 사장 입에서 왜 뜬금없이 우리 오빠 이야기가 나오느냐 말이에요?"

"제가 요즘 형편이 너무나 어려워서 그럽니다."

"백 사장 형편 어려운 거랑 우리 오빠 이야기랑 뭔 상관이 있다는 거예요? 난 뭔 말인지 이해 못 하겠는데?"

"회장님."

"말 돌리지 말고 본론을 이야기하라니까."

"회장님, 저 말입니다. 저 백용호, 회장님께서 부탁하신 대로, 뭐 시키셨다고 해도 좋고, 어쨌든 다 했잖습니까?"

"내가 당신한테 무슨 부탁을 했는데?"

"강 사장님 건 말입니다. 그걸 자꾸 내 입으로 말해야 하는 겁니까?"

"백 사장, 내가 요즘 당신 어렵다는 소리를 들은 적은 있는데 말이에요. 그래서 이렇게 미친 거예요?"

"미친 거라니? 무슨 말을 그렇게 함부로……."

"내가 당신한테 말 함부로 못할 이유가 뭐가 있는데? 그러니까 결론을 말해. 도대체 뭔 소리야?"

"죽여 드리지 않았습니까? 됐습니까?"

"지금 누굴 죽였다는 소리예요? 백 사장이?"

"겨우 10년 지났는데 이런 식으로 나오면 곤란하지요. 이건 아닌 것 같은데요. 저 백용호입니다. 백용호."

"글쎄 내가 당신이 백용호인지는 알겠다니까?"

"사장님, 저도 제 인생, 제 목숨 다 걸고 한 일입니다."

강 회장은 동요되지 않았다. 백 사장은 아까 흔들렸다고 믿은 그녀의 눈빛도 분명 느닷없이 죽은 오빠가 들먹여져 놀란 거지, 자신의 기대나 예상대로 마음이 흔들렸기 때문이 아니었다는 걸 알았다. 역시 무서운 여자였다.

"내가 정리를 해볼게요. 그러니까 당신 말은 내가 당신에게 부탁을 하여서 당신이 우리 오빠를 죽였다, 지금 이 소리 하는 거예요?"

백 사장은 대답 대신 그녀를 무섭게 쏘아봤다.

'어쩜 저런 소리를 저리도 차분하게 조곤조곤 할 수 있을까?'

"그럼 우리 오빠를 어떻게 죽인 거예요?"

"강 회장, 정말 이렇게 나올래? 뭘 어떻게 죽여, 덤프로 갈아 버렸 잖아?"

"그러니까 백 사장 당신이 덤프트럭으로 우리 오빠 차를 받아 버렸 다 이 소리냐고요?"

드디어 강 회장이 안색이 파랗게 질렸다. 백 사장은 그런 그녀의 모 습을 보면서 왠지 짜릿한 쾌감을 느꼈다. 이제 곧 승리의 열매만 따 가면 될 터였다.

"왜? 대체 왜 그런 건데?"

"뭘 왜 그래, 당신이 부탁을 하니까 그랬지."

"내가 당신에게 부탁을 했다고? 지금 그 소리야?"

"그럼 내가 왜 그딴 짓을 했겠어?"

강 회장의 입술과 볼 근육이 씰룩거렸다. 그녀는 탁자 위의 물병을 들어 유리잔에다 따른 후 벌컥벌컥 들이켰다. 그러고선 한참을 말이 없이 강 회장을 쏘아 보기만 했다.

'아마 배팅을 어떻게 할까 생각 중이리라.'

백 사장은 처음 이 방을 들어설 때보다 한결 느긋해진 마음으로 강 회장의 입이 다시 열리길 기다렸다.

_김영복 장편소설

"내가 당신에게 어떤 부탁을 했다는 소리야?"

그러나 그녀의 입에서 나온 말은 그의 기대와는 전혀 달랐다. 백 사장은 아무리 천하의 강 회장이라 하더라도 역시 근본이 여자라 멍청한 탓에 그녀가 아직도 상황 파악을 못하고 있다고 생각했다.

'답답한 여자 같으니라고!'

"죽여 달라는 부탁이지 무슨 부탁이겠어?"

"내가 당신한테 왜 그런 부탁을 했는데?"

"그거야 강 회장 당신이 더 잘 알겠지. 그런데 지금 그걸 나한테 묻는 거야? 강 회장 당신 바보야?"

"내가 왜 그랬냐고 물었잖아?"

"말해줄까? 왜 당신 스스로 말하기 겁나서 그러는 거야? 그럼 내 입으로 말해주지. 강 사장이 없어야 당신이 서원그룹을 차지할 수 있으니까 그런 거지. 자, 됐어?"

"그러니까 내가 우리 회사를 차지하려고 당신한테 우리 오빠를 죽여 달라고 부탁했다는 소리냐고?"

"그게 아니면?"

"그래서 당신이 죽인 거야? 백 사장, 당신이?"

"이거 왜 이러시나? 그럼 누구겠어? 말 길어져 봤자 좋을 게 없을 텐데 왜 이리 맹하게 노실까? 우리 강 회장님께서."

2

눈을 감은 채 한참을 대답이 없던 강 회장이 다시 인터폰을 눌렀다.

"예, 회장님."

"김 실장님 어디에 계시지?"

"예, 지금 재실등이 들어 와 있는 것으로 보아 실장님 방에 계신 것 같습니다."

"그럼 내 방으로 좀 오시라고 해. 급한 일이니까 빨리 오셔야 된다고. 알았지?"

"예, 회장님"

백 사장은 뜻밖의 상황 변화에 놀라 순간적으로 어안이 벙벙해졌다.

"강 회장, 당신 미쳤어?"

"미친놈은 너야, 백용호, 이 벌레만도 못한 인간아."

"뭐라고? 지금 나한테 벌레만도 못 하다고 그런 거야?"

강 회장은 대답 대신 손수건을 꺼내 눈물을 훔치고 있었다. 곧 그녀의 오열이 시작되었다.

"오빠, 불쌍한 우리 오빠."

얼마 지나지 않아 방문이 열리고 백발이 성성한 노인이 들어 왔다. 서원그룹의 기획조정실장 김광희였다. 그는 흐느껴 우는 강 회장의 모습을 보고 당황했는지 어찌할 바를 모르고 우는 강 회장과 백 사장을 번갈아 쳐다보기만 할 뿐이었다. 그런 그에게 강 회장이 앉으라는 듯한 손을 들어 의자를 가리켰다.

그는 앉자마자 백 사장을 향해 물었다.

"누구요? 댁은?"

백 사장은 김 실장을 잘 알고 있었다. 서원그룹의 창업자인 강 회장의 아버지와 평생을 서원에서 함께한 사람, 직함은 비서실장에 해당되는 기획조정실장이지만 서원그룹의 실질적인 경영자, 그리고 강 회장을 친딸같이, 목숨을 걸고 지켜야 할 상사같이 여기는 자라는 걸!

그런 그가 회장실에 들어오기 전 비서에게 지금 회장이 누구와 같이 있는지를 알아보지도 않고 들어 올 리가 없었다. 백 사장은 이 방에 들어오기 전 이미 비서에게 명함을 준 터였다.

더군다나 그와는 이미 몇 차례 조우한 적도 있었다. 그렇다면 그가 자신이 누구인지 몰라서 묻는 게 아니란 걸 쉽사리 짐작할 수 있었다. 무서운 노인네, 쉰 것 같기도 하고 가래가 끓는 것 같기도 한 그의 목소리에 백 사장의 등골이 서늘해져 버렸다.

배짱 하나로 이 험한 바닥을 버텨 온 백 사장에게는 흔치 않는 일이었다. 그러나 그는 김 실장의 물음에 답하지 않았다.

"강 회장님, 지금 실수하시는 것 같은데요. 뭐 그렇다면야 저는 가보겠습니다. 제가 알아서 하지요, 뭘."

강 회장의 울음은 어느새 멈춰 있었다. 표정도 담담해졌다.

"백 사장, 당신 방금 전에 나한테 한 이야기 여기 우리 김 실장님 계시는 데서 다시 해 봐."

'이게 뭔 들쥐 나락 까먹는 소리야? 아, 그러니까 이 늙은이는 자기편이다 이거지? 무슨 비밀이건 다 덮어주고 어떤 일이든 다 해결해주는.'

"그래요, 백 사장, 백 사장 맞지요? 무슨 일이신지 말씀 한번 해 보시죠."

"난 벌써 여기 강 회장한테 다 말했습니다. 그걸 또 읊으란 말씀입니까, 지금?"

"놔두세요, 실장님. 제가 말씀드릴게요. 너무 놀라지 마세요. 그러니까 여기 이 인간이 제게 한 말이 뭐냐면 자기가 오빠, 그러니까 작은오빠를 죽였다는 거예요, 덤프차로."

"회장님, 지금 뭐라고 말씀하셨습니까? 지금 여기 이 사람이 작은 사장님을 살해했다는 소리입니까? 그 말씀 하신 거예요?"

파란 핏줄이 가지가지 드러난 김 실장의 앙상한 두 손이 탁자 위에서 바들바들 떨리고 있었다.

이미테이션

"예, 그것도 내가 부탁을 해서 말이에요."

"뭐요?"

"내가 우리 회사가 탐이 나서 자기한테 오빠를 죽여 달라고 부탁을 했다는 소리라니까요?"

"그게 무슨 말도 안 되는 소리입니까?"

"그러니까 말이에요. 백 사장, 당신 지금부터 여기 계신 우리 실장님이랑 내 앞에서 한번 다시 차근차근 말해 봐요."

"강 회장, 이게 무슨 개 같은 경우요? 당신 이런 식으로 오리발을 내밀 모양인데 나 원래 앞뒤 안 가리는 놈인 거 당신이 몰라서 이러는 거야? 한번 해볼까?"

"그러니까 말을 해 보라니까."

"그럼 지금 나한테, 그러니까 당신 오빠 이야기는 다 거짓말이다, 이거네?"

"거짓말이고 참말이고 간에 다 이야기 해 보라니까? 나한테 받은 부탁, 당신이 우리 오빠 죽인 사실, 그딴 거 다 말이야."

잠자코 듣고 있던 김 실장이 끼어들었다.

"그러니까 경위야 어떻게 됐건 자네가 우리 작은 사장님을 죽인 건 맞는다는 소리지?"

"그럼 어떻게 할 건데요?"

"그 양반이 어떻게 돌아가셨는데?"

"실장님, 그 연세에 아마추어같이 왜 그러십니까? 내가 화천에서 낚시하고 나오는 것을 덤프차로 밀어 버렸수다. 됐습니까?"

"운전사는 따로 있었는데?"

"아, 그거야 내가 박아 놓은 놈이고. 그런데 강 회장, 정말 이렇게 구구절절이 늘어놓아야 합니까? 별로 아름다운 추억도 안 될 텐데?"

202

이번에는 김 실장이 인터폰 버튼을 눌렀다.

"예, 회장님."

"응, 나다, 김 실장. 너 내 방으로 전화해서 미스 김한테 내 명함첩 좀 가지고 회장님 방으로 좀 오라고 해라. 알았지?"

"예, 알겠습니다. 실장님."

백 사장은 일이 이상하게 돌아가고 있다고 생각했다. 이건 자기가 수없이 그려 본 시나리오에도 없는 상황이었다. 백 사장은 왠지 자신이 쥐고 있는 패가 조금씩 불안해지기 시작했다. 그는 손 안의 패를 다시 살펴봤다. 아직도 분명 '로얄 스트레트 후레쉬'였다. 무조건 이기는 끗수였다.

백 사장은 다시 전의를 가다듬었다.

"뭐 하자는 겁니까? 지금."

김 실장은 백 사장의 물음에 아랑곳하지 않고 다시 인터폰을 눌렀다.

"응, 너 대기실로 전화해서 이 과장한테 나 지금 회장님 방에 있는데 삼번이라고 해. 알았지, 삼번. 대기실에 없으면 핸드폰이건 삐삐건 빨리 연락하고. 그리고 나 말이야, 꼬냑 한 잔만 가지고 와라. 아니, 회장님 것도 가지고 오고."

'명함은 뭐고 대기실에 삼번은 또 뭐지? 이 와중에 꼬냑을 찾는 건 또 뭔 시추에이션?'

강 회장의 예상치 못한 반응에다 느닷없이 등장한 김 실장의 황당한 행동에 백 사장의 불안감은 또 다시 스믈스믈 피어오르고 있었다.

'분명 내가 모르는 뭐가 있다? 맞아. 여긴 바로 서원그룹의 회장실이야, 회장실. 지금 나와 맞닥트려 있는 인간들이 보통 인간들이냐? 대한민국을 쥐락펴락하는 인간들 아니냐? 용호야, 정신 차리자, 정신. 어차피 넌 이기게 되어 있잖아.'

아미테이션   203

백 사장이 불안감을 이기고자 자기 스스로에게 기를 불어넣고 있을 때 방문이 열리면서 비서 아가씨가 호박색 액체가 들어있는 우아한 크리스털 잔 두 개가 얹힌 쟁반을 들고 들어오더니 각각 강 회장과 김 실장 앞에 놓고선 목례를 하고 돌아섰다.

김 실장이 시킨 일 꼬냑일 터, 그걸 보자 백 사장도 갈증을 느꼈다.

"거 이왕이면 나도 한 잔 주지. 명색이 손님인데 인심 참 사납네."

"가져다 드려."

'역시 꼬냑이라니까.' 식도를 뜨겁게 달구며 타고 내려간 한 잔의 코냑 덕에 백 사장의 배포는 다시 제 자리로 돌아 왔다. 하지만 차마 한 잔 더 달라는 소리는 할 수 없었다.

그때 진한 감색의 양복을 말끔히 차려 입은 건장한 남자 셋이 회장 방으로 들어섰다. 그들은 강 회장을 향해 깊숙이 고개를 숙였다.

"그래, 이 과장, 이 양반 몸 좀 뒤져보고 뒤로 수갑 채운 다음에 바닥에 앉혀 놔라."

김 실장의 말이 끝나기가 무섭게 백 사장의 몸이 용수철처럼 튀어 올랐다. 그러나 그뿐이었다. 그가 몸을 채 다 일으켜 세우기도 전에 그중 한 사람이 들고 있던 전자 봉이 그의 옆구리에서 '지직' 소리를 낸 것이다.

백 사장의 무릎이 저절로 꺾였다. 그는 뭔가 소리를 지르고 싶었으나 숨이 막히는 듯한 고통 때문에 아무 말도 하지 못했다. 백 사장의 팔이 뒤로 꺾여 손목에 수갑이 채워졌다.

"이런 씨발 놈들이……."

백 사장이 욕설을 하며 일어서려는 순간 무릎 위 허벅지 부분에 다시 전자 봉의 충격이 가해졌다. 녀석들은 말도 없었고 표정에도 전혀 변화가 없었다. 백 사장은 그들이 마치 로봇 같다는 생각이 들었다.

백 사장은 노름판이고 싸움질에서고 간에 제일 무서운 게 포커페이스라는 걸 잘 알고 있었다. 백 사장의 본능이 사냥개가 되어 재빠르게 냄새를 맡았다.

결국 그는 저항을 멈추고 머리를 떨어뜨렸다. 백 사장의 몸이 샅샅이 더듬어졌고 그의 주머니에 들어있던 물건들은 모두 탁자 위에 놓였다.

강 회장이나 김 실장은 백 사장이 그렇게 맥도 못 써보고 굴욕스런 제압을 당하는 모습을 그저 담담히 지켜볼 뿐이었다. 두 사람 역시 표정변화가 전혀 없었다. 각각 양주잔을 손에 들고 있는 두 사람은 마치 한가한 사람이 재미없는 칵테일파티에라도 온 양 따분하고 지루해 보이기까지 했다.

"그래, 이 과장, 수고했다. 너는 여기 잠깐 남아있고 다른 직원들은 내보내라."

"예, 실장님."

이 과장의 지시가 떨어지기도 전에 두 사람은 방을 나섰고 이 과장 혼자 백 사장 곁에 다리를 벌리고 섰다. 손에는 여전히 전자 봉을 쥔 채로……

"이 과장, 거기 서 있지 말고 너도 옆 의자에 앉아."

"예."

바닥에 무릎 꿇고 있는 백 사장 눈에 바로 옆 의자에 반듯이 앉은 이 과장이 쥐고 있는 전자 봉이 들어왔다.

"이 과장, 지금부터 저기 저 사람이 조금만 소리를 높이거나, 대답을 안 하거나, 묻지 않는 말을 하거나, 욕을 한다거나 하면 어떻게 하는지 알지?"

"예, 실장님."

"그리고 녹취기 가지고 있지?"

이미테이션

"예, 가지고 왔습니다."

"녹취 잘하고."

"예, 알겠습니다."

백 사장은 지금의 상황이 도저히 믿겨지지 않았다. 이럴 수는 없었다.

"백 사장, 너도 지금 내가 하는 말 들었지?"

백 사장은 고개를 주억거렸다. 그때 인터폰이 울렸다.

"왜?"

"실장님. 미스 김, 명함첩 가지고 와서 기다리고 있습니다."

"그래, 그거 거기다 놓고 가라고 해."

"알겠습니다, 실장님."

"백 사장, 내가 무슨 명함 찾으려고 한 건지 알아?"

"……."

백 사장의 허벅지에 이 과장의 전자 봉이 또 작렬했다. '컥' 백 사장은 괴로운 신음을 뱉으며 앞으로 굴렀다. 그의 눈앞에 이 과장이 다시 전자 봉을 들이댔다. 백 사장은 허겁지겁 다시 무릎을 꿇었다. 수갑이 뒤로 채어져 있어 자세를 잡기가 쉽지 않았다.

"내가 아는 경찰들 명함 찾으려고 한 거야, 왠지 알아?"

이번에는 대답을 미루지 않았다.

"모르겠습니다."

"네가 살인을 저질렀다고 스스로 고백을 하니 경찰에다 넘기려고 그런 거야. 이젠 알겠지?"

"예."

"그래도 일단 네 이야기부터 더 들어 보는 게 나을 것 같아서 이야기 좀 하려고. 어때? 여기서 일단 이야기 좀 나누고 갈래, 그냥 갈래?"

'경찰? 나를 넘기면 살인을 사주한 강 회장은 어떻게 할 건데? 나만

206

당할까 봐? 이건 협박이야. 지들이 어떻게 날 경찰에 넘긴다고. 웃기는 새끼들, 겁을 줘서 지들에게 유리한 이야기만 빼먹겠다 이거지? 그래 한 번 해보지, 뭘.'

"네가 하는 말 녹음이 되고 있다는 것도 알지?"

"예."

"대화가 될 거 같으면 편하게 앉게 해줄게. 어때?"

"예."

김 실장이 이 과장에게 눈짓을 했다. 이 과장은 백 사장을 일으켜 세워 빈 의자에 앉을 수 있도록 해주었다.

"수갑도 좀……."

이 과장의 전자 봉이 이번엔 그의 목덜미를 급습했다. 고통이 너무 심하다보니 아픈 줄도 몰랐다. 그저 몸이 한없이 하늘로 치켜 올랐다가 콘크리트 바닥에 그대로 처박히는 것만 같았다. 백 사장은 자신이 이대로 정신을 잃는구나, 하는 생각이 들었다. 그리고 비로소 어쩜 오늘 자신이 이렇게 죽을 수도 있다는 생각이 들었다. 그래도 백 사장은 자신이 쥐고 있는 패를 믿고 싶었다. 단지 저들이 아직 이 상황을 잘 이해 못해서 그런 것일 뿐 곧 제 자리를 찾아 갈 수 있다고 믿고 싶었다.

3

"수갑은 봐서 풀어줄 테니까 우선 묻는 것부터 대답을 해. 알았어?"

백 사장이 아무 말 없자 이 과장이 전자 봉을 그의 눈앞에 대고 흔들었다. 백 사장은 허겁지겁 대답을 했다. 일단 살고 볼 일이었다.

"예. 알겠습니다."

이미테이션

"그럼 어디부터 시작할까? 그래, 회장님께서 자네한테 우리 작은 사장님을 살해해 달라고 부탁했었다는 것부터 해보지. 그래, 회장님께서 언제 어떻게 그런 부탁을 하셨다는 거지?"

'그래. 그 이야기를 꼭 내입으로 듣고 싶다 이거지? 하지, 뭐.'

"말씀드리자면 이야기가 깁니다."

"상관없으니까 말해 보라니까."

"그러니까 그게, 맞아, 아시겠지만 옛날에 제가 교도소에 들어 간 적이 있었습니다. 그때 간통이었으니 상대방 남편과 합의만 보게 되면 그날로 공소취소가 돼 바로 나올 수 있었지요. 그런데 합의금이 없지 뭡니까? 그래서 제가 회장님께 편지를 썼지요. 좀 도와 달라고 말입니다. 사실 별로 기대를 하고 그런 건 아니었습니다. 그때 제가 워낙 고생스러워서 그냥 이 사람 저 사람 아는 사람들은 전부 찔러본 거였거든요. 그런데 회장님께서 정말로 합의금을 내주셨지 뭡니까. 사실 작은 돈도 아니었는데 말이지요."

"우리 눈치 볼 거 없이 말 끊지 말고 계속해 봐. 그래서……."

"그래서 제가 석방이 된 후에 회장님을 찾아뵙고 고맙다는 인사를 드렸습니다. 회장님도 그날 일 기억하실 겁니다."

백 사장은 말을 멈추고 아무런 표정 없이 자신의 이야기에 귀를 기울이고 있는 강 회장을 바라보았다.

"어허."

"예, 계속 말씀드리겠습니다. 그날 제가 고맙다고 인사를 드리면서 빨리 돈을 벌어 갚아드리겠다고 했지요. 그런데 회장님께서는 그럴 필요 없다, 그냥 내가 도와 준 것이다, 이러시더라고요."

"……."

"전 솔직히 이해가 잘 안 되더라고요. 물론 예전에 제가 홍대 앞에서 음악을 할 때 회장님과 인연이 좀 있기는 했었지만 아무리 돈이 많다고 해도 그런 도움을 그냥 주실 정도는 아니라고 생각했거든요. 또 회장님께서도 언젠가 다 알게 될 거라는 말씀도 하셨고요. 그때 저는 생각했지요. '아, 이 양반이 나에게 뭔가 바라는 게 있어서 이러시는구나.' 하고 말입니다. 그런데 저 정말 담배 한 대만 피게 해주시면 안 될까요?"

백 사장이 이 과장의 눈치를 살피면서 조심스레 부탁을 했다. 전자봉을 치켜들고 김 실장의 처분을 바라는 듯 쳐다보는 이 과장을 강회장이 눈짓으로 제지를 했다.

"이 과장이라고 했나요? 이 과장, 혹시 담배 태워요?"

"예, 회장님."

"저 사람 수갑 풀어 주시고, 담배도 한 대 주시고 옆의 그 의자에 앉히세요."

이 과장이 수갑을 풀어 준 후 그에게 담배 한 개비를 꺼내 주고 라이터로 불도 붙여 주었다. 자기 방에도 있는 소파형 의자가 이렇게 편한 것인지 백 사장은 처음 알았다. 편해진 다리에다 담배 연기가 폐부로 스며들자 백 사장은 살 것만 같았다.

'그래, 될 대로 되라지 뭐.'

백 사장은 다시 전의가 임을 느꼈다.

"계속 말씀드리겠습니다. 그러고서 그냥 몇 달이 지났습니다. 저는 그때 반백수로 빌빌대고 있었거든요. 어느 날 제 핸드폰 번호를 어떻게 알았는지 회장님께서 절 부르시더라고요. 회장님께서 절 보고 그러시더군요. '요새 힘들 텐데 내가 도와 줄 게 있느냐?'고 말입니다. 저야 물론 돈이 아쉬웠을 때였지만 그렇다고 회장님께 돈 이야기를 할 수는 없는 노릇이고, 괜찮다, 그냥 저번에 도와주신 것 같으려고 노력중이다, 뭐 이런 식으로 속에도 없는 말씀을 드렸던 것 같습니다."

백 사장은 앞에 놓인 코냑 잔을 들어 남은 술을 들이켠 후 그 잔에다 담배를 비벼 껐다.

"그러면서 제가 요새 무척 바쁘시지요? 아무튼 그런 식으로 말을 꺼냈더니 '바쁘긴 뭐가 바쁘냐, 일은 오빠가 다 하는데.'이런 식으로 말씀을 하시더라고요. 그때가 신문에 한창 서원그룹 후계문제가 어쩌니저쩌니하고 떠들던 때였거든요. 그때 신문에 뭐라고 났느냐면 강 회장님은 아무래도 여자고 또 미혼이고, 나이도 있고 그러니 백화점이나 미술관 같은 것만 맡고 그룹은 모두 오빠 되시는 분에게 넘어갈 거라고들 했거든요. 그래 제가 회장님께 그랬지요. '그 오빠만 안 계시면 회장님도 큰일을 하실 수 있을 텐데요.' 이렇게요. 그랬더니만 회장님께서 '글쎄 말이에요. 그런데 별 수 있나요? 내 복이 딱 그만큼인데.' 이렇게 말씀을 하시더라고요."

강 회장이 갑자기 백 사장의 말을 끊었다.

"아니 저 인간이, 뭐 내가 뭐라고 그랬다고? 내 복이 뭐 어쨌다고? 내가 미쳤어? 당신 같은 인간에게 그런 이야기를 하게?"

"그냥 내버려 두십시오, 회장님. 들어 보지요."

'그래, 이 여우 같은 년아, 마음대로 오리발 내밀어라. 네가 그걸 시인을 하면 너도 나랑 똑같은 인간이 되니 인정할 수 없겠지.'

백 사장의 말이 이어졌다.

"전 그때 강 회장님의 말투나 표정을 보고 알았습니다. '아, 이 양반이 나를 감옥에서 빼내준 이유가 이거구나. 이걸 시키려고 나를 불러 도와줄 게 있느냐 없느냐 하는 거구나.'하는 걸 말입니다. 그래 제가 그랬지요. 제가 알아서 하겠다고 말입니다."

"그래서?"

"그랬더니 회장님께서 '어련히 알아서 하겠느냐, 나도 믿는다, 하여튼 내가 도와 줘야 될 일 있으면 언제든 편하게 연락해라.' 뭐 딱 이렇게 말씀하신 것은 아니지만 하여튼 이러시더군요. 이렇게 된 겁니다. 됐습니까?"

"그러고선?"

"다음 이야기는 다 아시지 않습니까?"

"회장님께서 다른 말씀은 없으셨고?"

"다른 말 하실 게 뭐 있습니까? 하실 말 다 하셨는데."

"그럼 여태 이야기한 게 우리 회장님께서 자네한테 말씀하신 것 전부라는 소리냐고?"

"예, 그게 전부입니다."

"그리고 자네는 그런 일을 저질렀고?"

"예."

"왜?"

"왜라니요?"

"아니 겨우 그런 이야기를 들었다고 정말 사람을 죽인단 말이야? 지금 내가 듣기엔 우리 회장님께서 자네에게 누굴 죽여 달라, 말라 뭐 이런 말씀은 전혀 안 하셨다는 거잖아. 안 그래?"

"꼭 그렇게 촌스럽게 이야기를 해야 알아듣습니까? '딱'하면 척이지."

"그러니까 자네는 우리 회장님께서 누굴 죽여 달라 이런 소리를 돌려서 표현하셨다는 소리네."

"예, 맞습니다."

"그럼 그렇다고 치고, 자네는 원래 부탁을 받고 그러면 사람도 막 죽이고 그러나?"

이미테이션

"저야 착수금도 이미 받은 상태인데다 또 일이 끝나면 당연히 그 대가도 받고 그럴 생각 했거든요. 워낙 궁했었으니 말입니다. 솔직히 은혜를 갚는다는 생각도 있었고요."

"착수금을 받다니?"

"아, 제 합의금 대신 내 주신 거 말입니다. 그게 착수금 아닙니까?"

"으음, 그래. 그래서 어떻게 우리 작은 사장님을, 아니 그런 일을 했나? 아까도 말했지만 자네는 현장에 없었잖아?"

"그거야 내가 다른 사람을 시켰다고 안 했습니까?"

"그 사람도 죽었는데?"

"그거야 물에 빠져 죽은 거고."

"그럼 그 사람이 실수로 물에 빠졌다는 거야?"

"실수는 무슨 실수? 내가 술 먹이고 또 전기충격기로 기절을 시켰었지."

"그럼 자네도 그 차 안에 같이 있었다는 소리네."

"당연하지요. 운전을 내가 직접 했다니까."

"그럼 굳이 엉뚱한 사람을 끌어들일 필요도 없었던 거잖아? 자네 혼자 끝냈으면 될 거 가지고 말이야."

"그게 다 회장님을 위해 그런 것 아닙니까? 정말 모르시겠습니까?"

"뭘?"

"아 내가 혹시 잡히기라도 해봐요. 그럼 당장 회장님도 무사할 수 있는지?"

"그리고?"

"'그리고'라니요?"

"그 일을 저지른 다음에 회장님께 받은 게 있냐고. 자네 말대로라면 우리 회장님께서 자네한테 무슨 대가를 지불하셨어야 될 거 아니야?"

"당연히 받았지요."

_김영복 장편소설

"뭘 받았는데?"

"돈이지 뭡니까?"

"그러니까 우리 회장님이 자네한테 돈을 주셨다 이거지?"

"제가 지금 이 사업을 다 그 돈으로 시작한 거 아닙니까? 회장님께서 주신 돈으로 사무실도 얻고, 아이들 계약금도 치르고. 그건 회장님께서 더 잘 아실 텐데요?"

"이 과장."

"예."

"저 친구 다시 뒤로 수갑 채우고 입도 좀 막은 다음에 저 안에, 그러니까 회장님 화장실에, 아니다. 그냥 여기다 좀 앉혀 놓고 잘 지켜보고 있어. 담배도 한 대 주고 말이야."

"예, 알겠습니다. 실장님."

"회장님, 잠깐 제 방으로 가서서 찬 공기 좀 쐬죠."

4

"회장님, 죄송한데 저 담배 한대 태워야 되겠습니다."

"끊으셨다고 하셨잖아요?"

"끊는다고 끊었는데 혹시 오늘 같은 날이 있을까 봐 서랍에다 담배는 넣어두고 있었거든요. 그런데 정말 피울 일이 생겼네요."

김 실장은 담배를 몇 모금 빨더니 재떨이를 찾아도 없자 조금은 민망한 표정으로 탁자 위의 물이 담겨있는 잔에다 넣어 버렸다.

"이제 좀 머리가 맑아지는 것 같네요."

"실장님, 이 일을 어떻게 하지요? 우선 신고부터 해야 되겠지요?"

"아무래도 경찰에 넘기긴 넘겨야겠지요. 그런데 우선 생각을 좀 해

이미테이션

보아야 하지 않겠어요?"

"생각이라면?"

"이게 알려지면 어떻게 될지를 말입니다."

"그렇기야 하겠지만 그렇다고 저 짐승보다도 못한 인간을 그냥 놔두고 그대로 넘어갈 수도 없잖아요?"

"회장님께서는 어떻게 생각할 줄 모르지만 제 생각엔 일단 덮어두어야 할 것 같습니다."

"아니 왜요?"

"회장님께서 저 친구에게 도움을 주신 것 있잖아요? 합의금 내 주신 것이랑 나중에 사무실 차려 주신 것 말입니다."

"그건 실장님께서 다 아시는 이야기잖아요?"

"물론 알지요. 그런데 제가 아는 게 중요한 게 아니라 언론에서 그걸 그대로 받아 들이겠느냐가 문제지요. 눈에 뻔하잖아요. 엄청 물고 늘어질 것이라는 게."

"……."

"아무튼 좀 신중해야 될 것 같아요."

"그렇다고 오빠를 죽인 인간을 그냥 두고 보자고요?"

"회장님, 작은 사장님은 이미 돌아가신 지 10년이 넘었습니다. 지금 저 자식을 경찰에 넘기면 분명 회장님께서 사주를 했느니 마느니 또 그런 미친 소리를 할 텐데 그렇게 되면 회장님도 일단 조사를 피하지 못할 겁니다. 게다가 저놈이 보다 구체적으로 사주라도 받은 것으로 말을 만들기라도 하면 쉽게 넘어가지 못할 거 아니겠어요? 아마 회장님도 엄청 곤욕을 치러야 할 거고 회사는 회사대로 타격이 이만저만이 아닐 겁니다."

"아니에요. 실장님께서 저보고 늘 그러셨잖아요? 어려울 때일수록 정공법을 택하라고 말이에요."

"그랬지요. 하지만 이 문제는 어떤 게 정공법인지 잘 판단해야 되지 않겠어요?"

"전 도저히 그냥 넘어 갈 수는 없어요. 제가 아무리 곤란해진다고 해도 그렇지, 오빠를 죽인 인간을……."

"그건 제가 알아서 할게요. 회장님도 저한테 작은 사장님이 어떤 존재였는지 아시잖아요?"

"저 정도 인간이라면 분명 그냥 넘어가지도 않을 거고 술이라도 먹고 여기저기 떠들고 다니면 그땐 일이 더 커지지 않겠어요?"

"그러니까 제가 알아서 한다는 겁니다. 그리고 저놈도 아마 입을 함부로 못 놀릴 겁니다. 제일 먼저, 그리고 제일 큰 처벌을 받는 게 자기라는 걸 다 알면서 자기가 살인범이라는 말을 할 수 있겠어요?"

"어떻게 이렇게 은혜를 원수로 갚을 수 있는지. 우리가 사람을 너무 잘못 보았네요."

"그러기에 머리 검은 짐승은 거두지 말라는 이야기가 있는 것 아닙니까? 어쨌든 큰 회장님 뜻이었으니 따지고 보면 우리야 할 일을 한 것뿐 아닙니까?"

"솔직히 제 마음 같아선 저 인간을 당장 쳐 죽이고 싶어요."

강 회장의 울음이 터졌다.

"회장님 마음 제가 잘 압니다. 그리고 회장님도 제 마음 다 아시잖아요? 하지만 아닌 건 아닌 겁니다. 마음을 단단히 가지세요. 작은 사장님 생각은 잊으시고."

"아니 어떻게 사람 탈을 쓰고선 욕심을 위해선 살인도 할 수 있다는 생각을 하지요? 정말 내가 그렇게 보였나요?"

"자기 혼자 망상에 빠진 거지요. 회장님께서 들으시면 불쾌하시겠지

이미테이션

만 전 좀 짐작도 갑니다. 저놈 마음이."

"짐작이 가다니요?"

"저놈은 회장님을 여자로서 좋아한 거예요. 그래 뭔가 해주고 싶었던 거지요. 생각한 게 겨우 그런 일이라는 게 비극이긴 하지만 그거야 저놈의 한계가 딱 그 정도니까 어쩔 수 없는 거 아니겠어요?"

"……."

"전 옛날부터 다 짐작하고 있었어요. 회장님께서 한때 마음을 주셨다는 것도."

"그거야 저 혼자 그런 것이었는데요, 뭘."

"아니에요. 전 알아요. 저런 인간들의 특성을. 자기 열등감 때문에 회장님께 지 마음을 표시하지 않았던 거지요. 아마 자기 스스로도 자기가 회장님을 좋아한다는 걸 믿고 싶지 않았을 걸요."

"맞아요. 어쩜 제 잘못도 있을 거예요."

"잘못은요. 다 그런 거지요 뭘. 그래서 드리는 말씀인데……. 으음."

"무슨 말씀하시려는지 알아요."

"아신다니 더 말씀 안 드리겠습니다."

"제가 알아서 다 정리할게요. 뭐 정리고 말고 할 것도 없지만."

"전 회장님을 잘 알기 때문에 어련히 알아서 하실 거라는 거 다 믿습니다."

"그 이야기는 머지않아 나눌 기회가 있을 거예요."

"예."

"실장님, 그때 가서 말씀드리려고 했는데, 오늘 일도 있고 하니 미리 말씀드릴게요. 아무래도 전 그냥 미술관이나 키울까 해요. 전부터 생각해 온 것인데 창회도 믿을만하다는 게 다 검증이 되었고 무엇보다도 실장님이 계신 지금이 딱 때인 것 같아요."

"저야말로 이제 그만 해야지요. 아무튼 그 문제는 좀 천천히 생각해 보시지요."

"그나저나 저 인간은 어떻게 하지요?"

"나중 일은 제가 알아서 한다고 말씀드렸고, 어쨌거나 오늘 저놈한테 그 이야기는 다 해주어야 할 것 같습니다. 그렇다면 자기도 또 생각을 달리 하지 않겠어요?"

"꼴도 보기 싫은데……."

"회장님답지 않습니다. 가시죠."

5

"이 과장, 저 친구 수갑 풀어주고 말할 수 있게도 해주고, 의자에 편히 앉게 해."

"예, 알겠습니다."

백 사장은 자리에 앉자, 저 여우와 늙은 너구리가 무슨 계략을 꾸미고 왔을까, 궁금해졌다. 아무튼 마음을 단단히 다잡고 또 붙어 볼 일이었다.

"자네, 백용호 자네 말이야. 지금부터 내가 하는 말 잘 들어."

"지금 사람을 이딴 식으로 만들어 놓고, 이게 대화하자는 모습입니까?"

'앗, 실수다.' 백 사장은 치밀어 오르는 분함에 자신도 모르게 이렇게 말해 놓고 본능적으로 이 과장을 쳐다보았다. 김 실장이 한 손을 들어 그렇지 않아도 전자 봉을 치켜드는 이 과장을 제지했다.

"회장님, 사진 가지고 계시지요?"

"예."

아미테이션   217

강 회장이 책상 서랍을 열고 김 실장에게 빛이 바랜 흑백 사진 한 장을 건넸다. 김 실장은 그 사진을 다시 백 사장에게 건넸다.

"잘 봐."

'대체 이 인간들이 무슨 짓들을 하는 거지?'

백 사장은 그 사진을 찬찬히 들여다보았다. 사진 속에선 모두 촌스러워 보이는 양복을 입은 세 명의 젊은 남자가 나란히 서 있었고 가운데 남자 앞에는 예닐곱 살 남짓해 보이는 사내아이가 인상을 잔뜩 찌푸린 채 서있었다. 그리고 오른쪽 아래에는 '영원한 우정을 위해, 54.12.24'이라는 하얀 글자가 쓰여 있었다.

'나보고 뭘 어쩌라고?'

백 사장은 영문을 알 수 없었다.

"보고도 모르겠어?"

"뭘 말입니까?"

"제일 오른쪽에 서있는 사람을 잘 보라고."

그러고 보니 김 실장의 말대로 제일 오른쪽에 서 있는 남자의 모습이 어째 눈에 익다 싶었다. 왠지 자기와 닮았다는 생각도 들었다. 백 사장은 갑자기 심장이 터지는 듯싶었다. 그랬다. 늘 사진으로만 봐 오던 자신의 아버지가 그곳에 서 있었다.

'우리 아버지 사진을 왜 강 회장이 가지고 있지?'

도대체 일이 어떻게 돌아가고 있는지 백 사장은 머리가 혼란스러워졌다.

"누구인지 알겠어?"

"혹시 우리 아버지 아닙니까?"

"아는군. 그래 백 씨에다 용 자, 진 자 쓰던 분이지, 그럼 같이 있는 사람들은?"

사진을 다시 자세히 들여다보았으나 다 생소한 얼굴들이었다. 백 사장은 고개를 가로 저었다.

"가운데 아이 데리고 계신 분이 돌아가신 우리 큰 회장님이고 그 옆에 서 있는 게 나야, 회장님 앞에 서 있는 아이는 자네가 죽었다고 하는 우리 작은 사장님의 형님 되시는 분이고."

백 사장은 천장이 뱅글뱅글 돌아가고 있다고 생각했다.

"죄송합니다만 담배 한 대만 더 주십시오."

김 실장이 아무 말도 하지 않았음에도 이 과장이 라이터와 함께 담배를 갑째 그에게 내밀었다. 백 사장은 허겁지겁 담배를 물었다. 돌아가던 천장이 드디어 멈췄다.

"자네 이 사진 본 적 있나?"

"아니요, 없습니다."

"그럼 왜 이 우리 셋이서 이 사진을 찍었는지도 모르겠네."

"예, 모르겠습니다."

"자네 초등학교 어디서 나왔지?"

"전라도 순천에서……."

"옛날에 아버지가 뭐하는 분이었는지는 알아?"

"예, 선생님."

"어디서?"

"예, 군산에서 하셨다고 들었습니다."

"아버지가 일찍 돌아가셨지?"

백 사장의 아버지는 그가 세 살 때 자전거를 타고 가다 트럭에 치여 돌아가셨다고 했다.

"예, 제가 세 살 때."

"네 살이 아니라 세 살이었구나, 그래 어머니께 들은 이야기는 없고?"

'도대체 무슨 이야기를 들었단 말인가?'

"예, 무슨 말씀인지 잘 모르겠습니다."

"옛날의 이야기인데 해줄까?"

"예."

"전쟁 때 이야기야, 6. 25 전쟁."

"……."

"그땐 우리 큰 회장님이 사업을 하시던 분이 아니고 경찰이셨어. 순경으로 용산경찰서에 계셨지. 난 그때 경찰서 사환으로 일했었고. 근데 전쟁이 터진 거야. 경찰이니까 당연히 참전을 하셨지. 그때 사모님이 작은 사장님을 임신한 몸으로 돌아가신 큰아들, 그러니까 저 사진 속에 있는 그분을 데리고 혼자서 군산으로 피난을 가신 거야. 거기에 친정이 있었거든. 뭐 친정이라고 해봐야 부모님은 다 돌아가시고 언니 한 분, 그러니까 회장님 이모님 되시는 분 한 분만 계셨지만. 어쨌든 달리 가실 때가 없으니까 그리로 피난을 가신 거지. 그런데 며칠 만에 이모님 댁에서 쫓겨나 버렸어. 큰아이가 밖에서 놀다가 그만 동네 아이들에게 우리 아버지는 경찰이라고 자랑을 해버렸거든. 동네 빨갱이들이 매일 죽창을 들고 시뻘건 눈으로 경찰이나 군인 가족들을 찾아 마구 죽이는 판이었으니 쫓아낼 만도 한 거야. 그러니까 이모님 부부는 자신들에게도 그 화가 미칠까봐 그런 거니 뭐 크게 원망할 일도 아니지. 어쩜 나라도 그랬을지 모르니까. 어쨌든 간에 아이까지 딸린 만삭의 여자가 객지에서 오갈 데가 없게 된 거지. 그 살벌한 전쟁 통 와중에 말이야. 신분이 밝혀져도 죽고 또 먹을 게 없어 굶어 죽고 딱 그렇게 될 판이었는데 그런 사모님을 누가 거둬 주었는지 알아? 바로 자네 아버지라고. 알아? 자네 아버지 백용진 씨 말이야, 경찰 가족을 숨겨주면 당신도 죽는 판인데 자네 아버지는 아무 인연도 없으면서 목숨을 걸고 두 달을 넘게 자기네 학교 사택에 숨겨준 거지. 물론 당신들 부부 먹을 것도 모자라는 판인데 먹여도 주고 말이야. 생명의 은인이 바로 그런 거 아니겠어?"

김 실장은 말을 멈추고 줄담배를 피우는 백 사장을 물끄러미 쳐다보았다.

"이 과장, 창문 좀 열어라. 죄송합니다, 회장님. 저도 담배 한 대 더 태우겠습니다."

김 실장도 담배를 피워 물었다.

"그것뿐이 아냐. 집안에만 있어야 되니까 그게 지루했던 아이가 사택을 몰래 빠져나와 놀다가 호박밭에 주려고 모아 놓은 똥구덩이에 빠진 적이 있었지. 그때 자네 어머니가 그 양반을 구해 준 거야. 안 그러셨다면 어른 한 길도 넘는 그 구덩이에서 꼼짝없이 죽어갈 양반을 말이야. 덕분에 당신은 채독이 올라 몇 달을 고생했다고 했어."

"……"

"그래서 어떻게 됐냐고? 전쟁이 끝나고 사모님은 무사히 서울로 오셨어. 이제 알겠어? 회장님께서 왜 자네 같은 인간을 교도소에서 빼주고, 회사 차리라고 돈까지 주셨는지?"

"……"

"돌아가신 사모님도 그러셨고 큰 회장님께서도 늘 말씀하셨지. 그 은혜를 반드시 갚아야 한다고 말이야. 전쟁 끝나자마자 그 양반부터 찾아갔었잖아. 그게 그때 사진이라고. 그런데 그 양반이 경찰하면서 험한 꼴을 더 이상은 못 보겠다고 그만두고 김포에다 정미소를 차리고 또 서울에다 쌀가게도 내셨잖아? 처음엔 고생도 많았지. 이 양반이 너무 순진해서 말이야. 그래서 한동안은 잊고 지냈었어. 사실 선생님을 하시는 양반이니 당신보다 형편이 괜찮을 테니까 나중에 성공을 한 뒤 가도 되겠지,

뭐 이런 생각도 있었던 것이고. 그런데 좀 자리를 잡고 해서 군산을 찾아볼까 하다가 자네 아버지가 돌아가셨다는 소리를 들은 거야. 그 후에 내가 자네 어머니를 찾으려고 군산을 몇 번이나 다녀 온 줄 알아?"

어머니는 아버지가 갑작스레 세상을 떠나자 이곳저곳을 떠다니며 생선이랑 젓갈 행상을 하다가 결국 군산을 떠나 순천에다 자리를 잡게 되었다고 했다.

"그런데 도저히 못 찾겠더라고. 그때야 전출 신고니 뭐니 행정이 모두 엉망인 때라 말이지. 컴퓨터가 있는 것도 아니고. 그렇게 몇 번 애를 쓰다가 잊고 말았지. 사업이 무섭게 커져 버렸거든. 그런데 우리가 자네를 어떻게 찾았는지 알아?"

"……."

"자네가 우리 회장님 주변을 맴돌 때 자네가 대체 어떤 사람인가 알아보다가 바로 그 양반 아들이라는 걸 알게 된 거야. 큰 회장님께서는 하늘이 도왔다고 하셨었어. 이런 어처구니없는 일이 생길지도 모르시고 말이야."

백 사장은 가슴이 먹먹해짐을 느꼈다. 알고 보니 자신이 들고 있던 패는 엉뚱한 개 패였다. 상대방은 화투를 치는데 자기 혼자 포커 패를 들고서 그 패의 화려함에 홀려 화투를 하자고 덤빈 꼴이었다.

"계속 할까?"

"됐습니다."

"뭐가?"

"다 알아들었다는 말씀입니다."

"우리는 은혜를 은혜로 갚았는데 자네는 그걸 원수로 되갚은 것이라는 것도?"

"……."

_김영복 장편소설

"뭐 물어 볼 것도 없고?"

어머니는 말씀하셨다. 아버지가 유난히 정이 많아 동난 때도 서울에서 온 경찰 가족을 집에다 숨겨주는 바람에 한참 동안을 마을 사람들도 못 만나고 벌벌 떨면서 산 적이 있다고. 그런 어머니는 그 경찰가족이란 사람이 이 나라에서 몇 째 가는 큰 부자가 된 사실을 알기는 아실까? 백 사장은 이미 김 실장의 말이 모두 사실이란 걸 알아챈 터였다. 달리 할 말이 있을 리 없었다.

"……."

"자, 우리가 어떻게 할까? 자네 같으면 어떻게 하겠어?"

"마음대로 하십시오."

"뭘?"

"아까 말씀하신 대로 경찰에 신고하든 저를 죽이든 마음대로 하시라고요."

하지만 백 사장은 그깟 사연이야 어떻게 되었건 간에 여기서 자칫 잘못하면 자신은 진짜 살인범이 될 수밖에 없다는 걸 잊지 않았다. 이대로 죽을 수는 없는 노릇이었다.

"전 얼굴도 제대로 기억 못하는 아버지 사진 한 장 봤다고 해서 지금 하신 말씀 같은 건 안 믿습니다. 전 누가 뭐래도 저기 저 강 회장님께서 부탁하신 것이라 믿었기에 그런 일을 벌인 겁니다. 물론 지금도 그때 회장님의 말은 분명 그런 부탁이었다고 생각하고 있고요. 제가 드릴 말씀은 그뿐입니다."

"세상일은 역시 모르겠어. 어떻게 그런 분한테 자네 같은 아들이 나왔지?"

"저한테 어려운 이야기 자꾸 더 하실 필요 없습니다. 지금 신고 안 하실 것이면 저 이만 가보겠습니다."

이미테이션

백 사장은 어차피 진 게임, 마지막 허세라도 부릴 량으로 큰소리를
쳤다. 이판사판의 심정이 바로 이럴 것이라는 생각이 들었다. 뜻밖에
강 회장이 나섰다.

"가세요. 가서 자기가 무슨 일을 했는지 한번 잘 생각해 봐요."

그녀의 입에서 나온 말은 백 사장의 예상을 훌쩍 뛰어 넘었다.

'그래, 가랄 때 가자'

백 사장이 다급히 문을 나서다가 돌아섰다.

"한 가지만 묻겠습니다. 만일 그렇다면 왜 제게 여태 그 이야기를 안
하고 도와주기만 하신 겁니까?"

"그걸 몰라서 묻나?"

"모르니까 묻지요."

"이봐, 자네 스스로 자네를 돌아 봐. 자네가 어떤 꼴로 사는지. 자네
같으면 그렇게 행실도 엉망이고 욕심만 가득 찬 인간에게 그런 이야기
를 자세히 했겠는가를 말이야. 아마 그랬으면 그걸 빌미로 자네가 얼
마나 회장님을 괴롭히고 그랬을까? 아마 툭하면 찾아와 큰소리 쳤겠
지. 이제 알겠어?"

"……."

6

서원의 강 회장 방에서 전혀 예기치 않은 봉변을 당하면서 자신의
부모님과 서원의 관계를 들은 백 사장은 그날 밤을 자신의 사무실에
서 뜬 눈으로 지샜다.

그는 자신의 어머니로부터 들은 아버지의 이야기를 잘 신뢰하지 않
았다. 어머니가 일찍 돌아가신 양반에 대해 그저 좋은 이야기만 만들

_김영복 장편소설

어서 한다거나 아니면 당신 스스로 못 배운 당신과는 달리 학교 선생님이란 직업을 가진 잘난 남편, 그러나 너무나도 일찍 자신과 아들 하나를 남겨놓고 불행한 사고로 훌쩍 떠나버린 남편에 대해 가지고 있는 당신만의 환상을 아들인 자기에게 심어주려 했을 것이라는 생각뿐이었다.

언젠가 이미 치매기가 있는 어머니로부터 김 실장이 한 이야기를 들은 것 같은 기억도 났다. 그때도 그는 그저 또 엉터리 신화를 만드신 모양이구나, 하면서 흘려들었을 뿐이다.

기실 백 사장은 자신의 아버지를 원망하면서 자랐다. 백 사장은 자신의 아버지가 그 어린 나이의 자식을 두고 감으로써 어린 시절부터 겪어야 했던 가난, 서러움, 머리가 굵어져서도 다른 이들처럼 의지할 곳도 기대할 것도 없다는 상실감 등으로 인해 자신의 성격이 음울하고 신경질적이며 남을 쉽게 믿지 않는 방향으로 형성이 되었다고 믿고 있었다.

그래서 그는 행여 어머니와 함께 전라도 순천에 있는 아버지의 산소에 가야 할 때에도 자신이 이 길을 가는 것은 오직 어머니를 위해서일 뿐 아버지를 기린다거나 자신의 마음이 내켜서 그런 것은 절대 아니라고 생각했고, 어머니에게도 실제로 그런 식으로 차갑게 말을 하곤 했었다.

그런 성묘 길에 산소 앞에서 술이라도 한 잔 할라치면 '왜 자식새끼를 낳고서 무책임하게 일찍 죽어 이렇게 힘든 인생을 살게끔 만들었느냐?'는 막말을 거리낌 없이 퍼붓곤 하여 어머니의 가슴을 찢어지게 만들곤 했다.

그럴 때면 어머니는 남편 생각에, 아버지 없이 자란 아들이 겪었어야 할 신산한 삶에 대한 가여움에 눈물을 쏟았고 백 사장은 그런 어머니

이미테이션

225

에게 그렇게 패악을 부리고 나서 느끼는 설움과 허탈함에 또 눈물을 떨어뜨리곤 해 모자의 성묘는 매번 눈물바다로 끝나기 일쑤였다.

백 사장이 자신의 아버지와 화해를 한 것은 불과 몇 년 전의 일이다. 뒤늦게 결혼을 하여 부인과 이제 막 말문이 트이고 겨우 뛰기 시작한 두 돌 남짓한 딸아이를 데리고 고향을 다니러 갔다가 건성으로 아버지의 산소를 찾은 날이었다.

어느새 손볼 이가 없어져 버린 봉분은 이미 반이나 가라 앉아 있었고 머리엔 거친 잡초들을 뒤집어쓰고 있었다. 백 사장은 그런 험한 모습을 보고서도 벌초도, 성토도, 절도 하지 않고 그냥 그 앞에 앉아 담배만 축내고 있었다.

그때, 지 어미랑 주변에서 놀던 딸아이가 '아빠'하면서 그를 부르며 뒤뚱거리며 달려오다가 넘어졌다. 백 사장은 피우던 담배를 집어 던지고 허겁지겁 달려가 아이를 안아 올렸다. 그의 품에 안긴 채 섧게 우는 아이의 무릎에선 피가 배어 나오고 있었다. 그는 그 작은 상처를 보면서 자기의 무릎이 절단이나 되는 듯 가슴이 아팠다. '아빠'인지 '아파'인지 구분이 안 가는 소리를 하며 흐느끼는 딸을 힘주어 품고 애꿎은 부인에게 '애 안보고 뭐하냐?'고 소리를 치던 백 사장은 순간 소름이 돋았다.

자신의 아버지는 바로 이런 아이를 남겨두고 눈을 감아야 했던 것이다. 바로 지금의 자신과 같은 나이였다. 퇴근길에 트럭에 치는 바람에 군산에서 전주 시내 병원으로 옮겨지다가 돌아가신 아버지는 사랑하는 부인과 바로 이 아이같이 정말로 눈에 넣어도 안 아플 듯한 어린 아들을 두고 젊디젊은 나이에 떠나야 한다는 게 얼마나 억울하고, 무섭고 또 분했을까?

백 사장은 아이를 안은 채 쇠락한 봉분 앞에 무릎을 꿇었다. 그리

226

고 잠시 후 그의 목에서 끄윽 하는 이상한 소리가 나더니 통곡이 터져 나왔다.

다음 날 그는 동네 사람들을 사서 아버지의 봉분을 다듬고 새로 잔디까지 입혔다.

깊은 밤, 불이 꺼진 차가운 사무실 의자에 파묻혀 창밖 강변도로를 지나는 차들의 불빛에 눈을 두고 있던 백 사장의 볼에서 눈물이 흘렀다. 사진으로만 기억해야 하는 아버지가, 재작년에 말기 암과 악성 치매로 고생만 실컷 하다가 병원도 아닌 노인 요양소에서 쓸쓸히 돌아가신 어머니가 생각났다.

오늘 백 사장은 산소에서 그렇게 충격을 받고 돌아 온 이후부터 지금 현재까지도 그는 자신의 마음이 온통 여태 원망만 해오던 아버지에 대한 사랑과 자부심, 그리고 그리움으로 꽉 차버렸다는 사실에 동의했다.

백 사장의 생각은 아버지에게서 강 회장에게로 옮겨 갔다. 10년 전 강 회장이 과연 자기에게 자신의 오빠를 죽여 달라는 부탁을 했었던가 하는 생각이었다. 여태까지 그는 이 사실에 대해 단 한 번도 의문을 가지지 않았었다. 자신은 틀림없이 자신의 모든 것을 걸고 그녀의 부탁을 들어준 것이라 생각해 왔고 오직 언젠가는 그 사실을 자신의 최후, 최대의 무기로 활용을 할 것이라는 계산만 가지고 있었다. '과연 그 언제가 언제일까?' 만 재어 온 것이다.

그러나 어제 김 실장과 말을 나누다 보니 어쩜 자신이 그녀를 위해 뭔가 해주고 싶은 생각에 빠져 있다 보니 혹시 그녀의 속내를 지레짐작으로 생각한 건 아닐까 하는 의문이 들었었다. 어쩜 그럴 수도 있었다 싶었다. 그렇다면 왜 자신에게 그런 마음이 있었던 것일까? 우선은 거부인 그녀와 어떻게든 엮이게 되면 그 후에 기대해 볼 수 있는 과실

이미테이션

에 대한 욕심이 앞섰을 것이라는 건 부인할 수 없었다.

그러나 만일 자신이 정말로 강 회장의 의중을 제멋대로 왜곡하여 받아들인 것이라면 그런 물질적인 욕심 이외의 무언가가 반드시 있었을 것이라는 데에도 생각이 미쳤다. 결국 그는 강 회장은 자신에게 있어 영원한 '신포도'였다는 사실을 깨달았다. 그녀가 철없는 대학생 시절 자신을 쫓아다닐 때에도 그는 그녀를 애써 무시했었다. 물론 그에게 열광하는 여러 여자들에게 둘러싸여 있던 때였으니 그 철없는 나이에 미모가 별로 출중치 못한 강 회장에게 눈길을 주지 않았다는 건 어찌 보면 당연한 일인지도 몰랐다.

하지만 백 사장은 만일 그녀가 평범한 집안의 여자였다면 어땠을까 하고 생각해 보았다. 그리고 인정했다. 그녀가 우리나라의 손꼽히는 부유한 집안의 딸이라는 사실을 안 순간 어렸을 때부터 늘 자신을 괴롭혔던 열등감과 정체모를 적개심이 그녀에게 향하는 마음을 애써 차단한 것이라는 걸!

단발머리를 찰랑이며 생글생글 웃음 띤 얼굴로 다가오곤 했던, 그렇게 적극적이면서도 의외로 별로 말은 많지 않았던 그녀를 그는 짐짓 좋아했던 것이다. 하지만 그녀의 신분을 알게 된 이후엔 그녀가 아무런 티를 내지 않았음에도 왠지 그녀에게서 불편함을 느끼면서 자기는 의도적으로 다른 여자아이들이랑 더 방탕하게 놀았던 것 같았다. 마치 그녀에게 자신의 그런 모습을 보이려는 것처럼 말이다.

결국 그는 전혀 사랑하지도 않았고 자신보다 나이도 많은 유부녀와의 간통으로 결국 교도소 신세를 지게 된다.

또 있었다. 백 사장은 자신이 그녀에게 일종의 복수를 하고픈 마음도 있었지 않나 하는 생각이 들었다. 자신의 뿌리 깊은 열등감과 현격한 신분의 차이로 다가갈 수는 있으나 절대 일정한 선 이상으론 가까

228

이 할 수는 없는 여인, 합의금을 대신 내줌으로써 자신에게 늘 은혜를 입은 약자의 위치에 서게 만들고, 본능적인 비굴과 굴종을 요구하는 여인. 어쩜 내 자신은 그 여인이 가장 소중히 여기고 사랑하는 걸 부숴버리고 싶었는지도 모른다. 아니 분명 그랬을 것 같다. 그는 자신이 강 회장이 자신의 오빠를 얼마나 사랑하는지 익히 알고 있었다.

백 사장은 알았다. 캄캄한 사무실 의자에서 백 사장은 그 모든 게 그녀 때문에 일어난 일이라는 걸 새삼 깨달았다. 그는 자신이 엄마가 공들여 새로 발라 놓은 하얀 벽지 위에 괴발개발 실컷 낙서를 해놓고 의기양양하게 엄마의 칭찬을 기다리는 철부지 아이였다는 걸 깨달았다.

아침 해가 떠오르는지 창밖이 훤해지고 있었다.

7

다음 날, 백 사장은 다시 강 회장의 사무실을 찾았다. 마침 그녀는 김 실장과 자리를 함께하고 있었다. 비서실 여직원은 그를 순순히 들여보내 주었다. 물론 강 회장의 허락을 받았을 터였다.

백 사장은 강 회장의 방을 들어서자마자 무릎을 꿇었다. 어제는 전자 봉의 충격으로 마지못해 꿇은 것이지만 오늘은 처음부터 그럴 작정을 하고 온 길이었다.

"백 사장, 이게 무슨 짓이에요?"

"죄송합니다, 회장님. 저 백용호, 오늘 회장님과 실장님께 사죄드리려고 왔습니다."

무릎을 꿇은 상태에서 백 사장은 고개를 숙였다. 어느새 그의 눈에선 눈물이 흐르고 있었다.

"보기 안 좋으니까 일어나세요."

이미테이션   229

"아닙니다, 회장님."

"그래, 무슨 사죄를 하시겠다는 거예요?"

"이게 말로 해서 사죄가 될지 모르겠습니다만 강 사장님 건도 그렇고, 하여튼 모두 제가 잘못했습니다. 마음대로 처리하십시오."

"어떻게 처리해 드리면 되겠어요?"

"가서 자수하라고 하면 자수하고, 또 죽으라고 하면 죽겠습니다. 정말입니다."

김 실장이 나섰다.

"이봐, 백 사장, 보기 험하니까 일어나서 앉지. 앉아서 차분하게 이야기해 보라고."

백 사장은 가운데에 강 회장을 두고 김 실장 맞은 편 의자에 앉았다.

"그래, 왜 갑자기 그런 마음이 들었다는 소리인가?"

"밤새 생각해 보았습니다. 그리고 결론을 내렸지요. 모두 제가 오버해서 그런 것이라고요. 죄송합니다."

"그래? 뒤늦게라도 깨달았으면 다행인 거고. 그래, 그래서 어떻게 하겠다는 건가?"

"말씀드린 대로 처분대로 하겠습니다."

"자네 아이가 있지? 한 예닐곱 되었던가?"

"예, 일곱 살짜리 딸아이 하나 있습니다."

"늦었구만."

"예, 좀."

"자네가 들어가면 최소 십 년은 넘게 살아야할걸? 애꿎은 사람을 두 사람이나 죽였으니 말이야."

백 사장의 눈에 유치원에 다니는 딸아이가 아른거렸다.

"아이가 고등학교를 졸업해야 나올까 말까 하다는 소리야. 알지?"

230

"예."

"나중에 그 아이에게 뭐라고 할 건가?"

"무슨 말씀이신지?"

"아버지가 두 사람을 잔인하게 죽인 살인자라고 할 것이냐고?"

"······."

"여기 회장님과 나는 말이야. 좀 이상하게 들리겠지만 만일 자네가 정말로 자기 잘못을 알고 반성을 한다면 이 일을 묻어 버리기로 했네."

"······."

"자네를 감옥에 보내면 당장 이 한이 풀리기야 하겠지만 이제 와서 과거 일 때문에 새로운 상처를 입지 않아야 한다고 생각했단 말이야."

"······."

"뭐 우리가 자네의 입이 무서워서 그런다고 생각해도 좋고 하여튼 자네가 어떻게 생각해도 좋아. 하여튼 회장님 생각은 그러시다고. 문제는 과연 백용호 자네가 진심으로 뉘우치고 있으며 앞으로도 그런 마음으로 조용히 지낼 수 있겠느냐 이거지. 어때?"

"예, 무슨 말씀인지 알겠습니다. 평생 가슴에 묻고 살겠습니다. 맹세합니다."

"우리는 말이야. 큰 회장님이 자네 부모님한테 진 빚은 이 일로 완전히 갚으셨다고 생각해. 아니 너무 넘치게 갚으셔서 그게 문제였던 거지. 어쨌거나 자네가 회장님의 뜻을 안다면 앞으로는 이렇게 얼굴을 대하는 것과 같은 인연은 없어야 될 거야."

"예, 그렇게 하겠습니다."

"아, 그리고 자네 말이야. 아마 우리 회장님에게 들이밀 생각을 한 게 또 하나 있을 거야."

"······."

아미테이션   231

"회장님 면전이라서 구체적으로 말은 안 하겠는데 사내자식이라면 그리고 한때 건달 밥 좀 먹어봤으면 더군다나 오늘 일도 있고 하니 그런 지저분한 일까지는 안 벌릴 것이라고 내가 믿어도 되겠지?"

"예, 알겠습니다. 저 백용호는 지금 이 순간부터 아무 것도 아는 게 없는 놈입니다."

"백 사장, 이만 가보세요."

"예, 회장님, 정말 감사합니다."

"아니에요. 나한테 감사할 것 없고 만일 정말로 그런 마음이 든다면 우리 아버지, 오빠와 여기 실장님께 감사하세요."

백 사장은 두 사람을 뒤로 하고 밖으로 나왔다. 서원과 백용호의 인연은 그것으로 끝이 났다.

8

백 사장의 유치한 눈물이 지나간 후 강 회장과 김 실장은 긴 시간 동안 대화를 나눴다.

"회장님, 분하고 또 억울하고, 홀가분하지도 않지요?"

"예."

"누차 말씀드렸듯이 어쨌거나 이 문제는 수면 위로 끌어낼 수는 없다는 건 회장님이 더 잘 아실 거고요. 아마 저 인간도 입을 닫고는 있을 겁니다. 그런데 저는 걱정이 하나가 더 있네요. 아마 이래서 노파심이라는 말이 생긴 모양이에요."

"무슨 걱정 하시는 줄 잘 알아요, 윤빈이 문제지요?"

"뭐 회장님 입에서 그 친구 이름이 나왔으니까 돌리지 않고 말씀드릴게요. 정리하신다고 하신 말씀이 그 친구 이야기일 거라고 생각은

_김영복 장편소설

합니다만 문제는 회장님 마음이 아니라 그 친구 아니겠습니까? 백 사장 그 인간 경우를 보시면 아실 거예요, 그리고 백 사장 그놈의 인간성을 보면 작은 사장님 건은 몰라도 윤빈이 그 친구 건을 가지고 또 물려고 할 가능성도 높거든요. 뭐 아까 단도리는 하긴 했습니다만."

"예, 저도 잘 알아요. 일단 지난 번 회의에서 말씀드린 광고 건은 지금 진행이 돼가고 있나요?"

"죄송하지만 그건 제가 일단은 보류를 시켰습니다."

"잘 하셨네요. 윤빈이 그 아이 이야기는 다른 사람은 몰라도 실장님은 이해해 주셨으면 좋겠어요. 속으론 철없이 욕하시겠지만 말이에요."

"욕을 하다니요? 전 회장님 마음 다 알고 있어요. 미국에서 공부하실 때 그 친구 분 일도 알고 있고요."

"고마워요."

"사실 당시에 제가 큰 회장님께 그냥 놔두시라고 몇 번이나 말씀을 드렸는데 당신 고집이 얼마나 세시던지."

"원망도 되지만 전 아버지 마음 이해해요. 아마 제가 그렇게 마음 고생하던 사람이랑 그 아이랑 인상이 너무나 비슷한 게 문제였던 거 같아요."

"뭐 그것도 짐작이 갑니다. 그런데 회장님께서 꼭 알고 넘어가서야 할 게 있습니다."

"뭔데요?"

"미국에서의 그 사건 절대 회장님께서 하신 일이 아닙니다. 다른 건 몰라도 그건 아버님을 오해하시면 안돼요."

"전 다른 건 몰라도 그건 아버지를 절대 용서 못해요."

"다시 말씀드리지만 큰 회장님이 꾸민 일이 아니고 단순 교통사고가 맞아요. 큰 회장님은 절대 그런 모진 일을 꾸밀 분이 아니라는 거, 제가 너무나 잘 압니다. 이제 큰 회장님에 대한 마음을 푸세요. 그래야 편히 쉬실 거예요."

"저도 요새는 아버지가 직접 시켜서 한 일이 아닐 수도 있다는 생각을 많이 하긴 해요. 하지만 과정은 어떻든 간에 그 사람을 아버지가 강제로 그리로 보낸 건 사실이거든요. 아버지가 그러시지만 않았어도 그 사람이 운전을 하여 그 고속도로를 갈 이유가 없었잖아요. 그러니 결국은 아버지 때문에 생긴 일인 거지요."

"정말 그렇게 생각하신다면 실망이네요. 아직도 운명 이런 걸 안 믿으세요?"

"예, 저는 그런 거 안 믿어요. 저는 모든 건 사람 하기 나름이라는 생각이에요. 우리 서원도 그런 생각으로 꾸려왔잖아요. 언제 우리가 운에 맡긴 적 있었나요?"

"회장님도 곧 아실 겁니다. 절대 인력으로는 안 되는 게 있다는 것을. 아무리 우리가 노력을 해도 기업이 잘되고 안 되고 하는 것도 결국은 하늘의 뜻이거든요."

"그럼 우리가 손을 놓고 있어도 하늘이 다 알아서 해 준다는 말씀인 거예요?"

"그 말씀이 아니라는 거 아시잖아요. 최선을 다하되 순응해야지요."

"저는 솔직히 아버지에 대한 복수를 한다고도 생각했어요."

"예?"

"윤빈이 그 친구 말이에요."

"아, 예."

"아버지가 그렇게 반대를 하던 사람이랑 똑 닮은 사람이랑 보란 듯이 말이에요."

"아까 저도 이해한다고 했어요."

"이제 상황을 바로잡아야겠지요?"

"바로잡는 것인지는 모르지만 순리대로는 해야겠지요."

"제가 어제 창회 말씀드렸지요?"

"예."

"저 이제 완전히 마음을 굳혔어요."

"정 그렇게 하시겠어요?"

"예."

"천천히 생각하시라니까요. 창회가 똑똑하기는 하지만 기업은 연륜을 무시할 수 없다는 거 잘 아시잖아요?"

"아니에요. 내일 사장단 회의 좀 소집해 주세요."

"그러기는 하겠지만 이 늙은이 심장마비 걸리게 하시면 안 됩니다."

"고마워요, 실장님. 저는 실장님 뵐 때마다 아버지 생각이 나서."

"울고 싶을 때는 우는 게 좋지요, 큰 회장님에 대한 사랑과 미움 때문에 너무 마음 고생할 것 없어요, 애증이란 말 있잖아요."

"예."

9

다음 날, 강 회장의 방에서 서원그룹의 사장단 간담회가 열렸다. 수많은 계열사의 그룹 경영에 직접적인 영향을 미치고 또 그룹에 일정한 지분을 가지고 있는 8명의 주요 사장들만 소집된 회의였다.

사장들은 갑작스런 소집에 의아해하기는 했지만 시중에 돌고 있는 루머들이 계속 확산이 되고 있다는 걸 알기에 아마 그 문제를 논의하자고 부른 것이 아닐까 하는 짐작들을 했다. 회의 시간은 평소 지루했던 거에 비하면 비교적 짧았다.

아미테이션

"오늘 사장님들을 뵙자고 한 것은 별다른 일이 있어 그런 건 아니고요. 그냥 차나 한잔 나누자고 오시라고 한 거니 부담들 갖지 마시고 편하게 계셨으면 좋겠어요. 아, 그리고 오늘 같이 점심을 했으면 좋겠는데 갑작스레 드리는 말씀이니 혹시 선약이 있으신 분은 빠지셔도 좋아요."

물론 참석한 사장 급들은 어제 회의소집 통보를 받고 오늘 점심 약속은 이미 다 취소시켜 놓은 상태였다.

"오늘은 뭐 정기회의도 아니고 하니 보고 같은 건 없습니다. 그냥 제가 몇 말씀 올릴게요. 앞으로 우리 회사, 그리고 저와 관련 몇 가지 중요 발표가 순차적으로 있을 겁니다. 물론 사장님들이랑 미리 상의를 했어야 하겠지만 제 개인 신상에 관한 문제도 있고 해서 대부분 여기 김 실장님이랑만 상의를 드렸습니다. 자세한 내용은 다 말씀드리지 못하지만 발표가 있을 때 각 사들이 동요가 되지 않도록 사장님들께서 잘 챙겨주셨으면 합니다."

"그래도 내용을 알려주셔야 대처를 할 수 있지 않겠습니까?"

"차차 이야기해 나가지요."

"회장님, 외람된 말씀입니다만 근자에 그룹의 경영권 문제, 죄송합니다. 저, 회장님의 사생활에 관한 내용 등 이런 저런 루머가 확산되고 있다는 건 아시리라 믿습니다. 혹 그와 관련이 있는 건가요?"

"예. 있습니다."

"만일 경영권 문제라면 기존의 대주주들의 동요가 꽤 있을 겁니다."

"물론 있겠지요. 그러기 때문에 사장님들께 미리 당부를 드리는 겁니다. 어차피 주주들은 그룹의 주주가 아니고 각 사, 즉 사장님들 회사의 주주 아닙니까?"

"그렇게 말씀하시니까 경영권 문제라고 이해를 하겠습니다. 그럼 여

236

기 계신 강 사장님께 그룹 경영권을 이양한다는 말씀이 사실입니까?"

"솔직히 말씀드리면 그러고 싶습니다. 하지만 역시 지분 매각 등의 방법을 사용하면 자금도 그렇고 외국의 대주주들도 그렇고 아마 경영권을 차지하려고 달려드는 곳도 있을 겁니다. 그걸 효과적으로 방어하기도 만만치 않을 것이고요."

강 회장은 외국의 대주주나 지분을 가지고 있는 국내 은행 등이 벌써 실적이 우수하고 구조가 탄탄한 계열사의 주식을 매집하고 있다는 것을 이미 알고 있던 터였다. 물론 이 자리에 앉아있는 사장들도 예외는 아니었다. 강 회장이 직접 경영을 맡고 있는 백화점과는 달리 그 회사들의 주가는 이미 상당히 올라 있었다.

"저는 우리 서원이 쪼개지는 일은 절대로 하지 않을 겁니다. 그건 아버지와 돌아가신 우리 오빠를 배신하는 일이라는 것도 잘 알고 있고요."

"그렇다면 회장님께서 보유하고 계신 지분을 매각하는 일은 없다는 말씀인데."

"예, 맞습니다. 제가 보유하고 있는 지분은 어느 선을 넘어서는 절대 팔지 않을 겁니다. 물론 경영권을 이양할 분에게는 경우가 다릅니다만."

"양도를 하신다면 강 사장님이 부담하셔야 할 양도세 때문에 이양효과를 못 보시지 않습니까?"

"예, 맞습니다. 그것도 생각 중입니다."

"저, 회장님께서 그러실 리는 없지만 자금 마련을 위해서 혹시……."

"아닙니다. 어떤 회사도 분식회계 같은 방법을 사용하거나 비정상적인 방법으로 양도 자금을 마련하는 일은 없을 겁니다. 아버지나 제 방침을 다 아시잖아요? 사장님들 회사에도 그런 일은 없었으면 늘 기대하고 있습니다."

"뭐 그거야 우리 서원의 경영방침이니 여기서 거론할 것은 아닌 것

아미테이션

같고, 하여튼 회장님의 의중을 대충은 알겠습니다."

"제가 드리고자 하는 말씀은 여러 사장님들께서 다른 판단을 하시고 이미 고가로 형성이 되어버린 주식을 매집하거나 거꾸로 어떤 우려를 가지고 매각하거나 하지 않으셨으면 하는 겁니다. 다시 말씀드리지만 저의 행보가 어떻든 간에 우리 그룹의 경영권은 절대로 흔들리는 일은 없다는 겁니다."

강 사장을 빼고 사장들은 포커페이스를 유지하면서도 내심으로 입맛을 쩝쩝 다시고 있었다. 늘 그렇듯 오늘 점심도 별로 맛이 없을 것이었다.

12

주요 사장단과의 점심을 마친 후 강 회장은 다시 김 실장과 무릎을 맞댔다.

"식사하시는 내내 말씀이 없으시던데요?"

"뭐 별로 할 말이 없었거든요."

"아까 밥 먹으면서 또 생각해 봤는데 말이에요. 사장님들 얼굴 보니까 좀 착잡해지더라고요."

"그 친구 얼굴들이 어떻던가요?"

"아시잖아요."

"회장님도 사람 속이란 게 원래 다 그런 거라는 것 아시잖아요."

"예, 하여튼 그래서 저 결정했어요."

"어떻게?"

"일단 제가 가지고 있는 지분은 그대로 유지하고 거기에 대한 권한만 창회한테 위임하는 것으로요. 괜히 파네, 증여를 하네, 그러면 아닌

게 아니라 좀 시끄럽지 않겠어요? 그러니 모든 건 그대로 놔두고 저만 뒤로 물러나는 형식을 취하는 것이 제일 나을 것 같아요."

"뭐 그것도 좋은 방법이겠습니다만."

"언젠가는 창회한테 완전히 넘겨야 하겠지만 우선 그렇게 하려고요."

"그럼 회장님은?"

"저 그동안 실장님께 말씀 안 드린 것 있었어요. 사실 마음을 완전히 정하지 못해서 그런 것이긴 하지만 하여튼 죄송해요."

"……."

"저 결혼할 까 봐요."

"그래요? 사람은 있고요? 아니지. 누가 있으니까 그런 말씀을 했겠네요."

"실장님도 잘 아시는 분이에요."

"그렇게 말씀하시니 대충 짐작은 갑니다만."

"맞아요, 그 양반이에요."

"잘 사실 겁니다. 늘 잘 어울릴 텐데 하는 생각을 해 왔거든요."

"이 나이에 너무 주책이지요?"

"제 대답은 알고 계시지요?"

"이왕 말 나온 김에 빨리 할까 봐요."

"그럼 언제쯤에?"

"아시는지 모르지만 그 양반이 지금 미국에 있잖아요. 제가 여기 대충 정리되는 대로 건너가서 그 양반 있는 곳 주변의 아무 교회에서나 그냥 간단히 하려고요."

"뭐 그것도 좋긴 합니다만, 아무래도 지금 여기저기 발을 적시고 계신 곳도 많고 또 회사 일도 그렇고 하니 그런 식으로 홀쩍 가시는 건 좀 신중해야 될 것 같은데요?"

이미테이션

"그렇겠지요?"

"그럴 겁니다. 뭐 결정은 회장님이 알아서 하시겠습니다만 제 생각엔 좀 번거롭고 그렇더라도 여기서 형식이나 절차는 좀 밟아두는 게 낫지 않나 싶거든요."

"기자회견이라도 해야 되겠지요?"

"일단 그룹 홍보실을 통하여 몇 가지 발표를 하는 게 좋겠습니다. 그럼 거기서 자연스레 회견이 이루어지겠지요."

"이번 일은 신 상무한테 맡기지 마시고 실장님께서 직접 해주셨으면 좋겠어요."

"아무래도 그래야겠지요."

그로부터 며칠 후 서원그룹 기획조정실장 김광희는 충정로에 있는 서원그룹 사옥 소회의실에서 기자들을 마주하고 앉았다.

"이렇게 와 주셔서 감사드립니다. 제 예상보다 훨씬 많은 분들이 오셨네요."

기자들은 항간에 돌고 있는 소문에 대해 익히 알고 있는 터라 오늘의 기자 간담회라면 뭔가 서원그룹, 나아가 우리나라 재계 전체에 커다란 파장을 가져 올 내용이 발표되리라는 예상과 기대를 가지고 잔뜩 가지고 몰려 온 터였다.

"오늘 알려드릴 내용은 두 가지입니다. 간단해서 따로 보도 자료는 안 만들었습니다. 그럼 말씀드리도록 하겠습니다. 1. 2006년 11월 1일, 그러니까 내일이 되겠네요. 당 서원그룹 회장인 강진희 서원백화점 대표이사는 서원그룹 내 보유하고 있는 모든 주식 지분에 대한 권한 일체를 서원자동차 강 창회 대표이사 겸 사장에게 위임하고 서원백화점 등 각 계열사에서 맡고 있던 직위 모두를 사임한다. 회장 직무는 동 강창회 사장이 수행한다. 2. 강진희 회장은, 역시 10월 1일, 같은 날 부로, 전국경제인연합 비상근 부회장, 여성경영자총협의회 회장, 대한민국지속발전위원회 부위원장 직에서 사임한다. 이상입니다. 그럼 혹시 궁금한 부분이 있는 분이 계시다면 몇 가지 질문을 받도록 하겠습니다. 소속 같은 것 밝힐 것 없이 그냥 편하게 말씀들 하세요."

"그럼 경영 일선에서 물러나겠다는 소리인데 특별한 이유가 있는 건가요?"

"특별한 이유라기보다는 저희로서는 축하해 드릴 내용입니다만, 으음, 저희 회장님께서 이번 크리스마스이브 날 화촉을 밝히게 되었습니다. 회장께서는 늦은 결혼이니만큼 당분간은 좋은 가정을 이루는 데 전념하고 싶다고 하시더군요. 좀 지치기도 하셨다고 했고요."

"결혼하실 상대방 분에 대해선 말씀해 주실 수 없는지요?"

"좋은 일인데 당연히 알려 드려야지요. 부군 되실 분은 삼정병원과 대학에 재직 중인 진영섭 교수십니다. 그분은 현재 교환교수로 미국에서 연구 활동 중이시고 따라서 결혼식도 우리 강 회장께서 도미하셔서 미국 현지에서 이뤄질 겁니다."

"그럼 경영일선에서 완전히 물러나시게 되는 겁니까?"

"강 회장께서는 그렇게 되길 원하고 있습니다. 현재로선 거기까지만 말씀드리겠습니다."

"발표는 간단합니다만 시장에 적지 않은 충격이 있을 텐데요?"

"서원자동차의 강창회 사장께서 경영능력이 탁월하다는 건 이미 다 알려진 사실 아닌가요? 모르긴 몰라도 충격이라면 긍정적인 면으로 있을 것이라 믿습니다."

"강 회장의 사생활을 두고 근자에 많은 루머가 양산이 된 사실은 알고 계신지요?"

"그런 걸 여기서 거론한다는 것은 예의가 아니라고 생각합니다."

이미테이션

유명한 심장외과 전문의인 진영섭 박사와의 결혼사실 외 나머지는 내용은 중대하나 모두 이미 예측하고 있던 내용이어서 메이저 언론사 소속답게 기자들은 더 이상 캐묻지 않고 비교적 순순히 물러갔다.

13

서원그룹의 전 회장인 강진희는 진영섭과의 결혼을 위해 미국으로 가기 며칠 전, 여성잡지와 인터뷰를 가졌다. 그간 언론을 한사코 피하던 강 회장이라는 걸 생각해 보면 경제전문지도 아닌 허영심 가득한 가정주부나 보는 것으로 치부되던 대중잡지와의 인터뷰는 그야말로 파격적인 행보였다.

인터뷰는 그 잡지의 콘셉트에 한 치의 어긋남도 없이 강 회장의 출생부터 성장과정, 기업 경영, 첫사랑 등등 고루하고 진부했다. 드디어 강 회장이 짐짓 물어봐 주기를 원하던 질문이 나왔다.

"아, 그랬군요. 이번엔 혹시 답변하시기 곤란하시면 답변 안 하셔도 됩니다. 아니면 답변은 하시되 기사로는 안 나갔으면 하신다면 기사로 작성치 않겠습니다. 보통 이런 식으로 질문을 하여 답변을 유도해 놓고서는 나중에 보도나 게재를 함으로써 인터뷰에 응해준 분들을 당혹스럽게 만드는 경우가 많다는 건 압니다만 오늘은 제 명예를 걸고 절대 그런 일은 없을 것이라는 말씀드립니다. 여쭐까요?"

"그럼 이렇게 합시다. 인터뷰라는 거 개의치 말고 그저 같은 여자로서 서로 편하게 이야기를 나누고선 나중에 기사 작성할 때 적당히 형식을 만드는 식으로 말이에요. 어때요?"

"저야 그러면 좋지요. 그럼 아까 그 부분부터 여쭐까요?"

"겁주지 말고 물어 보세요. 뭐 대충 짐작은 갑니다만."

"예, 그럼 과감히 여쭤겠습니다. 지금 회장님과 모 가수가 내연의 관계라는 소문이 증권가에도 그렇고 일반 대중사이에서도 파다합니다. 심지어는 이로 인해 뭐 지금은 경영 일선에서 물러나시긴 했습니다만, 서원백화점의 주가가 상당 비율 떨어지던 일까지 있었습니다. 이 사실을 알고 계신지요?"

"윤빈이를 말씀하시는 것 같은데요. 예, 저에 관한 소문이니 잘 알고 있고요. 특히 기업을 하는 사람은 주가에 민감할 수밖에 없으니 저도 익히 들어 왔지요."

"중요한 건 회장님께서 이 소문을 알고 계시느냐가 아니라 사실이냐가 되겠지요? 답변하시겠습니까?"

"물론이지요. 내연관계 까지는 아니지만 그거 다 사실이에요."

"사실 여부를 떠나 일단 부인하실 줄 알았는데 놀랍습니다. 회장님께서 직접 설명을 해주시지요?"

"뭐, 별 거 아니에요. 가수 윤빈 군을 팬으로서, 친구로서, 또한 동생으로서 좋아했고요. 뭐 남자로서 좋아했다고 쓰셔도 상관없어요."

"남자로서 좋아했다고요?"

"그게 문제가 되나요? 물론 제가 결혼을 앞둔 몸이니 아무래도 좀 조심스럽습니다만, 어쨌거나, 나이는 먹었지만 그래도 미혼인 여자가 미혼의 남자를 좋아하는 게 왜 이슈가 되는지 모르겠네요. 다만 남자로서 좋아했다는 말씀을 많은 분들이 상상하듯이 그런, 뭐랄까. 하여튼 뭔가 향기롭지 못한 그런 관계는 아니라는 말씀은 분명히 드릴게요."

"이왕 답변을 해 주시니 저도 결례를 무릅쓰고 좀 더 솔직하도록 하겠습니다. 아까 제가 내연관계 운운하는 표현을 썼고 회장님께서도 그 말에 담겨있는 의미를 아시리라 믿습니다. 이건 어떻습니까?"

"글쎄요, 아마 육체관계 이런 걸 그렇게 표현하신 모양인데 그 친구

와 저는 향기롭지 못한 관계는 아니었다고 이미 말씀드렸지 않습니까? 뭐 이건 다른 문제인지는 모르지만 솔직히 저는 사랑하는 남녀 간에 그게 불륜이 아니라면 육체관계를 가지는 게 절대 이상한 게 아니라고 생각하고 있는 편이에요."

"남녀 간의 나이 차이에 대해선 어떤 생각을 가지고 계신지요?"

"사랑엔 나이도, 국경도 없다는 식의 신파조적인 대답을 바라고 물으셨는지는 모르지만 저는 사람은 누구나 나잇값이라는 걸 해야 한다고 생각하는 편입니다."

"많은 분들은 회장님과 윤빈의 나이 차이가 스무 살이라는 걸 이야기하곤 합니다."

"글쎄요, 왜 제 나이가 자꾸 그 친구랑 함께 거론되어야 하는지 이해를 못하겠네요. 저는 그 어느 때도 제 나잇값을 못 하는 행동은 하지 않았다고 믿고 있습니다."

"혹시 결혼을 하실 진 박사님께서도 이런 내용을 알고 계시는지요?"

"저는 그 양반이 이런 것들을 알고 모르고에 아무 관심이 없고요. 단지 그분도 귀가 있으니 들어봤을지도 모른다는 생각은 하고 있습니다만, 어쨌든 저는 제 자신이나 그분이나 그 누구에게도 떳떳치 못한 행동은 안 하려고 노력했고 또 그렇게 살아 왔다고 감히 자부합니다."

"오늘 말씀하신 내용을 듣고 혹시 진 박사님께서 마음이 상한다거나 하는 우려는 안 해보셨는지요?"

"왜 마음이 상합니까? 이해할 수 없는데요? 마음이 상하고 안상하고는 물론 그분 마음이겠지만 저는 제게 사람 보는 눈이 있다고 믿습니다."

"그럼 앞으로 윤빈 씨와는 어떻게 되는지 여쭤 봐도 될까요?"

"지금 하고 있는 인터뷰 내용 그대로 잡지에 게재되지 않을 것이라 믿기에 편하게 말씀은 드립니다만, 솔직히 그런 질문은 좀 당혹스럽네요. 그 친구는 좋은 가수이고 좋은 아이입니다. 여태 그래왔듯 앞으로도 제 생각이나 행동은 변치 않을 겁니다."

"회장님에 대해선 익히 알고는 있었지만 오늘의 거침없는 답변들은 정말 놀랍고 솔직히 같은 여자로서 너무도 존경스럽습니다."

"중요한 건 세간의 이목이 아니라 내 자신에게 떳떳할 수 있느냐, 사회규범에 어긋나지는 않았느냐, 타인에게 피해를 주지는 않았는가, 제가 생각하고 행동할 때 염두에 두는 것은 단지 이 세 가지뿐이거든요. 그런 차원에서 윤빈 그 친구와의 관계도 절대 여기서 어긋나지 않을 겁니다. 앞으로 그 친구도 제게 그래왔듯 어머니이자 누나, 좋은 친구 그리고 한 사람의 팬으로서 변치 않는 우정을 가지고 대해주리라 믿고 있고요. 아마 분명히 그럴 겁니다."

"어머니, 누나, 좋은 친구, 팬, 이렇게는 말씀하셨는데 여자가 빠졌네요?"

"집요한 건 덕목 맞아요. 특히 언론에 계시다면. 하여튼 집요하시네요. 다시 말씀드리지만 저는 그가 좋은 가수라는 걸 잘 알고 있고 앞으로 한껏 뻗어나가야 할 젊은이라는 것도 잘 알고 있어요. 그래서 때로는 제 소신이나 가치관이 이 사회에서 배척을 받고 그럼으로써 결국 그런 사회에서 계속 발전해 나가야 할 젊은이에게 장애가 된다고 생각하면 당연히 제 자신과 타협을 할 겁니다. 소중하고 좋은 친구에게 누가 돼서는 안 되겠다는 거지요."

"마치 윤빈과의 관계를, 뭐 그게 어떤 형태든 간에 말입니다. 정리를 하겠다, 이런 말씀으로 들리는데 제가 잘못 해석한 것인가요?"

"제가 한 가지 물을게요. 인터뷰를 한답시고 계속 그 문제만 거론하는 거 솔직히 자존심 상하지 않나요? 기분 나쁘게 들리시겠지만 저는 우리 기자님 정도의 재능 있는 여성이 이러시는 거 정말 아깝거든요. 이거 먹고 사는 문제로 이해해야 하는 건가요?"

"'솔직히' 라는 표현을 쓰셨으니 저도 솔직히 말씀드릴게요. 전 제가 어디에 서 있는지 잘 안다고 믿는 편이거든요. 주제넘지 않으려고 노력도 하고요. 때론 자괴감이 들 때가 없는 건 아니지만 가급적 생각 안 하려고 해요."

"그래요. 뭐 어떤 사람들에겐 타인의 인생이나 가치관 이런 것보다 불륜, 섹스, 범죄, 뭐 이런 것들이 훨씬 재미있을 수 있는 거니까 저도 이해는 해요. 그래도 왠지 좀 씁쓸하다는 생각이 들어서 물어 본 거예요"

"그런 단순하고 형이하학적인 게 어쩜 위선이나 말장난보다 훨씬 중요하지 않나요?"

"그래요, 그렇다고 치고, 다시 가 봅시다. 아까 질문이 뭐였더라?"

"윤빈과의 관계 정리 뭐 이런 걸 여쭀던 것 같아요."

"맞아, 그거였지. 저는 그 누구의 상상이나 해석에도 관심 없거든요. 중요한 건 제 자신이고 과연 제가 그 친구에게 도움이 되는 길이 뭔가, 제가 거룩한 투사도 아닌데 이 사회의 질 낮은 호기심과 관음주의에 계속 먹이를 줄 필요가 있을까, 뭐 이런 건 생각하고 있습니다. 그리고 행동도 그렇게 할 거고요. 이 이야기는 이 정도만 하시지요."

그 후에도 인터뷰는 상당시간 이어졌으나 강 회장은 그저 지루하기만 할 뿐이었다. 이미 자기가 하고 싶은 이야기는 다 했다. 아마 윤빈도 이 내용이 게재가 된다면 자신이 던지는 메시지가 뭐라는 것인지는 이해할 것이다. 그녀는 윤빈이 절대 순진한 아이가 아니란 걸 잘 알고 있었다. 활자화하기 전 최종적으로 인터뷰 내용을 보여 줘 자신이 용인하는 범위만 게재하기로 약속을 하고 그녀는 인터뷰를 마쳤다.

14

여성지 기자는 특종을 놓치고 싶은 마음이 전혀 없었다. 재계의 거물 강진희 회장이 자신보다 나이가 스무 살이나 아래인 일개 가수와의 염문설을 시인했다는 것 자체가 이미 자신이 속한 세계, 미성년자인 아이돌 여가수의 팬티 색깔까지도 중요한 기사가 될 수 있는 그 세계에서는 가히 엄청난 특종이었다.

그러나 윤빈이 있어야만 이 특종에 화룡점정이 될 수 있었다. 이 기사가 나가면 수많은 기자들이 윤빈에게 달려들어 강 회장과의 관계, 강 회장 말에 대한 심경 같은 걸 질기게 물고 늘어질 것이다. 진흙탕 싸움판인데 바보가 아니고서야 그런 먹이를 나눌 일이 뭐 있으랴?

기자는 드디어 윤빈을 만나 인터뷰를 성사시켰다. 기자는 먼저 윤빈에게 강 회장이 한 말을 전했다. 물론 극적 효과를 위해 이리저리 적당히 부풀리는 걸 잊지 않았다. 때로는 자신의 생각을 강 회장의 생각처럼 전하면서 낚시를 던지기도 했다.

하지만 기자는 윤빈이 그저 이십대 중반의 애송이가 절대 아니란 건 몰랐다. 윤빈은 낚싯밥을 물지 않았다. 윤빈은 강 회장이 말한 대로 자신은 그녀를 어머니나 누나 같은 존재로만 생각했을 뿐 세간에 알려진 그런 내용들은 모두 헛소문일 뿐이라고 말했다. 앞으로도 자기는 강 회장을, 여태 그래왔듯 똑같이 대할 것이라고도 말했고 그녀의 결혼식에 가서 축가를 불러 드리고 싶다고도 했다. 기자가 원한 대답은 그게 아니었다. 실망감에 기자는 애꿎은 윤빈에게 실컷 투덜거리기만 하고 별 소득 없이 발길을 돌려야 했다.

하지만 실제 윤빈의 속마음은 절대 그런 식으로 담담한 게 아니었다. 윤빈은 기자가 강 회장이 어머니, 누나, 팬, 이런 식으로 자신을 표

이미테이션

현했다는 말을 듣는 순간 강 회장에게 버림을 받았다는 걸 알았다. 결혼을 코앞에 둔 그녀가 그렇게 당당하게 자기와의 소문을 언론에서 시인하면서 그런 식으로 관계를 설정했다는 것 자체가 '이제 너를 버리겠다.'는 메시지라고 생각했다.

시기가 안 좋았다. 영화가 흥행에 실패함으로써, 엄마가 암으로 고생함으로써, 연지의 행동이 예전 같지 않음으로써 가장 고통을 받고 있는 때였다. 그래서 윤빈이 내심 강 회장을 의지하고, 그녀에게 심정적으로 기대고 있던 때였다. 또한 그녀의 힘과 돈이 절실히 필요한 때였다.

윤빈은 똑똑하고 약은 척했던 자신이 전혀 약지도 똑똑하지도 못했다는 사실을 인정해야 했다. 윤빈은 적어도 강 회장과의 관계에 있어서만큼은 비록 그녀가 전화를 주어야만 만날 수 있는 일방적인 관계로 보일지는 모르나 그래도 그는 자신이 키를 쥐고 있다고 생각해 왔었다.

그러나 그는 그 엉터리 같기는 하지만 교묘히 계산된 인터뷰 하나로 자신과의 관계에 대한 모든 소문을 스스로 들춰냄으로써 불식시키고, 윤빈에게 알아서 생각하라는 메시지를 던진 후, 보무도 당당히 미국으로 날아간 강 회장이란 거인 앞에서, 그녀의 멋진 계략 앞에서 자신의 실상을, 주제를 깨닫지 않을 수 없었다. 윤빈은 그녀에 대한 원망보다 자신에 대한 실망이 더 컸다. 그래도 윤빈은 이 일로 자신이 한층 컸다는 건 알았다. 이제 다시 이런 일을 겪지는 않을 것이다. 절대로.

2009년 2월, 철민, 연지

1

"어때? 소식 좀 있어?"

"무슨?"

"윤빈이 찾는 거 말이야."

"아, 그거요? 없습니다. 도저히 못 찾겠다고 하더라고요."

"총알을 하나도 안 쓴 거 아니야?"

"형님은? 줄만큼 줬거든요."

"안 되겠어."

"뭐가요?"

"뭔가 벌려봐야지. 조금 있으면 봄이고 여기저기서 기지개를 켤 텐데 그냥 맥 놓고 가만히 있을 수는 없잖아? 난 윤빈인가 하는 그놈을 찾으면 철민이랑 한 무대에 올려 보려고 했는데 마냥 기다릴 수도 없고."

"어떻게 하실 건데요?"

"콘서트를 열자고."

"콘서트라니요? 겨우 철민이 하나 데리고요?"

"아냐. 철민이랑 윤빈을 동시에 출연시키는 거야."

이미테이션   249

"있지도 않은 윤빈을 어떻게?"

"철민이에게 지난번이랑 똑같이 분장을 시키자고. 그러니까 철민의 분장을 계속 바꾸는 거야. 철민이였다가, 윤빈이였다가 이런 식으로."

"그게 가능할까요?"

"왜 안 가능해? 윤빈이 분장 별 거 없잖아? 그냥 선글라스에다 가발 씌우고 구두만 바꿔 신으면 되는 거 아냐?"

"그래도."

"뭘 '그래도'야? 되는 방향으로 생각하라고. 되는 방향으로."

"그래도 둘이 동시에 나오는 장면도 있어야 되지 않나요?"

"당연하지."

"그걸 어떻게?"

"방법을 찾아야지, 방법을."

2

창문 너머 방 안에 사내 둘이 서 있었다.

"불 좀 어둡게 해 봐."

형석이 스위치 하나를 내렸다.

"됐어. 어때? 됐지?"

"우와, 진짜 똑같은데요."

"오늘부터 쟤 둘을 함께 생활을 하라고 그러라고. 걸음걸이 하나까지도 똑같이 보이게끔 배우라고 해."

"예."

형석이 다시 스위치를 올린 후 방 문을 열고 그들을 향해 말을 했다.

"둘 다 잠깐 쉬고 있어."

_김영복 장편소설

"왜? 그냥 보내지."

"이따가 제가 데리고 가야지요."

"그래. 콘서트 날까지 절대 사람들 눈에 띄지 않게 하고."

"예."

"그나저나 저놈 입이 무거워야 할 텐데."

"걱정 마세요, 형님. 말씀드렸듯이 개그맨 지망하는 학교 후배인데 우리가 잘 챙겨주기만 하면 절대 쓸데없는 말 안하고 다닐 놈이라니까요."

"내년에 공채로 뽑아주겠다고 했어?"

"예, 그런데 진짜로 뽑아줘야 되는데."

"진짜로 뽑아주면 될 거 아냐? 넌 그딴 거 신경 쓰지 말고 표나 좀 점검해 봐. 지금 어때?"

"형님, 걱정 안 해도 될 거 같습니다. 지금 현장 판매분 빼놓고 인터넷으로는 거의 매진입니다."

"거의 매진 가지고는 안 되지."

"아직 며칠 남았으니까 걱정 안 해도 됩니다. 새가슴 형님."

"죽을래?"

"딸랑딸랑."

"찬조로 나오는 애들도 다시 한 번 잘 챙겨보고."

"걱정 마시라니까요. 제가 우리 회사 관리이사 아닙니까?"

"이사 같은 소리 하고 앉아있네. 그래서 김연지 하나 못 끌어와서 내가 백 사장 그 새끼한테 아쉬운 소리하게 만들어?"

"에이, 처음부터 걔를 쓰려고 한 형님이 더 이상하지요. 뭐 하러 그렇게 비싼 애를 씁니까? 어차피 걔 보러 오는 것도 아닌데."

"인마, 다 그럴 사정이 있어 그렇지. 하여튼 백 사장 이 새끼, 새까만

후배 새끼가 너무 설쳐대서 안 되겠어. 이번 일만 끝나면 손 한번 봐
야지."

"무슨 일 있었습니까?"

"알 거 없고. 하여튼 이것저것 잘 챙겨."

"예, 알아 모시겠습니다."

3

3월답지 않게 난분분 난분분, 제법 많은 눈이 내리는 날, 12,000석
의 잠실 실내체육관에서 명 기획의 '깜놀 콘서트'가 드디어 열렸다.

경기가 벌어지는 마룻바닥에 놓인 의자까지 하면 총 14,000여 석의
자리가 모두 매진이었다.

조용필이나 이승철과 같은 대형 가수나 요즘 대세라고 하는 아이돌
스타들의 콘서트도 아니고, 아직 음반 한 장 낸 적이 없고 이미테이션
가수에 불과한 철민을 내세우면서 웬만한 가수들은 감히 넘보기조차
버거울 정도의 규모인 실내체육관을 정남이 대관한다고 했을 때 형석
은 강하게 만류를 했었다. 관객 동원에 실패를 했을 경우, 즉 흥행에
참패를 한다면 허약한 명 기획의 재정 상태로는 혹독한 대가를 치러
야 할 터였기 때문이다.

하지만 정남은 확신을 가졌다. 그런 그의 머릿속에는 한때 근 10만
명에 달했었다는 윤빈의 팬클럽이 들어 있었다. 깜놀의 시청률도 잊지
않았다. 정남이 가진 무기는 바로 '그놈'이었다.

'그놈', 석 달 전 정남이 진행하는 프로그램인 '깜놀'에 그야말로 깜짝
등장해 온 세상을 깜짝 놀라게 만든 바로 그놈, '진짜 윤빈이다, 아니
다, 이미테이션인 철민이 분장을 한 것이다.'는 수많은 논쟁으로 사회

를 뜨겁게 달구었던 바로 그놈과 철민의 합동 콘서트라니 수많은 사람들의 폭발적인 관심을 끌게 만든 것은 어떻게 보면 아주 당연한 일이기도 했다.

이제 모든 사람들의 관심은 '그놈'이 '진짜 윤빈이냐, 또는 철민과 동일인이냐 아니냐.'가 아니고 오직 '진짜 윤빈이냐, 아니냐?'로만 변해 있었다.

그도 그럴 것이 둘이 동시에 한 무대에 오른다 하니 자연스레 한 사람은 아니라는 결론이 내려진 터였던 것이다.

모두 자신이 기획하고 주도한 일임에도 체육관을 가득 메운 엄청난 관중 앞으로 나서는 정남은 흥분으로 잔뜩 들떠 있었다. 연예계 생활근 삼십년에 이렇게 많은 관중 앞에 서 본 것은 손꼽을 일이었고 그나마 요 몇 년 새에는 실로 처음이었던 것이다. 정남의 도박이 보기 좋게 성공한 것이다. 심호흡과 함께 침을 꼴딱 삼킨 정남이 드디어 무대로 나서자 몇 가지 색의 조명이 어우러져 그를 좇았다.

"자, 여러분, 오랜 시간 기다리셨습니다. 저는 여러분이 잘 알고 계시다시피 오늘 깜놀 콘서트의 기획과 진행을 맡은 타칭 국민 코미디언 명정남입니다. 제대로 박수 한번 주시기 바랍니다."

말 그대로 우레와 같은 박수소리와 함성이 체육관을 뒤덮었다.

"여러분, 지금 밖에는 눈이 내리고 있습니다. 좋지요?"

"예-."

"자, 그러면 봄에 오는 함박눈의 흥취를 우리 모두 다함께 맘껏 만끽하면서 콘서트를 시작하도록 하겠습니다. 본 공연에 앞서 먼저 여러분이 제일 궁금해 하시는 것을 밝혀주고 진행하는 것이 순리일 것 같아 오늘 합동으로 콘서트를 연 두 분의 주인공부터 먼저 소개해 드릴까

이미테이션

합니다. 여러분, 괜찮으시지요?"

물론 괜찮을 터였다.

또다시 박수와 함성이 이어졌다.

"여러분, 이 시대 최고의 가수, 방금 동남아 순회공연을 마치고 온 따끈따끈한 가수 김철민 군과 또 한 분 대단한 가수, 신비의 가수, '그놈'입니다. 자 두 분, 나와 주세요."

손을 맞잡은 두 사람이 무대 중앙으로 걸어 나왔다.

거기에 그놈과 철민이 서 있었다.

순간, 방금 전까지만 해도 요란한 함성으로 가득 찼던 객석에 정적이 흘렀다. 정적이 깨진 건 무대 바로 앞에서 비명이 터진 다음이었다.

그때부터 온 객석은 환호와 비명으로 가득 차더니만 관객들이 일제히 야광 봉을 꺼내 불을 켜고 흔들기 시작했다. 초록색 불, 바로 윤빈의 색이었다. 윤빈의 팬들이 돌아온 것이다.

"자, 두 분, 객석에 계신 관객 여러분들께 인사 드려야지요?"

철민이 허리를 굽혀 절을 하더니 들고 있던 마이크를 입으로 가져 갔다.

무대 뒤에서 모니터를 보고 있던 형석이 비튼을 눌렀다.

"여러분, 안녕하세요, 김철민입니다. 이렇게 많이 찾아 주셔서 감사합니다. 사랑합니다. 여러분."

다음은 그놈 차례였다.

"안녕하세요, 여러분."

순간 체육관이 떠나갈 것 같은 기성과 함께 온통 초록색불로 물들었다.

"석 달 만에 또 뵙습니다. 감사합니다, 여러분. 오늘 열심히 하겠습니다. 즐기다 가세요. 함께 즐기실 거죠?"

254   _김영복 장편소설

그는 자신이 윤빈이라 하지 않았다. '그놈'이라고도 하지 않았다.

둘을 비추던 조명이 꺼지고 둘은 다시 무대 뒤로 사라졌다.

"여러분, 놀라셨습니까? 아니 저만 놀랐나요? 하여튼 굉장한 인사였습니다. 그렇지요? 여러분, 자, 그럼 이제 본격적으로 콘서트를 시작해 보도록 하겠습니다. 먼저 김철민 군이 나와서 윤빈의 히트곡 '미안해'를 들려 드리도록 합니다. 자, 김-철-민"

철민이 다시 무대 위로 나오자 야광 봉이 일제히 발아래로 내려졌다. 그러고선 '우-'하는 야유가 이어졌다. 하지만 작정을 하고 덤벼드는 그 도발에 철민은 결코 굴하지 않았다.

철민에 이어 '그놈'이 나와 다시 한 번 '미안해'를 부르기 시작했다. 머리 위로 일제히 올라간 초록 불 야광 봉이 좌우로 흔들리면서 체육관 안이 '미안해'로 가득 찼다. 거의 모든 관객들이 울면서 따라 부르고 있었다.

콘서트는 그렇게 이어졌다. 철민이 나올 때는 야유가, 그놈이 나올 때는 변함없는 열광과 울음으로.

무대 뒤에서는 철민에게 가발을 씌웠다가 벗겼다가 하면서 머리를 매만지느라고 난리고 그 북새통에서 철민은 옷을 입었다가 벗었다가, 선글라스를 썼다가 벗었다가 정신이 없었으며, 무대로 뛰어 나갈 때마다 신발을 바꿔 신느라고 또 정신이 없었다.

철민이 혼자 그렇게 분주할 때 연지는 대기실에 앉아 터지는 울음을 참아가며 모니터에 눈을 박고 있었다. 그 안에 윤빈이 있었다. 거의 3년 만에 보는 모습이었다. 그녀는 도저히 모니터만 보고 있을 수가 없어 결국 철민과 그놈이 함께 이 사용하는 옆의 대기실을 찾았으나 그녀는 방안으로 들어가지 못했다. 경호원들에 의해 출입이 제지되었던 것이다.

그녀가 계속 눈 화장을 고치는 코디의 짜증을 받아주며 철민의 대기실 앞을 그렇게 서성일 때 무대에서 내려온 철민이 급한 걸음으로 들어 가다가 그녀를 발견하고선 잠깐 눈을 마주쳤다. 아무 표정이 없는 눈길이었다.

그가 그대로 방 안으로 들어가고 잠시 후, 그녀의 눈앞에 윤빈이 나타났다. 윤빈이 그녀 앞에 나타난 것이다. 그의 얼굴을 본 연지의 얼굴이 파랗게 질렸다.

"안녕하세요?"

그 말뿐이었다.

윤빈은 그 말 한 마디만 남겨 놓고서 무대 위로 사라져 버렸다. 그녀는 매니저와 코디에게 이끌려 다시 자신의 방으로 들어 왔다. 가슴이 벌렁거리고 있었다.

무대 위에선 초청가수로 나온 연지가 노래를 하고 있었다.

"잘하지? 노래도 좋고?"

"예, 역시 잘하네요."

"생각 외로 반응도 나름 좋네. 원래 윤빈의 팬들 사이에선 쟤는 거의 악마로 알려져 있는데 말이야."

"왜요?"

"몰라? 윤빈이를 망친 애가 바로 쟤라는 루머가 한참 돌았었잖아. 그러니까 쟤가 한 소속사에 있던 순진한 윤빈이를 장난삼아 꼬셔가지고 데리고 놀다가 사고가 나니까 소속사도 그렇고 쟤도 그렇고 모두 나 몰라라 하는 바람에 윤빈이 오랫동안 교도소에서 못 나오게 된 거라고 말이야, 둘이 분명 사귀고 있었는데 면회를 한 번도 안 갔다고 하더라고, 백 사장 새끼야 원래 그런 놈이기는 하지만 만약 둘이 연애질이라도 했었다면 정말 못된 년 아냐? 걸레."

"걸레라니요?"

"쟤, 이 바닥에서 유명한 걸레잖아. 지금 드라마 하고 있는 것도 다 그 짓으로 산 거라고 하던데, 모르지 뭐. 이 바닥이야 원래 온갖 소리가 돌아다니는 곳이니까 말이야. 하긴 몸이건 돈이건 간에 어떤 걸 써서라도 저 정도 올라섰다면 난 년이기는 해."

"저도 쟤랑 윤빈이랑 사귄다는 소리를 들어보긴 한 것 같기도 합니다만, 어쨌든 그래도 걸레라니 좀 심했다."

"아참, 너 왜 쟤를 쓰자고 고집했던 거니? 원래 팬이라도 되는 거야? 아님 다른 이유가 있는 거야?"

"형님 말씀처럼 윤빈이 팬들은 모두 쟤 안티라면서요? 그렇게 허를 찔러 보고 싶었던 거지요, 뭘. 역으로 생각했다고나 할까요?"

"이 자식 이거 생각보다 머리가 좋단 말이야. 역발상이라 이거지?"

"전 안티도 다 관심이라고 생각하거든요. 윤빈에 대한 관심 때문에 안티가 되었다면 오늘 같은 자리에서는 더더욱 필요할 수도 있다는 생각이 들더라고요. 왜 그런 거 있잖아요? 좋아하는 것과 싫어하는 것이 함께 있으면 좋아하는 게 더더욱 돋보이는 거요."

"야, 난 솔직히 네가 쟤를 보고 싶어 해서 그런 줄 알았잖아?"

"그런 것도 있고요."

"그래? 관심 있어? 오늘 자리 한번 만들어 볼까? 뒤풀이 겸해서 말이야. 하긴 쟤가 시간이 될지 모르지만."

"좋지요."

"그래? 그럼 내가 이야기 한번 해볼게. 그런데 너 조심해야 한다. 쟤가 걸레기는 하지만 조금 팜므파탈 기질이 있는 건 맞거든."

"잡아 먹혀 볼까요?"

"자식, 많이 컸네. 명색이 대스타인 김연지를 먹어 보시겠다고? 재주

이미테이션

껏 하서. 그건 그렇고, 야, 야, 쟤 노래 끝나간다. 빨리 준비해.”

“예.”

“형석아, 형석이 어디 있니?”

대본을 손에 말아 쥔 형석이 뛰어 왔다.

“야, 너는 내 옆에 좀 있으라니까 어디 갔었어? 이 바쁜 와중에?”

“헤헤, 담배 한 대 태우느라고.”

“네가 미성년자야? 그냥 여기서 태우든 꼬시르든 하면 되지. 그 아이는 어디 있니? 곧 피날레인데 말이야.”

“아이, 새가슴 형님 아니랄까 봐 조바심은 참. 다 준비시켰고 지금 잘 대기하고 있거든요?”

“너 그러다 정말 죽는다. 분장 다시 한 번 챙기고 조명감독한테도 실수 없게 하고 특히 테이프, 테이프 타이밍 잘 맞춰야 돼. 알았지?”

“알았다니까요?”

“야, 넌 맨날 알았다, 알았다 하면서 알아서 하는 건 하나도 없잖아? 그놈 입 맞추는 것 다시 한 번 연습 좀 시키라고. 응?”

“벌써 수없이 했잖아요. 걱정 마세요, 철민이보다 더 철민이같이 할 테니까요.”

4

마시고 싶었다. 아니 쏟아 붓고 싶었다. 하지만 연지는 자신의 앞에 놓인 온더록스 잔을 그저 들었다 놨다 할 뿐이었다. 사실 명정남으로부터 갑작스레 전혀 뜻하지 않은 뒤풀이 제의를 받았을 때 연지는 많은 고민을 해야 했다. 다른 스케줄이 있었던 거다.

그러나 윤빈과 함께 있고 싶다는 열망은 과연 내가 윤빈을 만날 자

258

격이나 있을까 하는 회의와 백 사장의 예상되는 분노를 이기고 그에게 전화를 하게끔 만들었다. 쌍욕이 터져 나올 것이라는 예상과는 달리 백 사장의 반응은 너무나 의외였다. 스케줄은 자기가 알아서 하겠다며 아주 순순히 허락을 한 것이었다.

청담동의 한 단란주점으로 가서 명정남의 일행이 있다는 방문을 열 때 연지의 가슴은 터질 것만 같았다. 이제 곧 윤빈을 보게 될 터였다.

3년 만에 만나게 된 무대 뒤에서 알 듯 모를 듯한 눈빛으로 '안녕하세요?'란 인사말만 남기고 꿈처럼, 바람처럼 사라졌던 윤빈, 그러나 윤빈은 그곳에 없었다.

명정남과 개그맨 이형석, 그리고 김철민만 있었던 것이다. 마음 한 구석으로 실망감과 허전함이 밀려 왔으나 연지는 내색을 하지 않았다. 3년은 참으로 긴 시간이었다. 그런 감정을 겉으로 드러내기엔 그간 연지는 너무나 노회해져 버린 것이다.

"어? 어서 와요, 김연지 양. 이거 대스타가 이런 자리를 다 와 주시고. 영광입니다, 영광."

"아이, 선생님 또 그러신다. 오늘 불러 주셔서 정말 감사합니다."

"야, 우리 연지 양이 선생님 이러니까 엄청 서글퍼지네. 그냥 오빠라고 하면 안 될까? 안 되겠지? 어이구 이 주책."

"그럼 오빠라고 할까요? 그럼 선생님도 말씀 편하게 하세요. 새삼스럽게 연지 양 이러니까 닭살이 돋네요."

"그래? 그 예쁜 피부에 닭살이 나오면 안 되지. 아, 그리고 서로 인사들 해. 뭐 오늘 한 무대에 섰으니 다 알겠지만."

"연지 씨, 반가워요. 오늘 수고 많았어요. 공연도 그렇고 이곳도 그렇고 나와 줘서 정말 고마워요."

이미테이션

259

"예, 선배님, 오늘 수고 많으셨습니다. 공연 아주 좋던데요?"

"맞아, 오늘 공연 끝내주긴 했지. 아무튼 고맙고, 여기 철민이랑도 인사 나누지."

"안녕하세요?"

"예, 안녕하세요? 저 철민입니다, 김철민."

"자, 두 청춘 남녀들이 있으니까 분위기가 이제 좀 사는 것 같네. 한 잔 하자고. 오늘 모두들 수고했어, 연지는 정말 고맙고."

연지와 철민의 눈과 잔이 부딪혔다. 안경 너머 철민의 눈을 보는 순간 연지는 갑작스레 소름이 돋는 듯했다. 왠지 익숙한 눈길이라는 느낌 때문이었다.

그러나 단지 그뿐. 연지의 머릿속에는 아직도 이곳에 있지 않은 윤빈 생각뿐이었다. 서빙을 위해 종업원이 드나들 때마다 뭔가 기대를 했다가 실망을 하는 기색이 누가 봐도 역력한 연지를 보고 정남이 물었다.

"연지, 누구 올 사람 있어?"

"아, 아니요."

"누구 기다리는 눈치인데?"

"오늘 콘서트에 나오신 분은 안 오시나 보지요?"

"누구? 여기 다 와 있잖아?"

"윤빈, 아니 그놈인가 뭔가라고 하던 분."

"아! 그놈? 그놈 여기 있잖아?"

"……."

"연지, 너 정말 몰랐어? 우리가 그렇게 완벽했었나? 여기 철민이 바로 그놈이잖아? 모르겠어?"

"두 분이 같이 무대에 섰었잖아요?"

260

"아, 그거? 그거야 여기 철민이 윤빈이 분장을 하고, 철민이랑 닮은 놈이 철민이 흉내를 낸 거지. 너무 복잡한가?"

"두 분이 같이 노래도 했잖아요?"

"아, 엔딩 때 그거? 그거야 한 놈은 립싱크를 한 거지. 야, 이거 오늘 미인이 앞에 있다고 우리 영업 비밀 다 밝히네."

'그랬던 거구나. 그걸 모르고서 나는 정말 윤빈이라 생각했는데……'

실망감에 젖은 연지는 그때야 맞은편에서 간단한 인사 이후 자신과는 눈 한 번 맞추지 않은 채 말없이 술만 들이켜는 철민을 찬찬히 살펴보았다. 윤빈 생각에 빠져 건성으로 인사를 나누던 때와는 달랐다. 그러고 보니 왠지 익숙했던 느낌이 든 눈빛뿐만이 아니라 철민은 윤빈과 정말 비슷하다는 생각이 들었다.

'어쩜 저리도 닮을 수가 있지?'

연지는 윤빈의 얼굴을 떠올리려 애를 써 보았다. 하지만 안타깝게도 좀체 윤곽이 잡히지 않았다. 3년 전이라고는 했으나 짧은 시간이나마 한때 자신이 불같이 사랑했고, 의지를 했던 사람이고, 비록 한번으로 끝나기는 했지만 서로의 몸까지 나눈 사이인데 그 모습조차 확실히 그려지지 않다니!

그러고 보니 '과연 내 자신이 윤빈을 얼마나 많이 알던가?' 하는 새삼스런 생각이 들었다. 윤빈의 얼굴을 제대로 기억하고 있는지도 확신이 안 들었다. 갑자기 모든 게 혼란스럽다는 생각이 들었다. 윤빈도, 자신도, 그리고 이 자리도, 모든 게 장난 같기도 하고 연극 무대 위에 서서 남의 인생에 대해 열심히 대사를 치는 중 같기도 했다.

'될 대로 되라지.'

그녀는 몹시도 술이 고팠다.

5

다음 날 아침, 타는 듯한 갈증에 눈을 뜬 연지는 자신의 곁에 남자가 누워 있는 것을 보고 벌떡 몸을 일으켰다. 나신으로 잠들어 있는 남자는 철민이었다.

그리고 보니 자신도 옷 하나 걸치지 않은 벌거숭이였다. 방의 구조로 보아 분명 호텔이건만 연지는 자신이 어떻게 여기에 와 있는지 도통 생각이 나지 않았다. 어제 철민의 1인2역 콘서트를 마치고 회식 자리에 참석을 해 함께 술을 마셨다는 기억뿐이었다. 어렴풋이 노래방에도 갔었던 것 같은 기억도 나기는 했다.

냉장고에서 물병을 꺼내 물을 들이켠 연지는 웅크린 채 잠들어 있는 철민에게 이불을 둘러 주었다. 그리고서는 방 한쪽에 놓인 작은 탁자 앞 의자에 앉아 핸드백에서 담배를 찾아 꺼내 물었다. 문득 자신이 담배를 피기 시작한 게 언제부터였던가, 하는 생각이 들었다. 어쩜 윤빈이 사고를 내고 구속이 될 때쯤 아니었나 싶었다. 아니 백 사장의 농간으로 김 국장에게 강간을 당한 날 이후부터인 것 같기도 했다. 과음한 다음 날 아침 쓰린 속으로 들이켜는 담배 연기는 아주 달았다.

그녀는 여전히 고른 숨을 내쉬는 철민을 물끄러미 바라보았다. 잠을 자고 있는 그의 얼굴은 왠지 아주 익숙하기도 하고 한편으론 아주 낯설게도 보였다. 그가 몸을 뒤척이자 이불이 벗겨지면서 그의 벗은 몸이 드러났다.

연지 역시 그냥 알몸인 채였다. '어젯밤에 우리가 서로 사랑을 나누었던가?' 자신의 유방에서 별로 아름답지 못한 냄새를 풍기고 있는 이 자국은 분명 철민의 침이리라, 아무리 애를 써도 둘 사이에 어떤 일이

_김영복 장편소설

있었는지 기억을 떠올릴 수 없었다.

재떨이에다 담배를 비벼 끈 연지는 욕실로 들어가 샤워를 했다. 뜨거운 물을 온몸으로 받으면서 연지는 언제던가 윤빈의 집에서 이렇게 샤워를 마치고 나왔을 때 미동도 안 한 채 거실에 앉아 있던 윤빈의 모습을 떠올렸다. 지금 저 문을 열고 나가면 마치 철민도 그러한 자세로 앉아 있을 것만 같았다. 다급한 마음이 들기 시작했다.

그녀가 서둘러 샤워를 마치고 몸도 채 닦지 못하고 물을 흘리면서 방으로 들어왔을 때 철민은 여전히 잠든 그 모습 그대로였다. 왠지 안도감이 들었다. 샤워 타월로 몸을 감싼 연지가 철민을 흔들어 깨웠다.

"철민 씨, 철민 씨."

철민은 잔뜩 인상을 찌푸리며 눈을 떴다. 그러더니 연지를 낯설다는 표정으로 한참을 쳐다보더니 벌떡 몸을 일으켰다.

"어, 연지 씨, 벌써 일어났네요."

"저도 방금 일어났어요."

"잘 잤어요?"

"잘 잔건지 아닌지 모르겠거든요."

"물 있어요?"

연지가 다시 냉장고 문을 열고 물병을 꺼내 그에게 건넸다. 철민은 그 물을 벌컥벌컥 들이켰다. 연지는 물이 넘어 갈 때마다 아래, 위로 움직이는 그의 목젖이 참 예쁘다는 생각을 했다.

"물 더 줄까요?"

"됐어요."

"그런데 우리 어떻게 된 거에요?"

"뭐가?"

아미테이션

"우리가 왜 같이 여기에 있느냐고요. 도대체 여기가 어디쯤이에요?"

"기억 안 나?"

"노래방에 간 거 같기도 하고 아닌 거 같기도 하고. 나 정말 하나도 기억 못 하겠어요."

"어제 연지 술 많이 취했더라고."

"그래서요?"

"뭘 그래서야? 노래방에서 남 노래시켜 놓고 의자로 쓰러진 사람 겨우 데리고 온 거지. 무겁기는 오지게 무겁더라."

"내 옷은 누가 벗기고요?"

"옷? 내가 벗겼는데."

"그런 법이 어디 있어요? 술 취한 사람을."

"이것 보세요. 김연지 씨가 벗겨 달라고 사정했거든요."

"뭔 사정을 했다고 그래요?"

"알았으니 이리 와 봐. 화장 안 한 모습이 더 예뻐 보이네."

"미쳤어요?"

"왜 술 취하면 그래도 되고 맨 정신에 이러면 미친 건가?"

철민이 웃으면서 두 팔을 벌려 연지를 맞이하는 자세를 취했다.

"그 수건 치워 버리고 이리 와."

"그런데 언제부터 나한테 반말하는 거예요? 누구 마음대로?"

"어제 그러기로 했잖아?"

"기억 안 난다니까."

"그럼 지금부터 하는 걸로 다시 정하지 뭐. 하여튼 이리 오라니까."

연지는 시키는 대로 했다. 앞으로는 그렇게 쉬운 것 말고 더 어려운 것도 시키는 대로 하고 싶다는 생각과 함께. '이젠 윤빈을 보낼 때처럼 굴지 않을 것이다. 절대로……'

6

"야, 김연지, 넌 왜 그 버릇 그렇게 못 고치냐. 응? 그게 안 돼?"

"뭐가요?"

"또 오리발, 야 너 어저께 어디서 잤어?"

"호텔에서 잤어요. 왜?"

"어이구, 그러셨어요? 우리의 인기 배우께서 호텔에서 주무셨네요. 그런데 누구랑 주무셨을까?"

"내가 누구랑 자건 사장님이 웬 참견이에요?"

"우와, 우리 김연지 씨 큰 것 좀 봐, 정말 무럭무럭 많이 크셨네요."

"아이, 정말 듣기 싫네. 거 이죽거리지 좀 마요, 좀."

"야, 넌 젊은 놈은 다 따 먹냐? 응? 이 색골."

"그래요. 나 젊은 아이들 따먹는 게 취미예요. 됐어요?"

"늙은 놈한테 돈 벌어서 젊고 싱싱한 아이들에게 쓰시겠다고? 그건 아니지. 나랑 써야지. 안 그래?"

"말 정말 그렇게 막 하실 거예요?"

"너 철민이 그놈이 누군지나 알아?"

"그게 뭔 소리예요?"

"야, 그놈이 윤빈이야, 윤빈이. 너는 어떻게 같이 썹을 한 놈도 못 알아보냐?"

연지는 갑자기 머리에 철퇴를 맞은 듯했다. 절대로 그럴 리 없었다.

"하여간 돌대가리 하고는. 하여튼 이젠 나도 모르니까 네 맘대로 하고 싶은 대로 다 해보셔. 스케줄이나 빵꾸 내지 말고."

"그게 무슨 소리냐니까요?"

"뭔 소리?"

"철민이가 윤빈이라는 말씀 말이에요."

"야, 보면 모르니? 응? 정말 모르겠어? 딴 놈은 다 속여도 내 눈은 못 속인다니까."

"그게 무슨 말도 안 되는 말씀이에요?"

"그럼 내 말이 말이 아니면 막걸리냐? 조심해라, 돌대가리야. 그놈 무서운 놈이에요. 알지? 하긴 네가 뭘 알겠니?"

"그럴 리 없어요. 내가 아무리 윤빈 씨도 못 알아볼까 봐."

"'윤빈'씨' 같은 소리 하고 앉아 있네. 하여튼 난 모르니 알아서 하시라고."

연지는 백 사장의 말이 믿기지 않았다. 하지만 천하의 능구렁이 백 사장이 그렇게 말하는 데에는 분명 그럴 만한 근거가 있을 것이었다. 연지는 애써 예전의 자신이 기억하는 윤빈과 바로 어젯밤 아니 오늘 아침까지 뜨거운 사랑을 나눈 철민의 모습을 겹쳐 보았다.

하지만 확신이 안 들었다. 단지 과연 이런 일이 있을 수 있겠느냐는 생각뿐이었다. 비록 3년이 지났다고는 하나 그 사이에 그렇듯 알아볼 수 없다는 건 도저히 말이 되지 않는 소리였다. 코도 눈도 달랐다.

그러나 그것 역시 확신을 할 수 없기는 마찬가지였다. 연지는 세상엔 우리의 상상을 뛰어넘는 일이 수시로 벌어지고 있다는 걸 잘 알고 있었다.

7

시간이 지날수록 철민이 과연 윤빈인지 아닌지 여부에 대한 연지의 혼란은 깊어만 갔다. 철민은 윤빈보다 키가 작았다. 눈에 쌍꺼풀도 있었다. 윤빈은 뺨이 비교적 홀쭉한 편이라 광대뼈가 도드라져 보이는데 철민은 모가 없어 좀 더 편해 보이는 얼굴이었다. 코도 철민이 좀 높은 듯했다.

연지의 혼란을 더하는 것은 철민의 깜놀 콘서트 날의 기억이었다. 그때 그녀는 '그놈'이 틀림없는 윤빈이라 믿었다. 믿고 안 믿고 따질 것 없이 그녀의 눈에 그는 분명 윤빈이었다.

그런데 명정남은 그건 철민이 분장을 한 것이라고 말했다. 만약 그의 말대로 분장을 함으로써 철민이 윤빈으로 완벽히 변신을 했다면 예전의 윤빈의 모습, 즉 자신이 기억하고 있는 윤빈의 모습 또한 분장했던 상태의 모습일 수도 있다는 생각이 들었다.

그때도 분장을 지우면 지금 철민의 모습일 수도 있는 것이 아닐까? 연지는 자신이 과연 윤빈이 신발을 벗고 있을 때의 키를 본 적이 있던가 하는 생각을 해 보았다. 있었다면 한강에 갔다가 그의 아파트에 간 날 뿐일 것이라는 생각이 들었다.

그때 그가 아파트 안에서 서 있는 모습을 보여 준 적이 있었던가? 정말 기억이 나지 않았다. 하여튼 그날 그의 키에 대한 의문이 없었던 것으로 보아서는 신발을 벗은 그의 모습에서 아무런 이상한 점을 못 발견했던 것 같았다. 어쨌든 키는 키높이 구두로 얼마든지 속일 수 있지 않았을까? 예전에 늘 키높이 구두를 신었다가 이제 벗고 다닌다면 그의 키가 줄어 둔 것은 당연한 일인 것이다.

쌍꺼풀은? 윤빈의 매력 포인트라고 했던 쌍꺼풀 없는 눈은? '맞아, 성형수술이 있지.' 쌍꺼풀 정도나 코, 각이 진 광대뼈 같은 것은 간단한 수술로 얼마든지 만들어 내기도 하고 바꿀 수도 있는 터였다.

그렇다면 도대체 왜 윤빈이가 다른 사람의 모습을 하고 나타났을까? 왜? 만일 그게 사실이라 가정하고 생각해보니 그럴 만도 하다 싶었다. 그 큰 사고를 내 놓고서 다시 연예계로 돌아오기는 힘들 것이다. 그렇다면 타인으로 신분을 속이고 새로 데뷔를 하는 모양새라면 어떨까?

연지는 자신의 생각이 적어도 이론상으로는 모두 다 충분히 가능성이 있다는 걸 인정했다. 분명한 건 그건 어디까지나 이론에 불과할 뿐 자기 눈앞의 현실로 나타나기에는 너무도 엄청난 상상이라는 것이었다. 인터넷에는 이미 철민의 고등학교 때의 사진이 '굴욕'이란 제목을 달고 떠다니고 있었다.

그래도 연지는 철민을 만나 반드시 확인을 해보리라 다짐했다. 만일 윤빈이 의도적으로 철민 행세를 하는 것이라면 분명 그 목적을 달성하기 위해 순순히 본색을 드러내지는 않을 것이라는 걸 모르고 하는 다짐이 아니었다.

8

연지의 복잡하고 착잡한 심경과는 달리 철민은 아주 심상한 목소리로 전화를 받았다.

"어, 나야, 웬일이야. 바쁠 텐데?"

"바쁘긴. 요샌 일주일에 이틀만 녹화하면 되는걸."

"그래도 대본 연습이네 하면서 늘 나가 있어야 하는 거 아닌가? 다른 스케줄도 있을 거고."

"그렇긴 하지만. 하여튼 오빠 오늘 저녁에 시간 있어?"

"왜?"

"나 술 좀 사 달라고."

"왜, 또 삐었다는 핑계로 호텔 가려고?"

"핑계 안 대고 맨 정신으로 가면 되지 뭘."

"그런데 사람들 눈에 띄고 그래도 되나?"

"괜찮아. 뭐 어때서 그래. 그냥 술 한잔하는 건데."

"그래도."

"생얼에다 모자 쓰고 안경 끼고 하면 알아보는 사람도 없어."

연지의 머리에 한강의 기억이 스쳐 지나갔다.

"그래. 뭐 그렇다면야 한잔 하지 뭐."

그날 저녁 그들이 마주 앉은 곳은 압구정동에 이런 곳이 있나 싶게 허름한 대폿집이었다. '대박났네'라는 촌스런 간판을 머리에 이고 있는 그 집에는 의외로 사람들로 북적이고 있었다.

"오빠, 홍어 먹을 줄 알아?"

"홍어? 그럼. 우리 고향이 전라도잖아, 전라도."

"충청도 어디라고 했던 거 같은데?"

"아는구나? 맞아, 진천."

"진천? 그런 데도 있었나?"

"무슨 소리야. 그래도 충북에선 커다란 군인데."

연지는 윤빈이 자신에게 고향을 알려 주었었던가 기억을 더듬어 보았다. 기억에 없었다.

"이 집에 자주 오나 보지?"

"응. 집에서 가깝잖아."

"어디 산다고 했더라?"

"말 안 했던가? 여기서 조금만 올라가면 돼. 미성아파트야."

"정말 가깝네."

"오빠는?"

"나? 난 아직 충무로 사무실 앞의 여관 방 신세잖아. 방을 얻어 준

이미테이션

269

다고 했는데 아직 마땅한 데가 없어서 그냥 그렇게 살아."

"누가?"

"뭘?"

"방을 누가 얻어 준다고 했냐고."

"누구겠어. 명 사장님이지."

"그분 참 좋아 보이더라. 사람들은 다 무서운 분이라고 하던데 말이야."

"더 겪어봐야 알지 뭐."

맞았다. 사람은 늘 더 겪어봐야 하는 법이다.

"그나저나 오빠, 우리 둘 다 야구 모자 눌러쓰고 도수도 없는 안경 끼고 이렇게 만나니까 꼭 간첩들 같다 그렇지?"

철민은 걸려들지 않았다.

"그런가?"

"사실 이런 데 오지 말고, 요 건너편에 한강으로 가는 게 더 운치가 있는데."

연지가 두 번째 낚시를 던졌으나 입질이 없기는 마찬가지였다.

"어디라고?"

"한강 말이야. 여기서 조금만 걸어가면 되잖아. 거기 가면 잔디도 그렇고 하여튼 참 좋아."

"그래? 여름엔 몰라도 요새 같으면 춥지 않나?"

"추우면 뭐 강 위에 떠 있는 레스토랑에 들어가면 되지 뭘."

"레스토랑이 강 위에 떠 있다고?"

"몰라? 바지선이라나 뭐라나 하는 데서 식당 하는 거?"

"몰라. 난 안 가 봤는데."

낚시는 다 실패했다. 연지는 그러고 있는 자신이 싫어졌다.

'그래. 같이 있으면 기분 좋은 이 사람이랑 일단은 그냥 즐기자. 너

270 _____김영복 장편소설

무 복잡하게 생각할 게 뭐 있어?'

어떻게 보면 이런 성격이 연지의 장점이기도 하고 또 한계인지도 몰랐다.

"오빠 나 담배 한 대만 펴도 될까?"

"그럼."

"흉하지?"

"뭐가?"

"여자가 담배 피는 거."

"흉하긴."

"나 솔직히 아직 담배 맛도 잘 몰라. 그냥 피우는 거야."

"왜?"

"그냥 피우고 싶어질 때가 있어."

"지금 같은 때?"

"오빠, 옛날에 말이야. 나랑 윤빈이랑 그렇고 그렇다는 소문 있었던 거 알아?"

"응, 그날 들었어."

"그날이 언젠데?"

"그날 있잖아, 우리 처음 만난 날."

"아, 그날. 누가 그래?"

"명 사장님이 그러시더라고."

"그 말 듣고 기분이 어땠어?"

"어떨 게 뭐 있어? 그냥 그런가 보다 했지."

"그 소문 사실이었거든."

"그래?"

"응. 사실은 내가 윤빈 오빠를 짝사랑한 거지만 말이야."

"혼자서만?"

"글쎄, 잘 모르겠어. 어쩜 그 오빠도 날 좋아했던 것 같기도 하고."

"그런데?"

"뭘 그런 데야. 다 옛날 이야기지 뭐."

"그게 끝이야?"

"응, 내가 지금도 좀 가슴 아픈 게 그게 좀 이상하게 막을 내렸거든."

"뭐가 이상한데?"

"응, 갑자기 생각지도 못한 상황이 오니까 마음하고 몸하고 따로 놀더라고."

"다 그렇지 뭐. 그런데 갑자기 그 이야기는 왜?"

연지는 자신이 윤빈에게 미안해하고 있다는 걸 철민에게라도 꼭 말해야 될 것 같았다.

"담배 피다 보니 그냥 생각이 났지 뭐."

"소주 더 시킬까?"

"오빠, 우리 다른 집 가서 마시자."

"왜? 이 집 괜찮은데."

"사람들이 자꾸 우리를 흘깃거리잖아. 기, 조용한 데 있어."

연지가 철민을 데리고 간 곳은 의외로 조용한 곳과는 거리가 먼 강남 신사동의 한 나이트클럽이었다.

"조용한 데 가자며."

"방에 들어가면 이런 데가 더 조용하잖아."

연지의 말대로 소리를 질러야만 겨우 대화가 될까 말까 싶게 시끄러운 홀과 달리 웨이터가 안내해 준 방은 조용했다. 모니터에는 광란의 홀 풍경이 비쳐지고 스피커를 통해 대폭 낮아진 음악이 흘러나오고 있었다.

272

연지가 양주를 시켰다. 철민은 몇 달 전 모창 대회를 나가기 위해 갔던 수원의 나이트클럽이 생각났다

"비쌀 텐데."

"원래 룸에 들어오려면 이런 거 시켜야 하잖아."

"그래?"

"오빠, 이따가 우리도 나가서 춤추자."

"사람들은 어떻게 하고?"

"못 알아본다니까."

"설마?"

"아냐, 진짜야. 또 알아보면 어때? 여기는 남의 일 신경 쓰는 사람들은 안 오거든."

"난 춤 못 춰."

"춤을 못 추는 게 어디 있어? 그냥 음악에 맡기면 되는 거지. 그리고 오빠도 가수잖아, 가수?"

"남의 흉내나 내는 게 가수는 무슨. 어쨌든 그래도 춤은 좀 아니다. 그냥 술이나 마시지 뭐."

"그럼 그러지 뭐."

연지와 철민은 한참 동안 술을 마시는 데 열중을 했다.

"오빠."

"응."

"사람들이 나보고 뭐라고 그러는 줄 알아?"

"뭐라고 하는데?"

"나보고 걸레래, 걸레."

"누가?"

"다 그런다니까. 개새끼들."

이미테이션

"아니면 됐지, 뭘."

"그렇지 오빠, 나 걸레 아니지?"

"……."

"왜? 오빠도 날 그렇게 보는 거야? 그래, 마음대로 생각해."

연지는 자신의 잔에 양주를 붓곤 단숨에 들이마셨다.

"오빠."

"또 왜?"

"사람들이 또 뭐라는 줄 알아?"

"또 뭐라고 그러는데?"

"오빠가 말이야, 윤빈이라는 거 있지? 나 참 웃겨서 말이야."

"사람들 누구?"

"백 사장 그 새끼도 그러고. 아참 오빠 우리 백 사장 아나?"

"응, 조금."

"하여튼 그런 새끼 있어요. 개새끼거든. 그 새끼가 그러더라고."

"내가 윤빈이라고?"

"글쎄 말이야."

"그러거나 말거나."

"나도 처음엔 미친 소리 한다고 생각했지. 그런데 말이야, 지금은 잘
모르겠어."

"뭘?"

"오빠가 윤빈이 같기도 하고 윤빈이가 오빠 같기도 하고."

"너 술 취했구나?"

"왜? 난 술 취하면 안 돼? 걸레라서 안 되는 거야?"

"연지야."

"오빠, 생각해 보니까 말이야. 난 오빠가 윤빈이라도 상관없는 것

_김영복 장편소설

같아."

"그게 무슨 말도 안 되는 소리야?"

"그렇지? 말 안 되지? 하여튼 상관없다고."

"왜 상관없는데?"

"옛날에 말이야, 내가 윤빈이를 사랑했었잖아. 지금은 오빠를 사랑하고. 그러니까 누가 됐건 지금처럼 둘 중 아무나 내 앞에 있으면 된다 이거지, 뭐."

"말 무지 어렵게 한다."

"그렇지? 어렵지? 나도 어려워."

"우리 춤추러 나갈까?"

"진짜? 안 나간다며?"

"나가보지 뭐, 술도 깰 겸."

연지는 철민의 팔짱을 끼고 굉음이 울리고 있는 홀로 나섰다.

'맞아, 윤빈이면 어떻고 또 아니면 어때?'

연지에겐 지금 이 순간이 중요했다.

9

그날 밤 철민은 연지의 아파트에서 묵었다. 싫다는 것을 연지가 억지로 끌고 온 것이다.

철민은 소파에 앉아 사방을 둘러보았다.

"집 좋네."

"좋긴, 내 집도 아닌데."

"컴퓨터도 하는구나."

"요새 컴퓨터 안하는 사람이 어디 있어? 모니터도 해야 되고 또 내

이미테이션

프로 게시판도 보고 그래."

"악플도 많지?"

"다 악플이지 뭐."

"신경 쓰지 마."

"신경 안 써. 신경 써 보았자 악플 단 그 인간들만 고소해 할 텐데 내가 왜 신경 쓰겠어?"

"술 좀 있니?"

"맥주 있는데 줄까?"

연지가 냉장고에서 캔 맥주와 육포를 가지고 왔다. 맥주는 시원했다.

"좋다, 그렇지?"

"응."

"오빠."

"왜?"

"나 오늘 이상하게 자꾸 윤빈이 오빠 이야기를 하고 싶네. 술 취해서 그런가?"

"사연이 많았나 보지?"

"아니야, 사연이 너무 없으니까 더 그런 것 같아."

"이야기 하고 싶으면 해 봐. 들을게."

"괜찮아?"

"괜찮지 않으면?"

"그때 말이야, 왜 있잖아 그 오빠 사고 나던 날, 그날도 우리 이렇게 술 마시고 있었거든."

"……."

"그런데 그만 싸움이 난 거야."

"왜?"

"내 잘못이지 뭐."

"……."

"그때 윤빈이 오빠가 한 영화가 완전 망했거든, 그나마 다행히 OST 로 삽입된 곡을 윤빈이 오빠가 전부 불렀었는데 그중 몇 곡이 나름 히 트를 치긴 했어. 그런데 그건 화려하기만 했지 돈은 안 되고, 팬클럽 애들만 신나서 파란색 풍선을 들고 난리들 칠 때였지. 하여튼 그래서 굉장히 힘들어 할 때였는데 난 그걸 뻔히 알면서도……."

"어떻게 했는데?"

"솔직히 그때 나도 무지 힘들었었거든. 내놓는 노래마다 망하지, 백 사장 그 새끼는 사람 취급도 안 하지. 하여튼 나도 내 마음이 아니었 었어."

"……."

"윤빈이 오빠는 사실 나를 보고 위로를 받으러 온 건지도 모르는데 난 그렇게 난리를 쳤으니, 나도 참."

철민은 잠자코 맥주만 마실 뿐이었다.

"그때 말이야, 지금 생각하면 내가 왜 그런 바보짓을 했는지 모르겠 는데 말이야. 난 그때 기껏 찾아 온 사람에게 강 회장한테나 가지, 왜 나한테 왔냐고 소리를 지르고 그랬다니까."

"강 회장이 누군데?"

"몰라?"

"누구냐니까?"

"서원그룹 회장 있잖아?"

"모르겠는데?"

"하여튼 그런 여자가 있어. 그때 그 여자가 윤빈이 오빠 스폰을 하 고 있었거든."

이미테이션   277

"스폰?"

"응, 스폰."

"……."

"그때 그 여자가 윤빈이 오빠한테 냉정하게 했던 모양이더라고."

"스폰이라며."

"글쎄 말이야, 기껏 키워 주더니 정말 힘이 필요할 때 등을 돌리니까 윤빈이 오빠가 충격이 컸던 모양이었나 봐."

"그래서?"

"나랑 술 마시면서 자꾸 그 여자 이야기만 하잖아. 그래서 내가 그 여자한테 가라고 소리 소리를 지르는 바람에 싸움이 된 거지. 지금 생각해 보면 내가 질투를 한 게 아닌가 싶어."

"질투하는 게 당연한 거 아닌가?"

"아니야, 그때 나는 그런 거 다 이해한다고 했었거든. 아마 말뿐이었던 모양이지 뭐."

"……."

"그래도 그렇지. 그 여자도 어떻게 그럴 수 있냐? 그렇지?"

"원래 사람은 다 그런 거 아닌가?"

"글쎄 말이야, 그러고 보면 그 오빠도 참 순진했던 거 같아. 그렇지?"

"……."

"그 여자 입을 싹 닦고 결혼까지 했잖아."

"결혼 했어? 미혼이었던 모양이지?"

"노처녀였잖아. 정말 노처녀."

"……."

"그건 그렇고 그날 말이야. 내가 그렇게 덤벼드니까 윤빈이 오빠가 가겠다고 나서더라고. 차를 가지고 말이야."

278

"그런데?"

"술이 잔뜩 취했었거든."

"그럼 말리지 그랬어?"

"말렸지. 그런데 내 말을 듣느냐고. 가네, 못 가네 하며 다투다가 나도 그 차에 탔잖아."

"왜?"

"못 가게 말리려고 그런 거지."

"그런데?"

"뭘 그런 데야? 사고가 난거지."

"……"

"그런데 내가 어떻게 했는지 알아?"

"어떻게 했는데?"

"횡단보도에서 사람 둘을 치고 그냥 도망가다가 코너 길에서 주차되어 있는 차를 받고 멈췄잖아. 윤빈이 오빠는 얼굴 다 다치고."

"연지 너는?"

"나? 내가 지금 그 말 하는 거 아니야? 딱 그런 일이 생기니까 정말 큰일이 났다는 생각이 들더라고. 그래 정신없이 도망쳤지 뭐야."

"윤빈이를 그냥 놔두고 도망쳤다고?"

"지금 생각해보면 내가 왜 그랬는지 모른다는 생각에 후회를 하지만 그땐 순간적으로 그래야 하겠다는 생각이 들었지 뭐야."

"할 수 없지 뭐. 네가 같이 있었다고 해서 뭐 나아질 것도 없잖아? 연예인들이니 상황만 더 복잡해질 텐데."

"그렇지? 오빠도 그렇게 생각되지? 그런데 그게 아직도 마음에 걸리는 거 있지?"

"그래 봤자지 뭐. 다 지난 일인데, 어쩜 윤빈인가 하는 그 친구도 연

이미테이션

지가 자리를 피한 게 다행이라 생각할 텐데 뭘."

"그런데 그 오빠는 알까 모르겠어."

"뭘?"

"내가 도망쳐 버린 거."

"알지, 몰라? 같이 타고 있었다며?"

"그 오빠가 술이 무지 취해 있었거든. 그러니 어쩜 기억을 못 할 수도 있고."

"그게 뭐 중요하냐?"

"그래도."

"잊어버려. 다 지난 일인데 뭘."

"지금이라도 윤빈이 오빠를 만나면 미안하다고 해야 마음이 편할 것 같아. 용서해 줄지는 모르지만."

"용서하고 안 하고가 어디 있어? 연지, 네가 잘못한 것도 없잖아?"

"그래도."

"그리고 나서 만났었나?"

"만나긴? 내가 교도소로 한 번 면회를 갔었는데 만나 주지도 않더라고."

"나라도 그랬겠다."

"왜?"

"너라면 그런 모습으로 만나고 싶어지겠어? 엄마라면 또 모를까?"

"그랬을까?"

"윤빈이는 아직도 소식 없는 거지?"

"글쎄 말이야. 어디서 뭘 하는지. 분명 내 소식 듣고 있을 텐데 말이야"

"연락이 오면 어떻게 할 건데?"

"솔직히 잘 모르겠어. 어떻게 해야 될지. 그래서 차라리 지금이 편하긴 해."

"그럼 됐지 뭘."

"오빠, 우리 그만 자자."

"먼저 자."

"왜?"

"아냐, 금방 들어갈게."

"그럼 마시고 있어, 나 씻고 나올게."

연지는 욕실로 들어가면서 자신이 나올 때 예전의 윤빈처럼 철민이 그 자리에 그런 모습으로 있지 않았으면 싶었다. 그런 모습은 더 이상 보고 싶지 않았다.

10

연지가 철민에게 마치 윤빈이를 앞에 둔 것처럼 자신이 속마음을 털어 놓고 밤을 함께 보낸 날 이후 두 사람은 연인이 되었다. 그러나 마침 그 무렵 연지는 여전히 인기 정상을 달리는 드라마를 계속 하고 있었고, 철민은 처음으로 자신의 이름을 달고 나온 앨범이 제법 인기를 끌기 시작한 때라 실제로 얼굴을 마주 할 시간도 그리 많지 않았다.

게다가 스케줄에 지장만 없으면 비교적 자유롭게 놔두는 명정남과는 달리 백 사장은 소속 연예인들, 특히 인기가 있는 여자라면 감시를 철저히 했기에 모처럼 시간이 맞는다고 해도 두 사람의 만남은 여의치 않았다.

그래서 두 사람이 생각해 낸 방법이 철민이 밤에 몰래 연지의 집을 찾는 것이었다. 철민은 늘 지하 주차장에서 엘리베이터를 탄 후 연지가 살고 있는 12층을 지나 15층에 내린 후 비상계단을 통해 내려오다

아미테이션   281

가 연지가 미리 현관문을 열어 놓고 기다리고 있는 그녀의 집으로 스며들 듯 들어가곤 했다.

물론 연지가 백가엔터의 다른 연예인들처럼 매니저나 코디와 함께 생활하지 않고 혼자 지내기에 가능한 일이었다. 철민은 그녀가 혼자 지내는 것이 정상급 스타에게만 주는 특권이라고만 생각했다.

어쨌거나, 적어도 그 공간 안에서는 누구의 감시나 간섭을 받지 않고 늘 오붓한 둘만의 밤을 지낼 수 있어 사랑에 빠진 젊은 두 사람 모두는 마냥 행복했다.

그러나 언젠가 연지가 윤빈의 아파트에 들렀던 날처럼 훼방꾼은 늘 존재하는 법이었다. 어느 날 밤, 그렇게 연지의 집을 찾은 철민과 연지는 컴퓨터로 연지가 출연하는 드라마 게시판에 달린 댓글들을 함께 읽으며 킥킥 대고 있을 때였다. 시간은 이미 새벽 한 시를 넘어서고 있었다.

갑자기 거실에 붙어 있는 현관 인터폰의 벨이 울리기 시작했다. 연지가 의아한 얼굴로 철민에게 물었다.

"누구지? 이 시간에, 혹시 뭐 시킨 거 있어?"

"아니."

"그런데 누구야?"

인터폰에 달려 있는 작은 화면을 들여다보던 연지의 입에서 '흑'하는 작은 신음 소리가 배어 나왔다.

"어머, 어떻게 해? 혹시 오늘이 수요일인가. 맞아, 수요일이네. 어떻게 하지."

철민은 그런 연지를 물끄러미 쳐다볼 뿐이었다. 연지가 현관으로 가더니 철민의 운동화를 들고 들어 왔다.

"오빠, 정말 미안해. 잠깐만 저 방에 좀 가 있어 줘."

벨은 계속 울리고 있었고 연지의 눈은 애원을 하고 있었다. 철민은 사태를 알아챘다.

"미안해 오빠. 응? 이야기는 나중에 할게. 빨리."

철민은 자신의 신발을 들고 연지가 가리키는 방으로 들어서서 문을 닫았다. 갑자기 문이 벌컥 열리면서 철민의 잠바가 방 안으로 날아들었다.

벨 소리는 방 안에서도 또렷했다.

"네, 나가요."

잠시 후 문이 열리는 소리가 철민의 귀에 들려왔다.

"뭐해? 빨리 문 열지 않고?"

"웬일이세요? 전화도 없이."

"내 집에 오는데 무슨 전화를 해? 오늘 수요일인 거 몰랐어?"

"모르긴요?"

"그런데 사람을 그렇게 오래 밖에 세워 놓니? 너 뭐하고 있었어? 혹시 남자라도 온 거 아니야?"

"또 쓸데없는 말씀 하신다. 그냥 몸이 안 좋아 잠깐 누워 있다는 게 그만 깜박 잠이 들었었던 모양이에요."

"잠잔 얼굴이 아닌데? 아냐, 수상해. 저 방에 있냐? 남자 말이야."

"예, 있어요. 가서 열어 보세요."

"야, 됐고, 맥주 있지? 피곤해 죽겠다. 한잔 마시고 빨리 잘 테니까 맥주 좀 가지고 와."

"준비할 테니 씻기부터 하세요."

"또 그놈의 씻으라는 소리."

"그래도 씻으셔야지요."

"알았어. 안에 목욕 가운 있지?"

이미테이션

"예. 거기 개어 놓았어요."

"혹시 내가 이놈 저놈하고 같이 입는 거 아니야?"

"빨리 가서 씻기나 하세요. 맥주 가져다 놓을 테니."

"우리 키스나 한번 할까?"

"아이, 왜 이러세요? 씻고 오라니까."

"야, 알았다 알았어. 씻고 오면 되잖아."

욕실의 문이 닫히는 소리가 났다. 그리고 잠시 후, 연지가 철민이 우두커니 서 있는 방문을 살며시 열었다.

"오빠, 지금 빨리 가."

철민의 눈에서 파란 섬광이 이는 듯했다. 연지는 그와 눈을 마주치지 않았다.

"오빠, 부탁할게. 정말 미안해."

철민은 운동화를 손에 든 채 그렇게 연지의 집을 벗어났다. 하늘엔 서울답지 않게 별이 총총했다. 철민은 집으로 돌아오는 발걸음이 너무도 담담한 자신에게 놀라고 있었다.

11

다음날 연지에게서 철민에게 전화가 걸려 왔다.

"오빠, 어젠 정말 미안했어."

"괜찮아."

"괜찮기는 뭐가 괜찮아? 오빠 그러지 말고 만나자, 우리."

"그냥 전화로 얘기하지, 뭘."

"오빠, 정말 나 죽는 꼴 보려고 그래? 그래 내가 잘못했다니까. 하여튼 만나자."

284

"나는 괜찮다고 했잖아."

"오빠는 괜찮을지 모르지만 내가 안 괜찮아서 그래. 어디서 만날까?"

"나 지금 밖이야, 신사동."

"그래? 그럼 내가 그리로 갈게. 아니야, 내가 오빠 있는 곳 찾아 가려면 힘들 테니까 오빠가 그냥 압구정동으로 좀 와라. '대박났네'로."

"알았어."

"나 지금 나간다."

"그래, 나도 지금 갈게."

저녁이라고는 하나 이른 시간이라 그런지 지난번과는 달리 '대박났네'는 손님이 한 테이블도 없었다. 철민은 연지가 하루 새 무척 초췌해졌다는 걸 알아챘다. 구석진 자리에 앉은 두 사람은 한참 동안 말이 없이 싱싱한 생굴을 안주로 소주만 마셨다.

"오빠, 나 욕해도 좋아. 아니 나 욕 좀 해 줘."

"내가 왜?"

"오빠한테 욕이라도 먹어야 내가 좀 살 것 같아서 그래."

"안 그러면 죽을 것 같고?"

"오빠."

"솔직히 난 아무 생각이 없어. 그냥 덤덤해. 하여튼 그래."

"오빠. 그 사람 김 국장이란 사람이야. 오빠도 김 국장이라면 알 걸? Z TV 사장 말이야."

"내가 알아야 돼?"

"오빠."

"그래, 말해 봐."

"나 솔직히 그 사람 덕에 여기까지 올라 온 거야. 그 사람 때문에 여기에서 버티고 있고."

아미테이션   285

"……."

"오빠가 나보고 욕해도 좋고 걸레라고 해도 좋아. 비참하게 변명 같은 건 안 할게."

"그딴 이야기 말고 나한테 말하려는 게 뭐냐고?"

"오빠한테는 그딴 이야기인지는 모르지만 나한테는 중요한 이야기야."

"……."

"예전에 윤빈이 오빠도 나한테 그런 소리 한 적 있어. 난 어떤 수단을 써서라도 성공을 할 것이라고. 그러니 너는 그런 나를 무조건 믿어달라고 말이야."

"뻔뻔한 놈이네."

"아니야, 나도 처음엔 그렇게 생각했었어. 뻔뻔한 자기 합리화인데다 아주 이기적인 사람이라고 말이야. 그런데 생각해보니까 그게 아니더라고."

"그게 아니면?"

"잘 빠지지도 못한 이깟 몸은 아무 것도 아니라는 생각이 든 거지. 그때 윤빈이 오빠도 어느 재벌의 여사장 스폰을 받고 있었거든. 내가 말 안했던가? 강 회장이라고."

"들었잖아. 그래서……?"

"난 처음엔 더럽다고 생각했지. 그런데 말이야, 우리는 한번 성공해보겠다고 달려 든 연예인이잖아, 연예인. 성공을 위해서라면 무슨 일이든 해야 하는 연예인 말이야. 결국 중요한 건 마음이라는 생각이 들더라고."

"그래서 그렇게 된 거야?"

"솔직히 처음에는 그 새끼가 날 강간했었어. 아마 윤빈이 오빠가 사고를 내고 교도소에 들어갔을 때쯤일 거야. 다 백 사장 그 새끼가 꾸민 일이었지. 그 새끼가 내 술에다 약을 탔었거든."

"그런데?"

"처음엔 너무 분해서 백 사장 그 새끼도 그렇고 김 국장도 그렇고 다 고소를 해 버리려고 했었지. 그런데 말이야 내가 결국 어떻게 했는지 알아?"

"어떻게 했는데?"

"자기가 제작하는 드라마 주인공을 준다고 해서 참았지. 그러니까 내 몸하고 드라마 주인공이랑 바꾸게 된 거지."

"……."

"솔직히 난 드라마 주인공 같은 건 내 주제엔 평생 절대 안 돌아올 거라는 거 다 알고 있었거든."

"……."

"어쨌든 간에, 그런데 한 번 그런 일이 있고 나니까 이런 게 뭐 어때서? 그런 생각이 들더라고. 관계를 끊으면 당장 드라마고 뭐고 간에 다 날라 간다는 걸 알고 있었던 거지. 솔직히 내가 연기도 잘 못했잖아? 지금도 그렇기는 하지만. 어쨌든 그러다 보니까 여기까지 온 거야."

"백 사장이 네 술에다 약을 탔었다고?"

"응, 알고 보니까 그 새끼 원래 수법이 그렇더라고. 당한 아이들이 몇 명 더 있는 거 내가 다 알게 되었잖아."

"그럼 됐네, 뭘."

"뭐가?"

"너 잘되고 있는 거 말이야. 너 지금 그 생활에 만족하잖아. 솔직히 이제 와서 다 버릴 수 있어?"

"오빠가 그러라면 그럴게. 아니야, 오빠가 아무 소리 안 해도 그럴게. 이제 다 지긋지긋해."

이미테이션

"쓸데없는 소리."

"왜? 내가 거짓말 하는 거 같아? 지금 당장 백 사장 그 새끼한테 전화할까?"

"그래서 뭐가 변하는데?"

"변하다니?"

"오버하지 마. 나도 연예인이야. 긴 말 하고 싶지 않고, 우리 그냥 술이나 마시자."

"오빠."

"자, 술이나 마시자니까."

"그럼 우린 어떻게 되는 건데? 그냥 이렇게 끝나는 건가?"

"끝? 우리가 무슨 시작이라도 했었던가?"

"오빠."

"연지야, 우린 아직 별로 진도도 못 나갔잖아. 난 네가 어떤 일을 하고 다니던 간에 만약에 네가 네 마음은 나한테 있다고 한다면 그 생각 이외의 거는 상관 안 해. 이건 멋있어 보이려고 하는 소리도 아니고 마음이 넓어서도 아니야. 난 원래 그런 놈이거든. 됐니?"

"고마워 오빠, 이해해 줘서."

"그게 과연 고마워할 소리일까? 뭐 그건 모르겠고, 그럼 김 국장은 수요일에만 오는 거니?"

"응."

그날 밤, 술에 잔뜩 취해 흐트러진 걸음으로 집으로 가는 철민의 머릿속에는 내내 '백 사장이 약을 탔어. 그 사람이 날 강간했어.' 이 말이 떠나지 않았다.

12

철민은 그날 이후에도 종종 연지의 집에 들렀다. 물론 수요일엔 가지 않았다. 연지는 처음에는 그런 철민을 어떻게 대해야 할지 몰라 쩔쩔매기도 했으나 마치 아무런 일도 없다는 듯 늘 심상한 표정을 짓는 그에게 차츰 익숙해져 갔다.

연지는 철민이 자신의 삶을 이해해 준다고 생각했다. 철민이 그저 육체적인 쾌락을 위해서 자기를 찾는 게 아니라면 절대 이해할 수 없는 일임에도 연지는 그저 자신이 편리한 대로 생각키로 한 것이었다. 바로 그게 연지의 심성이고 어쩔 수 없는 한계였다.

김 국장과 그렇게 맞닥트린 지 석 달 정도 지났을 때의 어느 날 밤이었다. 철민은 연지의 컴퓨터 앞에 앉아 있었고 연지는 소파에서 자신이 나오는 드라마를 보고 있을 때였다.

"연지야, 나 여기서 물건 하나 주문해도 되겠지?"

"왜 뭐 사게?"

"응, 아직 우리 집에는 컴퓨터가 없잖아."

철민은 얼마 전 명정남이 얻어 준 조그마한 원룸에 살고 있었다.

"그래, 그럼."

얼마간의 시간이 지났다.

"연지야, 너 통장에 돈 좀 있지?"

"얼마나?"

"응, 얼마 안 돼. 잠깐만. 확인 좀 다시 하고."

철민이 컴퓨터 화면을 들여다보았다.

"12만 원"

"그 정도야 있지. 그런데 왜?"

"아니, 이거 결제 좀 하려고."

"오빠는 통장에 12만 원도 없다는 말이야?"

"내가 아무리 거지라도 설마 그 정도도 없겠냐? 내가 통장 번호를 몰라서 그래."

"통장 안 가지고 다녀? 아니면 번호라도 적어 가지고 다닐 것 아니야."

"야, 얼마 전에야 회사에서 만들어 준 통장인데 돈이 얼마나 들어 있다고 통장을 가지고 다니니? 번호도 그렇고."

"어떻게 결제할 건데?"

"여기 무통장입금 하라고 해 놓았거든. 그거 하려고."

"왜? 카드로 결제하지. 편하게."

"카드는 안 된다네."

"요새 카드가 안 되는 게 어디 있어?"

"몰라. 하여튼 카드는 안 받네. 아마 정식 쇼핑몰이 아니라서 그런 것 같아."

"뭐 살 건데?"

"응, 그냥 좀 필요한 게 있어서."

"나 선물 사주는 건 아니겠지?"

"선물? 맞아. 오늘 너한테 줄 게 있다는 걸 깜빡했네."

"와, 정말 선물 사왔구나?"

"아니, 선물은 아니고. 자, 이거."

"이거, 핸드폰이잖아."

"맞아, 앞으로 이걸로 전화할게."

"왜? 나 전화 있잖아."

"그건 회사 거잖아. 가만 생각하니까 백 사장이 내 전화번호 아는데 혹시 내가 연지에게 전화한 것 들키면 입장 곤란하잖아."

_김영복 장편소설

"뭐가?"

"아, 곤란하지. 나도 그렇고 너도 그렇고."

"누가 내 전화 확인하나 뭐."

"너 촬영이라도 들어가면 매니저나 코디가 네 전화 가지고 있을 거 아니야? 그때 확인할 수 있잖아?"

"괜찮아. 비밀번호 다 입력시켜 놨어."

"그깟 비밀번호 웬만하면 다 풀 수 있다고. 하여튼 이거 써."

"알았어. 난 또 뭐 좋은 거나 줄지 알았지."

"좋은 거 뭐?"

"커플링 같은 거 있잖아."

"너랑 나랑 커플링 끼고 다니면 참 볼만하겠다."

"누가 들키나?"

"알았어, 나중에 이따만 한 것으로 사줄게."

"그래도 핸드폰 예뻐서 좋다."

"아까 우리 무슨 이야기 했었지?"

"오빠 뭐 사려고 그러냐고 물어 봤었잖아?"

"아, 맞는다. 나 약 좀 사는 거야."

"무슨 약?"

"나 비염이 좀 있잖아? 그런데 병원이나 약국 가도 잘 안 낫더라고. 그거 미국에서 온 건데 말이야. 그게 제일 좋다고 누가 권하더라고. 그래서 한번 써 볼까 하고."

"약을 인터넷으로 사도 괜찮나?"

"괜찮아. 요샌 다 그러잖아. 약국에선 팔지도 않고."

"그래도 가짜면 어떻게 해?"

"그게 몇 푼 간다고 가짜를 만들어? 괜찮아."

이미테이션

"그래도 좀 찜찜하지 않아? 카드 결제도 안 된다고 하고."

"괜찮아. 그 사람도 여기서 샀다고 그러더라고. 아참, 택배 여기로 해도 되지?"

"오빠네 집으로 하지, 왜?"

"야, 거긴 조그만 원룸이라 내가 없으면 택배 받아 줄 사람도 없잖아? 왜, 귀찮아서 그래?"

"귀찮긴, 그냥 물어 본 거지."

"그럼 이리로 보내라고 한다?"

"응."

"아, 그리고 결제. 여기 계좌번호 보고 좀 해 주라. 내가 돈 갚을게."

"안 갚기만 해 봐라."

연지는 전화로 약값 12만 원을 계좌 이체를 시켰다. 그러고서 며칠 뒤 경비실에서 받아 놓은 것을 찾아와 철민이 온 날 그에게 전해 주었다.

그 후 그 일은 까맣게 잊었다. 그리고 다시 며칠이 흐른 어느 날 철민이 찾아와 함께 침대에 누워 있을 때였다.

"연지야, 요새 너 차 가지고 다니지? BMW."

"응, 백 사장 그 짠돌이가 사 줬잖아."

"운전은 네가 직접 하는 거니?"

"그럼 내가 하지 누가 해?"

"오늘도 하루 종일 네가 했어?"

"응. 왜?"

"아니, 아까 분명 네 차 같은데 모르는 사람이 운전을 하고 가는 것 같아서 말이야."

"오빠가 잘못 봤겠지. 오늘 하루 종일 녹화가 있어서 회사 밴 타고 다니다가 끝나고서 회사에 가서 내가 가지고 왔는데 뭘."

"그랬구나."

"뭐가?"

"아냐, 난 누가 너 운전을 해주는 사람이 있나 해서 말이지?"

"운전을 해주긴 누가 해준다고 자꾸 엉뚱한 소리야. 오늘 운전 제가 했거든요, 아저씨."

"그래. 하여튼 늘 조심해. 너 아직 초보잖아."

"그렇지 않아도 조심하거든."

"사고 낸 적은 아직 없었어?"

"응, 아직은. 뭐 사고 날 뻔한 적은 몇 번 있었지만."

"어떻게?"

"며칠 전에 내가 집에 오는 길이었거든. 밤도 꽤 돼가지고 길이 한적해서 무심히 운전을 하고 오는데 말이야. 아, 글쎄 횡단보도에서 갑자기 사람이 튀어 나오더라고. 정말 칠 뻔 했지. 나도 놀라고 그 사람은 놀래서 넘어지기까지 했잖아. 와, 그 사람 놀란 얼굴 지금도 생각나네."

"그래서?"

"뭘 그래서야? 그냥 왔지."

"그 사람이랑 아무 일도 없이? 차에서도 안 내리고?"

"그럼, 횡단보도에서 갑자기 튀어나온 건 그 사람이 잘못한 건데 나보고 어쩌라고? 내가 차에서 뭐 하러 내려? 가뜩이나 피곤하고 졸려서 짜증이 나던 판인데. 그래서 '에라 모르겠다.' 하고 그냥 왔어"

"넘어졌다면서 혹시 신고라도 하면 어떻게 하려고 그냥 왔어?"

"신고를 왜 해. 자기가 신호를 안 지킨 거고, 자기 혼자 넘어 진 건데. 신고하라고 그러지. 난 신경 안 써."

"그래도 다음에 또 그런 일 생기면 꼭 내려서 확인하고 연락처도 받아 놓고 그래. 조금 이상하면 경찰 불러서 단단히 확인도 하고. 윤빈이도 그냥 가는 바람에 괜히 일을 키웠던 거잖아."

"윤빈이 오빠는 사고를 내고 도망친 거고, 나는 사고를 안 냈으니 그
냥 온 건데 뭘."

"그래도 상대방이 자기를 치고 도망갔다고 신고를 하면 당하는 거
야. 본 사람도 없잖아?"

"도망갔다고 신고하라고 그러지. 할 수 없지 뭐. 그런데 오늘은 왜
운전 이야기야?"

"아냐. 갑자기 윤빈이라는 친구가 생각나서 그랬어. 그 사고 때문이
아니라 사고를 내고 도망을 가는 바람에 일을 키운 거 아니야?"

"……"

"하여튼 다음부터는 도망치지 마."

"알았어. 다음엔 절대로 도망치지 않겠습니다. 김철민 오빠."

"그나저나 너 저번에 나한테 담배 끊는다고 했지?"

"응."

"그런데 아까 화장실 갔었는데 담배 냄새 나더라."

"내가 한 대 피웠어."

"끊는다며?"

"끊을게."

"너 말로 해선 안 되겠다. 반성문을 쓰던 각서를 쓰던 해야지."

"오빠, 지금 장난해?"

"내가 장난하는 것으로 보여? 그렇게 증거라도 남겨 놓아야 다음에
또 피고 싶은 마음이 생길 때 참을 거 아니야."

"정말 써?"

"정말이라니까."

"알았어. 쓰지 뭐. 뭐라고 써 줄까? 내가 잘못했습니다, 다음에 또

피우게 되면 무슨 벌이라도 다 받겠습니다, 이렇게 쓸까?"

연지는 이게 다 철민과 소꿉장난을 하는 것처럼 느껴졌다. 서로 챙겨 주고, 장난스럽게 각서 같은 것도 쓰고, 모든 게 그저 재미있을 뿐이었다. 정색을 하는 철민도 웃겼다.

연지가 TV 받침대 서랍에서 종이와 볼펜을 꺼내 왔다.

"자, 쓴다. 그런데 반성문으로 할까? 각서로 할까?"

"아냐, 그냥 편지같이 '오빠에게'로 하는 게 낫겠다. 그래야 나한테 반성을 한다거나 맹세를 한다거나 하는지 알 수 있잖아."

"그래? 그럼 그러지, 뭐."

연지는 카펫이 깔려 있는 거실 바닥에 배를 깔고 엎드렸다.

"그런데 막상 쓰려니까 뭐라고 써야 될지 모르겠네."

"그럼 내가 불러 줄게, 받아 적어."

"나 원래 받아쓰기 잘 못하는데, 맞춤법 틀려도 뭐라고 하기 없기다."

"부른다. 오빠에게, 줄 바꿔서 김연지. 그리고 자기 주민등록번호 이렇게 쓰고."

"천천히 불러, 오빠."

"저는 철없는 행동을 한 것을 반성합니다."

"담배 핀 이야기는 안 쓰고 철없는 일 했다고 쓰라고?"

"담배 핀 이야기도 들어가야지. 그러니까 일단 부르는 대로 적기나 해."

"알았어, 알았어. 쓰라는 대로 쓸게."

"아까 부른 건 다 썼고?"

"응."

"제가 운전을 하다가 사고를 내고 도망을 친 것도."

"사고 안 났다니까?"

"사람이 넘어졌다며? 바보야, 그게 사고야. 알아? 네 차 때문에 사람이 넘어졌으면 직접 부딪히지 않아도 사고인 거라고. 몇 번 말해야 알아듣니? 이런 거 하지 말까?"

"알았어. 삐치기는? 제가 운전을 하다가 사고를 내고 도망친 것도."

"오빠의 말을 무시한 것도."

"오빠의 말을 무시한 것도. 내가 언제 무시했다고 그래?"

"어허."

"아, 알았어. 맘대로 불러."

"모두 진심으로 죄송하게 생각합니다."

"모두 진심으로 죄송하게 생각합니다."

"저는 저의 잘못을 반성하며."

"오빠, 진짜 닭살 돋아서 못 쓰겠다."

철민이 앉아 있던 자리에서 벌떡 일어났다.

"왜?"

"관두자."

"뭘?"

"유치해서 못 쓰겠다는 거 아니야?"

"하여튼, 아, 알았어. 쓸게. 쓰면 될 거 아니야. 빨리 불러, 배고프니까. 아까 뭐라고 그랬지?"

"연지 너 때문에 잊어 버렸잖아?"

"그래, 미안해. 다시 만들어서 불러."

"저는 저의 잘못을 반성하며."

"저는 저의 잘못을 반성하며."

"모든 책임을 안고 가겠습니다."

"어디를 가는데?"

"앞으로 그러지 않겠다는 소리잖아. 연지, 너 진짜 말 많다."

"모든 책임을 안고 가겠습니다."

"그만 쓰자."

"벌써 끝난 거야?"

"흥이 식어 못 하겠어. 그만 써."

"아무 말 안하고 쓰겠다니까?"

"됐어. 마무리 하자."

"좋을 대로 하셔."

"그 아랫줄에 오늘 날자 쓰고 그 밑에 이름 써."

"날짜랑 이름."

"썼니?"

"응."

"읽어 봐."

"오빠에게, 저는 철없는 행동을 한 것을 반성합니다. 제가 운전을 하다가 사고를 내고 도망을 친 것도, 오빠의 말을 무시한 것도 모두 진심으로 죄송하게 생각합니다. 저는 저의 잘못을 반성하며 모든 책임을 안고 가겠습니다. 2009년 10월 24일 김연지. 이거 정말 웃긴다. 어? 그리고 담배 이야기는 아예 없네."

"됐고, 집에 인주 없니?"

"인주가 어디 있어? 도장도 없는데. 그냥 사인할게."

"너 립스틱 하나 줘 봐."

"왜?"

"줘 보라니까."

철민은 연지가 내민 립스틱 뚜껑을 벗겨 낸 후 그녀의 오른손 엄지 손가락에 바르고 그녀의 손을 잡아 연지의 이름 뒤에다 살며시 눌렀다. 연지의 지문이 선명하게 드러났다.

"이 오빠, 정말 웃긴다."

철민은 대답 없이 종이를 접어 벗어 놓았던 야구 잠바 안주머니에 그걸 넣었다.

"그런데 오빠, 웃기긴 해도 재미는 있다. 우리 꼭 신혼부부 같지 않아?"

13

"사장님, 아니 형님, 말씀드릴 게 있습니다."

"그래? 뭔데?"

"혹시 녹음실 좀 써도 되나 싶어서요?"

"우리 녹음실?"

"예."

"야, 그거야 늘 비어 있으니까 써도 상관없지만 너도 알다시피 기계가 구려서 안 쓴 지 오래된 건데 뭐 하려고?"

"녹음 좀 할 게 있어서요."

"너 신곡 쓴 거야?"

"신곡이라기보다는, 아무튼 좀 쓸게요."

"야, 정 그러면 내가 다른 녹음실 알아봐 줄게. 우리 건 벌써 안 쓴지 오래 되었다니까?"

명정남은 자신이 후배 개그맨들과 함께 캐럴 송 음반을 제작할 때 제작비를 아끼려고 여기저기 녹음실을 다니면서 겪어야 했던 설움이 싫어 기획사를 차리면서 조금 무리를 하여 아예 녹음실을 꾸몄었다.

하지만 소속 연예인들 대부분이 개그맨이다 보니 녹음실을 사용할 기회도 적었고 또 그런 이유로 투자를 미루다 보니 장비도 점점 노화가 되어 요샌 거의 자리만 차지하고 있는 무용지물이 되어 때론 자신조차 자기가 녹음실을 가지고 있단 사실조차 잊고 지내는 편이었다. 그런데 그 녹음실을 철민이 사용하고 싶다고 하니 좀 의아했던 것이다.

"괜찮아요, 그냥 데모 테이프 한번 만들어 볼까 하고."

"테이프? 요새도 테이프를 쓰나?"

"……."

"알았어. 언제든 마음대로 써."

"그럼 이번 주말에 제가 좀 쓰겠습니다."

"마음대로 하라니까. 야, 말 나온 김에 대박 날만한 거 하나만 좀 써라. 같이 좀 살자."

"열심히 하겠습니다."

"열심히 할 건 없고 완전 터질 만한 곡이나 쓰라니까."

"예, 열심히."

"야, 인마, 됐어."

토요일 철민이 이제 갓 고등학교나 졸업했을 것 같은 청년을 데리고 사무실에 나타났다.

"어, 철민이 왔구나. 오늘 녹화 잘 했다고 하더라. 수고했다."

"아닙니다."

"그래, 주말인데 사무실엔 왜? 간조 달라고?"

"아닙니다. 저, 녹음실."

"아, 너 오늘 녹음실 쓴다고 했지. 그래 우린 조금 있다 나갈 거니까 기계만 뜯어다 팔아먹지 말고 그 안에서 쇼를 하건 말건 네 마음대로 알아서 써."

"예, 잘 정리해 놓겠습니다."

"그런데 같이 오신 분이 뉘신가?"

아미테이션

"제 녹음 도와줄 동생입니다. 야. 인사 드려."

"됐어. 백날 인사 해 보았자 나 어차피 기억도 못 해."

명 기획 사람들이 모두 퇴근을 한 시간, 사무실이 있는 빌딩 지하에 있는 명 기획 녹음실에 두 사람이 앉았다.

"종남아, 아까 말한 대로 너는 거기 쓰여 있는 대로만 대사를 치면 돼. 알았지? 무조건 자연스럽게 해야 된다. 오케이?"

"알았어, 형."

철민이 녹음 장치에 테이프를 넣고 버튼을 눌렀다.

"자, 간다. 시작"

종남이라는 청년이 눈앞의 마이크를 향해 두 손에 들고 있는 대본을 읽었다.

"어떻게 하다가 그렇게 된 건데?"

철민이 손을 들어 그만 하라는 신호를 보냈다.

"됐어. 그런 식으로 하면 돼. 자 그럼 이쪽 대사 들어간다."

철민이 다시 다른 버튼을 누르자 여자의 목소리가 흘러 나왔다.

"그날도 우리 이렇게 술 마시고 있었거든."

철민은 여자의 목소리가 나오는 테이프를 중단시키고 다시 종남에게 사인을 보냈다.

"그래서?"

이제 테이프 속의 여자 목소리가 녹음 될 차례였다.

"그런데 그만 싸움이 난 거야."

철민이 다시 종남에게 사인을 보냈다.

"왜?"

여자 차례였다.

"내 잘못이지 뭐."

- 종남

"어떻게 된 건데?"

- 여자

"그때 윤빈이 오빠가 한 영화가 완전 망했거든, 그나마 다행히 OST로 삽입된 곡을 윤빈이 오빠가 전부 불렀었는데 그중 한 곡이 히트를 치긴 했어. 그런데 그건 골 빈 여자애들이나 끌고 다니게 만들었지 돈은 안 되고, 하여튼 그래서 굉장히 힘들어 할 때였는데 난 그걸 뻔히 알면서도……."

- 종남

"어떻게 했는데?"

- 여자

"솔직히 그 때 나도 무지 힘들었었거든, 내놓는 노래마다 망하지, 백 사장 그 새끼는 사람 취급도 안 하지, 하여튼 나도 내 마음이 아니었었어."

-종남

"그래서?"

- 여자

"윤빈이 오빠는 사실 나를 보고 위로를 받으러 온 건지도 모르는데 난 그렇게 난리를 쳤으니, 나도 참."

- 종남

"뭘 어떻게 했는데?"

- 여자

"그때 말이야, 지금 생각하면 내가 왜 그런 바보짓을 했는지 모르겠는데 말이야. 난 그때 기껏 찾아 온 사람에게 왜 나한테 왔냐고 소리를 지르고 그랬다니까."

- 종남

이미테이션

"그럴 수도 있지 뭐. 그래서?"

　- 여자

"나랑 술 마시면서 자꾸 그 여자 이야기만 하잖아. 그래서 내가 그 여자한테 가라고 소리 소리를 지르는 바람에 싸움이 된 거지. 지금 생각 해 보면 내가 질투를 한 게 아닌가 싶어"

　- 종남

"질투하는 게 당연한 거 아닌가?"

　- 여자

"아니야. 그때 나는 그런 거 다 이해한다고 했었거든. 아마 말뿐이었던 모양이지 뭐."

　- 종남

"그래서 어떻게 됐는데?"

　- 여자

"내가 그렇게 덤벼드니까 윤빈이 오빠가 가겠다고 나서더라고. 차를 가지고 말이야."

　- 종남

"그런데?"

　- 여자

"술이 잔뜩 취했었거든."

　- 종남

"그럼 말리지 그랬어?"

　- 여자

"말렸지. 그런데 내 말을 듣느냐고? 가네, 못 가네 하며 다투다가 나도 그 차에 탔잖아."

　- 종남

"왜?"

- 여자

"못 가게 말리려고 그런 거지."

- 종남

"그런데?"

- 여자

"뭘 그런데야? 사고가 난거지."

- 종남

"술 취한 사람에게 운전을 안 시켰어야지."

- 여자

"내가 운전했다니까."

- 종남

"뭐라고?"

-여자

"……."

- 종남

"그럼 그날 사고 날 때 윤빈이가 운전한 게 아니라 연지 네가 운전했다는 소리야?"

- 여자

"응, 그런데 내가 어떻게 했는지 알아?"

- 종남

"어떻게 했는데?"

- 여자

"횡단보도에서 사람 둘을 치고 그냥 도망가다가 코너 길에서 주차되어 있는 차를 받고 멈췄잖아. 윤빈이 오빠는 얼굴 다 다치고."

이미테이션   303

- 종남

"연지 너는?"

- 여자

"나? 내가 지금 그 말 하는 거 아니야? 딱 그런 일이 생기니까 정말 큰일이 났다는 생각이 들더라고. 그래 정신없이 도망쳤지 뭐야."

- 종남

"윤빈이를 그냥 놔두고 도망쳤다고?"

- 여자

"지금 생각해보면 내가 왜 그랬는지 모른다는 생각에 후회를 하지만 그땐 순간적으로 그래야 하겠다는 생각이 들었지 뭐야."

- 종남

"……."

- 여자

"내가 도망쳐 버린 거."

녹음은 그런 식으로 한참 동안을 더 이어졌다. 얼마 후 두 사람은 명 기획 사무실 밖 도로에 나타났다.

"오늘 수고했다. 자, 가서 소주 한잔 해."

"형, 이거 너무 많다."

"폼 잡지 말고 넣어 둬, 인마. 형이 아직 넉넉지 못해 미안하다. 다음엔 좀 많이 줄 게."

"다음은 없다는 거 알잖아?"

"그래. 그래도 종남아, 아까 말한 대로 오늘 일은 무조건 얼음. 알지?"

"아, 알았다니까. 나 어차피 나가잖아. 걱정 마."

"그래. 그래도 한국 들어오면 연락해라. 꼭."

"그럴게. 근데 아마 몇 년은 못 들어 올 거야."

_김영복 장편소설

"그래. 살아 있으면 언제든 만나겠지 뭐."

"뭘 그렇게 비장하게 말해? 형이 한번 놀러오면 되지."

"그러네. 그래, 내가 가면 되는구나."

"나 갈게, 형."

"그래. 오늘 정말 고맙다. 수고했고."

철민은 그렇게 종남을 돌려보내고 다시 녹음실로 들어가 기계 앞에 앉았다.

2007년 5월 윤빈 그리고 졸업생

1

"형님, 절 받으십시오. 이 은혜 제가 죽어도 잊지 않겠습니다."

두툼히 솜을 넣은 한복을 입은 채 가부좌를 하고 있는 이종수를 향해 윤빈은 공손히 큰 절을 올렸다.

"은혜는 무슨? 그래, 나가면 어디로 갈래?"

"예, 우선 집으로 가야지요. 엄마가 많이 아프시거든요."

이제 윤빈의 집은 없었다. 백 사장은 이미 그에게 내주었던 아파트를 다른 아이돌 그룹의 숙소로 사용토록 하였다. 윤빈만 아직 모르고 있을 뿐이었다.

"그래, 그래야겠지. 일단 집에 가서 푹 쉬고 다음 일은 천천히 생각해 보라고."

"예, 알겠습니다. 형님도 몸 건강히 안녕히 계시다 나오십시오. 그날 찾아와 뵙겠습니다."

"그래. 아마 나도 어떻게든 곧 나갈 거야. 나야 동생들이 올 테니까 너까지 올 필요는 없고. 하여튼 나 나가면 종로 사무실로 한번 놀러와. 호텔로 와도 좋고."

"예, 꼭 찾아뵙겠습니다."

"쓸데없는 생각은 하지 말고. 내 말 알겠지?"

하지만 윤빈은 '그 쓸데없는 생각'을 절대 버릴 수 없었다.

"예, 명심하겠습니다."

그렇게 윤빈은 교도소를 벗어났다. 2심 재판에서 집행유예를 선고받은 탓이었다. 물론 이종수가 대신 내준 합의금에다 선임해 준 변호사 덕분이었다.

홍제동 언덕배기에 위태로이 서 있는 다세대 주택의 방 2개짜리 반지하, 윤빈이 나온다는 걸 알면서도 엄마는 자리보전을 하고 있었다.

엄마의 간을 다 갉아먹고 이젠 주위로 온통 퍼져 버렸다는 암, 수술조차 할 수 없는 몸이니 퇴원을 하는 게 낫겠다는 엄마를 윤빈은 집으로 와 보았자 돌보아 줄 사람이 없다는 이유로 그냥 병원에 머물게 했다. 윤빈이 미리 내놓았던 예치금의 효력이 다한 날 결국 엄마는 강제 퇴원을 당했다 했다. 입원을 기다리고 있는 환자가 워낙 많아 어쩔 수 없는 조치라고 했다.

어쨌든 간에 몇 달을 넘기지 못할 것이라는 말기 암 판정을 받은 그날로부터 거의 만 1년이 지났음에도 엄마가 아직 살아 있다는 것 자체가 기적이었다. 하지만 그녀의 얼굴에선 이미 생명의 기운이 다 빠져나가 있었다. 그렇게 죽음의 그늘이 잔뜩 낀 퀭한 눈으로 엄마는 윤빈을 반겨 주었다. 반색을 하며 일어서려는 엄마를 윤빈은 겨우 만류하여 다시 자리에 눕혔다.

순간 백 사장의 얼굴이 윤빈의 눈앞을 스쳐 지나갔다.

"좀 괜찮으세요?"

"그래. 이제 다 나은 것 같다. 이제 너까지 왔으니 금방 일어날 수 있겠지, 뭐."

이미테이션

"병원은 잘 다니세요?"

"병원은 무슨? 그냥 약이나 먹고 이렇게 쉬고 있으면 날 텐데."

"그래도 병원은 계속 다니셔야지요."

"이제 네가 왔으니 같이 다니면 되지."

2

다음 날, 윤빈은 논현동의 자신의 아파트로 갔다. 처음 보는 아주머니가 그를 맞이해 주었다. 그녀는 자신이 이곳에 사는 사람들의 뒷바라지를 해주는 사람이라고 했다. 그곳에는 백가엔터 소속의 아이돌 가수들이 살고 있다고도 했다. 그녀의 양해를 받고 들어간 그 집에서 윤빈은 자신의 옷가지 하나 건지지 못하고 돌아서야 했다.

윤빈은 백 사장을 찾았다. 근 1년 만에 들어가는 사무실이었다. '어스타이즈본'이라는 전 국민을 대상으로 한 오디션 프로그램에서 입상을 한 직후 백 사장에게 스카우트되던 날로부터 2년을 자신의 집이나 다름없이 여기던 그 사무실이 왜 그리도 낯이 설던지! 윤빈은 한참을 머뭇거린 후에야 겨우 문을 열 수 있었다. 백 사장은 자리에 있었다.

"사장님, 안녕하세요?"

"아니, 이게 누구야. 윤빈이 아니야? 응? 윤빈이 맞네. 너 어떻게 나왔니? 언제 나왔어?"

그가 벌떡 일어나 윤빈에게 몸을 날렸다. 윤빈은 금세 포옹이라도 할 것처럼 호들갑을 떠는 백 사장은 거들떠도 보지 않고 구석에 놓인 소파에 털썩 주저앉았다.

머쓱한 표정으로 백 사장이 맞은 편 자리에 앉아 담배를 피워 물었다. 그런 그의 손이 가늘게 떨리고 있었다. 윤빈은 사무실을 천천히

_김영복 장편소설

둘러보았다. 변한 것은 하나도 없었다. 그새 변한 것은 윤빈 자신뿐이었다.

"잘 계셨죠?"

"잘 있기는? 완전 죽을 맛이지. 그나저나 너 언제 나왔어. 응? 왜 연락 안했어? 내가 알았다면 두부라도 사 가지고 너 데리러 갔을 텐데."

"사장님 저 다시 일 좀 하게 해주세요. 열심히 할게요."

"일? 네가 무슨 일을 할 수 있는데?"

"다시 노래를 하겠습니다. 카바레라도 나갈게요."

"윤빈이 너 정말 물정 모르는구나. 아니면 지금 나 떠 보려고 일부러 그러는 거냐?"

"사장님."

"야, 인마, 네가 무슨 노래를 하겠다고 그래? 응? 뭐 카바레? 야, 카바레는 아무나 나가는 건지 알아?"

"그럼 노래 말고 다른 일이라도 시켜 주십시오."

"네가 할 줄 아는 게 뭐 있는데?"

"운전도 좋고 매니저 일도 좋고 아무거든 열심히 하겠습니다."

"야, 지금 있는 놈들도 내 보낼 판인 거 너 몰라?"

윤빈은 이미 백 사장이 이런 식으로 나올 것이라고 각오를 한 터였다.

"예, 알겠습니다. 그럼 저 돈 좀 주십시오."

"돈? 무슨 돈?"

"제 돈요."

"네 돈? 네 돈이 어디 있는데?"

"사장님, 저 오늘 사장님이랑 말싸움 하고 싶지 않거든요. 그러니 구질구질하게 말 길게 하지 말고 서로 간단히 계산하지요."

"계산? 그러니까 무슨 계산을 하자는 거냐고?"

이미테이션

"사장님, 저 감방 안에 있으면서 단 한 번도 사장님 원망 안 했거든요. 제가 잘못한 거 다 아니까. 합의금도 그렇고 변호사도 그렇고 하다못해 회사에서 면회 한번 안 온 것, 이런 거 절대 원망 안 했어요. 하지만 지금 우리 엄마가 죽어 가고 있거든요. 우리 엄마가 말이에요. 그러니 저 돈 좀 주세요."

"야, 그깟 통속소설 다 필요 없고 결론만 이야기 해. 그러니까 네 돈이 어디에 있냐고?"

"사장님, 저 솔직히 사장님 밑에서 열심히 일했지 않습니까? 거기다가 CF도 찍고 영화도 하고 말입니다. 하지만 사장님께서 제게 출연료 한번 제대로 준 적이 있습니까? 전 그냥 사장님이 알아서 주려니 하고 믿고만 있었고요. 하여튼 긴 말씀 안 드리겠습니다. 돈 좀 주십시오."

"뭐? 긴 말 안 할 테니 돈 내 놓으라고? 이 새끼가 보자보자 하니까 그것도 콩밥이랍시고 처먹고 와서는 완전 공갈을 치네. 야, 이 새끼야, 너 지금 나 협박하는 거야?"

"사장님. 솔직히 말씀드려서 '미안해' 그것도 저작권을 전부 사장님이 가지고 가지 않았습니까?"

"뭐 이 새끼야. 이 새끼 봐라, 아주 막 가네. 아, 그때 너 그거 음반 내주고, 너 홍보 해주고 그런 식으로 가수 만들어 주는 조건으로 나한테 넘긴 거잖아. 안 그래? 이 새끼 마치 내가 무슨 도둑질이나 한 것처럼 갖다 붙이네."

"사장님."

"사장이라고 부르지 마, 이 좆 만한 새끼야. 너랑 계약이고 뭐고 다 끝났는데 무슨 사장님이야?"

"사장님."

백 사장이 양복 안주머니에서 지갑을 꺼내더니만 수표 한 장을 내밀었다.

100만 원짜리였다.

"야, 윤빈이, 쓸데없는 소리 말고 이거 가지고 가서 목욕이나 하고 소주라도 한잔 해. 가 봐. 나 너랑 더 이상 할 말 없으니까."

"사장님, 우리 엄마가 죽어 가고 계시다니까요. 정말 이러실 겁니까? 아니 저한테 대체 왜 이러시는 거예요. 네?"

"너한테 내가 뭘? 뭘 어떻게 했는데? 너 이 새끼 너 때문에 내가 당한 수모나 깨진 돈이 얼마나 되는 줄 알아? 개새끼. 야, 이 씨발 놈아, 너 영화 한답시고 깝치는 바람에 내 돈 30억이 깨졌어, 또 그것뿐인지 알아? 너 이 새끼 CF 찍고 얼마 되지도 않아 사고치는 바람에 위약금까지 물어졌다고, 알아? 거기다가 이 새끼야, 1년 동안 먹여 주고 재워 주고 교육 시킨 거, 네 집에다 차, 매니저, 코디, 뭐 이런 거는 다 하늘에서 떨어진 거고? 그리고 너 네 엄마 집은 뭐로 얻어 주었는데? 왜 계속 말해 볼까?"

"예, 압니다. 그러니까 조금만 달라는 거 아닙니까? 정말 부탁드립니다, 사장님."

"야, 이 새끼야, 이게 지금 부탁하는 태도야? 칼만 안 들고 왔지 협박하고 있는 거잖아? 하, 참 오래 살다 보니 별 호구 같은 새끼와 와서 다 갈구니 참……."

윤빈은 바닥에 무릎을 털썩 꿇었다.

"그럼 엄마 병원에 입원할 수 있게 조금이라도 도와주세요. 한 몇 천만 원이라도……."

"야, 이 씨발 새끼야, 진즉에 그렇게 나왔어야지"

"정말 부탁드립니다. 앞으로 말썽 안 부리고 정말 열심히 하겠습니다"

"뭘 열심히 해? 열심히 할 필요 없고, 아니 아까도 말했지만 나랑은

이미테이션

계약도 다 끝났으니 앞으로 나 찾아 올 필요도 없어. 알았어? 이 개 호구 새끼."

"예, 안 오겠습니다. 그럼 돈이라도……."

"없어."

"예?"

"없다고. 네게 줄 돈은 단 한 푼도 없어. 요새 나도 씹어 먹고 죽으려고 해도 돈 한 푼 없어. 이만 가 봐."

"사장님."

"야, 사장님 소리 다 집어 치우고 가보라니까. 야, 밖에 황 이사 없냐?"

"……."

"야, 황 이사 없냐니까?"

"예, 알았습니다, 사장님. 황 이사고 좆이고 간에 부를 필요 없어요. 가겠습니다, 저."

"뭐? 좆?"

"'사람 눈에 피 흘리게 만들면 자기 눈에서도 피 흘리는 날, 반드시 온다.' 이게 제가 사식 한 번 못 먹고 버틴 감방에서 배운 이야기입니다. 저 오늘 일 평생 안 잊을 겁니다. 사장님도 못 잊게 될 것이고, 건강하십시오."

"놀고 있네, 개새끼, 그것도 협박이라고 하냐? 지금 장난쳐? 좆 만한 새끼."

윤빈은 뒤돌아 나왔다. 담담했다. 거리로 나선 윤빈은 자신과는 아무 상관이 없다는 듯 무심히 펼쳐진 넓은 세상을 보면서 이곳이야말로 불과 며칠 전에서야 벗어날 수 있었던 교도소보다 더 좁은 우리라는 생각을 했다. 자신은 초원을 활개하다 느닷없이 그곳에 갇힌 사자였다. 사자는 분노와 좌절 그리고 공포로 자신의 몸이 상하는 줄도

_김영복 장편소설

모르고 그 안에서 마구 날뛰면서 온몸을 부딪칠 터였다.

3

이틀 후 윤빈의 엄마가 죽었다. 굳이 부르자면 올 사람이 전혀 없는 것도 아니었으나 윤빈은 아무에게도 연락을 하지 않았다. 물론 연지에게도…….

연지는 어느새 톱스타가 되어 있었다. 방영되는 시간에는 교통량이 뜸해진다는 소리가 있을 정도로 그녀가 출연한 드라마는 엄청난 인기를 끌고 있었다. 윤빈도 교도소 차가운 바닥에 앉아 복잡한 심경으로 그 드라마를 보았다.

그는 자신이 보고 싶어 한다고도 생각했고 정말 보기 싫다고도 생각했다. 화면 속에서 그녀는 윤빈이 좋아하는 고르고 하얀 치열을 드러내고 윤빈을 향해 웃고 있었다.

팔랑개비처럼 가벼운 엄마에게 새 옷을 입혀 주면서 윤빈은 이럴 때 연지가 옆에 있어 주면 정말 좋겠다는 생각을 했다. 신촌의 한 모텔에서 함께 보낸 밤도 생각났다. 교도소에서 비참한 마음으로 수백 번도 더 떠올려 보았던 밤이었다.

윤빈이 교도소로 들어온 지 두어 달이 지났을 무렵 연지가 면회를 왔었다. 윤빈은 만나기를 거부했다. 수형자의 유일한 권리였다. 만나기 싫었던 게 아니었다. 죄수복을 입고 만날 수는 없었다.

간간이 보내 온 연지의 편지조차 윤빈은 뜯지 않고 버렸다. 그 안에 담아 있을 그녀의 위로는 분명 자신을 더욱 초라하게 만들 뿐이라는 걸 윤빈은 잘 알고 있었다. 윤빈은 적어도 연지 앞에서는 결코 초라해지고 싶지 않았다.

이미테이션

윤빈은 엄마를 화장한 후 유골분이 들어 있는 작은 옥 항아리를 강화도에 있는 전등사 뒷산 솔숲의 커다란 소나무 밑에 묻었다. 윤빈은 그런 수목장이란 게 있는지도 몰랐다. 병원 장례식장에 다른 이의 장례를 주관하러 왔던 스님 한 분이 문상객이 한 명도 없고 상주라고는 파리한 안색의 청년 한 명뿐인 윤빈 어머니의 빈소를 보고선 청하지도 않았는데 예불을 드려 준 후 윤빈에게 권해서 그렇게 한 일이었다.

그가 어머니의 유골함을 들고 예전에는 사하촌이 분명했을 절 아래 상가 지역에 도착하여 장례식장에서 만난 스님이 알려 준 대로 전화를 하자 전화를 받은 스님은 윤빈이 자신들이 원하는 규모의 돈을 가지고 왔는지 여부부터 물었다.

윤빈은 기름기 흐르는 법당 마루에 꿇어 앉아 죽은 엄마를 위한 불공을 드리는 데에도, 산에 흔해 빠진 나무 밑에 항아리를 묻는 데에도 돈이 들어간다는 것, 화장장의 빡빡한 일정 때문에 뒷돈을 주어야만 장례업자들이 미리 예약을 독점해 놓은 화장 일정을 살 수 있다는 것 등등 이 세상에선 무슨 일을 하더라도 돈이 들어간다는 것을 평범한 사실을 새삼 절감했다.

사실 윤빈이 돈의 위력을 정말 무섭게 깨달은 곳은 교노소에서였다. 그곳은 적어도 겉으로는 감방 생활이 오래된 자, 힘이 센 자가 지배하는 듯 보였다. 하지만 윤빈은 그들도 결국 돈이 있는 자 앞에선 모두 굴복한다는 것을 똑똑히 배웠다.

그곳의 왕은 영치금이 풍부하여 밤마다 통닭이라도 사는 이였다. 아무리 나이가 많고 똑똑해도 영치금이 없는 이른바 개틸들은 말 그대로 철저히 개틸 취급을 받아야 했다. 어쩜 서울 강남의 밤을 지배한다는 천하의 이종수도 그들에게 돈의 힘을 보여주지 않았다면 언젠가는 모포에 뒤덮여 집단 린치를 당했을 게 뻔했다.

세상은 원래 늘 그런 법인 것이다. 장례업자는 윤빈에게 관이니 수의니 장례에 필요한 물건들의 견본을 보여주며 싼 것은 중국에서 엉터리로 만든 것임을 누차 강조를 했다. 그의 말을 듣고 있노라면 중국제 싸구려인 홑겹의 수의를 입히거나 판자대기 같이 얇은 관에 시체를 넣는 사람은 모두 극악무도한 불효자이고, 그렇게 대접을 받는 죽은 이들은 절대로 천당이나 극락은 못 갈 것 같다는 생각이 절로 들었다.

그날 오후 윤빈은 행락객들로 붐비는 사하촌 상가에 홀로 앉아 유난히 아름답구나 싶은 강화도의 노을을 바라보며 빈대떡에다 소주를 마셨다. 따지고 보면 백 사장이고 뭐고 간에 모든 사악한 문제는 결국 돈 때문이라는 생각에 윤빈은 어떤 수를 써서라도 돈을 벌 것이라고 결심에 또 결심을 했다.

4

엄마의 장례를 그렇게 치른 윤빈은 일단 푹 쉬고 싶다는 마음이 간절했다. 엄마의 방을 빼니 그에겐 삼천만 원이라는 돈이 쥐어졌다. 윤빈은 아끼던 자전거를 포함해서 전자제품이나 자잘한 세간들, 심지어 이불과 엄마의 옷가지들까지도 모두 재활용 업자에게 넘겨 버렸다.

재활용 업자는 연신 돈 될 만한 것이 하나도 없다고, 자기가 가져가는 것만으로도 고마워하라며 엄살을 부리면서도 엄마가 신던 고무신까지도 악착같이 챙겨 갔다. 그리고 윤빈에게 인심이나 쓰듯 8만 원을 쥐어 주었다.

윤빈은 그 재활용 업자가 나머지 잡동사니와 쓰레기들은 그가 알아서 버려 주는 것으로 하고 8만 원을 돌려주었다. 그는 당장 입을 옷가지 몇 점을 배낭에 넣어 메고 중학교 때부터 그의 유일한 친구가 되어 주었고 '어스타이즈본'에서 2등으로 입상함으로써 가수의 길로 뛰어들게 만들어 주었던 기타를 들고서 자기가 태어나 자란 홍제동을 떠났다.

그는 그곳을 단 한 번도 자신의 고향이라 생각한 적이 없었다. 그는 그가 하루 종일 기타를 붙잡고 목을 틔우려고 소리를 질러 댔던 말 바위, 6년 간 다녔던 초등학교, 엄마가 떡볶이와 어묵을 만들어 팔던 시장통을 지나고, 번잡한 의주로로 내려와 지하철에 들어서면서도 아무런 생각도 없었다. 그곳은 그저 추억 아닌 기억만 남는 곳이고, 앞으로도 윤빈에게는 결코 돌아보고 싶지 않은 기억으로만 존재할 땅이었다.

지하철 계단을 내려가며 윤빈은 며칠 전 교도소를 떠나면서 절대로 뒤돌아보지 않으리라 다짐을 했던 것처럼 이제 다시는 이 동네를 밟지 않으리라 결심했다.

그가 향한 곳은 대전의 유성이었다. 그곳은 윤빈과 아무런 연고도 없는 곳이고 어떻게 보면 낯설기 그지없는 곳이기도 했다. 그저 유성은 도시 전체가 온통 환락가인 듯싶은 곳이고 언제던가 그가 거액을 받고 한 달 간 정기적으로 출연을 했던 나이트클럽이 있는 곳이라는 생각, 그래서 자신이 할 줄 아는 유일한 재주인 노래를 써먹기 쉽지 않을까 해서 택한 곳이었다.

그는 그곳에 월세로 원룸을 얻었다. 그리고 거의 한 달 동안 최소한의 생필품을 사러 갈 때를 빼고는 방문 밖을 나서지 않았다. 그는 내처 잠만 자거나 옥상에 올라 화려한 네온이 명멸하는 도시를 보며 기타를 치고 노래를 불렀다. 그는 알고 있었다. 자신이 있어야 할 곳은 바로 저곳이라는 걸……

드디어 어느 정도 마음을 추스른 그가 자신에게 유난히 따뜻했던 연예부장이 있던 나이트클럽에 갔을 때 그 연예부장은 이미 예전의 그 사람이 아니었다. 그는 윤빈을 보고도 심드렁했고 또한 차가웠다.

"어, 웬일이야? 안에 있다고 하더니 금방 나왔네."

"예, 부장님, 안녕하셨어요?"

"그렇지 뭐. 지금 유성에서 안녕한 사람 한 명도 없을 걸?"

"왜요?"

"야, 경기가 말이 아니잖아. 여기 좀 봐. 예전 같으면 지금 이 시간이면 밖에 줄 서 있어야 하는 거 아냐? 그런데 봐, 웨이터 새끼들이 파리 잡고들 다니잖아?"

아닌 게 아니라 홀은 썰렁했다.

"그래도 너 용하다, 인마. 제법 오래 살 줄 알았는데."

"도와주신 분이 있었거든요."

"누구? 너네 사장? 백용호 그 새끼가 그렇게 의리 있는 놈이 아닌데?"

오 부장은 고개를 갸웃거렸다.

"백 사장 잘 아시나 봐요?"

"나도 한참 때는 서울에서 나팔 불었잖아, 그 인간이 도와주데?"

"그건 아니고요. 제가 안에 있을 때 같이 계시던 분이 있었거든요."

"같은 수감자가 도와줬단 말이야?"

"예."

"뭐 하는 양반인지는 모르지만 자기 코도 석 자인 주제에?"

"계세요, 그런 분이. 이종수 씨라고."

"누구?"

"이종수요."

"답십리 이종수? 정말 그 친구 이야기하는 거야?"

"어? 아시네요."

"그 친구랑 한 방에 있었다고?"

"예. 그런데 어떻게 아세요?"

"어떻게 알긴 뭘 어떻게 알아? 인마, 넌 그런 거 몰라도 돼. 그런데 너 그 친구 요새 어떻게 되었는지는 알아?"

"나오셨나요?"

"이 자식 이거 도움을 받았다고 해서 뭐 좀 아나 했더니 완전 허당이네. 얼마 전에 나오긴 나왔지, 병보석으로."

"병보석이라니요?"

"간암이래더라, 간암. 그것도 말기래. 하여튼 술에는 장사 없다니까."

"그래서 어떻게 되셨는데요?"

"뭘 어떻게 돼? 지금 서울대 병원인가 입원하고 있는데 며칠 못 넘길 거라고 하더라고."

"저 나올 때만 해도 멀쩡하셨는데."

"야, 간암이 원래 그렇다 하잖아. 증상이 보이면 그땐 벌써 늦은 거라고."

'엄마에 이어 그분까지.'

윤빈의 눈시울이 붉어졌다.

"너 지금 우나?"

"아닙니다."

"인마, 신파는 그만 둬. 넌 뭐 안 죽냐? 정 가슴이 아프면 지금 당장 찾아가 보든지."

"……"

"근데 어떻게 왔냐? 술 마시러 온 건 아니건 같고."

"예, 부장님, 저 일 좀 주시면 안 될까 해서요?"

"일? 노래?"

"예."

_김영복 장편소설

"넌 안 돼."

"예?"

"넌 안 된다고."

그의 일언지하가 윤빈은 적잖이 당황하고 민망했다.

"왜요?"

"인마, 아무리 술 취한 손님들을 상대하는 거라도 그렇지. 너 그런 사고 낸 거 세상 사람들이 다 아는데 네가 웃고 떠들면서 노래를 하면 손님들이 가만히 있을 것 같아? 아마 술병이고 안주고 막 날아 올걸? 안 돼."

'그럴 수도 있겠구나.'하는 생각이 들었다. 조급한 마음에 그런 문제에 대해 깊이 생각해보지 않은 자기의 잘못이었다. 윤빈은 적어도 지방이라면 자기 정도의 중량을 가진 가수는 '어서 옵쇼.' 할 줄로만 믿었었다. 실제로 이곳만 해도 백 사장과 친분이 있는 이 연예부장의 거의 삼고초려식 간청에 의해 출연을 했었던 터였다.

"그럼 노래는 그렇다고 치고 제가 할 만한 일이 없을까요?"

"야, 아무리 망가져도 그렇지. 그렇다고 네가 이런 곳에서 웨이터 보조를 하겠냐? 주방에서 안주 접시를 닦겠냐? 엉뚱한 생각 말고 다른 거 알아 봐."

"시키면 다 할 수 있습니다. 부장님."

"이봐, 윤빈이, 너 알고 보니까 아주 덜 떨어진 놈이구나."

"예?"

"인마, 사람은 말이야 자기 가치를 자기가 정하는 거야. 싸구려로 놀면 영원히 싸구려 취급밖에 못 받는다고. 인마, 넌 그래도 명색이 인기 가수였잖아? 영화도 찍고. 그런데 네가 이런 데서 막일 하면 사람들이 널 보고 겸손하다고 그럴 것 같아? 여자들은 좋아하겠다. 생활

이미테이션

력 강하다고."

"……."

"너 앞으로 연예계 생활은 아예 안 할 거야? 만일 그렇다면 아무거나 해도 되고. 하지만 혹시라도 나중에 다시 이쪽으로 발을 붙이겠다는 생각이 남아 있으면 윤빈이란 이름을 함부로 굴리지 말라고."

"……."

"당장 밥을 굶어 죽을 지경이 아니라면 절대 조급하게 생각 말고 천천히 생각해. 알잖아? 릴렉스. 안성기가 박중훈한테 늘 하던 말, 릴렉스 말이야."

"……."

"너 핸드폰 있지?"

"예."

"연락처나 남겨 두고 가. 내가 생각 한 번 해 볼게. 릴렉스 잊지 말고."

그날 밤, 아직은 낯설기만 한 천장을 올려다보며 윤빈은 오 부장의 말을 곱씹어 보았다.

'과연 나는 앞으로 어떤 모습으로 살아갈 것인가?'

결론은 앞으로도 결국 자신은 가수 또는 영화배우 윤빈으로 살아갈 수밖에 없다는 것이었다. 윤빈이 그나마 잘할 수 있는 것은, 그리고 무엇보다도 자신이 사랑하는 것은 바로 그 일뿐이었다. 그렇다면 오 부장의 말대로 당장 급하다고 윤빈이란 이름을 걸고 함부로 싸구려로 놀아서는 안 될 일이었다.

'오빠!'하며 열광하던 자신의 우상이 지방의 음습한 나이트클럽에서 사과 접시나 나르고 그릇이나 닦는다면 그 아이들의 심경은 어떨까? 그럴 수는 없었다.

한번 그들의 환호 밖으로 밀려나면 다시 주워 담기는 힘들다는 것

_김영복 장편소설

정도는 윤빈도 쉽게 이해할 수 있었다. 똥개도 주인이 귀하게 여기면 동네 사람들이 함부로 발길질을 못하는 법, 지금은 싸구려로 놀 때가 아니라 자중자애하며 때를 기다릴 때였다.

5

'무엇을?' '어떻게?'를 고민하며 또다시 거의 온 종일 좁은 방안에서 기타나 치고 있던 윤빈에게 오 부장으로부터 문자가 왔다. 한가할 때 자기에게 한번 들르라는 내용이었다. 자신이 한가할 때를 말하는지 아니면 윤빈이가 한가할 때를 말하는지 알 수 없었으나 어쨌든 윤빈은 늘 한가한 때만 있을 때였으니 그가 한가할 때를 택하면 될 일이었다. 연예부장이 출근도 했으면서 한가하게 만날 수 있는 때는 물론 초저녁뿐이었다.

"너 아무 일이나 하겠다고 했지?"

"예."

"난 아무 일이나 해서는 안 된다고 했고?"

"예."

"그래, 아직도 무슨 일이나 하겠다는 생각엔 변함이 없냐?"

"부장님 말씀 듣고 생각해 보았더니 나중을 위해선 일을 좀 가려해야 할 것 같았습니다."

"그래, 당연히 그래야지. 너 맥주 한잔할래?"

연예부장은 윤빈의 대답도 듣지 않고 테이블 세팅에 열심인 웨이터 한 명을 불러 술을 가지고 오게 했다.

"마셔, 편하게. 너 저기 저 파란색 입은 애, 걔가 한 달에 얼마나 버는지 알아?"

"잘 모르겠습니다."

"요새 불경기라 좀 떨어지기는 했는데 그래도 보통 칠백에서 팔백은 가지고 가. 지가 데리고 있는 보조 아이들 주는 것 다 빼고 순전히 자기가 가져가는 것만 말이야."

"아, 예."

"내 생각엔 여기 오는 손님들 중 재만큼 버는 사람들 거의 없을 거야."

윤빈은 술이 참 달다고 생각했다.

"그런데 말이야, 저놈이 왜 무서운 놈이냐면 기껏해야 부모한테 용돈 받아 오는 대학생 아이들 있잖아? 나이도 자기 막내보다도 어린 아이들 말이야. 그런 아이들한테도 딱 무릎을 꿇고 주문을 받는다고. 아주 공손하게 말이야. 솔직히, 와서 기본만 시키는 손님들은 자기 보조 아이들한테 시켜도 되거든. 다른 웨이터들은 그깟 코 묻은 돈 좀 뜯어 먹겠다고 자존심이고 뭐고 다 버렸다면서 비웃지, 하지만 그러면 뭐해? 지들은 저놈 반밖에 못 버는데. 그러니까 저놈이 결국은 무서운 놈이고 또 난 놈인 거지. 안 그래?"

"예. 그러네요."

"저놈은 말이야. 개같이 벌어 정승같이 쓴다. 이런 말 하면 화내."

"왜요?"

"자기는 절대 개같이 버는 게 아니라는 거지, 자기는 돈 좀 벌겠다고 개가 되는 게 아니고 자기 마음이 그렇게 쏠려서 그런다는 거야, 그러니까 자기가 좋아서 그러는데 그게 왜 개냐 이거지, 어때? 그럴싸하지 않니?"

"예, 듣고 보니 맞는 말 같습니다."

"같습니다, 가 아니라 진짜 맞는 거지. 뭐 그건 그렇고, 너 한번 생각해 보라고 불렀어, 오늘."

"뭘 말씀입니까?"

"너 호빠 알지?"

"예?"

"호스트바 말이야."

"아, 예."

"내가 요 옆에 그걸 하나 하고 있거든."

"아, 예."

"얘들 몇 명 데리고 있는데 솔직히 그놈들이 나보다 더 잘 버는 것 같더라고."

"……."

"무슨 말인지 몰라? 주인인 나보다 종업원인 그놈들이 나보다 돈을 더 잘 번다 이거잖아."

"예."

"참 웃기지 않냐? 술집들은 장사가 안 돼서 문 닫는 소리가 여기저기서 들리는데 거기 나가는 년들은 우리 집 같은 데 와서 팡팡 질러 대고들 있으니 말이야."

"예."

"그래 내가 생각해 보았지. 그랬더니 답이 나오더라고. 요년들이 장사도 안 되고 하니까 열들을 받아서 도리어 더 막 쓴다 이거더라고."

"……."

"긴 말 필요 없고 너 거기 가서 일해라."

"예?"

"왜? 싫어?"

"아니요. 너무 갑작스레 말씀하셔서요. 그리고 저번 날 부장님께서……."

아미테이션   323

"뭐, 아, 내가 몸 함부로 놀리지 말라고 한 거? 인마, 여기는 괜찮아."

"……."

"너 깨끗이 차려 입고 머리, 그래 그 짧은 머리 좋다. 그 머리에다 무스 좀 발라서 세우고 안경, 뿔테가 낫겠다. 안경이라도 끼고 그러면 너 알아 볼 여자 하나도 없어."

"그래도……."

"너 내 말 안 믿겨지지? 솔직히 말할까? 너 같은 놈은 지금 당장 길거리에 나가면 수백 명도 더 만날 수 있다, 이거지. 뭐냐 하면 요새 아이들은 개성이 없어요. 전혀 없다니까. 그러니까 네가 우리 집에 와서 '저는 가수 윤빈입니다.' 이러지 않으면 네가 윤빈인지 개똥인지 알아 볼 사람도 없고 아니 아예 그런데 관심 갖는 년들도 없다니까."

"설마요."

"인마, 너 나 알아 몰라?"

"압니다."

"인마, 내가 아직 한 테이블도 안 들어 온 초저녁인데 재수 없게 너 같은 놈 앉혀 놓고 흰소리할까 봐 그래?"

"생각해 봐. 코디는 내가 일어서 해 줄 테니까. 아차, 윤빈이 너 몇 살이지?"

"스물다섯입니다."

"그럼 군대는?"

"예. 다녀왔습니다."

"나이가 좀 문제긴 하네. 뭐 어쨌든 간에 생각 있으면 연락해. 천천히 술 마시다 가라."

"부장님, 솔직히 저는 말만 들었지, 그런데 한 번도 가 본 적도 없고, 어떻게 돌아가는지도 전혀 모릅니다. 그런데 제가 어떻게 그런 일을?"

_김영복 장편소설

"야, 남자 놈이 가 봤을 리가 없잖아? 그리고 말이야, '나가요' 아이들이 다 경험이 있어서 '나가요'를 하냐? 다 처음이라는 게 있잖아? 나가다 보면 익숙해지는 거지 뭘. 하여튼 생각해 봐. 싫으면 마는 거고."

"예."

다시 며칠이 지나고 윤빈은 결국 오 부장의 나이트클럽을 찾았다. 방바닥에서 마냥 뒹굴며 얼마 되지도 않는 돈을 계속 까먹고 있을 수도 없는 노릇이고, 무엇보다도 오 부장의 말대로 자신의 신분이 노출이 안 된다면야 뭔 일을 못할까 싶어서였다.

"그래, 너 하기로 했구나? 여기까지 온 걸 보면."

"예, 그런데 영 자신이 없습니다."

"자식, 새가슴 하고는. 걱정 마, 인마. 넌 잘 할 거야."

"……."

"너 돈 좀 있냐?"

"예, 조금."

"내일 낮에 말이야, 내가 너 네 집에 사람 하나를 보낼 테니 그 아이랑 가서 옷 좀 사 입고 하여튼 교육 좀 받아. 너 어디 살더라?"

"예, 여기서 멀지 않습니다."

"그래? 잘 됐네. 하여튼 내일 전화 오면 잘 받아."

"예."

"그 아이 말 무조건 잘 듣고."

"예."

6

다음 날, 오 부장의 말대로 처음 보는 번호로부터 전화가 걸려 왔다. 전화를 건 이는 자기가 윤빈의 집으로 찾아오겠다고 했다. 윤빈은 그에게 집 위치를 알려 주었다. 그리고 그가 도착할 무렵 집 밖으로 나가 누구인지 모를 '그'가 도착하기를 기다렸다.

잠시 후 검정색 페라리 한 대가 윤빈 앞에 멈추고 차 안에서 깔끔한 양복을 입은 젊은 사내가 내렸다. '페라리', 영화가 극장에서 내려지던 날 백 사장은 윤빈에게서 페라리를 회수해 갔다. 색깔은 다르지만 '그'의 페라리를 보고 있자니 윤빈의 심경이 아주 복잡해졌다.

차에서 내린 사내는 윤빈을 위아래로 훑어보더니 피식 하고 웃었다. 윤빈은 왠지 그 웃음이 참 따뜻하다고 느꼈다.

"어디요? 올라갑시다."

"차는?"

"뭐요? 아, 차? 괜찮아요. 그냥 세워 두어도."

"현관 바로 앞이라 뭐라고 할 텐데."

"그러라고 하지, 뭐. 올라가자니까요."

사내가 윤빈의 어깨를 탁 쳤다. 윤빈의 집에 들어 온 사내는 실내를 한번 둘러보더니 윤빈이 권하지도 않았는데 작은 간이 식탁 앞의 의자를 빼내고선 털썩 앉았다.

"이렇게 사는구나!"

"예?"

"난 '졸업생'이요."

사내가 윤빈에게 악수를 하자는 듯 손을 내밀었다. 덩치에 비해 손은 작고 섬세했다. 그리고 따뜻했다.

"사장님 말씀대로 진짜 나랑 비슷하네. 이거 기분이 좀 그러네. 우린 개성이 재산인데 말이야."

"윤빈입니다."

"다음부터는 그딴 이름은 말 안 해도 돼요. 아, 우선 진짜 이름부터 지어져야겠네. 스물다섯이라고 했던가?"

"예."

"난 스물여섯이요. 아, 뭐 그게 중요한 건 아니고, 지금부터 댁 이름은 '복학생'으로 합시다. 손님들은 안 좋아하겠지만."

"예?"

"이제부터 댁은 '복학생'이다 이거요. 귀가 좀 어두우신가?"

"아, 예."

"늙었다고 손님들이 좀 안 좋아하기는 하겠지만 뭐 마스크가 받쳐주니까 나름 괜찮겠네."

"예?"

"귀가 정말 안 좋구나? 뭐 됐고, 내가 그 집 마담이요. 참, 나 반말 써도 되지?"

"예?"

"거 자꾸 되묻지 좀 마라, 짜증날라 그런다."

"뭐라고 하셨는지……."

"내가 마담이라고 마담. 마담 모르니?"

"아, 예."

"집에 양복 있니?"

"예, 한 벌."

"입어 봐. 넥타이도 매고."

윤빈은 묵묵히 장롱에서 양복을 꺼내 입었다.

"거기 그대로 좀 서 있어 봐. 우와, 가수였다며? 서울에선 가수가 그런 식으로 옷을 입니? 이거 완전 대박이네."

"……."

이미테이션

"됐어. 벗어 버리고. 그래, 아주 버려 버려라. 나가자."

"예?"

"또. 나가자고. 일단 옷부터 해결해야지."

그날 윤빈은 졸업생과 함께 미장원에 가서 머리를 자른 후, 백화점에 가서 검정색 양복 두 벌과 와이셔츠, 넥타이, 구두, 하다못해 속옷과 이런저런 화장품까지도 다 샀다. 모두 졸업생이 권한 것들이었다. 사실 권한 것도 아니었다. 모두 '됐어, 그거로 해.' 하는 식의 그의 말로 결정이 된 것들이었다.

곤란한 순간도 있었다. 넥타이 매장의 아가씨가 윤빈을 알아 본 것이었다.

"어머, 혹시?"

대답은 졸업생이 대신 했다.

"뭐요? 아, 이 사람? 이 친구 어떤 가수랑 비슷하지 않아요?"

"혹시 윤빈 씨 아니에요?"

"하여튼 사람 눈은 다 똑같다니까. 맞아요, 이 친구 늘 그런 소리 듣고 다녀요. 정말 비슷하지요? 나랑도 비슷하고."

윤빈은 그저 못 들은 척하며 넥타이만 고르는 시늉을 하고 있을 뿐이었다. 졸업생이 윤빈의 어깨를 또 툭 쳤다.

"어이, 복학생. 여기 사인 하나 해 드려라. 너 보고 윤빈이라 그러잖니? 윤빈이라고 크게 하나 써드려."

"어머, 난 정말인 줄 알았는데."

"그래도 사인 한 장 미리 받아 두세요. 이 친구 나중에 유명해지면 후회하지 마시고."

"뭐로 유명해지실 건데요?"

"뭐로요? 글쎄, 어이, 복학생, 앞으로 뭐로 유명해질 계획이신가?"

328 _김영복 장편소설

"이름이 복학생이신가 봐요?"

"이름이 복학생이냐고? 우와, 아가씨, 당장 개콘 무대에 서도 되겠다. 이름이 복학생이라니 정말 재미있네. 복학했으니까 복학생이지. 그럼 난 이름이 졸업생이 되겠네?"

"어머, 죄송해요. 난 자꾸 복학생, 복학생 그래서."

"복학생이란 이름도 괜찮네, 뭘. 어이 복학생, 여기 이분이 앞으로 뭣으로 유명해질 거냐고 물으셨잖아."

윤빈도 마냥 딴청만 하고 있을 수도 없었다.

"나? 윤빈이 짝퉁으로 유명해지면 되지, 뭘."

쇼핑을 마치고 다시 윤빈의 집으로 돌아오는 차 안에서 졸업생은 의외로 말이 없었다. 어색한 분위기를 깰 양으로 윤빈이 먼저 입을 열었다.

"차 소리 좋은데요?"

"팔 거야."

"예?"

"팔 거라고. 거 제발 두 번 말하게 좀 하지 마라."

"바꾸려고요?"

"그럴라고."

"이 차 타다가 다른 차타긴 좀 그럴 텐데?"

"왜? 이 차 타 봤구나?"

"잠깐."

"그래? 난 괜찮아. 난 좆도 아닌 놈인데, 뭘."

"……"

"몇 달 전에 우리 집에 온 년이 이 차를 타고 왔더라고. 그땐 말이야 '와, 차 죽인다.' 이렇게 생각했거든? 가진 거 탈탈 털어서 샀지. 중고인

이미테이션

329

데도 만만치 않더라고. 그런데 이젠 재미없어."

"……."

"이거 팔아서 고아원에다 줘 버리려고."

"무슨 고아원?"

"그만 하지. 집에 다 왔다. 너 오늘 저녁에 일 있냐?"

"없는데요."

"술 하지? 이따 한 9시쯤 가게로 와. 뭐 출근하라는 건 아니고 나랑 한잔하자. 가게 어디인지 아니?"

"대강."

"사장님 계신 클럽 앞으로 와서 나한테 전화해. 내 번호 찍혀 있지? 편하게 입고 와."

그는 윤빈을 내려 주고 떠났다. 그날 저녁 윤빈은 시간에 맞춰 오 부장의 나이트클럽 앞에서 그에게 전화를 걸었다.

"어, 복학생, 시간 정확한데? 거기 어디야?"

"클럽 앞인데……."

"어이, 말하는 게 어떻게 그 모양이냐? 존댓말도 아니고 반말도 아니고 모호하게 말이야. 그냥 편하게 해. 아, 그리고 말이야. 클럽 정문을 바라보고 섰을 때 오른쪽으로 쭉 올라 와. 한 이백 미터쯤 올라오다 보면 '그린장'이라고 모텔이 있거든. 바로 앞의 건물 지하야. '블루문'이라고 영어로 쓴 불 켜진 간판 있는 집. 여기 다 비슷비슷하니까 멍청하게 헷갈리지 말고 잘 찾아 와. 블루문, 알지? 파란 달."

7

헷갈릴 것도 없었다. 블루문은 모텔 바로 맞은 편 4층 건물에 있었으니까. 윤빈이 계단을 내려가 가게 문을 열고 들어서자마자 말쑥한 양복을 걸친 졸업생이 나타났다.

"시간 기가 막히게 맞히지?"

"어떻게 알았어요?"

"CCTV 있잖아. 여기가 좀 고달프거든."

"가게가 생각보다 무지 넓네요."

"이거? 넓기는? 이 정도면 중간 정도도 못 갈 걸? 자, 가게 구경은 나중에 하고 들어가자."

그는 윤빈을 한 방으로 안내했다. 열 명 정도 들어가 술을 마셔도 넉넉하다 싶을 정도로 제법 넓은 방에는 하얀 식탁보가 깔린 테이블이 가운데에 버티고 있었고, 그 위에는 여러 모양의 술잔, 생수병, 캔으로 된 몇 가지 음료 등이 세팅되어 있었다.

"앉아, 밥 안 먹었지?"

"대충."

"안 먹었다는 소리네. 너 짬뽕 좋아하니? 이 동네에 짬뽕 기가 막히게 하는 집이 있거든. 우리 그거 시켜서 소주 한잔, 어때?"

"좋은데요."

졸업생은 윗도리 안주머니에서 작은 무전기를 꺼냈다.

"누구 있니?"

"전데요."

"어, 이학년, 우리 방에 짬뽕 두 개만 시켜 줄래? 그리고 주방에 가서 소주 있나 보고 없으면 두 병만 사 와. 안주 될 만한 거 아무 거나 좀 주고. 아, 그리고 너도 밥 안 먹었으면 같이 시키던지."

"예."

"짬뽕 오기 전에 소주부터 주고."

아미테이션   331

"예."

졸업생은 윗도리를 벗어 자신이 기대고 있는 소파 위에 걸쳐 놓았다.

"기다리는 동안 먼저 한잔하지, 뭐. 술 잘하니?"

"조금."

"난 많이 못 해. 장사도 해야 하고. 그러니까 네가 많이 마셔."

잠시 후 하얀 와이셔츠 차림의 젊은 남자가 쟁반을 들고 와 소주 두 병과 육포를 테이블 위에 내려놓았다.

"소주가 있었나 보네."

"예, 저번 회식 때 남은 거예요."

사내는 나가지 않고 윤빈을 흘끔흘끔 바라보았다.

"이학년, 너 뭐하니? 나가, 인마."

"예."

사내는 졸업생에게 고개를 숙여 인사를 하고 문을 열고 나갔다.

"하여튼 머리하고는. 잔 안 가지고 온 거 봐."

졸업생은 자리에서 일어나더니 테이블 한편에 세팅되어 있던 잔들 중 온더록스 잔 두 개를 들고 와 다시 자리에 앉았다.

"소주잔에 마시나 여기다 따르고선 여러 번에 나눠 마시나 그게 그 거지, 뭐. 안 그래?"

그러더니 두 개의 잔에 소주를 따른 후 한 개를 윤빈 앞에 놓았다.

"자, 한 잔 하자. 건배라도 할까?"

윤빈도 잔을 들어 그가 들고 있는 잔에 가볍게 부딪혔다. 두 사람은 동시에 소주를 목에다 털어 넣었다.

"안주 먹어."

졸업생은 육포를 찢어 윤빈에게 권했다.

"술맛있네. 첫 잔을 마셔 보면 그날 술이 받는지, 안 받는지 딱 아는

332

데 오늘 좀 수상한데. 육포 맛 괜찮지?"

윤빈이 고개를 끄덕였다.

"제가 한 잔."

윤빈이 소주병을 들어 술을 따르려는 자세를 취했다.

"나? 됐어. 그냥 자기가 알아서 따라 마시지, 뭘."

윤빈이 내심 무안해 하는 걸 눈치 챘는지 졸업생은 말을 덧붙였다.

"난 말이야, 서로 편한 게 좋더라. 괜히 형식 따지고 그러는 거보다. 안 그래?"

"……."

이때 노크 소리와 함께 문이 열리며 이학년이라 불리던 사내가 음식 배달통을 들고 들어 와 테이블 위에 짬뽕 두 개를 내려놓았다.

"네 건?"

"대기실에서 먹으려고요."

"너 말고 또 출근한 아이들 있니?"

"재수생만 왔는데요."

"알았어, 돈 있지?"

"예."

이학년이 나가자 졸업생은 짬뽕 그릇에 씌어 있는 비닐 랩을 벗겨 그릇을 윤빈 쪽으로 밀었다.

"딱 봐도 맛있어 보이지 않냐? 와, 이 해물들 좀 봐."

윤빈은 그가 참 마음이 따뜻한 사람이라 느꼈다. 졸업생이 잔에다 다시 소주를 따랐다. 이번에는 가득 따르는 바람에 두 잔을 모두 채우기 위해선 새 병을 따야만 했다.

"안주 왔으니까 제대로 한잔 해야지? 마시자."

두 사람은 또 다시 잔을 부딪친 후 모두 단숨에 비어 버렸다.

이미테이션

"오늘 정말 술 받네. 한번 달려 볼까?"

그가 또 무전기를 들었다.

"야, 이학년, 이리 좀 올래?"

잠시 후 그가 나타났다.

"밥 먹는 중이었구나? 미안해. 여기 소주 몇 병 더 주고 사학년 출근하면 잠깐만 오라고 해."

"예."

"미안하다. 밥 먹는데 자꾸 귀찮게 해서."

"아닙니다."

방문을 열고 나갔던 그가 잠시 후 소주 3병을 들고 다시 나타났다.

"이게 다인데요?"

"그래? 됐어. 모자라면 다른 술 먹지, 뭐. 고맙다."

그가 나가자마자 또 다른 사내가 노크와 함께 문을 열고 나타났다.

"어, 나왔네. 야, 보다시피 이렇다. 알지?"

"예. 형."

"전화들 좀 넣어 보라고 하고."

"예."

"미안해."

"형, 누구신데 초저녁부터 달리는 거예요?"

"이 친구? 응, 너 같은 내 동생."

"안면이 좀 있는 거 같아서요."

"너는 보는 사람마다 어디서 본 거 같다는 소리 잘하더라. 그래, 본 김에 아예 인사들 해라. 이 친구, 복학생이야."

"아, 그럼 우리 식구 되실 분인가 보네요. 반갑습니다, 전 사학년입니다."

윤빈이 쭈뼛거리며 일어나 그가 내민 손을 잡았다.

"이 친구는 복학해서 사학년이야. 무슨 말인지 알지?"

"아, 그럼 저보다 학년이 높네요. 잘 부탁드립니다."

그는 고개를 숙여 윤빈에게 정중히 절을 했다.

"아, 아닙니다. 저야말로 잘 부탁드리겠습니다."

윤빈은 어쩔 줄 몰라 했다.

"그래, 나중에 우리 셋이서 한 잔 하자. 오늘 수고 좀 해 주고."

"알았어요, 형."

"사장님도. 무슨 말인지 알지?"

"알았다니까. 염려 말고 실컷 드시기나 하셔."

"그래, 믿는다."

사학년이라는 사내가 약간 곤란해 하는 표정을 지으며 복학생을 불렀다.

"그런데 형."

"왜?"

"이학년이 전화 받았는데 그 양반 예약했다고 하던데."

"전화번호 알지? 오늘 나 출근 안 한다고 미리 전화해."

"벌써 나와 있다고 그랬다는데?"

"그래? 그럼 할 수 없지 뭐. 네 마음대로 해."

"어떻게 내 마음대로 해. 오시면 이 방에 넣는다?"

"야, 내가 호스트거든? 어떻게 손님이 방을 찾아 들어 오냐? 내가 들어가야지."

"형."

"알았어, 인마. 너 꼴리는 대로 하라고 했잖아?"

"나중에 딴 말 하기 없기다?"

"알았다니까."

이미테이션

사내가 윤빈에게 윙크와 함께 보기 좋은 웃음을 남기고 방을 나갔다.

"예약 손님이 오실 모양이지요?"

"어, 그런 여자가 있어. 너도 나중에 알게 돼"

"그럼 직접 하기도 하나 보지요?"

"하긴 뭘 해? 아, 일? 돈 되는 여자들이 좀 있어. 뭐 그건 그렇고, 야, 복학생, 너 오늘부터 내 동생 해라. 그냥 형이라고 불러. 말도 편하게 하고."

"그래도."

"그래도? 너 인기 가수였다 이거냐? 자존심 상해?"

"그게 아니고."

"너 말이야, 오늘부터 '윤빈'이란 이름 싹 잊어버려. 안 그러면 너 힘들어서 아무 것도 못 해. 알았지?"

순간, 용수철이 튀듯 윤빈의 말투에 날카로움이 묻어났다.

"그건 벌써 잊었거든요?"

"자식, 성질하고는. 그래, 그 태도가 좋은 거야. 자, 마시자."

사학년이 다시 방으로 들어왔다.

"왜?"

"뭘 왜야? 왔어. 형 오래."

"나 지금 아주 예쁜 여자랑 술 마시고 있다고 그래. 그 여자랑 2차 나갈 거라고. '오늘 그냥 안 가면 앞으론 절대 방에 들어가지 않겠다고 하더라.'고도 하고."

"형."

"야, 좀 도와주라. 나 알잖아? 오늘은 정말 싫어서 그래."

"나도 모르겠다."

그날 밤, 윤빈과 졸업생의 술자리는 나중에 가져온 양주 두 병을 다

336   _김영복 장편소설

비우고 윤빈이 자리에서 쓰러져 그대로 잠이 들어서야 끝이 났다. 둘
은 형제가 돼 있었다.

8

　다음 날 아침, 두 사람은 부근의 목욕탕, 온탕에 함께 몸을 담그고
있었다.
　"이제 좀 살 것 같네. 어휴, 머리야. 복학생, 넌 괜찮으냐?"
　"괜찮기는? 머리 털 나고 그렇게 달린 건 처음이라니까."
　"우리가 좀 많이 마시긴 했어. 그렇지?"
　"술맛이 좋았잖아."
　"그렇지? 그래, 좋았어."
　"……."
　"복학생."
　"왜?"
　"너 어저께 사학년이 와서 너보고 낯이 익다고 한 말 생각나지?"
　"응."
　"백화점에서도 그랬고 말이야."
　"응."
　"좀 바꾸자. 너 나중을 생각해서."
　"뭘?"
　"니 얼굴 말이야."
　"어떻게?"
　"넌 성형수술 할 수 없는 몸이잖아. 그러니까 다른 방법을 생각해
봐야지."

아미테이션　　　　　　　　　　　　　　　　337

"수술 좀 할까?"

"야, 너 무대로 안 돌아갈 거야?"

"수술 좀 받는다고 안 될 거 있나? 뭐."

"야, 말들 많잖아. 그건 안 되고. 으음, 어떻게 한다?"

"분장이라도 할까?"

"인마, 농담하는 게 아니야, 하여튼 이따가 집에서 연구해 보자."

그날 낮, 목욕을 한 후 함께 해장국을 먹고서 헤어졌던 졸업생이 다시 윤빈의 집을 찾았다.

"야, 복학생, 이리 좀 가까이 와 봐."

"왜?"

"또."

윤빈은 그의 곁에 바싹 다가가 앉았다.

"눈 감고 얼굴 움직이지 말고 가만히 있어."

"뭐하는 건데?"

"가만히 있어 보라니까."

윤빈이 눈을 감자 졸업생은 볼펜을 가지고 그의 눈 위에 선을 그었다. 그러더니 작은 병에 들어 있는 액체를 면봉으로 찍어 그 선위에다 발랐다.

"자, 눈 떠 봐."

윤빈이 눈을 떴다.

"와, 죽이는데. 아프지 않니?"

"안 아픈데?"

"그래? 그럼 더 다행이고. 가서 거울 좀 봐."

윤빈은 욕실로 가 거울에다 자신의 얼굴을 비춰 보았다. 그의 눈에는 선명한 쌍꺼풀이 만들어져 있었다.

"어때? 자연스럽지? 얼굴에도 어울리고, 진즉에 이 방법을 생각해낼 걸 말이야 괜히 고민했네."

아닌 게 아니라 쌍꺼풀은 윤빈에겐 조금 낯설어 보이기는 했지만 그래도 제법 자연스럽게 보였다.

"자, 다음엔 이거야."

"그건 또 뭔데?"

"이거? 렌즈. 여기 설명서대로 한번 끼워 봐."

윤빈이 렌즈 포장 용기에 쓰여 있는 방법대로 양쪽 눈동자에 렌즈를 덮었다. 이제 그의 눈은 한결 커 보였다.

"마지막으로 이거야."

그가 내민 것은 까만 뿔테를 한 안경이었다.

"껴 봐."

윤빈이 안경을 꼈다.

"와, 완전 모범생이다. 진짜 복학생 같은데?"

윤빈도 자기 자신의 모습이 제법 그럴 듯하다는 생각이 들었다.

"오늘부터 말이야, 수염 깎지 마. 한 닷새 정도 길러서 조금 다듬으면 완전 어울릴 거야."

윤빈도 그럴 것이라 생각했다.

"너 언제부터 가게 나올래?"

"아무 때나. 형이 나오라는 대로 나가지, 뭐."

"이 일 어렵다, 이런 말은 안 해도 돼지?"

"대충 그림은 그려 봤어."

"다른 거 없어. 돈이냐, 자존심이냐, 그거야. 둘 중 하나밖에 선택을 못 하거든."

"뭐 그렇겠지."

"일단 가게 안에 들어오면 선택은 없어져."

"……."

"한 사람 때문에 영업을 망칠 수는 없는 거야. 그러니까 가게 안에서는 손님한테 무조건 복종, 그거밖에 없어야 돼."

"대충 안다니까."

"아니야, 넌 몰라."

"뭘?"

"밖에서는 멀쩡한 여자라도 일단 가게 안에 들어오면 전혀 다른 인간들로 변한다는 거."

"어떻게 달라지는데?"

"세상엔 미친 것들이 많아. 말해도 실감이 안 날 테니 직접 겪어 봐. 대신 가게 안에 들어서면 자존심 이딴 건 안 통한다는 내 말 잊지 말고, 손님한테 안 통한다는 게 아니라 나한테 안 통한다는 거."

"알았어."

"한 가지 더. 가게 나오면 아이들 사생활에 대해선 알려고 하지 마. 누가 먼저 자기 이야기를 꺼내면 모를까 괜히 오지랖 넓게 먼저 물어보고 그러지 말라고."

"알았어. 그럴게."

"다 한 식구라는 거 절대 잊으면 안 되고."

"알았다니까."

"이 말 흘려들으면 안 돼. 한 식구. 알지?"

"응."

"너 내일부터 나올래? 괜찮겠어?"

"그럴게."

"그래, 그런 것으로 하고. 야, 복학생."

340

"왜?"

"이 집 월세 얼마나 내냐?"

"왜?"

"너 우리 집으로 와라, 빈 방 있어. 괜히 돈 버릴 필요 없잖아?"

"괜찮겠어?"

"뭐가?"

"같이 있으면 불편할 거 아니야?"

"난 괜찮거든. 뭐 네가 불편하다면 안 와도 되고."

"나 정말 형네 집으로 간다?"

"아예 오늘 짐 옮기자."

"지금?"

"그래, 지금. 짐도 별로 없잖아. 내가 용달차 부를게."

졸업생의 집은 허니문 바로 옆이었다. 윤빈은 그날부터 그의 동거인이 되었다. 다음 날, 윤빈은 첫 출근을 했다.

9

일은 윤빈의 염려와는 달리 그렇게 험하거나 거칠지 않았다. 자존심을 죽여야 하는 경우도 별로 많지 않았다. 손님은 대충 두 가지 부류였다. 초저녁인 저녁 8시부터 즉 이른 시간에는 보통 나이를 조금 먹은 가정주부나 전문직 종사자로 보이는 이들이었고, 자정을 넘긴 시간부터는 보통 근처의 술집 여종업원들이 주를 이뤘다.

윤빈은 그곳에서 복학생이라기보다는 보통 '짝퉁'으로 통했다. 가수 윤빈과 닮아서 '윤빈 짝퉁'이고, 지배인이면서 마담으로 통하는 졸업생과 또 비슷해서 '마담 짝퉁'이 된 것이었다. 윤빈은 처음 본 손님 앞에

이미테이션

서는 늘 자신을 '윤빈'이라 말했다. 그럼 손님들은 정말 많이 닮았다며 환호도 하고 유명 가수의 용모에 기대 먹고 사는 그를 적당히 경멸하기도 했다.

어쨌든 잘생긴 얼굴에 검은 뿔테 안경 속의 커다란 눈과 구레나룻부터 이어지는 턱과 코밑의 짧은 수염, 더하여 서툰, 그래서 더 귀엽게 보이는 접대 매너에 더하여 노래 실력까지, 윤빈은 곧 그곳의 스타가 되었다.

특히 그는 계모임이라도 했던지 초저녁부터 얼큰하게 술이 취하는 바람에 간이 커져 들어 온 평범한 가정주부들에게 유독 인기가 높았다. 이상하게도 닳고 닳은 술집 아가씨들보다도 그런 여자들이 더 질펀하게 놀기를 원했다. 통도 더 컸다.

윤빈은 남편들이 뼈 빠지게 벌어 가져다 줬을 게 분명한 그녀들의 돈질에 기꺼이 노리개가 돼 주는 것으로 화답을 해줬다. 때론 옷을 벗는 것도 서슴지 않았다. 그녀들이 만지게끔 몸을 맡기는 데에도 전혀 주저치 않았다. 어떨 때는 그러한 진한 스킨십을 자신이 유도도 했다. 날이 갈수록 그는 더 적극적이 되어 갔다.

그렇게 두어 달이 지났을 때 그는 블루문에서 가장 적극적이고도 능동적으로 분위기를 이끌고 따라서 가장 많은 매상을 올리며, 가장 많은 예약 손님을 받는 킹카가 되어 있었다. 손님들 중엔 그와의 진지한 관계를 원하는 여자들도 많았다. 또는 그를 사고 싶어 하는 여자도 많았다.

하지만 그는 결정적일 때는 결코 쉬운 남자가 아니었다. 어쩜 그의 인기가 상승세를 멈추지 않는 데에는 그런 요구에 적당히 응해 줄 것 같으면서도 아주 얄미울 정도로 약삭빠르게 빠져 나감으로써 애를 태우는 그의 노회함이 크게 작용을 할 터였다.

_김영복 장편소설

가게 영업의 일등 공신이 되고 있는 윤빈의 행보를 가장 마뜩치 않게 생각하는 이는 다름 아닌 졸업생이었다.

"너 왜 그래?"

"뭘?"

"왜 오버하냐고?"

"내가 뭘?"

"보기 안 좋다. 너 그러고 다니는 거."

"자존심 이딴 거 버리고 열심히 하라고 한 건 형 아니었던가?"

"자존심 버리라고 했지. 오기 부리라고 하지는 않았잖아?"

"내가 무슨 오기를 부린다고 그래?"

"인마, 내 눈엔 다 보여. 그러지 마라. 뭐 하러 마음 고생하니?"

"나 마음고생 하는 거 없거든?"

"인마, 위선보다 위악이 더 나쁜 거야."

"그러는 형은?"

"내가 왜?"

"형, 차는 왜 판 건데?"

"내가 전에 판다고 했잖아?"

"그래서? 정말 그 돈 고아원에 보냈어?"

"응, 그게 왜?"

"그 사람 구속되었다며? 애들 강간해서, 돈도 다 해먹고."

"그러니까 보낸 거지."

"그게 말이 돼?"

"아버지잖아. 엄마도 계시고."

"매일 때렸다고 하지 않았나?"

"……."

이미테이션

"아버지고 엄마고 간에, 형, 그 차가 거의 전 재산 아니었나?"

"어차피 여기서 번 돈이었잖아."

"여기서 번 돈이 더럽다는 거야?"

"그게 아니고 쉽게 번거잖아. 그러니 뭐 아까울 것도 없는 거고."

"형, 우리 관두자."

"뭘?"

"이 짓 말이야."

"이 짓? 이게 어때서?"

"형이 아까 나보고 오기 부린다고 했지? 난 형이 그러는 거 같아. 어떻게 사람이 알면 알수록 점점 속을 모르게 되냐?"

"난 잘하고 있잖아. 너나 좀 살살 해. 네 마음 이해는 가지만 그래도 아닌 건 아닌 거야."

"난 형이 그걸 알았으면 좋겠는데?"

"내가 뭘?"

"그 아줌마 말이야. 대체 왜 다 받아 주는 거야?"

"내가 이야기 했지? 가게 안에 들어오면 그래야 한다고."

"아닌 건 아니라며?"

"……"

"그 여자 이야기 해 줄까?"

"나도 대충은 들었어."

"누구한테?"

"사학년."

"새끼."

"하여튼 난 모르겠다. 형이 알아서 해."

"오늘은 네 이야기하는 거거든?"

"알았어. 형도 잘하라고. 솔직히 요새 형 얼굴 보기 무서워."

"내가?"

"그래. 왜 그렇게 죽상으로 다니는 거야? 정 힘들면 우리 이거 안 하면 되잖아? 형, 혹시 벌어 먹여야 될 사람이라도 있어? 형 고아라며. 애인도 없잖아. 형, 제발 편히 살자. 응?"

"난 그렇다고 치고 넌 왜 그러는데?"

"나? 난 내 꿈이 있잖아? 내 꿈 말이야."

"다시 가수가 되는 거?"

"왜? 그게 나빠? 그게 어때서 그래?"

"넌 지금 그 꿈이라는 것과 반대로 놀잖아? 그런 식으로 자학하는 게 가수로 돌아가는 길이니?"

"자학하는 거 없거든?"

"너 복수하고 싶어서 그렇지? 야, 복학생, 나라면 말이야. 내가 복수할 게 있다면 너같이 세상에 대고 '나 억울해, 나 복수할 거야.' 이렇게 소리치고 다니는 짓은 안 하겠다."

복수, 윤빈은 갑자기 자신의 심장이 쿵쾅거린다는 것을 알았다.

"관두자. 미안하다."

"왜 관둬? 뭘 관둬? 형 매달 돈 보내는 곳, 거긴 또 어디야? 거기도 고아원이야?"

"너 어떻게 알았어? 내 짐은 보지 말라고 했잖아."

"좀 봤다, 왜? 우리 형제라며? 평생 형제로 살자며? 그런 것 좀 보면 안 되니?"

"맞아, 고아원. 아까도 이야기 했잖아. 원장 아버지가 그렇게 되는 바람에 인가가 취소돼서 동생들이 밥도 제대로 못 먹고 있어."

"형, 거기 나와서 한 번도 안 가보았다고 했잖아. 그런데 거기 돌아가는 건 어떻게 그렇게 잘 알아?"

"엄마한테 가끔 전화 와."

"형이 무슨 천사야? 맨날 때리고 꼬집고 했다면서 엄마는 무슨? 아, 그리고 아이들은 다른 데로 가면 되잖아. 나라에서 허가를 취소시켰으면 아이들은 다른 데로 보내 주는 거 아닌가?"

"너 같으면 어느 날 갑자기 전학 가고 그러면 좋겠니? 겨우 친구들 사귀고 그랬는데 또 낯 선 곳으로 가서 고아원 아이들이라고 왕따 당하고 그러면 좋겠냐고? 넌 몰라. 모를 때는 가만히 있는 게 제일이야."

"언제까지 형이 그 아이들을 먹여 살릴 수도 없는 거잖아."

"참, 말 많다. 다른 원장이 들어온대. 그러면 다시 정상으로 돌아 갈 것이고."

"하여튼 난 형 잘 모르겠어."

"남의 속을 다 아는 사람이 어디 있니?"

10

윤빈은 살면서 단 한 번도 형제의 정을 몰랐다. 윤빈은 남을 사랑하는 법도 배우지 못했다. 더군다나 그나마 애정을 쏟았던 연지의 배신, 그리고 황량한 교도소 생활, 백 사장, 그리고 유일한 혈육인 어머니의 죽음은 그가 세상에 대한 마음을 완전히 닫게끔 만들었다.

유성으로 내려오면서 윤빈은 자신은 이제 야수가 될 것이라 다짐하고 또 다짐했다. 다시는 노예처럼 혹사당하고 그 대가를 갈취당하는 일 같은 것도 없을 것이고, 절대 돈이 없어 차디찬 교도소 방에서 강간을 당할 것을 걱정하는 일도 없게끔 할 것이며, 절대 돈이 없어 가족을 잃는 일 따위는 없도록 할 것임을 맹세했다. 일방적인 노리개가 되었다가 하루아침에 전화 한 통 나누지 못하고 버림을 받는 일도 앞으로는 없을 것이라 이를 앙다물었다.

수단을 가리지 않으리라, 밟아야 하고, 배신해야 하고, 죽여야 한다면 철저히 그리고 잔인하게 그렇게 해 주겠다고 맹세했다.

이런 윤빈에게 졸업생은 육친의 정이 무엇인지, 사랑이 무엇인지를 조금씩 그리고 서서히 일깨워 주었다. 윤빈은 자기 마음속에 넣어 두고 세상을 향해 겨누기 위해 갈고 또 갈고 있던 칼끝이 조금씩 무뎌 가고 있다는 걸 알았다. 또 의도적으로라도 그 칼끝이 무뎌진 것처럼 살아야 한다는 걸 깨달았다. '나 같으면 그런 식으로 안 하겠다'는 졸업생의 말을 들은 이후 생긴 깨달음이었다. 지금은 모난 돌이 되어서는 안 될 때였던 것이다.

졸업생과의 그런 언쟁 이후 가게 내에서의 윤빈의 태도는 한결 수굿해졌다. 자신이 능동적으로 분위기를 만들고 또 일방적으로 몰고 감으로써 손님들의 혼을 빼놓았던 이전과는 달리 윤빈은 그저 그렇고 그런 접대부로 바뀌었다. 다행히 워낙 그를 찾던 단골들이 많아 다른 접대부들에게 뒤지지 않을 정도의 매상 유지는 해 나갈 수 있어 사장인 오 부장으로부터 눈총을 받거나 하는 일은 없었다.

허니문에서의 생활이 근 7개월여가 되는 어느 날 밤, 윤빈이 손님방에서 머리에 똥이 가득한 여자들의 희롱을 노란 양주로 넘기고 있을 때, 갑자기 문이 열리며 사학년이 방으로 들어왔다. 일어선 채 엉덩이를 두 여자의 손에 내맡기고선 그녀들이 만들어 준 폭탄을 들어 마시던 윤빈은 사학년의 눈과 마주치자 갑자기 소름이 끼치는 것을 느꼈다. 사학년이 무슨 말을 한 것도 아니었다. 소리를 지른 것도 아니었다.

하지만 그의 눈은 지금 굉장히 심각한 사태가 생겼음을 말하고 있었다. 윤빈은 즉각 그 사태가 졸업생에게 발생하였음을 직감했다. 윤

이미테이션

빈은 조용히 잔을 내려놓고 사학년을 따라 밖으로 나왔다.

"형, 큰일 났어. 마담이 미친 것 같아."

"왜? 지금 어디 있는데?"

"저 방에."

"손님 들었어?"

"응."

지배인 격인 졸업생은 특별히 자신을 지목하여 예약을 한 손님이 아니면 손님을 받지 않고 있었다. 그래 이 시간에 손님이 있다면 누구일지 대충 짐작이 갔다.

"그 여자?"

"응."

얼마 전, 사학년은 윤빈에게 그 여자에 대해 이야기를 해 준 적이 있었다. 십오여 년 전의 어느 날, 볼 것이라고는 수량도 많지 않은 온천뿐이던 유성이 관광 특구이자 위락 지구로 지정이 되면서 호박이나 심던 척박한 땅이 하루아침에 노른자위가 되었을 때 임종을 눈앞에 두고 있던 그녀의 아버지는 그런 땅을 수만 평이나 가지고 있었다고 했다.

남편과 함께 공사판을 떠돌며 함바집을 하면서 거친 인부에게 밥과 함께 웃음을 팔며 매일 매일 곤비한 삶을 힘겹게 이어가던 그녀는, 아버지의 땅이 관광 특구로 지정되었다는 발표가 있은 바로 그 다음 날에 사업장이자 집이기도 한 가건물 함바를 그대로 버려둔 채, 남편, 어린 두 아들과 함께 대전역 주변의 여관에 방 두 개를 빌어 들어갔다고 했다.

카펫이 깔린 방안에 침대가 있고, 방문만 열면 24시간 뜨거운 물이 나오는, 화려한 화장실이 있는 러브 모텔의 방은 그들 가족에겐 환상이고 천국이었다. 그녀가 한 달 동안 하루 삼 시 세끼를 그 여관방에서 시켜 먹었다는 이야기는 이미 전설이 되어 버린 터였다.

드디어 그 땅을 모두 물려받은 오빠에게 강제 수용한 부분의 토지 보상비가 지급이 되던 날, 오빠는 하나밖에 없는 여동생에게 그 돈이 몽땅 들어 있는 통장을 내밀었다고 한다. 자신은 아파트나 상가를 짓는 사람들에게 팔 땅이 있으니 전부 가지라는 말과 함께.

그녀는 전혀 불평치 않았다고 했다. 통장에 찍혀 있는 삼십억이라는 숫자는 상속세를 모두 내고도 오빠에게 돌아 갈 엄청난 돈에 대한 생각을 모두 잊게 만들었다. 한 달에 오십만 원도 못 벌던 그녀 부부에게는 삼십억이나 백억이나 다 똑같은 숫자로 보였다.

그녀는 목수 기술을 가지고 동 사무소에서 영선반 기사, 실제 하는 일은 건물 관리를 담당하는 인부로 일하던 오빠의 권유대로 그 돈을 일부 쪼개어 관광 특구로 지정은 되지 않았으나 그곳과 가까운 곳에 있는 땅을 샀다. 또한 자그마한 자투리땅들을 여러 곳 사서 원룸 주택들을 지었다고도 했다.

지금 그녀는 대전에서 유일하게 벤츠 마이바흐를 타는 여자였고, 그녀의 남편은 소원대로 헬스클럽의 주인이 되어 하루 종일 단단한 자기의 몸을 커다란 벽거울에 비춰 보는 재미로 소일하고 있다고 했다.

그녀는 블루문의 최대 고객이기도 했다. 이해를 못하는 건, 그녀가 늘 졸업생만 찾는 것이었다. 졸업생은 손님들 방에 종업원들을 데리고 들어가 인사를 시킬 때 외에는 손님방에 잘 들어가지 않았다. 단골 중 자신을 고집하는 손님이 있을 경우에도 마다하다 마지못해 자리를 함께 할 뿐이었다.

그는 손님들에게 친절하지도 상냥하지도 무엇보다도 고분고분하지도 않았다. 특히 늘 혼자 오는 통에 단 둘만의 술자리가 되는 그 여자 앞에서는 자신이 손님처럼 안하무인으로 행동을 한다고 했다. 그녀는 그런 졸업생에게 늘 주눅이 들어 있어 종업원들 사이에는 참으로 기괴

하고 재미난 여자로 통하고 있었다.

　지금 그녀가 졸업생과 한 방에 있다는 소리였다. 종종 있는 일이었으나 사학년의 표정은 오늘은 평소와 달라 윤빈의 도움이 필요할 정도의 심각한 일이 벌어지고 있다는 것을 말하고 있는 것이다.

　"형이 좀 들어가 봐."

　"왜? 누가 다쳤어?"

　"그건 아니고, 하여튼 말하기 싫어. 들어가 보라니까."

　윤빈이 문을 열고 방안으로 들어섰다. 졸업생은 테이블 위에 서 있었다. 윤빈은 보았다. 테이블 위에 놓인 수표와 완전 나체가 된 채 자신의 성기를 붙잡고 자위행위를 하고 있는 졸업생을! 수표에는 0이 아주 여러 개 쓰여 있었다.

　"나가, 이 새끼야."

　"형."

　"나가라니까, 씨발 놈아. 너 때문에 안 나오잖아?"

　"형."

　잔뜩 술이 취한 여자는 윤빈을 보고 생글거렸다.

　"너도 할래?"

　그녀가 핸드백에서 수표 한 장을 꺼내 들고 윤빈에게 흔들었다. 윤빈은 문을 열고 나왔다. 왠지 눈에서 눈물이 흘렀다.

　그날 저녁, 윤빈은 그야말로 미친 듯이 놀았다. 새벽 두 시, 손님이 모두 나갔을 때 윤빈은 사학년으로부터 졸업생이 먼저 퇴근을 했다는 소리를 들었다. 윤빈은 집 안으로 들어서면서 본능적으로 집안 공기가 평소와는 다르다는 느낌이 들었다. 졸업생은 방에도 거실에도 없었다.

　윤빈이 잠긴 화장실 문을 몇 번인가 발로 차서 힘겹게 부수고 들어갔을 때 졸업생은 바닥에 엎드려 있었다. 목에는 등산화 끈이 감겨 있

350　　　　　　　　　　　　　　　　　　　　　_김영복 장편소설

었고 그 끈의 끝에는 천장 바로 아래에 달린 수건걸이가 벽에 박혀 있던 나사못을 드러낸 채 묶여 있었다.

"왜? 왜?"

윤빈이 소리를 지르며 그를 끌어안았다. 졸업생은 살아 있었다. 윤빈은 그를 다시 내려놓고 119로 신고를 했다. 그러고선 졸업생의 방으로 들어가 침대 옆에 있는 작은 서랍을 열었다. 그 안에는 주민등록등본이 여러 통 들어 있었다. 모두 종업원들의 것이었다.

졸업생은 행여 미성년자가 나이를 속이고 종업원으로 들어올까 봐 늘 주민등록등본을 제출할 것을 요구했었고, 윤빈은 그 서류들이 그 서랍 안에 들어 있다는 것을 알고 있었다.

졸업생과 함께 구급차를 타고 가면서 윤빈은 그 급박한 와중에서 왜 자신이 그 서류들을 모두 주머니에 넣어 가지고 나왔는지를 생각하고 있었다. 그리고 전부터 이런 생각을 가지고 있었다는 사실을 인정했다.

졸업생은 사흘 만에 의식이 깨어났다. 처음에 의사는 윤빈에게 비록 현재 살아 있기는 하나 사망할 확률이 높고, 만일 살아난다고 해도 장시간 뇌에 산소 공급이 끊겨 식물인간이 될 가능성이 아주 높다고 이야기 했으나 졸업생은 죽지도 식물인간도 되지 않았다.

뇌가 반은 죽어 버린 상태에서 한 달 후 졸업생은 퇴원을 했다. 그의 죽은 뇌 부분에 들어 있던 것은 '얼'이었다. 환자 명부에 기재된 그의 이름은 '강구현' 이었다. 강구현은 이학년의 이름이었다.

대전에서의 졸업생과 복학생의 생활은 그렇게 끝이 났다.

2009년 9월

1

"어, 어서 와. 자네가 철민이구만."

"김철민입니다."

"그래, 그래, 앉아요, 앉아."

철민은 백 사장이 권하는 대로 앉으며 소파가 참 익숙하다는 느낌이 들었다.

"담배 피나?"

"아닙니다."

백 사장은 담배에 불을 붙이며 철민을 지그시 쏘아 보았다. 철민도 그의 시선을 피하지 않았다.

"야, 이거 영 헷갈리네."

"무슨 말씀이신지?"

"내가 보기엔 암만해도 자네가 윤빈이란 말이야."

"감사합니다."

"아니야, 아니야, 틀림없는데……. 자네, 윤빈이 내가 데리고 있던 거 알지?"

"예."

"그런데도 영 긴가민가해. 그만큼 자네가 그 친구를 닮았다는 소리야."

"그거야 이제 다 밝혀졌지 않습니까? 제 고등학교 때 사진까지 인터넷에 다 올라 와 있더라고요. 어찌나 낯이 뜨겁던지."

"왜?"

"성형이 잘 됐느니 어쩌니 말들이 많잖아요? 윤빈이랑 비슷하게 수술 했다고 욕들도 무지 많이 하고."

"인마, 과거 사진 가지고 굴욕 안 당한 연예인 있냐? 요샌 그것도 컨셉이야. 난 어떨 땐 우리 아이들에게 미리 말하라고 하잖아."

여직원이 오렌지 주스가 담긴 유리잔 두 개를 가지고 와 탁자 위에 놓고 나갔다.

"마시지, 시원할 때."

"예, 감사합니다."

철민은 단숨에 잔을 비웠다.

"마라톤 하시나 봐요?"

"뭐?"

"저 사진……."

백 사장이 뒤를 돌아보았다. 벽에는 백 사장이 두 손을 번쩍 치켜든 채 환호를 하며 마라톤 골인 지점을 통과하는 장면이 담긴 커다란 사진 패널이 붙어 있었다.

"아, 저거?"

"저거 마라톤 맞지요?"

"응, 작년에 골프가 하도 안 맞아서 열을 받고 있었는데 누가 달리기를 해 보라고 자꾸 권하더라고. 그래 시작해 봤는데 이게 또 나름 매력이 있는 거라 그래. 좀 열심히 했더니만 결국 풀까지 뛰게 된 거지."

이미테이션 353

백 사장의 어투에는 자랑스러움이 묻어났다.

"풀이면 42km인가 그거 아니에요?"

"응, 42.195km."

"와, 바쁘실 텐데 정말 대단하시네요, 사장님."

"내가 원래 뭘 한 번 시작하면 끝을 보는 성격이거든. 제대로 훈련을 하려면 동호회인가 뭔가를 들어야 된다고 해서 가입을 했더니만 좀 잘 달리는 새끼들이 얼마나 유세를 떨던지 말이야. 좆도 아닌 새끼들이 말이야. 그래서 이를 악물고 한 거야."

"요새도 하세요?"

"서브4를 한 번, 참 서브4가 뭔지 알아? 4시간 안에 들어오는 거거든. 하여튼 될 듯, 될 듯싶으면서도 안 되던 그걸 어떻게 한 번 했더니 그때부터 영 의욕이 떨어지는 거 있지. 재미도 없고. 그래서 요즘엔 그저 건성으로 가끔 뛰는 시늉만 하지."

"건강엔 최고라던데 이왕 시작하신 거 계속 하시지요?"

"어, 그래. 그래서 이번 중마, 잠실에서 하는 거 있거든. 중앙 마라톤, 그 중마 신청을 해 놓긴 했어. 그렇게 목표라도 정해 놓지 않으면 아예 끝을 놔 버릴 것 같아서 말이야. 그나저나 하도 훈련을 안 해서 완주나 할 수 있을까 모르겠네."

"언제 하는데요?"

"어, 11월 초. 그러고 보니 얼마 안 남았네."

"하여튼 대단하세요."

"대단하긴 뭘? 완주를 할지 못 할지도 모르는 판에."

"그럼 골프는 이제 안 하시나요?"

"그렇다고 이 사업하는 놈이 골프를 아예 안 할 수 있나? 필드야 잘 못 나가지만 감을 완전히 놓치면 또 안 되니까 그냥 시간 날 때마다

_김영복 장편소설

연습장이나 나가곤 그래."

"연습장이 가까운 모양이지요?"

"상암동이니까 별로 먼 편은 아니지."

"아, 예."

"어쩌다 보니 엉뚱한 이야기만 실컷 했네. 그럼 일 이야기 좀 해보자고. 내가 오늘 자네를 왜 보자고 했는지 알아?"

"모르겠습니다."

"명 사장이 아무 말도 안 해?"

"예, 그냥 가보라고 해서 온 겁니다"

"하여튼 그 양반. 다름이 아니고 말이야, 자네 우리 회사로 올 생각 없나?"

"예?"

"나랑 같이 일 해 볼 생각 없냐고?"

"저 지금 명 사장님 회사 소속인데요?"

"아, 그거야 알지. 그거야 뭐 자네가 뜻만 있다면야 나랑 명 사장이랑 풀면 될 거 아니겠어?"

"글쎄요. 전 그런 생각은 아직 못 해 봤습니다."

"솔직히 말해서 명 사장 밑에 있어 봤자 맨날 남 흉내나 내면서 기껏해야 가끔 예능 프로에나 나가 남들 들러리 서는 거밖에 없잖아. 안 그래?"

"그렇지 않습니다."

"안 그렇긴 뭐가 안 그래. 하여튼 이왕이면 큰물에서 놀아야지. 그래야 자네도 클 거 아니야?"

"생각해 보겠습니다"

"그래, 생각 해 봐. 우리 회사에 어떤 애들이 있는지는 알지?"

이미테이션

'알다마다.' 백가엔터라면 요새 제일 잘 나간다는 아이돌 그룹 서너 개에다 초 일류급이라는 대형 가수 몇 명, 거기다가 인기 배우, MC들까지, 대한민국 연예계를 좌지우지한다는 연예 기획사의 최강자였다. 물론 김연지도 있고……

"지금 일본이고 동남아고 간에 한류로 완전 난리잖아. 나 한번 믿어 봐."

"생각해 보겠습니다."

"그래. 생각해 보고 마음이 있으면 연락 해. 그럼 명 사장은 내가 알아서 할 테니까."

"예."

"그래, 또 보자."

"백 사장 그 새끼가 뭐래? 자기가 키워 줄 테니까 자기네 회사로 오래지?"

"예."

"뻔하지 뭐. 원래 그런 인간이니까. 그래, 뭐랬어? 간다고 했어?"

"생각해 보겠다고 했습니다."

"잘 했어."

"예?"

"잘 했다고. 어차피 네가 좀 잘되면 그 새끼 손길이 올 거라고, 그러니 미리 간을 보는 것도 괜찮지, 뭘."

"아, 예."

"네 생각은 어때? 가고 싶어? 간다면 보내 줄게. 덕택에 나도 백 사장한테 이적료도 좀 받아 내고."

"무슨 말씀을. 제가 그렇게 은혜도 모르는 놈인 줄 아세요?"

_김영복 장편소설

"괜찮아, 원래 내 철학이 '가는 사람은 잡지 말자'잖아."

"누가 뭐래도 전 사장님 밑에 있을 겁니다."

"또 사장님."

"죄송합니다. 형님."

"그래, 한번 잘 해 보자고."

"열심히 하겠습니다"

"녹음은?"

"잘되고 있습니다."

"그래, 가는 거야."

"예?"

"가는 거라고. 가 보자고."

물론 가 볼 것이다. 그러기 위해 백 사장 사무실을 찾은 것 아니었던가!

철민이 그러한 생각을 하고 있을 때 백 사장은 김철민이가 윤빈이 틀림없다는 확신을 다지고 있었다.

"어이, 황 이사 어디 있니? 황 이사 좀 내 방으로 오라고 해."

잠시 후 황 이사가 백 사장의 방으로 들어 왔다.

"어이, 황, 너, 마포서 김 형사 알지?"

"예."

"이거 내가 부탁하는 거라고 하면서 지문 감식 좀 해 달라고 해."

"뭘 부탁하라고요?"

"지문 말이야. 여기 이 잔에 묻어 있는 지문 떠서 누구 건지 좀 확인해 보라고 하라고. 조심해서 가지고 가라."

내 눈을 속이려고? 그냥 놔두고 볼 일이 아니었다. 그 시간, 그냥 놔두고 보아서는 안 된다는 생각을 하는 사람이 또 있었다.

이미테이션

2

김 국장은 사업상 꼭 필요하다고도 하고 이 세상에서 제일 재미있는 운동이라고도 하는 골프가 자신에겐 영 맞지 않는다는 느낌이었다. 그렇다고 안 하는 건 아니었다. 하지만 좀처럼 줄지 않는 타수 때문에 매번 별 것도 아닌 인간들에게 자존심이 상하는 말을 들어가며 돈까지 갈취당하는 기분이 그는 정말 싫었다.

한때 열을 올렸던 테니스 또한 마찬가지였다. 서로 간의 취미로 즐기는 운동이니 말 그대로 계급장 다 떼고 같은 입장에서 어울려야 한다는 게 그는 도통 마뜩치 않았다. 고작 개인택시를 하는 녀석이 회장이랍시고 거들먹대는 꼴도 영 아니꼬웠고 어디 중소기업 말단 사원인 새파란 놈이 파트너인 자신이 실수를 할 때마다 인상을 쓰는 것도 다 같잖았다.

그래 그깟 볼 좀 못 친다고 이런 저런 수모를 당하느니 안 하는 게 훨씬 정신 건강에 좋았다. 그는 이래저래 자신에게는 낚시가 제격이라고 생각했다.

낚시는 누구와 억지로 어울려야 할 필요도 없고, 괜한 열패감에 마음고생 할 필요도 없었다. 낚시와 관련해서 유일하게 못마땅한 게 있다면 물만 봐도 좋고, 찌만 바라다보고 있어도 세상 시름이나 번민 같은 게 다 날라 간다고들 하면서 자기들이 마치 도인이나 된 양 선소리들을 지껄여대는 인간들의 위선이나 허세뿐이었다.

그는 그런 겉멋만 잔뜩 들은 헛소리들을 믿지 않았다. 그가 믿는 것은 캄캄한 수면 위로 캐미불을 단 찌가 솟아오를 때의 가슴 떨림, 낚싯대를 챘을 때에 손에 전해지는 묵직한 쾌감과 살아보겠다고 이리저리 요동치는 고기와의 힘겨루기 등이 주는 재미뿐이었다.

그는 밤이 주는 적막과 혼자라는 외로움의 순간을 사랑했다. 남이 보기에도 얼마나 그럴싸한가 말이다. 사회적으로 성공을 이룬 초로의 남자가 캄캄한 저수지 한구석에서 외롭게 자리 잡고선 낚싯대 한두 대를 펼쳐 놓고 수면 위로 겨우 모습을 드러내고 있는 파란 캐미불 달린 찌를 하염없이 바라보는 모습이 얼마나 고독해 보이고, 그럼으로써 또 얼마나 아름답게 보일까, 하는 생각을 하다 보면 '나는 정말 멋있거든' 하면서 스스로 자신에게 빠져 버리는 그 재미 또한 절대 버릴 수 없는 매력이기도 했다. 때문에 그의 낚시는 언제나 밤에, 다른 사람들과의 번잡을 피할 수 있는 한가한 곳에서, 혼자 이루어졌다.

오늘 역시 혼자였다. 하지만 평소보다 조금 일찍 도착하는 바람에 늘 마음에 두고 있으면서도 딴 사람의 몫이 되었던 포인트를 차지할 수 있어 기분이 한결 넉넉하였으나 기대와는 달리 조황은 영 시원치 않아 조금은 우울해지고 있었다. 벼르고 별렀다가 몇 주 만에 겨우 틈을 내어 나온 터라 도통 움직일 생각을 하지 않는 찌를 바라다보고 있으려니 조급증이 또 도지고 있었다.

'아니야. 조급해하면 이 녀석들은 입질을 더 안 해. 이럴 때일수록 느긋해져야 해. 시간이야 창창한데 뜨거운 국물에 소주나 한잔 하지 뭐.'

그는 관리소 겸 매점에 전화를 걸었다.

"아줌마, 뭐 얼큰한 거 없어요?"

"어디인데요?"

"어디긴, 낚시터지. 뜨거운 거 뭐 있냐니까?"

"닭도리탕도 있고, 내장탕, 육개장도 돼요."

"혼자니까 닭도리탕은 그렇고, 거 내가 돈 더 낼 테니까 말이에요, 내장탕을 천엽 좀 추가로 많이 넣은 다음에 국물을 넉넉히 하고, 좀 맵게 해서 갖다 줘요. 소주 한 병이랑. 오다가 국물 식으면 안 돼요.

아미테이션

알았지요? 아줌마."

"거기가 어디에요?"

"여기가 어디더라? 좌대가 아니니 번호도 없고, 아줌마, 거기 매점에서 건너편이거든요. 그냥 길 따라 쭉 오다 보면 내가 아는 척 할게요."

"건너편이요? 그럼 지금 랜턴 불 좀 켜서 흔들어 보세요, 전화 끊지 마시고."

김 국장은 랜턴을 켠 후 좌우로 흔들었다.

"아, 알았어요, 어디인지. 금방 갈게요."

"아줌마 오는 길에 담배도 한 갑 갖다 줘요. '디스 플러스'로."

"담배는 '심플'밖에 없는데요. 원래 담배 못 팔게 되어 있잖아요."

"알았어요. 그거라도 부탁할게요."

김 국장은 문득 연지가 있었으면 싶었다. 이럴 때 같이 소주라도 한 잔하는 것도 나쁘지 않을 터였다. 이제 좀 나긋나긋해질 때도 되었건만 한결같이 늘 데면데면한 연지가 그나마 자신에겐 커다란 위안이 되고 있다는 걸 김 국장은 잊지 않았다. '앞으론 좀 더 잘 해 주리라.'

김 국장은 애써 그녀를 떨쳐 버리고 미동도 하지 않은 찌를 한참 동안 바라보다가 미끼를 갈아 줄 양으로 초리대가 물에 잠겨 있는 낚싯대를 들어 올렸다. 그때 뒤에서 발걸음 소리가 들려왔다.

'어, 벌써 왔네. 그럼 먹고 던질까?'

순간, '픽'하는 둔탁한 소리와 함께 김 국장은 앞으로 고꾸라졌다. 그는 자신에게 무슨 일이 일어났는지 몰랐다. 입 속으로 들어오는 저수지 물을 뱉으며 몸을 일으키려 애썼을 뿐이다.

'빡' 이번에는 소리가 달랐다. 그의 뒷머리 뼈가 부서지는 소리였다. 김 국장의 사지가 바르르 떨렸다. '빡' 마지막 소리였다.

_김영복 장편소설

2009년 11월

1

"안녕하세요? 사장님."

"어, 너 여긴 웬 일이냐? 너 골프 하니?"

"골프는요? 아닙니다. 지나가다가 주차장에 사장님이 차가 있기에 들어와 본 겁니다."

"내 차? 네가 내 차를 어떻게 아는데?"

"사장님 차 베이지색 벤츠잖아요? S클라스."

"그걸 어떻게 아냐니까?"

"지난번에 사장님 회사 갔다가 봤잖아요, 뭐 베이지색 벤츠가 흔한가요. 지나가다가 베이지색 벤츠가 있기에 혹시나 해서 들어와 본 거지요. 그런데 딱 맞췄네요."

"어, 그랬어? 인마, 벤츠는 베이지색이어야 우아하잖아. 안 그래?"

"사장님 말씀 듣고 보니 그런 것도 같습니다."

"자식, 그래도 가다가 일부러 들렀다니 고맙네."

"많이 치셨어요?"

"아냐, 나도 온 지 얼마 안 됐어."

"아, 예."

이미테이션

"야, 너 지금 바쁘니?"

"왜요?"

"조금만 기다리라고, 나도 금방 끝낼라니까. 오늘 소주나 한잔하자. 어때?"

"죄송합니다. 이따 일이 있어서."

"그래? 그럼 내가 술 한 번 산거다. 알지? 어쨌든 나중에 시간 나면 아무 때나 연락해."

"예, 감사합니다."

"잘 지내지?"

"예, 덕분에."

"덕분에는 인마, 네가 열심히 하고 있더구만."

"……."

"저번에 말한 건 생각해 봤고?"

"에, 그런데 정리할 게 좀 있네요."

"정리는 무슨, 그냥 오면 되는 거지. 안 그래?"

"예, 감사합니다. 사장님, 차 키 좀 주세요."

"뭐?"

"차 키 좀 잠깐 달라고요."

"키는 왜?"

"제가 이번에 전라도에 행사 좀 다녀왔거든요. 오면서 무화과 좀 사 왔어요. 그거 좀 옮겨 실어 드리려고요."

"무화과? 어디 갔었는데?"

"영암이요, 전라도 영암. 순천에도 갔었고."

"그래? 인마, 순천은 우리 고향이잖아."

"그러세요? 와, 순천 거기 좋던데요."

_김영복 장편소설

"당연하지."

"저도 순천 분들 아는 사람 많은데."

"그래? 순천에 누구? 야, 말만 해 봐. 거기야 동네가 손바닥만 해서 누구 하면 다 알거든."

"이종수 씨라고 강남에서 사업하는 분도 계시고. 지금은 돌아 가셨지만."

"이종수? 답십리 이종수 사장?"

"예."

"어, 이 자식 봐라. 네가 그 친구를 어떻게 아는데? 나이도 너보다 훨씬 많은데."

"옛날에 제가 그분 가게에서 일도 하고 그랬었거든요."

"어디? 업소?"

"예."

"인마, 그럼 아는 것도 아니잖아?"

"저한테 잘해주서서."

"자식, 싱겁긴?"

"그런데 사장님은 그분을 어떻게 아세요?"

"동생이었잖아. 새끼, 괜히 와서 마음 짠하게 만드네."

"죄송합니다."

"됐어, 인마."

"사장님, 키."

"뭐, 아, 무화과? 됐어, 인마."

"아니에요. 좀 넉넉히 사 왔거든요. 사장님도 한번 드셔 보세요. 맛 괜찮을 겁니다."

"인마, 무화과 맛이야 내가 잘 알지. 그래, 여기 있다."

아미테이션

"금방 옮겨 싣고 가지고 오겠습니다."

"조심해라. 그거 어떤 차인지 알지?"

"예."

백 사장에게 키를 받은 사내는 자신의 차 안에서 무화과가 담긴 상자를 꺼내 백 사장 차에 옮겨 실었다. 그가 옮겨 실은 것은 그것 말고도 또 있었다.

2

년 초에 있었던 동아마라톤대회에서 그놈의 서브4를 했다는 것이 문제였다.

백 사장은 자신이 그 정도는 달릴 수 있는 능력을 가진 것으로 알았다. 실제로 당시 3시간 56분이라는 기록이 입증하지 않았던가. 때문에 그동안 비록 훈련을 많이 하지는 못했으나 그래도 4시간 20분 정도의 목표라면 비교적 무난하게 달성될 줄로 믿었다. km당 6분 정도로 달리면 4시간 15분이면 들어갈 수 있다는 계산이니 그 정도 페이스로 달리면 될 것이라 생각했다.

3주 전에 있었던 마지막 LSD(장거리 지속주 훈련) 때는 35km를 그 속도로 아주 편안하게 달렸으니 문제가 없을 것이라 믿었다. 하프 지점을 2시간 5분여로 통과할 때만 해도 '내가 목표를 너무 보수적으로 잡았나? 페이스를 좀 당겨 아예 또 서브4를 해 버릴까?' 싶을 정도로 컨디션이 좋았다.

발이 무겁다는 생각이 든 건 30km 지점을 통과하면서부터였다. 최상의 컨디션을 가진 자에게도 이른바 마라톤 벽이라 부르는 고통의 시간이 시작된다고 하는 지점이어서 백 사장은 살짝 불안해졌다. 하지만 남은 거리는 불과 12km. 백 사장은 어떻게든 버틸 수 있을 것이라는 희망을 가졌다. 할 수 있다는 새삼스런 다짐도 했다.

그러나 그는 얼마 못 가 자신의 체력이 완전 고갈이 되었다는 걸 인정해야만 했다. 자신의 훈련 양과 기량을 넘어선 오버 페이스를 했다는 걸 알았다. 기록에 대한 헛된 욕망이 스스로 발목을 잡은 것이었다. 이제 한 발을 들어 올리는 것조차 고통이었다. 나태함에 대한, 자만심에 대한 벌이라 생각하며 그는 걷기 시작했다.

수많은 사람들이 그를 스쳐 지나갔다. 백 사장은 그런 무심함이 원망스러웠고 또 자신이 지금 무척이나 외롭다는 생각을 했다. 참을 수 없는 갈증과 배고픔을 겨우 달래 가며 그는 하염없이 걷고 또 걸었다.

드디어 도착한 35km 급수 지점, 허겁지겁 물을 들이켜고 몇 개의 바나나를 먹고 나자 힘이 좀 나는 듯했다. 손목에 차고 있던 시계를 보니 조금만 분발하면 4시간 30분 정도면 완주할 수 있을 것도 같았다. 그는 다시 달리기 시작했다. 그러나 채 1km도 달리지 못하고 다시 걸어야만 했다. 그런 그의 머리로 늦가을의 햇살이 참으로 집요하게도 쏟아졌다.

37km를 갓 벗어난 지점, 인도 뒤편으로 몇 개의 벤치가 놓인 작은 공원이 그의 눈에 들어 왔다. 그곳에선 자신과 비슷한 처지의 놓인 참가자들이 앉아서 쉬거나 스트레칭을 하고 있었다.

차라리 편해 보이는 그런 모습을 보자 쉬고 싶다는 열망이 강하게 일었다. '그래, 잠깐만 다리를 펴고 쉬자, 쉬다 보면 기운이 나겠지.' 그는 벤치에 털썩 주저앉았다. 그리고 두 다리를 쭈욱 펴 올렸다. 온몸이 아프면서도 또한 온몸이 시원했다. 이제 살 것만 같았다. 이럴 때 누가 물 한 잔만 주면 얼마나 좋을까, 싶었다. 주위에는 아직 물이 남아 있는 생수병들이 여기저기 나뒹굴고 있었으나 차마 그걸 집어 들

수는 없었다. 먹지 못하는 물을 보니 갈증은 더욱 심해졌다.

헬멧을 쓰고 마치 복면과도 같이 두건으로 얼굴을 뒤집어 쓴 이가 자전거를 끌며 그에게 다가 온 것은 백 사장이 체면 불구하고 바닥에 버려진 생수병을 집어 들려는 바로 그때였다.

그의 가슴에는 'Race Patrol'이란 글씨와 빨간 십자가 문양이 찍혀 있는 하얀색 천이 달려 있었다.

"괜찮으세요?"

"아, 예, 괜찮습니다."

"물 한잔 드릴까요?"

'지금 남이 먹다 버린 물병을 주워 그 안에 남아 있던 물을 먹으려던 참인데 물을 준다고? 역시 사람은 죽으라는 법이 없는 거거든.'

"물 있으세요? 정말 감사합니다."

그가 등에 메고 있던 작은 배낭을 내려놓고 그 안에서 500cc짜리 작은 생수병 하나를 꺼내 친절하게도 뚜껑을 열고 백 사장에게 내밀었다.

물은 미지근했다. 하지만 백 사장에게는 감로수와 같았다. 벌컥벌컥 들이켰다.

"감사합-니-다."

백 사장은 '왜 이리 혀가 꼬이는 줄 모르겠네.' 하는 생각과 함께 힘겹게 감사 인사를 마쳤다. 자전거 천사가 옆으로 쓰러지려는 백 사장의 몸을 받쳐 똑바른 자세로 앉아 있게끔 했다. 백 사장의 목이 앞으로 꺾였다. 누가 얼핏 보아서는 마치 졸고 있는 듯 보이는 자세였다.

"힘!"

천사는 그 말 한 마디를 남겨 놓고 떠났다.

지친 주자들은 여전히 들고 나고 했으나 벤치에 앉아 있는 백 사장

_김영복 장편소설

또는 주로에선 늘 흔히 마주치는 레이스 패트롤을 주시하는 사람들은 아무도 없었다. 그들은 그저 그의 곁에서 잠시 쉬거나 몸을 푼 후 무심히 사라질 뿐이었다. 조금만 더 지체하면 제한 시간에 걸릴 것이라는 생각으로 마음이 바쁜 이들이었다.

얼마 후, 주로인 차도를 뛰는 둥 걷는 둥 하던 사내가 벤치에 태연히 앉아 있는 백 사장을 발견했다.

"아저씨, 갑시다. 힘내서 가자고요"

"……."

"저 양반이 마라톤 하다가 잠이 들었나? 가자고요. 저기 뒤에 회수차 오거든요."

역시 아무런 대답이 없자 다시 발걸음을 재촉하던 사내가 갑자기 멈추더니 되돌아와 백 사장이 있는 작은 공원으로 들어왔다.

잠시 후 그의 입에서 비명이 터져 나왔다.

"어, 어, 여보세요, 누구 전화 가진 사람 없어요? 119 신고 좀 해요, 신고 좀."

"어떤 거 같아?"

"보면 몰라? 죽었잖아. 빨리 옮기자고."

"심장마비일까?"

"마라톤 하다 그랬으니 맞겠지 뭐."

"그런데 심장마비치고는 얼굴이 좀 이상하지 않아? 얼굴이 새까맣기도 하고 좀 부풀어 오른 것 같기도 하고 말이야. 입에 거품도 묻어 있고."

"원래 얼굴이 검은 편인지도 모르지 뭐. 하여튼 그건 우리가 신경 쓸 거 아니고 일단 옮기기나 하자고."

"하여튼 개나 소나 마라톤이라니까."

"내 말이 그 말 아니겠어요. 여보세요, 옮기기나 하자니까 참 말씀 많으시네요."

"혹시 경찰 불러야 되는 거 아니야?"

"왜? 경찰은 뭐 하려고?"

"죽었으니까."

"죽으면 다 경찰 부르니? 야, 괜히 차에 의사를 태웠네, 안 태웠네 하면서 시비만 걸 텐데 미쳤니, 경찰을 부르게? 쓸데없는 소리 말고 빨리 들기나 해. 씨팔, 무겁긴 좆나게 무겁네."

"씨발, 다른 앰뷸런스도 많은데 하필 이 구역을 맡아서. 하여튼 오늘 재수 옴 붙었네"

"거 참 말 많다. 이게 재수가 좋은 거지, 왜 옴 붙은 거냐?"

"뭐라고?"

"몰라? 인마, 영안실 데리고 가면 왜 그거 있잖아?"

"아, 그렇지 참."

그들이 부르지도 않은 경찰차가 요란하게 사이렌을 울리며 들이닥쳤다.

3

부검 결과 백 사장의 사인은 청산가리 중독이었다. 물론 형사들이 현장에서 수거한 생수병들 중에서도 청산가리 성분이 검출된 병이 나왔다. 마라톤 도중 '청산가리 중독사'라면 이건 볼 것도 없이 살인사건이었다. 마라톤을 하면서 자살을 할 사람은 이 세상 어디에도 없었다.

문제는 이게 요새 유행하는 불특정 다수인을 겨냥한 무차별 살인인지 아니면 백용호 사장을 노린 것인지를 밝혀내는 것이었다. 누가 그 곳에 미리 가져다 둔 청산가리가 들어 있는 생수를 백 사장이 우연히 마시게 된 것일까? 아니면 백 사장 그를 살해하고자 지쳐 있는 그에게 일부러 건넨 것일까?

하지만 백 사장을 노린 계획적인 살인일 것이라는 추정에 더욱 무게 가 실렸다. 당시 현장에 있던 사람들, 즉 목격자가 여러 명 나타난 것이 었다. 그들에 의하면 마라톤 대회에 자원봉사로 나선 레이스 패트롤, 즉 사이클을 탄 채 마라톤 주자들의 응급 상황에 대비하고 교통 통제 등을 돕는 패트롤 복장을 한 사람이 그에게 물병을 주었다고 했다.

하지만 사이클을 타는 사람들이 흔히 입는 져지 셔츠에 헬멧을 쓰 고 두건으로 얼굴을 완전히 가려 인상착의 같은 것은 전혀 알 수 없 다고 했다. 레이스 패트롤 모두 햇볕 때문에 얼굴을 가린 채 자전거를 타니 그렇게 복면을 했다고 눈여겨 볼 일도 아니었다.

어쨌든 그날 레이스 패트롤 자원봉사를 한 22명 모두가 용의자인 것은 틀림없었다. 다행히도 그들 모두 한 사이클 동호회 회원들이라 신병을 확보하는 데에는 어려움이 전혀 없었다. 한 사람 한 사람 강도 높은 조사가 이루어졌으나 그들에 대한 수사는 맥없이 끝나고 말았 다. 그들 모두 알리바이가 뚜렷했던 것이다.

백 사장이 독배를 드는 순간 이미 자신이 담당했던 구간에서의 임 무를 다 마친 이들은 모두 잠실 운동장 본부석에 모여 간식을 먹고 있었고, 주로에는 4명만이 뒤늦게 들어오는 이들에 대해 패트롤 임무 를 수행하고 있었으며 그들 모두 그 시간에 어느 지점에 있었는지에 대해 많은 이들이 같은 증언을 했다. 현장 부근에 있던 이는 아무도 없었다.

남겨진 물병에는 백 사장의 지문만 남아 있을 뿐이었다.

이미테이션

벌건 대낮에, 몇 명의 목격자가 보는 아래 이루어진 살인이건만 형사들이 비집고 들어갈 틈은 좀체 보이지 않았다.

수사는 난관에 봉착했다.

하지만 형사들이 열심히 한다는 모습만 보이면 족할 그렇게 흔히 있는 평범한 살인 사건이 아니었다. 피해자는 우리나라 굴지의 연예 기획사 사장이었다. 그런 사람이 백주 대낮에 근 2만 명이라는 엄청난 인원이 함께 달리는 마라톤 대회에 참가하여 달리다가 독살을 당했다? 과연 이렇게 흥미진진한 사건이 얼마나 있을까? 연예계 이면에는 대체 어떤 일들이 벌어지고 있는 것일까?

벌집이 제대로 쑤셔진 것이었다.

4

국립과학수사연구소의 부검에 의해 백 사장의 사인이 밝혀진 바로 그날 저녁 현장을 관할하는 송파경찰서의 잠실지구대 내에 수사본부가 차려졌다.

피해자가 단 한 명에 불과함에도 보통 관할서의 형사과장인 경정 급이 맡곤 하는 다른 살인 사건의 경우와는 달리 수사본부장은 총경급인 서울시지방경찰청장의 형사과장이 직접 맡기로 하였으며, 구성원들에는 경찰서 형사계 및 강력계 소속 형사뿐만이 아니라 시경의 강력계, 폭력계 형사들까지 포함되어 있었다.

경찰에서 그만큼 사회적 파장이 큰 중요 사건으로 인식하였다는 반증이었다. 경찰은 모든 가능성을 열어 두고 광범위한 분야를 짚어 나갔다. 그중에서도 가장 중점을 둔 부분은 독살에 사용된 청산가리의 출처와 백 사장과 이해관계가 상충될 만한, 그리고 금전이든 치정이든

_김영복 장편소설

어떤 이유로 간에 개인적인 원한을 가지고 있을 만한 사람들을 가려 내는 것이었다.

물론 백 사장만을 노린 게 아닌 불특정 다수를 겨냥한 살인, 심지어 는 자살까지도 염두에 둔 수사도 이루어졌다.

하지만 백 사장이라는 인물에 대한 그리고 그 주변에 대한 수사가 진행되면 될수록 그에게 원한이나 앙심을 품을 만한 사람이 도처에 널 려 있다는 사실이 밝혀져 경찰은 곤혹스러웠다. 경쟁이 극도로 심한 연예계에서 백 사장은 스타를 만들어 내는 미다스의 손으로 알려져 있었는데 그러한 평가를 받기 위해 그는 그 어떤 야비한 짓, 파렴치한 짓도 서슴지 않았다는 것 또한 세간에는 이미 정설이 되어 있었다.

또한 그는 강남 일대를 장악하고 있는 조직 폭력배에도 끈이 닿아 있었다는 것도 밝혀졌다. 자신의 세를 넓히기 위해 그들을 이용했으 며 그러기 위해 그들에게 일정한 자금을 대어 주고 있었던 것이다.

그러고 보면 도처에 그의 적이 있었다. 당연 그들 모두 용의자로 간 주되었다. 결국 수사 대상은 걷잡을 수 없이 늘어만 갔다. 형사들은 끈기 있게 한 사람 한 사람의 행적과 알리바이를 캐 보기도 하고, 전 화사용 내역 또는 돈 거래 등 그들이 해볼 수 있는 모든 것을 다 해 보았다.

하지만 아무리 그래도 주변 인물에 대한 수사는 단순한 탐문 정도 수준을 벗어나기는 힘들었다. 아무런 증거나 내세울 만한 뚜렷한 혐 의점도 없는 상태에서 가능성만을 두고서는 그중 누구 하나도 연행을 하여 심문을 하는 직접 수사를 벌일 수는 없었다.

그들은 지금 자신들이 뒷걸음치고 있는 소라는 걸 알고 있었다. 그 저 운이 좋아 쥐가 밟혀 주기를 빌 뿐이었다.

청산가리의 출처에 대한 수사도 막막했다. 아무나 구할 수 없는 독

아미테이션

극물이기는 했으나 이제 그러한 독극물을 취급하는 업자들의 장부만 들여다보면 언제, 누가, 어느 정도의 양을 사 갔는지 쉽게 알아낼 수 있는 시대가 아니었다. 이미 세상은 인터넷의 손아귀에 들어가 있었다. 인터넷을 통해 사람의 시체, 전차나 기관총까지 거래가 되는 세상이었고, 청산가리 정도라면 생각보다 어렵지 않게 추출할 수 있는 사람은 부지기수였다.

그들은 인터넷을 통해 아주 은밀한 장사를 하고 있었다. 하지만 보통 그들은 신출귀몰하는 절정의 내공을 가진 컴퓨터 고수들이었다. 그들의 꼬리를 잡기는 절대 만만치 않았다.

그나마 다행인 것은 용의자의 사진을 확보할 수 있었던 것이다. 보통 마라톤 경기를 하면 주최 측과의 계약을 통해 주로 곳곳에서 달리는 주자들을 무차별로 촬영을 한 후 나중에 원하는 이들에게 그 사진을 파는 업체들이 있게 마련이다. 그들은 사진을 팔기 위하여 주자들의 이름 또는 배번으로 자신의 사진이 있는지 여부를 검색해 볼 수 있는 시스템을 갖추고 있었다.

용의자의 사진 역시 그곳에서 나왔다. 죽은 백 사장의 배번으로 사진들을 검색해 본 결과 35km를 조금 지난 지점에서 달리는 백 사장 뒤를 자전거로 따르고 있는 자의 모습이 함께 찍혀 있었다. 이를 확대해 소공원에서 백 사장과 그를 목격한 이들에게 보여 준 결과 그들 모두 그가 틀림없다는 진술을 한 것이다.

그러나 사진 속에서 그는 헬멧에다 눈을 가리는 고글에, 그리고 얼굴에는 복면을 쓰고 있었다. 그것을 보고서 누군지를 밝혀낸다는 것은 불가능했다. 그가 입고 있던 사이클 전용 져지 셔츠나 레깅스 바지는 너무 흔하디흔한 것이라 별 도움이 되지 못했다. 자전거 또한 고가품이 아닌 그저 취미로 사이클을 타는 사람들이 보통 타는 것이어서

372

전국 어디서도 쉽게 살 수 있는 그런 물건이었다.

　그래도 가슴의 형태로 봐서 남자라는 것, 자전거의 크기 등과 비교한 결과 키는 175에서 180cm 정도일 것이라는 것, 가슴에 달고 있던 레이스 패트롤 표시 천이 대회에 동원된 사이클 동호회에서 만들어 배포한 것이 아니라는 것을 밝혀 낸 것만도 수확이라면 수확일 수 있었다. 경찰은 이 사진을 전단지로 만들어 전국 경찰관서에 배포하기도 하고, TV 방송의 공개수사 프로그램을 통하여 내보내기도 하였다. 제보는 많았으나 예상대로 쓸 만한 것은 하나도 없었다. 그저 인력 낭비만 가져 오는 것들뿐이었다.

　경찰들의 불안한 예감대로 수사는 점점 미궁을 향해 다가서고 있었다. 반면 언론과 민심은 참으로 집요했다. 사건이 있던 날로부터 보름 후, 대형 일간지 중 하나의 사설에 '못 잡는 거냐, 안 잡는 거냐?'는 제목으로 경찰의 무능을 질책하는 글이 올라오자 결국 수사본부장이 서울 지방경찰청 2차장으로 바뀌고 수사본부의 인력도 대폭 증원이 되었다. 차장이라면 치안감으로서 보통 지방경찰청장에 해당하는 최고위급 간부였다.

　경찰청장은 그에게 이번 수사에 경찰의 명운을 걸라고 지시를 했다. 그건 당신 목을 걸어라 라는 협박이라는 걸 새로운 수사본부장은 잘 알고 있었다. 물론 지시를 하는 경찰청장의 목도 그와 같은 처지였다.

　그들은 바짝 몸이 달았다. 하지만 지휘자가 바뀌고 인원이 는다고 수사가 풀리는 것은 아니라는 걸 그 누구보다 그들이 가장 잘 알고 있었다. 고함도 별 영양가가 없다는 것도 알고 있었다. 만일 그렇다면 대통령이 수사본부장을 한다면 모든 미제 사건을 풀 수 있을 터였다. 소리만 질러댄다면 못 잡을 범인이 없을 터였다.

　수사는 그렇게 만만한 게 아니었다.

이미테이션

5

지지부진한 수사로 경찰이 지칠 대로 지쳐가면서 수사에 나섰던 형사들 저마다의 마음속에서 '이건 틀렸구나.'하면서 영구 미제 사건으로 남게 되겠다는 패배감에 절망했다. 반면 들끓던 여론은 또 다른 먹이에 취해 차츰 보도 횟수를 줄여갈 때쯤 놀랄 만한 새로운 사실이 드러났다.

수사는 역시 생물이었다.

백 사장이 죽던 날, 잠실운동장 옆 한강 둔치 주차장에서 발견되어 경찰서 마당으로 옮겨져 거의 방치된 것과 다름없이 세워져 있던 그의 차 안에서 또다시 세상을 뒤엎을 만한 증거물이 나타난 것이다.

그렇게 수사가 새로운 양상으로 바뀌는 엄청난 반전을 가져 온 것은 하나의 골프채였다. 이야기는 백가엔터의 황 이사가 수사본부를 방문하면서 시작되었다. 수사본부는 그새 경찰서 내의 경찰관 체력 훈련장으로 옮겨져 있었다. 각종 운동기구가 널려 있던 파란색 매트 위에 놓인 책상들은 왠지 어색하고 생경한 느낌이 들었다.

쭈뼛거리며 문을 열고 늘어서는 황 이사를 맞아준 이는 수사본부에서 서류 작업이나 형사들 지원 등을 서무 업무를 담당하는 경찰서 강력계 소속의 하 경위였다.

명색이 강력계 팀장임에도 수사 일선에서 밀려 이런저런 잡무나 상급 기관 형사들의 뒤치다꺼리나 하는 데 학을 떼고 있던 하 경위에게 반가운 사람은 아무도 없었다.

"누구세요? 여기 함부로 들어오시면 안 됩니다."

"저어, 백가엔터, 그러니까 돌아가신 분이 하던 회사의 황 이사라고 합니다. 황진수요."

잔뜩 주눅이 든 황 이사가 하 경위에게 공손히 명함을 내밀었다. 하 경위는 그것을 받기는 하였으나 명함에 박혀 있는 내용에는 전혀 관심이 없는 듯 눈길조차 주지 않았다.

"그런데요? 무슨 일로 오셨는데요?"

"아, 예, 저 차 좀 찾아갈 수 있을까 해서요."

"차요? 무슨 차요?"

"백 사장님이 타던 우리 회사 차 말입니다. 저 아래 세워져 있는……."

"그래요? 당신네 회사 차가 왜 우리 경찰서에 세워져 있다는 거예요?"

황 이사는 경찰대학을 나왔을 성 싶게 새파랗게 젊은 놈이 자신에게 딱딱하게 구는 게 아주 아니꼬웠다. 생각해 보면 자기가 스스로 기를 죽일 이유가 전혀 없었다.

'막내 동생뻘도 안 되는 이따위 애송이에게 지금 내가 뭐하자는 짓이지?' 황 이사는 자신이 명색이 건달 물깨나 먹은 놈이라는 걸 생각해 냈다. 경찰 앞에만 서면 마음과는 달리 매번 본능적으로 움츠러들고 마는 자신의 비굴한 모습이 너무도 한심하게 생각되었고 그런 자신에게 화가 났다.

'이런 좆 만한 새끼가 짭새랍시고 어따 대고…….'

그의 목소리가 높아졌다.

"아 씨발, 내가 우리 차가 왜 경찰서 마당에 있는지 어떻게 압니까? 당신들이 알지."

"어! 이 양반 보게나, 당신 지금 나한테 욕한 거야?"

"뭐? 당신? 이런 개 좆 만한 새끼가 어따 대고 당신이래. 너 몇 살이야? 야, 경찰은 위아래도 없냐? 이 새끼야, 내가 첫사랑에 실패하지 않

아ㅁl터l이션   375

앗으면 너 만한 아들이 있어. 씨발 놈아!"

"뭐 씨발 놈? 아침부터 어디서 생양아치 새끼가 와서 난리를 죽여?"

하지만 황 이사의 갑작스런 돌변에 하 경위의 말투는 이미 한풀 꺾여 있었다. 늙수그레한 중년의 사내가 나선 것은 이때였다.

"어이, 당신, 이 양반아 왔으면 얌전히 볼일이나 보고 갈 일이지 바쁜 사무실에 와서 웬 시비야? 그래, 왜 왔다고?"

황 이사는 자신보다도 훨씬 나이가 들어 보이고 말투도 차분히 가라앉은 그를 보고서 이쯤에서 대충 그만 두어야 한다는 걸 직감했다. 고수는 늘 고수가 알아보는 법이다. 그래도 대뜸 꼬리부터 내릴 수는 없었다.

"아 씨발, 차 찾으러 왔다고 하니까 대뜸 반말부터 나오는데 기분이 좋겠어요? 내가 무슨 죄를 지고 온 것도 아니고 말이야."

"이 양반이 또 욕을 하네. 알았으니까 뭔 일인지 나한테 말해 봐요."

"난 그냥 차 찾으러 온 것뿐이라니까요."

"그러니까 그걸 자세히 이야기해 보라니까."

"아 우리 백 사장님이 타던 차가 지금 보름 째 경찰서에 있다고 안 하요?"

"뭐요? 팀장님, 이 친구 지금 뭔 말입니까?"

"그러고 보니 저기 서정에 세워져 있는 벤츠가 피해자 차 같기도 하네요."

"그래요? 그거 압수한 겁니까?"

"글쎄요, 저도 잘 모르겠네요. 서류 한번 들여다봐야 될 것 같아요."

하 경위는 서류 더미가 잔뜩 놓인 책상으로 가더니 잠시 후 서류 한 권을 들고 펼쳐 읽으며 다시 그들에게 왔다.

"아, 여기 있네요. 여기 영장도 있어요. 압수한 거 맞는데요. 가만,

_김영복 장편소설

여기 보니 그거 가환부 영장도 있네요."

"그걸 왜 압수했지? 그게 무슨 범죄 증거물도 아니고 말이야."

"혹시 참고가 될 만한 게 있는지도 모르니까 일단 압수해 놓은 것이 겠지요."

"하여튼 요즘 형사 새끼들 수사하는 꼬락서니 하고는. 그런데 가환부가 되어 있다고요?"

"예, 압수한 지 며칠 뒤 가환부를 받아 놓았네요."

"그럼 돌려주면 되겠네, 뭘."

"예, 일단 가져가라고 해도 될 것 같습니다."

"당신 누구라고 했지요?"

"저요? 백가엔터의 황진수 이사입니다. 저 양반한테 명함도 줬거든요."

"차 등록증 있어요?"

"아마 차 안에 있을 걸요."

"신분증 가지고 왔지요?"

"정문에다 주민등록증 맡겼는데요."

"열쇠는요?"

"여기 가지고 왔습니다."

"그래요? 그럼 가 봅시다. 팀장님, 안 바쁘면 그 서류 가지고 같이 내려가 보시지요. 목록에 있는 것들이 다 있는지도 보아야 하니까. 사무실 공기도 나쁘고……."

"그럴까요?"

"아까는 죄송했습니다."

황 이사가 따라 나서는 하 경위에게 꾸벅 고개를 숙였다. 하 경위는 끝까지 까칠했다.

아미테이션   377

"가 보기나 합시다."

6

"차 좋긴 좋네."

"차가 좋은 건가, 돈이 좋은 거지요."

"하여튼 차 안을 보니까 우리 아버지 차가 생각나서 영 씁쓸하네요."

"팀장님, 이런 거 다 소용없습니다. 이 차 주인도 죽었잖아요? 차는 그저 고장 잘 안 나고 가기만 하면 되는 거지요, 뭘."

"그래도 부럽긴 하잖아요. 그건 그렇고 차 안에는 별 거 없는데 트렁크나 한번 열어 보지요. 여기 목록에도 트렁크에 몇 가지 물건들이 들어 있다고 돼 있거든요."

황 이사가 트렁크를 열었다. 그 안에는 차량 관리에 필요한 물품들과 골프백, 그리고 등산화 한 켤레 외엔 별로 특별한 게 없었다.

"다 맞네요. 황 이사라 그러셨든가요? 자, 다 맞지요? 차 처음에 가지고 왔을 때 만든 목록이랑."

"맞겠지요, 뭘."

"백 안에 골프채가 몇 개 들어 있다고도 돼 있는데 한번 세어 볼까요?"

"세어 보기는요. 됐습니다."

"아니 그러지 말고 몇 개인가 세 봅시다. 분명히 해야 되니까."

하 경위가 골프백 지퍼를 열고 그 안에 들어 있는 골프채의 개수를 세기 시작했다. 이 경사가 그중 하나를 빼 들었다.

"야, 아이언 죽이는데요. 돈이 좋긴 좋다."

"부장님도 골프 하세요?"

378   _김영복 장편소설

"내 주제에 골프는 무슨. 그냥 연습장 몇 번 가본 게 전부에요. 그나저나 팀장님은 이런 것도 해야 할 텐데. 학교에서 골프도 가르친다고 하던데 진짜에요?"

"아, 그거요? 그냥 교양 점수 따려고 하는 시늉들만 하는 거지요, 뭘."

들고 있던 골프채를 가볍게 휘두르며 하 경위와 그런 한담을 나누던 이 경사가 갑자기 말을 멈추고선 골프채의 헤드 부분을 자세히 살폈다.

"이거 뭐지? 이거 피 같은데. 팀장님, 이거 좀 보세요. 이거 혈흔 아니에요?"

"뭐요? 혈흔이라고요? 어디 좀 줘 보세요."

이 경사에게 골프채를 건네받은 하 경위는 이 경사가 가리키는 부분을 자세히 들여다보았다.

"정말 혈흔 같기도 한데요. 아닌 것 같기도 하고. 전 잘 모르겠는데요."

"아니에요. 그거 틀림없이 피 같아요. 이거 만일 사람 피라면 보통 일이 아닌데요."

"그럼 빨리 감식반을 불러 보지요. 다른 건 손대지 말고 그냥 놔두시고요."

"아직 아침이니까 감식반 아이들 지금 자기들 사무실에 있을 거예요. 제가 갔다 올게요."

"그런데 이상한데요. 이 차량 압수할 때 분명 다 살펴보았을 텐데."

"피해자 것인데 누가 골프채 하나까지 꼼꼼히 살펴보겠어요? 그냥 숫자나 세지요."

"그래도 눈에 띄었을 텐데……."

"팀장님 보시다시피 여기 헤드에 다 커버를 씌워 놨잖아요. 그걸 누가 일일이 벗겨 보겠어요? 하여튼 저 갑니다. 아 그리고 당신 말이에요. 어디 가지 말고 잠깐 더 계세요."

이미테이션

황 이사의 똥 씹은 듯한 표정은 전혀 아랑곳하지 않고 이 경사는 건물 안으로 황급히 사라졌다. 그리고 얼마 후 손에 검은색 가방을 든 사내 둘과 함께 다시 나타났다.

"야, 네가 보기엔 어때? 피 맞지?"

"글쎄요, 육안으론 그렇게도 보이긴 하는데 시약 발라 봐야 알지요."

"아니 일단 육안으로만 자세히 살펴보라고."

"자세히 보고 말고 할 것도 없이 혈흔이 맞는 것 같다니까요."

"야, 그럼 시약은 나중에 바르자. 우선 보고부터 해야겠어. 이거 보통 일이 아닌 것 같아. 팀장님, 지금 계장님이랑 과장님 어디 계세요?"

"참모 회의 끝난 지 얼마 안 됐으니까 사무실에 계시겠지요."

"갑시다."

이 경사의 예상대로 7번 아이언 헤드 부분에 달라붙어 있는 검붉은 작은 무늬는 혈흔이 맞았다. 그것도 사람의 것이었다.

더욱 놀라운 사실은 며칠 뒤 밝혀졌다. 국과수의 DNA 감식 결과, 그것이 백 사장이 죽기 2개월 전 경기도 파주의 한 저수지에서 발생한 살인강도 사건의 피해자의 것과 일치한다는 것이었다.

역시 여느 강도사건이 아니었다. 피해자가 케이블 방송국인 Z-TV를 소유하고 있고, 영화와 방송국의 외주 드라마를 제작하는 기업인 드림아트의 사주 김진만이었던 것이다. 공중파 방송국의 예능국장을 오랫동안 지냈던 관계로 방송이나 연예계 사람들로부터 아직도 김 국장이라 불리던 그는 혼자서 밤낚시를 갔다가 강도에게 살해를 당했었다.

하지만 범인은 이미 검거되어 교도소에 들어가 있었다. 사건이 발생하고 나서 며칠 후 편의점에서 김 국장의 신용카드를 사용했다가 덜미가 잡힌 친구였다. 그는 자신은 서울역의 대합실 화장일 안에서 지갑을 주웠을 뿐이라고 범행을 강력 부인했으나 이미 몇 개의 절도와 강도 전과가 있고 교도소에서 나온 지 얼마 안 돼 직업과 주거가 불분명했던 그의 진술은 수사관들의 마음을 움직이지 못했다.

게다가 현장에 남아 있는 몇 개의 족적 또한 그가 장기로 세 들어 살고 있던 서울역 뒤 쪽방에서 발견된 등산화의 것이랑 거의 비슷했다.

사실 사건 당일 밤새 내린 비 탓에 온전한 족적을 확보하기는 불가능했다. 그러나 그에겐 아주 불행히도 전과자의 것이랑 비슷하다는 것은 경찰들의 눈높이에선 '일치한다.'와 같은 내용일 뿐이었다.

어떻게 된 일인지 그는 검거된 지 이틀 만에 '자신이 저지른 게 맞는다.'는 자백까지 했다. 생활고에 시달린 나머지 강도를 할 것을 결심하고 보통 저수지 등에서 밤낚시를 하는 사람들이 번잡함을 피하기 위해 인적이 드문 곳을 골라 홀로 떨어져 있는 경우가 많다는 것을 노리고 저수지에 갔다가 김 국장을 뒤에서 망치로 머리를 가격, 살해했다는 것이다.

범행에 사용한 망치는 물로 던져 버렸다고 했다. 그의 진술에 의거 김 국장이 살해된 주변과 잠수부들을 동원한 물속에 대한 수색이 광범위하게 이루어졌으나 끝내 그가 말한 망치는 찾을 수가 없었다.

하지만 직접 증거가 없음에도 그는 결국 살인강도 혐의로 구속 기소가 되었다. 그리고 1심 재판에서 경찰의 가혹행위 때문에 허위로 자백을 한 것이라고 범행을 다시 부인하였으나 재판부는 이를 인정치 않고 그에게 유죄를 선고했다.

변호사는 재판부에 그의 선처를 빌 뿐 그가 자신의 주장대로 정말 무죄인지 여부는 별로 상관치 않는 듯했다. 돈이 없는 그에게 국선이라도 변호사가 있다는 사실은 참으로 그럴 듯해 보이기는 했다.

그러나 그뿐이었다. 그나마 살인에 사용된 흉기를 찾지 못한 상태였기에 혹 나중에 발견될 지도 모를 것을 감안하여 장례를 치르기 전

DNA를 확보해 놓은 것이 그나마 다행이라고나 할까!

　사실 그에 대한 수사에 많은 허점이 있다는 건 담당했던 형사들 자신이 더 잘 알고 있었다. 흉기가 가정에서 흔히 쓰는 망치였다는 것도 따지고 보면 자신들의 유도 심문에 의해 만들어진 것이나 다름없었다.

　"너 담배 피지?"

　"예."

　"어떤 걸 피는데?"

　"저는 멘솔 피우는데요."

　"혈액형은?"

　"A형이요."

　현장 주변에서 발견된 담배꽁초는 박하가 아닌 빨간색 '말보르'였다. 담배에 묻어 있는 타액은 그걸 피운 자가 B형이라고 말하고 있었다. 김 국장도 A형이었다. 이제 담배 이야기는 더 이상 물어 볼 것도 없고 염두에 둘 필요도 없었다.

　"뭐로 죽였어?"

　"제가 안 죽였다니까요."

　"이 새끼 기껏 다 인정했다가 또 딴 소리하네. 흉기가 뭐냐니까? 쇠파이프야 아님 야구 방망이야?"

　"……."

　"빨리 말 안 할래? 그럼 망치인가?"

　"……."

　"망치 맞네. 그렇지?"

　"마음대로 적으세요."

　"뭘 마음대로 적어? 이 새끼가 지금 놀리고 있나? 망치야, 아냐? 망치 맞지?"

　　　　　　　　　　　　　_김영복 장편소설

"……."

"그래, 흉기는 망치고, 어따 버렸어?"

"예?"

"망치 어디다 버렸냐고?"

"……."

"저수지 안에 던져 버렸어? 맞지?"

"……."

"나중에 딴 소리하면 어떻게 되는지 알지?"

뭐 이런 식이었다.

국과수의 부검 소견서에도 뒷머리에 난 상처, 사망의 직접 원인이 된 것으로 추정된다는 그 상처에 대해 '둔기에 맞은 것으로 추정된다.'는 짤막하고 모호한 표현이 전부였다.

하지만 그 소견서를 작성한 법의학과 소속 부검의는 후에 범인이 잡힌 후 망치를 사용했다고 진술했다는 소리를 전해 듣고서는 고개를 갸웃거렸다.

자신이 보건대 적어도 끝이 둥그런 형태의 망치는 아니었다. 망치로 힘을 주어 가격을 했다면 상처가 전체적으로 원형을 띄고 있어야 맞았다.

그러나 그걸 직접 사용한 자가 망치라고 말하는 데야 더 이상의 의문은 쓸데없는 오지랖에 불과한 것이었다. 의학적으로 또는 물리학적으로 늘 변수는 존재했다. 때문에 절대 망치가 아니라는 주장은 펼치지 않았다.

그런 것 말고도 할 일은 산더미였다.

그러나 피해자의 혈흔이 묻어 있는, 살인의 도구로 사용되었을 확률이 높은 물건이 발견되었다면 그 이후엔 이야기가 달라진다. 국과수는

이미테이션

383

새로운 소견을 발표했다. '백 사장의 차에서 혈흔이 묻어 있는 상태로 발견한 골프채의 헤드 부분 형태가 김 국장의 뒷머리에서 발견된 상처의 형태와 거의 부합되는 바, 이로 미루어 그것이 살인에 사용된 흉기일 가능성이 매우 높다.'는 게 그들이 새로 발표한 분석 소견이었다.

하기는 새로울 것도 없었다. 전에는 그저 '둔기에 의한 상처로 추정된다.'만 했지 '그 둔기가 구체적으로 어떤 것일 것이다.'는 말은 한 적이 없으니! 때문에 학자적 양심에 가책을 느낄 필요도 없었고 비난 받을 일도 없었다. '용의자의 인권' 이런 건 그들이 관심을 기울일 분야도, 관여할 항목도 전혀 아니었다.

7

김 국장 강도 살인 사건이 발생하고서 발족되었다가 단 닷새 만에 범인 검거라는 개가를 올리고 해산이 되었던 관할 경찰서 수사본부 팀과 경찰로부터 사건을 송치 받아 2차 수사와 기소를 담당했던 검찰의 담당 검사 및 공판부 검사 모두에게 불똥이 떨어졌다.

만일 그 골프채가 김 국장 살인에 사용된 흉기가 성날 맞는다면 그들 모두 무고한 사람을 살인범으로 만든 격이 되는 것이었다. 일단 사건부터 전면적으로 다시 살펴봐야 할 일이고, 교도소에 있는 자가 정말 무고하다면 2차 공판 이전에 공소 취소를 해야 할 판이었다.

하지만 그들은 패배를 쉽게 인정치 않았다. 아니 인정할 수 없었다. 억울한 사람을 강압적인 수사로 살인범으로 만들어 버렸다면 그들에겐 악몽이 될 터, 형사고 검사고 검찰 수사관이고 모두 안간힘을 썼다.

백 사장이 평소에 사건 현장에서 발견된 것과 같은 빨간색 말보르를 피우고 혈액형이 B형이라는 것도 그저 우연의 일치라고 믿고 싶었다.

하지만 꽁초에 묻어 있는 침을 가지고 실시한 DNA 분석 결과는 그게 분명 백 사장이 피우던 담배꽁초라고 말하고 있었다.

그들은 결국 자신들이 완전히 졌다는 걸 인정치 않을 수 없었다. 수사가 처음부터 엉망이고 억지투성이였다는 건 그들 자신이 이미 잘 알고 있던 터였다. 그러면서 괜히 그래도 자신들이 옳았다고 믿고 싶은 마음에 허망한 가능성을 염두에 두고 안간힘을 써 보았던 것뿐이었다.

어쨌든 백 사장 사건의 수사본부 팀에 김 국장 사건을 담당했던 파주 서 수사본부 형사들이 합류를 했다. 서로 다른 지방청 소속으로서 이례적인 일이었으나 경찰청장의 지시에 의해 이루어진 일이었다.

하지만 파주 서 형사들은 이미 엉뚱한 이를 범인으로 만든 '고문 경찰관'으로 낙인이 찍힌 패잔병들이고, 곧 옷을 벗거나 구속이 될지도 모르는 사람들이었으니 그들이 하는 일이라고는 고작 당시의 수사 정황을 같은 경찰관들에게 설명이나 하는 신세였다. 말이 설명이지, 실상은 동료에게 심문을 당하는 것과 매한가지인 굴욕적인 일이었다.

전 국민의 뜨거운 관심 속에서 백 사장을 죽인 범인을 잡는 수사와 그 백 사장이 과연 김 국장을 죽인 범인인지를 밝혀내야 하는 수사가 수사본부에서 동시에 진행되었다.

그러나 날이 갈수록 하나의 수사는 미제 사건으로 치닫고 있었고, 또 하나의 수사는 의문으로 남게 될 불길한 가능성은 점점 현실이 되고 있었다. 자전거를 탄 백 사장 사건의 용의자는 여전히 오리무중이었고, 김 국장 사건의 용의자가 되어 버린 백 사장은 이미 죽었다. 이미 시체가 된 자의 차 안에 들어 있던 골프채에 다른 시체의 혈흔이 남아 있고 그 골프채가 살해 도구라고 추정된다고 해서 말 못하는 시체를 무조건 범인으로 볼 수도 없는 노릇이었다. 누가 그를 음해하고

이미테이션

자 김 국장을 살해하는 데 이용했던 골프채를 백 사장 차 안의 골프백에 넣어 놓은 것이라면? 충분히 가능성이 있는 이야기였다.

미친 자가 아니라면 자신이 살인을 하는 데 쓴 흉기를 그것도 핏자국까지 남겨 둔 상태로 고이 골프백 안에다 모셔 놓는다는 말인가?

담배에 묻어 있는 침에 의해 자신이 살인범으로 지목될 수 있다는 걸 알면서 굳이 현장에다 꽁초를 버릴 리도 없었다.

따라서 이치적으로나 상식적으로 봐도 백 사장이 김 국장을 죽인 범인이 아니라는 게 더 현실적인 판단일 수도 있었다.

그런데 수사진을 더욱 머리 쥐어짜게 만드는 사실이 뒤늦게 또 밝혀졌다. 백 사장 차 트렁크에서 발견된 등산화 밑창에 묻어 있는 흙에 대한 분석 결과 김 국장 살해 현장의 흙과 완벽하게 동일한 성분으로 나타난 것이다. 즉 그 등산화의 주인은 분명 살해 현장에 갔었다는 소리였다.

하지만 과연 그 등산화가 백 사장의 것이었는지는 또 불분명했다. 백가엔터의 직원들 중 일부는 그 등산화를 본 것도 같다고도 했고 또 일부는 처음 보는 것 같다고도 했다.

하기야 평일에도 등산화를 일상적으로 신고 다니는 사람이 널려 있는 판인데 누가 남의 등산화에 대해 그리 관심을 가지고 쳐다볼까. 트렁크에 있었으니 운전기사라도 있다면 그게 과연 백 사장의 것이 맞는지, 또 언제부터 그 안에 들어 있었는지를 확인할 수 있겠으나 회사의 사정이 어려워진 이후로 운전을 백 사장이 직접 하고 다녔다 하니 그것도 난망이었다.

수사관들은 정황이나 심정적으로는 누가 백 사장을 음해하는 것으로 판단이 되고 있었으나 또 겉으로 드러난 이런 증거들은 백 사장을 용의선 상에서 제외할 수도 없는 노릇이었다. 결론적으로 수사관들은 누군가가 김 국장을 죽인 다음에 백 사장을 죽이고서 그를 김 국장을 죽인 범인으로 위장하였을 확률이 그래도 가장 높다는 데 의견이 일치했다.

그렇다면 백 사장, 김 국장 두 사람 모두에게 원한을 가진 자일 것이다. 두 사람이 모두 연예계 계통의 일을 감안한다면 범인 역시 그쪽에 관련이 되어 있을 것이라는 건 자연스레 추정할 수 있었다. 물론 현 상황에서 가장 유력한 용의자는 백 사장이 마라톤을 한 날 나타나 그에게 청산가리가 든 물을 먹인 자전거를 탄 남자이니 우선 그의 신분을 밝히고 그를 검거하는 것이 가장 급선무였다.

그러나 수사는 그 어떤 것 하나 명확히 밝히지 못하고, 그 누구 하나 잡아들이지 못하면서 점점 더 지지부진해져만 갔다. 콜롬보 형사는 영화 속에만 존재했다.

2009년 11월 29일, 연지

1

"연지야, 나."

"응, 오빠, 오래간만이네. 한 한 달 정도 됐나?"

"하는 일도 별로 없는데 조금 바쁘네. 그래 잘 지내지?"

연지는 철민이 요즘 자신만큼 바쁘다는 걸 알고 있었다. 그가 자기의 이름으로 내놓은 곡은 가요 차트의 정상권에 오르진 못했으나 그래도 꾸준히 인기를 유지하고 있어 각종 행사에도 많이 불려 다니고 있고, 또 한 케이블 TV에서 명정남이 진행을 맡고 있는 세계 각국의 괴상망측한 음식을 시식하는 조금은 유치한 '몬도가네'라는 프로그램에 고정 출연을 하고 있는 탓이기도 했다.

"나? 오빠, 내가 요즘 잘 지내게 생겼어?"

하기는 철민이 짐짓해 본 말이었다. 석 달 전, 내연 관계나 다름없던 김 국장이 낚시터에서 무참히 살해를 당하고 또 얼마 전에는 소속사 사장이 대낮에 독살을 당했으니 다른 이도 아닌 연지가 잘 지낼 리 만무라는 건 누구보다도 철민이 더 잘 알고 있었다.

사실 연지뿐만이 아니라 연예계 전체가 뒤숭숭했다. 범인은 틀림없이 누구다, 누구는 어제 불려 갔다더라, 식의 괴 소문과 루머도 난무

했다. 김 국장 또는 백 사장과 사이가 좋지 않았던 것으로 소문나 있
거나 돈 거래 같은 게 있는 사람들은 아무런 죄가 없다고 해도 괜히
뜨끔하여 전전긍긍해야 했다.

근 한 달 동안이나 서로 안부 전화도 없었던 연지와 철민도 분명 자
신들이 바쁘기도 해서거니와 이 흉흉한 분위기 때문에 더 소원했던
게 아닐까 하는 사실을 부인할 수 없었다.

"알지, 나도. 그렇다고 또 연지가 못 지낼 것도 없잖아. 오늘 나 거기
갈까?"

"우리 집? 아니야, 오빠. 나 그 사람 죽은 다음에 무서워서 그 집에서
못 있겠어. 요샌 아예 회사 숙소 아파트에서 코디랑 같이 지내잖아."

"안 죽는 사람 있냐? 무섭긴 뭐가 무섭다고 그래?"

"어쨌든 오빠, 그럼 오늘 시간이 된다는 소리네."

"응."

"그럼 우리 만나."

"좁긴 하지만 우리 집으로 안 올래?"

"오빠 집으로?"

"응, 밖에서 만나면 신경 쓰이는 게 많잖아."

하기는 이런 시기에 괜히 밖으로 나돌았다가 사람들 눈에라도 띄게
되면 이런저런 소리 들을 게 뻔하다. 차라리 자기가 철민의 집으로 가
는 것도 괜찮다는 생각이 들었다.

"재워 줄 거야?"

"자고 가면 되지."

"그래. 그럼 내가 오빠 집으로 갈게."

"그럴래? 그럼 와. 근데 너 우리 집 모르잖아?"

"회현역에서 내리면 부근이라고 했잖아?"

이미테이션

"지하철 타고 오려고?"

"지하철은 좀 그렇고, 그냥 차 가지고 가지, 뭐."

"아니야. 차는 가지고 오지 마. 여기 옛날 동네잖아. 길도 좁고 복잡한데다 또 주차할 때도 없어."

"그럼 나 택시 타고 갈게. 회현역에서 오빠가 기다려."

"그래."

둘은 회현역 출구에서 만났다. 철민이 말한 대로 철민의 집으로 올라가는 길은 언덕인데다 제법 복잡하고 길도 좁았다. 그래도 군데군데 유료 주차장이 눈에 띄었다.

"주차장 있네, 뭘."

"저기다 주차해 놓고 걸어 올라가나 택시 타고 와서 올라가나 똑같잖아."

"집에 뭐 먹을 거 있어?"

"없는데."

"저기 족발집 있네, 족발이나 사다 먹을까?"

"족발 좋지. 그럼 소주도 한 두 병 사."

철민과 연지는 족발과 술이 든 까만색 비닐 봉투를 든 채 다정한 연인처럼 팔짱을 끼고 철민의 집으로 향했다. 연지는 어쩜 이런 게 평범한 행복 아닐까 싶은 생각에 마음이 한껏 기꺼워졌다.

철민의 집은 1층이 주차장으로 되어 있는 4층짜리 원룸 빌딩의 2층이었다.

"우와. 오빠, 좁은 집, 좁은 집하더니 생각보다 넓네."

"넓기는."

"원룸이라면서 방도 두 개나 있네. 목욕탕엔 욕조까지 있고. 뭐 있을 건 다 있네. 아담하면서도 쓸모 있고 참 좋다."

390　　　　　　　　　　　　　　　　_김영복 장편소설

"앉아."

거실 겸 주방에 놓인 작은 원형 식탁에 마주앉아 둘은 소주를 마셨다.

"오빠, 요즘 힘들지?"

"내가? 내가 뭘 한다고 힘들어?"

"아냐. 오빠 여기저기에 많이 나오던데?"

"봤어?"

"그럼. 나야 빼먹지 않고 다 보지. 그런데 그 몬도가네에서 먹는 음식 정말로 그렇게 이상한 맛들이야?"

"아니야, 생각보다 먹을 만해."

"그럼 다 리액션이었구나?"

"그렇지, 뭐."

"오빠, 우리 오늘은 좀 일찍 자자."

"벌써?"

"응. 나 요즈음 도통 잠을 못 자겠더라고."

"쓸데없는 생각이 많아서 그렇지."

"백 사장이나 김 국장 생각하면 무섭기도 하고."

"맨날 욕했었잖아?"

"그래도 죽었다고, 그것도 다 끔찍하게 죽었잖아. 하여튼 죽은 사람이라고 생각하니까 무섭기도 하고 또 불쌍하기도 하고 기분이 이상하더라고."

"솔직히 죽을 놈들이 죽은 건데 뭘."

"그래도."

"……."

"그런데 오빠, 도대체 누가 그런 일을 했을까?"

"무슨 일?"

"두 사람 죽은 거 말이야."

"그럴 만한 원한이 있는 놈이 있었나 보지."

"김 국장을 백 사장이 죽인 게 맞을까?"

"그건 왜?"

"아니 나는 그게 아닌 것 같아서 그래. 백 사장이 김 국장을 얼마나 끔찍이 생각했는데. 우리 회사에서 제일 큰 돈줄이었잖아."

"아무렇게 된 거면 또 어때?"

"뭐가?"

"누가 죽였는지 알면 뭐하고 모르면 뭐하냐고?"

"우리 회사 사람들 다 불려 갔던 거 알아? 나도 갔다 왔어."

"어디를?"

"어디긴, 경찰서지."

"그래, 가서 뭐하고 왔는데?"

"백 사장 마라톤 하던 날 뭐 했었냐, 어디에 있었느냐, 사장에 대해 아는 거나 들은 게 있느냐, 뭐 이런 것들 물어 보더라고."

"그래서 뭐라고 했는데?"

"뭘 뭐라고 해, 사실대로 다 말했지."

"……."

"그런데 오빠, 경찰에서는 김 국장 죽인 게 백 사장이 아닐 거라고 하더라고."

"너한테 그런 소리를 했단 말이야?"

"아니, 나한테 그랬다는 게 아니고 자기들끼리 이야기 하는 걸 내가 들은 거지."

"냉장고에 술 있던데 더 마실까?"

_김영복 장편소설

"아냐, 됐어. 오빠는 한 잔도 안 하면서 뭘 그래. 나 혼자 두 병을 거의 다 마셨구만."

"난 오늘 컨디션이 영 아닌 것 같아 그래. 내일 오전에 녹화도 있고."

"왜 어디 아파?"

"아니, 그건 아니고."

"그럼 오늘은 내 말대로 술 그만 마시고 일찍 자자."

"그래, 그럼."

"오빠, 따뜻한 물 나오지?"

"그럼."

"나 뜨거운 물에 푹 담갔다가 자려고."

"맘대로 해."

연지가 욕실로 들어가 물을 트는 소리가 들렸다. 그 자리에 앉아 담배를 연거푸 피우고 있던 철민이 방으로 들어가 무언가를 들고 나오더니 그걸 입고 있던 트레이닝 바지 주머니에 넣고 연지가 있는 욕실 문을 열고 안으로 들어섰다. 연지는 머리에 수건을 두른 채 욕조 안에 몸을 담그고 있었다.

"오빠, 왜?"

"아니야, 그냥."

"징그럽게 그러고 있지 말고 빨리 나가. 금방 나갈게."

철민은 아무 대답 없이 주머니에서 방에서 들고 온 물건을 꺼냈다. 코드가 달려 있는 전선이었다. 마치 드라이기가 달린 전선에서 드라이기만 떼어 낸 듯 전선의 끝부분은 두 가닥으로 나뉘어 각각 초록색과 빨간색으로 감싸인 구리선이 보였다.

철민이 코드를 욕실 벽에 부착된 소켓에 꽂았다. 연지는 철민이 무슨 일을 하는지 도통 알 수가 없었다.

이미테이션

"오빠, 뭐 해?"

철민은 대답이 없었다. 뜨거운 수증기에 홍조가 낀 연지의 예쁜 얼굴만 바라볼 뿐이었다.

"오빠, 왜 그러는데?"

"미안하다, 연지야."

"뭐가?"

마침내 철민이 전선을 연지의 욕조 안으로 밀어 넣었다.

"으윽."

짧은 비명을 지른 연지의 몸이 요조 안에서 뒤틀렸다. 순간 정전이 되었다. 어둠 속에서 철민이 소켓에서 다시 코드를 잡아 빼자 잠시 후 다시 전기가 들어 왔다. 연지는 욕조 안에 일그러진 표정으로 누워 있었다.

철민은 침착한 표정으로 그녀의 가슴에 귀를 대어 심장이 뛰는지 들어보기도 하고 코에서 숨이 나오는지 확인을 해보기도 했다.

2

스물 넷 연지는 회현동 철민의 원룸 주택 욕실 욕조 안에서 그렇게 전기에 감전이 되어 생을 마감했다. 철민은 그녀를 그렇게 욕실에 남겨둔 채 거실로 나와 또 다시 담배를 피워 물었다.

잠시 후 집을 나온 철민은 자신의 차에 올랐다. 그가 향한 곳은 한 강대교의 중간 지점인 '중지도'였다. 섬은 서울시에서 만든다는 오페라 공연장 공사 때문인지 이곳저곳 파헤쳐져 있었다. 그는 망설이지 않고 그 어지러운 틈에서 길을 찾아내 한강 호안에 차를 세웠다.

바람이 아주 거센 터라 강답지 않게 거친 물결이 콘크리트 호안을 때리는 소리가 제법 요란했다. 차에서 내린 철민의 손에는 보통 석유를 담는 플라스틱 통이 들려 있었다. 그는 허리를 구부려 그 통을 물속에 담았다.

이윽고 한강물이 가득 담긴 플라스틱 통을 들어 다시 차 안에 실었다.

그때였다.

"한강물을 어디다 쓰시게?"

철민은 느닷없는 목소리와 함께 자신에게 불빛이 비추자 소스라치게 놀랐다. 주변에 낚시꾼이 있었는지 목소리의 주인공인 듯한 노인이 철민이 있는 방향으로 랜턴을 비추며 다가왔다.

"한강물 퍼 가는 사람은 처음 보네. 그거 어디다 쓸려고 그러슈?"

"아, 예, 고기 때문에요."

"고기라니?"

"아, 제가 집 화장실 욕조에다 저번에 낚시 가서 잡은 붕어를 좀 넣어 놨거든요. 그런데 그 놈들이 비실거려서 혹시 수돗물 때문에 그런가 하고 물 좀 갈아줘 보려고요."

"그깟 붕어는 조림이나 해먹지, 냄새 나게 뭐 하러 키우시게? 그리고 붕어는 수돗물에서도 잘 살아요. 참 정성도 뻗친 양반이네."

"그래도 웬만하면 살려 볼까 하고요."

"난 저기서 낚시를 하다가 젊은 양반 보고 깜짝 놀랐잖아. 갑자기 차가 내려오더니만 커다란 걸 들고 내리기에 시체라도 버리러 왔는지 알았다니까. 얼마나 무섭든지."

"입질 좀 있으세요?"

"입질? 장어 철이라 몇 마리 잡아볼까 해서 낮부터 나와 있는데 입질은커녕 손질도 없다니까."

이미테이션

"아, 그러세요? 그런데 여기 낚시해도 되나 보지요?"

"되긴 뭐가 돼요? 그렇다고 이 밤중에 누가 단속을 하나? 그리고 또 할 테면 하라고 그러지, 뭐. 개새끼들."

노인은 낚시 단속반에 감정이 많은 듯 했다.

"그럼 많이 잡으세요. 전 가보겠습니다."

"가슈. 나도 좀 있다 가야지, 뭐."

"안녕히 계세요."

인사까지 공손히 하고 차에 올랐으나 철민은 자신의 등에 어느새 식은땀이 흘렀다는 걸 알아챘다. 그는 애꿎은 사람을 죽이고 싶지는 않았다.

3

연지는 눈을 커다랗게 뜬 채 욕조 물에 완전히 잠겨 있었다. 물은 아직도 따뜻했다. 철민은 욕실 바닥에 담요를 펼쳐 놓고 연지를 안아 올려 그 위에 뉘였다. 그가 친절해서 담요를 깐 게 아니었다. 행여 등에 타일 자국이 날까 걱정했을 뿐이다.

그는 커다란 주사기로 자신이 방금 떠온 플라스틱 통의 한강물을 빨아올려 바늘을 꽂고 그녀의 젖가슴 밑을 찌른 후 천천히 힘을 주어 안에 담긴 물을 주입했다.

주사기 안의 물이 다 들어가자 바늘은 그녀의 가슴에서 빼지 않고 놔둔 채 주사기 몸체만 빼어 내고선 다시 물을 채운 후 집어넣는 식으로 한쪽 가슴에다 대여섯 번을 주입한 후 다른 쪽 가슴에도 똑같은 방식으로 역시 비슷한 양의 한강물을 집어넣었다.

플라스틱 통의 남은 물은 모두 바닥의 하수구에 부어 버렸다. 그리

_김영복 장편소설

고 타월로 그녀의 몸을 찬찬히 닦아준 후 그녀를 안아 거실 바닥으로 옮겼다. 따뜻한 물에 잠겨 있던 탓에 연지의 몸은 아직도 살가운 체온을 전해주고 있었다.

철민은 그녀가 벗어 놓은 옷을 차례로 입혔다. 25인치 디지털 TV 위에 걸린 시계는 밤 11시 10분을 가리키고 있었다. 철민은 시간을 보자 잊었다는 듯 작은 간이 소파에 앉아 리모컨으로 TV를 켰다. 그의 발치엔 연지가 아직도 고통의 기억이 생생히 남아 있는 얼굴을 한 채 누워 있었으나 철민은 전혀 개의치 않는 듯했다.

TV에선 연지가 출연하는 드라마가 펼쳐지고 있었다. 그녀는 중전의 복장을 한 채 얼굴에 미소를 지으며 상감에게 교태를 부리고 있었다.

4

같은 날 밤 12시 20분.

철민이 주차장으로 내려와 자신의 차에 시동을 걸어 놓고 다시 올라갔다. 그는 어느새 위아래 트레이닝복으로 갈아입고 있었다. 잠시 후 연지를 업은 철민이 1층 주차장으로 통하는 문을 열고 다시 나타났다.

그는 연지를 뒷좌석에 눕힌 후 문을 닫고선 담배를 빼 물었다. 몇 차례 담배 연기를 내뿜던 그가 피우던 꽁초를 바닥에 버린 후 발로 비벼 끄고선 운전석에 올랐다.

차는 곧 출발했다. 그 광경을 본 사람은 아무도 없었다. 아마 보았다고 해도 술 취한 연인을 업었나, 하고 무심히 지나칠 정도로 철민의 행동은 태연자약했다.

이미테이션

다음 날 새벽 1시.

연지를 실은 철민의 차가 탄천 주차장으로 내려왔다. 철민은 차를 주차장 구석의 강변 산책로로 이어지는 다리가 놓인 곳으로 몰고 갔다. 탄천 수중보를 가로지르고 있는 다리엔 차가 들어가지 못하도록 어른 무릎 높이의 기둥이 입구에 몇 개 박혀 있었다.

산책로엔 드물게나마 아직도 사람이 오가고 있었고 가끔 자전거를 탄 사람이 지나가기도 했다. 철민은 차 안에서 묵묵히 기다리고 있었다.

새벽 1시 40분.

철민이 차에서 내려 다리 위를 건너 산책로로 들어섰다. 그러더니 잠실 방향으로 조금 달려가다가 다시 몸을 돌려 하류, 즉 영동대교 방향으로 조금 달려 내려가나 싶더니 차가 있는 곳으로 역시 달려서 돌아왔다. 양쪽 방향에서 혹시 오는 사람이 있나 살핀 것이건만 누가 보면 영락 운동을 하는 사람이었다.

철민이 차에서 다시 연지를 업고 나왔다. 그는 그녀를 업은 채 재빠른 걸음으로 다리를 건넌 후 수중보에서 떨어지는 물 때문에 강이 소리를 내며 급류를 이루고 있는 지점에서 그녀를 난간 너머 강을 향해 밀어 버렸다.

연지는 약 3미터 정도 되는 높이에서 강으로 떨어진 후 곧 사라져 버렸다. 철민은 다시 차로 돌아가 그녀가 자신의 집에 올 때 신고 왔던 굽 낮은 구두를 들고 연지를 던진 곳으로 돌아와 구두를 난간 밑에 가지런히 놓은 후 바지 주머니에서 얌전하게 접힌 종이 한 장과 연지의 운전 면허증을 구두 안에 넣어 놓았다. 그리고 재빨리 차가 서 있는 곳으로 돌아가 차를 몰고 사라져 버렸다.

398

아침 7시 40분.

밤새 수없이 많은 사람이 연지의 구두가 놓인 곳을 걷거나, 달리거나, 혹은 자전거를 타면서 지나갔으나 그녀의 애처로운 구두에 눈길을 준 사람은 아무도 없었다. 구두에 제일 먼저 관심을 보인 사람은 낚시꾼이었다.

그녀의 구두가 놓인 곳은 수중보에서 떨어지는 물로 인해 급류를 이뤄 잉어나 눈치가 붐비는 일급 포인트로 소문이 나 낮 시간이면 늘 낚시꾼으로 붐비는 곳이었다.

좋은 포인트를 차지하기 위해 새벽잠을 설치고 나온 낚시꾼은 낚시를 던져 놓고서도 자꾸 눈에 들어오는 구두가 영 눈에 밟혔다. 결국 그는 호기심을 못 이기고 구두 곁에 가서 구두를 집어 들다가 그 안에서 연지의 운전 면허증이 떨어지자 그는 흠칫 놀랐다.

마침 그 옆을 지나가던 산책객이 그 장면을 보고 그에게 다가왔다.

"뭡니까? 아저씨, 그거 운전 면허증 아니에요?"

"예, 면허증이네요."

"그거 그 구두 안에 들어 있던 거예요?"

"예."

두 사람은 자신이 나누는 대화의 내용이 주는 의미를 곧 깨달았다.

"그거밖에 안 들어 있었어요?"

산책객이 낚시꾼에게 물으면서 낚시꾼이 놀라 바닥에 떨어트린 구두를 집어 들었다.

"여기 또 뭐가 있는데요?"

그가 종이를 꺼내 펼쳤다.

"아저씨, 이거 유서 아닙니까? 유서 맞지요?"

이미테이션

"예, 그런 거 같은데요."

"그럼 누가 여기서 자살을 했다는 소리인데. 아저씨, 어떻게 하지요?"

"예?"

"신고해야 되는 거 아닌가요?"

"확실하지도 않잖아요. 괜히 오버하는 거 아닌가?"

"에이, 난 모르겠다. 아저씨, 저는 갑니다. 아저씨 마음대로 하세요."

산책객은 이제 조깅족이 되었다.

"어, 여보쇼, 그냥 가면 어떻게 해?"

그는 이미 멀리 사라지고 없었다.

"에이, 씨팔, 아침부터 재수 없게……."

결국 낚시꾼은 핸드폰을 꺼내 112를 눌렀다.

5

낚시꾼이 신고한 '자살 추정' 사건은 서울시경 지령실에서 시경 직할 한강경찰대와 송파경찰서 잠실지구대로 하령이 되었고, 119를 통해 소방서와 한강재난구조대에도 전파가 되었다. 현장은 곧 경찰관과 119구급대원들로 붐비게 되었고, 호안에는 한강경찰대와 119 재난구조대 경비정까지 접안을 하고 있었다. 한강경찰대의 정 경사가 파출소 경찰관들이 서 있는 곳으로 다가갔다.

"아이고, 수고 많습니다. 뭡니까?"

"안녕하세요? 자살 추정 건이거든요."

"그건 우리도 들어서 출동한 거고, 목격자가 있습니까?"

"아니요. 목격자는 없고 여기에 저 구두와 운전 면허증 그리고 유서로 볼만한 문건을 낚시 나온 분이 발견한 겁니다."

"그럼 누가 물로 뛰어 든 걸 본 사람은 없다는 소리네요?"

"예. 그렇기는 합니다."

"그럼 누가 장난을 한 건지, 정말 물로 뛰어든 건지 모른다는 말씀이고요."

"글쎄 말입니다."

"뭐 이런 경우가 한두 번 있는 것도 아니고, 하여튼 저희들은 주변을 한번 둘러보고 돌아갑니다."

"그냥 가신다고요?"

"그냥 가야지, 그럼 상황이 어떻게 된 건지도 모르면서 여기 강위에 계속 떠 있을 수는 없잖아요."

"그래도."

"그럼 뭐 지구대에선 별 수 있습니까? 하여튼 그거야 알아서 하시고, 참, 119는 어떻게 하실 거예요?"

"뭐 저희도 무턱대고 물속으로 들어 갈 수도 없고, 상황 좀 보고 그냥 갈 겁니다."

지구대 경찰관들은 자기들이 다른 사건들처럼 특별히 액션을 취할 것도 없는 판인데 그나마 수중 수색 능력이 있는 한강경찰대 직원과 119 대원들이 그냥 돌아간다고 하니 자기들이 만류할 수도 없는 노릇이고, 그렇다고 무작정 지구대로 돌아가기도 그렇고 마음이 영 찜찜하고 불편했다.

"수색 한번 해 봐야 되는 거 아닌가요?"

"그거 믿고 이 추운 날 무턱대고 물에 들어갈 수야 있나요? 그게 그렇게 간단한 문제가 아니거든요."

"들어가서 뭐라고 보고하지?"

"어이구, 젊은 직원 양반, 뭘 그리 어렵게 생각하십니까? 지구대 들어

이미테이션

가서서 이러 이러한 거 발견을 했으나 투신 사실 확인치 못했고, 119 랑 한강경찰대에서 출동하여 주변 살폈으나 특이점 발견치 못하여 돌 아왔다고 하시면 되지요. 하여튼 저희는 먼저 갑니다. 거기 김 팀장한 테 한강 정 경사가 안부 전하더라고나 좀 전해주쇼. 수고하시고요."

한강경찰대 경비정은 난감해하는 지구대 경찰관만 남겨 놓은 채 경 광등을 켜고서 현장 주변을 몇 바퀴 선회하더니 무심히 등을 돌려 물 살을 갈랐다. 잠시 후, 119 재난구조대원들 역시 철수를 하자 지구대 경찰관 역시 낚시꾼의 인적 사항이나 구두 발견 시간 등만을 묻고선 지구대로 돌아올 수밖에 없었다.

"어떻게 됐어?"

"무전으로 보고 드린 대로입니다."

"119랑 경비정도 왔었어?"

"예, 왔다가 금방 갔습니다."

"물에도 안 들어가고?"

"예, 투신이 확실치도 않은데 그냥 들어 갈 수는 없다고 하더라고요."

"한강경찰대는 누구래?"

"거기 나이 드신 분이 정 경사라고 하면서 팀상님께 안부 전해 딜라 고 하던데요. 아세요?"

"정 부장? 아니까 안부 전하라고 했겠지. 옛날에 나도 거기에 좀 있 었잖아. 경사 때니까 한 오 년 됐나?"

"그때 같이 근무하셨던 거예요?"

"응."

"그럼 그 분은 거기에서 무지 오래 계시는 거네요."

"UDT 출신이잖아."

"예?"

_김영복 장편소설

"거긴 특수근무지니까 UDT 같은 특수부대 출신들이 많아. 잠수도 해야 되고 그러니까. 그래서 장기 근무자도 많은 거고. 소방 아이들도 다 그런 아이들이잖아."

"뭐 그렇게 대단한 일을 하는 것도 아닌 것 같은데."

"어이, 김 경장, 자네 말이야, 한강이 특정 지역인 거 알아, 몰라?"

"압니다."

"왜 특정 지역인데?"

"강이니까 그렇겠지요?"

"어이구 인간아, 어디 가서 그런 소리 절대로 하지 마라. 요새 경찰학교에선 뭘 가르친다니?"

"예?"

"인마, 한강으로 적이 침투해 올까봐 특정 지역 아니야? 그리고 VIP 차량이 수시로 통과하는 다리가 있고."

"다리는 왜요?"

"야, 너 혹시 대통령 같은 양반들이 탄 VIP 차량이 기습을 받거나 사고가 나서 강으로 떨어지기라도 하면 어떻게 할래? 누군가 최단 시간에 출동을 해서 구해 내야 할 것 아니야? 그러니까 또 특정 지역인 거고, 그래서 특수부대 출신 직원들이 많은 거라고. 알겠어?"

"그렇구나. 그럼 팀장님도 잠수 같은 거 하실 줄 알아서 거기 근무하셨던 거예요?"

"나야 행정 요원이었는데 뭘. 그래도 덕분에 스쿠버 좀 배우긴 했지. 아까 그 정 부장한테 말이야."

"우와, 좋겠다. 근무하면서 스쿠버 같은 것도 배우고."

"야, 씨잘 데 없는 이야기 그만 하고 빨리 마무리 하고 밥 먹자. 잘못하면 교대 시간 넘길라, 모처럼 비번인데."

이미테이션

"예."

"현장에 있던 거 다 가지고 왔지?"

"예, 이겁니다. 여자 구두요."

"으음, 거기서 신분증 나왔다고 했지?"

"예, 이 운전 면허증입니다."

"유서도 있더라고?"

"읽어보았는데 이걸 유서라고 해야 할지 잘 모르겠습니다."

"줘 봐."

지구대에서 사무를 보던 경찰관은 현장에 다녀온 경찰관이 내민 종이를 소리 내 읽었다.

"뭐 내용은 좀 앞뒤가 안 맞기는 하지만 만일 죽은 게 맞는다면 유서라고 해야겠네."

"그렇지요?"

"운전 면허증 가지고 신원 조회 좀 해 봐. 출동 결과 보고도 하고. 아, 신원 확인하면서 연락처도 좀 알아보고."

"어?"

"왜 그래?"

"팀장님, 이거 좀 이상한데요? 운전 면허증엔 김민지라고 되어 있고 여기 이 편지엔 김연지라고 되어 있는데요?"

"그래? 어, 정말이네."

연지의 운전 면허증을 들여다보던 젊은 경찰관이 갑자기 소리를 질렀다.

"팀장님, 편지에 김연지라고 되어 있잖아요. 암만 봐도 이 여자 그 탤런트 김연지 같은데요? 사극 그거 뭐더라? 아, 맞아. '기생전'인가 '기생뎐'인가 하여튼 거기 주인공으로 나오는 여자 탤런트 말이에요. 가수도 하고."

"어, 그러네."

"제 말이 맞지요?"

"맞는 거 같은데?"

"야, 이상하네. 이 여자도 백가엔터 소속이던데."

"뭐라고?"

"왜 저번에 마라톤 하다가 죽은 연예기획사 사장 있잖아요? 백, 뭐라고 하더라? 하여튼 그 사람 회사 소속이라고요."

"뭐? 그거 정말이야?"

"예, 틀림없습니다. 제가 신문인가 텔레비전에선가 분명히 봤거든요."

"야, 인마, 큰일 났다. 너 이거 빨리. 아니야, 내가 할게."

"뭐 하시게요?"

"뭘 뭐 해? 보고 해야지. 우린 죽었다, 인마."

"죽다니요?"

"뭐? 어휴, 관두자."

김 팀장은 먼저 비번이라 집에서 쉬고 있던 지구대장에게 전화를 했다.

"대장님, 접니다. 지금 어디 계세요?"

"나, 지금 산에 와 있는데. 왜 무슨 일 있어요?"

"어느 산에 계시는데요?"

"그냥 우리 아파트 뒷산 산책 중인데. 왜?"

"그럼 일단 사무실로 빨리 오세요. 뭐 별거는 아니고, 자세한 건 나오시면 말씀드리겠습니다만, 저기, 대장님 탤런트 김연지라고 아시지요?"

"누구요?"

"김연지요. 어이 김 경장, 그 드라마 이름이 뭐라고? 왜 기생들 나오는 거, 그거 있잖아요."

"아, 김연지. 그런데?"

"아까 탄천 앞에서 투신자살 추정 신고가 들어왔는데 알고 보니 그 김연지더라고요."

"그런데?"

"지금 본서에 수사본부 차려져 있는 그 사건 있지 않습니까? 마라톤 하다 독살된 사건요. 이 여자가 그 사건 피해자 소속이랍니다."

지구대장은 사안의 심각성을 즉각 알아챘다.

"알았어요. 내가 금방 나갈게요. 지금 그거 어디까지 전파되어 있어요?"

"저희도 방금 알아낸 겁니다. 이제 보고 해야지요."

"상황실이고 뭐고 간에 일단 과장님한테 먼저 보고하세요. 안 그랬다가는 난리 날 테니까."

"예, 그래야지요."

"아무튼 집에 가서 옷만 갈아입고 나갈 테니까 그동안 김 팀장이 상황 유지 좀 잘해 주세요. 서장이고, 기자고 뭐고 간에 전부 지구대로 몰려 올 테니까 젊은 아이들한테 빨리 청소 좀 시키시고요. 아니야, 전 직원 비상소집 시키세요. 알았지요?"

"어차피 교대 시간이니 직원들은 다 있게 될 겁니다. 그건 제가 알아서 할 테니 빨리 오십시오."

"예, 얼마 안 걸릴 거예요."

김 팀장은 순찰 등 외근 근무 중이던 직원들을 즉각 지구대로 귀환할 것을 명했고 순번에 의해 숙직실에서 쉬고 있던 직원들도 전부 일어나 집합을 하도록 했다. 얼마 지나지 않아 지구대 사무실은 영문도 모르는 경찰관들로 북적댔다.

_김영복 장편소설

"자, 주목. 그냥, 편한 자세로 들어."

김 팀장은 직원들에게 현 상황에 대해 설명을 하고 몇 가지 지시 사항을 내렸다. 지구대는 갑자기 쓸고 닦는 사람, 순찰차들의 먼지를 쓸어 내는 사람, 옷을 바꿔 입는 사람 등등으로 졸지에 불난 호떡집으로 바뀌었다.

"모두 잘되고 있지? 자, 그럼 보고한다. 아, 김 경장은 이제부터 절대 자리 뜨지 말고 전화만 받고 혹시 기자들이나 하여튼 외부에서 전화 오는 건 전부 나를 바꿔. 알았지?"

"예."

"그리고 미안한데 근무 끝나는 양반들도 퇴근하지 말고 그냥 근무복 입고 대기 좀 해야겠어. 이건 대장님 지시니까 나한테 불평하지 말라고. 알았지?"

"에이."

"뭐? 누구야?"

"에이, 라고요. 전쟁이 나도 비번은 찾아 먹는 건데."

"야, 어떻게 하나? 그냥 똥 밟았다 생각하자. 나도 지금 피곤해 돌아가시겠다."

6

같은 날, 아침 8시 40분.

김 팀장이 드디어 전화기를 들었다.

"과장님, 저 잠일 지구대 김 동문 경위입니다. 근무 중 이상 없습니다."

방범과장은 서장 방에서 지루한 참모회의를 마치고 나와 또 자신이

이미테이션   407

주재하는 산하 계장들과의 소참모회의를 막 마친 터라, 느긋한 마음으로 조간신문을 보면서 커피를 즐기고 있던 참이었다.

"웅, 김 팀장, 그런데 웬일이신가?"

"예, 과장님, 보고 드릴 게 있어서."

"뭔데?"

김 팀장은 지구대를 관장하는 본서 방범과장에게 현재 상황에 대해 자세히 보고를 했다.

"이거 원 굿을 해야 되는 거야, 고사를 지내야 하는 거야? 하여튼 알았고, 서장님한테는 보고 했나?"

"아닙니다. 과장님께 초보 드린 겁니다. 상황실이랑 서장님한테 이제 보고 드리겠습니다."

"그 양반 난리께나 칠 텐데. 알았어, 김 팀장이 보고를 할 때 나도 옆에 있도록 내가 지금 서장님 방으로 갈 테니까 한 3분만 있다가 보고를 해요. 알았지? 오늘 지구대장 근무는 뭐지?"

"비번인데 아까 연락 드렸습니다. 곧 도착할 겁니다."

"그래. 젊은 사람이니까 김 팀장이 지구대장이라 생각하고 잘하시고."

"예, 알겠습니다."

"사무실 깨끗이 해서 지적받지 않게 해 놓고."

"예, 지금 직원들이 정비 중입니다."

방범과장이 서장의 부속실에 들어서자 부속실 여직원은 자기 손을 귀에 대는 것으로 서장이 현재 통화 중임을 알려 주었다.

"잠일 지구대지?"

"예."

"알았어."

　　　　　　　　　　　　　　　　　_김영복 장편소설

서장은 들어서는 방범과장을 거들떠보지도 않고 계속 전화에 대고 소리를 지르고 있었다.

- "그래서? 그러니까 지금 수색을 하고 있냐고."
- "뭐? 이 새끼들, 지금 그걸 말이라고 해? 지구대장 그 새끼는 어디 있는데 당신이 전화를 하는 거야? 지구대장 바꿔."
- "뭐 비번? 지금 때가 어떤 땐데 비번 타령들이야. 이 새끼들 이거 정말 형편 없구만."
- "알았어. 당신네 대장 빨리 수배해서 나한테 전화하라고 해."
- "알았다고."

서장은 전화를 끊고서야 방범과장을 쳐다보았다.

"이야기 들었어요?"

"예, 저도 방금 보고 받고 지금 서장님 방에 올라온 겁니다."

"지구대 관리 좀 잘 좀 하시지. 지금 간부들이 비번 타령이 말이 되는 거요?"

"서장님, 그래도 일주일에 한 번 정도는 집에서 자게끔 해 줘야지요."

"뭐요? 내가 지금 며칠째 여기서 사는지 방범과장은 모른단 말입니까? 아니 과장은 연세가 있어서 그렇다고 치고, 지구대장 그 새끼는 새파랗게 젊은 새끼가 그 따위로 노는 게 말이 됩니까? 이게 다 과장이 물러 터져서 그런 거 아닙니까?"

"죄송합니다."

"내가 선배님한테 이런 말씀 드려서 좀 죄송하긴 하지만 그래도 지금 경찰서 분위기는 생각하시고 직원들을 지휘하셔야지요."

"예, 죄송합니다. 서장님, 현장에 나가 보셔야 하지 않겠어요?"

서장은 순경 출신으로서 자신보다 훨씬 나이가 많은 방범과장이 자신에게 고분고분한 모습을 보자 좀 누그러진 모양이었다.

이미테이션

"나가 보긴 해야겠지만 우선 상황 파악부터 해야지요. 그 여자가 물에 뛰어든 건 확실한 겁니까?"

"저도 아직은 보고만 받은 거라 확실치는 않습니다만, 일단 투신 장면을 목격한 사람이 없으니까 정말로 투신을 했는지 아님 장난이나 다른 목적의 자작극인지는 조사를 해봐야 할 거 같습니다."

서장이 인터폰을 눌렀다.

"응, 지금 확대 참모회의 할 거니까 과, 계장들 다 불러, 소회의실로 즉시 오라고 해."

"서장님, 지휘보고는?"

"상황 파악이 좀 돼야지, 괜히 보고 했다가 아닌 거로 밝혀지면 나만 병신 되지 않겠어요?"

"그래도 혹시 지연 보고했다고 하면?"

"글쎄 말입니다. 그러니까 제가 돌아 버리겠다는 거 아닙니까? 보고 하면 확인도 안 된 걸 보고해서 사람 놀라게 한다고 그러지, 확인해서 보고하면 왜 이제 보고 하냐고 그러지, 참 더러워서."

방범과장은 서장 자신도 그런 식으로 경찰서를 운영하고 있다는 걸 다 알고 있었다. 심지어는 방범과장 본인도 그런 식으로 직원들을 대해 왔다. 새삼스러울 것도 없는 일이었다. 원래 관료 조직의 생리라는 게 다 그러니까.

"일단 관련 과장, 부장들에게 참고 보고라도 해야 되지 않겠습니까?"

"그건 그러네. 그럼 조금 있다가 과장들이 모이면 계통으로 서울청 과장들에게 보고하라고 하고, 그때 나는 방범부장, 형사부장한테 참고 보고하는 거로 합시다. 청장님께 지휘보고는 윤곽이 좀 잡힌 다음에 하고. 그러면 되겠지요?"

"예, 그렇게 하는 걸로 하지요."

_김영복 장편소설

"방범과장, 이 사건도 수사본부에서 같이 해야겠지요?"

"예, 그래야 될 거 같습니다."

"기자 놈들 완전 난리치게 생겼구만."

"일일이 상대하려면 힘드실 테니까 저나 형사과장한테 자꾸 미루세요. 좀 나눠야지요."

"고마운 말씀인데 그러려면 상황을 우리끼리라도 완전히 똑같이 공유해야 하는 거 아시죠?"

"예, 물론입니다."

"아까 소리 질러 죄송합니다."

"죄송하긴요. 서장님 고생하시는 거, 제가 다 압니다."

"고맙습니다. 선배님, 소회의실로 가시지요."

7

오전 9시, 소회의실에서 과, 계장 등 경찰서 간부들과 확대회의를 열어 중지를 모으고 있던 서장에게 부속실에서 긴급 연락이 왔다. 청장에게 즉시 지휘 전화를 하라는 연락이 왔다는 내용이었다. 서장은 이미 관할지역의 서장인 자신이 보고를 하기도 전에 다른 라인으로 청장에게 소식이 알려졌음을 직감했다.

그의 얼굴이 흙빛이 되었다. 방범과장이 먼저 일어섰다.

"서장님, 방으로 가시지요."

"뭐라고 하지요?"

"뭐라고 하시든 어차피 깨지실 겁니다. 그냥 편하게 하세요."

"괜히 여기 서장을 온 거 같아요."

"서장님, 이런 데 서장을 해야 나중에 진급이 되는 걸 아시면서 그러세요? 별거 아니에요. 그냥 '이 또한 지나가리라' 그렇게 생각하시면 됩니다."

서장이 드디어 청장실과 직통으로 연결이 된 전화기 앞에 앉았다. 도청과 감청을 할 수 없도록 하게끔 한 비화기라는 특수 장치가 부착된 지휘관 전용 핫라인이었다.

전화기를 앞에 둔 서장이 방범과장을 쳐다보았다. 방범과장은 그런 서장에게 힘을 내라는 듯 고개를 끄덕여 주었다. 서장이 드디어 전화기를 들었다.

"친절. 강남경찰서 서장 하승용입니다. 근무 중 이상 없습니다."

서장의 걱정과는 달리 청장의 목소리는 의외로 부드러웠다.

"어, 하 서장, 나다. 이상이 없는 거 맞아?"

"그렇지 않아도 지휘 보고드릴 참이었습니다."

"뭐, 탤런트인지 가수인지 하는 여자 소식?"

"예, 그렇습니다."

"그래, 나도 대강 들었다. 뭐 특별한 게 나온 거는 있고?"

"아직은 투신 여부도 확실치 않고 유서로 추정되는 편지와 신분증, 구두만 발견한 상태입니다."

"그래, 나도 그렇게 들었고, 으음, 지난 번 사건 때문에 일이 좀 복잡해졌다는 건 자네도 알지?"

"예, 알고 있습니다, 청장님."

"그래, 너 똑똑해서 거기에 앉혀 놓은 거라는 것도?"

"예, 열심히 하겠습니다."

"중요한 건 언론이야. 알지?"

"예, 알고 있습니다."

"그래, 너 고생 많은 거 다 아니까 잘 좀 챙겨 보고, 하여튼 열심히

_김영복 장편소설

해. 아, 그리고 특이 사항 있으면 부장이나 차장에게 수시로 보고해. 중요한 거면 나한테 직보하고."

"예, 알겠습니다."

"그래, 그러면 수고해."

"친절. 계속 근무하겠습니다."

서장은 전화기를 내려놓고 한숨을 쉬었다.

"청장님께서 뭐라고 안 하신 모양이네요."

"동문 선배님이시라 그런가 봐요. 저 대답 잘 했지요?"

"예, 잘 하셨습니다."

"그나저나 지금부터 상황을 다시 확인하고 빨리 보고부터 시작해야겠어요. 청장님은 아시는 데 자기들은 몰랐다고 난리 칠 테니까요."

"예, 저도 챙길 테니 서장님도 차장님이랑 부장님들한테 전화 드리시지요."

"예."

8

같은 날 오전 10시경, 한강경찰대의 정 경사는 직원 1명과 함께 경비정을 몰고 반포 지구로 향했다. 그곳은 어제 오후 친구들과 함께 흔히 '탱탱볼'이라 부르는 축구공만 한 고무공을 차며 놀던 대학생이 공이 물에 빠지자 이를 건지려고 들어갔다가 익사를 한 장소였다.

어제 정 경사는 '익수자 발생'이라는 112 신고를 접하고 경비정을 타고 현장으로 출동을 하면서 자신들이 가 보았자 아무런 할 일이 없다는 것을 이미 알고 있었다. 육상의 경찰관들과 달리 한강에서 일어난 익수 사고는 대체로 현장까지 당도하는 데 많은 시간이 걸리고, 또 신

이미테이션   413

고 자체가 늦게 이뤄지는 경우가 대부분이라 현장에 도착했을 때에는 이미 상황이 완전히 끝난 뒤인 게 보통이었다.

한강은 구조상 호안에 쌓아 놓은 콘크리트 구조물 바로 앞의 수심이 보통 2미터를 넘고 특히 인천 앞바다의 만조 때면 수위가 상당히 올라가기 때문에 수영에 익숙지 않은 자가 빠지게 되면 대부분 사망을 하게 되어 있다.

그러나 일부 자살을 하는 경우를 제외하고 실제로 그곳에서 익사를 하는 사람들은 수영에 제법 능숙한 사람들이 대부분이었다. 자신의 수영 능력만 믿고 한강의 특성을 간과한 채 물로 뛰어 들었다가 죽는 것이다.

예를 들어 한강변에서 공놀이를 하다가 공이 물에 빠지면 조금씩 강 중심 쪽으로 밀려가는데 그 공을 건지기 위해 물에 들어가 헤엄을 칠 경우 자신이 일으킨 물살에 잡힐 듯 잡힐 듯하면서도 공은 점점 더 앞으로 밀려가다 보니 탈진을 하거나 갑자기 물에 뛰어드는 바람에 심장마비를 일으키거나 하는 것이다.

가장 흔한 경우는 술을 마셨을 때다. 동료나 친구들과 함께 놀러 나와 술을 마신 후 취한 상태에서 공놀이 중 공이 물에 빠지면 누군가가 여지없이 물로 뛰어들게 된다. 술 때문에 조심성과 겁이 없어지고 영웅 심리로 잔뜩 부풀어 오른 가슴을 가지고 만용을 부리다가 사고를 당하는 것이다.

불과 몇 년 전만 해도 미사리에서부터 행주대교 밑까지를 관할하는 한강경찰대가 건져 올리는 시체만 1년에 평균 250여구를 상회했었다. 일반 사람들이 잘 몰라 그렇지, 한강에서 엄청난 숫자의 사람이 죽는 것이다. 자살, 차량 사고, 실족 등 사인도 각양각색이었다.

그중에는 죽은 지 너무 오래 되었음에도 뒤늦게 떠올라 심한 부패

_김영복 장편소설

때문에 아예 신원 확인조차 안 되는 이도 있었고, 사인이 모호함에도 외상이 없고 폐에서 한강물이 검출되었다는 이유만으로 자살로 처리된 자도 많았다.

정 경사는 자실로 종결 처리된 자 중 어쩜 많은 수의 사망자가 살인의 피해자, 즉 살해된 자일 것이라는 생각을 가지고 있었다. 예를 들어 수영을 할 줄 모르는 여인과 인적이 드문 시간에 강변을 산책하다가 옆으로 툭 밀어 버리면 여자는 그냥 죽는 것이고, 그런 경우 보통 '자살로 추정된다.'로 수사가 마무리 될 것 아닌가?

한강에서의 인명 구조 임무는 원칙적으로 몇 년 전에 119로 이관이 되었다. 물론 행정적으로 타 관청으로 임무가 넘어갔다고 해도 사람의 생명에 관계되는 문제이니 각종 사고가 발생하였을 경우 한강경찰대에서 맥을 놓고 보고만 있을 수는 없는 노릇이나 그래도 정 경사는 험한 꼴을 훨씬 덜 보게 된 것이 참으로 다행이라는 생각을 갖게 되었다. 아마도 나이를 먹은 증거리라.

예상했던 대로 현장엔 119 재난구조대의 경비선이 나와 있고, 많은 사람들이 지켜보는 가운데서 물질을 하는 악귀의 모습이 정 경사의 눈에 들어 왔다. '악귀'는 익사한 사체를 건져주고 그 대가를 받는 것을 생업으로 하고 있는 원효로의 한 장의사 사장놈을 두고 정 경사가 붙여준 별명이었다.

정 경사의 군대 후배이기도 한 그는 가게는 부인에게 맡겨 두고 늘 한강에서 살았다. 물론 누가 물에 빠졌다는 소리라도 들으면 제일 먼저 현장을 선점하기 위해서였다. 그는 하얀색 승합차에 병원 이름도 연락처도 없이 그저 녹색 십자가만 그려진 가짜 앰블런스를 몰고 다녔는데 그 차는 뒷좌석을 모두 뜯어내 사체를 실을 수 있도록 개조가

아미테이션   415

된 것이었다.

그는 그 공간에 늘 탱탱볼을 수십 개씩 싣고 다녔다. 그러고선 한강 변을 누비다가 여러 사람이 모여 노는 곳이 있으면 그들에게 다가가 인심 좋게 그 공을 공짜로 나눠주곤 했다. 가지고 놀다 부디 빠져 죽어 달라는 소리였다.

뚝섬 부근에도 비슷한 짓을 하는 인간이 또 있었는데 한강은 그렇게 두 명의 악귀가 지배하고 있었다. 그들은 만일 다른 잠수사들이 들어와 작업이라도 할라치면 협박에 폭행에다 칼부림도 서슴지 않았다.

다른 잠수사들 또한 그들의 기세가 워낙 등등하기도 하거니와 보통 모두 UDT나 USU, 해병대 특수 수색대와 같은 군 특수부대 출신자들이 대부분인지라 선배 또는 후배의 기득권을 굳이 빼앗으려 하지 않았다.

그건 그들이 의리가 있어서라기보다 자신들 또한 일정 지역을 자신만의 텃밭으로 사용하고 다른 이들은 절대 범접하지 못하게 하고 있기 때문에 은연중 맺어진 신사협정이기도 했다. 그래서 그저 물정 모르는 사람들만이 가끔 멋모르고 들어 왔다가 곤욕을 치르고 물러가는 것이었다.

그들은 심지어 경찰관이나 소방관들에게도 협박을 서슴지 않았다. 경찰이나 소방 측에서 혹여 사체 수색 작업이라도 할라치면 자신의 밥줄을 빼앗기는 것이니 이에 대항하는 것이다.

실제 정 경사도 이십여 년 전 여주에서 영동고속도로를 달리던 고속버스가 다리 아래 섬강으로 추락하여 수십 명의 사망자가 발생한 사건이 발생하였을 때, 서울의 한강경찰대 소속임에도 경찰청 명령에 따라 경비정을 가지고 현장에 파견되어 사체 수색 작업을 한 적이 있는데 그때 전국에서 몰려 든 머구리들한테 몇 차례나 쇠꼬챙이로 찔릴

뻔했던 적이 있었다.

일부 시신이 발견되지 않자 장례를 계속 미뤄야 하는 버스 회사와 경기도에서는 사체 한 구에 어마어마한 현상금을 내걸었고 이를 노리고선 전국에서 머구리들이 몰려든 것이었다.

그들은 모두 눈에 핏발을 세운 채 발견하기만 하면 시골의 작은 집 한 채를 살 수 있는 거액의 현상금을 노리고 섬강 일대를 훑었다. 그런 그들에게 경찰은 적일 수밖에 없는 것이다.

만일 경찰이 사체를 발견하여 인양이라도 하면 자신들이 차지할 지도 모르는 그 현상금이 모두 날아간다는 생각에 그들은 겁도 없이 서너 명의 경찰관이 타고 있는 경비정으로 접근해 '쇠꼬챙이 맛을 볼래?' 하며 폭언과 협박을 하곤 했다. 또 어떤 이들은 애원을 하기도 했다. 결국 그중 두 명을 여주경찰서 경찰관들과 함께 뭍에서 체포하여 공무집행방해죄로 구속을 시키기는 했으나 정 경사는 그날 보았던 그들의 눈을 절대로 잊지 않고 있었다.

살아 있는 사람을 구조하는 것은 경찰관으로서 당연한 임무이고 인간으로서의 도리이지만 이미 죽은 사람을 건지는 건 굳이 경찰이나 소방에서 꼭 해야 할 의무는 아니었다. 그래서 정 경사는 특별한 경우가 아니면 악귀가 하는 짓에 별로 관여치 않으려고 했다. 아무리 전역 후에도 위계 서열이 확실한 특수부대의 후배라고는 하나 놈은 눈이 돌아가면 선배의 등도 얼마든지 찌를 수 있는 인간이라는 걸 너무도 잘 아는데 굳이 그런 놈이랑 부딪힐 필요가 없었다. 어차피 이미 죽은 사람을 두고서 말이다.

하지만 늘 관망을 하던 정 경사도 악귀에게 거부할 수 없는 단호함을 보일 때도 있었다. 바로 악귀가 죽은 사람을 두고 장난을 할 때였다. 놈은 유가족이 돈이라도 좀 많은 사람이라는 판단이 들면 물속에

이미테이션

서 사체를 발견하고서도 절대 그냥 인양해 나오지 않았다.

강바닥에 있는 돌이나 자신의 허리에 차고 있던 납 벨트를 풀어 사체가 떠내려가지 않게 고정을 시켜 놓고서는 나와 유족과 협상을 하곤 했다. 시간이 지날수록 유가족들의 애탐과 초조함은 점점 커지고 놈에게 제시하는 금액은 천정부지로 올라가기 일쑤인데 놈은 바로 그런 걸 노렸던 것이다.

그런 기미가 보이면 정 경사가 그를 부른다.

"야, 좋은 말할 때 가지고 나와."

"선배님, 조금만 더 모른 척해 주십시오."

"인마, 것도 정도껏 해야지. 너 지금 저 사람들 우는 것 안 보이냐. 빨리 꺼내 와."

"선배님, 왜 자꾸 다 된 밥에 재를 뿌리시려고 합니까? 아, 불쌍한 후배가 좀 먹고 살겠다는 데 그런 협조도 안 됩니까? 선배님들한테 피해 가는 것도 없잖아요. 나중에 인사드릴게요."

"너 자꾸 그럴래? 인마, 너도 자식 키우잖아?"

"아 그 자식새끼 때문에 이러는 거 아닙니까?"

"알았어, 작업 중단해, 우리가 들어 갈 테니까."

"선배님 꼭 이러셔야 되겠습니까? 정말 너무하시는 거 아니에요?"

"너무하기는 인마. 네가 너무 하고 있잖아? 도대체 얼마나 빨아 먹으려고 그러니, 너?"

"알았어요, 알았어. 딱 두 시간만 더 주십시오. 딱 두 시간."

"안 돼. 어이, 이 경장, 작업 준비 해."

"선배님, 솔직히 경찰 배에는 칼이 안 들어갑니까?"

"너 이 새끼, 지금 선배를, 그리고 경찰관을 협박하냐? 이 새끼, 이거 보자보자 하니까 아주 막 가네. 너 정말 한번 들어가야 정신 차릴래?"

_김영복 장편소설

"그러니까 조금만 더 기다려 달라는 거 아닙니까?"

"그만 해. 그 정도면 됐어. 너 그렇게 벌어서 처자식 가져다 줘 봤자 그거 살로 가겠니? 인마. 돈도 그딴 식으로 벌게 되면 너만 뼈 빠지고, 괜히 마누라 바람피우는 거나 도와주게 돼 있는 거야. 넌 어떻게 나이를 처먹고도 그런 걸 모르니?"

"거기서 처자식 이야기가 왜 나옵니까? 알겠습니다. 가지고 나올게요."

"그래, 잘 생각했어."

별로 예쁘지도 않고 용산 일대에선 바람둥이로 유명한 부인이었건만 악귀는 웬일인지 그런 자기 부인한테는 꼼짝 못하고 쥐여 산다는 소문이고, 또 대화중에 부인 이야기라도 나오면 이상하게 주눅이 들어 버린다는 걸 정 경사도 알고 있기에 던진 말이었는데 제대로 먹힌 것이다.

'꿩 잡는 게 매라고 하더니 도대체 그 여자 어떤 여자지?'

이런 식으로 늘 비슷한 대화가 오고 가고 놈은 이런 대화가 있으면 마지못해 사체를 인양해 왔다. 그 악귀가 지금 또 작업을 하고 있었다. 놈은 정 경사가 타고 있는 경비정이 현장으로 다가오자 오늘도 재미 보기는 틀렸다는 표정으로 인상을 꽉 썼다.

정 경사는 같이 배를 타고 있던 손 순경과 함께 호안에 경비정을 접안시켜 놓고 땅을 밟고 섰다. 그러고선 자신을 보고 고개를 저으며 제발 아무 참견하지 말라는 신호를 보내는 악귀에게 한 마디 던져 주었다.

"어이, 수고가 많으십니다."

"좆이나 까세요."

악귀는 침과 함께 그렇게 혼자 말을 뱉고 다시 물속으로 사라졌다. 강변은 유족의 울음이 여전히 낭자했다.

9

정 경사가 그렇게 악귀의 작업 모습을 지켜보고 있던 중 배에 설치된 무전기에서 다급한 무전음이 오고 갔다.

"야, 손 순경, 저거 왜 저렇게 시끄럽냐? 배에 좀 가 봐라"

손 순경이 혼자 배에 올랐다.

"왜 그런다니?"

"부장님 좀 와 보셔야겠어요, 뭔 일 있는 모양인데요. 우리도 찾아요."

"찾으면 응답해, 인마."

정 경사도 배에 올랐다.

"103호, 103호."

"여기 103호"

"아따, 무전 하는 꼬락서니들 하고는. 이리 내, 인마."

정 경사는 후배 경찰관으로부터 송신기를 빼앗아 들었다. 무전기에선 계속 자신들을 찾는 초조한 목소리의 무전음이 나오고 있었다. 후배 경찰관들에게 '바쁠수록 침착해라'는 말을 달고 사는데도 매번 조금이라도 급박한 상황이 벌어지면 늘 허둥대는 목소리의 주인공이 떠올라 정 경사는 저절로 미간이 찌푸려졌다.

"여기, 일공삼." (여기, 103호 경비정)

"아, 예, 정 에스, 질 때 사삼이 어딥니까?" (정 경사님, 현재 위치가 어딥니까?)

"야, 음어만 써라. 질 때 사삼 반포 굴뚝 진수 사삼." (현재 위치 반포대교 인양 현장)

"일공삼, 금일 전반 잠실 오리 사삼으로 수만리 열셋." (103호, 오늘 오전 잠실 익수 사고 현장으로 빨리 출동할 것)

420

"사칠." **(알았음)**

정 경사는 무전 통신을 마치고 배를 돌려 잠실 방면으로 향하면서 초소로 전화를 걸었다.

"야, 신 경장, 무슨 일인데 그렇게 난리야?"

"예, 부장님, 오늘 아침에 익수 신고 들어왔던 곳 있잖아요, 그리로 빨리 오시라는데요?"

"누가?"

"누구나 마나 지금 완전 난리 났어요. 익수자가 김연지래요, 김연지. 부장님, 김연지가 누구인지 아시죠?"

"탤런트 김연지?"

"예, 맞습니다."

"하여튼 빨리 가보세요. 가시면서 복장 점검 좀 하시고요. 아마 현장이 시끌벅적한 모양이에요. 아, 그리고 여의도 101호도 나갔어요, 대장님 타고서."

"그래? 알았어. 야, 그리고 너, 제발 호들갑 좀 떨지 마, 인마. 물 위에서 그랬다가는 죽는다고 내가 몇 번이나 말했어?"

"에이, 바쁘니까 그렇지요."

"알았다, 알았어. 내가 너랑 무슨 말을 하겠니?"

"부장님, 저기 101호 오는데요."

정 경사가 뒤를 돌아보자 멀리서 경비정 한 척이 경광등을 번쩍이며 자신들 쪽으로 다가오는 모습이 보였다.

"손 순경, 속도 줄여라."

"예?"

"인마, 대장님 오신다잖아. 같이 가야지."

정 경사는 경찰대장이 탄 배가 자신의 배로 다가오는 동안 배 뒤편

이미테이션

에 처박혀 있는 구명조끼를 입고 모자도 찾아 썼다. 손 순경은 벌써 복장을 갖추고 있었다.

"그래, 넌 나같이 나쁜 거 배우지 말고 초소에서건 배에서건 꼭 그렇게 하고 있어라."

"예."

"너 수영 잘 하니?"

"예, 좀 합니다."

"맞아, 너 해병대 수색대 나왔다고 그랬지?"

"예."

"자식, 고생 많았겠네. 너 특채 아니지?"

"예, 공채입니다."

"머리 좋구나?"

"아닙니다."

"너같이 수영 잘하고 갓 들어 온 아이들이 꼭 자체 사고 내는 법이야. 알았어? 네가 살아야 남을 구하든 시체를 찾든 하는 거 말이야."

"예, 알겠습니다."

"인마, 우리 아들 같아서 하는 말이니까 흘려듣지 말고 명심해. 어디서 신고 들어 왔다고 파닥파닥 대지 말고 늘 천천히 하란 말이야. 우리가 늦게 나가서 사람 죽는 경우 절대 없으니까. 알아?"

"예."

잠시 후 정 경사가 타고 있는 것과 똑같은 모양의 경비정이 정 경사의 배 옆에 멈췄다.

"대장님 오셨어요?"

"예, 정 부장, 수고 많으시네요."

"수고는요? 배 타실만 하지요?"

"재미있는데요?"

"아직 덜 추워서 그렇지, 겨울엔 완전 죽음입니다."

"예, 그렇겠네요."

"대장님, 현장에 가시면 말이죠, 아마 이놈 저놈 말들이 많을 겁니다."

"우리한테요?"

"예, 만만하잖아요. 그럴 듯해 보이기도 하고."

"그런데요?"

"그놈들 이야기 다 듣다가는 아무 일도 안 되거든요. 그러니까 죄송하지만 대장님은 제가 하는 대로 하시면 좋겠어요. 제가 알아서 할 테니까요."

"예, 그럴게요."

"건방 떤다고 불쾌하신 건 아니시죠?"

"그럼요, 불쾌하기는. 저야 강에 대해서 뭐 아나요? 하여튼 정 부장 하라는 대로 할게요."

"예, 그렇게 말씀해 주시니까 고맙습니다. 가시죠."

정 경사가 대장이 타고 있는 101호로 옮겨 탄 후 경비정 두 대가 나란히 잠실로 향했다.

10

두 대의 경비정이 도착했을 때 현장은 말 그대로 완전 난장판이었다. 기자에, 경찰관에, 소방관에 또 구경하는 시민들까지 인산인해를 이루고 그 모든 사람들이 저마다 무질서하게 돌아다니며 떠들고 있던 거다.

두 사람의 눈에 현장을 지휘하는 듯이 보이는 총경 계급장을 단 경

이미테이션

찰관이 들어왔다.

"대장님, 누군지 아세요?"

"예, 여기 서장이네요. 성질 무지 깐깐한데."

"대장님, 아까 제가 드린 말씀 아시지요?"

"예."

이윽고 두 대의 배가 각각 접안을 한 후 대장인 송 경감과 정 경사가 배에서 내렸다. 총경은 그런 그들을 잔뜩 못마땅하다는 표정으로 지켜보고 있었다. 대장이 총경에게 경례를 붙였다.

"당신이 대장이야?"

"예, 서장님."

"그런데 언제 연락이 갔는데 이렇게 늦게 오는 거야?"

"연락 받자마자 달려온 겁니다."

"그런데 이렇게 시간이 오래 걸려?"

"원래 여의도에서 여기까지 삼십 분이 넘게 걸립니다."

"그건 됐고 당신들 잠수하지?"

"예, 잠수요원들이 있습니다."

"여기 왔어?"

"예, 3명 왔습니다."

"3명 가지고 뭘 하겠다고?"

"잠수요원이 총 4명입니다."

"아, 알았어. 그건 알았고 빨리 물에 들어 갈 준비해."

옆에서 잠자코 듣고 있던 정 경사가 나섰다.

"서장님, 당장은 못 들어갑니다."

"뭐? 당신 뭐야?"

"예, 저는 당신이 아니고 한강경찰대 정병철 경사입니다."

_김영복 장편소설

"뭐?"

서장 옆에 서 있던 경정 계급을 단 경찰기동복의 사내가 서장에게 귓속말을 했다. 정 경사를 익히 아는 경비과장이었다. 아마 서장에게 UDT가 어떠니, 한강에서만 수십 년 간 근무를 했느니, 원칙주의자인데 성질이 나면 위아래도 몰라본다느니, 달래는 게 상책이라느니 분명 그런 말을 했을 것이다. 경비과장이 무슨 말을 했건 서장의 목소리가 한결 누그러진 것을 보면 분명 약은 사람이었다.

"그래? 왜 못 들어가는데?"

"서장님께서 현장을 한번 보십시오, 저기 보에서 물이 떨어져 소용돌이를 치고 있지 않습니까?"

"그런데요?"

"저기에 잘못 들어가면 휩쓸려서 못 나옵니다. 게다가 지금 수온도 너무 차갑고요. 또 우리 과장님께 먼저 보고부터 드려서 허락을 받아야 합니다."

자기보다 계급은 한참 낮은데 나이는 훨씬 많고 거기다가 당당한 소신까지 있는 부하 직원들을 대할 때면 늘 느껴야 하는 말투에 대한 곤란함, 당혹감 때문인지 서장은 반말과 경어를 번갈아 사용을 했다. 아직도 하급자들에게는 하대를 사용해야 지휘관으로서 자신의 권위가 산다고 굳게 믿고 있는 이들이 많은 조직에서 생활한 탓이다.

"그건 왜?"

"잠수 작업을 할 땐 사전 보고를 하게 되어 있습니다. 워낙 위험해서 웬만하면 물에 못 들어가게 하시거든요."

"어이, 누가 서울청 방범과장에게 전화 좀 넣어 봐."

잠시 후 지구대장으로 보이는 경찰관이 서장에게 전화기를 건네주었다.

이미테이션

"서장님, 서울청 방범과장님이십니다."

- "안녕하십니까? 선배님, 저 송파서장입니다."

- "아닙니다, 과장님."

- "예, 그래서요. 여기 한강경찰대 직원들이 아무래도 수색을 해야 될 거 같습니다."

- "예, 염려 마십시오, 신중히 하겠습니다."

- "예, 그렇게 하겠습니다."

- "아, 예, 현장으로 나오시겠다고요?"

- "예, 잠시만 기다려 주십시오."

전화기 너머의 상대방이 하는 말을 듣지 않아도 서장이 하는 말만 가지고서도 대충 어떤 내용의 대화가 이루어지는지 알 수 있었다.

"이봐요, 정 경사라 그랬나요? 여기 과장님 전화 좀 받아 봐요."

서장이 전화기를 넘겨주었다.

"예, 과장님, 저 정병철입니다."

"응, 나예요. 이 전화 서장이 안 듣게 좀 떨어져서 받으시고. 이봐요, 정 경사."

"예, 과장님."

"서장, 그 친구 말이야, 경대 출신이라 의욕이 넘치는 사람이야. 무슨 말인지 알지요?"

"예, 알겠습니다."

"관할 서장이니까 지휘권을 넘겨주긴 했는데 무조건 그 친구 말대로 했다간 괜히 위험할 수도 있으니 정 경사가 잘 알아서 지혜롭게 하라고. 내 말 알았지요?"

"예, 알겠습니다, 과장님."

"하여튼 내가 서장한테 무조건 정 경사 의견대로 해야 안전사고 안 난다고 단단히 일러 놨으니 잘하라고."

"예, 너무 심려 안 하셔도 됩니다."

"그래요, 정 경사가 어련히 알아서 하겠지. 대장은 나왔나?"

"예, 옆에 있습니다."

"잘하라고 전하고. 하여튼 나도 한번 나가 볼게요."

"예."

정 경사가 전화기를 다시 서장에게 넘기자 서장이 그에게 물었다.

"과장님이 뭐라고 하십디까? 수색 하라고 하지요?"

"예."

"그럼 서두릅시다. 저기 저 기자들 좀 보쇼. 아주 사람을 완전히 잡아먹는다니까."

"장비가 와야 됩니다."

"뭐요?"

"콤프레샤 같은 장비들이 도착해야 물에 들어갈 수 있다고요."

"저기 119는 벌써 물에 들어가 있잖아요."

"쟤들은 소방서랑 초소가 바로 요 앞 아닙니까? 저희는 여의도에서 차로 실어 와야 되고요."

"저걸 같이 쓰면 안 되나?"

"되긴 됩니다만. 알겠습니다. 제가 한번 말해 보지요."

"곧 어두워질 텐데."

정 경사는 서장의 말을 들은 척도 안 하고 119 대원들이 작업을 하는 곳으로 향했다. 그런 정 경사의 눈에 강북 악귀가 들어왔다. 정 경사는 그냥 지나치지 않았다.

"어쩌나, 먹을 게 없어서?"

"부장님, 지금 누굴 놀리쇼?"

이미테이션   427

"난 진심으로 하는 말인데."

"사람 콧구멍 후벼 파지 말고 물에 들어가실 거면 조심이나 하시우. 나도 작년에 저기 들어갔다가 반송장 돼서 나온 적 있수다."

"너, 말이 짧구나."

"내가 지금 안 그러게 됐수?"

소용돌이가 위험하다는 건 정 경사가 제일 잘 알고 있었다.

11

같은 시각, 현장을 관할하는 잠일지구대 2층 직원숙직실에서는 수사본부 수사관들의 나름 긴박한 회의가 열리고 있었다.

"그러니까 김연지 실종 건은 분명 백용호 사건이랑 연관이 있다고 추정해야 된다는 거지."

"맞습니다. 일단 김연지가 정말로 자살을 했는지 아니면 다른 목적으로 위장극을 벌리는 것인지 또는 누가 김연지를 살해하고서 자실로 위장을 하려고 한 건지 등 다각도로 추적을 해 보아야 할 겁니다."

"지금 현장에서 수색은 하고 있시?"

"하고는 있는데, 가서 말을 들어 보니까 투신, 그러니까 투신이라고 가정을 했을 시 말입니다. 하여튼 장소가 탄천 수중보 아래라 그곳에서 투신을 했다고 해도 현장에 시체가 안 남아 있을 가능성도 있다고 합니다. 제가 봐도 물살이 만만치 않더라고요."

"소용돌이로 들어가면 안 떠내려간다고 하던데?"

"그러니까 만약 수중보 바로 밑이라면 거긴 소용돌이가 쳐서 시체가 있어도 그 안에서 그냥 맴돌 가능성이 있다고는 하더라고요. 소용돌이 바깥 지점이면 물살이 세서 빨리 흘러갔을 것이고. 하여튼 지금 한

428   _김영복 장편소설

강경찰대랑 119랑 수색을 하고는 있었습니다."

"우리 경찰에도 그런 걸 하는 사람들이 있나? 나는 처음 들었네."

"한강경찰대라고 모르세요?"

"이름은 들어본 거 같은데 그렇게 잠수 같은 것도 하는지는 몰랐었거든."

"그건 계장님이 지방에 계시다 오셔서 그럴 겁니다. 여기 서울 직원들은 그곳에 가려고 머리를 싸매잖아요?"

"왜?"

"거기가 특수지라 기동대를 때워 주거든요."

"아, 그렇구나."

"누가 감시를 하는 사람이 있나, 순찰이라고는 배타고 한강이나 왔다 갔다 하면 되지, 정말 죽이는 곳 아닙니까?"

"그렇겠네."

"계장님, 거기 순찰함이 어디 있는지 아세요?"

"순찰함도 있어? 어디에 있는데?"

"다리 교각에 매달려 있어요. 웃기지 않습니까? 배 타고 가다가 교각에 붙어 있는 순찰함에 사인하고 그러는 게. 하여튼 거긴 다른 동네라니까요."

"장마라도 지면?"

"와이어 줄로 묶어 놓긴 했지만 만일에 떠내려가면 또 달면 되지요. 뭐, 천재지변 아닙니까?"

"와, 죽이네. 머리 터지겠는데?"

"그렇긴 한데 아무나 못 가요."

"빽이 좋아야 하겠네."

"빽도 빽이지만 거긴 아까 말씀드린 대로 잠수도 하고 그래야 하니까 UDT 같은 특수부대 출신들 아니면 거의 못 가요. 행정요원도 있기는 하지만 그건 워낙 티오가 없고."

"그럼 그 직원들은 특채인가?"

"전에는 주로 특채였는데 요샌 공채를 해도 자원이 많으니까 특채는 없어졌다고 하더라고요."

"자, 자, 이 사람들 회의 하다 말고 뭔 한가한 소리만 하고 있어? 집중하자고, 집중."

"지난번에 백가엔터 압수수색한 거에서 뭐 나온 게 있었던가?"

"별 거 없었잖아요?"

"아니 그래도 다시 살펴봐야겠어, 김연지를 중심으로."

"김연지 집부터 가봐야지요."

"당연하지. 여기 회의 끝나면 3조, 3조가 누구지? 그래, 자네들이 김연지 그 아이네 집에 가서 샅샅이 훑어 봐. 좀 이상하다 싶은 게 있으면 다 가져 오고."

"아예 영장을 받을까요?"

"어이, 괜히 영장 기각되면 아예 들어가지도 못하잖아. 그냥 가 봐."

"김 국장 건 말입니다. 검사가 공소 취소를 하겠다고 하는데요?"

"누구? 지금 들어가 있는 놈?"

"예."

"뭐 그래야겠지. 근데 그 사건 수사한 직원들 다칠 텐데."

"할 수 없지요, 뭐. 우리라도 그놈을 진범이라고 했을 텐데요."

"하여튼 세상이 변했다는 거 잊지들 말라고. 괜히 실적에 연연했다가는 옷 벗기 딱 좋은 세상이 돼 버렸잖아. 억지로 잡는 거보다 못 잡고 무능하다는 소리 듣는 게 차라리 낫다고. 그런 소리는 잠깐이잖아."

"그럼 백용호를 송치해야 되지 않겠어요?"

_김영복 장편소설

"벌써?"

"아무래도 빨리 마무리되기를 다 바라잖아요. 검사 새끼도 공소 취소랑 맞춰야 한다고 그러면서 재촉하고."

"그럼 백용호를 김 국장인가 뭔가 가만 이름이 뭐라고 그랬지?"

"김진만이요."

"그래, 김진만 살인 사건의 범인으로 검거해서 송치한다는 소리 아니야? 이 단계에서 괜찮을까?"

"일단 증거는 확실히 나왔잖아요? 골프채, 등산화, 담배꽁초, 그리고 검거 보고서를 써도 어차피 죽은 사람이니까 공소권 없음 의견으로 송치하는 건데, 뭐 문제될 거 있겠어요? 지금 들어가 있는 놈 공소 취소로 석방하려면 어차피 대타가 있어야 되기도 하고요."

"그러다가 우리가 추정한대로 다른 놈이 백용호를 범인으로 몰려고 증거물들을 차에다 가져다 놓은 게 밝혀지면 그땐 누가 책임지는데?"

"그거야 그렇기는 하지만."

"아니야, 이번에 김연지 건도 있으니까 조금 더 파 보자고. 내가 검사한테 가서 사정해 보지 뭐. 수사 기한을 연장해 달라고 말이야. 자기도 뻔한 사건인데 설마 그냥 밀어 붙이기야 하겠어?"

"계장님이 직접 가시겠다고요? 그 검사 영 재수던데."

"야, 할 수 있냐? 그렇다고 서류만 보내면 더 지랄할 텐데 뭘. 우리도 그렇고. 어차피 계장님이 가서서 어렸을 때 공부 안한 벌 받고 오셔야지. 아니면 네가 가던지."

"에이, 팀장님, 제가 거길 왜 가요? 열등감 팍팍 쌓이게?"

"너는 안 되고 계장님은 괜찮다고?"

"팀장님께서 아까 계장님은 공부 안 한 것 반성하러 가셔야 된다고 하셨잖아요, 그러니까 오늘 팀장님이 계장님한테 막 나간 것 맞지요?"

이미테이션

"인마, 넌 열등감 타령하지 말고 그 시간에 고시공부를 하든지?"

"제가 그렇게 머리가 좋으면 순사가 됐겠어요? 저는 학교 다닐 때 그저 유도밖에 한 거 없어요."

"너 대학 동문회 열심히 나가지?"

"왜요?"

"인마, 너네 학교는 잘 풀리면 순사고 나머지는 다 조폭이 되잖아. 그것도 재산이니까 인맥 관리 잘 해 놓으라고. 그래야 나중에 일제 검거 때 특진이라도 바라보지."

"조폭이 되다니요? 무슨 말씀을 그렇게 하세요?"

"인마, 말이 그렇다는 거지. 자식, 발끈하기는."

"지금 이런저런 학교에서 아이들 가르치는 사람들이 얼마나 많은지 아세요?"

"야, 야, 그래 미안하다. 하지만 솔직히 조직 쪽으로 풀린 인간들도 많잖아. 안 그래? 그런 아이들 잘 관리해 놓으라는 소리야, 됐니?"

"동창생들 검거해서 특진하라고요?"

"인마, 너네 학교 나온 선배들 좀 봐. 어떻게들 하는지."

"또 삼천포다."

"원래 회의는 이런 식으로 해야지, 딱딱하게 나오면 머리가 안 돌아가는 것이거든요, 계장님."

"쓸데없는 소리 좀 그만 하라고. 지금 분위기 좀 봐. 아까 여기 서장 와서 난리 치는 거 못 봤어?"

"그러거나 말거나 자기 직원들 들볶는 거야 내버려 두고 우린 우리 일만 하면 됩니다."

"내 말이 그 말 아니야? 우리 일 좀 하자고."

"그나저나 시체가 확 나와 버려야 할 텐데 말입니다."

432

"무슨 시체?"

"김연지인가 하는 애 말입니다. 차라리 시체가 나오는 게 수사가 편하지, 어디 잠적이라도 해 가지고 장난치는 거면 머리 복잡해지는 거 아닙니까?"

"이야, 겁나게 예쁘게 생겼던데 시체라도 봤으면 쓰겠구만."

"인간아? 밥은 먹고 다니니?"

"솔직히 이왕 시체 만지는 거 예쁜 여자가 낫지. 선배는 안 그럽니까?"

"밥은 먹고 왔냐니까?"

"시체가 나오면 나오는 대로 하고 안 나오면 또 안 나오는 대로 하면 되는 거잖아? 제발 딴소리 좀 하지 말고 집중하라니까. 내가 꼭 인상을 써야 하니?"

"그 얼굴에 주름살이 더 붙으면 아마 볼만 할 겁니다, 계장님."

"이 팀장, 너 죽고 싶지?"

"에이, 또 겁주신다."

"그 편지는 어디 있지?"

"예, 원본은 철해 놓았고 제가 사본을 가지고 있습니다."

"곽 형사가 가지고 있다고? 읽어 봐."

"예."

"조용히 하고 다 같이 들어 보자고."

"오빠에게. 저는 철없는 행동을 한 것을 반성합니다. 제가 운전을 하다가 사고를 내고 도망을 친 것도, 오빠의 말을 무시한 것도 모두 진심으로 죄송하게 생각합니다. 저는 저의 잘못을 반성하며 모든 책임을 안고 가겠습니다. 2009년 10월 24일 김연지"

"뭔 글을 그렇게 앞뒤가 안 맞게 썼냐, 기집애, 학교 다닐 때 나만큼 공부 안 했구만."

이미테이션   433

"조용히 하고, 자, 이걸 어떻게 해석해야 할까?"

"만약 김연지가 자살을 한 게 맞는다면 유서가 틀림없고요."

"아니면?"

"누가 유서로 보이게 하려고 위조를 했을 수도 있고, 또 다른 이유로 쓴 걸 유서로 위장할 수도 있는 거고 뭐 그런 거 아닙니까?"

"일단 이게 김연지가 쓴 것이 맞는지부터 확인해야 되겠지?"

"당연하지요. 마지막에 지장에 지문도 깨끗하고 또 김연지 집이나 회사에 다른 필적들이 있으니까 대조하는 것도 어렵지 않을 겁니다."

"지문이야 쉽게 확인이 되겠지만 필적은 그냥 육안으로 해서는 안 되고 국과수로 보내 봐야 하겠지?"

"그래야지요."

"그럼 그건 서무가 알아서 좀 하고, 또 뭐가 있더라?"

"그래, 내용을 살펴보자고. 우선 말이야, '오빠에게'라고 했는데 과연 그 오빠가 누구일까?"

"일단 김연지 가족 사항을 살펴봐야겠지요. 친오빠 또는 친척일 수도 있는 거니까."

"친오빠가 아니라면?"

"뭐 애인일 수도 있고, 오빠 동생을 맺은 사이일 수도 있을 거고."

"애인이라고 보는 게 더 맞지 않을까?"

"아마 그렇겠지요."

"김연지가 뺑소니 사고를 낸 적이 있던가? 누가 전과 기록 확인 좀 해 보지."

"그건 제가 해 보았습니다. 깨끗하던데요."

"뺑소니 사고를 냈는데 그게 안 걸렸을 수도 있는 것 아닙니까?"

"물피라면 모를까 만약 인피라면 그게 쉽지 않을 텐데."

"그것도 좀 확인을 해 보아야 할 것 같습니다. 최근에 뺑소니 사고 중 미제 사건이 있는지도 살펴보고, 김연지 차가 있다면 최근에 차를 고쳤다거나 차에 흔적이 남아 있는지도 보고."

"그런데 말이야, 설령 뺑소니 사고를 냈다고 하더라도 그게 왜 피해 자도 아니고 오빠한테 죄송하냐 말이지? 좀 이상하지 않아?"

"혹시 그 오빠라는 사람을 친 것 아닐까요?"

"그럴 수도 있겠네."

"그러니까 일단은 김연지가 오빠라고 칭한 인물이 누구인지를 밝히 는 게 아주 중요할 것 같습니다."

"당연하지. 아무튼 회사 사람들이나 가족, 친구들한테 탐문을 철저 히 해야 할 거고."

"어쨌든 죄송하다는 표현은 심정적인 것일 수도 있고 또 어쩌면 분 명히 그에게 어떤 형태로든 간에 피해를 입혀서 그런 것일 수 있다고 봐야 되지 않습니까?"

"그러니까 오빠라는 인물을 빨리 밝혀내야 한다는 거잖아."

"김연지는 아직 사망, 실종 이런 게 확실치 않으니까 우선은 그 정도 만 캐 보아도 될 것 같습니다."

"내 생각도 그래. 아, 그리고 잊었는데 말이야. 이 편지인지 유서인 지 하는 거 보안 유지 철저히 하라고. 아마 이거 발견한 목격자가 분 명 보긴 했을 테니까 이에 대한 존재는 이미 알려져 있다고 봐야 할 거야. 그러니까 기자들이 물으면 존재는 인정을 하되 그 내용은 절대 밝힐 수 없다고 해야 돼. 만일 알려지기라도 하면 온갖 소설이 난무를 할 것이니까 말이야. 안 그래?"

"계장님, 이미 일부는 다 방송이 나갔습니다. 현장에 '오빠에게'라고 시작된 편지가 놓여 있었다고 말입니다. 처음 구두를 목격한 사람이 그렇게 말한 것으로 알고 있는데 구체적인 내용은 못 보았다고 말했다고 합니다."

"그러니까 하는 말이잖아. 하여튼 우리 선에선 무조건 보안 유지를 하자 이 말이야."

"예, 알겠습니다."

"그럼 또 뭐가 있지?"

"백용호 골프채 말인데요. 그 피해자 혈흔이 남아 있는 골프채 말입니다. 자세히 살펴봤더니 골프 가방 안에 들어 있는 다른 골프채랑 상표도 모델도 같기는 한데 말이죠. 마모 상태가 다르더라고요."

"다르다니?"

"다른 것에 비해 그게 훨씬 새 거라는 소리입니다."

"골프채야 원래 자주 사용하는 게 있고 가지고 다니기는 하지만 실제론 별로 안 쓰는 것도 있고 그러는 거잖아?"

"그러긴 한데 말입니다. 아무래도 찜찜해서요."

"그게 아이언이었지?"

"예, 2번 아이언입니다."

"원래 그거 잘 안 써. 물론 사람마다 다르긴 하지만."

"그럼 그냥 넘어 갈까요?"

"그러라는 소리는 아니고, 더 캐 봐."

"예."

"백용호가 죽기 전의 통화 내역 조사는 어떻게 돼 가고 있지? 다 끝났지?"

"예, 하여튼 그 인간 전화 무지 했습디다. 겨우 끝내기는 했습니다."

"뭐 나온 것 좀 있어?"

"사람 만나는 게 직업인 자라, 하여튼 별 사람이랑 다 통화를 했더라고요."

"특이한 게 있더냐고."

"뭐 대부분 업무 전화인 것은 확인이 되었습니다. 몇 개는 좀 더 확인 중에 있고요."

"그럼 꼭 머리 나쁜 사람들이 뭔가 열심히 일을 한다는 걸 보여주기 위해 쓸데없이 회의만 한다는 소리 듣지 않으려면 마무리하고 끝내자고."

"일단 백용호와 김 국장 관련 건부터 확실히 정리하고 넘어가지요."

"그건 정리되었잖아. 자, 결론은 이거 아니야? 백용호의 차에서 나온 골프채와 등산화 등 2 점, 백용호의 것으로 확인된 사건 현장의 담배 꽁초, 이렇게 증거물 3점, 그리고 백용호의 사무실에서 확보한 백용호와 김진만 간의 채권 채무 관련 서류, 물론 그중에서 백이 김에게 거액의 채무를 지고 있다는 그 서류면 되겠지만, 하여튼 그 서류, 소속 연예인들의 출연 문제로 사건 직전에 백과 김의 말다툼 목격자의 참고인 조서 뭐 이런 것 등을 가지고 백을 김 사건의 피의자로 검거하되 기 사망자이므로 '공소권 없음' 의견으로 송치 후 종결, 단 수사 기일 연장 신청을 하여 일단은 계속 수사, 뭐 이러면 되는 거 아니겠어?"

"예, 맞습니다."

"오늘 김연지 건도 아무래도 좀 이상한 냄새가 나니까 신경을 써야 할 것 같습니다."

"그거야 당연한 소리고. 자, 그럼 오늘부터 서무 파트는 일단 백용호를 송치할 수 있는 준비를 시작하고, 이 팀장네는 백용호 주변과 청산가리 출처, 최 팀장은 김연지 그리고 송 반장네는 김진만을 중점으로 조금만 더 캐보자고, 김연지 시체가 나온다든지 하면 그때 다시 생각해 보고 말이야. 최 팀장은 말이야, 김연지가 오빠라고 한 인물에 대해 잘 캐봐야 할 거야, 은밀하게. 알지?"

"예."

"아, 그리고 각 팀장, 조장들은 뭐 수사 한두 번 하는 게 아니니까 내 지시 없어도 알아서들 챙기고 다른 팀들이랑 꼭 정보를 공유하라고. 괜히 특진이니 이런 거 생각해서 혼자 숨겨 놓지 말고. 하여튼 나중에 혹 그런 인간이 나오기라도 하면 다 같이 완전히 밟아 버리기로 약속하고. 알았지?"

"예."

"회의가 좀 중구난방이기는 하지만 우리가 왜 집에도 잘 못 가고 이런 회의나 하고 있는지도 생각들 하고. 자, 그저 팔자려니 하고 힘내자고. 그럼 끝내지."

12

같은 날 오후 6시, NBC TV 방송국의 사회부 기자 김종태는 회사 편집실 안에서 자신이 방금 전 취재하고 온 일가족 투신자살 사건 관련 촬영 본을 저녁 뉴스에 내 보낼 수 있게끔 편집국 기자와 씨름을 벌이고 있었다.

"제가 멘트를 치는 장면은 삭제가 되는 겁니까?"

"야, 말이 씹혔잖아. 그냥 화면만 쓰고 앵커에게 맡기자고."

"제 마누라가 뭐라고 하는지 아세요? 당신은 경력도 제법 됐는데 왜 화면에는 한 번도 안 나오느냐고 하더라고요. 가끔은 제 얼굴도 좀 살려주셔야지요."

"그러니까 연습 좀 해라. 어떻게 넌 아직도 우물거리냐? 나 같으면 후배들 보기 민망해서라도 노력 또 노력하겠다."

"아, 알았어요, 알았어. 선배 좋을 대로 하쇼."

"그래, 나 좋을 대로 할 테니 징징거리지 좀 마라. 그리고 오늘은 김연지 건도 있잖아. 네 것 나가는 것만으로도 다행으로 알라고."

이때 편집실 문이 열렸다.

"김 선배님, 전화 왔는데요."

"어디래?"

"지하철 유실물 센터라고 하는데요?"

"왜?"

"지하철 안에서 선배님 물건이 발견이 되었다나 뭐라나. 하여튼 나와서 직접 받아 보세요."

"별거 아니면 성 기자가 그냥 받지."

"저도 바쁘거든요."

"빠져가지고서는. 알았어."

김종태는 편집실을 나와 성 기자가 손짓으로 알려주는 책상으로 가서 수화기를 들었다.

"예, 김종태입니다."

"사회부 김종태 기자님이십니까?"

"예, 그런데요. 어디시죠?"

"예, 안녕하세요, 수고가 많으십니다. 여기는 4호선 유실물 관리 센터입니다. 충무로역이요."

"아, 예, 그런데요?"

"저기, 지금 김 기자님 서류를 보관 중이거든요."

"제 서류요? 저 오늘 지하철 탄 적 없는데요?"

"서류라기보다는 서류 봉투에 들어 있는 물건인데, 하여튼 내용물은 모르겠고 봉투에 NBC 사회부 기자 김종태라고 성함이 쓰여 있습니다."

"그래요? 잃어버린 게 없는데."

이미테이션

"오시겠어요?"

"저 죄송합니다만 제가 좀 바빠서 그러는데 오토바이 퀵을 보낼 테니 그편에 좀 전해 주시면 안 될까요?"

"그렇게 하시지요."

"예, 충무로역이라고 그랬던가요?"

"예, 4호선 충무로역 맞습니다."

"알겠습니다. 그럼 그리로 보낼 테니 좀 부탁합니다."

김종태는 자신이 분명 잃은 물건이 없다는 것은 알고 있었으나 별로 개의치 않았다. 기자에겐 종종 예기치 않은 물건이 오기도 하고 또 그런 곳에서 이외의 제보를 접하거나 특종을 발굴할 수도 있는 터라 별 생각 없이 사람을 보낸다고 했을 뿐이다.

그로부터 정확히 한 시간 후, 김종태는 충무로역이 보관하고 있던 봉투를 전해 받았다. 제법 큰 서류 봉투였음에도 그 안에는 다른 내용물은 없이 오직 녹음테이프 하나만 달랑 들어 있을 뿐이었다.

"요새도 이런 걸 쓰나?"

김종태는 그렇게 혼잣말을 하며 테이프를 재생하여 들어볼 수 있을 만한 걸 찾았다. 그러나 사무실 내에는 온통 CD뿐인지라 거우 구형 앰프를 보유하고 있는 구내방송 부서에 가서야 그 테이프에 담긴 내용을 들어볼 수 있었다.

무심코 테이프를 듣던 김종태가 갑자기 소리를 질렀다.

"야호!"

그러고선 전화기를 들었다.

"접니다. 선배님, 여기 방송실인데요, 이리 좀 빨리 와 보십시오, 빨리. 완전 대박입니다, 대박. 아니 선배님 혼자 오시지 말고 CP랑 앵커, 아니 국장님한테도 연락 좀 해 주십시오."

5분 후 NBC-TV 구내 방송실에선 긴급회의가 열리고 있었다.

"지금 벌써 7시라고, 빨리 결정하자고."

"야, 안해원, 너 인마, 경력이 얼마인데 그렇게 흥분하고 난리야? 이럴 때일수록 신중해야지. 안 그래?"

"에이, 국장님도 아시잖아요? 메인에 내보내려면 서둘러야 한다는 걸 말입니다."

"그래도 그렇지. 일단 검증부터 해 보자고, 괜히 대 망신당하지 말고."

"맞습니다. 우선은 이게 김연지 목소리가 정말 맞는지부터 확인해야 할 겁니다."

"어떻게 확인하지?"

"걔가 출연한 예능이나 연예 정보 프로가 있을 겁니다. 그 녹화 테이프를 찾아서 한번 들어 보시죠."

"그럼 예능국에 빨리 연락해서 가지고 와 보라고 해."

"좀 더 확실히 하려면 성문을 비교해 봐야 되는 거 아닌가요?"

"야, 시간이 없잖아, 시간이."

"그럼 왜 그 양반 있잖습니까? 소리 분석가인가 뭔가 하면서 자주 나오는 사람 말입니다. 그 사람한테 부탁해 보지요."

"한세대학 박 교수?"

"그 양반이 박 씨던가? 하여튼 한세대학 교수면 그 양반 맞는 것 같습니다."

"지금 수배를 해서 이리로 오라고 하면 늦지 않을까? 어디 있는지도 모르잖아?"

"수배를 해서 전화로 들려주면 어떨까요?"

"번거롭게 그럴 필요 있습니까? 이거 틀림없이 맞습니다. 제가 김연지 목소리 여러 번 들어 봤거든요."

이미테이션

"야, 그러다가 혹 아니면? 그럼 니가 책임질래? 이게 얼마나 큰 문제인지는 아니?"

"시간 때문에 그러지요. 만약 이게 다른 방송사로도 갔다면 우리가 이럴 시간에 거기선 벌써 내보낼지도 모르잖습니까?"

"그건 또 그러네. 정말 다른 데로도 갔을까?"

"지하철 선반 위에다 올려놓은 것으로 봐서 그럴 가능성은 적다고 봐야겠지요. 하여튼 그 경우도 가정해서 최대한 서둘러야 할 것 같습니다."

"아까 그 양반한테 전화 확인할 수 있도록 빨리 조치 좀 해 봐."

9시 뉴스를 담당하는 책임 PD가 분주히 움직였다.

"황 CP, 그리고 말이야, 이거 어떻게 내보낼지 연구도 좀 하고. 김 앵커도 그냥 앉아 있지만 말고 같이 검토해 봐야 되는 거 아니야?"

"예, 국장님."

"완급을 잘 알아야 한다고. 급할 때는 급하게. 알지?"

"예."

"국장님, 박 교수랑 전화 연결이 되었습니다. 제가 이야기 할까요?"

"가능한지 물어보라고."

"예, 안녕하십니까, 교수님. 예, 맞습니다. 황석진입니다. 교수님 자문 좀 해주십사 하고."

- "아, 그러니까 말입니다. 이게 전화상으로 가능한지는 모르겠습니다만 지금 사안이 워낙 바빠서 말입니다. 혹시 저희가 들려 드리는 두 가지 소리를 듣고서 그게 동일인물인지 아닌지 과학적으로 규명이 될까 하고 말입니다. 느낌 말고 과학적인 데이터로 말입니다."

- "아, 지금 댁에도 분석기계가 있다고요? 정말 잘 됐네요. 그럼 들려 드릴까요?"

황 CP가 전화기에 대고 예능국에서 보내 온 연지가 출연하였던 예능 프로그램에서 딴 연지의 목소리와 지하철 선반 위에 있던 테이프의 목소리를 들려주었다.

"예, 전화 안 끊고 기다리고 있겠습니다. 정말 감사합니다."

"뭐래?"

"조금만 기다리랍니다."

- "아, 예, 교수님, 일치한다고요? 교수님, 이거 교수님께서 분석을 한 것이라고 나가도 괜찮겠습니까?"

- "예, 정말 감사합니다. 이런 말씀 결례입니다만 얼마 안 되긴 하지만 자문료는 저희가 계좌로 입금을 시켜 드리겠습니다."

- "아닙니다. 적어서 죄송하지요."

"국장님, 들으셨지요?"

"그래, 그럼 메인 때 내보낼 수 있게 황, 당신이 잘 준비해. 이거 사장님한테도 보고드려야겠는걸."

"예, 그러셔야지요."

"아, 그리고 말이야, 여기 나오는 윤빈이란 애, 걔 요새 뭐하는지 모르지?"

"예."

"그 아이 행방도 좀 추적해 보라고. 혹시 나오는 게 있으면 그것도 방송 내용에 포함시키고."

"예."

"잠깐만, 테이프에 그 남자는 누구지? 윤빈이는 아니지?"

"예, 목소리도 그렇고 대화 내용도 그렇고 제삼자인 것 같습니다."

"누구인지도 알아보고. 와, 이거 무지 복잡하구만. 하여튼 다들 서둘러. 내가 사람들을 더 보내 줄 테니까."

이미테이션   443

13

 그날 밤 9시, 각 공중파 및 뉴스 전문 채널의 저녁 뉴스는 김연지 자살 추정 건을 중점으로 하여 백용호와 김진만 살해 건까지 온통 비슷한 내용으로 거의 전 시간을 할애하였다. 하지만 채널은 거의 대부분 NBC에 맞춰져 있었다. 그날 저녁 8시, NBC에서 9시 뉴스 예고를 하면서 김연지의 목소리가 담겨 있는 녹음테이프 내용 일부를 공개하였던 것이다.

 앵커는 상기된 표정과 높은 톤의 말투로 분위기를 이끌었다.

 "여러분, 안녕하십니까. 오늘은 Z-TV 김진만 사장과 유명 연예기획사인 백가엔터의 백용호 사장의 살인 사건의 충격이 채 가시지도 않은 상태에서 백가엔터 소속의 인기 가수이자 탤런트인 김연지 양의 투신 자살 소식이 전해져 하루 종일 뒤숭숭한 날이었습니다. 김연지 양은 현재 투신 장소로 알려진 곳에서 사체 수색 작업이 진행 중입니다만 안타깝게도 현재까지 아무 소득이 없다고 합니다. 이와 관련해서는 잠시 후 세부적인 취재 내용을 보도해 드리도록 하겠습니다. 그에 앞서 오늘 저희가 단독으로 입수한 충격적인 내용의 녹음테이프를 공개해 드리겠습니다. 녹음 상태가 다소 불량합니다만 시청자 여러분들도 잘 들으시고 판단하시기 바랍니다."

 이제 화면에서는 남녀 두 앵커의 모습이 사라지고 김연지와 윤빈의 스틸 사진이 비쳐지는 가운데 녹음 내용이 흘러나왔다.

 "어떻게 하다가 그렇게 된 건데?"

 "그날도 우리 이렇게 술 마시고 있었거든."

 "그래서?"

 "그런데 그만 싸움이 난 거야."

 "왜?"

_김영복 장편소설

"내 잘못이지 뭐."

"어떻게 된 건데?"

"그때 윤빈이 오빠가 한 영화가 완전 망했거든, 그나마 다행히 OST로 삽입된 곡을 윤빈이 오빠가 전부 불렀었는데 그중 한 곡이 히트를 치긴 했어. 그런데 그건 골 빈 여자애들이나 끌고 다니게 만들었지, 돈은 안 되고. 하여튼 그래서 굉장히 힘들어 할 때였는데 난 그걸 뻔히 알면서도……"

"어떻게 했는데?"

"솔직히 그때 나도 무지 힘들었거든, 내놓는 노래마다 망하지, 000 그 00는 사람 취급도 안 하지. 하여튼 나도 내 마음이 아니었었어."

"그래서?"

"윤빈이 오빠는 사실 나를 보고 위로를 받으러 온 건지도 모르는데 난 그렇게 난리를 쳤으니, 나도 참."

"뭘 어떻게 했는데?"

"그때 말이야, 지금 생각하면 내가 왜 그런 바보짓을 했는지 모르겠는데 말이야. 난 그때 기껏 찾아 온 사람에게 왜 나한테 왔냐고 소리를 지르고 그랬다니까."

"그럴 수도 있지, 뭘. 그래서?"

"나랑 술 마시면서 자꾸 그 여자 이야기만 하잖아, 그래서 내가 그 여자한테 가라고 소리 소리를 지르는 바람에 싸움이 된 거지. 지금 생각해 보면 내가 질투를 한 게 아닌가 싶어"

"질투하는 게 당연한 거 아닌가?"

"아니야. 그때 나는 그런 거 다 이해한다고 했었거든. 아마 말뿐이었던 모양이지 뭘."

"그래서 어떻게 됐는데?"

이미테이션

"내가 그렇게 덤벼드니까 윤빈이 오빠가 가겠다고 나서더라고, 차를 가지고 말이야."

"그런데?"

"술이 잔뜩 취했었거든."

"그럼 말리지 그랬어?"

"말렸지. 그런데 내 말을 듣느냐고? 가네, 못 가네 하며 다투다가 나도 그 차에 탔잖아."

"왜?"

"못 가게 말리려고 그런 거지."

"그런데?"

"뭘 그런데야? 사고가 난 거지."

"술 취한 사람에게 운전을 안 시켰어야지"

"내가 운전했다니까"

"뭐라고?"

"……."

"그럼 그날 사고 날 때 윤빈이가 운전한 게 아니라 연지 네가 운전했다는 소리야?"

"응, 그런데 내가 어떻게 했는지 알아?"

"어떻게 했는데?"

"횡단보도에서 사람 둘을 치고 그냥 도망가다가 코너 길에서 주차되어 있는 차를 받고 멈췄잖아. 윤빈이 오빠는 얼굴 다 다치고."

"연지 너는?"

"나? 내가 지금 그 말 하는 거 아니야? 딱 그런 일이 생기니까 정말 큰일 났다는 생각이 들더라고. 그래서 정신없이 도망쳤지 뭐야."

"윤빈이를 그냥 놔두고 도망쳤다고?"

446

"지금 생각해보면 내가 왜 그랬는지 모른다는 생각에 후회를 하지만 그땐 순간적으로 그래야 하겠다는 생각이 들었지 뭐야."

"……."

"내가 도망쳐 버린 거."

다시 남녀 두 앵커가 나타났다.

"자, 여기까지입니다. 내용도 길고 녹음 상태가 그리 좋은 편은 아닙니다만 잘 들으셨으리라 믿습니다. 여러분들은 어떻게 생각하시는지요? 저희가 전문가에게 분석을 의뢰한 바 이 대화에 나오는 여자의 목소리는 내용에도 나와 있듯이 오늘 투신자살한 것으로 추정되는 김연지 양의 것으로 확인이 되었습니다."

여자 앵커 차례였다.

"여러분도 아시다시피 3년 전 정상을 달리던 인기 가수 윤빈 군이 음주운전을 하다가 횡단보도에서 두 명의 행인을 치어 사망케 하고 도주를 하였다가 검거되어 실형을 산 사실이 있습니다."

다시 남자,

"그런데 오늘 이 녹음 내용으로 보아서는 물론 아직은 단순 추정에 불과하긴 합니다만 당시 윤빈 군이 운전을 하던 차량에 김연지 양이 동승을 하였으나 단순 동승이 아니라 직접 운전을 하다가 그 사고를 저지른 것으로 추정이 됩니다."

여자,

"이러한 추정이 사실일 수도 있다는 것을 뒷받침해주는 내용의 문건을 또한 저희 NBC가 단독으로 입수를 하였습니다. 이는 김연지 양이 투신을 한 장소에 남겨 놓은 편지인데 먼저 그 내용을 말씀드리도록 하겠습니다."

화면은 연지가 남겨 놓은 편지를 비추고 있었고 여자 앵커가 그걸

이미테이션   447

또박또박 읽어 나갔다.

"오빠에게. 저는 철없는 행동을 한 것을 반성합니다. 제가 운전을 하다가 사고를 내고 도망을 친 것도, 오빠의 말을 무시한 것도 모두 진심으로 죄송하게 생각합니다. 저는 저의 잘못을 반성하며 모든 책임을 안고 가겠습니다. 2009년 10월 24일 김연지."

남자,

"방금 들려 드린 녹음테이프의 내용과 지금 읽어 드린 편지의 내용만을 종합해보면 말씀드린 대로 윤빈 군이 냈다는 사고는 실제로는 김연지 양이 내놓고 당시 술에 취해 의식이 없었던 윤빈 군에게 그 책임을 전가한 것이라는 걸 알 수 있습니다."

뉴스는 계속 이어졌다.

2009년 12월 1일

1

"어이, 곽 형사, 내가 그 편지 보안 유지 철저히 하라고 했지? 이게 뭐야, 이게 뭐냐고? 지금 난리 난 거 안 보여?"

"저는 철저히 했습니다. 계장님. 왜 무조건 저를 지목하십니까? 씨발."

"뭐? 야, 너 지금 뭐라고 했어? 뭐, 씨발? 야, 이 새끼야, 그 편지는 네가 책임지기로 했잖아."

"씨발, 욕 좀 하지 마십시오. 저도 낼모레 사십입니다."

"사십? 그래 나이 많이 먹어 좋겠다, 인간아. 저걸 콱."

"곽 형사, 이 사람 왜 그래? 그리고 계장님, 이 친구한테 뭐라고 그럴 게 아닌 것 같습니다."

"그럼 이 팀장 당신한테 뭐라 그럴까?"

"계장님, 방금 확인한 건데 그 목격자 있지 않습니까? 그 자가 편지를 핸드폰으로 찍어 놓은 것을 방송국 기자가 확보한 것이라고 합니다."

"뭐?"

"그러니까 우리 선에서 유출이 된 게 아니라 이거지요."

"그게 정말이야?"

"예, 제가 확인했습니다."

아미테이션

"씨발 놈들. 그건 그거고 어떻게 하지?"

"솔직히 우리야 상관있습니까? 3년 전 사건 사고 조사한 직원들만 죽어나는 거지요. 전면 재조사한다고 그러잖습니까?"

"그런데 방송에 나온 게 정말일까?"

"맞지 않겠습니까? 내용 들어보셨잖아요?"

"이 사건 정말 어떻게 돌아가는지 모르겠네. 하여튼 김진만이고 백용호고 간에 또 처음부터 새로 시작한다고 생각하고 다시 살펴보자고, 송치고 뭐고 다 미루고 말이야."

"예, 그게 낫겠습니다."

"이상해, 영 이상하단 말이야."

"뭐가요?"

"이 사건들 말이야. 뭔가 딱딱 맞아 떨어지는 것 같기는 한데 또 뭔가 구린내가 나거든. 그런데 그게 어디서 나오는지는 모르겠고. 하여튼 나 순사 30년 동안 이런 사건은 처음인 것 같아."

"정년 선물인가 보지요."

"이 팀장, 당신은 천 날 만 날 할 줄 알아? 당신도 금방이라고."

"그나저나 윤빈인가, 뭐시기인가 하는 아이가 이럴 때 나타나야 하는 거 아닙니까?"

"그럼 아주 타이밍 죽이겠지. 그런데 그놈은 아예 소식이 없는 모양이지?"

"지금 겉으로 드러나지는 않습니다만 여기저기서 찾는 것으로 알고 있습니다. 금방 나타나겠지요."

"만약에 윤빈이가 나타나면 입건을 해야 되지 않습니까?"

"아, 곽 형사, 아까는 미안했다. 그래도 너 또 씨발 어쩌고저쩌고하면 아주 죽는다. 알지? 참 뭐라고?"

_김영복 장편소설

"자기가 대신 교도소에 갔으니까 처벌을 해야 하지 않냐 이 말씀입니다."

"아무래도 그렇겠지. 범인 은닉도 되고 위계에 의한 공무 집행 방해도 성립하고 그러니까."

"그럼 그럴 경우 진짜로 처벌을 하나요?"

"입건이야 하겠지만 몇 달 동안 교도소에 다녀 온 아이를 또 구속이야 시킬 수 있겠냐? 아마 불구속으로 해서 기소 유예를 시키거나 아니면 벌금 조금 때리겠지."

"자식, 지금 나오면 완전 대박일 텐데?"

"뭐가?"

"아, 안 그렇습니까? 그렇잖아도 아직도 팬이 많다고 하던데 사랑하는 여인을 위해 대신 감옥을 갔다. 뭐 이러면 완전 뒤집어지겠지요."

"그러네, 완전 의리의 사나이가 되는 건가?"

"계장님, 김연지인가 하는 애 말입니다. 시체가 계속 안 나오면 그것도 모양 이상해지겠는걸요?"

"완전 복잡해지는 거지."

"만약 시체가 나오고 또 사인이 익사로 나오면 문제는 간단할 텐데 말입니다."

"그렇겠지. 자기가 사랑하던 남자가 자기 대신 교도소에 들어 간 것에 대한 죄책감 때문에 자살한 것으로 종결이 될 테니까."

"그런데 좀 이상한 게 있습니다."

"또 뭐가?"

"김연지 말입니다. 그곳까지 오려면 어디건 간에 한강으로 통하는 통로로 들어왔을 것 아닙니까?"

"그런데?"

"제가 말입니다. 그 전날 저녁부터 그날 아침까지 각 통로에 있는 CCTV 화면을 다 보았거든요? 그런데 한 군데도 찍히지 않은 거 있지요?"

"그래?"

"물론 CCTV가 완전 커버하지 못하는 사각지대도 있고, 또 아예 설치가 안 된 곳도 있습니다만 그런 곳은 보통 사람들이 안 다니는 곳이란 말입니다. 좀 이상하지 않아요?"

"자기 차를 타거나 택시 같은 것 타고 들어 올 수도 있는 거 아닌가? 아니면 지금 당신이 말한 사각지대 같은 곳으로 왔을 수도 있고."

"김연지가 BMW를 타고 다녔는데 그 차는 회사 주차장에 그냥 있었고요, 택시는 확인을 안 해 보았네요. 그것도 한번 봐야지."

"뭐 다른 놈이 김연지 물건을 가져다 놓은 건지도 모르지, 하여튼 중요한 건 정말 죽었나, 안 죽었나, 그거잖아?"

"그렇기는 하지만 말입니다. 그래도 좀 찜찜해서요."

"내가 말했잖아. 이 사건 말이야, 전부 다 찜찜하다고."

2

수사본부가 그런 회의를 하고 있는 시간, 철민은 자신이 차를 타고 어디론가 향하고 있었다. 그가 차 CD플레이어 안에 콘솔 박스에서 CD 한 장을 꺼내 꽂았다. 잠시 후 노래가 흘러 나왔다.

"아름다웠지만 이젠 힘겨울 뿐인 기억 위
추억을 덧칠하는 건 너무 잔인해
가을 물든 저 호수도 바래 버린 저 벤치도

_김영복 장편소설

왠지 너무 익숙해

손대면 마냥 흔적 묻어날 것 같아

떠나갔건만 떠나보내지 못해

다시 시작하는 나는

그래 미안해 정말 미안해"

윤빈의 노래 '미안해'였다.

철민의 차가 멈춘 곳은 강원도 평창읍에서 횡성으로 넘어가는 국도 위였다. 차 옆에는 'Happy 700. 가장 건강하게 살 수 있는 높이, 해발 700m, 평창에 오신 걸 환영합니다.'라는 커다란 표지판이 세워져 있었다.

하지만 동계올림픽 예정지라는 리조트 건설 현장이 보일 뿐 평창군의 큰소리와는 달리 주변엔 깊은 산속이나 진배없는 그곳엔 인가 한 채 보이지 않았다.

해가 일찍 지는 곳답게 이제 겨우 다섯 시를 넘겼을 뿐인데 날은 이미 제법 어두워져 있었다. 도로변에 차를 세워 둔 철민은 랜턴을 들고 차 한 대가 겨우 지나갈 정도의 폭을 가진 비포장도로로 접어들었다.

얼마 못 가 그마저 끊기고 랜턴 불빛에는 우거진 숲 속으로 난 좁은 오솔길이 드러났다. 사람의 통행이 뜸했던지 길 위로도 듬성듬성 거친 잡초가 나 있었고 양 옆의 나뭇가지가 무성해 마치 동굴을 지나가는 것 같았다.

가파른 산 속 오솔길을 한 삼십 여 분 남짓 숨을 헐떡이며 오르던 철민의 귀에 청아한 풍경 소리가 들려왔다. 그리고 잠시 후, 갑자기 시야가 넓어지면서 랜턴불 속으로 이 산중에 이런 집이 있나 싶게 제법 커다란 규모의 건물들이 드러났다. 풍경 소리는 그곳에서 나고 있었다.

철민의 눈에 제일 먼저 들어 온 건물은 '대웅전'이라는 현판을 이마

이미테이션

에 달고 있고, 군데군데 단청이 벗겨 나간 쇠락한 법당이었다. 그 아래쪽으로 작은 석탑과 석등이 서 있는 마당을 사이에 두고 초라한 법당에 비하면 어울리지 않다 싶게 제법 큰 건물이 서 있었다.

함석으로 만든 처마를 들어 올리는 등 나름 한옥 흉내를 내기는 했으나 한눈에 봐도 대충 지었다는 게 드러날 정도로 조악해 절이라고 하기보다는 시골 농가를 산중에 옮겨다 놓은 듯싶은 건물이었다.

"스님, 안녕하세요?"

철민이 그곳으로 다가가 불빛이 흘러나오는 방문을 향해 나지막이 말했다.

"뉘시우?"

잠시 후 미닫이로 된 방문이 열리면서 승복 차림을 한 중이 한 명 나와 툇마루 위에 달린 전구의 스위치를 돌리자 주위가 한층 환해졌다.

철민은 그를 향해 합장을 한 채 고개를 숙여 인사를 했다.

"안녕하세요, 스님."

중은 얼굴이 쪼글쪼글하고 허리가 상당히 굽은 할머니 비구니였다.

"이 오밤중에 누구신가? 무섭지도 않았나 보네, 이 시간에 산을 오르게. 하긴 아직 초저녁이기는 하지만."

"스님, 저 기억 못 하시지요? 저기 저 방의……"

"아니, 저 아랫방 처사 아우님인가 보네. 얼른 들어와요, 얼른."

철민은 머리털 없는 노파를 따라 그녀가 나온 방으로 들어갔다. 군불을 지폈는지 방바닥이 뜨끈뜨끈했다.

"그래, 그래, 거기로 앉으시우, 춥지?"

"아닙니다. 방이 따뜻하네요."

"올라오면서 우리 불목하니 못 보았지?"

_김영복 장편소설

"예, 아무도 못 봤는데요."

"일찍 내려가서 못 보았던 모양이네. 그 양반이 낮부터 군불을 때 줘서 그렇지. 저녁 공양은 드시고?"

"요새도 장작을 때시나 봐요?"

"이 방만 그렇지, 다른 데는 다 보일러잖아. 누가 그 많은 나무를 댄 다고."

"아, 예."

"공양 하셔야지?"

"아닙니다. 먹었습니다."

"먹긴 뭘 먹었겠어, 이 시간에. 가만있어 봐요, 내가 상 채려 올 테 니까."

"아닙니다. 오다가 평창에서 미리 먹었습니다. 저, 저희 형은?"

"뭐? 아, 형님? 그러고 보니 이 양반아, 어찌 그리 무심하시나. 한 분 밖에 없는 형님이라면서."

"죄송합니다. 이리저리 좀 바빴습니다."

"하긴 젊은 사람이니까 바쁘기도 했겠지. 그래도 그렇지. 지금 도대 체 얼마 만인가, 이게?"

"예, 2년 가까이 된 것 같습니다."

"맞아, 그렇게 됐을 거야. 그동안 내가 열반에 들기라도 했으면 어쩌 려고 그렇게 오랜만에 온단 말이야? 쯧쯧"

"죄송합니다. 저어, 형은?"

"누구? 아, 형님? 벌써 자지 뭐. 해만 떨어지면 자잖아? 정말 공양은 한 거고?"

"예, 정말 먹었습니다."

"그럼 어쩌나. 맞아, 커피 있는데 커피 한잔 줄까? 나 커피 잘 타거든."

아미테이션

"아닙니다. 됐습니다."

"커피 정말 맛있는데."

"잘 계시지요?"

"누구? 아, 저 양반. 그럼 잘 있지. 우리 처사님이 처음에 준 돈도 있고, 또 중간에, 두 번이던가? 하여튼 보내 준 것도 있고 해서 먹이기도 잘 먹였고 또 내가 철마다 장에서 옷도 사 입히고 그랬잖아."

"예, 정말 고맙습니다. 여기 좀 가지고 왔습니다."

"내가 돈 달라고 그러는 게 아닌데 웬 댓바람에 봉투부터 내밀고 그러시나? 얼굴 뜨겁게."

"압니다. 그래도 나중에 잊어버릴까 봐."

"이거 받아도 되려나?"

"당연하지요. 적어서 죄송합니다."

"그런 소리 말아. 받는 것도 무안하구만."

"저, 형님은 어떠세요?"

"맨날 똑같지 뭐. 때 되면 공양하고, 변소 가고 나머지는 하루 종일 우두커니 법당에 앉아 있잖아. 내가 그거 때문에 법당에도 보일러를 달라고 했지 않겠어? 불목하니 서사는 사람도 없는 법당에다 웬 보일러냐고 펄쩍 뛰는데도 말이야. 뭐 법당에 보일러 놓은 절은 여기밖에 없을 거라나 뭐라나."

"감사합니다."

"그래도 가끔 홍이 나면 잘 걷지도 못하면서 그 양반 따라가 나무 짐도 같이 들고 그러니까 그냥 넘어간 거지, 뭐."

"주무셔야지요."

"자기는, 조금 있다가 연속극 봐야지."

"아, 예."

"왜, 피곤해서 그러지?"

"저 형님 있는 방에 가 봐도 되겠지요?"

"그럼. 불 어디서 켜는지 모르지?"

"아닙니다. 여기 랜턴으로 비추면 스위치 금방 찾습니다."

"찾고 말고 할 것도 없어. 천정 더듬으면 다마가 만져질 텐데 뭘. 형님 밟지 마시고."

"예, 알겠습니다. 안녕히 주무세요."

"그래요. 어여 건너가요."

옆방으로 건너 온 철민이 천정에 붙어 있는 전구를 켰다. 방안에는 이불을 얼굴까지 가린 사내가 세상모르고 자고 있었다. 철민이 얼굴에서 이불을 벗겨 내리자 사내의 얼굴이 드러났다.

면도를 한 지 제법 오래되었는지 사내의 코밑과 턱, 구레나룻에는 수염이 듬성듬성했다. 백열등 밑이라 그런지 사내의 안색은 유난히 파리해 보였다. 그런 사내의 얼굴을 한참 동안 내려다보던 철민이 그를 흔들어 깨웠다.

"형, 일어나 봐, 형."

사내는 바로 자기의 얼굴 위에서 무심하게 빛을 발하고 있는 백열등 불빛이 눈에 부셨는지 아니면 단잠이 깨는 게 싫었는지 잔뜩 미간을 찡그리며 잠에서 깨어났다.

"나 왔어, 형, 잘 있었어?"

사내는 대답 대신 철민의 얼굴을 물끄러미 바라보았다. 그의 눈은 철민에게 좀체 초점을 만들지 못하고 가늘게 흔들리고 있었다. 그렇게 철민을 바라보던 사내는 비로소 지금 낯선 사람이 자기의 방 안에 들어와 있다는 걸 깨달았는지 불안한 기색을 한 채 밖으로 나가려는 듯 벌떡 일어났다.

이미테이션

457

철민이 그의 바지춤을 잡아 자리에 앉게 했다. 사내는 반항하지 않았다.

"형, 나야."

"……."

"잘 있었지?"

"……."

사내는 철민의 눈동자 속의 먼 산을 바라보는 것 같았다.

"형, 나라니까? 나 알지?"

조금 강해진 어조로 철민이 묻자 그때야 사내의 고개가 잠깐 끄덕여졌다. 내내 무표정하던 얼굴이 겁을 먹은 기색을 띠는 것으로 보아 마지못해 고개를 끄덕인 게 분명해 보였다.

"얼굴 좋네, 잘 지내나 보지?"

"……."

이 방에서 들려오는 말을 귀담고 듣고 있었는지 건너편 방에서 노파의 말소리가 날아왔다.

"어이구, 가뜩이나 말도 제대로 못하는 양반을 깨워 뭔 말을 그렇게 시키누? 그동안 내 새끼같이 잘 먹이고 잘 지냈으니 회포는 나중에 풀고 피곤할 텐데 얼른 잠이나 자슈. 내일 이야기하면 될 걸, 쯧쯧."

"예, 스님, 죄송합니다. 곧 잘게요."

"그래, 그래야지. 전기세가 얼마나 많이 나온다고."

철민이 다시 사내를 눕히고 자기도 대충 옷을 벗은 후 불을 끄고 사내 곁에 누웠다. 칠흑 같은 방안에서 철민은 사내를 다정스레 보듬었다. 사내는 역시 미동도 없었다. 철민은 자신이 울고 있다는 걸 알았다.

다음 날 아침, 철민이 무거운 눈을 간신히 떴을 때 사내는 이미 자리에 없었다. 철민은 힘겹게 일어나 불을 켜고 핸드폰으로 시간을 확인

458

하려다 이곳으로 오는 도중 핸드폰을 차창 밖으로 던져 버렸다는 사실을 깨달았다.

그때 법당 쪽으로부터 염불 소리가 들려왔다. 철민은 어제 아무렇게나 벗어 놓은 옷을 껴입고 밖으로 나왔다. 밖은 아직도 어두웠다. 사내는 불상을 바라보고 가부좌를 한 채 염불을 외는 노파 스님 옆에 그림 같은 자세로 앉아 있었다.

철민이 신발을 벗고 법당 안으로 들어섰다. 보일러를 달았다는 노파의 말과는 달리 장판이 깔린 법당 바닥은 완전 냉골이었고 공기도 바깥만큼이나 차가웠다. 철민은 구석에 쌓인 방석 중 하나를 들고 노파 뒤에 앉았다.

노파가 뒤를 돌아다보았다.

"벌써 깼어? 피곤하실 텐데."

"아닙니다. 푹 잤습니다."

"그래, 그래도 여기가 공기가 깨끗해 잠도 잘 오고 피곤한 것도 금방 풀린다고 하더라고."

"방바닥이 따뜻해서 더 그런 거 같습니다."

"이 양반 때문에 얼마 전에 그 방구들을 다시 놨잖아. 구들이라고 옛날같이 커다란 돌이 아니라 보일러 지나가는 선 있잖아? 그거 말이여. 그걸 다시 깔았거든. 그때부터 장작을 조금만 때도 밤새 따끈따끈하지. 우리 절 불목하니가 못 하는 게 없는 양반이거든."

"보일러라면서 자꾸 장작 말씀을 하시네요."

"장작을 때는 보일러거든, 그런 거 몰라? 이 산중에서 석유를 때겠어, 가스를 때겠어? 뭐 가스야 우리 불목하니 영감이 지고 오긴 하지만 그거야 밥 해먹을 때 아껴 쓰는 것이고. 여기까지 그거 지고 오려면 얼마나 힘이 드는데."

이미테이션

"예, 정말 기술이 좋으신가 보네요. 스님. 지금 몇 시나 됐어요?"

"지금? 글쎄, 한 여섯 시 가까이 됐을 걸. 왜, 시장해서?"

"아닙니다. 하도 캄캄해서 말입니다."

"내가 늙어서 말이야, 새벽 예불을 다섯 시나 되어야 겨우 드리잖아. 누구 보는 사람도 없고, 아마 우리 부처님도 그러려니 할 거야. 관세음보살."

노파와 철민의 장황한 대화에도 불구하고 사내는 그러거나 말거나 자세하나 흐트러짐 없이 내내 불상만 바라보고 있었다.

"저희 형님은?"

"응? 아, 그래도 절집에서 사는데 새벽 예불은 드려야지. 처음엔 자는 걸 내가 깨웠거든. 못 일어나면 그뿐이지 하고 말이야. 그런데 내 말을 순순히 듣더라고. 그런데 며칠 지나지도 않아 매일 이 시간만 되면 자기가 더 먼저 법당에 와서 우두커니 앉아 있잖아. 다 부처님 은덕이지. 관세음보살."

"아직도 많이 남았나요?"

"뭐가? 아, 예불? 다 끝났어. 그냥 정성인데 뭘. 시장하지?"

"아닙니다. 그럼 형님이랑 저 먼저 일어나도 되지요?"

"그럼. 그런데 아직 오밤중인데 어디 가시기라도 하려고?"

"아닙니다. 그냥."

"나가자, 형."

철민이 사내의 손을 잡아 일으켰다. 사내는 순순히 철민을 따랐다. 사내의 걸음걸이는 돌잡이의 그것처럼 아주 서투르고 위태로워 보였다.

노파의 말과 달리 어느새 동녘에는 어둠이 상당히 물러나 있었다.

철민은 사내의 손을 잡고 밖으로 나오기는 했으나 막상 갈 곳이 없다는 걸 알았다. 날도 상당히 싸늘했고 옹색한 절 마당 이외는 사방

460

이 모두 산이었기 때문이다.

철민은 사내를 다시 방안으로 이끌었다.

"형, 어젯밤, 나 온 거, 생각 나?"

사내는 대답 없이 철민을 힐끗 한번 쳐다보곤 이내 훈민정음 무늬의 벽지에다 눈길을 박았다.

"여기 참 좋다. 그렇지?"

"……."

"형은 나 안 보고 싶었어?"

"……."

"난 말이야, 형 정말로 보고 싶더라."

철민의 눈이 다시 붉어졌다. 밖에서 노파의 말이 들려왔다.

"불 좀 꺼, 그리고 조금 있다가 건너와서 공양들 하슈."

"예, 스님."

"형, 우리 진짜 오랜만이다, 그렇지?"

갑자기 사내가 어눌하게 말문을 열었다.

"여기 좋다."

"어? 형 말할 줄 아네, 맞아, 여기 정말 좋아."

"여기 좋다."

"형, 나 생각 나?"

그러나 그뿐이었다.

"그래, 형, 말 할 필요 없어. 세상은 말이야 말해 보았자 다 허당이야. 좆도 아니라고. 나 말이야, 정말 형이 부럽거든? 형, 그거 알아? 내가 형 부러워 한다는 거."

"……."

"옷 좀 따뜻하게 입지 그랬어?"

아미테이션

"......"

"내가 형 오리털 파카 사왔어? 입어 볼까?"

철민이 어제 메고 온 가방에서 두터운 오리털 파카를 꺼내 사내에게 입혔다. 사내는 철민에게 순순히 몸을 맡겼다.

"따뜻하지. 내가 말이야, 일부러 까만색 골라 왔잖아. 형이 제일 좋아하는 색. 기억나, 형?"

"......"

"어여 건너들 와요."

"예. 스님, 대충 씻고 갈게요."

"식전부터 씻긴 뭘 씻어? 이따가 불목하니 영감 올라오면 그때 보일러에 장작 좀 더 넣은 다음에 물 데워서 씻고 지금은 그냥들 오셔."

"예, 스님, 형 가자. 가서 밥 먹자."

철민은 옷이 들어 있던 가방을 든 채 사내의 손을 잡고 툇마루를 건너 노파의 방으로 들어갔다. 방에는 이미 밥상이 놓여 있었다. 철민과 사내는 밥상 앞에 앉았다.

"와, 스님, 이 시간에 이걸 다 하신 거예요?"

"하기는, 어제 전기밥솥에 꽂아 놨던 거지. 이제 힘들어서 불 때서 밥하고 그런 건 못 해."

"그런데 절에 다른 식구는 없나 보지요? 전에는 아침을 여럿이서 먹었던 것 같은데."

"저기 뒷방에 공부하는 학생 둘 밖에 없어. 이젠 내가 힘이 부쳐서 말이야."

"아, 예. 그런데 안 보이네요?"

"무슨 시험인가 본다고 원주에 갔어. 내일 온다고 했었나? 국 식기 전에 어여 먹으라니까."

"맛있겠다. 잘 먹겠습니다. 스님."

"찬이 없어서 영 민망스럽네. 내가 그래도 큰 절에 살 때엔 음식 솜씨 좋다고 다들 알아 줬는데 말이야. 어? 이 양반 새 옷 입었네. 참 따시겠다. 보기도 좋고, 인물이 다 달라져 보이는구만 그래."

철민이 수저를 내려놓고 들고 온 가방 안에서 옷을 한 벌 꺼냈다.

"여기 스님 것도 사 왔어요. 비싼 건 아니지만 따뜻하기는 할 거예요."

노파의 입이 귀에 걸렸다.

"아이구, 뭘 내 것까지. 젊은 양반이 속도 깊네. 미안하게스리."

"진지 다 드시고 입어 보세요."

"지금 입어 볼까?"

노파는 철민이 준 오리털 파카를 입더니 벽에 걸린 작은 사각 거울 앞에서 자신의 모습을 이리저리 비춰 보았다.

"참 좋네. 품도 넉넉하고. 이거 고마워서 어쩐대?"

"고맙기는요, 비싼 것도 아닌데."

"우리 불목하니 영감이 보면 입이 댓 자는 나오겠네그려."

"예?"

"샘나서 말이야."

"그분이 계신 줄 알았으면 그분 것도 사 올 걸 그랬네요."

"무슨 말씀을. 그 영감이 얼마나 부자인데. 저 아래 진부에 가면 땅도 많고 자식들도 다 짱짱하다니까. 욕심이 많아서 그렇지."

"댁이 진부면 여기서 꽤 멀지 않나요?"

"글쎄 말이야. 그 큰 집 놔두고 남의 절에 와서 살잖아."

"왜요?"

"그 영감탱이 속을 내가 어떻게 안다?"

"혹시 스님 때문에 그러시는 거 아니에요?"

"뭐어?"

노파의 주름진 얼굴이 홍조로 물들었다.

사내는 꾸역꾸역 밥만 먹고 있었다.

"다른 건 다 양반인데 밥 먹는 거 보면 꼭 없는 집 머슴 같다니까. 아, 이 양반아, 누가 뺏어 먹지 않을 테니 천천히 좀 드셔. 이 산중에서 체하면 어쩌려고 만날 그런데?"

"놔두세요, 스님. 원래 잘 먹는 사람이잖아요."

"하기는 찬이 없어도 늘 맛있게 먹으니 고맙기는 하지만 말이야."

대충은 즐겁고 또 대충은 모호한 분위기의 식사가 끝났다.

"스님."

"왜 그러시우? 숭늉은 없는데."

"스님, 오늘 저희 형님 모시고 가겠습니다."

"그러시려우?"

"예, 그러려고요."

"집으로 가시게?"

"아니요, 병원으로 가야지요."

"잘 생각했어. 저렇게 얼굴이 멀쩡하게 생긴 양반이 나이도 젊은 데 이 산중에서 뒤뚱뒤뚱하다가 매일 법당에 앉아 해바라기나 하고 있는 걸 보면 내 가슴도 아렸거든. 그런데 섭섭해서 어쩐대?"

"예?"

"그래도 한 일 년 넘게 한솥밥 먹다 보니 정도 제법 들었는데. 사람이 성정이 곧아서 정이 가더라고."

"좀 회복되면 꼭 같이 오겠습니다."

"암은, 그래야지. 서울에 큰 병원 같은 데 가면 틀림없이 괜찮아질 거구만. 요샌 못 고치는 병이 없다던데, 뭘."

464   _김영복 장편소설

"예. 은혜 잊지 않고 꼭 올게요."

"은혜는 무슨 은혜. 돈 받았는데."

"그래도요. 성치 않은 사람인데 당연히 고맙지요."

"그럼 언제 가시려나?"

"지금부터 준비해서 가려고요."

"그럼 그렇게 하시우."

노파는 눈에서 눈물을 찍어냈다.

"아참, 스님."

"응."

"혹시 저도 여기 와서 좀 지내면 안 될까요?"

"왜?"

"저도 공부할 게 좀 있어서요."

"고시인가 뭔가 보시게?"

"그건 아니고요."

"검사, 판사 될 것도 아니면서 여기까지 와서 공부를 한다고? 하기는 요샌 다른 시험들도 많다고 하긴 하드만. 맘대로 하슈, 방은 많으니까. 아, 이 양반이 쓰던 방 써도 되겠네. 근데 먹는 것 때문에 고생하실 텐데?"

"이 정도면 집에서 먹는 것보다 훨씬 좋은데요, 뭘."

그날 아침, 평창읍에 하나밖에 없는 공중목욕탕에 두 사내가 나타났다. 사내의 전신을 꼼꼼히 닦아준 철민은 이발사에게 사내의 머리를 자신과 똑같이 스포츠 스타일로 깎고 면도도 깔끔히 해 달라고 부탁을 했다.

얼마 후 두 사람은 목욕탕을 나와 철민의 차에 올랐다.

이미테이션

2009년 12월 3일, 연지, 철민

i

한강경찰대와 119 대원들의 현장 일대를 샅샅이 훑은 합동 수색 작전에도 불구하고 연지의 사체는 끝내 찾지 못했다. 결국 만약 투신한 것이 사실이라면 늦은 장마로 인해 불어난 탄천에서 유입되는 급류 때문에 사체가 하류 쪽으로 흘러갔으리라는 추정만 남겨 놓고 수색 작업은 사흘 만에 중단이 되었다. 기자들이 경찰이고 119고 간에 24시간 옆에 붙어 앉아 진짜로 살을 뜯어먹는다 해도 안 되는 일은 안 되는 일인 것이다.

이제 확실한 건 인기 가수이자 탤런트인 김연지가 없어졌다는 것뿐이었다. 그러나 이미 그녀는 그냥 인기 가수이고 탤런트뿐만이 아니었다. 그 어떤 드라마보다 드라마틱하고 시청률이 높아 가히 나라를 발칵 뒤엎은 드라마의 주인공이 된 것이다.

게다가 그녀가 윤빈의 연인이었다는 사실에, 뒤늦게나마 김진만의 정부였을 것이라는 추정이 등장했으며 나아가 황색의 추측까지 더해져 제멋대로 백용호와 내연 관계로까지 알려지게 된 그녀는 이제 자신과 관계를 맺은 남자들은 이렇듯 전부 파멸로 이끈 희대의 팜므파탈로 인터넷을 끼고 사는 젊은이들에게 거의 신적인 존재로 추앙받고

466

있었다.

어느새 그녀는 신화였고 서서히 전설이 되어가고 있었다.

그런 유명세의 대가는 가혹했다. 그녀의 어린 시절부터 실종 시까지의 모든 삶이 철저히 발가벗겨지고 있던 것이었다. 수사본부도 이 대열에서 뒤처지지 않았다.

윤빈과의 녹음테이프와 유서가 전격 공개되고, 살해된 김진만과의 내연 관계 소문이 확산이 되기 시작한 바로 그 다음 날 수사관들은 제일 먼저 압수 수색 영장을 발부받아 그녀의 집을 뒤졌다.

영장에 그녀는 김진만과 백용호 피살 사건의 용의자로 명기되어 있었다. 동시에 그녀의 통화 내역과 돈 거래 내역이 샅샅이 조사가 되었으며 백가엔터 사람 등 그녀와 친분이 있는 거의 모든 사람이 탐문 수사의 대상이 되었다.

이틀 후, 한강경찰대의 수색 작업이 중단된 바로 그날, 집에서 관심을 가질만한 걸 발견하지 못해 낙담하던 수사관들은 드디어 개가를 올리게 되었다. 그건 여태껏 답보상태였던 수사에 그야말로 엄청난 반전을 가져다 줄 만큼의 성과였다.

그녀의 금전 거래 내역을 살피다가 돈을 보냈거나 또는 이체된 통장의 소유자들을 일일이 조사하던 중 백 사장이 죽기 열흘 전 연지가 텔레뱅킹을 통해 12만원을 보낸 계좌번호가 차명계좌인 것을 밝혀 낸 것이다.

다음 날 경찰은 그 계좌의 실 소유자를 검거하였다. 차명계좌의 실 소유자는 인터넷 상에 카페를 차려 놓고 불법으로 동물마취제 등 각종 화학약품을 은밀히 판매하던 자였던 것이다. 그는 자살 카페에 가입하여 동반자살을 기도한 사람에게 다량의 불법 수면제를 판매한 혐의로 이미 수배 중에 있었다. 경찰관들은 연지로부터 12만 원을 받고 그녀에게 보내준 물건이 청산가리라는 그의 진술을 드디어 확보했다.

이에 경찰은 그녀가 백용호의 살해범이라는 심증을 굳혔다. 그리고 녹음테이프도 유서와 투신자살 건도 모두 수사망을 피하기 위한 위장전술로써 지금 이 순간에도 어디선가 분명 그녀가 자신들을 보고 있을 것이라고 믿었다.

그녀의 연고지와 은신처로 추정이 될 만한 모든 곳에 형사대가 급파되었다. 수사본부가 드디어 모처럼 대목을 맞은 것이다.

"그런데 말이야, 백용호한테 청산가리를 먹인 인물 있잖아? 그놈이, 아니 어쩌면 그년일지도 모르지. 하여튼 그 자가 과연 김연지인지 여부에 대해 철저히 확인을 해봐야 되지 않겠어?"

"글쎄 말입니다. 그날 마라톤이 열리는 코스에 있는 도로나 건물에 설치된 여기저기 CCTV는 저희가 이미 확인을 했지 않습니까? 화면상으로는 그 자가 30km 지점 그러니까 세곡동이 되겠는데요, 거기서부터 나타나거든요. 그런데 그건 어디까지나 CCTV상 그렇다는 거지 사실 곳곳에 사각지대가 많으니까 어디서부터 출발을 했는지는 거의 추정이 불가하다 이거지요."

"이봐, 그 소리는 우리끼리 백 번도 더 했잖아? 그러니까 뭐 새로운 걸 말해 보라고."

"아, 예. 어쨌든 자전거 이동경로에 따른 출발지로 피의자를 확정짓는 건 실패한 게 맞는 것 같고요. 과연 그 자가 김연지냐 아니면 제3의 인물이냐, 이게 또 관건인데 우리 모두 알다시피 사진이라고는 모두 헬멧에 고글에 복면에 거기다가 목에 스카프까지 하여튼 도저히 얼굴을 식별할 수는 없고 단지 자전거의 크기와 비교하여 그 자의 신체 사이즈 정도만 추정이 가능하다 이겁니다."

"이봐, 이 팀장, 우리가 가슴 부분을 보고 일단 남자라고 단정했었

468

잖아?"

"맞습니다, 그랬지요. 하지만 그때는 당연히 남자일 것이라는 선입견도 솔직히 있었고 또 가슴 부분이 납작했기에 그렇게 추정했던 거 아닙니까?"

"그런데?"

"그런데 말입니다. 김연지를 가정해서, 즉 여자라고 했을 때 과연 그 쫙 달라붙는 옷, 져지라고 합니다만, 그 옷을 입었을 때 가슴 부분만 봐서 남자 여자 판별이 가능하냐 이거지요. 물론 가슴이 큰 편인 여자는 딱 봐도 알지만 보통 여자는 안에다 꽉 끼는 스포츠브라 같은 걸 입고 그 옷을 입으면 사진 상으로는 별로 티가 안 나더라고요. 게다가 사진이 모두 허리를 구부리고 자전거를 탄 자세뿐인지라 더더욱 구별을 못 할 수도 있고. 특히 그 있잖아요, 자원봉사자 마크. 그 천을 앞가슴에 차고 있었으니 더욱 더 가린다 이거지요."

"여자에게 입히고 실험을 해 보았나?"

"예, 그냥 보통 크기 가슴의 여자에게 옷을 입히고 하여튼 사진과 똑같은 복장으로 똑같은 포즈를 취하게 하고서 멀리, 그러니까 우리가 사진으로 본 것 같은 효과를 내기 위해 좀 떨어진 장소에서 보았더니 정말로 남자, 여자 구분이 안 되더라고요. 가까이선 금방 알겠던데."

"이 사람아, 그때 현장에 있던 목격자도 몇 명 되잖아. 그 사람들은 남자인지 여자인지 확실히 봤을 것 아니야. 아무리 그래도 그걸 못 알아보겠어?"

"물론 목격자들에게 다시 물어 보았지요. 그랬더니 전부 다 발을 빼는 것 있지요. 남자는 남자인데 완전히 확실치는 않다고 말입니다."

"그게 말이 되냐? 일단 가슴도 가슴이지만 여자는 골반 뼈가 있어

아미테이션

서 딱 알아볼 수 있는데."

"그게 미혼 특히 날씬한 여자라면 그렇지도 않더라고요."

"김연지가 키가 몇 이었지?"

"167센티라고 하던데요."

"제법 크네."

"그러니까 자전거 바퀴 크기와 비교해서 탄 사람의 키를 산정한다는 것인데 말이지요. 우리가 175 이상 180 이하 정도로 추정했었지만 자세에 따라 167센티도 그런 비율이 가능하다는 거예요."

"김연지 머리는? 만약 머리가 길다면 헬멧 밖으로 나오지 않을까?"

"긴 머리도 뒤를 묶고 위로 올린 후 헬멧을 쓰면 머리카락이 안 보이던데요."

"그럼 결국 자전거를 탄 사람이 김연지, 그러니까 백용호에게 김연지가 직접 먹였을 수도 있다는 소리네."

"예, 맞습니다."

"그래, 어차피 용의자니까 그런 가능성도 열어 두고, 또 우리 처음 추정대로 제3의 인물, 즉 남자일 수도 있다는 걸 명심해서 캐 보자고."

"계장님, 혹시 디지털 포렌식(Digital forensics)이란 말 들어 보신 적 있습니까?"

"그게 뭔데?"

"그러니까 디지털 기기를 분석해서 그 자료를 증거로 사용하는 방식을 말하는 거라고 보면 됩니다."

"뭐가 그렇게 어려워? 컴퓨터 같은 거 복구하고 그러는 걸 말하는 건가?"

"예, 뭐 그런 것도 있고."

"그런데?"

470   _김영복 장편소설

"그러니까 그 자전거 탄 범인이 찍힌 사진들 있지 않습니까? 그 사진 같은 것도 이 방식으로 분석하면 범인에 대한 자세한 정보를 얻을 수 있다 이거지요."

"그걸 어디서 하는데?"

"뭐 여기저기서 하긴 하는데 그래도 우리나라에서 제일 유명한 사람은 고려대에 있는 어떤 교수입니다. 뭐 분야는 조금 다르지만."

"그 사람은 어떤 분야인데?"

"아까 계장님이 말씀하신 컴퓨터 복구 그쪽이라고 하더라고요."

"그러니까 말 돌리지 말고 요점만 말해 보라니까."

"결론은 이렇습니다. 제가 그 양반한테 사진을 보이면서 그 방식으로 분석을 좀 해 봐 달라고 했거든요. 그런데 예를 들어 허리와 허벅지 비율, 하여튼 무지 복잡합니다. 뭐 이런 걸로 봐서 여자라고 볼 수 없다, 이렇게 이야기를 하더라고요."

"그래? 그런데 그걸 왜 지금 이야기해?"

"뭐 우리의 처음 추정도 어차피 남자라고 봤고, 또 그 자료가 당장 무슨 증거로 인정되는 것도 아닐 것 같고 해서 그냥 참고로 가지고 있었습니다."

"공문으로 정식 의뢰하면 어떨까?"

"그럼 예산도 들 거고. 하여튼 그건 정 필요하다고 판단될 때가 있으면 그때 하면 될 것 같습니다."

"그래, 그럼 그것도 염두에 넣어 놓고 있고."

"그런데 말이지요. 만일 남자라면 김연지랑 어떤 관계일까요?"

"그것도 여러 가능성이 있겠지? 가족일 수도 있고, 애인일 수도 있고, 아니면 그녀에게 사주를 받은 자일 수도 있고 말이야. 그러니까 일단 다 염두에 두고 특히 김연지 남자관계에 대해선 더 철저히 탐문을 해 보아야지."

"저는 애인일 가능성은 적지 않을까 싶습니다."

"왜?"

"김진만도 그렇고 백용호도 그렇고 김연지랑 내연 관계일 가능성이 많은데 말이죠. 과연 그런 남자관계를 알면서 애인이 그녀를 위해 그런 일을 했을까? 이겁니다."

"무슨 소리인지 아는데 그건 이 팀장 당신이 몰라서 그래. 전에 말이야. 아, 이 사건은 이 팀장도 알거야. 충주인가 어디에서 의붓아버지가 딸을 몇 년 동안 그러니까 초등학생부터 대학생이 될 때까지 계속 성추행한 일이 있었는데 말이야. 이건 잘 안 알려져 있지만 솔직히 그 딸도 같이 즐겼었거든? 커가면서 맛을 알아 버린 거지. 그런데 그 아버지를 죽인 게 바로 딸의 애인이었단 말이야. 그러니까 내 여자가 자기가 좋아서 그런 관계를 맺은 게 아니고 상대방이 강제로 그랬다고 생각하면 얼마든지 그럴 수 있는 거 아니겠어? 마누라가 바람이 났을 때 사실은 자기 마누라가 꼬리를 친 것이라는 것을 알면서도 상대 남자에게만 분노를 느끼는 심리라고나 할까? 자기 마누라가 그렇다는 걸 인정하고 싶지 않은, 뭐 비슷한 걸 거야."

"저도 수사 교육 받으면서 그 사건 이야기 자세히 들었습니다."

"그래, 송 형사, 당신도 들었을 거야. 이 사건은 경찰학교에서 완전 텍스트가 되었잖아."

"그때 교관 생각나네요."

"누구?"

"수사반장 드라마 실제 주인공이라는 분 말이에요. 그때 그분이 저희들에게 살해된 자는 반드시 죽을 만한 이유가 있어 피살을 당한다고 하시더라고요. 그러니까 피해자에 대한 주변 수사를 더 철저히 해

_김영복 장편소설

야 하는 거라고 하면서 말입니다."

"그 말? 그거 그 양반 전매특허잖아? 하지만 이젠 그것도 다 틀린 말이 되었어. 요샌 아무나 막 죽이잖아."

"불특정 살인 말이지요? 우리도 처음엔 백용호도 그렇게 당한 것이라는 추정도 했었지 않습니까?"

"사이코 패스라나 뭐라나. 난 그런 용어도 뒤늦게 들었거든. 솔직히 우리 때는 그런 사건이 거의 없었는데 이젠 세상이 막 가는 거지, 뭘. 아주 쌍놈의 세상이 되 버렸다니까."

"계장님, 저는 이건 절대로 김연지의 단독 범행이 아니라고 생각합니다."

"왜?"

"우리가 김연지의 집을 압수 수색할 때 말입니다. 혈흔이나 지문 등 감식 작업도 다 했거든요."

"그런데?"

"다른 것은 그렇다고 치고 이상한 건 지문이 안 나온 겁니다. 연지 본인 지문도 있을 만한 곳에서도 안 나온 것은 물론이고 특히 다른 사람의 것은 전혀 없더라고요. 그 집에 출입한 사람은 예를 들어 매니저나 코디인가 왜 그 옷 담당하는 사람 있지 않습니까. 맞아, 코디네이터. 하여튼 드나든 사람이 많은데 그런 자들 지문까지 전혀 안 나왔다 이거지요. 이건 의도적으로 지문들을 지웠다는 소리 아닙니까? 그런데 자기 혼자 한 일이라면 굳이 지문을 지우고 말고 할 것도 없는 거지요. 그러니까 김연지는 자기 집에 드나든 사람 중 누군가를 보호하기 위해 지웠을 것이고 그렇다면 그 자가 이 사건에 어떤 형태로든 가담했다는 것이지요."

"맞아. 그러니까 그 가능성도 수사를 하자고 했잖아."

"녹음테이프에 나오는 인물, 남자 말입니다. 누굴까요?"

"글쎄? 지금 확인 중이잖아."

"NBC 방송국에서 녹음테이프 원본이랑 그거 들어 있던 봉투를 제출 받았거든요, 그런데 말이지요, 그걸 준 사람이 하는 말이 자기네 음향 전문가에게 물어 보니까 녹음테이프가 조작이 되었을 가능성도 있다고 그랬다고 하더라고요."

"조작이 되다니?"

"그러니까 교묘하게 편집이 됐을 가능성이 높다는 소리지요."

"그래?"

"정말 그렇다면 그거 문제잖아?"

"그래서 제가 물어봤지요. 그런 줄 알면서도 방송을 내보냈냐고 말입니다."

"그랬더니 뭐래?"

"그랬더니 여자 목소리는 분명 김연지 것이 백 프로 맞고, 편집은 되어 있지만 내용에 들어 있는 김연지의 말은 자르고 붙이고 한 게 아니라는 확인이 돼서 방송을 한 거다, 이러는 거 있지요? 즉 순서는 편집이 된 가능성이 높지만 내용은 사실일 거다 이렇게 봤다는 겁니다."

"내용만 맞으면 되지 뭘 그래? 너무 길거나 해서 편집을 한 것일 수도 있는 거 아닌가?"

"뭐 단순히 그렇다면야 문제는 없지만 분명히 그걸 김연지 자신이 녹음을 했을 리도 없고, 김연지가 녹음 된다는 걸 알면서도 그런 식으로 어설프게 이야기 했을 리도 없잖습니까?"

"그러니까 말하려는 요지가 뭔데?"

"제 생각엔 이건 김연지 몰래 녹음을 해서 편집을 한 것이다, 그렇다면 김연지 몰래 그 내용을 세상에 알리고 싶은 자의 소행일 것이다 이

거지요."

"이거 미국에서 수사관들을 스카우트해 오든지 해야지 원."

"무슨 말씀입니까?"

"텔레비전 보면 아무리 어려운 사건도 현미경 좀 보고 그러면 다 잡
잖아. 그러니까 그놈들을 데리고 오든지 하자 이거지?"

"어이구, 우리 계장님 개그가 겨우 그 정도입니까? 하나도 안 우습거
든요."

"넌 원래 안 웃잖아. 머리 나쁜 인간들은 조크를 못 알아듣거든. 정
말 어렵다, 어려워."

"뭐가요?"

"여태 뭘 들었어? 이놈의 사건 말이지, 어떻게 돼서 똑 떨어지는 게
하나도 없냐?"

"그래도 청산가리 문제는 해결이 됐지 않습니까?"

"이 팀장 당신 말대로라면 그것도 김연지가 모르고 샀을 수도 있는
거잖아? 그거 판 놈이 포장지에 청산가리라고 써 놓은 것도 아니고 하
니 누군가가 김연지에게 그것 좀 사달라고 부탁을 했거나, 시켰거나
하면 뭔지도 모르고 사줄 수도 있는 거 아니야?"

"그러고 보니 그럴 수도 있겠네요."

"계장님, 제 생각을 말씀드려도 될까요?"

"아, 곽 형사, 뭔데? 말해 봐."

"전 윤빈이란 놈이 수상해 보입니다. 그렇지 않습니까? 그놈이 사고
를 냈다고 해서 들어 간 다음에 백용호는 합의는커녕 변호사도 안 붙
여줬다고 하더라고요. 그럼 분명 원한을 가지고 있지 않겠어요? 또 김
진만은 김연지랑 내연 관계였으니 질투도 있었을 것이고 말입니다."

"맞아, 우리가 그래서 그놈을 수배해 놓은 거잖아?"

"그냥 수배령만 내려놓고 기다릴 게 아니라 우리가 그놈을 용의자로 올려놓고 직접 뛰어 봐야 하지 않을까 하는 말씀입니다."

"맞는 말 같기도 하지만 지금 인력이 없잖아. 하여튼 생각 좀 해 보자고."

"계장님, 지금 인력이 없긴 하지만 조금 빼서라도 여기 곽 형사 말대로 해 보는 게 좋지 않을까요?"

"내 말은 말이야, 그러니까 우리가 모든 가능성을 열어 두고 수사를 하는 건 좋은데 생각을 너무 복잡하거나 어렵게 하면 한이 없거든. 너무 벌리면 안 된다 이거지. 우리는 큰 줄기를 찾으면 돼. 윤빈이 문제는 일단 오늘 밤 연구 좀 해 보고. 어이구, 머리 아파. 누구 진통제 가지고 있는 사람 없나?"

2

모두 골치가 아프긴 했지만 그래도 수사는 분명 한 걸음 한 걸음 앞으로 나가고 있기는 했다. 수사관들은 청산가리를 구입한 인물이 김연지라는 것 외에 또 새로운 사실을 알아냈다. 죽은 김연지에게 남자가 또 있었다는 풍문, 그런데 그 남자는 김진만과의 관계와 같이 어떤 거래 형태라 할 수 있는 불순한 관계가 아니고 나름 순수한, 즉 그녀의 진짜 애인인데 그 자가 바로 짝퉁 윤빈이라 알려진 가수 김철민이라는 소문을 아주 여러 곳에서 들은 것이다.

수사관들은 직감적으로 그 소문이 사실일 것이며 나아가 그 자, 즉 김철민이 김연지와 함께 김진만과 백용호를 죽인 범인일 가능성이 아주 높다고 생각했다. 윤빈과의 관계가 타의에 의해 파탄을 맞은 김연지라면 윤빈과 외모가 아주 흡사한 김철민에게 다시 빠져들 가능성

_김영복 장편소설

이 있다는 추정은 어렵지 않은 것이다.

그리고 수사본부의 실질적인 수사 실무 책임자인 시경 강력계장의 말대로 그녀와 김 사장 등과의 관계가 약자 위치에서 일방적인 강요에 의해 맺어진 관계라면 김철민으로서는 충분히 그들에게 적개심을 가질 만도 하다는 생각을 했다.

물론 그런 단순한 적개심이 과연 무참한 살해로까지 이어질 수 있을까 하는 의문은 들었으나 남자를 잘 조종하는 김연지라면 충분히 그럴 수도 있을 것이라는 판단이었다.

김철민의 키나 체형, 이런 것도 사진 속의 인물과 딱 들어맞았다. 또 그는 백용호와도 아는 사이이고 그의 사무실을 직접 방문한 사실도 있었다는 것도 알아냈다. 사무실 안에서라면 백용호가 피우다 버린 담배꽁초를 몰래 감추는 것도 어렵지 않을 것이었다.

수사관들은 즉시 김철민의 집을 급습하는 것으로 시작하여 그의 체포 작전에 돌입했다. 그러나 이미 김철민의 집은 텅 비어 있었다. 그의 소속사 사장인 명정남은 이틀 전 김철민이 고향에 일이 있어 한 사흘 정도 다녀왔으면 싶다는 말을 듣고 특별한 스케줄도 없고 해서 이틀만 다녀오라고 허락한 터라 그의 행방에 전혀 관심을 갖지 않았다고 진술했다.

경찰에서는 즉시 전국에 수배령을 내렸고 유일한 연고지로 밝혀진 충북 진천 소재 보육원에 형사대를 급파했다. 하지만 보육원 사람들은 그가 자기네 보육원에서 자라고 고등학교를 졸업한 후 떠났다는 사실조차 모르고 있었다.

과거의 보육원 원장이 국가 보조금 횡령 및 보육원생 성폭행 사건으로 구속이 된 후 운영자가 완전히 바뀐 탓이었다. 그들은 자신들이 운영을 맡은 이후 김철민이 단 한 번도 그곳에 온 사실이 없다고 진술

이미테이션

했다. 철민은 그곳에 기록으로만 존재했다.

　수사관들은 다음 날 이른 아침부터 진천 소재 김철민이 졸업한 고등학교로 가서 그의 동창생 명부를 입수 한 명씩 탐문수사에 돌입했다. 하지만 그 수사는 시작하자마자 끝내야 했다.

_김영복 장편소설

2009년 12월 3일

1. 07시 30분 강원도 횡성군 우천면

"곤이 아빠, 저 차 좀 이상하지 않아요?"

"어떤 차?"

"저기 저 집 앞에 세워진 차 말이에요."

"그런데 뭐가 이상하다는 거야?"

"어제 아침에도 배추 뽑으려고 가다가 봤거든요. 그런데 아직까지도 서 있잖아요."

"그게 뭐가 이상해? 저 집 차인 모양이지."

"이 양반이 참. 아, 저 집 빈집이잖아요?"

"뭐?"

"작년에 혼자 살던 유 씨 할머니 돌아가시고 나서 내내 비어있었지 않느냔 말이에요."

"어, 그러네."

"이상하지요?"

"글쎄."

"난 어저께는 누가 이른 아침부터 집을 보려고 왔었나 했잖아요. 원

이미테이션

주에 사는 아들이 와서 집이랑 밭이랑 다 싸게 내놓았다고 했거든요. 그런데 오늘까지 차가 있으니 이상하지. 당신은 그게 안 이상해요?"

"그럼 그 아들이 온 모양이지 뭘."

"이 양반이 왜 이런대? 저 집 안 들어가 봤어요? 사람 손때가 안 묻으니까 다 무너져 내렸는데 그럼 그 아들이 저기서 잤다는 말이에요?"

"……."

"가 봅시다."

"가보기는. 하여튼 오지랖은 넓어서. 아, 시간 없어. 여기 서리 내린 거 안 보여? 아무리 하우스 안의 늦동이라도 오늘 안 뽑으면 다 얼어 버린다니까 그래."

"그럼 당신 먼저 밭으로 가슈, 나는 가 볼라니까."

"이 여편네가 아침부터 웬 지랄이야? 아, 빨리 안 와."

아낙은 남편이 큰 소리를 치거나 말거나 잰 걸음으로 집을 향했고 남편도 잠시 망설이는 듯하다가 곧 그 뒤를 따랐다. 이윽고 차가 세워져 있는 곳에 먼저 당도한 부인이 차 안을 들여다보다가 갑자기 소리를 질렀다.

"여보, 빨리 와 보세요. 여기 사람이 있는데."

"왜 소리를 지르고 그래?"

"빨리 와 보라니까. 여기 이 사람 죽은 거 같아요. 어이구, 무서워."

"뭐?"

어슬렁거리며 부인을 따르던 사내가 뛰기 시작했다. 도착해 차 안을 바라보던 그가 흠칫 놀라며 뒤로 물러섰다.

"죽은 거 맞지요? 어떡한대?"

"자기 전화 가지고 왔지? 112로 신고 해. 빨리."

"무서워 죽겠다니까 그걸 왜 날 시킨대. 여기 있어요. 당신이 빨리 해요."

"못 본 체하고 갈까, 우리?"

"그게 뭔 말이래요. 사람이 죽었는데 신고를 해야지."

"괜히 오라 가라 귀찮게 할 텐데."

"우리가 여기 왔었는데 신고를 안 한 게 들키면 그때야 말로 귀찮아지지 않겠어요? 이 답답한 양반아."

"그러네."

"그러니까 당신이 빨리 신고해요. 이장님한테도 전화 드리고."

"그 양반은 왜?"

"아, 동네에서 이런 일이 벌어졌는데 알려줘야지, 왜는 또 무슨 왜야?"

차 안의 사내는 죽어 있던 게 맞았다. 경찰서로부터 무전으로 112 신고를 하달받은 우천면 파출소 경찰관이 현장으로 와 흰 장갑을 끼고 조심스레 차문을 열었을 때 그가 제일 먼저 맡은 것은 연탄가스 냄새였다.

운전석 시트에 머리를 기댄 사내의 얼굴은 핏기가 하나도 없이 퉁퉁 부풀어 올라 있었으며 입과 코에서 나온 피와 거품이 말라붙어 있었고, 부릅뜬 눈 사이로 눈알이 당장이라도 튀어 나올 듯해 한눈에 봐도 이미 죽었다는 걸 알 수 있었다.

차 조수석 바닥에는 연탄 화덕이 놓여 있었고 그 안에 다 타 버린 연탄이 들어 있었으며 옆으로는 번개탄 포장 비닐이 어지럽게 널려 있었다.

또 계기판 위에는 노트에서 찢어 낸 것으로 보이는 종이 한 장이 놓여 있었는데 그 위에는 '명정남 형님께,'로 시작되는 글이 쓰여 있었다.

출동한 경찰관 중 한 명은 사내와 연탄 화덕 등 차 구석, 구석을 가지고 온 사진기로 촬영을 하고 집 안에서 꺼내 온 고추 받침대를 이용

이미테이션

하여 차 주변에 노란 천으로 만든 선을 둘러 벌써부터 몰려 온 동네 사람들이 차에 접근치 못하게 하는 사이, 나머지 한 명은 무전 아닌 핸드폰으로 파출소와 통화를 했다.

"소장님, 예, 전데요. 여기 구암리 현장이거든요. 예, 변사 사건 맞습니다."

"어떻게 된 건데? 상황을 이야기 해 봐야지."

"예, 서울 넘버의 회색 소나타 차량이고요, 차 안에 삼십대 정도로 보이는 남자 한 명이 운전석에 앉아 있는데 사망한 상태입니다. 차 바닥에 연탄 피우는 거, 뭐라고 하더라? 하여튼 연탄이 꺼져 있고요, 번개탄 포장지도 있습니다. 제가 현장에 도착해서 차 문을 열었을 때 연탄가스 냄새가 좀 났었거든요, 그러니까 연탄을 가지고 자살을 한 것 같습니다. 참 '죄송합니다.'라고 쓰여 있는 종이도 있습니다."

"알았어, 사망은 확실하지?"

"예, 시간도 제법 된 것 같습니다. 신고자가 하는 말이 이 차가 어제 아침에도 여기 있었다고 하더라고요. 그리고 변사자한테는 사후 강직도 있는 것 같고요."

"그래, 수고했어. 신고자 말이야, 그 사람 확보 질 해 놓고 현장 보존도 철저히 해 놓으라고. 알았지? 아무거나 손대지 말고."

"예, 벌써 통제선을 만들어 놨습니다."

"잘했어. 참, 사망자 신원 확인해 볼만한 게 있던가?"

"아직 사체는 손 안 댔습니다."

"사진 찍어 놨지?"

"예."

"괜찮아. 주머니 한번 뒤져 보라고, 지갑 같은 게 있나."

"……"

_김영복 장편소설

"왜 대답이 없어? 너 시체 만지는 거 처음이구나?"

"예."

"야, 이 사람아, 경찰관이 시체 만지는 게 뭐가 무서워? 그것도 앉아서 죽은 사람이. 아직 썩지도 않고."

"예, 찾아보겠습니다."

"그냥 살아있는 사람이라고 생각해. 정 무서우면 얼굴은 쳐다보지 말고. 그리고 차적 조회도 빨리 하고."

"예."

"참 잘한다. 경찰복 입은 인간이."

"한다니까요."

"그래, 무선보고는 아직 안 했지?"

"예, 소장님께 먼저 보고 드린 겁니다."

"잘 했어. 이제 본서 지령실에 무전 보고하라고. 나도 여기서 과장님이랑 서장님께 보고할 테니."

"예, 알겠습니다."

"그래, 아침 안 먹었지?"

"예."

"배고파도 현장에서 조금 기다려, 내가 현장으로 갈 때 뭐 좀 가지고 갈 테니까."

"예, 소장님, 감사합니다."

"잘해라. 겁먹지 말고."

"예."

"아, 무전 말이야. 신원 확인을 해 보고 해."

"예."

"전화 안 끊고 있을 테니까 지금 찾아 봐. 옷은 뭐 입었니?"

이미테이션

"오리털 파카입니다."

"그래, 안주머니부터 보고 없으면 바지 뒷주머니를 봐."

"소장님."

"왜?"

"여기 주머니에 지갑 있는데요. 지갑에 주민등록증이랑 면허증도 있고요. 그런데 다른 건 하나도 안 들어 있습니다."

"그래? 이름이랑 주소, 주민등록번호 불러 봐."

"예, 김철민 칠사공구일일."

"천천히."

"예. 칠사공구일일, 일공사칠오일공. 적으셨습니까? 주소, 서울시 중구 회현동 삼가 산 이십일 다시 이입니다."

"삼십대라며?"

"예?"

"네가 삼십대라고 했잖아?"

"아, 예, 제가 잘 못 본 것 같습니다."

"삼십대고 이십대고 간에 아무 상관이 없는데 내가 왜 이러는지 알아?"

"예, 압니다. 침착하라고."

"그래, 침착. 알지?"

"예."

2

"뭐 별 거 없네."

"그러네, 그냥 자살이네. 유서도 있고."

"하여튼 유행도 가지가지라니까."

"뭔 소리야?"

"차 안에 연탄 피워 놓고 죽는 거 말이야."

"고통도 없고 좋다잖아."

"야, 저 얼굴 봐라. 저게 좋은 거니? 안색은 완전 새까맣게 변한데다 저렇게 부풀어 올랐는데. 넌 저 피랑 거품 안 보여?"

"죽을 때 안 고통스러우면 되지, 죽고 나서 선 볼 일 있냐?"

"난 그래도 저렇게는 안 죽는다."

"형은 어떻게 죽을 건데?"

"뭘 어떻게 죽어? 늙어 죽지."

"그래, 아들도 없는 주제에 딸 집 가서 벽에다 똥 바르면서 오래오래 살다 늙어 죽어, 형은."

"그래, 넌 인마, 아들만 둘이라 참 좋겠다."

"좋기야 딸딸이 아빠인 형만 하겠어?"

"됐어, 인마. 저기요, 파출소 직원이요."

"예."

"여기 손 댄 거 없지요?"

"예, 주머니에서 지갑만 꺼냈는데요."

"이거 말입니까?"

"예."

"차 수색은요? 혹시 트렁크 같은 데는 열어 봤어요?"

"안 열어 봤습니다. 현장 보존 때문에."

"뭐 그건 우리가 하면 될 테고, 어쨌든 아침부터 수고 많으셨네. 신고자한테 진술서는 받았나요?"

"예, 이 겁니다."

이미테이션   485

"우리 할 일 다 해주셨네. 고마워요. 그런데 처음 보는 직원이네."

"예, 원주에 있다가 얼마 전에 왔습니다."

"무슨 일로?"

"자원해서 왔는데요."

"아니 원주에서 날아온 게 아니고 자원해 가지고 여길 왔다는 말예요?"

"예."

"왜요?"

"예?"

"아니 누군 원주 못 가서 난리인데 자원해서 왔다니까 신기하잖아요."

"그냥 왔는데요. 애들 여기서 학교 보내려고."

"초등학교?"

"예. 내년에 들어가거든요."

"야, 이 양반 대단하네. 원주가 좋지. 여긴 학원도 하나 제대로 없는데, 우천에 학원 있어요?"

"학원 같은 데 안 보내려고요."

"아직 젊으셔서 환상이 있으신 모양이네. 애들 공부 못하면 어떻게 하려고?"

"안 다닌다고 꼭 공부 못 하라는 법 있나요. 저 하기 나름이지."

"관둡시다. 하여튼 멋쟁이시네."

면 파출소 소속 경찰관이랑 그런 한담을 나누던 형사에게 다른 형사가 핸드폰을 건넸다.

"형, 이거 좀 심각한 것 같아."

"뭐가?"

"빨리 받아 봐. 계장님이야."

"예, 계장님, 저 조형사입니다."

전화를 끊은 형사가 동료에게 말했다.

"야, 좆 됐다."

"뭐?"

"저기 저 친구 말이야, 서울에 그 마라톤 독살 사건 있잖아? 그거 범인이란다."

"정말?"

"야, 씨팔, 아까 분명히 인적 사항 받았는데 그걸 왜 몰랐지?"

"누가 생각이나 했겠어?"

"야, 졸지에 매스컴 타게 생겼다. 씨팔, 오늘 완전히 망쳤네."

"어차피 당직인데, 뭘."

"그래도 그렇지. 아마 조금만 있으면 여기 난리 날 거다. 어이, 멋쟁이 양반, 댁도 들었수?"

"예. 지금."

"그쪽이나 나나 재수 더럽게 없수다."

3

그날 재수가 없기로는 성실하고 순진한 부부와 파출소 경찰관이 단연 제일이었다. 수없이 많은 사람들로부터 현장을 만졌느니 어쨌느니, 발견할 때 상황이 어쩌고저쩌고하면서 거의 하루 종일 시달려야 했으니까!

자신들이 한참 동안 고생을 해가며 공을 들여왔고 이제 겨우 단서를 잡아 용의자로 확정 수배를 내리고 혈안이 되어 찾던 김철민이 불

이미테이션

과 그에 대한 본격 수사가 만 이틀도 안 되었는데 엉뚱하게도 강원도 횡성 오지에서 변사체로 발견되었다는 소식을 들은 서울 수사본부 경찰관들은 왠지 이렇게 끝나는 게 영 아쉽다는 생각에 허탈해졌다.

마치 손꼽아 기다려온 소풍 날 비가 왔을 때의 심정이 이럴 것 같으리란 마음이었다. 그래서 그런지 횡성 현장으로 내려가는 차 안에서의 그들 모두는 침울해 보였다.

예상대로 현장은 시골의 오일장을 연상케 했다. 수사관들은 일단 사체의 지문과 주민등록증에 찍혀 있는 지문이 일치하는지를 육안으로 비교해 보았다. 눈으로 보아도 '제상문'이라고 부르는 말굽 모양의 두 지문은 정확히 일치했다. 주민등록증이 위조된 게 아니라면 변사체는 틀림없이 김철민이라는 증거였다.

그래도 좀 더 정확을 기하기 위해 현장에서 지문 채취를 한 후 즉각 형사기동대 차량에 탑재된 컴퓨터를 이용 조회를 해 보았더니 역시 김철민의 것으로 확인이 되었다.

이제 문제는 과연 이 변사자 김철민이 명 기획 소속의 가수이자 김연지의 애인으로 추정되는 살인 사건의 용의자 그 김철민이 맞는지 여부였다.

이것 또한 일단 서류상으로는 쉽게 확인이 되었다. 그 김철민이 명 기획과 계약을 맺을 때, 출연료를 받기 위해 은행에서 통장을 만들 때, 제출한 주민등록증 사본이 변사자가 소지하고 있는 주민등록증과 같은 것이었던 것이다.

수사본부에서는 이미 압수 수색이나 제출 명령을 통하여 그걸 확보하고 있었던 터였다. 또 변사자 김철민이 타고 있던 차의 트렁크에서 접이식 자전거와 헬멧이 발견되었는데 그것 또한 사건 당일 찍힌 사진 속의 것과 육안상으로는 정확히 일치했다. 그렇다면 마지막으로 남은

_김영복 장편소설

건 가족이나 그를 잘 아는 사람이 직접 사체의 얼굴을 보고 확인을 하는 것뿐이었다.

하지만 김철민은 고아원에 자라 가족이 없고 그의 친교 상황도 잘 모르니 이게 좀 문제이기는 하지만 다행히 명 기획 등 최근에 그와 인연을 맺은 사람들이 있으니 그들에게 확인을 시키면 될 것이었다.

마지막 관건은 그의 사인을 밝히는 것이었다. 사체의 상태 및 여러 정황으로 보아 연탄가스에 의한 즉 일산화탄소 중독이 사인일 것이라는 건 쉽게 추정할 수 있었다.

그래도 부검은 반드시 실시하여야 한다는 걸 모두 잘고 있는 터라 수사본부는 사체를 서울의 국립과학수사연구소로 이송했다. 부검의의 일차 검안 소견 역시 사체가 일산화탄소 중독으로 인한 사망의 전형적인 모습을 보이고 있다고 했다.

물론 정밀 부검 결과가 나오려면 며칠 걸릴 것이나 어쨌든 수사본부 수사관들은 이제 이 일련의 사건이 거의 마무리되고 있다는 걸 느꼈다. 김철민을 실은 차를 뒤따라 서울로 향하는 수사본부 수사관들에게 횡성경찰서 형사계로부터 김철민이 횡성읍 소재 철물점에서 연탄 화덕을, 연탄 가게에서 연탄 두 장과 번개탄 두 장을 사 간 사실이 확인되었다는 연락도 왔다. 같은 날 오후 국과수로 달려온 명 기획의 명정남과 이형석은 변사자의 얼굴을 보고서 고개를 갸우뚱거렸다.

얼굴만 봐서는 그 시체가 자신들이 데리고 있던 김철민이 맞는지 도통 확신을 할 수 없었던 것이다. 사체의 얼굴은 보기에도 무섭게 부풀어 있었다. 눈도 돌출이 되어 있었고 혀도 약간 빼물고 있었다. 철민이라 생각하면 철민이 맞는 것도 같고 또 아니라고 하면 아닌 듯도 싶었다.

하지만 그들은 사체에서 나온 주민등록증이 철민이 자신들에게 제

이미테이션   489

출한 것과 같고, 무엇보다도 정남 자신이 사준 중고 승용차를 타고 있었다는 사실을 잊지 않았다. 사체의 체구도 자신들이 기억하고 있는 것과 거의 비슷하다 싶었다.

수사관들의 재촉이 이어졌다.

"맞아요? 아니에요?"

결국 그들은 자기 회사 소속 가수 김철민이 틀림없이 맞는다고 진술을 했다.

이제 가수 김철민은 공식적으로 죽었다.

명정남은 그의 유서를 읽으며 눈물을 흘렸다.

'명정남 형님께, 형님, 이렇게 먼저 가서 죄송합니다. 늘 따뜻하게 대해 주신 형님의 은혜는 절대 잊지 않겠습니다. 언젠가 꼭 형님을 다시 뵙는 날이 올 것이라 믿습니다. 김철민.'

2009년 12월 9일, 연지

i

김철민의 부검 결과가 나오기를 기다리면서 김진만, 백용호, 김철민으로 이어지는 일련의 사건을 종결하기 위한 정리를 하는 수사본부 수사관들은 김연지 부분이 영 껄끄럽다는 생각을 버리지 못했다.

그녀의 행방을 모름으로써 거의 다 꿰어 맞춘 사건의 고리 하나가 빠져 있다는 건 아무래도 찜찜할 수밖에 없는 터였다.

이날 오전 영등포 경찰서 형사계 당직반 데스크 형사는 같은 경찰서 산하 여의도 지구대로부터 한 통의 경비 전화를 받았다.

"형사당직 장태주 형사입니다."

"예, 수고하십니다. 여의지구대 서보원 경장입니다."

"여의지구대요? 무슨 일인데요?"

"저기 말입니다. 저희가 방금 신고를 받았는데 국회의사당 옆 고수 부지에 변사자가 있답니다."

"어디라고?"

"국회의사당 서측 고수부지 물가라고 합니다."

"어떤 변사체?"

"글쎄, 여자라고는 하는데요, 아마 익사자인 모양입니다. 어쨌든 아

아미테이션   491

직은 정확한 상황은 잘 모르겠고 지금 저희 직원들이 확인하려고 갔습니다. 일단 참고하시라고요."

"신고자는 확보해 놨지요?"

"그게 말입니다. 달리기 하는 사람이 자기가 봤다고만 말하고 뭐 물어 보기도 전에 그냥 가 버렸습니다."

"그 사람이 만약 그 사체를 죽인 범인이면 어쩌려고 그냥 보냈다는 거요? 참 일들 하시는 거 보면. 오늘 근무팀장 누구요?"

"예, 이기성 경위님이십니다."

"지금 계시면 좀 바꿔 봐요."

"예, 잠시 기다리십시오."

"이기성입니다."

"나야, 형사계, 장."

"어, 웬일이야? 오늘 당직인가 보네."

"야, 직원들 교육 좀 잘 시켜라, 인마."

"뭐 소리야 인마, 너나 잘하지."

"야, 변사체 신고를 받고 신고자 인적 사항도 안 물어보고 보내는 게 그게 경찰관이냐? 하여튼."

"그랬어? 그럴 리가 없는데."

"됐고, 너넨 말이야, 일단 신고 못 받은 거로 해. 그러니까 직원들 내보내지 말고 있어. 내가 우리 형사들을 먼저 보낼 테니까 그 직원들이 현장을 확인한 후에 상황에 따라 알려줄 게. 무슨 말인지 알지?"

"그래도 될까?"

"너네는 신고고 뭐고 받은 게 없는 거로 하면 돼. 내가 알아서 한다니까."

"알았어, 무슨 일 있으면 나한테 빨리 좀 알려주고."

"잘 좀 해라, 인마. 간부가 됐으면 간부 노릇 좀 하고."

"너나 잘하라니까 거 말 많네. 하여튼 고마워."

"동기만 아니면 콱 그냥."

"인마, 고맙다고 했잖아. 언제 소주나 한잔하자고."

"순 말로만. 알았어, 들어가."

"그래, 수고해라."

"어이, 지금 누구 차례지?"

"예, 접니다."

"최 형사? 야, 최, 변사 사건 신고 들어 왔으니까 좀 나가봐라."

"어딘데요, 무슨 변사랍니까?"

"변사가 그냥 변사지, 무슨 변사가 어디 있어? 국회의사당 서측 강변
이란다. 익사겠지, 뭐."

"신고 어디서 들어왔는데요?"

"아, 그 자식 참 말 많네. 네가 신고가 어디서 온 게 왜 궁금해? 가
봐. 서정에 형기차 있을 거다. 운전 조심하고"

"예."

"혼자 가냐? 너 조원 어디 있어?"

"요 앞에 있어요. 가면서 데리고 갈게요."

"그래. 가자마자 현장 상황 보고부터 좀 해라. 그럴 일이 있으니까.
알았지?"

"예."

"야, 최 형사."

수첩을 들고 형사계 문을 나서던 형사가 자신을 부르는 소리에 데스
크를 돌아보았다.

이미테이션

"너 형사 몇 년 됐어?"

"예?"

"너 형사계 온 지 얼마나 됐냐고."

"삼 년이요."

"니 조원은?"

"일 년 정도 됐을 겁니다."

"이거 어떻게 초짜들끼리 조를 짜 놨어? 너 말이야, 현장에 차 가지고 들어가지 말고 일단 차는 멀리 세워 놓은 다음에 걸어가서 사체 확인하는데 말이야. 만일 외상없고 그냥 익사체 같으면 발로 슬쩍 밀어서 물로 넣어 버려."

"예?"

"그 자식 참 말 못 알아듣네."

"물로 밀어 넣다니요?"

"인마, 물에 있으면 마포 관할이 되는 거잖아, 몰라?"

"아, 예."

"그리고 거기서 나와서 공중전화로 112 신고해. 물 위에 시체가 떠 있다고 말이야."

"예, 알았어요."

형사는 밖으로 사라졌다. 데스크 장 형사는 다른 잡무로 한참 동안 바쁘게 시간을 보내다가 문득 고수부지로 보낸 최 형사가 생각이 났다. 그는 최 형사에게 전화를 했다.

"나야, 어떻게 됐어?"

"부장님 말씀대로 했는데요."

"뭐?"

"부장님 말씀대로 시체를 물로 밀어 넣고 112 신고 했다고요."

_김영복 장편소설

"뭐라고? 이 자식 지금 장난 하냐? 어떻게 된 거냐고 하잖아?"

"부장님 말씀대로 했다니까요."

"야, 너 지금 어디야?"

"서로 들어가는 중인데요. 지금 거의 다 왔어요."

"빨리 와, 내가 기다리고 있을 테니."

"……."

"어이, 김, 반장님 오시면 나 현장에 나갔다고 해."

"부장님 오늘 데스크잖아요."

"인마, 일이 생겨서 그래. 이따가 상황 보고 전화 드린다고도 하고."

"예."

"야, 별거 아니라고 해라. 괜히 걱정하실라."

"예."

장 형사가 부리나케 경찰서 마당으로 나가자 마침 형사기동대차가 경찰서 안으로 들어오는 것이 보였다. 장 형사는 얼른 다가가 그 차에 올라탔다.

"야, 현장으로 다시 출발해."

"부장님, 왜 이러세요?"

"야, 이 새끼야, 니가 형사니, 형사야?"

"무슨 말씀이신데요?"

"야, 장난 좀 쳤더니 그걸 정말로 믿고 변사체를 강으로 밀어 넣은 놈이 형사냐고?"

"부장님이 그러라고 시켰잖아요?"

"야, 최철호, 너 이 새끼 지금 나 엿 먹이려고 일부러 그러지?"

"제가 왜요?"

"그런데 지금 그게 말이 되냐고? 너 만약에 그 사실 누가 알기라도

이미테이션 495

하면 어쩔 거야? 웅, 어쩔 거냐고?"

"전 부장님이 그렇게 말씀하셔서 정말 그러라고 하신 줄 알았지요."

"야, 관두자, 관 둬. 이런 게 형사라고, 참."

"……"

"어이, 자네 말이야, 운전하면서 112 하명 되는 거 들었어?"

"어떤 거요?"

"인마, 너 지금 현장 다녀왔던 거 말이야."

"못 들은 거 같은데요."

"못 들은 거야, 안 들은 거야?"

"못 들은 거 같습니다."

"씨팔, 개나 소나 다 형사를 하니 말이야."

"……"

"너네 말이야, 조금 있다가 현장에 나가면 아무 소리 말고 가만히들 있어. 알았지?"

"예."

"야, 형사는 말이야. 좆도 애국자는 못 될지는 몰라도 말이야 기본은 해야 되는 거 아니니? 자기 관내에서 시체를 보고서 그냥 돌아오는 형사가 그게 형사야? 그게 경찰관이냐고. 거기다가 112 신고까지, 참, 야, 너네들이 신고한 거 알려지면 너넨 다 죽는 거야. 알아? 아니 어떻게 농담, 진담도 구분을 못하냐?"

"죄송합니다."

"죄송할 건 없고, 야, 우리 기본은 하자, 웅? 월급만큼은 해야 하는 거 아니니? 어떤 지구대 놈은 신고자 인적 사항도 안 물어보질 않나? 어떤 형사 놈은 112 신고를 받아야 할 놈이 자기가 신고를 하질 않나? 참 대단들 하십니다."

"죄송합니다. 부장님."

"됐어, 빨리 가기나 해. 그리고 현장 가면 둘 다 내 옆에 붙어 있어."

2

같은 날 13시 35분

"창 한경대, 수 이십팔, 동시 하령, 창열열둘." (한강경찰대, 마포경찰서 112 지령실에서 동시 지령 하달)

"여기 창 한경대." (여기 한강경찰대)

"여기 수 이십팔." (여기 마포경찰서)

"국당 서측 강한상 사변 한필 표류중, 수만리 열셋, 이구?" (국회의사당 서측 한강 위에 변사자 한구 표류 중, 즉시 출동할 것, 알았나?)

"창 한경 이구." (알았음)

"수 이십팔 이구." (알았음)

- 한강경찰대 여의도 초소

"부장님, 뭐 하세요? 112입니다. 국회의사당 아래에 변사자랍니다."

"보면 모르니? 배 닦잖아. 나와, 준비하고."

"예."

경광등을 번쩍이며 경비정이 시원스레 물살을 갈랐다.

"천천히 좀 가라. 엔진 터지겠다."

"예."

"야, 죽은 사람한테 일이 분 빨리 간다고 살리니? 익수자 구조 요청 아닐 땐 천천히 다녀."

이미테이션

"예."

금방이라도 둥그런 뚜껑이 열리고 그곳으로 '마징가제트' 로봇이 다리에서 불을 뿜으며 솟구쳐 오를 것만 같이 이상하게 생긴 국회의사당이 그들 앞에 위용을 드러냈다.

"어디래?"

"서측 고수부지 앞이라고 했으니 저쪽일 겁니다."

"야, 여기 수심 낮은 데 많다. 스크루 걸리면 큰일이니까 아주 천천히 접근해."

"예."

"부장님, 저기 저거 같은데요?"

"맞네, 가 봐, 천천히."

"여자 같은데요."

변사자는 뭍에서 불과 사오 미터 지점 되는 곳에 엎드린 자세로 긴 머리를 찰랑이며 물위에 떠 있었다. 떠 있다고는 했으나 워낙 수심이 얕아 얼굴을 거의 바닥에 대고 있는 형국이었다.

"야, 박 경장, 저기 수심 안 나오니까 직접 접근하지 말고 적당한 곳에다 배 대라. 가서 끌어내야겠다."

박 경장이 배를 접안시키자 조 경사는 배 안에 있던 허리까지 오는 고무 옷을 입고 물로 걸어 들어갔다.

"야, 박 경장, 너도 와야겠다."

"예?"

"인마, 뺀질거리지 말고 빨리 들어 와. 여기 완전 뻘이라 얼굴이 반은 묻혔잖아. 나 혼자는 못 끌어내겠어."

"예."

박 경장도 얼굴을 잔뜩 찌푸린 채 고무 옷을 입은 후 시체 곁으로 다가갔다. 이윽고 두 경찰관은 사체의 양 어깨 밑으로 각각 손을 밀어 넣고선 힘을 주어 뭍으로 끌어낸 후 바로 누운 자세로 돌려 뉘었다.

"여자 맞는데요?"

"알았어. 얼굴에 뻘이나 씻어 주자고."

"뭐 하러 그러세요? 형사들이 알아서 할 텐데."

"야, 너도 죽어 인마. 내가 맨날 이야기하잖아. 가족이려니 하고 생각하라고 말이야. 얼굴이 이게 뭐니?"

말은 그렇게 같이 하자고 했음에도 조 경사는 혼자 부풀어 있는 얼굴에 묻어 있는 개흙을 물로 다 닦아냈다. 흉측한 몰골을 드러내고 역한 냄새까지 풍기는 시체의 얼굴을 정성껏 닦아주는 조 경사의 뒷모습이 왠지 참 아름답다는 생각이 박 경장에게 들었다.

"부장님, 정말 대단하세요. 난 그런 거 도저히 못 하겠던데."

"이게 뭐? 가족이라고 생각하면 된다니까."

"하여튼 저 정말로 존경합니다, 부장님."

"애먼 소리 하고 있네. 그나저나 부근에서 죽은 게 아니네."

"예?"

"이 상처들 좀 봐. 이건 강바닥에서 긁힌 거야. 그러니까 제법 떠내려 온 거라는 소리잖아?"

"떠내려 오는데 왜 얼굴에 상처가 생겨요?"

"그러니까 이런 건 말이야, 물 위에 뜨기 전에, 즉 물에 빠져 바닥에 가라앉은 상태에서 물살 때문에 밀려 왔다는 소리지. 떠내려왔다보다는 떠밀려왔다가 더 맞겠네."

"그런데 죽은 지는 얼마 안 된 것 같은데요?"

"수온이 차가워서 부패가 안 되어서 그렇지, 얼굴도 그렇고 사후 강직도 다 풀리고 그런 거 보면 꽤 됐을 걸, 한 열흘? 엇!"

이미테이션

"왜 그러세요, 부장님."

"야, 이 아가씨 김연지 아니냐? 그런 것 같은데?"

"김연지라고요? 잠실에서 투신했는데 벌써 여기까지 왔겠어요? 부장님 말씀대로 수온이 차가워 배에 가스도 아직 안 찼는데."

"아냐, 맞는 것 같아. 아니 틀림없어. 얼굴 자세히 봐. 야, 내가 이 아가씨 찾으려고 뚝섬 정 부장님이랑 거기 수중보 밑에서 고생한 거 생각하면 참. 어이구, 혹시나 했는데 결국 죽었구나, 쯧쯧."

"전 잘 모르겠는데요?"

"야, 이십대 얼굴이잖아. 미인이었던 흔적도 좀 보이고. 그리고 이 생머리하며 덩치며 딱 맞는데 뭘 그래."

"글쎄요."

"근데 마포서 형사들은 왜 아직 안 오냐?"

"저기 오는 거 같습니다."

- 영등포 경찰서

"부장님, 경비정 벌써 와 있는데요?"

"나도 보여, 인마."

"이야, 나도 저런 배나 타고 탱자탱자 하면 좋겠다."

"어이, 최, 너 금방 야단맞고 금방 그딴 씨나락 까먹는 소리냐? 넌 인마, 저기 가려고 해도 못 가."

"왜요?"

"관 둬, 인마."

"나중에 꼭 가 봐야지."

장 형사 일행이 마침내 현장에 도착했다.

"수고하십니다."

"예, 수고 많습니다."

"영등포 장 형사입니다."

"어? 왜 영등포에서 나오셨어요? 마포 사건인데?"

"이 앞을 지나다가 변사체가 있다고 해서 내려와 본 겁니다. 어차피 여긴 다 우리 관내잖습니까? 뭐 물은 아니기는 하지만"

"아, 예."

"뭐 특별한 거 보입니까? 여자네요."

"글쎄요, 아직 옷을 안 벗겨 봐서 모르지만 다른 외상은 없어 보이네요."

"근데 얼굴에 저 상처는?"

"아, 저거요? 그건 강바닥에서 생긴 걸 겁니다."

"그나저나 고생이 많네요. 매일 이런 거 보시려면."

"뭐 우리도 죽으면 저럴 텐데요, 뭘."

"전 그래도 형사 생활 거의 삼십년인데 아직도 물에 빠진 시체는 좀 무섭더라고요."

"물 때문이지요. 얼굴이 팅팅 붇기도 하고 또 가스가 차서 부풀어 오르고 그러니까."

"저도 정말 끔찍한 시체 많이 봤거든요? 그런데 물은 참 이상하단 말이야."

그때, 하얀 가운을 걸친 사내 둘이 들것을 들고 현장으로 다가왔다. 장 형사가 날카로운 눈초리로 그들에게 물었다.

"뭐예요, 당신들?"

"변사체 있다는 소리 듣고 왔는데요."

"그러니까 어디서 왔냐고?"

조 경사가 그런 장 형사를 만류했다.

"놔두세요. 원래 이런데 귀신같이 찾아오는 친구예요. 모르세요?"

"아, 아, 그 장의사?"

"예, 맞습니다."

장 형사가 갑자기 그들을 보고 소리를 질렀다.

"어이, 당신, 이리 가까이 좀 와 봐. 당신 여기 어떻게 알고 왔어."

"놔두시라니까요."

"가만히 있어 봐요. 어이, 당신 여기 어떻게 알고 왔냐고 했잖아? 당신 영안실에다 시체 넘기고 얼마나 받아?"

그중 한 사내가 가래를 끌어올려 땅바닥에다 소리를 내어 뱉더니 주머니에서 담배를 꺼내 입에 물었다.

"씨발 놈이 어디다 대고 반말이야?"

나지막이 혼자 하는 소리였지만 들으라고 하는 것이라는 건 그곳에 있는 누구도 다 알 수 있었다.

최 형사가 나섰다.

"어이, 당신 지금 뭐라고 했어?"

"씨발, 개나 소나 어이 당신이야. 야, 너 몇 살이야? 너 형사야? 형사는 아무한테나 막 반말하고 그러니?"

"어, 이 사람 봐라."

"보긴 뭘 봐, 씨팔."

상황이 점점 꼬여 가자 잠자코 지켜보던 조 경사가 끼어들었다.

"야, 아귀."

"예, 선배님."

"너 아무데서나 꼬장 죽이려면 선배라고 부르지 마, 인마."

"제가 죄인입니까? 아, 사람 보자마자 당신, 당신 하면서 죄인 취급하는데 제가 꼬장 안 부리게 생겼습니까? 새파란 형사 새끼까지 반말 찍찍하고 말예요, 씨팔."

"야, 아귀."

"예."

"인마, 여기 계신 분 봐라. 나보다도 선배님이신 거 딱 보면 모르니? 사과 드려."

"제가 왜요?"

"아귀야."

"죄송합니다. 저도 먹고 살아보겠다고 허겁지겁 온 건데 대뜸 반말로 소리를 질러서 제가 실수를 한 모양입니다."

"어이, 나 쉰일곱이야. 아니야, 관둡시다, 관 둬."

"아귀."

"예."

"너 그냥 가야겠다."

"왜요?"

"이 시체는 네가 못 가지고 가."

"그게 무슨 말씀이에요?"

"그냥 국과수로 곧바로 갈 거야."

이번에는 장 형사가 조 경사에게 물었다.

"그게 무슨 말씀이세요?"

"이 여자 김연지 같습니다."

"누구요?"

"요새 이 나라를 발칵 뒤집어 버린 김연지 말입니다."

"그래요?"

조 경사와 박 경장을 제외한 모두의 눈이 휘둥그레졌다.

이미테이션

- 마포경찰서

"어이, 자네들, 지금 어디 있어?"

"공덕동인데요."

"그래, 하나둘 떨어졌으니까 국회의사당 서측 고수부지로 가 봐."

"뭔데요?"

"거 무전 좀 들고 다녀라, 변사체래."

"거기 영등포 관할인데 왜 우리가 갑니까?"

"야, 물 위에서 발견되었다잖아. 빨리 가."

공덕동 로터리에 있는 정보원의 복덕방에서 한담을 나누고 있던 형사는 현장으로 향하면서도 계속 투덜거렸다.

"씨팔, 누가 이 따위로 관할을 만들어 놔 가지고."

"무슨 말씀이세요, 선배님?"

"너 모르지? 물 위에 떠 있으면 무조건 강북 쪽 경찰서 관할이잖아. 저번엔 저기 안양천, 그러니까 양천인가 개봉인가 거기 관내까지 갔었잖아. 변사체가 물에서 발견됐다고 해서 말이야. 이게 얼마나 비합리적이냐?"

"그래요? 전 몰랐어요."

"너 다리는 어떻게 관할을 정하는지 알아? 그러니까 경계가 어디인 줄 아냐고?"

"다리 중간인가요?"

"아니야, 그것도 마지막 상판 그러니까 반대쪽에서 보면 첫 번째 상판이 시작되는 지점부터 강북 쪽 관할이 되는 거야, 예를 들어 지금 이 다리도 저기 저 검문소 있지, 거기까지도 다 우리 관할이라고."

"아, 그렇구나."

"선배님, 저거 영등포 형기차 아니에요?"

"맞네, 지들이 뭐 하러 왔지? 자기네 사건도 아니면서."

"뭐 큰 건 아닐까요?"

"큰 건 아니라 큰 건 할아버지라도 남의 사건에 관심 가지면 안 되지. 그건 기본이잖아."

"그냥 왔나 보지요 뭘. 저기 앰뷸런스도 있고 배도 있네요. 어? 배가 경찰 배네요?"

"몰라?"

"예. 전 처음 보는데요."

"응, 한강경찰대라고 있어. 야, 설명 복잡하다. 그냥 가자."

그렇게 조원과 함께 현장에 도착한 마포서 홍 형사는 그곳에 모여 있는 사람이 직감적으로 자신과 같은 형사임을 짐작하고 그중 나이가 많아 보이는 이에게 공손히 인사를 했다.

"수고 하십니다. 마포 홍은표 형사입니다."

"어, 어서 와요. 난 영등포 장이에요. 오늘 몇 반 근무신가?"

"예, 3반입니다."

"하성룡 반장네?"

"예."

"나 하 반장 친구요. 고생 많겠네. 그 친구 성격 만만치 않은데."

"아닙니다. 얼마나 좋으시다고요."

"늙어서 좀 말랑말랑해졌나 보네."

"저게 변사체인 모양이지요?"

"어, 우리는 요 앞을 지나다가 소식 듣고 와 봤는데 그럼 가볼게요. 하 반장한테 안부 전하고."

"예, 말씀드리겠습니다. 수고하셨습니다."

이미테이션

"잠깐만, 홍 형사라고 했던가?"

"예, 홍은표입니다."

"하성룡이네 식구니까 내 말할게요. 뭐냐 하면 말이에요. 이 변사체가 처음에는 여기 이렇게 땅에 있었던 모양이야. 그걸 운동하던 사람이 발견하고선 우리 지구대에 신고를 했대. 그런데 조수에 밀렸는지 이게 또 물로 가 버린 거라. 또 그걸 나중에 본 사람이 112로 신고를 했고. 그러니까 이게 참 관할이 모호한 거거든. 만약에 홍 형사가 못하겠다고 하면 뭐 우리가 할게. 어때요?"

"아닙니다. 저희가 이왕 나온 걸요, 뭘. 어차피 112도 저희들한테 떨어졌고요."

"그럼 오해하기 없는 겁니다."

"예, 걱정하지 마십시오, 선배님."

"걱정이 돼서가 아니라 나이 먹어서 욕먹는 게 싫어 그러지."

"알겠습니다. 선배님 말씀은 저만 들은 거로 하고 저희가 처리하겠습니다."

"하 반장이 직원 복이 있네. 그럼 우린 갑니다."

"예, 선배님."

형사들의 대화를 듣고 있던 조 경사가 나섰다.

"어이, 형사 양반, 인계 받으쇼. 우리도 가 봐야 하니까."

"예. 별 특이 사항은 없지요?"

"특이 사항? 뭐 아직 완전히 확인이 안 되어서 좀 그렇긴 하지만, 저 여자 말이에요, 김연지 같습디다. 알지요? 김연지 사건?"

"예? 그게 정말입니까?"

"글쎄 그건 그쪽에서 확인해 봐야 할 거고."

"와, 죽었네."

506

"죽긴 뭘 죽는다고 그래요? 아까 영등포 직원한테 하는 거 보니까 일도 잘 하시겠구먼. 빨리 신분증 찾아보고 지문이나 떠 보슈. 아마 정말 김연지면 장난 아닐 거요. 자 그럼 우린 마포서 홍은표 형사에게 인계했습니다. 됐죠?"

"예, 수고 많으셨습니다. 저어, 성함이?"

"나요? 조규익입니다, 조규익."

경비정이 떠났다.

"어이, 차에 가서 지문 스탬프 좀 가지고 와. 너랑 나랑 죽었다, 야."

- 수사본부

국회의사당 주변 한강에서 발견된 사체는 지문 감식 결과 역시 한강 경찰대 조규익 경사의 말대로 김연지인 것으로 확인이 되었다. 수사본부는 이제 완전히 막을 내리는구나 하는 생각으로 현장으로 가서 사체를 마포경찰서 측으로부터 인계받은 후 국립과학수사연구소로 옮겼다.

김연지는 닷새 전 자신의 애인이었던 김철민이 누웠던 바로 그 부검대 위에 뉘어졌다. 수사본부 수사관들이 지켜보는 가운데 본격 부검에 앞서 부검의들의 검안이 시작되었다. 이미 부끄러움을 잃은 연지의 몸은 환한 조명등 아래서 완전 발가벗겨진 채 자신을 둘러싸고 있는 남자들을 올려다보고 있었다. 바로 옆 냉동고 속에 누워 있는 철민은 무척 부끄러울 터였다.

"일단 체온부터 재볼까?"

부검의가 체온기를 연지의 항문에 밀어 넣었다.

"털이 별로네."

이미테이션

"예?"

"아니야."

잠시 후 부검의가 체온기를 빼서 눈금을 들여다보며 '이십일도'라고 말하자 기록지를 들고 있던 조수가 그걸 받아 적었다.

"이런 경우 차가운 물속에 계속 있었으니 체온만 가지고 사망일을 확정하기는 좀 어려울 거고, 그럼 이제 외상을 확인해 볼까?"

"얼굴에 이것들은 어떻게 생각하세요?"

"그거? 그거야 강바닥에 쓸린 거잖아?"

"흉기 같은 걸로 낸 상처는 아니지요?"

"아냐, 인위적으로는 저런 형태의 상흔이 생길 수 없어."

"사후강직이랑 사반은 없습니다."

"응, 그렇게 적어. 없어질 때가 됐잖아."

연지의 몸에서는 점점 더 심한 악취가 풍겨 나오고 있었다.

"빨리 끝내자고. 차가운 물에서 상온으로 나왔으니 부패가 급속히 진행될 거야. 뱃속 개스도 그렇고. 자 전면에는 일단 특별한 외상은 없고. 이제 돌리지."

부검의는 조수와 함께 연지를 뒤집었다.

"뒤도 깨끗하네. 사진 잘 찍고 있지?"

"예."

"그럼 개복을 할까? 정신 사나우니까 우리 경찰관들은 좀 나가 주시지. 익사, 뻔하잖아?"

그렇게 경찰관들을 내쫓은 부검의는 조수와 함께 연지를 다시 바로 누이고 메스로 연지의 배를 갈랐다.

2009년 12월 13일, 수사본부

국립과학수사연구소로부터 연지와 철민의 부검 결과가 나왔다는 연락을 받고 수사본부 김 팀장은 손 형사를 데리고 가 그것을 받아 가지고 왔다. 두 사람의 서류는 연인들답게 한 봉투 안에 담겨 있었다.

부검 결과는 모두 수사본부 측에서 예견했던 것과 일치했다. 철민은 일산화탄소 중독에 의한 사망, 연지는 익사였다. 모두 선행 사인이 어떻고, 혈액 속의 일산화탄소 농도가 어느 정도 되고, 폐에서 다량의 민물이 발견되었는데 그 안에 들어 있는 플랑크톤이 한강에 서식하는 플랑크톤과 동종이라느니 등등의 소견이 자세히 적혀 있었는데 간단히 요약하자면 연지는 한강 물에 빠져 죽은 게 맞고 철민은 연탄가스를 맡아 죽은 게 틀림없다는 소리였다.

며칠 후, 송파구 길동 소재 골프 연습장 구내식당을 하는 자로부터 김철민으로 보이는 사람이 백용호의 차에 골프채와 등산화를 옮겨 실은 것을 목격하였다는 제보가 접수되었다.

수사관들은 그와의 면담 결과 제보 내용이 사실일 것이라는 확신 하에 골프장 출입구과 주차장에 설치된 CCTV 화면을 분석해 본 바, 백용호가 동 연습장에 출입한 날 김철민 역시 연습장에 출입을 한 사실이 있으며 처음 입장 시 다른 이와는 달리 골프채 등을 들지 않고 빈손으로 들어갔고, 나갔다가 다시 들어간 후 또 나가는 장면, 거리

이미테이션

도 제법 멀고, 다른 차들에 가려 해상도가 떨어지기는 하나 주차장에서 김철민으로 추정되는 자가 백 사장 차의 트렁크를 열고 무언가를 싣는 장면 등이 담겨 있는 것으로 보아 철민이 백 사장에게 키를 받아 나와 골프채와 등산화를 옮겨 실었을 가능성이 매우 높다고 판단하였다.

드디어 수사는 같은 해 12월 23일 서울지방경찰청 공보실에서 수사본부장인 서울청 차장의 다음과 같은 수사 결과 발표 및 보도 자료를 배포하고 기자들과 간단한 질의응답을 하는 것으로 대단원의 막을 내렸다.

"09년 11월 7일 12시 00분경 서울시 송파구 삼전동 노상에서 발생한 주식회사 백가엔터의 대표 백용호 당 45세의 살해 사건을 계기로 발족한 당 수사본부는, 같은 해 9월 4일 23시 30분경, 경기도 파주시 남산면 소재 만정 저수지에서 발생한 Z-TV 대표이사 김진만 당 56세의 피살 사건, 같은 해 11월 29일 시간불상 경 발생한 배우 김연지, 본명 김민지 당 25세의 투신자살 사건, 역시 같은 해 12월 3일 시간불상경 강원도 횡성군 우천면에서 발생한 가수 김철민 당 27세의 연탄가스를 이용한 자살 사건 등 4개의 사망 사건이 모두 상호 관련이 있음을 확인하고 이를 통합 수사하였음.

이에 대한 수사 결과는 다음과 같음.

1. 위 백용호는 위의 일시 장소에서 마라톤 도중 사이클 자원봉사대원을 가장한 위 김철민이 위계로 제공한 청산가리가 함유된 생수를 받아 마시고 사망하였음.

2. 위 청산가리는 범인 김철민의 공범인 위 김연지가 인터넷을 통하여 피의자 천명진(당 30세, **구속**)에게 금 12만원을 지불하고 구입하였다

_김영복 장편소설

는 사실을 확인하였음.

3. 위 김철민은 위 일시 장소에서, 일시 장소 미상 경에, 절취한 위 백용호 소유의 아이언 골프채를 이용 그의 후두부를 가격 살해하였음.

4. 위 김철민은 위와 같은 자신의 소행을 기히 자신이 살해한 백용호의 범행으로 위장하기 위하여 범행에 사용하였던 골프채와 등산화, 백용호의 사무실 또는 차 내에서 불법 취득한 백용호의 담배꽁초 등을 일시 불상 경 백용호의 차 내에 넣어 두거나 또는 범행 당일 현장에 남겨 놓았음.

5. 위 김연지는 2006년 12월 13일 서울시 강남구 논현동에서 발생한 교통사고(사망 2명) 야기 후 도주 사건과 관련, 자신이 피의자임에도 연인 관계에 있던 사고 당시 동승자 전직 가수 윤빈(당 26세, 주거 불상)과 모의하여 동 윤빈이 사고를 야기한 것으로 위장함으로써 동 윤빈은 위 범인으로 항소심에서 징역 1년 6월 집행유예 2년을 선고받고 복역 후 출소한 바 있음.

6. 위 김연지와 김철민은 각각 자신들의 범행 사실에 대한 자책감으로 자살한 것으로 추정됨.

7. 수사본부에서는 위 사건들을 수사함에 있어 범행 동기와 목적 등에 대한 광범위하고도 다각도의 수사를 벌인 바 있으나 위의 '추정된다'는 표현에서 알 수 있듯이 일부 미진한 바가 있다고 사료되나 관련자 전원 사망함으로써 불가피한 측면이 있었음.

8. 조치

가. 김철민

김진만, 백용호 등 2명에 대한 살인 혐의로 검거 및 입건, 사망으로 인하여 공소권 없음 의견으로 송치 위계

이미테이션

나. 김연지

백용호에 대한 살인, 교통사고처리특례법상 사망 사고 야기 후 도주 혐의로 검거 및 입건, 사망으로 인하여 공소권 없음 의견으로 송치 위계

다. 윤빈

위 교통사고와 관련하여 범인 은닉 및 위계에 의한 공무집행방해로 입건. 현재 소재불상으로 미검 상태임. 기소 중지 위계

라. 000 당 00세,

위 김진만 살인 사건의 피고인으로 현재 00 교도소 복역 중, 진범 검거하였으므로 검찰에서 공소취소토록 건의.

이상입니다. 그럼 지금부터 기자 여러분과 질의, 응답 시간을 갖도록 하겠습니다. 미리 말씀드릴 것은 아시다시피 이 사건은 지난 4개월간의 수사 과정에서 기이 여러 번의 중간발표 및 보도자료 배포를 통하여 이미 많은 사실이 알려진 바 있으므로 가급적 그런 기본적인 내용에 대한 중복 질의는 삼가 주시기를 부탁드리니 양해해 주시기 바랍니다."

"동아일보 정운잔 기사입니다. 두 가지만 여쭈겠습니다. 우선 김철민이 김진만과 백용호를 살해하였다는 직접 증거가 있는지 여부, 또한 김연지가 정말로 투신자살을 한 것인지 또는 김철민이나 제삼자에 의해 살해되었을 가능성은 없는지에 대해 설명해 주셨으면 합니다."

"예, 질문하신 내용 모두 보도 자료에 첨부된 자료에 있는 것이기는 하지만 말씀드리도록 하겠습니다. 우선 김진만 건과 관련하여서는 범행에 사용된 골프채를 백용호의 차에 옮겨 실었다는 목격자의 진술과 CCTV 화면 분석 결과가 일치하는 것 외 직접증거는 없는 게 사실입니다만, 여러 정황증거를 종합 범인으로 단정케 된 겁니다. 이는 말씀

512 _김영복 장편소설

드린 대로 피의자 김철민이 사망한 관계로 직접 수사가 이루어지지 않아 그렇게 된 것입니다만 사건 송치 후 검찰에서 판단해 줄 것으로 믿습니다.

백용호와 관련하여서는 '디지털 포렌식' 방식에 의한 분석 결과, 김철민의 차에서 발견된 자전거와 헬멧이 범행 시 사진의 자전거, 헬멧과 일치, 사진 속 인물과 김철민의 체형이 일치되는 것과 연인 관계였던 김연지의 청산가리 구입 사실 등을 종합하여 판단한 것입니다만, 이것 역시 검찰의 최종 판단을 구하는 겁니다.

아울러 김연지는 송파구 잠실동 탄천교 아래에서 발견된 구두, 운전면허증, 유서와 사체 발견 장소, 그리고 부검 결과 폐에서 다량의 민물 플랑크톤이 발견된 점 등으로 미루어 위 지점에서 한강으로 투신함으로써 익사한 것이 틀림없으며 타살의 가능성은 없는 것으로 판단하였습니다."

"한국일보 송승헌 기자입니다. 가수 윤빈에 대한 질문인데요. 아까 기소 중지 처분과 수배를 하신다고 하였는데 일반 국민들이 보면 피해자이고 억울한 옥살이를 하였다고 생각할 수도 있는데 수배를 한다고 하면 잘 이해가 가지 않을 것 같습니다. 만일 그렇게 되면 본인이 나타나 억울한 것을 풀고 싶어도 어렵지 않을까 싶거든요?"

"예, 물론 그렇게 생각하시는 분들이 많을 것이라 저희도 판단합니다. 하지만 윤빈 군은 뭐 일단 조사를 해 보아야 하겠습니다만, 만일 알려진 대로 김연지가 운전을 하다 사고를 낸 게 맞는다면 사고 당사자인 김연지를 보호하기 위하여 나라의 공권력을 위계, 즉 속인 것이므로 법에 의해 이에 대한 처벌을 구하는 것은 저희 경찰의 당연한 의무입니다.

단지 기자분이 말씀하신 것처럼 정서적으로 보면 이해할 수 있는 측

이미테이션

면도 있는 것은 사실입니다만, 이건 어디까지나 법의 판단에 맡겨야 된다고 보며 따라서 윤빈 군이 조속히 자수할 것을 권유하는 바입니다."

"NBC TV 김윤아 기자입니다. 결과적으로 경찰은 윤빈의 교통사고, 김진만의 피살 사건에 있어 수사를 잘못하여 엉뚱한 사람이 형을 대신 살거나 무고한 사람이 범인으로 몰려 역시 형을 산 바 있습니다. 이에 대해 어떻게 생각하는지요?"

"그건 말씀드렸듯이 그 사고를 정밀 재조사해 보아야 하고 윤빈 군의 신병이 확보된 후 그에 대한 직접 조사도 이루어져야 최종 결론을 낼 수 있습니다. 그때 말씀드리도록 하겠습니다."

"스포츠 시티 정인경 기자입니다. 김연지와 김진만, 백용호, 김철민 등과의 관계를 두고 많은 소문이 돌고 있다는 것을 경찰도 잘 아실 것입니다. 또 그 내용과 관련하여 연예계에 대한 불신과 우려 또한 많이 증폭이 되어 있습니다. 그렇다면 이번 기회에 경찰에서 파악한 내용을 알려주서서 그런 불신과 우려 등을 불식시켜 주셔야 되는 건 아닌지요?"

"저희도 이과 관련, 많은 루머가 유통이 되고 있다는 사실을 잘 알고 있습니다만, 이 문제는 개인의 사생활과 돌아가신 분들의 명예 차원으로 이해해 주셔야 될 것 같습니다. 경찰은 사건과 직접적인 연관성이 없는 것에 대해선 관심을 두지 않는 게 방침입니다. 그럼 오늘은 여기까지만 하도록 하겠습니다. 궁금하신 것은 보도 자료를 참고해 주시고, 저희 경찰도 필요하다면 수시로 이와 같은 자리를 마련토록 하겠습니다. 그동안 장기간의 수사에 적극적으로 협조해주신 국민 여러분과 각종 언론에 다시금 감사의 말씀 올립니다. 감사합니다."

2010년 5월 5일, 윤빈

공식적으로 사건이 종결이 된 후에도 근 한 달여 동안이나 인터넷 검색창에 'ㅇ'만 쳐도 윤빈, 연지가, 'ㄱ'을 치면 김철민, 김연지가 제일 먼저 뜰 정도로 전 국민의 관심이 집중이 되던 철민과 연지 관련 일련의 사건도 늘 그렇듯 시간이 흐르자 사람들의 뇌리에서 점차 사라졌다. 같은 기간 인기 순위 최 상위권을 서로 다투던 윤빈, 연지, 철민의 노래가 들려오는 횟수도 줄어갔다.

'진짜 남자 윤빈'을 찾으려는 노력 또한 시들해졌다. 지금 당장은 목을 옥죌 정도로 괴롭고 도무지 출구가 없을 것만 같이 막막한 문제들도 시간이 지나 돌아보면 어떤 식으로든 어느새 해결이 되어 있거나 또 잊히기 마련인 것이다.

일 년 365일이 어린이 날인 나라의 '진짜 어린이 날'인 5월 5일 오후 4시경, 초유의 황사 탓으로 애꿎은 어린이들만 집에 발목이 묶여 있고, 돈과 시간이 굳은 어른들만 평소엔 업신여기던 중국과 몽골에 감사해하며 소파 위에서 달콤한 휴식을 취하고 있는, 그래도 명색이 봄날, 서울역 지하도에 두터운 겨울철 오리털 파카에다 국방색 솜바지를 입고 임꺽정과 같은 봉두난발에 거친 수염이 성기게 난 사내가 소주

이미테이션

병을 들고 나타났다.

그의 옷은 한겨울 내 단 한 번도 벗지 않고 더러운 곳을 뒹굴었던 지 기름때가 반질반질했고, 몸에서는 역겨운 냄새가 사방으로 진동을 했다. 그는 지하도 통로를 비틀거리며 걸음을 옮기다가 젊은 여자들이 마주쳐 오기라도 할 량이면 일부러 그쪽으로 다가가 이빨을 드러내며 웃는 통에 여자들은 저마다 비명을 지르며 도망을 가기에 바빴다.

이윽고 사내는 자신이 원하는 자리를 찾았는지 바닥에 자리를 잡았다. 그러고서는 바지 주머니에서 하얀 알약 한 움큼을 꺼내 입에 털어 넣더니 들고 있던 소주병을 거꾸로 들고 입으로 부어 버렸다. 술이 넘어갈 때마다 그의 울대가 오르내렸다. 그리고 그는 몸을 웅크리고 옆으로 누웠다.

옆에 빈 소주병을 세워 두고 냄새나는 몸을 지하도 하수구 위에 의지한 채 입을 반쯤 벌리고 옆으로 누운 새우등의 사내를 보며 여자들은 코를 쥐고 멀리 피했다. 나이가 제법 든 사람들은 끌끌 혀를 차며, 또 어떤 이는 그가 있는지 없는지도 모르는 듯 무심하게 곁을 지나가고 시간은 그렇게 쓸쓸히 흘러갔다.

밤 9시 경, 역시 사내와 비슷한 노숙자 풍의 남자 하나가 사내에 다가가 발로 툭툭 찼다.

"야, 이 씨발 놈, 누가 내 자리에 누우래? 야, 일어나, 이 씹 새끼야."

남자는 자기의 발길질에도 사내가 반응을 보이지 않자 그의 소주병을 들고선 남은 술을 마셔 버렸다.

"개새끼, 남겨 놓으려면 좀 많이 남기지. 일어나라니까."

발길질이 또 시작되었다. 지나가던 군인 한 명이 이를 보고 다가왔다.

"아저씨, 사람을 그렇게 발로 차면 어떻게 해요?"

"뭐야? 이 씨발 놈의 군바리 새끼가 죽으려고 환장했나?"

들고 있던 소주병을 벽에다 내리치자 병이 깨지고 이제 노숙자의 손에는 끝이 불규칙하게 깨진 소주병이 악마와 같은 입을 벌리고 있었다. 작업용 무명 장갑을 끼고 있음에도 그의 손에서 피가 흘러내리는 것이 보였다. 군인이 주춤거리며 뒤로 물러났다.

"다 나와, 이 씹 새끼들, 오늘 피 한번 보자 이거지?"

노숙자는 어느새 주변을 둘러싸고 있는 사람들을 향해 병을 든 손을 앞으로 내밀었다 당겼다 찌르는 시늉을 하며 위협을 하고 이럴 때마다 그 방향에 서 있는 사람들은 놀라 뒤로 한발씩 물러났다.

이때 누군가의 신고를 받았는지 공익 요원 두 명이 호각을 불며 뛰어왔다.

"뭐야? 당신."

"이런 공돌이 새끼들이 어따 대고 당신이래. 죽을래?"

그의 광포한 행동에 공익 요원들도 쉽사리 그를 제지하지 못하고 어쩔 줄 몰라 했다.

"니들 오늘 다 죽는다."

노숙자는 사람들이 잔뜩 겁을 먹는 것을 보고 점점 더 기세등등해졌고 반면 그럼에도 사람들이 좀체 흩어지지 않고 도리어 많아지자 당황을 했다.

이때 사람들을 헤치며 경찰관 두 명이 나타났다.

"병, 내려."

"까고 앉았네, 쫄병 새끼들이."

경찰관 중 한 명이 허리에 차고 있던 총을 꺼내 그를 향해 겨눴다.

"셋 셀 때까지 그 병 내리고 그 자리에 엎드려. 안 그러면 쏜다."

"이 씨발 놈의 짭새 새끼가 사람 겁주네. 쏴. 쏘라고 이 씹 새끼야."

이미테이션

노숙자는 여전히 깨진 병을 들고 자신에게 총을 겨눈 경찰관을 향해 한 발 더 다가섰다.

"꼴통 새끼, 쏴 보라니까."

경찰관이 도리어 한 발 뒤로 물러섰다. 그걸 본 노숙자가 갑자기 자신의 상의를 가슴께까지 끌어 올렸다. 그의 배와 가슴은 예상외로 살빛도 뽀얗고 깨끗했으나 가로로 그어진 상흔이 여러 개 보였다. 그는 날카로운 병 끝부분을 자신의 배에 대고 잔인한 미소와 함께 경찰관을 쏘아보며 서서히 옆으로 그었다. 그의 배에서 피가 배어 나왔다.

순간, 경찰관이 그의 얼굴을 향해 총을 발사했고 굉음과 함께 그는 그대로 쓰러졌다. 지하도 안에 독한 가스 냄새가 진동을 했다. 모양만 권총과 똑같았지, 가스총이었던 것이다. 노숙자는 들고 있던 병을 놓친 채 두 손으로 얼굴을 부비며 바닥에서 뒹굴고 있었다. 그래도 그의 입에서는 여전히 육두문자가 난무를 했다.

총을 발사한 경찰관이 한 발로 그의 등을 밟아 저항을 못하게 한 후 두 팔을 뒤로 모아 수갑을 채웠다. 그러자 다른 경찰관이 그의 상의를 걷어 올려 상처를 살펴보았다.

"어때?"

"뻔하지, 뭐. 괜찮아, 그냥 몇 바늘 꿰매면 될 거 같아."

"하여튼 새끼들 완전 기술자라니까. 그래도 병원엔 보내야지?"

"119 불러야지."

경찰관이 무전을 했다.

"지하도 상황 종료. 1명 부상, 119 구급차 요망. 아, 우린 안 다쳤고."

자신이 속한 관서와만 서로 통할 수 있는 무전기였든지 경찰관은 음어를 사용치 않았다.

_김영복 장편소설

"자, 괜찮습니다. 가시던 길 가세요."

"그 사람 피 많이 흘리던데 빨리 병원 보내야지."

"예, 할머니, 많이 안 다쳤어요. 저희가 병원 보낼 거니까 걱정 마세요."

"불쌍해서 어떡한대?"

"할머니, 알고 보면 저희는 더 불쌍하거든요?"

"뭐요?"

"아, 아닙니다. 농담한 겁니다."

"사람을 저 지경으로 만들어 놓고 농담이 나와?"

"죄송합니다. 할머니께서 너무 걱정하시는 것 같아서."

수갑을 찬 채 버둥거리는 노숙자를 앞에 두고 지나가던 할머니와 실없는 농담을 주고받던 경찰관이 그 할머니가 혀를 차며 지나간 후 한쪽에 쓰러져 있는 사내를 보고 말을 걸었다.

"이봐, 이봐, 일어나 봐. 어휴, 냄새."

사내는 꿈쩍도 하지 않았다. 그런 사내를 살펴보던 경찰관이 동료를 불렀다.

"어이, 이 사람 좀 이상한데?"

"뭐가요?"

"아냐, 자는 게 아닌 거 같아. 여기 입에 거품 말라붙은 것 좀 봐."

"술 취한 거 아닐까요?

"글쎄, 그래도 이 정도 깨우면 눈은 뜰 텐데. 아냐, 아무래도 좀 이상해."

"어, 정말 그러네요. 살아 있기는 하지요?"

"쌔근쌔근 아기들같이 숨 쉬고 있는 거 안 보여?"

"약물중독 아닐까요?"

이미테이션

"음, 아무래도 그런 것 같아, 119 오면 같이 보내자고."

"신분이나 확인해 보지요."

"놔 둬, 119에서 알아서 할 거야."

잠시 후 구급 대원 두 명이 환자 이송용 침대를 밀며 나타났다.

"이 사람입니까?"

"예."

"수갑은?"

"어이, 수갑 풀러 줄 테니까 난리 죽이지 말고 병원 가서 치료 받을래?"

노숙자가 고개를 끄덕이자 경찰관이 수갑을 풀러 주었다.

"조용히 가, 이 양반아. 조용히 갈 거지?"

노숙자는 그새 기가 죽었는지 배를 만지며 시무룩한 표정으로 '예' 하고 대답을 했다.

"병원 가서 며칠 푹 쉬라고."

"예."

"잠깐만요, 저기요, 저 양반 한번 봐 주시죠. 혹 약물중독 아닌가."

경찰관이 웅크리고 있는 사내를 가리켰다. 여자 구급 대원이 쪼그리고 앉아 사내의 안색을 살피고 가슴에 청진기를 대 보더니 경찰관이 아닌 동료를 향해 말했다.

"별 이상은 없는 것 같은데. 호흡도 정상이고."

다시 경찰관이 끼어들었다.

"술 취해 잠든 건 아니지 않나요? 웬만큼 깨우면 일어나야 하는데 말이죠. 입에 묻은 거품도 좀 이상하고."

"글쎄요? 그렇게도 보이네. 그럼 일단 병원으로 데리고 갈까요?"

여자 구급 대원은 여전히 동료만 상대했다.

"그러지, 뭐."

"베드가 하나밖에 없잖아요."

경찰관이 나섰다.

"이봐, 당신 걸어갈 수 있지?"

"예."

"그럼 저 사람을 태워 가면 안 될까요?"

경찰관과 구급 대원이 인상을 잔뜩 찡그리며 힘겹게 사내를 들어 침상에 눕혔다.

"와, 냄새 정말 죽이네."

2

119 구급 차량이 도착한 곳은 동대문구 용두동에 있는 서울 시립병원 응급실 앞이었다. 잠시 후, 협소한 응급실 한쪽 침상에서는 난동을 부리던 노숙자가 아프다고 소리를 지르고, 나이 든 간호사는 '이까짓 것도 못 참느냐, 금방 끝난다, 움직이지 좀 말아라, 자꾸 그러면 침대에다 묶어 놓고 하겠다.'며 노숙자의 몸을 힘주어 잡아 누르면서 같이 소리를 치는 가운데, 머리가 벗겨진 의사는 그러거나 말거나 무표정으로 그의 배에 난 상처 봉합 수술을 하는 장면이 펼쳐졌다.

다른 쪽 침상에서는 예의 그 사내를 두고 뒤늦게 나타난 젊은 의사와 간호사가 진찰을 하고 있었다. 의사는 사내의 뺨을 가볍게 몇 차례 때렸다.

"아저씨. 이봐요, 아저씨, 눈 좀 떠 봐요."

상처를 꿰매는 장면을 지켜보던 여자 구급 대원이 그곳으로 다가왔다.

아미테이션

"저희는 이만 가볼게요. 저 죄송한데요, 그 사람 혹시 신분증 있나 한번 봐 주시겠어요? 윗도리에는 없던데."

"뭐요?"

"신원을 확인해 봐야지요. 저희 일지에도 기록해 놔야 되고. 거기 바지 주머니 한번 봐 주세요."

간호사가 힘겹게 사내의 뒷주머니에서 지갑을 꺼내 구급 대원에게 건네주었다.

"여기 주민등록증 있네. 윤, 빈, 칠오공구일육, 일칠사칠이삼팔. 주소는, 어?"

"왜 그래?"

"선배님, 이 사람 그 사람 같은데요."

"누구?"

"왜 있잖아요, 없어졌다는 가수 윤빈. 아닌가?"

여자 구급 대원은 일지에다 사내의 주소를 옮겨 적다 말고 계속 고개를 갸우뚱거렸다.

"맞는 것도 같고. 에이, 모르겠다."

적을 걸 다 적었는지 구급 대원은 지갑을 사내의 윗도리가 담겨 있는 침상 밑의 바구니에 넣었다.

"저희는 가보겠습니다. 수고하세요. 지갑은 여기 넣어 놨거든요?"

"예, 수고하셨습니다."

간호사가 환한 미소를 지으며 구급 대원들에게 화답을 했다. 여자 구급 대원은 잠시 망설이는 표정을 짓다가 간호사에게 말을 건넸다.

"저기요, 그 사람 어떤 것 같아요?"

"글쎄요, 혹시 수면제 같은 것 먹은 게 아닌가 싶거든요. 다른 데는 별 이상 없어 보여요."

"그럼?"

의사가 나섰다.

"일단 위세척을 해 봅시다, 혹시 모르니까."

"근데요, 제가 그 사람 신분증을 봤거든요."

"그런데요?"

"이름이 윤빈이더라고요. 윤, 빈, 아세요? 가수 윤빈이요."

"한참 시끄럽게 만들었던 그 윤빈 말입니까?"

"글쎄요, 그 윤빈인지 확실히는 모르겠는데요, 그런데 나이도 비슷하고 얼굴도 가만히 보면 비슷한 것도 같고."

"어, 진짜 그럴 수도 있겠네. 만일 그렇다면 이거 대박인데. 아니 쪽박인가? 뭐 어쨌거나 세척이나 들어갑시다."

젊은 의사와 간호사는 다시 분주히 움직였다. 구급 대원들은 구급차가 세워져 있는 응급실 밖으로 나왔다.

"또 담배. 선배님, 한번 확인해 볼까요?"

"참, 내가 담배 한 갑이라도 사 주면서 그러면 말을 안 해요. 이건 마누라보다 잔소리가 더 심하다니까. 그런데 뭐라고?"

"차에서 냄새나니까 그렇죠."

"뭐라고 했냐니까?"

"저 사람 말이에요. 윤빈인지 아닌지 확인 한번 해보자고요."

"글쎄."

"그럼 잠깐만 계셔 봐요. 제가 전화 한번 해 볼게요."

"어디다가?"

"그럴 만한 데 있어요."

"그 친구한테 하려고 그러는구나?"

"여보세요, 김 소방장님, 신경 끄시고요, 가만히 기다리세요. 제발

이미테이션   523

요. 예?"

여자 구급 대원이 핸드폰으로 어딘가에 전화를 했다.

- "저예요. 쓸데없는 소리 좀 그만하라니까. 지금 근무 중이거든요. 이건 업무 전화란 말이에요."

- "어디 계세요?"

- "순찰차? 저기 그 차 안에서도 사람 확인할 수 있지요?"

- "아니 우리가 지금 행려자 한 명을 병원에 데리고 왔는데 좀 이상해서요. 이름이랑 주민등록번호 불러 주면 이 사람 어떤 사람인지 다 나오지요?"

- "여보세요, 됐거든요. 부를까요?"

- "윤, 빈, 칠오공구일육, 일칠사칠이삼팔."

- "그렇지요? 맞지요?"

- "여기요? 여기 동대문인데? 용두동 시립병원이요."

- "오신다고요? 여기 가까운 파출소에서 오면 되지, 왜 거기서 와요?"

- "알았어요. 지금 잠들어 있어서 도망은 못가요. 빨리 안 오면 나 먼저 갈 거거든요."

- "또, 또 그런다. 하여튼 알았어요."

"선배님, 제 말이 맞잖아요. 저 사람 그 윤빈이 맞대요."

"이야, 잘 나가던 친구가 어떻게 저렇게 됐지?"

"그럴 수도 있는 거지요. 우리도 언제 어떻게 될지 모르는데."

"그래, 소방관 철학자 한 분 나셨네. 아까 그 사람이랑 결혼할 거야?"

"관심 끄시라니까요."

"축의금 때문에 그렇지. 내 돈은 안 받을 거야? 그러니 관심 쏟지."

"염려마세요, 안부를 거니까."

"계좌번호만 가르쳐 주려고?"

"여보세요."

"그런데 우리는 서로 들어가 봐야지."

"조금만 기다려 보세요. 서울역에서 여기 십 분이면 오잖아요."

"얼굴보고 가려고? 이제 조금만 있으면 아주 지긋지긋하게 볼 텐데?"

"선배님, 오늘 저녁 뭐 드셨어요?"

"뭘 먹긴, 아까 구내식당에서 같이 먹었잖아."

"멀쩡한 음식 드시고 왜 자꾸 객쩍은 소리를 한대요?"

그때 사내를 진찰하던 의사가 밖으로 나왔다.

"아직 안 가셨네요?"

"그 사람 어때요?"

"수면제 먹은 게 맞아요. 지금 세척 다 하고 링거 꽂아놨으니까 조금 있으면 잠도 깰 거예요. 다른 데는 뭐 이상이 없어 보이던데요."

"그 사람 맞대요."

"뭐가요?"

"윤빈, 가수 윤빈이요."

"그래요? 우와."

"조금 있으면 경찰들 올 거예요."

"왜요?"

"그 사람 수배되어 있잖아요."

"수배요? 왜요?"

"그 사건 모르세요? 자기가 운전도 안 하고 운전을 했다고 그러고 여자 대신 감옥까지 갔다 온 사건."

"그거야 들었지요, 근데 왜 수배가 되어있는데요?"

"그것도 공무집행방해잖아요, 엉뚱한 사람을 감옥에 넣게 만들었으니까."

"그럼 감옥까지 갔다 온 사람을 또 처벌하는 거잖아요."

"어쨌든 그게 법이라잖아요."

이때 경찰 순찰차 한 대가 경광등을 번쩍이며 병원으로 들어섰다.

"벌써 왔네."

"좋겠다."

"선배님."

젊은 경찰관 둘이 순찰차에서 내리더니 그들에게 다가왔다. 그들의 얼굴은 무척이나 상기되어 있었다.

"오셨어요?"

"응, 자기야, 그 친구 어디 있어?"

"왜 사람들 앞에서 반말이래? 근무 중이라니까."

"아, 알았어, 저기, 의사 선생님이십니까?"

"예."

"지금 응급실에 있나요?"

"예."

"같이 가보시죠, 상태는 어떻습니까."

"괜찮아요, 수면제 조금 먹은 것뿐이에요."

잠시 후 그들은 사내가 누워 있는 침상에 둘러섰다.

"괜찮은 거죠?"

"예, 아마 조금 있으면 깨어날 겁니다."

"자기야, 아까 불러 준 그 신분증 어디 있어?"

"여기 있거든요. 자꾸 반말 할 거예요?"

"예, 예, 죄송하게 됐습니다. 오은미 소방사님, 됐습니까?"

"능글맞기는."

그러나 여자 구급 대원은 전혀 싫은 기색이 아니었다.

"선생님, 이 친구 괜찮으면 병실로 옮깁시다. 혹시 일 인실 빈 곳 있습니까?"

"일 인실은 왜요? 괜찮다니까."

"아마 조금 있으면 이 병원 난리날 겁니다. 경찰에, 기자에 막 들이닥칠 거니까 아무래도 여기 응급실보다는 병실이 낫지요. 저희도 통제하기 편하고요. 아마 선생님도 매스컴께나 타실 걸요?"

간호사가 참견을 하며 나섰다.

"정 선생님, 미리 싸인 하나 해주세요. 그리고 스타 되었다고 사람 변하면 안 되는 거 알지요?"

"스타 같은 소리 말고, 일인 실 있어요?"

"일인 실이라고 해봤자 그 방 하나잖아요. 지금 비어 있을 거고."

"괜찮을까?"

"뭐가요?"

"그 방 말이에요."

"뭐 어때서요. 다 똑같은 방인데."

"그래도."

두 사람의 대화를 듣고 있던 경찰관이 끼어들었다.

"병실에 무슨 문제가 있습니까?"

"그게 아니고요, 그 방은 임종하시는 분이 들어가는 곳이거든요. 조용히 가시게 만들려고 말이에요."

"그래요? 그게 뭐 어떻습니까? 거기로 옮기죠."

그들은 사내를 엘리베이터에 태웠다. 간호사가 '3'을 눌렀다.

"3층인가 보지요? 잘 됐네, 감시하기도 좋고. 야, 그나저나 천하의 윤빈 얼굴이 어쩌다 이렇게 됐냐?"

그때서야 사람들은 사내의 얼굴을 찬찬히 내려다보았다.

그때, 사내가 눈을 떴다. 엘리베이터 문이 열리자 밖으로부터 요란한 사이렌 소리가 들려 왔다.

3

가수 윤빈이 행려병자가 되어 초라한 시립병원 응급실에서 발견되었다는 소식은 또 한 번 전국을 강타했다. 서서히 잊혀 가던 그가 세상을 또 휘어잡은 것이다. 그는 파란색 환자복을 입은 영웅으로 이 세상에 재림했다.

시립병원이 생긴 이래 이렇듯 많은 기자와 사람들이 몰려 든 것은 당연히 처음이었다. 윤빈을 치료한 의사는 병원으로부터 새 가운을 받았다. 그는 얼굴로 쏟아지는 불빛에 눈부셔하며 똑같은 말을 수십 차례 반복을 했고 눈 밝게 윤빈을 알아본 소방관, 경찰관들 모두 몇 번이나 TV에 얼굴을 팔아야 했다.

아무리 사소한 것이라도 윤빈과 관련된 것이라면 모두 뉴스로 탈바꿈을 했다. 여태 다 그러려니 하며 지내왔던 시립병원의 낙후된 시설까지도 심각하게 거론이 될 정도였다. 몇 곡 되지도 않는 윤빈의 모든 노래가 다시 가요 차트 맨 꼭대기 부분을 점령해 버렸다.

기자들은 연인을 위해 모든 것을 버리고 감옥행을 택한, 나아가 그녀를 따르기 위해 수면제를 먹어야 했던 위대한 순애보를, 교도소에서 나온 후 거리를 떠돌다 비참한 행려병자가 되어 버린 처절한 역정을, 자기들 멋대로 한껏 창조해 놓고서는 펜을 마구 휘두르고, 컴퓨터 자판을 마구 두드렸다.

사실 윤빈의 몸은 멀쩡했다. 하지만 의사들도 그 흥분하고 열광하는 대중 앞에서 그가 아무 이상 없이 건강한 사람이라는 말은 하지 못했다. 사람들은 그런 말 따위는 들으려고 하지도 않았다. 그들의 귀에는 '행려 환자' '수면제' '서울역 지하도' 이런 것들이 아니면 절대 담기지 않았다.

친절한 경찰이 그의 병실에 나타나 아주 친절히 피의자 신분인 윤빈에 대한 조사를 끝내고 갔다. 윤빈은 그에게 사건 당일 연지가 운전을 했던 사실, 사람을 치고선 자신의 만류에도 불구하고 도주를 하다가 주차되어 있는 다른 차를 충돌하고서야 멈춘 사실, 그녀를 차에서 내려 도주케 하고 자신이 운전석으로 옮겨 앉은 사실 등등을 담담하고 차분하게 진술했다.

경찰은 그를 범인 은익 및 위계에 의한 공무집행 방해죄로 불구속 입건한 후 '기소' 의견으로 검찰에 송치를 했고, 검찰은 신속히 그에게 벌금 50만 원의 약식 기소 명령을 내렸다.

검사는 그런 처분을 함으로써 인정머리 없는 사람으로 보이는 자신의 위치가 싫었다. 정당한 처분을 하는 것임에도 불구하고 자기가 왜 기자들에게 마치 용서를 구하는 듯 하는 말투로 인터뷰에 응해야 하는지 이해하기 어려웠다.

그렇게 엉뚱한 사람들만 숨이 가쁘고, 당사자는 내심 유유자적하던 날들이 지나가고 처음 병원으로 온 날부터 보름 째 되는 날, 윤빈은 개선장군이 되어 퇴원을 했다. 그는 연예계로의 복귀를 선언하고 앞으로 '명 기획'에서 활동을 하겠다고 했다. 사람들은 가수보다는 주로 개그맨들을 데리고 있는 군소 기획사, 그것도 자신의 연인이었던 연지의 또 다른 남자 김철민이 속해 있던 회사를 택한 사실에 의아해했다.

이미테이션

윤빈은 그 이유를 설명치 않았다. 하지만 제일 의아해한 사람은 그 누구보다 명정남이었다. 윤빈이 전화를 걸어와 그 회사 소속으로 일하고 싶다고 했을 때 정남은 좋아하지도 못했다. 그냥 이해가 안 갔을 뿐이다. 하지만 그 이유가 어디에 있건 정남이 마다할 일이 아니었다.

윤빈은 온갖 소설이 난무함에도 자신의 행적에 대해 별 말이 없었다. 한때 호스트바에 근무한 게 사실이냐고 물었던 기자에게도 부인도 시인도 하지 않았다.

그는 지나간 일은 생각하고 싶지 않다고 했다. 미래만 보고 싶다고 했다. 아주 창창한 미래였다.

2010년 10월 어느 날 오후, 김 형사

1

골덴 바지에 철 이른 사파리를 입은 중년의 사내가 잘 나가는 회사명 기획으로 와 진짜 잘 나가는 가수 윤빈을 찾았다. 그는 자신이 마포경찰서에 근무하는 형사라고 하며 정남에게 명함을 내밀었다.

공무원답게 촌스런 명함에는 '마포경찰서 수사2계 경사 김용진'이라 쓰여 있었다. 어쨌든 형사는 형사인지라 정남은 그를 그냥 돌려 세우지 않고 응접실로 불러들여 그에게 차를 대접했다. 윤빈은 그 시간 방송국에 있었다.

"수사2계가 뭐하는 데지요?"

"뭐 부도수표 같은 거 조사하고 그러는 곳입니다. 옛날에는 경제계라 했지요."

"그런데 무슨 일로?"

"윤빈이에게 몇 가지 물어 볼 게 있어 왔습니다."

"지금 회사에 없습니다만, 죄송한데 무슨 일이신지? 제가 데리고 있는 친구니까 저도 알아야 하거든요."

"당연하지요, 제가 그 친구 교통사고를 조사했습니다. 옛날에."

정남이 다시 그의 명함을 들여다봤다.

아미테이션

"수사계라 하시지 않았나요?"

"아, 그거요? 전에는 교통사고조사계에 있었거든요."

"아, 그러셨구나, 그런데요?"

"윤빈이 그 친구에게 제 이야기하면 알 겁니다. 뭐 특별한 건 아니니까 걱정 안 하셔도 되고요."

"지금 방송국에 있거든요. 그럼 오늘은 그냥 돌아가시고 제가 그 친구에게 말을 해서 나중에 연락을 드리도록 하는 것으로 하지요."

"지금 전화 한번 넣어 봐 주시지요."

"지금요? 방송국에 있다니까."

"그냥 전화만 한번 해 봐 주셨으면 좋겠습니다."

정남은 그가 만만히 물러날 사람이 아니라는 걸 눈치 챘다. 고름이 굳는다고 살이 되지는 않는 법, 만약 해결해야 할 게 있으면 빨리 해 버리는 게 나을 듯 했다.

"밖에 누구 있니?"

"예, 사장님."

형석이 문을 열고 들어왔다. 정남이 그에게 김 형사의 명함을 주면서 말했다.

"그래, 윤빈이한테 전화 넣어서 이런 분이 찾아 오셨다고 전해. 전화 받을 수 있을지는 모르지만."

형석은 정남의 얼굴을 보고 자신이 어떻게 해야 하는 줄 알았다. 방문객이 못 듣는 곳에서 대충 매니저랑 통화하고선 정남에겐 '녹화중이라 전화 못 받는다는데요? 말도 못 전하고요.'고 말하면 될 터였다.

전화는 역시 매니저가 받았다.

"나다, 어디냐?"

"예, 지금 회사 들어가는 중인데요, 원효대교 막 건넜어요."

"그래? 윤빈이 바꿀 수 있지?"

"예, 잠깐만 기다리세요."

윤빈이 전화기에 나타났다.

"응, 나야, 너 혹시 마포경찰서 김용진이란 사람 아니?"

"누구라고요?"

"김용진, 형사라고 하던데?"

"김용진? 아, 예, 압니다."

"너 무슨 일 있냐?"

"없는데요."

"지금 그 사람이 너 찾아 왔거든. 사장님이랑 같이 계셔. 만나야 되는 거니?"

"예, 제가 가서 만날게요. 죄송하지만 선배님께서 조금만 기다려 달라고 전해주세요."

"나쁜 일은 아니지?"

"아니에요. 옛날에 저 사고 조사한 분이거든요. 괜찮아요."

"그래? 알았다, 어디냐?"

"남영역 지나고 있습니다."

"그럼 금방 오겠네. 알았어, 조심해서 와. 과속하지 말라고 전하고."

"예."

"사장님, 윤빈이 금방 도착한답니다."

정남은 그의 말을 알아들었다. 윤빈이 이 낯선 방문객을 만나겠다고 하는 소리였다.

"잘 됐네요. 마침 윤빈이 회사로 오는 중이랍니다. 잠깐만 더 기다리시면 될 겁니다."

"아, 예, 감사합니다. 사장님 죄송한데 어디 담배 한대 피울만한 데

이미테이션   533

없을까요?"

"여기서 피우시면 됩니다. 재떨이 갖다 드릴게요."

"아, 아닙니다."

"저희 직원들은 옥상 가서 피우는데."

"그렇습니까? 그럼 윤빈이 오면 제가 옥상에서 기다린다고 좀 해 주실래요?"

"그럴까요? 저 그런데 윤빈이 말입니다. 다른 스케줄이 또 있어서."

"예, 오래 안 걸릴 겁니다."

"저기 저 계단으로 두 층만 올라가면 옥상입니다."

"예, 감사합니다. 아참, 죄송한데 그 친구가 옥상으로 올라오면 다른 사람들 좀 못 올라오게 할 수 있을까요?"

"그렇게 할게요."

그가 계단으로 올라가자 얼마 지나지 않아 윤빈이 나타났다.

"형석이한테 이름 들었지? 너 교통사고 조사했었다던데?"

"예, 맞습니다."

"그 사고 다 종결되었잖아?"

"예. 별일 아닐 겁니다. 제가 전에 신세 좀 졌거든요."

"그래? 그럼 봉투 하나 준비해 줄까?"

"아니에요. 그런 거 받고 그럴 분 아닙니다."

"알았어. 하여튼 잘해라. 경찰들 알지?"

"예, 저 가 보겠습니다."

윤빈도 계단으로 사라졌다.

2

김 형사는 옥상 구석에 놓인 의자에 앉아 담배를 피우고 있었다.

"안녕하셨어요? 오랜만에 뵙네요."

"어, 윤빈, 어서 와. 정말 오랜만이다. 그렇지?"

"하나도 안 늙으셨네요?"

"나? 인마, 아직 나이가 있잖아? 너도 얼굴 좋네. 요새 바쁘지?"

"예, 조금."

"그래, 바쁠 때가 좋지."

"어쩐 일이세요?"

"어쩐 일? 인마, 당연히 나쁜 일이지 뭔 어쩐 일. 경찰이 좋은 일로 나타나는 것 봤어? 너 담배 피냐?"

"예, 가끔."

"그래? 그럼 이리 와 앉아."

윤빈이 그의 곁에 앉았다.

"윤빈이, 너 요새 돈 잘 벌지?"

"예?"

"인마, 내가 너 때문에 돈 좀 깨졌잖아."

"왜요?"

"너 정직이란 거 모르지? 징계."

"예."

"자식, 그런 게 있어. 야, 김철민이."

"예?"

"대답 안 하니? 김철민."

"무슨 소리 하시는 거예요?"

"괜찮아, 인마, 난 다 알아. 자식, 놀라지도 않네. 하여튼 대단한 놈이라니까."

윤빈이 자리에서 벌떡 일어났다.

"앉아, 행려병자 할 때처럼 연극하지 말고."

"……."

"자식, 앉으라니까."

윤빈이 다시 자리에 앉았다.

"너 내가 어떻게 알았는지 모르지?"

김 형사는 싱글싱글 웃고 있었다.

"말해 줄까? 궁금하지."

"이상한 말씀 자꾸 하시면 저 내려가겠습니다."

"그만 해라, 인마. 선수끼리 왜 그래?"

"……."

"말해 줄까? 말까?"

"……."

"말한다?"

"……."

"내가 말이야, 너 때문에 하여튼 온갖 개망신 다 당하고 징계까지 먹고서 집에서 좀 놀았잖아. 담배 피울래?"

"예."

"그래, 이거 펴."

김 형사는 다시 새 담배를 입에 물고 윤빈에게도 불을 붙여 주었다.

"윤빈이."

"예."

"거 억지로 이상한 표정 짓지 말고 편하게 들어 봐. 너도 재미있을

_김영복 장편소설

거야. 어디부터 할까? 그래, 내가 말이야, 그렇게 집에서 놀고 있으려니까 속이 뒤집어 지더라고. 서류도 그렇고 기억도 그렇고 아무리 들쳐 봐도 내 조사가 잘못된 게 없었거든. 그런데 이 새끼들이 완전 분위기를 타가지고 나를 무조건 엉터리로 조사한 것처럼 몰아붙이잖아. 지들이 그래봤자 운전을 했다는 년은 죽어 없고, 대신 감방에 갔다는 놈은 행불이고 그러니 재조사 아니라 재조사 할아버지를 한들 뭔 증거가 나오겠냐고. 근본적으로 조사가 잘못된 게 없는데 두 연놈이 있다고 해도 바뀔 것도 없겠지만 말이야. 그랬더니 이 새끼들이 결론을 못 내리고 질질 끌더니만 네가 나타나서 '나는 솔직히 운전을 안했습니다.' 하고 진술을 한 이후에는 아예 결론을 내려 버리더구만. 그래서 마음대로 하라고 했지. 솔직히 그때만 해도 나도 슬슬 헷갈리기 시작했었으니까 말이야. 너 그때 허탐기, 거짓말 탐지기 말이야. 그것도 했지? 자식, 정말 대단한 놈이라니까. 뭐 그건 그렇고, 하여튼 말이야. 졸지에 시간이 많이 남으니까 왜 그렇게 궁금해지는 게 많던지. 그래 하나씩 살펴보기로 했잖아. 야, 재 떨어진다, 인마."

윤빈이 새 담배로 갈아 물었다.

"제일 먼저 생각난 게 백 사장이더라고, 너 원래 사장 말이야. 너 네 사무실이 마포에 있었잖아? 우리 관내, 니 사건 조사하다가 백 사장 그 친구 알게 돼서 좀 친하게 지냈거든. 용돈도 가끔 타 쓰고. 하여튼 그 백 사장이 죽기 전에 나한테 그런 적이 있었어. 자기가 아무리 봐도 김철민인가 하는 놈이 윤빈인 거 같다고 하면서 조사 좀 해 봐 달라고 하더라고. 뭐 그때는 이 인간이 또 무슨 미친 소리를 하나 하면서 들은 체도 안하고 그냥 넘겼지. 그런데 놀 때 갑자기 그 일이 생각이 나더라고. 백 사장 그 약은 인간이 그런 말을 했다는 건 분명 자기나름 뭔가 이유가 있을 거라는 생각이 들기 시작하는 거 있지? 어때?

이미테이션

재미있지?"

"……."

"더 들어 봐. 아직 재미난 거 무지 남았거든. 그래 백 사장 말대로 만약 김철민이 윤빈이라면 어떨까 하고 생각해 보니까 답이 조금씩 나오는 거야. 연예계 맛을 한번 본 놈이 뭐 할 거 있겠어. 다시 기웃거리는 거지 뭘. 그런데 윤빈이 같은 경우 누가 받아주겠냐 말이지? 사람을 둘이나 죽여 놓고 그것도 뻔뻔스럽게 도망을 갔다가 감옥에 들어갔다 나온 놈을 말이야. 그러니까 얼굴을 조금 뜯어 고치고 다른 사람인 척하면서 나오는 거지, 뭐. 신분도 슬쩍 바꾸고. 그런데 문제는 그렇다고 아주 뛰어난 재주가 있는 것도 아닌 놈에게 누가 눈길이나 주겠냐 말이지. 뭐 윤빈이 너야, 거, 뭐더라 '어스타이즈본?' 하여튼 그런 데서 상이라도 타고 그랬으니까 해먹을 수 있었지만 누가 '나 오늘부터 가수하렵니다.' 하면 가수가 되는 게 아니잖아. 씨팔, 물이라도 한 잔 가지고 올 걸. 넌 목 안 마르냐?"

"계속하세요."

"그래? 자식, 이제 들을 자세가 되었다 이거지? 알았어, 할게. 그러니까 머리 좋은 우리 윤빈이께서 머리를 굴린 거지. 가짜 윤빈이가 되기로 말이야. 정말 머리 죽이지 않냐? 진짜가 가짜 행세를 하겠다는 생각을 해낸 게 말이야. 하여튼 암만 봐도 넌 대단한 놈이야. 진짜는 감옥엘 갔다가 없어졌는데 완전 똑같아 보이는 가짜가 나왔으니 사람들이 주목을 한 건 당연한 거지. 결국 가수가 되는 데는 성공을 했다 이 말이야. 그런데 말이야, 사람의 욕심은 한이 없는 것이거든? 짝퉁 노릇 해봤자 결국 짝퉁으로 끝나는 거 아니겠어? 그래 넌 다시 진짜 윤빈으로 돌아오고 싶었어. 물론 김연지인가 그 아가씨도 다시 찾고 싶었을 거고. 그래 방법을 찾아 봤겠지. 그런데 만만치 않지?"

"……."

"대답하기 싫구나? 인마, 그냥 듣기만 하면 말하는 사람이 재미없어 지잖아? 장단 좀 맞춰 줘야지. 그리고 넌 말이야, 복수도 하고 싶었던 거야. 백 사장, 그 인간 말이야, 이 인간이 영화를 망해서 열 받은 판에 또 돈도 물론 없긴 했지만, 하여튼 네가 말도 안 되는 사고를 쳤잖아? 이게 가만히 생각해 보니까 넌 어차피 다시는 써먹을 수가 없게 된 거지. 그래서 냉정하게 너랑 인연을 끊었잖아. 변호사를 대줬나, 합의금을 내줬나, 그렇다고 면회를 가 본 것도 아니고. 넌 분명히 감방에서 이를 갈았겠지. 뭐 나 같아도 그랬을 거야. 그 인간이 좀 그런 면이 있더라고. 하여튼 욕심이 과하면 화를 당한다니까. 자, 그러니까 넌 이제 다시 윤빈으로 그것도 살인을 하고 뺑소니를 한 나쁜 놈이 아닌, 그래서 사람들한테 박수를 받으면서 윤빈으로 돌아오기도 해야 하고, 또 백 사장한테 복수도 해야 하고, 뭐 일이 만만치 않게 된 거야. 다행히 명 사장, 지금 사장 말이야. 명 사장이 너를 좀 띄어주는 바람에 인기도 좀 생기고 김연지인가 하는 그 아가씨도 다시 만났단 말이야. 그런데 알고 보니 옛날의 그 김연지가 이미 아니었거든? 김 뭐시기인가 하는 놈이랑 붙어 먹어버린 거지. 출세를 위해서 말이야."

"붙어먹다니 말 좀 조심해서 하세요."

"우와, 윤빈이, 너, 나는 겁주지 마라. 나 마누라에다 대학 보내는 애들이 둘이나 있다. 어쨌거나 넌 그렇게 맛이 가버린 그 아가씨를 보면서 드디어 방법을 찾아냈어. 백 사장에게 복수도 하고, 김연지 그 아가씨를 그렇게 만든 놈도 처단해 버리고, 어차피 더럽혀질 대로 더럽혀져 다시 정을 줄 수도 없게 된 김연지를 이용해서 네가 진짜 윤빈이 되는 법을 말이야. 어때? 나도 머리 쓸 만하지?"

형석이 옥상 문을 열고 나타났다.

"윤빈이, 스케줄 가야지?"

"예, 곧 끝납니다. 내려갈게요."

"저기요, 걔가 지금 시간이 없거든요."

"앞으론 시간이 많아질 거요. 내려가소, 곧 내려 갈 테니까."

"부탁드립니다."

형석이 다시 문을 닫고 사라졌다.

"시간 없다니까 빨리 끝내지. 자 내 말 들으니까 어떤 생각이 드니?"

"소설 잘 쓰셨는데 과연 누가 그걸 믿을까요? 그냥 김 형사님 생각뿐이지."

"소설? 맞아, 정말 소설 같기는 하다. 그렇지? 그런데 들어보면 소설이 아니란 걸 알 거야. 하여튼 그런 식으로 생각하니까 딱딱 맞아 떨어지더라고. 그런데 문제는 그럼 죽은 김철민이가 과연 누구냐, 이거지. 도대체 누구기에 너한테 주민등록증 같은 걸 다 맡겨놓았을까? 분명히 제일 나중에 죽은 걸 보면 네가 이미 죽이고서 그 친구로 신분을 위장한 것도 아닐 테고 말이야. 야, 인마, 나 머리 아파 죽는 줄 알았잖아? 네 말대로 뭔 증거가 있어야 소설로 안 끝날 텐데 그게 어디 있어야지. 내가 그 친구 나온 고등학교엘 다 가보고 고아원에도 가 봤었잖아? 그런데 친구란 놈들이 사진을 보여줘도 긴가민가하더라고. 그 사진이야 뭐 어차피 니 사진이니까 그놈들이 딱 보고서 '이거 김철민 아닙니다.' 그러면 좋을 텐데 잘 모르겠다는 거 있지? 내가 인터넷에 올라온 김철민이 사진도 봤거든. 솔직히 나도 잘 모르겠더라니까? 그러니까 기본이 너랑 워낙 비슷해놔서 성형수술이라도 받았다면 충분히 네 얼굴같이 될 수 있다 이거지. 야, 이야기하는 게 이렇게 힘든지 몰랐다, 야."

"……."

_김영복 장편소설

"뭐 그래도 어찌어찌해서 김철민이 주민등록번호를 알았잖니? 아는 은행에 가서 거래내역을 뽑아봤지. 보니까 이백만 원씩 돈이 두 번인가 빠져 나간 게 있더라고. 고아라서 가족도 없는 놈이. 세간도 다 회사에서 사 줬겠다, 옷도 사 주겠다, 그렇다고 김연지에게 보낸 것도 아니고, 좀 이상하더라니까? 그래 예금주를 확인해 봤잖아. 자 내가 이제 어디를 갔다 왔는지 알겠지? 대답 안 하니까 내 입으로 말할게. 평창에 있는 무량사. 어때? 좀 재미있어졌니? 그만할까?"

"아니에요. 재미있어지는 거 맞네요. 계속 해 보세요."

"그럼, 인마, 진즉에 그렇게 나왔어야지. 그 노인네 중, 아주 말이 많더라고, 음식도 잘하고. 뭐 어쨌거나 난 말이야, 거기서 진짜 김철민이가 요양인지 치료인지 했다는 걸 알았어. 가짜 김철민이가 데려갔다는 것도. 그리고 다음 날인가 아님 그 다음 날인가 진짜 김철민이가 죽었지. 연탄가스를 맡고 말이야. 멀리 가지도 못했더라고. 내가 또 거기까지 가 봤잖아? 출동했던 경찰관도 만나 보고. 그 친구가 하는 말이 얼굴이 퉁퉁 부어오르고 뭐 하여튼 좀 징그러웠다고 하더라고. 그러니까 그 얼굴만 봐 가지고서는 솔직히 가족이 와도 잘 몰라볼 거라고 하면서 말이야. 그런 판에 명 사장, 저 딴따라만 하던 양반이 와서 알아보겠어? 그냥 주민등록증도 있겠다, 자기가 사준 차에 타고 있었겠다, 자기 앞으로 유서도 남겨 놓았겠다, 뭐 이러니까 당연히 김철민 즉 네가 맞는 걸로 생각했겠지. 안 그래?

아직도 많이 남았어. 내가 뭘 또 했냐면 말이지, 가만 생각해보면 난 천생 형사라니까. 하여튼 내가 뭘 했냐면 가짜 김철민이 진짜 김철민을 연탄가스 자살로 위장하여 살해한 거라면 분명 현장에 같이 있었을 거라는 생각이 들더라고. 뭐 진짜야 겉으로 보기엔 멀쩡하지만 바보가 돼서 제대로 걷지도 못했다고 하는데 그 친구가 운전을 해서

이미테이션

거기까지 갈 리도 없을 거고. 그러니까 결론은 같이 간 거다 이거지. 내가 말이야 송파에 수사본부에 있는 후배한테 부검 결과서 좀 보여 달라고 했거든. 뭘 봤는지 알아? 위의 내용물이잖아. 거기 보니까 소고기가 반쯤 소화된 상태로 남아 있다고 해 놓은 거 있지?

그럼 뻔한 거잖아. 죽기 얼마 전 소고기를 먹었다면 현장에서 멀지 않은 횡성읍에서 먹은 거지, 뭘. 원래 소고기하면 횡성이잖아? 뭐 그렇다고 진짜가 그 몸 상태에서 혼자 식당엘 갔을 리는 만무하고, 그렇다면 분명 횡성에서 진짜랑 가짜랑 같이 먹었다는 소리지.

내가 말이야, 횡성읍에 있는 소고기 집을 쫙 훑었잖아, 쫙. 솔직히 쫙, 이랄 것도 없어. 여섯 번째 집에서 두 사람이 들어왔었다는 걸 알아냈으니까. 그 집주인이 뭐라고 하는 줄 알아? 착한 동생이 병든 형을 부축하고 들어와서 정성껏 쌈을 싸서 고기를 먹이더라는 거야, 조금 이상했던 건 아픈 사람에게 웬 술을 그렇게 주던지, 그 부분에서 좀 놀랐었다고 하더라고. 그나저나 우리 윤빈이께서는 놀라지 마시라. 짜잔, 자, 이게 뭘까?"

김 형사가 사채업자들이 들고 다닐 법한 작은 가방에서 작은 테이프 한 개를 꺼냈다.

"이건 그 식당 안에 설치된 CCTV 화면이 되겠습니다. 거기는 말이야, 그렇게 구두 도둑이 많대요. 또 손버릇 나쁜 종업원들도 있고. 그래서 카운터랑 신발장이 보이는 곳에 그걸 설치했다는 거 있지? 자, 이 안에 진짜와 가짜가 다 찍혀 있거든. 어떻게 생각 해?"

윤빈은 태연한 얼굴로 하늘에 대고 담배연기를 뿜어 계속 고리를 만들고 있었다. 바람 탓에 고리는 금방 없어졌다.

"짜식, 역시 매력 있어. 완전 내 과라니까. 자, 이제 거의 마지막이야. 뭐 다른 것도 무지 많은데 이것만 더 말할게. 뭐냐 하면 말이야. 난 좀

"예."

"서원, 강 무슨 회장인가 하는 여자 이혼했다더라. 나 진짜 간다."

김 형사가 문을 열고 사라졌다. 어느 새 해가 뉘엿뉘엿 넘어 가고 있었다. (끝)

아미테이션

확실히 하고 싶더라고. 그래서 말이야, 내가 백가엔터 사람들 안다고 이야기 했나? 하여튼 거기 황 사장, 백 사장 죽고 나서 사장이 된 놈인데, 그 친구한테 김연지네 아파트 열쇠를 받아 가지고 들어가 봤거든? 그런데 지문 하나 없는 거야. 내 생각이랑 딱 맞은 거지. 네가 거기다가 지문을 남겨 놓을 리가 있겠어?

김철민이네 집은 어떻게 들어갔는지 알아? 열쇠장이 불러서 신분증 보여 줬더니 금방 따 주더라고. 내가 찾았잖아, 거기서. 뭣을? 네 지문을. 어디서 찾았을 것 같아? 너는 분명 잘 닦아놓고 갔을 텐데 말이야. 한번 생각해 봐. 내가 어디서 네 지문을 찾았는지."

"모르겠는데요."

"인마, 그러니까 확인 또 확인해야 하는 거야. 짜잔."

이번에 꺼낸 것은 백열등 전구였다.

"너 인마, 화장실에 이거 갈아 끼웠던 거 기억 못했지?"

"……."

"코 수술 이야기도 해줄까?"

"됐거든요?"

"됐다니까 의료보험관리공단이랑 대전에 있는 성형외과 이야기는 뭐 그만 둘게. 그런데 너 이번 수술은 어디서 받았니?"

"……."

"물어보니까 코를 높이는 수술보다 높였던 것을 다시 원상복구 시키는 수술이 더 어렵다고 하던데 아주 자연스럽게 됐네."

"돈 있으면 돼요. 소개해 드릴까요?"

"뭐 그건 필요 없고. 이봐, 윤빈이."

"자꾸 부르지 말고 그냥 말씀하세요."

"전에 대전에서 코 높이는 수술 받았을 때 의료보험에 해당 안 된다

아미테이션   543

고 해서 돈 꽤 많이 냈지?"

"……."

"넌 차라리 그걸 더 원했던 것이고. 왜냐하면 의료보험이 안 된다고
하면 수술 기록이 그 병원에만 남아 있을 거라 생각한 거지."

"……."

"그래서 네가 헛똑똑이인 거야. 의사라고 다 내 형님같이 맑은 분만
있는 게 아니거든. 너한테는 보험이 안 된다고 했지만 자기들은 공단
에다 다른 명목으로 올려서 보험금을 타 먹는다 이거지. 그럼 어떻게
되겠어? 컴퓨터만 두드리면 네가 그 병원에 간 사실이 다 나온다 이거
란 말이야. 물론 너는 김철민으로 가긴 했지만."

"……."

"이제 우리 뭐 할까?"

"제가 죽을까요? 아니면 김 형사님이 죽을래요?"

"야, 인마, 넌 어떻게 그렇게 매사 부정적이냐? 다른 방법은 생각이
안 나?"

"……."

"젊었으면 젊은 놈답게 좀 건설적으로 생각해 봐, 건설적으로. 내가
왜 횡성에서 이 테이프를 받아 가지고 왔을까? 이 전구는 왜 빼 왔을
까? 또 이 병원 차트는? 이런 거 생각해 봐야 되는 거 아니야?"

"그래야 될 것도 같은데요?"

"자식, 너 정도 머리라면 당연히 그래야지. 야, 윤빈, 나 하나만 물어
보자. 내가 시간이 없어 거기까지는 확인 못 해봤는데 그 말이야 죽은
김철민, 걔는 누구냐?"

"우리 형이요."

"친형?"

윤빈은 고개를 저었다.

"뭐 그건 천천히 알아봐도 될 거고. 그런데 말이야, 연지 그 아가씨? 분명 자살했을 리는 없고, 그게 또 궁금하단 말이야."

"자살한 게 틀림없다고 신문에 나지 않았나요?"

"인마, 나보고 신문에 난 걸 믿으라는 소리야? 내가 그렇게 순진했으면 징계나 먹고 그랬겠냐? 아하, 참, 분명히 우리 윤빈이가 죽이긴 죽였는데 그게 영 안 풀린다 말이야."

"연지한테 물어보시든지?"

"내 말이 그 말이잖아, 정말 물어 보고 싶다니까."

"시간 많다면서요."

"내가? 인마, 징계기간 벌써 끝났잖아."

"그럼 틈날 때마다 공부해 보세요."

"공부? 공부야 하긴 했지. 무슨 공부 했는지 말해줄까? 연지는 말이야, 수영을 제법 했거든? 걘 원래부터 수영을 곧잘 했었던 데다 가수인가 뭔가가 되고 나서는 압구정동에 있는 수영장, 왕년에 날리던 아시아의 물개 '조오련'이 했다는 그 수영장에 꾸준히 다닌 거라. 너도 알지? 뭐 하여튼 간에 내가 전문가들에게 물어봤거든? 수영을 잘하는 사람이 물에 빠져, 그러니까 물에 뛰어들어 자살을 할 수 있냐고 말이야. 다들 뭐라고 대답했는지 알아? 다리 같은 데서 뛰어내리다가 정신을 잃는다거나 그러면 모를까, 그냥 강가에서 뛰어들어서는 절대 죽을 수가 없다 이러더라고. 본능적으로 헤엄을 쳐 나오게 되어 있다 이거지. 그러니까 어떤 원리냐면 죽고 싶다고 자기 손으로 입이나 코를 막고 죽을 수 없는 것과 똑같은 거지. 어때? 나 공부 많이 했지?"

"그럼 다른 경찰들은 다 바보네요."

"인마, 한 곳에 너무 정신을 쏟다보면 보고 싶은 것만 보일 경우가

아미테이션

545

있는 거야. 뭐 그 사람들이라고 이런 걸 몰랐겠냐? 그런데 봐, 해부를 했더니 물에 빠져 죽은 게 맞는다고 그러지, 몸에 다른 외상이 있는 것도 아니지, 유서 있지, 현장에 가보면 소용돌이는 치고 있지, 나라도 자살을 했다고 믿었을 것이라니까."

"……."

"내가 이해가 안 가는 것은 말이야, 연지도 그냥 죽이면 되지, 굳이 그걸 자살로 꾸밀 필요가 있었냐 이거거든? 어차피 결과는 똑같은데 말이야, 안 그래?"

"……."

"하기는 뭐 그럴 수도 있기는 해. 혹시 나중에 다 밝혀지게 될지도 모른다고 생각하면 그래도 살인 한 건이라도 줄여 놓는 게 좋긴 할 테니 말이야. 윤빈이답지 않은 새가슴 짓이긴 해도."

"그렇게 공부를 많이 했으면 그것도 직접 알아내시면 되겠네요."

"그래, 그래서 이건 너한테 안 물어 볼 거야. 어떻게 익사를 만들어 냈는지, 녹음은 누굴 시켰는지 이런 것들 말이야. 혼자 아껴가면서 하나씩 알아 가는 재미도 만만치 않거든."

"……."

"야, 연지 사진 봤더니 물속에 오래 있어서 그런지 얼굴이 참 말이 아니더라."

"……."

"자식, 울기는. 인마, 안 어울리거든? 어쨌든 나는 간다. 연락하자. 건설적, 알지?"

김 형사가 테이프와 전구가 든 가방을 챙겨들고 옥상 문을 열다가 멈추고 반쯤 열려진 문의 손잡이를 잡은 채 윤빈을 돌아봤다.

"어이, 윤빈이."